KB268551

독립의 용두레
: 간도 1919-20

좋은땅

드디어 6년 만에 글을 다 쓰고 수정을 마치면서 끝내 광복을 맞은 것 같다. 낮에는 건설현장에서 일하고 저녁에 혹은 주말에, 심지어 명절에도 쉬지 않고 글을 썼다. 나는 작가들이 정말 위대하다고 생각된다. 정말 허리 아프고 머리 아프고 힘들었다. 그리고 재미있는 드라마, 예능 등 유혹하는 게 너무 많아 시간 내 글에 집중한다는 게 정말 쉽지 않았다.

더욱이 이 6년간 나는 몸은 21세기에 살면서 머릿속은 항상 1919년에 살아야 해서 여간 힘들지 않았다. 그리고 몇 번이나 내가 뭐 글을 쓴다고 하면서 글 쓰는 걸 포기하려고 했었다. 그때마다 머릿속에서 자꾸 주인공들이 등장해 나와 대화해 이건 아마도 운명인가 싶어 다시 필을 들었다.

낮은 곳의 물을 높은 곳으로 퍼 올리는 기구를 한국에서 용두레라 하고 북한에서는 룽드레라 하고 연변에서는 룽두레라고 한다.

북간도 중심지였던 용정이라는 이름은 용두레 우물에서 유래되었다.

나는 용정에서 살면서 축구의 고향이라는 자부심에 항상 긍지를 느꼈다. 그러던 2010년부터 6년간 동포세계신문 연변 객원기자로 있으면서 우연히 용정 3·13 반일 만세 운동 기념식을 취재하게 되었다. 그때 많은 우리 민족 독립투사들이 용정에서 가장 일찍 항일운동을 하게 된 걸 알게 되었다. 그것은 점점 커져서 대한민국, 나아가 중국 등 항일운동의 구심점이 되어 확실히 독립의 용두레 역할을 하게 된 걸 알게 되었다.

그러던 2019년 3·1 운동 100주년, 이 뜻깊은 날을 맞이하면서 용정3·13 만세 운동은 3·1 운동과 어떤 연관성이 있을까 하고 관심을 갖게 되었다.

결과, 3·13 만세 시위가 3·1 운동의 연장선인 걸 알게 되면서 영웅 이성운, 즉 이 책의 주인공이 탄생하게 되었다.

춘협 이성운은 아들이 지어 준 주인공 이름이다. 제목도 대학생인 아들이 정해 주었다. 그리고 의형제인 육천근은 나의 할아버지를 모델로 했다. 또 고춧가루 폭탄으로 총을 빼앗는 것도 나의 할머니 이야기다. 할머니는 북한 김일성과 함께 백두산에서 항일하다가 김일성이 소련 가면서 훈도재 마을로 내려와 할아버지와 결혼했던 것이다. 모아산 3형제는 내 동생 이야기고 김필순의 문진 이야기는 아버지의 일상이다. 매일 쉬지도 못하고 환자들이 찾아와 불만 많던 나는 아버지의 의사직을 물려받지 않았다. 그리고 아버지는 과감하게 약을 써 병을 치료한다고 도깨비의사라 불렸다.

3·1 운동 100주년이 지났고 연변조선족자치주 창립 70주년이 지났다. 지난해는 조선인 연해주 이주 160주년 되는 해였고 올해는 광복 80주년이라서 더는 미룰 수 없어 급히 글을 마쳤다.

나는 많은 역사 퍼즐을 맞춰 가며 글을 썼다. 그래서 다소 따분하고 간결하지 못하게 보일지 몰라도 한 구절 한 구절 역사사실이 너무 값진 것들이어서 버리기 힘들었다. 더 많이 싣지 못하고 실을 수 없는 것이 안타까울 뿐이었다.

그 어떤 어려움과 역경이 있어도 나라가 없던 1919년 간도보다 더 어려웠을까 하는 생각에 매일매일을 소중하게 그리고 행복하게 보냈으면 한다. 또 이날을 위해 목숨을 바친 독립투사들을 영원히 잊지 말았으면 한다.

너무나 미흡한 글이다. 간도에서 독립투쟁을 한 독립투사들을 저평가했는지 모르겠다. 하지만 될수록 이름이라도 적어 드리는 것만으로도 다시

     독립의 용두레: 간도 1919-20

한번 그분들을 상기시키면서 평화로운 오늘에 대한 고마움을 느끼고 행복한 오늘이 얼마나 소중한지 한 번쯤 생각해 보았으면 하는 바람이다.

이 책을 대한민국 독립을 위해 간도에서 목숨을 바친 모든 독립투사들에게 바친다!

차례

제2편 독립의 용두레: 간도 1920

제3편 — 독립의 용두레: 간도 1945

제1편

독립의 용두레:
간도 1919

"땅! 땅! 땅!"

검은 총부리에서 하얀 연기가 피어오르며 하얼빈 역에 울려 퍼진 총소리와 함께 이토 히로부미(伊藤博文, 68세)가 한 손으로 가슴을 부여잡고 쓰러졌다.

한일합병 추진을 위해 러시아 재무상을 만나러 중국에 왔던 일본 총리이며 조선통감부 초대 통감인 이토는 이렇게 영영 숨을 거두고 말았다.

"대한 독립 만세!"

1909년 10월 26일, 부유한 가정에서 태어나 사랑하는 아내와 2남 1녀를 둔 도마(跳馬) 안중근(安重根) 의사는 왜 행복한 가정을 마다하고 30살 꽃다운 나이에 죽음을 각오하고 이렇게 총을 겨누었을까?

"나는 천국에 가서도 또한 마땅히 우리나라의 회복을 위해 힘쓸 것이다. 대한 독립의 소리가 천국에서 들려오면 나는 마땅히 춤추며 만세를 부를 것이다!"

그 후 10년 뒤……

몽양 여운형이 간도 대통령을 만나다

1919년 1월 1일 수요일, 간도에는 함박눈이 펑펑 쏟아지고 있었다. 어느 덧 산과 들은 하얀 세계로 변해 버렸다.

간도(間島)는 두만강과 압록강 유역의 북쪽 지역을 말하는데 처음에는 함경도 종성과 온성 사이 두만강이 갈라지는 곳에 있는 작은 땅을 주민들이 개간하면서 1877년부터 "간도(墾島)"라고 불렀다.

당시 조선에 연이어 대흉년이 들면서 처음에는 봄에 씨를 심고 가을에 소작만 하고 낮에 강을 건너가 농사를 짓고 밤에 다시 조선으로 돌아오는 식이었다.

간도는 아주 오래전에는 고구려와 발해의 영토이기도 하였지만 당시에는 청국의 영토였다. 청국은 처음에는 월경죄로 머리를 자르는 등 심하게 처벌했으나 태평천국의 란과 서양 세력의 침투로 관리가 느슨해졌다.

이 틈에 조선인들은 아예 이주하기 시작해 1894년 두만강 북부 북간도 일대에는 조선인이 2만 816명이 살았고 1907년에는 조선족 마을 529개에 7만 2,076명이 살았으며 1909년에는 34,133세대에 18만 4,867명이 살았다.

조선 회령과 중국 용정 사이에 삼합이라는 곳이 있다. 삼합은 회령과 두만강을 사이에 두고 용정에서 남쪽으로 80리 떨어진 작은 진이다. 삼합에서 용정으로 가는 아리랑 99고개는 폭설에 눈이 덮여 하나의 긴 하얀 용이 살아 꿈틀거리는 것 같았다.

그 험한 아리랑고개 산길로 언제나 그랬듯이 오늘도 한가락 부픈 희망을 안고 새 삶의 복지로 된 북간도 용정으로 향해 힘겹게 걸어가는 한 무리 인파가 있었다.

아이를 업은 하얀 한복 차림의 아낙네들과 나무 지게에 짐을 가득 멘 남정들 10여 명이 눈 위로 터벅터벅 걸어가고 있었다.

그들 일행 제일 뒤쪽을 천천히 따라가던 검은 중절모를 쓰고 검은 외투를 입은 한 30대 초반 청년이 갑자기 걸음을 멈추더니 의미심장하게 동쪽을 그윽히 바라보았다.

흩날리는 눈가루에 발그레 상기된 얼굴은 한눈에 봐도 미남이었다. 계란형 얼굴에 짙은 눈썹은 숯을 그은 듯했고 반짝이는 큰 두 눈엔 정기가 흘러넘쳤다. 그가 바로 훗날 조선인민공화국(1945. 9. 6.~1946) 부주석을 지낸 여운형이다.

몽양(夢陽) 여운형(呂運亨, 33세)은 1886년 경기도 양평군에서 대대로 내려온 부잣집 5남매 중 장남으로 태어나 어려서부터 한학과 영문을 배웠다. 어머니가 치마폭에 태양을 품는 태몽을 꾸었다고 하여 여운형은 호를 몽양이라 했다.

22세 때 아버지가 돌아가시자 받을 빚 문서와 노비 문서를 다 태워 버리고 집안의 종들을 모두 석방시켰다.

어느 날 해방받은 노비가 반말하며 대들자 여운형은 화내지 않고 웃으며 말했다.

"예수는 내가 믿고 복은 네가 받았구나."

28세 때인 1914년 여운형은 친구 충북 옥천군 출신 유정(柳亭) 조동호(趙東祜, 당시 22세)와 함께 중국 남경금릉(金陵) 대학에 유학의 길에 올랐다. 3년 뒤 영문과를 졸업한 후 상해로 가 미국인 조지 F. 피치 박사가 경영하는 협화서국에 취직했고 상해 복단대학 축구단장을 맡기도 했다.

여운형은 월급 75원(225만)을 생활이 어려운 학생들에게 나누어 주어 아내 진상하(陳相夏)와 아들 홍구(鴻九)에게는 1원도 못 갖다 줄 때가 많았다.

또 동포 학생들에게 미국 유학이나 중국 학교 입학 등을 주선해 주었는데 그중에는 한국의용군사령관을 지낸 일서(逸曙) 김홍일(金弘壹)도 있다.

1918년 11월 28일, 이날은 여운형의 인생 아니 조선 역사에 한 획을 긋는 하루라 해도 과언이 아니었다.

여운형은 이날 범태평양 회원인 피치 사장의 아들 비오생의 도움으로 초청장 한 장을 얻어 회비 1원(3만)을 내고 환영연이 열리는 칼튼 카페에 입장했다.

마침 미국 윌슨 대통령의 친구이자 특사인 크레인이 강연하고 있었다.

"윌슨 대통령께서는 평화원칙 14개조를 내놓았습니다. 이제 파리에서 곧 열릴 강화회의는 약소민족의 해방을 얻기 위한 절호의 기회입니다."

크레인이 연설을 마치자 중국과 각국의 영사 1,000명의 우레와 같은 뜨거운 박수가 터졌다.

1차 세계대전이 끝난 후 14개조 평화원칙을 내놓고 최초의 국제기구인 국제연맹을 창설한 윌슨 대통령은 1919년 노벨평화상을 탔다. 1945년 10월 24일 국제연맹의 영감을 얻어 국제연합 UN이 창설되었다.

크레인이 연설을 마친 그날 저녁.

"특사님, 조선도 독립할 수 있겠습니까?"

여운형은 들뜬 마음을 감추지 못하고 크레인을 직접 찾아가 단도직입적으로 물었다.

"파리강화회의에 조선대표를 보내 보세요. 혹시 좋은 일이 생길지 모르잖아요?”

크레인은 두 팔 벌리고 어깨를 으쓱하며 말했다.

기쁨에 들뜬 여운형은 바로 장덕수, 조동호와 함께 미국 윌슨 대통령과 파리강화회의에 보낼 독립청원서를 영문으로 작성했다. 그런데 기쁨도 잠시 청원서는 개인 자격으로 보낼 수가 없었다.

그렇게 되자 여운형은 이틀 뒤인 30일 조동호, 서병호, 장덕수, 김철, 선우혁, 한진교 등과 함께 한국 최초의 현대정당인 “신한청년당”을 창당했다.

그렇게 당수가 된 여운형은 지금 ‘간도대통령’으로 불리는 김약연을 만나러 가는 길이었다. 김약연은 1913년 4월 ‘간도 간민회’ 회장으로 선출되었다.

“안녕하세요? 김약연 회장님이 계신지요?”

여운형이 지나가는 사람한테 물어서 찾은 김약연 집 대문 앞에 서서 숨을 돌릴 새도 없이 문을 두드리자 하얀 두건을 두른 하인이 대문 열고 나왔다.

“예. 근데 오늘은 신정이라 손님을 맞지 않습꾸마. 낼 다시 옵소.”

“저, 지금 상해에서 오는 중입니다. 몽양 여운형이 찾아뵙는다고 전해 주시면 감사하겠습니다.”

김약연은 여운형이 찾아왔다는 말에 직접 마중 나왔다.

대문이 열리면서 눈은 좀 큰 축이었으나 단꺼풀이고 팔자눈썹은 짧은데 짙고 귀는 뒤쪽으로 쫑긋했으며 더부룩한 팔자수염을 한 50대 사나이가 나왔다. 여운형은 대뜸 김약연임을 한눈에 알아보았다.

규암(圭巖) 김약연(金躍淵, 51세)은 1868년 함경북도 회령에서 태어났다.

31세 때인 1899년 2월 18일 김약연은 남위언, 김하규, 문치정 등 4가문 142명을 데리고 화룡현 지신사(지금의 용정시 지신향, 智新鄉) 부걸라재

(鵪鴿磠子)에 이주했다. 1900년에 윤하현 가족이 용암동(龍岩洞)에 이주했다.

문치정 집안 40명은 동구(東溝), 김하규 집안 63명은 대사동(大蛇洞), 김약연 집안 31명은 장재촌(長財村), 남위언 집안 7명은 중영촌(中英村)에 정착했다. 이 4가문은 토호(土豪) 동한(董閑)의 1,000경의 땅을 구입했다.

김약연은 동한의 개간된 5만평을 구입하여 손수 벽돌, 기와를 구워 집을 지었다.

김약연은 용정에서 서남쪽으로 15km 떨어진 용암, 장재, 대룡, 영암 등 4개 촌을 동방 즉 한반도를 밝히는 곳이라고 명동(明東)촌이라 이름 지었다. 후에 소룡동, 풍락동, 들미동, 중왕동, 상중왕동 등도 명동촌 외연에 포함되었다.

그리고 독립인재를 키우기 위해 1901년에는 '규암재'를 꾸려 낮에는 농사를 짓고 저녁에는 공부를 가르쳤다.

1908년 4월 27일 김약연은 '규암재'를 '명동서숙(明東書塾)'으로 개명하여 42명 학생들에게 한글, 역사, 지리 등을 가르쳤다. 1910년 3월에는 '명동중학'으로 되었고 1911년에는 '명동여교'까지 개교했다.

명동학교는 1925년 일제에 의해 폐교되기까지 17년간 1,000여 명의 애국청년들을 배출했다. 그중에는 독립시인으로 알려진 윤동주와 절친이자 고종사촌인 송몽규, 문익환 목사 그리고 영화 "아리랑"의 감독 나운규 등이 있다.

춘사(春史) 나운규(羅云奎, 17세)는 1902년 함경북도 회령에서 태어나 1918년 명동중학교에 입학했고 1920년 홍범도 산하부대에서 활약하며 청산리전투에도 참여했다. 같은 해 "청회선 터널 폭파 미수사건"으로 친구

윤봉준과 함께 2년 선고를 받고 1923년 출소를 했다.

1924년 부산에서 연극의 단역으로 시작하여 영화 "운영전"에서 가마꾼으로 출연하며 영화계에 진출했고 1925년 영화 "심청전"에서 심봉사로 첫 주연을 맡았다.

1926년 나운규는 자신이 직접 극본, 감독, 주연까지 겸한 영화 "아리랑"을 제작하기도 했다.

2021년 세계에서 가장 아름다운 노래로 꼽힌 노래 '아리랑'은 바로 이 영화의 OST다.

"안녕하십니까?"

"안녕하심둥? 반갑습꾸마. 근데 몽양께서 어쩐 일로 누추한 이런 곳까지 찾아오셨습둥?"

김약연도 웃으며 두 손 잡아 악수하면서 반갑게 맞아 주었다.

"허허, 중국 속담에 무사불등삼보전(無事不登三寶殿)이라 했습니다. 긴히 드릴 말씀이 있습니다."

"자. 어서 안으로 들어가깁소."

김약연은 여운형을 안으로 안내했다.

여운형은 김약연 뒤를 따라가면서 들떠서 말했다.

"지난해 세계대전이 끝나고 나서 오스트리아-헝가리제국은 멸망되고 헝가리가 독립했고 핀란드도 독립했습니다. 지금 오스트리아 등 많은 나라가 독립하려 하고 있습니다. 제가 상해에 온 미국 대통령 크레인특사를 직접 만났는데 크레인은 우릴 돕겠다고 했습니다. 우리도 이제는 스스로 독립해야지 않겠습니까?!"

"네. 나도 지금 그것 때문에 고민중이었습꾸마. 우리 조선이 하루빨리

독립의 용두레: 간도 1919-20

일본의 손아귀에서 벗어나야 하는데 말입꾸마. 자. 이쪽으로 들어가 말하
깁소!"

세계대전은 오스트리아-헝가리제국의 황위 계승자인 프란츠 페르난데
트가 세르비아 민족주의자한테 암살당하자 1914년 7월 28일 오스트리아-
헝가리제국이 세르비아를 침공하면서 시작되었다.

독일이 오스트리아-헝가리제국을 도와 전쟁을 선포하자 영국, 프랑스, 러
시아, 일본 등 나라가 독일과 싸우면서 규모가 가장 큰 세계대전이 되었다.

그러던 1915년 5월 7일, 독일군이 아일랜드 컨세일에서 루시타니아호
여객선을 폭격해 1,000여 명이 사망했다. 그중 미국인 128명이 사망하자
줄곧 중립을 지키던 미국이 열 받아 독일에 선전포고를 하면서 결국 독일
이 투항했고 1918년 11월 11일 전쟁이 끝났다.

이 전쟁에서 총 6,000만 명이 전쟁에 참가하여 900만 명이 전사했고 참호
와 기관총, 탱크, 잠수함, 전투기 등 현대적 신형무기들이 처음 등장했다.

전쟁이 끝나자 유일하게 아쉬워한 한 독일군이 있었다. 독일군 보병 제
16예비연대에 배치되었던 그는 영국군과의 첫 전투에서 연대 총 611명 중
349명이 전사했는데 살아남았고 마지막 전투에서 최종 250명 중 225명이
전사했는데도 또 기적적으로 살아남았다.

스스로 아주 특별하다고 생각한 그는 전쟁 중에서 끈끈한 전우애를 느
끼게 되었고 명령에 무조건 복종하는 군대가 너무 좋아졌다.

특히 그는 독일이 패전하고 승전국들이 좌지우지하는 게 너무 싫었다.
그래서 결국 2차 세계대전을 일으켰는데 그가 바로 히틀러다.

1차 세계대전이 끝나자 전쟁 책임을 묻고 영토를 조정하고 평화를 유지
하기 위한 파리회의가 1919년 1월 18일부터 승전국 27개국 대표들이 참여

해 열리게 되었다.

　김약연이 안내한 울안에는 집 몇 채가 있었는데 김약연은 여운형을 가운데 집을 지나 왼쪽으로 안내했다.

　그리고 제일 뒤쪽 켠에 있는 집 안에 들어가 작은 미닫이문을 열자 또 책상이 있는 방 하나가 나왔다.

　이곳은 김약연이 특별히 설계해서 지은 손님 접대실이자 김약연의 개인 사무실이었다.

　"요즘 일본놈들이 경계가 심해지고 있습꾸마. 안중근 의사가 거사 전에 여기 다녀간 뒤로 일본순경들이 수시로 우리 마을에 와서 불령선인(不逞鮮人)들 잡는다며 순찰 다니고 있습꾸마. 여긴 괜찮으니 말 계속 합소."

　여운형은 낮말은 새가 듣고 밤말은 쥐가 듣는다고 조심하는 게 좋다는 생각이 들어 소리를 낮추어 말했다.

　"네. 이제 파리회의 때 중국 등 나라가 나서서 피압박 상황을 설명할 걸 미국이 바라고 있습니다. 그래서 우리 당에서는 우사 김규식씨를 신한청년당 대표로 파리에 파견하기로 결정했습니다. 간도와 연해주, 일본에 있는 동포들과 우리나라에서도 이번 기회에 호응해 주어야겠습니다."

　우사(尤史) 김규식(金奎植 38세)은 1881년 부산에서 태어났다.

　김규식이 태어난 지 얼마 안 돼 조선에 파견된 청국 대사 원세개(元世凱, 당시 22세)가 내정간섭하고 일본과의 불공정한 무역거래가 많은 문제점이 발생하자 동래부사의 막료로 있던 김규식의 아버지 김지성이 일본이 요구한 개항을 반대하는 상소문을 올렸는데 이것이 화근이 되어 귀양을 가게 되었고 4살에 어머니마저 세상을 떠나 고아가 되었다.

삼촌들은 형편이 못 되어 미국 북장로교 회가목사로 조선에 최초로 파견된 언더우드 목사의 고아원에다가 김규식을 데려다주었지만 고아원은 8세 미만의 어린아이는 양육하기 어렵다며 다시 되돌려 보냈다.

삼촌들은 생활이 어려워 김규식을 제대로 돌보지 못했다. 김규식은 결국 굶주림으로 영양실조와 열병에 걸려 죽기 직전까지 이르러 이에 삼촌들은 그를 뒷방에 눕히고 병풍을 쳐 놓았다.

언더우드 목사는 아이가 돌볼 사람도 없고 굶는다는 딱한 소식을 듣고 몸이 성치 않음에도 불구하고 분유와 약을 들고 직접 강원도까지 찾아갔다.

언더우드 목사는 너무 굶주렸던 어린 김규식이 먹을 것을 달라고 울부짖으며 벽지를 뜯어 삼키고 있는 걸 직접 목격하고 아이가 너무 딱하고 불쌍해 결국 고아원에 데려갔다.

영국에서 태어나 미국에 있던 언더우드(1859~1916)는 미국 기독교 북장로회에서 한국으로 파견한 선교사다.

1885년 4월 5일 제물포항에 도착한 배에는 미국 감리교에서 파견한 언더우드와 아펜젤러도 있었다. 이들은 서울에 정착하여 선교활동을 시작했다.

아펜젤러는 그해 배재학당(지금의 배재대학교)을 세웠지만 언더우드는 이듬해 길거리에 버려진 아이들 중심으로 예수교학당(지금의 경신중고등학교)을 열었고 1887년 서울 정동장로교회(지금의 새문안교회)를 세우고 경기도 양주군, 양평군, 김포군, 시흥군 등지에도 교회를 설립했다.

또 5만 2,000달러 후원을 받은 언더우드는 1915년 3월 5일 학생 60명에 교직원 18명으로 시작된 경신학당대학부(지금의 연세대)를 설립했다.

학교에 갈 나이가 되어 김규식은 조선의 첫 고아원 겸 예수교학당의 학생이 되었고 16세 때인 1897년부터 1903년까지 미국 로노크대학에서 공부했고 프린스턴대학원에서 석사학위까지 취득했다.

귀국 후 1904년부터 1913년까지 언더우드목사의 비서로 있으면서 경신학교 학감, 연희전문학교 강사로 있었다. 김규식은 새문안교회 초대 장로이다.

1911년부터 일본의 교회탄압이 시작되자 김규식은 1913년 중국으로 망명했다.

"형, 몸 조심하세요."

"너두. 조심해."

당시 친구인 여운형이 직접 김규식을 배웅했었다.

여운형은 파리강화회의에 참가할 대표로 당시 몽고와의 접경지대인 장가구의 '앤더슨 마이어'라는 회사에서 일하는 김규식을 추천했다.

신한청년당 당원들은 김규식을 신한청년당에 입당시키고 이사장 자리를 주기로 했다.

조선 대표의 파리 여비는 장덕수가 부산에 가 백산상회의 안희제(安熙濟)로부터 3천원(현 9천만)의 성금을 얻어 돌아왔으며 여운형과 상해교포들이 1천원(현 3천만)가량 모금했고 김규식이 사재 2천원(현 6천만)을 마련해 가지고 상해로 내려왔다.

여운형과 친분이 있던 중국국민당 지도자 손문(孫文)이 김규식이 사용할 중국 여권까지 만들어 주었고 배표가 4월까지 매진되자 손문광동정부 대표단의 불어통역을 맡았던 정육수(鄭毓秀)가 같은 조선 동포끼리 도와야 한다며 자신의 배표를 내놓았다.

"내가 떠나는 가되 코리아란 나라는 지도에도 쌀알만큼 표기되어 있고 거의 알려지지 않아 세계 각국의 대표들은 내가 누구인지 알 리가 없소. 그러니까 신한청년당에서 경성에 사람을 보내 독립을 선언해야 되지 않겠소?

 독립의 용두레: 간도 1919-20

가는 그 사람은 희생을 당할지 모르겠지만 국내에서 무슨 움직임이 있어야 내가 맡은 사명이 잘 수행될 것이고 우리나라 독립에 보탬이 될 것이오.”

“맞는 말씀이에요. 우리도 궐기합시다!”

김규식의 제안에 여운형을 비롯한 신한청년당은 궐기를 촉구하기로 했다. 그래서 북간도에는 여운형이 온 것이었다.

“그럼 내가 어떻게 도우면 되겠슴둥?”

김약연은 약간 격동된 어조로 물었다.

“회장님은 여기 아시는 분들도 많으실 거구 지리도 밝으시니 뜻을 같이 하실 분들을 모아서 독립선언문을 발표해주십시오. 일본과 우리나라는 이미 사람이 파견되어 있습니다. 연해주는 제가 바로 갈 겁니다.”

“좋소. 그럼 언제 하면 좋겠소?”

“시간이 없습니다. 2월에는 일본에서, 우리나라는 3월에 해야 하니까 빠르면 빠를수록 좋습니다. 그래야만 파리 회의에서 우리의 주장이 관통될 수 있겠죠?!”

“알겠습꾸마. 그럼 다음 달 1일로 하깁소. 그날은 설이니 많은 사람들이 다녀도 일본놈들은 의심 안 할 거꾸마. 그리고 여긴 일본놈들 감시가 심하니 위험해서 안 되겠고 장소는 화룡 대종교교당은 어떻겠슴둥? 거긴 일본놈들 감시가 덜하고 사람도 많이 모일 수 있습꾸마.”

“좋습니다. 그렇게 합시다. 제가 상해와 연해주에서 사람 데리고 오겠습니다. 그리고 미국에도 연락하겠습니다.”

“자, 그럼 우리 나가서 한잔 하깁소. 새해 첫날부터 이렇게 반갑고 큰 소식이 전해오다니 올 한 해는 특별한 한 해가 될 것 같습꾸마!”

“하! 하! 하! 좋습니다!”

여운형은 김약연의 열정적인 호응에 고마웠다. 또 큰 걱정을 던 것 같아 기분이 좋았다. 사실 여기 올 때까지 일이 어떻게 될지 몰라 나름 고민이 많았었다.

김약연을 따라 옆 건물에 들어서니 온 가족이 다 모여 있었다. 굉장히 넓어 보이는 집이었는데 가족이 10여 명 되어 보였다.

"이분은 내 가시 아부지, 여긴 내 앙까이꾸마."

김약연이 소개하자 장인 문병규와 아내 문안연이 인사했다.

"이분은 상해에서 온 여운형이오. 모두 인사하오."

"반갑습니다. 여운형입니다."

이번엔 김약연 누이동생 김용, 매부 윤영석과 2살 난 외조카 윤동주가, 그 다음엔 처남 문재린, 김신묵 부부와 1살 난 처조카 문익환이 소개되었다. 그리고 송창희와 윤신영, 2살 난 아들 송몽규가 소개되었다.

송몽규의 어머니 윤신영은 윤하현의 딸이자 윤영석의 누나다. 윤동주의 아버지 윤영석은 윤하현의 아들이고 문익환의 어머니 김신묵은 김하규의 딸이다. 그러니 문병규, 윤하현, 김하규, 송시억 집은 모두 사돈지간이었다.

또 윤영석과 문재린은 1913년부터 명동학교서 교편을 잡고 있었다. 송몽규의 아버지 송창희도 명동학교서 조선어 교사로 근무했다. 송창희는 25세 때 경기도 경성부에서 유학을 마치고 명동에 왔는데 체격과 인물이 뛰어나서 윤동주의 어머니 김용이 큰 시누이의 신랑감으로 소개하였다. 송창희는 윤하현 장로의 집에서 처가살이를 하며 명동학교에 교사로 부임하여 조선어와 양잠을 가르쳤다.

1917년 9월 29일 송몽규 출생 이후 12월 30일 외아들인 윤영석의 슬하에 아들이 태어났는데 그가 바로 윤동주이다. 이 둘은 3달을 차이 두고 함께 태어나 5살이 될 때까지 한집에서 형제처럼 자랐다.

마지막으로 김약연의 큰딸 김신복과 사위 최기학, 아들들인 김정근, 김정훈, 김정필 부부 그리고 막내 딸 김명화가 한 사람 한 사람씩 소개됐다.

어느 집안이나 그렇듯이 막내딸은 참 이뻤다. 복스러운 얼굴에 맑은 눈동자는 시종 웃고 있었다. 거기에 성격은 밝고 명랑했고 목소리 또한 맑고 부드러웠고 도고한 모습은 마치 춘향이 다시 태어난 듯했다.

여운형과 김약연은 기분 좋게 술잔을 부딪치며 새해 첫날을 보냈다.

같은 시각, 간도일본총영사관 옆에 있는 사쿠라 구락부에서도 신년회가 한창이었다.

"텐노헤이카 반자이!(天皇陛下萬歲, 천황폐하 만세)"

"텐노헤이카 반자이!"

"다이닛폰데이코쿠 반자이!(大日本帝國萬歲, 대일본제국 만세!)"

"다이닛폰데이코쿠 반자이!"

"간빠이!(乾杯, 건배)"

"간빠이!"

사이토 스에지로(齊藤季次郎)영사가 술잔을 높이 들자 시노다 지사꾸(修田治策)경찰서장 그리고 연길, 화룡, 훈춘, 왕청, 안도(봉천성) 등 5곳 영사분관 영사들과 각 영사관 부관, 서리 등 30여 명이 만세삼창과 함께 술잔을 굽냈다.

1907년 8월 20일, 헌병 중좌인 사이토 스에지로가 61명 헌병을 거느리고 일본인 처음으로 용정에 입성했다.

8월 23일에 사이토는 용정의 한간(漢奸) 정광제(程光弟) 집에 "조선통감부간도임시파출소"를 설치하고 소장이 되었다.

1909년 9월 4일, 일본은 청국과 "간도협약"을 체결하여 간도영유권을 청국에 넘긴 반면 단둥-심양, 연길-회령 간 철도부설권을 얻었다. 이날부터 간도는 청국이 정식으로 관리하게 되었다.

1909년11월1일 간도파출소는 간도일본총영사관으로 개칭되었고 용정촌, 국자가, 두도구, 동불사, 이도구, 팔도구, 천보산, 이란구, 백초구, 훈춘현 흑정자 등 18개 지역을 주 관할지로 했다.

11월 2일 간도일본총영사관이 용정에 설립 개관 시에는 대리 총영사, 부관 1명, 서리 2명, 경찰서장 1명, 경찰 16명으로 초라하게 시작되었지만 10년이 지난 현재 5개 영사부관에 경찰만 150명이 넘는 거대 조직으로 성장되었다.

이 10년간 일본은 많은 상인으로 위장한 특무들이 간도에 와 중국 8대 광산중의 하나인 천보산 광산, 노두구 탄광, 대사하 사금지 등 지리와 자원 정보를 수집해 놓았을 뿐만 아니라 철도, 배를 통해 일본으로 많은 금은보화와 보물, 자원을 계속 약탈해 가고 있었다.

"간빠이!"

웃고 떠들며 술잔이 오가는 술상에는 초밥과 소고기 불고기인 야키니쿠 그리고 간도시험농원에서 직접 수확한 떡호박, 양배추, 무, 당근, 감자, 오이 등 무공해 야채로 만든 볶음요리와 야채요리가 올랐다.

밤늦게까지 술판은 떠들썩하게 계속되었고 몇몇은 담뱃대를 꼬나물고 옆방에서 당구 치면서 내기도 하였다.

대종교 교주 무원 김교헌

여운형은 뜻깊은 하룻밤을 지내고 아침 일찍 연해주로 출발했다. 김약연은 용정까지 배웅했다.

명동에서 용정으로 가는 산길에 들어서자 길 오른편에 낙타 등 같기도 한 M자 모양의 바위가 나타났다. 그렇게 높지는 않았지만 산등어리부터 코끼리 코마냥 수직으로 길까지 박힌 바위 모습은 굉장히 웅장하고 의젓했다.

김약연은 손가락으로 그 바위를 가리키더니 떨리는 소리로 말했다.

"저게 선바위입꾸마."

"네! 그러세요?"

여운형은 의미심장하게 바위를 바라보았다. 흰 눈에 덮여서인지 오늘따라 선바위는 더 웅장해 보였다.

김약연은 선바위를 지나다가 갑자기 눈시울을 붉히며 말했다.

"나는 매번 이곳을 지날 때마다 안중근 의사가 생각나 가슴이 미어집꾸마. 의사께서 거사하기 전 이곳에서 3달간 매일 사격 훈련하던 모습이 생생합꾸마. 난 그때 이토만 죽으면 우리나라가 다시 강성해질 줄 알았습꾸마. 근데 이토는 한 명이 아니었습꾸마. 그래도 난 안중근 의사가 정말 대단하다고 생각되꾸마. 나는 안중근 의사를 추모하려고 저 바위를 선바위라고 이름 지었습꾸마."

"네. 참 훌륭하신 분이죠. 의사님 피는 절대 헛되게 흐르지 않을 겁니다. 그리고 또 헛되게 흘리게 해서도 안 됩니다. 우린 꼭 독립할 것입니다!"

여운형도 두 눈에 눈물이 고였다. 두 사람은 결의에 찬 눈으로 서로 바라보았다. 두 사나이는 가슴에 뜨거운 붉은 피가 끓어오르는 것을 느꼈다.

두 사람이 용정촌 입구에 들어서니 간도총영사관이 멀리서 보였다. 두 헌병이 칼날을 꽂은 장총을 쥐고 대문을 지키고 있는 것이 보였다.

두 사람은 의심을 받을까 봐 갈라지기로 했다. 여운형은 용정통신국에 들러 상해에 소식을 알리고 미국에도 전보를 넣겠다고 했다.

"몸 조심합소."

"잘 부탁드리겠습니다."

두 사람은 뜨겁게 악수를 나누고 서로 다른 길로 떠났다.

김약연은 점점 멀어지는 여운형 뒤 모습을 지켜보고 나서 화룡 대종교 교당을 향해 걸음을 재우쳤다.

화룡현 삼도구 청파호(지금의 화룡시 용성향 청호촌, 和龍市龍城鄉淸湖村)에 있는 검은 기와집으로 된 대종교교당은 하얀 폭설에 더 웅장해 보였다.

마침 교당대문 앞에서 교인 여러 명이 참대 빗자루로 눈을 쓸고 있었다.

"안녕하심둥?"

김약연은 가서 한 교인한테 먼저 인사했다. 그 교인은 놀란 눈으로 김약연을 쳐다보았다.

"말 물어보깁소. 교주님 계심둥? 명동에서 김약연이 찾아왔다고 교주님한테 전해 주겠슴둥?"

그러자 그 교인은 빗자루를 놓고 대문을 열고 교당으로 급히 들어갔다.

얼마 지나지 않아 머리는 2대 8로 가르고 숱이 적고 이마가 살짝 튀어나왔고 팔자수염을 한 50대 사나이가 나왔다. 그가 바로 대종교 교주 김교헌이다.

무원(茂園) 김교헌(金敎獻, 51세)은 1868년 화성시 매송면에서 대부자 집 4남매 중 장남으로 태어났다. 교헌의 아버지 공조판서 김창희에게는 경성 서대문 안에 영조 때 왕자궁으로 쓰였던 방만 340칸짜리 대저택도 있었다.

김교헌은 16세에 문과에 급제하고 성균관 대사성까지 되었고 1906년에는 동래부사로 재직했다. 일본인들의 침탈행위를 법에 의해 징계했다가 면직된 김교헌은 1907년 신민회에 가입해 석오 이동녕과 결의형제를 맺고 독립운동에 헌신할 걸 맹세했다.

김교헌은 1910년 한일 합병되자 대종교에 입교하여 6년 뒤 1916년 9월 1일 제2대 교주가 되었다.

1917년 3월 김교헌은 일제 탄압을 피해 화룡현에 대종교 총 본사를 옮겼고 모든 전답을 팔아 여기에 교당과 46개소의 시교당, 민족학교를 지었다. 대종교교인만 20만 명이나 되었다.

서일, 윤세복, 신규식, 박찬익, 신채호, 김좌진, 지청천, 이범석, 홍범도, 이동녕, 이회영, 이상룡, 조소앙, 박은식, 이상설, 김두봉, 안희제, 이극로 등 많은 독립운동가들이 대종교 교인이었다.

"안녕하심둥?" 하고 김약연이 인사하자 김교헌도 김약연을 알아보고 웃으며 악수했다.

"오늘 아침에 산 까치가 왠지 울어 댄다 싶었더니 이게 누구시오?! 어서 오시오."

둘은 동갑이지만 서로 존칭어를 썼다.

김교헌은 웃으면서 손으로 가리키며 김약연을 교당 안으로 안내했다.

교당 안은 천장이 높고 서까래는 붉은색으로 칠해 좌우로 정교하게 나열되었고 들보는 여러 개의 큰 통나무로 만들어져 있었다. 다시 앞을 보니 벽면에는 단군과 대종교 초대 교주 나철의 큰 초상화가 걸려 있었다.

홍암(弘巖) 나철(羅喆)은 1863년 전남 보성에서 태어나 29세 때 문과 장원급제하여 승문원권지부정자(承文院-문서관장원權知副正字-종9품)를 역임하였으나 일제가 침략이 심해지자 사임하고 1904년 비밀결사대인 유신회를 설립하여 구국 운동하였다.

1905년 6월 나철은 일본으로 가 조선의 주권을 보장하고 한일청 3국이 동맹을 맺을 걸 이토 히로부미와 총리대신 오쿠마 시게노부에게 호소했지만 받아들여지지 않자 일본 궁성 앞에서 3일간 단식투쟁을 했다.

그러다가 이토 히로부미가 조선과 을사늑약을 체결한다는 소식에 "매국노들을 다 죽여야 국정을 바로 잡을 수 있다"며 단도 두 자루를 가슴에 품고 귀국했다.

1907년 3월 25일 나철은 을사오적을 주살하려다가 서창모 등이 붙잡히면서 자수하는 바람에 체포돼 10년 유배형을 받았으나 고종의 특사로 풀려났다.

1909년 1월 나철은 단군교(檀君敎)로 중광하였다가 1910년 8월에 단군이 사람으로 백두산에 내렸다고 대종교(大倧敎)로 이름을 변경했다.

1911년에 대종교 회원이 2만 명을 넘고 강화도, 평양 그리고 간도 화룡현에 교당과 지사를 짓고 또 많은 대종교 교인들이 독립운동에 뛰어들자 드디어 일제가 종교통제안 발표와 동시에 대종교를 불법화하고 탄압을 노골적으로 해 왔다.

일제에 항거하여 나철은 1916년 9월 12일 구월산에서 폐기법으로 스스로 숨을 거두었다. 대종교 교인들은 그의 유언대로 유해를 화룡현 청파호 언덕 위에 안장했다.

김약연은 나철에게 절을 올려 예의를 갖춘 후 김교헌이 차를 내오자 의자에 나란히 같이 앉았다.

"사실 중요한 일이 있습꾸마."

김약연은 여운형이 다녀간 사실과 여기로 온 이유를 설명해 주었다.

김교헌은 조금도 망설임 없이 호응했다. "좋은 생각입니다. 그것 또한 저희들 바람이구요. 우리 똘똘 뭉쳐서 사고 한번 쳐 봅시다."

김교헌은 바로 사람을 부르더니 "가서 서일이, 규식이, 봉우 그리고 상규를 불러 와."라고 했다.

"네. 알겠습니다."

그 교인이 나간 지 얼마 안 돼 문이 열리며 눈썹이 둥글고 눈이 칼처럼 날카로워 보이고 얼굴은 바짝 마른 편이었으나 굉장히 날파람 있어 보이는 30대 사나이가 제일 먼저 도착했다. 그가 바로 의병을 모아 조직된 중광단 단장 서일이었다.

백포(白圃) 서일(徐一, 38세)은 1881년 함경북도 경원군에서 농민의 아들로 태어났다. 21살 때 경성함일사범학교를 졸업 후 교육구국사업에 종사하다가 1910년 간도로 망명하였다.

서일은 왕청에서 1911년 두만강을 넘어오는 의병잔류 병력을 규합해 "중광단(重光團)"을 조직해 단장으로 있었고 1912년에 나철을 만나 대종교에 입교했다. 이번에도 대종교 일 때문에 김교헌을 만나러 화룡에 잠깐 들렀던 것이다.

"형님 어째 왔소?"
"야. 니 내 아니? 반갑다."
김약연과 서일은 서로 알고 있었다. 명동중학교 설립 시 서일이 돈을 후원하는 등 많은 도움을 주었었다.
셋이 이야기꽃을 피울 때 두 눈이 부리부리하고 성격이 시원시원한 30대 후반 사나이가 들어섰다. 다름 아닌 호(虎)장군 김규식이었다.

노은(蘆隱) 김규식(金圭植, 37세)은 1882년 경기도 구리 사람으로 대한제국 시위대 장교로 재직했다. 1907년 대한제국 군대가 강제 해산되자 의병운동을 일으켰다가 1912년 간도로 망명했다.

"형님, 안녕하십니까? 정말 반갑습니다."
"오. 규식이구나. 잘 있었니?"
인사가 끝나기 전에 이번엔 몸은 약소하게 생겼지만 턱에 긴 수염을 기른 서생 냄새가 풍기는 40대 후반 부산 사나이가 들어섰다. 이봉우였다.

백단(白旦) 이봉우(李鳳雨, 46세)는 1873년 부산에서 태어나 대한제국 궁내부 기사(技師)를 지내다가 1908년 간도로 망명하였다. 1910년 정동(正東)중학교를 설립했고 간민회 화룡 분회장을 맡고 있었다.

"마, 여기서 회장님을 이렇게 만나 뵈니 억수로 반갑구만요 잉."

"얌. 나도 반갑소."

마지막으로 꽤 젊어 보이는 서생이 들어섰다. 황상규였다.

백민(白民) 황상규(黃尙奎, 28세)는 1891년 경상남도 밀양 출신으로 본인이 설립한 고명학원에서 교사로 재직 중《동국사감(東國史鑑)》이라는 역사 교재를 저술했고 동화학원을 인수하여 200여 명의 청년학도를 배출했다.

황상규는 1913년 풍기에서 설립된 광복단에 참여해 대구 악질부호 장승원을 사살하는 등 활발한 활동을 하다가 일본 경찰의 주목을 받게 되자 1918년 간도로 망명했다.

"좋습니다!"

서일, 김규식, 이봉우, 황상규는 김약연의 연설을 듣고 모두 크게 기뻐했다. 이들은 한결같이 모두 동참하기로 약속했다.

김교헌의 만류에 모두 기분 좋게 한잔씩 기울였다. 모두 웃고 떠드는 중 서일은 김약연을 바라보면서 입을 열었다.

"형, 갑자기 생각나는데 충남 홍성에서 온 괜찮은 동생 하나 있는데 소개해 드릴까요?"

"홍성이면 이순신 장군 고향이 아니니?"

"얌. 맞소. 대한광복회 만주사령관인데 2년 전에 간도로 망명해 왔소."

"오. 그 친구 이름이 뭔데?"

"김좌진이오."

"오. 그 백야 김좌진 그러니? 지금 어디에 있는데?"

"왕청에 있소."

"오. 그럼 지금 나와 같이 날래 가자우."

김약연은 술 마시다 말고 급히 일어섰다. 김약연의 재촉에 서일도 어쩔 수 없이 따라나섰다.

김규식, 이봉우, 황상규도 모두 일이 있다고 일어나면서 2월 1일에 이곳에서 다시 꼭 만나기로 약속하고 헤어졌다.

백야 김좌진

걸음을 재촉하던 김약연은 오솔길에 들어서자 문득 생각나는 게 있어 뒤따르는 서일에게 물었다.

"넌 어떻게 김좌진을 알게 되었니?"

서일은 숨이 차 헐떡거리며 답했다.

"저희 중광단에는 김좌진 부하들이 많았소. 중광단이 원래 의병 모임인지라 대한광복회에 참여했던 의병들도 있었소. 그들 모두가 하도 김좌진, 김좌진 하길래 어떤 위인인지 궁금했었소. 물론 나도 듣던 이름이긴 했지만. 그러던 어느 날 갑자기 그런 김좌진이 대종교에 입교한다면서 교당을 찾아왔길래 난 처음에 믿기질 않았소. 그런데 대화를 나누어 봤더니 너무나 소탈하고 화끈합데. 또 저와 성격도 많이 비슷했소. 하나도 꾸밈없고 직설적이고 성격이 칼입데. 비록 나보다 8살 어렸지만 형 같기도 했소."

"나도 많이 들었다. 보기 드문 군사천재라고. 근데 광복단은 뭐고 광복회는 뭐야?"

"양. 1913년에 경북 풍기에서 결성된 광복단 단장 소몽(素夢) 채기중(蔡基中, 46세)과 1915년 초 대구 달성공원에서 결성된 조선국권회복단 단장인 고헌(固軒) 박상진(朴尙鎭 35세)이 1915년 7월에 대한광복회로 통합하고 총사령관에 박상진이 되었소. 근데 둘 다 체포되면서 지금 광복회가 와해될 위기에 처해 있단 말이오."

"응, 안타깝네."

"형은 백범(白凡) 김구(金九)라고 들어 봤소?"

"황해도 치하포에서 일본인 스치다를 죽인 김구 그러니? 알지. 근데 왜?"

"김좌진이 간도 독립군사관학교 설립을 위해 군자금 모금하다가 서울에서 체포되어 서대문형무소에서 2년 6개월 옥고를 치를 때 거기서 만난 형이랍데. 둘이 아주 친하게 지내다가 김좌진은 김구 형이 너무 사람이 진실되고 의리 있어서 결의형제를 맺고 형으로 모셨답데."

"오. 그래? 나중에 기회 되면 그분도 만나 봐야겠구만."

둘이 왕청 서대파 십리평에 도착했을 때는 해가 휘엿휘엿 지고 있을 때였다.

둘이 상덕태(尙德泰)라는 한 여관 앞에 멈춰 섰다. 상덕태는 대구에 본점이 있고 간도에 있는 광복회 회원들이 비밀리에 연락하는 광복회 연락처였다.

서일이 들어가 점주보고 뭐라 말하자 점주는 "여기서 잠깐 기다리십시오"라는 말과 함께 뒷문으로 해서 빠져나갔다.

김약연과 서일이 잠깐 다리 쉼 하는데 키가 구 척이나 되고 풍채가 늠름한 사람이 환하게 웃으면서 들어섰다.

"아니, 이게 뉘시우? 하하!" 하는 소리가 쩌렁쩌렁 들려왔다.

"반갑다. 잘 있었니?"

"네. 형님은 잘 지냈슈?"

"덕분에 잘 지냈지. 오. 인사해. 이분은 규암 김약연 회장님이야."

"진짜유? 반가워유. 많이 들었슈."

"반갑소."

김약연이 악수하며 보니 자신의 머리가 김좌진의 허리쯤밖에 안 되었다.

  독립의 용두레: 간도 1919-20

　　김좌진은 키가 185센티나 되었고 앳돼 보이는 둥근 얼굴이지만 팔자수염을 기르고 눈빛이 형형하고 비범한 모습이었다.

　　백야(白冶) 김좌진(金佐鎭, 30세)은 1889년 충남 홍성군 행산리에서 부호의 둘째 아들로 태어났다. 3살 때 아버지를 여의였지만 어머니 엄한 교육하에 자랐고 16살 되던 1905년에 대한제국 육군무관학교에 입학했다. 졸업 후 대한제국 육군장교로 있었다. 17살 때인 1906년에 김좌진은 집안의 가노를 몽땅 해방하고 땅을 분배해 주었다. 김좌진은 18살 때인 1907년에 호명학교를 설립했고 가산을 정리한 뒤 학교 운영에 충당하게 하고 90여 칸으로 된 자신의 집을 학교 교사로 제공했다.

　　그 후 홍성에 대한협회 지부와 기호흥학회를 조직하여 애국 계몽 운동을 전개하였다. 1909년 기호흥학회 장학재단을 설립하였고 한성신보 이사를 역임하였다.

　　또 안창호, 이갑 등과 서북학회를 세우고 산하 교육기관으로 오성학교를 설립하여 교감을 역임하는 한편, 청년학우회 설립에도 협력하였다.

　　1911년 동간도에 독립군 사관학교를 설립하기 위하여 자금 조달자 돈의동에 사는 족질 김종근을 찾아간 것이 원인이 되어, 2년 6개월간 서대문형무소에 투옥되었다.

　　1913년 서대문형무소에서 출소한 김좌진은 "사나이가 실수하면 용납하기 어렵고 지사가 살려고 하면 다시 때를 기다려야 한다."라는 시를 지었다.

　　1917년 대한광복회를 조직하여 박상진 등과 활동하다 1918년 간도로 망명하면서 "칼 머리 바람에 센데 관산 달은 밝구나. 칼끝에 서릿발 차가워 고국이 그립도다. 삼천리 무궁화 동산에 왜적이 웬 말이냐? 진정 내가 님의 조국을 찾고야 말 것이다!"라는 시를 지었다.

"근데 여긴 어쩐 일이래유?"

김좌진은 웃으면서 두 사람을 여관 옆에 있는 주점으로 모셨다. 세 사람은 주문한 고기 채가 오르자 권커니 작커니 술잔을 돌렸다.

"아까 서일이한테서 들었는데 지금 광복회는 어떻게 된 거요?"

김약연이 술잔을 놓으며 물었다.

"형님, 말 놓으셔두 돼유. 한참 동생이에유."

"오. 알았다."

"우리가 군자금을 거부했던 벌교 서도현, 보성 백곡 양재성, 칠곡 장승원, 도고면장 박용하 등 부호들을 처단해 버렸어유. 그리고 경주 우편마차에서 8,700원(2억 5천)을 탈취했고. 기세가 오른 우리는 보성 헌병대를 습격했는데 이 과정에서 체포된 이종국이라는 단원이 고문을 이겨 내지 못하고 부는 바람에 채기중 단장 등 400여 명이 체포되었어유. 다행히 상진 형은 피신했는데 또 어머니가 위태롭다는 소식에 집에 갔다가 어머니 임종도 못 보고 체포되었어유. 내가 가지 말라고 그렇게 말렸었는데…."

김좌진은 박상진 생각하자 울컥해서 혼자 쭉 하고 술잔을 굽냈다. 그렇게 순진해 보이던 두 눈에서 붉은 빛이 번뜩했다.

동지를 팔고 변절했다는 말에 서일이 갑자기 욱 하고 화냈다.

"개 대가리 같은 새끼. 아무리 죽음이 무섭다 한들 어떻게 그런 짓을 할수가 있어? 그런 놈들은 죽여 버려야 돼. 그런 놈들을 가만 놔두면 나중에 또 다른 사람이 변절한단 말이야."

김좌진이 슬픈 감정에 잡혀 눈시울이 붉어지며 말이 없자 김약연은 말을 돌렸다.

"그럼 지금 광복회는 누가 총책임 맡고 있냐?"

"제가 잠시 맡고 있어유. 상진 형이 가면서 나한테 준 6만(지금 18억) 원으로 지금 활동하고 있어유. 그때 상진 형을 못 가게 끝까지 말렸어야 하는데. 에이~"

김좌진은 아쉬운 듯 오른쪽 주먹으로 상을 툭 쳤다. 그러자 상 위에 있던 술잔이 땅에 떨어지면서 깨져 버렸다.

"죄송해유."

김좌진은 바로 술집 주인더러 술잔을 갖고 오게 했다.

"그럼 지금 몇 명이나 되냐?"

"한 100명 정도 연락하고 있어유. 한쪽으로 계속 모집하고 있어유. 군자금도 모으고 무관학교기지도 알아보고 있고 훈련도 해야 해유."

"오. 혹시 서간도 신흥학교에 대해 들어 본 적 있어?"

"들어 보구 말구겠슈? 제가유, 처음 간도에 왔을 때 신흥학교에서 몇 달 간 있었어유. 그때 이세영 형의 소개로 대종교에 가입했어유. 이상룡 단장과도 아주 친해유."

"활을 쏴 백 보 안에서 나뭇잎도 맞춘다는 그 조선의 제일 명사수 석주 말이냐?"

"맞어유. 석주형이 만든 연노(連弩)라는 활이 정말 신기해유. 총대 위에 활을 올려놓은 거 같은데 화살이 연속으로 나가유. 그래서 첫 번째 화살은 피해도 뒤에 건 못 피하고 맞아유. 허허허."

김좌진은 화살 쏘는 흉내를 내며 너무 신이 나 했다.

김약연이 여기 온 이유를 말하자 김좌진은 너무 기뻐했다.

"그럼 우리 같이 서간도 갈 수 있겠어?"

"좋아유! 형 부탁이라면 불바다도 뛰어들어야지유."

세 사람은 밤늦게까지 술을 마시고 여관에서 하룻밤 묵었다. 이튿날 세 사람은 아침 일찍 서간도로 향해 씩씩하게 걸어갔다.

서간도

서간도는 압록강 북쪽을 가리키며 지금의 길림성 유하현(柳河縣), 퉁화시, 집안시, 임강시, 해룡구, 홍경(紅慶)시, 요녕성 환인현(桓仁縣) 등 백두산 서북쪽 압록강 넘어 혼강 일대와 송화강 중상류 지역이다.

두만강 북쪽은 북간도 또는 동간도라 불렀고 지금의 연길, 용정, 화룡, 도문, 왕청, 훈춘 등 연변지역이 포함되었다.

석주(石洲) 이상룡(李相龍, 61세)은 1858년 경북 안동에 있는 99칸 대저택인 임청각에서 출생했다. 이상룡은 어려서 한학을 배웠고 무예를 익혀 1894년 36세 때 병법서《무감(武鑑)》을 저술했다. 또 그가 발명한 연노로 백발백중해 조선무술인 제10위에 들었다.

이상룡은 46세 때 1904년 러일전쟁이 일어나자 서울에서 조직된 의병조직 '충의사'에 가담했다. 그때도 총보다도 연노로 백발백중해 만천하에 이름 날렸다. 1907년 대한협회 안동지회를 창립해 시국 강연도 하고 김동삼 등과 협력학교를 설립했다.

1910년 11월 신민회 설립자 도산 안창호가 간도에서 독립군기지를 개척하면서 참여를 타진해 이회영과 이상룡한테 밀사 양기탁을 보내오자 이상룡은 하나도 주저 없이 선뜻 대대로 내려온 토지를 처분했다. 그리고 가까운 일족에게 동행을 권유했는데 생각밖에 50여 가구가 따라나섰다.

1911년 1월 6일 새벽, 이상룡은 먼저 조상 산소를 찾아가 하직하고 홀로 신의주에 도착한 후 가족에게 연락했다.

며칠 후, 가족 일행이 신의주에 도착하자 이상룡은 가족과 함께 압록강을 건넜고 단동에서 마차 두 대를 마련하여 영춘원(永春源)에 머물렀다.

이상룡이 왔다는 소식을 듣고 이곳에서 20리 떨어진 유하현 삼원보(三源堡) 추가가(鄒家街)에 살고 있던 이동녕과 횡도천에 잠시 머물던 이시영이 직접 찾아와 앞일을 의논했다. 이들도 한두 달 전에 도착했던 것이다.

석오(石吾) 이동녕(李東寧, 50세)은 1869년 충남 천안에서 군수 집안 장남으로 태어났다. 어려서 한학을 배웠고 진사가 되었다. 34세 때인 1903년 상동교회 청년회에 참여하여 이동휘, 이회영, 이시영, 조성환 등과 함께 활발한 구국운동을 전개했다.

1905년 이동녕은 을사조약 반대 운동하면서 진남포 엡윗청년회 총무인 김구를 만나 1주일간 덕수궁 대한문 앞에서 구국기도회를 열기도 했다.

이동녕은 1906년 이상설 등과 함께 중국 용정에서 최초로 민족 교육기관인 서전서숙을 설립했고 1907년에는 안창호 등과 함께 신민회를 창립했다. 그때 무원 김교헌과 결의형제를 맺었다.

1910년 12월 신민회 회원 같이 서간도 삼원보(三源堡)로 망명했다.

성재(省齋) 이시영(李始榮, 50세)은 1869년 경성부 이조판사 이유승의 다섯째 아들로 태어났다.

이들 6형제는 모두 부자였다. 넷째 우당(友堂) 이회영(李會榮, 52세)은 명동성당 주변의 땅 1,000평을 소유했고 둘째 형 영석(穎石) 이석영(李石榮, 64세)은 영의정 이유원(李裕元)의 양자로 만석지기 땅을 유산으로 받아 조선 4대 갑부 중 한 명이었다. 동대문으로부터 80리니 지금의 서울 동대문구, 중랑구 및 경기도 구리시, 남양주시 일대다.

이시영은 22세 때인 1891년 대과(大科)에 급제했고 1905년 외부 교섭국장에 임명되었으나 을사조약 강제 체결을 계기로 사직했다. 그리고 1908년 한성재판소장, 고등법원판사를 역임했다.

"우리 형제가 당당한 호적의 명문으로서 차라리 대의가 있는 곳에서 죽을지언정 왜적치하에서 노예가 되어 생명을 구차히 도모한다면 이 어찌 짐승과 다르겠는가?!"

1910년 이회영의 이 한마디 말에 6형제는 모두 서간도로 떠나기로 결정하고 1만여 석에 달하는 땅(약 2조 원)을 모두 팔았다.

이회영은 지금의 명동 땅을 40만 원(지금 120억 원)에 처리하고 팔지 못한 땅은 버렸다.

6형제의 온 가족 60여 명은 6대로 편성하고 12월 13일 남대문, 용산 등 여러 역에서 차에 타고 30일경 압록강을 건넜다.

1911년 1월 초순 압록강 건너편 안동(지금의 단동)에서 동쪽으로 500리 떨어진 횡도천(橫道川) 가는 길에는 말 100여 필의 행렬이 얼음길을 달리고 있었다.

"형님, 고생이 많았어유. 근데 어디 가실려구유?"

이동녕이 자리를 권하는 이상룡한테 먼저 물었다.

"금방 왔다 아이가. 아직 갈 데 생각 몬 했다 카이."

"그럼유, 형님, 우덜 사는 추가가로 가 봅시다유. 거기는 우리 조선사람들도 많고유, 허혁형님이랑 여준형님도 계시잖유."

"오이. 그라믄 거기 가자."

"저희 형제들도 거기로 갈게요."

이시영도 추가가로 가기로 했다.

이상룡은 곧바로 가족들을 이끌고 이동녕과 함께 추가가로 떠났다.

이시영은 이상룡과 이동녕과 작별하고 추가가에서 다시 만나기로 했다.

시영의 말을 듣던 건영, 석영, 철영, 회영, 호영 등 형제는 6형제의 60여 명 가족을 거느리고 곧 추가가로 출발했다. 그들은 기나긴 여정 끝에 2월 초 유하현 추가가에 도착했다.

이상룡, 이시영 형제까지 추가가에 모이자 추가가는 독립투쟁의 불모지에서 근원지로 되었다. 1911년 4월 추가가 대고산(大孤山)에서 한인 300여 명이 모인 가운데 군중대회 형식으로 경학사(耕學社)가 결성되었다.

경학사는 사람의 생명을 지키고 민지를 개발하며 체육과 덕육을 겸비한 사람을 키우는 한편 공업과 상업을 발전시키고자 조직한 단체였다. 사장에 이상룡, 내무부장에 이회영, 재무부장에 이동녕, 교무부장에 유인식이 추대되었다.

이어 경학사 부속으로 학교가 설립되었다. 1911년 6월 10일 추가가 한 허름한 중국인의 옥수수 창고를 빌려 시작한 신흥강습소(新興講習所)는 학생이 40명이나 되었고 그해 말경 제1회 졸업생을 배출했다. 교장은 이동녕이었고 초대교장은 이철영이었다.

신흥강습소에서는 국문, 역사, 지리, 수학, 수신(修身), 외국어, 창가(唱歌), 박물학, 물리학, 화학, 도화(圖畵), 체조 등 학과를 가르쳐 주었다.

그러나 1911년과 1912년 연이은 대흉년과 서리로 농사를 제대로 지을 수 없었고 많은 사람들이 풀뿌리와 나무껍질로 연명하다가 풍토병에 죽어 나갔다.

이시영은 안타깝게도 눈에 넣어도 아프지 않은 사랑스러운 손자, 손녀를 잃었다.

1912년 이상룡은 경학사를 통화현 합니하(哈泥河)로 옮기고 1915년 12월 경학사를 계승한 부민단(扶民團)을 조직했다. 초대 단장은 허혁이 맡았다.

본겸(本兼) 허혁(許赫, 68세)은 1851년 경북 선산의 거유 집안 차남으로 태어났다. 허혁은 13도 의병 연합 부대 군사장 왕산(旺山) 허위(許蔿, 1854~1908)의 형이다.

허혁은 56세 때인 1907년 400여 명을 규합해 경기도 연천에서 의병을 일으켰고 1910년에 가족을 이끌고 서간도로 망명했다.

허혁은 김동삼, 유인식 등과 중어학원(中語學院)을 설립해 만주로 이주한 한인들의 정착을 도왔다.

1912년 5월에 이상룡 등은 통화현 합니하 지역에 이주하여 교사 건물 18개 동인 제2신흥강습소를 건립하고 7월 20일에는 신흥중학교로 명명했다.

신흥중학교는 3년 중등교육과 1년의 군사교육과정이 있는 4년제 본과를 기본으로 하는 1개월부터 6개월까지 단기 군사특수훈련반과정이 병행했다.

교장은 이상룡이 맡다가 1913년부터 여준이 맡았다.

시당(時堂) 여준(呂準, 57세)은 1862년 경기 용인에서 태어났다. 여준은 몽양 여운형의 삼촌이다.

여준은 18살인 1880년에 서울로 유학을 와 이상설, 이회영, 이시영 등과 어울리며 한학과 신학문을 배웠다. 1885년에는 이들과 6개월간 합숙하면서 신학문을 공부했고 1898년부터 이상설의 서재를 자주 찾아 이회영 등

독립의 용두레: 간도 1919-20

과 함께 정치, 경제, 법률, 역사 등 신학문에 관한 책을 강독하며 열띤 토론을 벌였다.

1906년 10월 여준, 이상설, 이동녕은 용정에서 제일 큰 집을 사들여 서전서숙을 세웠다. 이상설이 숙장을 맡고 여준과 이동녕은 교사로 재직했다.

여준은 22명의 학생들에게 역사, 지리, 수학, 국제공법, 헌법 등을 가르쳤다.

1907년 네덜란드 헤이그에서 제2회 만국회의가 열리자 이회영은 특사를 파견해 을사조약의 강제성을 전 세계에 알릴 걸 고종황제께 건의했다.

고종은 곧바로 이준을 특사로 파견했고 여준은 이준을 서전서숙에 있는 이상설과 만나도록 안내했다. 결국 이준, 이상설, 이위종 3인은 특사 자격으로 헤이그로 떠났다. 헤이그 특사들은 영국과 프랑스의 반대로 발언도 못하였고 이에 격분한 이준은 칼로 배를 찔러 자결했다.

이 사건으로 1907년 7월 19일 고종은 일본에 의해 강제 퇴위되었고 고종의 아들 순종이 조선의 제27대 마지막 왕이자 대한제국 제2대 황제로 즉위했다.

이렇게 되어 1863년 12세에 왕위에 오른 고종은 44년 만에 왕위에서 내려왔다.

1907년 4월 이상설이 헤이그 특사로 서전서숙을 떠나자 신민회에 가입한 여준이 2대 숙장이 되었다. 이상설이 더는 후원하지 못하자 학교는 곧 재정난에 허덕였고 일제의 탄압에 결국 여준은 학생들 데리고 훈춘 탑도구에 옮겨가 다시 서전서숙을 건립했다. 3개 반 74명의 학생을 1년 단기속성반으로 모두 졸업시키고 결국 8월 문을 닫고 말았다.

1907년 12월 24일 평안북도 정주에 오산학교가 개교하자 여준은 교사로 재직해 7명 학생을 가르쳤다. 그리고 1908년 용인에 삼악학교를 설립해 오산학교 졸업생들을 교사로 보냈지만 일제의 탄압에 학교가 폐쇄되었다.

1912년 말 50세였던 여준은 서간도 합니하에 도착했다. 신흥중학교 교장이 된 여준은 백발이 성성했고 키는 작고 목소리는 컸으며 눈물이 많아 학생들이 애국가와 여준이 지은 교가를 부를 때 자주 눈물을 흘렸다.

지금의 애국가는 당시 애국가와 가사 같으나 평양태생 안익태가 1935년에 작곡한 것으로 1948년 정부 수립과 함께 공식 국가로 지정되었다.

1914년 세계대전이 일어나자 교장 여준과 김석 등 1기 졸업생 학우단은 장차 독립전쟁을 대비해 독립군영을 마련하기 위하여 1915년 1월 통화현 소백차(小白岔) 백두산 서쪽기슭에 백서농장(白西農庄)을 차렸다.

백서농장은 사방 200리 고원평야여서 수천 명을 수용할 수 있고 한인청년들은 낮에는 인근 야산을 개발해서 농사짓고 저녁 무렵부터 군사훈련에 참여했다.

농장 장주는 '만주의 호랑이'로 불렸던 김동삼이 맡았다.

일송(一松) 김동삼(金東三, 41세)은 1878년 경북 안동에서 태어났다. 29세 때인 1907년 김동삼은 유인식, 김후병 등과 함께 협동학교를 설립했다. 이 학교는 경북지역 최초의 근대식 중등교육기관이었다.

1909년 김동삼은 신민회에 가입했고 대한협회 안동지회에도 가입했다. 안동지회는 이상룡과 유인식이 운영했다.

1910년 12월 김동삼은 김대락, 이상룡 가족 150명과 함께 간도로 망명해 1913년 3월 동삼으로 개명했다. 김동삼은 경학사, 신흥강습소로부터 백서농장까지 이상룡 등과 함께했다.

백서농장은 사실상 군사훈련을 통해 독립군을 양성하는 비밀 병영이었다. 백서농장에는 신흥학교 졸업생을 주축으로 385명이 모였다.

1917년 11월에 신흥중학교는 다시 신흥학교로 개칭되고 신흥학교는 1918년 말까지 800여 명의 졸업생을 배출했다. 교장은 이세영이 맡았다.

고광(古狂) 이세영(李世永, 50세)은 1869년 충남 아산에서 태어났다. 이세영은 충무공 이순신 장군의 제12대손이다.

이세영은 26세 때인 1895년 민비학살사건이 일어나자 홍주에서 의병을 일으켜 공주를 공격했으나 패했다.

이세영은 1897년 대한제국 육군참위가 되었고 1902년 헌병대장서리까지 지냈다.

1905년 을사조약이 체결되자 이세영은 의병봉기를 모의해서 1906년 참모장이 되어 홍주성을 점령하였다. 그러나 일본군 반격 받고 크게 패해 체포되었다. 결국 종신형을 선고받아 황주로 유배되었다가 풀려났다.

1912년 임병찬이 고종황제의 밀칙을 받아 독립의군부를 조직하자 이세영은 1913년 3월 함경도, 평안도, 황해도 3도 사령이 되었다가 6월에 간도로 망명하여 대종교에 입교했다.

1917년 11월 이세영은 신흥학교 교장이 되었다.

보재 이상설

1906년10월 간도에서 최초로 한인이 세운 학교인 서전서숙(지금의 용정 실험소학)을 설립한 보재(溥齋) 이상설(李相卨)은 1870년 충북 진천에서 태어났다. 이상설은 우당 이회영과 죽마고우다.

1894년 이상설은 조선시대 마지막 과거 문과에 합격해 성균관 교수 겸 관장을 거쳐 한성사범학교 교수로 전임했다.

1905년 대신 회의 실무를 총괄하는 의정부 참찬으로 있을 때 이상설은 을사늑약 체결을 반대해 5차례나 고종황제에게 상소를 올렸고 11월 30일 민영환이 을사늑약 체결에 항의하여 순절하였다는 소식을 듣고 종로거리에서 국권회복 궐기하는 연설을 한 다음 자결을 시도했으나 주위사람들이 급히 구하여 목숨을 구제할 수 있었다.

1906년 인천에서 중국 상선을 타고 상해로 갔다가 다시 블라디보스토크를 경유해 8월경 용정에 도착한 이상설은 용정에서 제일 큰 집인 천주교교인 최병익의 집을 사서 학교를 만들어 서전서숙(瑞甸書塾, 지금의 용정 실험소학교)을 개숙했다. 이는 간도지역에 세워진 최초의 한인학교이다.

자금은 이상설 5,000원(1억 5천만), 이동녕 3,000원(9천만), 정순만, 활공달 500원(1천5백만), 김우용 300원(9백만), 홍창섭 100원(3백만)을 냈다.

교원의 월급에서부터 학생들의 지필묵에 이르기까지 모든 경비는 이상설이 전담하는 무상 교육이었다. 수업료뿐만 아니라 침식까지 무상이었다.

처음에는 인근 지역에서 한인청소년 22명을 모아 시작했고 후에 70명에 이르렀다. 주위 도움도 많았다. 김약연은 문하 학생 10명을 보내왔다. 김약연의 사촌동생인 김학연도 있었다. 김학연은 졸업 후 명동서숙에서 교원이 되었다.

서전서숙에서 학생들에게 산술, 역사, 지리, 헌법, 국제공법을 가르쳤다.

이상설이 '산술신서' 상하권을 직접 만들어 수학을 가르쳤고 늦여름에 도착한 여준이 한문, 정치, 법학, 경제를 가르쳤다.

서전서숙은 학생들의 연령과 수학능력에 따라 최초에는 고등반인 갑반과 초등반인 을반으로 나뉘었고 갑반에는 20세 전후의 청년학생들도 배웠다. 후에 갑을병반으로 나누어 갑반 20명, 을반 20명, 병반 34명이 공부했다.

1907년 6월 이상설은 만국평화회의에 조선특사로 파견되었지만 일본의 방해로 참석할 수 없었다. 이에 항의하여 이준이 칼로 배를 가르고 순국하자 이상설과 이위종은 영국과 프랑스를 돌며 일본 침략과 조선의 독립을 역설했다.

8월 일본의 궐석재판에 의해 이상설은 사형, 이위종은 종신징역을 받았다. 하지만 이상설은 이에 굴하지 않고 1908년 미국에 건너가 대한인국민회에 참석했고 1909년 정재관과 함께 블라디보스토크로 돌아와 이승희 등과 함께 봉밀산 부근에 땅을 사고 100여 가구 한인을 이주시키고 한흥동을 세웠다.

1910년 6월 이상설은 유인석, 이범윤 등과 함께 13도의군을 창설했다.

1914년 이상설은 최재형, 이동휘, 이동녕, 정재관 등과 함께 대한광복군 정부를 세우고 정통령이 되었다.

권업회가 러시아에 의해 강제 해산된 후 1915년 상해로 간 이상설은 박은식, 신규식, 이동휘, 성낙형 등과 함께 신한혁명당을 창설하고 본부장을 맡았으나 건강이 악화되어 니콜리스크로 돌아왔다.

1917년 3월 2일 아내와 아들 이정희(李正熙) 그리고 이동휘, 조완구 등 동지가 지켜보는 가운데서 운명했다.

"동지들은 합세하여 조국광복을 기필코 이룩하라. 나는 조국 광복을 이루지 못하고 이 세상을 떠나니 어찌 고혼인들 조국으로 돌아갈 수 있으랴?! 내 몸과 유품은 모두 태우고 그 재마저 바다에 날린 후 제사도 지내지 말라!"

"광복되지 않은 조국에는 돌아가지 않겠다"며 평생 해외를 떠돌며 독립운동에 몸 바친 이상설은 47세로 타국에서 한 많은 두 눈을 감았다.

신흥학교

김약연, 서일, 김좌진 3인이 고생 끝에 통화현 합니하에 도착해 보니 신흥학교는 완전히 천연요새였다.

합니하가 3면으로 유유히 흐르고 있었고 산 중턱과 꼭대기에 신흥학교 18개 동이 있어 일제가 찾을 수도 올라오기도 힘들어 보였다.

유일하게 학교로 올라가는 오솔길에는 녹색 군인 복장을 한 2명의 학생이 총을 들고 초소를 지키고 있었다.

"뭘 하는 사람들이에요?"

사람의 인기척에 경각성을 높이며 그들이 총부리를 거냥하며 길을 막아나섰다.

"나 김좌진인데 이세영 교장님 만나러 왔슈."

"아! 네… 여기 잠깐만 계세요. 원봉아, 니가 빨리 올라갔다 와."

"넷!"

앳된 얼굴의 한 학생이 거수경례하고 교장 사무실 쪽으로 뛰어갔다.

"자네는 이름이 뭔가?"

"나석주라고 합니다."

"오. 고향은 어딘가?"

"황해도 재령군입니다."

"오. 올해 몇 살인가?"

"스물일곱입니다."

"허허허."

1926년 12월 28일, 나석주는 임정 의정원 부의장이며 훗날 성균관대 초대 총장인 직강(直岡) 김창숙(金昌淑 40세)의 요청으로 동양적식주식회사 폭파 임무를 부여받고 중국인 리중거로 위장하여 서울 명동에 가 조선식산은행에 폭탄을 투척했지만 불발했다.

나석주는 다시 동양적식주식회사에 가서 신문지로 숨겼던 권총을 꺼내 1층 수위실의 일본 기자를 사살했다. 권총 소리에 계단 내려오는 직원 1명 사살하고 2층 토지개량부 기술과장실로 올라가서 오모리 차장과 아야다 과장을 사살했다. 또 기술과로 들어가 폭탄을 던진 다음 아래층 현관에 있던 일본인 2명을 권총으로 사살했다.

거리로 내 달리다가 경기도 경찰 경부 다하타 유이지를 사살하고 일본 경찰과 총격전을 벌이다가 전봇대에 기대어 가슴에 총을 쏴서 자살하려다가 체포되었다.

김약연이 뭘 더 물어보려는데 올라갔던 학생이 다시 뛰어오더니 "올라오시랍니다. 가시죠." 하며 손으로 앞을 가리키면서 안내했다.

"자넨 이름이 뭔가?"

"김원봉이라 합니다."

"고향은?"

"경남 밀양입니다."

"오. 올해 나이는?"

"스물두 살입니다."

"지금 여기서 뭘 배우고 있는가?"

  독립의 용두레: 간도 1919-20

"육군형법, 훈련교범, 측량학, 전략, 전술과 폭탄제조법이랑 배우고 있습니다."

"그런 것도 배워? 와! 역시 전문학교는 틀리는구만."

"허허허."

모두 경탄하며 가볍게 터벅터벅 걸어 올라갔다.

"여기입니다. 들어가시죠."

김원봉이 가리키는 쪽을 보니 큰 초가집 문 앞에 태극기가 흩날리고 있었다.

"엥?! 태극기가 있네!"

생각 밖으로 이런 곳에 와서 태극기를 보자 세 사람은 가슴이 뭉클해졌다.

1883년3월6일, 고종황제는 태극문양과 그 둘레에 8괘 대신 건곤감리(乾坤坎離) 4괘 도안을 그려 넣은 태극기를 국기로 제정 공포했다.

세 사람이 문을 열고 들어서자 마침 회의를 하던 신흥학교 임직원들이 일제히 문쪽으로 눈길을 돌렸다.

"형님, 다들 안녕하세유?"

김좌진이 이상룡, 이세영, 김동삼, 허혁, 여준 등을 알아보고 먼저 인사했다.

"이게 누고?"

모두 반갑다며 일어나 김좌진과 포옹했다.

김좌진은 이어 김약연과 서일을 소개해 주었다.

"반갑습꾸마. 안녕하심둥?"

김약연은 허리 굽혀 인사하며 일일이 악수했다. 서일도 인사했다.

"앉으이소."

1913년 일본이 이회영, 이동녕, 이시영 등을 체포 암살하려 하자 이회영은 경성으로 군자금 모금하러 갔고 이동녕은 울라지보스토크(해삼위)로, 이시영은 봉천(지금의 심양)으로 피신했다. 그래서 이 자리에는 세 사람이 보이지 않았다.

"와, 머 일 있나?"

모두의 눈길이 김좌진에게 쏠렸다.

"사실은 말입꾸마…."

그러자 김좌진 옆에 있던 김약연이 대신 파리강화회의에 대표를 보내 그에 호응하기 위해 독립선언 할 것에 대한 말을 하자 모두 기뻐 박수치며 환호했다.

"내 속이 다 뻥 뚫리뿟다 아이가! 우리가 여기서 왜 이 고생하고 있었겠노? 다 이날 위해스라. 안 그라나?"

이상룡의 말에 김약연은 감격했다.

"넘 감사함다. 모두 이렇게 지지해 주니 힘이 납꾸마."

이상룡은 만면에 웃음을 짓고 수염을 만지며 김약연을 바라보며 말했다.

"맞다 그라고예. 요 밑에 필순이란 동생이 하나 있심더. 개도 불러볼라예? 의산데 금마가 지금 우리한테 독립자금 대주고 있심더. 참 괜찮은 사람이랑게예. 우짤랍니꺼? 이번에 가 볼겁니꺼?"

"좋습꾸마. 가 보겠습꾸마."

"알았당게요. 그럼 오늘은 좀 늦어부렸응게 여기서 하루 푹 쉬고 낼 가랑게요. 알았당가?"

"네. 감사합꾸마. 그럼 하루 신세 지겠습꾸마."

김약연 일행은 이상룡 등 사람들의 굳은 만류에 하룻밤 묵어 가기로 했다.

김약연 등은 회의를 더 방해하고 싶지 않아 학생들 숙소랑 구경하려고 잠깐 밖에 나왔다.

　그때 마침 학교 앞에는 교복을 입은 학생 150여 명이 학과가 끝나고 줄을 서서 구령에 맞춰 야산을 강행군하고 있었다.

　근데 군사 훈련하는 줄 알았더니 여기 학생들은 매일 수업이 끝나 중국인의 야산을 빌려 가꾼 밭에 나가 곡물을 가꾸어야 했고 겨울에는 허리까지 찬 눈을 헤치며 땔나무를 마련해야 했다.

　저녁이 되자 이상룡은 키우던 돼지를 잡아 김약연 등 일행을 대접했다. 평일엔 좀이 먹고 냄새나는 좁쌀 밥을 먹고 반찬은 콩기름에 절인 콩장 한 가지뿐이면서 이날따라 큰 잔치를 베푼 거였다.

　오랜만에 신흥학교에 밤새도록 즐거운 웃음이 떠날 줄 몰랐다.

해사 김필순

이튿날 김약연, 서일, 김좌진 등 세 사람은 이상룡 등 학교 간부들과 손 흔들어 작별하고 김필순네 진료소를 향해 기분 좋게 산을 내려갔다.

해사(海史) 김필순(金弼淳, 41세)은 1878년 황해도 장연에서 태어났다. 김필순은 세브란스의학교 제1기 졸업생이며 한국 최초 면허의사다.

세브란스의학교는 1908년 제중원의학원을 세브란스의학교라 개명했다. 1885년에 창립된 조선 최초 서양식 병원인 제중원(광혜원)이 자금난에 시달리다가 1899년 미국의 유명한 사업가 세브란스의 도움을 받고 1904년 세브란스병원으로 이름을 지었다. 세브란스의학교는 1908년 7월 7명의 졸업생을 배출했는데 김필순이 그중 한 명이다.

김필순은 17세 때인 1895년 송천리 교회를 방문한 언더우드에게 발탁되어 서울로 와 언더우드의 숙소가 있던 제중원에서 기숙하면서 배재학당에 입학하였다.

김필순은 숙소에서 안창호와 자주 만나며 뜻을 같이하고 의형제를 맺었다.

도산 안창호는 17세 때 신학문을 배울 것을 다짐하고, 서울로 상경하여 정동거리를 배회하다 밀러 선교사를 만나 '먹고 자고 거저 공부할 수 있다'는 말에 언더우드학당에 입학했다.

김필순과 안창호, 우사 김규식 그리고 서경조의 아들 송암 서병호는 언더우드가 키워 낸 위대한 인물들이다.

1907년 8월 군대를 해산하자 봉기를 일으킨 군인들의 참상을 보고 김필순은 바로 안창호의 신민회에 가입했다.

1911년 12월 31일 김필순은 간도로 망명하여 퉁화현에 북제진료소(北濟診療所)를 개업하여 수익금 전부를 독립운동자금에 전달하고 있었다.

김약연, 서일, 김좌진이 북제진료소 앞에 도착해 보니 규모가 좀 돼 보였다. 기와를 얹은 집은 하얀 벽칠을 해서 깨끗하고 산듯해 보였고 단층집인데 하모니카처럼 길었다.

진료소 앞 넓은 마당에는 남자애 4명이 버린 오물이 얼면서 생긴 얼음판 위에서 발기(썰매)를 타며 신나게 놀고 있었다.

김약연 등이 애들을 지나 진료소에 들어서 보니 진료소 안에는 아무도 보이지 않았다.

김약연 등은 이상하게 생각해 다시 밖에 나와 진료소 앞에서 놀고 있는 한 10살 되어 보이는 귀엽게 생긴 애 앞에 가 물었다.

"애. 미안한데 여기 의사는 어딜 갔니?"

그 애는 두 눈을 깜빡깜빡거리더니 벙어리장갑으로 코를 쓱 닦으며 말했다.

"아부지께서 읎다고 하라 했으니까니 기러니까네 읎심니다."

"허허허 거참 귀엽네. 니 이름은 뭐니?"

"김덕린임네다."

"오. 몇살이니?"

"열살임네다."

김약연은 호주머니에서 동전 몇 개를 쥐어 주며 가서 사 먹으라고 했다.

"싫슴네다. 우리 옴마는 모르는 사람의 돈을 함부로 받지 말랬슴네다."

"허허허."

김약연이 애가 볼수록 귀여워 머리를 쓰다듬는데 이때 "안녕하시까?" 하며 머리를 뒤로 올리고 얼굴에 광채가 나고 흰 가운을 입은 사람이 진료소로부터 나왔다. 너무 멋쟁이였다.

"안녕하오?"

김약연이 소리 나는 쪽으로 일어서면서 인사하자 서일과 김좌진도 머리 숙여 인사했다.

"엊저녁 (신흥)핵교에서 사람이 왔다우. 그래서 기다리고 있었다우. 날이 찬데 얼른 들어가기우."

김약연이 다시 동전을 주자 김필순을 쳐다보던 덕린은 아빠가 괜찮다고 해서야 좋아서 "고맙슴네다"라고 하면서 상점으로 뛰어갔다.

"아들이오?"

"네. 아들만 넷임네다. 저놈은 셋째라우. 커서 뭐가 될는지? 들어갑시다."

김필순의 셋째 아들 김덕린은 바로 훗날 1920년대 '사랑과 의무'로 데뷔해 '폭풍속의 매', '장지룽운', '대뢰', '들장미', '모성지광' 등 영화로 중국 영화 황제(中國影帝)로 불린 김염(金焰)이다.

김약연 등은 허허허 웃으며 김필순을 따라 병원에 들어섰다. 병원 진료과를 지나 복도를 따라 들어가니 마지막 방은 가정집이 나왔다.

"인사하라우. 간도에서 온 손님들이라우."

머리를 단정하게 올리고 하얀 한복을 입은 아리따운 여자가 급히 다가와 허리 굽혀 인사했다.

"내 마누래임네다. 가시 아부지(장인) 닮아서 밉슴네다(못생겼어요)."

세 남성은 멋쩍게 웃으며 인사했다.

"앉으라우. 오눌(오늘) 구둘(구들) 차재(차잖아요)? 구새(굴뚝) 내굴(연기) 나가는가 보라우. 그리구 술안주도 좀 사 오라우."

"아직 환자들도 올 시간이고 우리도 인차 가야 하오."

김필순이 아내더러 술상 차리게 하자 김약연은 좀 당황스럽기도 하고 폐를 끼치는 거 같아서 만류했지만 손님을 그냥 보낼 수 없다며 기어코 앉으라 했다.

"여기 문진은 병원과 달라 쉬는 날이 없이 환자들이 수시로 찾아온다우. 뭐 저녁에 자는데두 와서 문을 두드리고 심지어 구정 때도 들이닥친다우. 오늘은 특별한 손님이 오니 병원 문을 닫고 나두 하루 쉴라우."

김약연도 중요한 말을 해야 해서 못 이기는 척 구들에 앉았다.

김약연은 본인 소개를 한 다음 서일, 김좌진을 소개했다.

그리고 파리 강화회의에 대표 파견한다고 하자 김필순은 웃었다.

"김규식 말임네까? 제 매부임네다."

"우사(尤史) 김규식이 그러는가?"

"네. 맞심네다. 규식이는 제 친구이자 동지입네다. 제가 맞선 보게 했슴네다. 그리구 경성에 간 서병호는 제 큰매부(매형)임네다."

"뭐요?!"

셋은 서로 마주 보며 놀라움을 금치 못했다. 굉장한 집안이었다.

드디어 술상이 나왔다. 넷은 권커니 작커니 술잔을 돌렸다. 한참 술이 거나하게 돌자 밥과 국 그리고 김치에 볶음요리가 나왔다.

"자 이팝(쌀밥)임네다. 식사하라요."

"감사하오. 잘 먹겠소."

김약연, 서일, 김좌진은 배부르게 식사한 후 문밖까지 나온 김필순과 손저어 작별 인사 했다.

그날 또 만나요! 꼭이요!

대한 엄마 조마리아

한편 김약연과 작별 인사 하고 연해주로 향한 여운형은 연길, 훈춘을 지나 연해주 니콜리스크(지금 우수리스크)에 도착했다.

조선, 청국, 러시아 3국 접경지대에 놓인 니콜리스크는 많은 상인들이 오가고 꽤 번영했다. 조선인들도 많았다.

여운형은 연해주에 도착하자 제일 먼저 조마리아를 찾아갔다.

1862년 황해도 해주에서 태어난 조마리아는 같은 지역 동갑내기 안태훈과 혼인하였다.

안태훈은 총명하고 일찍이 진사에 합격했고 개화파 박영효가 선발한 일본 유학생에 선발되었고 백암 박은식과 '황해도 양대 신동'으로 불렸다.

조마리아는 결혼 후 슬하에 3남 1녀를 두었는데 장남이 바로 도마 안중근이었다.

안중근은 1879년 황해도에서 태어나 8살부터 한학을 배웠고 말타기와 활쏘기, 무술을 연마했다. 또 포수들한테서 사격술을 익혀 화승총으로 20보 밖에 있는 동전을 맞춰 15살 때 명사수로 이름 날렸다.

1906년 1월 아버지 안태훈이 병으로 사망하자 27세가 된 안중근은 상해에서 돌아와 3월 평안남도 진남포에 삼흥학교, 돈의 학교를 설립했으며 평양에 석탄 채굴하는 삼합의(三合義)라는 광산회사를 설립했다.

그러나 1907년 대한제국이 일본의 외채 1,300만 원(3,900억)을 갚지 못

하고 위태롭자 안중근은 서상돈 등이 대구에서 발의하고 전국적으로 남녀
노소 심지어 기생들도 동참해 헌금한 국채보상운동에 적극 참여해 가족의
금반지, 은반지 등을 내놓았고 국채보상회 지부장이 되어 회원 1,000명을
모으기도 했다. 조마리아도 아들의 행동에 감명 받고 평안남도 '삼화향 은
금폐지부인회'를 통해 자신의 폐물과 국채보상의연금을 납입했다.

또 1907년 7월 24일 한일신협약을 맺고 고종황제가 퇴위되고 군대도 해
산되고 일본이 대한제국의 외교권을 찬탈하자 안중근은 나라를 찾기 위해
북간도를 거쳐 연해주 블라디보스토크로 망명했다.

그리고 1909년 10월 26일 안중근은 그 누구도 감히 엄두도 못 내고 상상
도 못 한 큰일을 해내고야 말았다!

만약에 이토 히로부미가 살아 있었더라면 조선의 역사는 또 어떻게 씌
어졌을까?!

"네가 만약 항소를 한다면 그것은 일제에게 목숨을 구걸하는 것이다. 네가
나라를 위하여 이에 이른 즉 비겁하게 삶을 구걸하지 말고 대의에 죽는 것이
이 어미에 대한 효도이다. 어미는 현세에서 너와 재회하기를 기대치 않으니
다음 세상에는 반드시 선량한 천부의 아들이 되어 이 세상에 나오너라."

감옥에 있는 안중근에게 보낸 조마리아의 마지막 편지였다.

여운형은 조마리아야말로 진정한 '대한의 어머니'가 아닌가 하는 생각이
들었다.

조선의 서예가 석봉(石峯) 한호(韓浩, 1543~1605 개성)는 3년 만에 엄마
가 보고파 집에 왔다가 불을 끄고 쓴 글이 엄마 백인당의 썬 떡보다 비뚤비
뚤한 것을 부끄럽게 생각해 나머지 7년간 박연폭포에서 매일 글쓰기를 연
마해 명필이 되었다. 한석봉은 1583년에 부사과에 재직 시 〈석봉천자문〉
을 만들었다.

이처럼 훌륭한 아들 뒤엔 항상 훌륭한 어머님이 계셨다.

1910년 3월 26일 뤼순감옥에서 안중근이 사형 당하자 조마리아는 그해 5월 온 가족을 데리고 크라스키노로 망명했다가 1914년 동포들이 많은 이곳으로 다시 왔다.

"어머님 안녕하십니까?"

"이게 누기오? 날래 들어오라우."

내일 모레 환갑인 조마리아는 가까스로 웃음 지으며 꿋꿋함을 잃지 않았다. 그러나 눈가에 진 많은 얕은 잔주름이 말해 주듯이 아들에 대한 그리움은 지울 수가 없어 보였다.

"절을 받으십시오."

여운형은 존경의 마음으로 절을 올렸다.

맞절을 하고 일어선 조마리아는 옆에 서 있는 13살 돼 보이는 소년을 불렀다.

"준생아, 빨리 가서 삼춘 오라 해라."

"네."

옷도 군데군데 꿰매고 낡아 보이는 옷을 입은 한 소년이 나가는 모습이 너무 생기 없어 보였다.

그 애를 물끄러미 쳐다보는 여운형을 보고 조마리아가 입을 열었다.

"둘째 손주라우."

"아! 네…."

큰 손주 문생은 7살 나던 1911년 지나가던 사람이 준 과자를 먹고 독살되었다.

"보통 사람은 과자에 독약을 넣어 모르는 애한테 줄 리 없잖소? 그렇다고 증거도 없으니 일제라 말할 수도 없고…"

"일본놈들 소행 아니면 누가 그런 짓 하겠어요?"

"여대표가 웬일이야?"

여운형이 다시 소리가 들리는 문 쪽으로 고개를 돌려 보니 안정근이 웃으며 5살짜리 여자아이를 안고 들어섰다.

안정근은 머리를 뒤로 짧게 살짝 올리고 수염을 기르지 않아 더 깔끔해 보였다.

청남(淸南) 안정근(安定根, 34세)은 1885년 황해도 신천에서 출생했으며 안중근의 친동생이다. 신한청년당 이사인 안정근은 "조선독립에 관한 진정서"를 미국 윌슨 대통령에게 전달하고 어머니가 걱정되어 얼마 전 여기로 온 것이었다.

"아, 형님!"

한 살 어린 여운형은 안정근을 보자 너무 반가워 일어나 악수했다.

"이 아이는?"

여운형은 아버지 바지자락을 잡고 멋쩍게 손가락 빨며 바라보고 있는 여자 아이를 보며 물었다.

"아! 내 딸이야. 미생아 인사해, 삼촌이야!"

"안녕하세요?"

1914년 베이징에서 출생한 안미생(美生, 5세)은 훗날 칭화대학에 입학하여 1938년 충칭주재 영국대사관에서 근무하다가 김구의 아들 김인과 만나 1940년에 결혼했고 김인이 죽은 후 김구의 비서로 활약했다.

여운형은 안정근에게 2월 1일 독립선언서 발표할 것을 알리고 안정근도 함께 하길 부탁했다.

여운형은 밥 먹고 가라는 조마리아와 작별 인사를 하고 안정근과 함께 블라디보스토크 전로한족중앙회로 출발했다.

연해주

조선인들의 연해주 이주는 1863년 지신터마을을 시작으로 1867년 시지미, 얀치혜에 마을이 들어섰고 1869년 수이푼지역, 1874년 블라디보스토크, 1875년 나선동, 녹둔도, 도비터, 1884년 남정동에 이어 1889년에는 수찬지역까지 1904년에 이르러 한인촌은 32개에 달했다.

1910년대 이후에 주요 한인촌이 형성된 지역은 해삼위(블라디보스토크), 연추(크라스키노), 목허우(포시에트), 툴남위, 하마탕, 수청(빨치산스크), 추풍수이푼, 화발포(하바롭스크), 니항(니콜라옙스크), 아지미, 소왕령(니콜리스크) 등이었다.

전로한족중앙회(全露韓族中央會)는 1917년5월21일부터 열린 러시아 전 지역의 고려인대표 100명이 모인 회의에서 발족되었다. 전신은 권업회(勸業會)다.

1911년 5월 한인들의 실업을 장려하기 위함으로 결성된 권업회는 러시아와 일본을 눈가림하기 위한 실질적인 항일단체였다. 초대 회장은 최재형이었고 의장은 이상설, 교육부장은 정재관이었다.

도헌(都憲) 최재형(崔在亨, 59세)은 1860년 함경북도 경원에서 지주 집 머슴으로 일하던 최흥백의 셋째 아들로 출생했다.

1869년 7월 함경도 지역에 홍수가 져서 많은 동포들이 굶어 죽자 최흥백은 9월 가족을 이끌고 연해주로 이사했다.

1871년 11살 되던 최재형은 러시아학교에 입학한 첫 한인학생이 되었다.

1908년 4월, 헤이그특사로 파견되었던 이위종(李瑋鍾)이 러시아주재 공사 아버지인 이범진의 명령을 받고 1만 루블(3억)의 자금을 갖고 연추(지금의 크라스키노)로 왔다.

이위종의 주도로 최재형의 집에서 의병 수백 명이 참여한 가운데서 의병조직 "동의회(同義會)"가 조직되었다. 총장에 최재형, 부총장에 이범윤, 회장에 이위종, 평의원에 안중근이 선출 되었다.

국보(國甫) 이범윤(李範允, 63세)은 1856년 경성에서 출생했다. 이범윤은 러시아 공사 이범진의 친동생이었다.

청국에서 의화단운동이 일어나자 대한제국은 간도에 1901년 변계경무서(邊界警務署)를 설치하였다. 간도 지역 한인들 또한 조정에 강력하게 보호를 요청하였다. 이에 대한제국은 1902년 5월 22일 이범윤을 간도시찰사로 파견하였다. 이범윤은 간도 지역 한인 동포들을 보호하기 위해 간도에 교민보호관을 설치하고 보호병을 파견해 줄 것을 정부에 요청했다. 이에 정부는 1903년 8월 이범윤을 북변간도관리사(北邊間島管理使)로 임명하여 간도 지역 한인들을 대한 행정 및 보호 사무를 전담하게 했다.

이범윤은 간도에서 한인 10호를 1통으로 하고, 다시 10통을 1촌으로 하여 각각 통장과 촌장을 임명하였다. 또 이범윤은 직접 산포수와 장정을 모아 사포대(私砲隊)를 조직했다.

1904년 러일전쟁이 일어나자 이범윤은 고종의 명령대로 1,000명 규모의 충의대(忠義隊)를 조직하여 함경도 국경지대에서 일본군과 전투를 벌여 30 여 명의 일본군을 몽땅 섬멸했다. 이에 이범윤은 러시아황제 훈장까지 받았다. 그러나 전쟁이 끝나자 러시아군은 충의대군의 무장해제를 요구했다.

1906년 청국 역시 만주에서 철수할 것을 요구해 이범윤은 700명을 거느리고 노령 연해주 노보키예프스크(연추)로 이동해 연해주 최초 항일의병 운동에 나섰다.

"이 몸 바쳐 함께 싸우자"고 이범윤은 최재형과 1907년 우수리스크에서 결의형제를 맺었다.

이범윤은 당시 '노령사회 3대 호걸'인 최재형, 최봉준, 김학만의 후원을 받아 연추에 의병본부를 설치했다.

그때 블라디보스토크에서 비밀 결사대를 조직하여 87명의 회원을 확보한 안중근이 의형제인 엄인섭, 김기룡과 대원들을 거느리고 의병본부에 합류했다.

1908년 6월 안중근은 300명 의병부대를 거느리고 함경북도 경흥군 노면 상리에 주둔하고 있던 일본군을 습격해 일본군 여섯 명을 사살하고 진지를 완전 소탕해 버렸다.

또 7월에는 함경도 일대에서 맹활약하고 있던 홍범도의병부대와 긴밀히 연락을 취했다.

8월21일 함경북도 경흥부근과 신아산 일대의 일본군 수비대를 공격해 10여 명의 일본군과 일본 상인을 체포했다.

부하들이 포로를 모두 사살하려 하자 안중근은 극구 말렸다.

"역대로 포로는 죽이는게 아니야. 다 풀어줘."

그렇게 되어 의병부대 위치가 다 탄로나 결국 일본군의 공격을 받아 안중근의 의병부대는 대패하고 말았다.

1909년 2월 안중근은 의병재기를 도모하면서 우덕순, 조도선, 유동하, 김성근, 백남규, 강순기, 이석, 황병길, 조성환, 정원조 등 10명의 동지들과 '동의단지회(同義斷指會)'를 조직했다.

안중근이 먼저 칼로 손가락을 자르자 나머지 동지들도 모두 차례로 손가락을 잘랐다.

10월 안중근은 우덕순, 유동하, 조도선과 함께 이토 히로부미를 죽이러 떠났다. 그렇게 의사는 우리 곁을 영영 떠났다.

1910년 6월 21일, 이범윤은 블라디보스토크 맞은편 한인마을에서 '13도 의군'을 창설했다. 총재에 이범윤, 의원에 홍범도 등 의병지도자들이 선출되었다. 조선은 8도다. 그런데 일제가 13도로 세분했다.

1910년 8월 29일, 경술국치일에 이범윤은 이상설 등과 함께 한인 200명이 집결한 한민학교에서 성명회를 갖고 한국병합 불법성을 비판하는 항의서에 8,624명의 서명을 받아 영국, 프랑스 등 나라에 전달했다.

이에 일본의 외교 압력을 받은 러시아는 1910년 9월 12일 새벽에 이범석 등 42명 한인지도자들을 체포했다. 다행이 이범윤, 홍범도 등은 피신했다.

1911년 12월 19일, 권업회가 창립되자 이범윤은 총재로 선출되었다.

1914년 최재형은 이상설, 이동휘, 정재관 등과 같이 '대한광복군정부'를 조직했다. 정통령에 이상설, 부통령에 이동휘가 선출되었다.

성재(誠齋) 이동휘(李東輝, 46세)는 1873년 함경남도 단천 한 빈농의 아들로 태어났다. 8세부터 한학을 배웠고 18세 때 군수 심부름 하는 통인(通引)으로 들어갔다가 군수가 생일날 어린 기생을 너무 괴롭히자 청동화로를 군수에게 뒤집어씌우고 도망쳤다.

23세 때인 1896년 이동휘는 서울에 신설된 육군무관학교에 입학해 3년 뒤 졸업하고 1902년 강화도 진위대장으로 전출되었다.

30세 때인 1903년 강화도에 합일(合一)학교를 설립하고 1905년에는 보창(普昌)학교를 설립했다.

1907년 7월 헤이그밀사사건으로 일제에 의해 군대가 강제 해산되자 이동휘는 1909년 3월 의병조직을 세우다가 체포되었다. 그해 10월에 이동녕, 안창호 등과 신민회 산하 무관학교와 독립군기지를 물색하기 위해 간도 일대를 답사했다.

이해 북간도 교육단을 조직해 정재면을 북간도에 파견하여 교육활동을 전개하였다.

이동휘는 38세인 1911년 1월 말부터 2월 초 북간도 각지 교회를 순방하면서 광복단을 조직했고 9월에는 '105인 사건'에 연루되어 투옥되었다.

출옥한 후 1912년 북간도 한인대표로 박찬익과 함께 북경정부 려원홍(黎元洪)부총통을 만나 간민회(墾民會)를 승인받았다. 회장은 김약연이 맡았다.

40세 때인 1913년 2월 이동휘는 압록강 건너 북간도 용정 명동촌으로 망명했고 10월에는 훈춘 거처 연해주로 이주했다.

1913년 말 독립자금 모금 위한 애국저금단을 조직했고 1914년 북간도 왕청현 나자구(羅子溝) 무관학교를 설립했고 블라디보스토크에 대한광복군정부를 조직했다.

대한광복군정부는 노령 제1군구, 북간도 제2군구, 서간도 제3군구로 나뉘었다. 연해주엔 2만 9,365명, 포수와 일부 해산군인으로 이루어진 백두산 북쪽 무송(撫松)지역에 5,300명, 왕청지역에 1만 9,507명 독립군을 조직하였다. 그리고 통화, 회인, 집안현 25세 이상 30세 미만 3만여 명이 동원준비를 했고 미주지역 855명의 학생과 교관이 군사훈련을 하고 있었다.

이동휘는 이상설에 이어 제2대 정도령(正都領)에 취임하여 광복전쟁계획을 총지휘했다.

그때 최재형은 한인들의 노령이주50주년기념대회 회장을 맡아 대회를 개최하려 했으나 8월 1차세계대전이 일어나는 바람에 개최하지 못했다.

그뿐만 아니라 권업회도 러시아와 일본이 동맹국이 되면서 강제 해산되었고 대한광복군정부도 9월에 해체되었다.

러시아는 일본국 요청에 따라 이동휘 등 36명 한인지도자 체포령을 내렸다.

이동휘는 북간도로 이동해 훈춘, 북간도, 서간도 각 군구 사령관과 각급 군직을 임명했다.

그러나 1915년 5월 9일 원세개(袁世凱)가 일본의 요구에 굴복함으로써 계획이 또 무산되었다.

1917년 10월 러시아 사회주의 혁명이 일어나자 이동휘는 볼셰비키 세력과의 연대를 통한 항일투쟁을 강력히 주장했다.

이동휘는 1918년 5월 13일 최초의 한인사회주의 정당인 한인사회당을 창당하고 위원장이 되었다.

1918년 6월 13일부터 23일까지 각 단체와 지역대표 142명이 참가한 니콜리스-우수리스크에서 개최된 제2회 특별전로한족대표대회에서 최재형과 이동휘는 명예회장으로 선출되었다.

1918년 8월 러시아에 백위파 정권이 들어서자 이동휘는 북만주 오지(奧地)로 도피했다가 세계대전이 끝나자 다시 블라디보스토크로 돌아왔다.

해산(海山) 정재관(鄭在寬, 39세)은 1880년 황해도 황주에서 태어났다. 1902년 안창호와 같이 미국에 이주하여 1905년 안창호, 송석준, 이강, 임준기, 임치정, 방화중과 함께 공립협회를 창립했다.

1908년 3월 대한제국 외교고문인 미국인 스티븐스가 "일본의 한국 지배는 정당하고 많은 한국인들이 환영하고 있으며 문화도 발전하고 있다"고 막말하자 정재관은 직접 찾아가 사과를 요구했지만 너무 오만하자 주먹으로 패 주었다. 스티븐스는 후에 장인환과 전명운한테 사살당했다.

1909년 2월 정재관은 '재미 대한인국민회'를 창설하고 총회장에 당선되었다.

4월 미국을 순방하고 있던 이상설과 함께 울라디보스토크에 가서 '재러 대한인국민회'를 조직하고 '대동공보' 신문을 창간했다.

10월 이 신문사에서 마지막 흔적을 남긴 안중근은 이토 히로부미를 죽일 철저한 계획을 가졌었다. 그리고 의사는 그대로 실행에 옮겼다.

1911년 12월 19일 정재관은 최재형, 이상설, 김학만, 유동열 등과 권업회를 창립했다. 총재에 김학만이 당선되었다.

복부(福夫) 김학만(金學萬, 35세)은 1884년 함경남도 단천에서 태어났다. 1907년 5월 23세 때 김학만은 블라디보스토크 신한촌에서 계동학교를 세우고 교장이 되었고 1910년 한인거류민회 회장으로 당선되었다.

블라디보스토크 최초 한인 정착지는 1874년 아무르만 바닷가에 형성된 '개척리'였다. 이곳 주민 56호는 주로 목재 톱질, 장작 패기 등의 잡일을 했고 철도, 주택건설장, 빵공장 등의 인부와 기선화물 하역부로도 일했다.

1911년 콜레라 창궐 등의 이유로 마을을 폐쇄하자 마아산기슭에 새로 터를 닦아 신한촌이라 이름 지었다.

춘교(春郊) 유동열(柳東說, 40세)은 1879년 평안북도 박천에서 태어 났다. 19세 때인 1898년에 미국으로 건너가 일본육군사관학교에 입학해 1903년에 졸업했다.

유동열은 대한제국 육군장교 때 이동휘 등과 효충회를 결성했다.

1909년 안중근이 이토 히로부미를 죽이자 그 배후로 지목 되어 베이징 으로 망명했다.

1913년 유동열은 만주를 거쳐 연해주에 가서 이동휘 등과 신민회를 재 조직했고 그 후 이상설, 이동휘 등과 권업회에 가입했고 1918년에는 중광 단에 가입했다.

1918년 3월 하바로프스크에서 원동인민위원회 위원장 크라스노체코프 주관하에 개최된 조선인 인민혁명가 대회에 이동휘, 김립, 이동녕, 양기탁 등과 함께 참석하고, 곧 한인사회당을 창당했다.

1918년 5월 한인사회당 군사부장 겸 군사학교장에 임명되었다. 그 외에 도 한인사회당에서 출판하는 역사와 지리 교과서 등의 편집과 조선어 번 역을 담당하였다.

일본군이 시베리아에 출병하자 1918년 7월 한인사회당에서 조직한 한 인적위대에 참여하고, 한인적위대 지휘관으로 이만 전투에 참가했다.

1918년 9월 4일 하바로프스크가 백러시아군에 함락되자 유동열은 김 알 렉산드라 페트로브나 등과 같이 도피하던 중 9월 10일 백러시아군에 체포 되었다. 하지만 심문과 즉결 재판을 받고 바로 풀려났다.

여운형과 안정근이 니콜스크(우수리스크)에 도착했다. 큰길을 지나 한 작은 골목에 들어서니 2층 기와집이 보였다. 집에 들어서니 1층은 전로한 족회 중앙총회 사무실이었고 2층은 침실이었다.

마침 문창범 회장과 홍범도 부회장 그리고 최재형, 이동휘 명예회장, 유동열, 이동녕, 조성환 등이 새해 재러조선인들이 어떻게 독립투쟁을 전개할 것인가에 대한 회의를 하고 있었다.

두 눈이 부리부리하고 눈썹도 짙고 구레나룻 수염을 한 50대 남자가 일어서면서 서글서글한 목소리로 반갑게 맞아 주었다. 그는 바로 문창범 회장이었다.

광동(光東) 문창범(文昌範, 49세)은 1870년 함경북도 경원에서 태어났다. 8세 때 아버지를 따라 연해주로 이주해 와 커서 러시아군대의 납품업자로 부를 쌓고 대부자가 되었다.

문창범은 권업회에 참여하였고 1918년 6월 13일 중앙총회 제2차대회에서 회장으로 선출되었다.

청사(晴蓑) 조성환(曺成煥, 44세)은 1875년 경기도 여주군에서 대대로 관직을 지낸 진사집 장남으로 태어났다. 26세 때인 1900년 11월 대한제국 육군무관학교 2기생으로 입학했다. 신규식과 동기다.

대한제국육군무관학교는 1896년 1월에 설치되었다가 아관파천으로 5명의 졸업생만 배출하고 문을 닫았다. 1898년에 다시 설치되었지만 1909년에 조선통감부에 의해 폐교되었다.

짧은 기간이지만 총 282명의 졸업생이 배출되었는데 1905년에 입학한 김좌진, 대한민국 임시 정부 국무총리 신규식, 대한통의부 의용군 사령관 신팔균, 대한독립군단 참모총장 이장녕, 대한민국 임시 정부 국무총리 이동휘, 광복군 총사령관 지청천 등 인물들이 있다. 1908년에는 노백린이 교장으로 있었다.

1906년 조성환은 평양기명학교 교사로 있을 때 안중근과 국권회복을 위해서는 신문학이 필요하다고 긴밀히 논의한 후 안중근더러 간도로 가라고 조언했다. 그렇게 되어 안중근은 곧 간도로 망명했다.

1907년 조성환은 안창호 등과 신민회를 조직했다.

1909년 2월 조성환은 손가락 자르고 안중근과 동의단지회에 참여했다.

1912년 1월 조성환은 신규식과 상해를 거쳐 난징으로 가 손문(孫文)의 중화민국 탄생을 지켜보았다.

그해 7월 조성환은 신규식 등과 독립운동 단체인 동제사(同濟社)를 조직했고 1916년9월 상해에서 박은식, 신규식과 박달학원을 설립했다.

1917년 조성환은 독립군을 양성하려고 북간도로 갔고 러시아혁명이 일어나자 연해주에 왔다.

여천 홍범도

전로한족회 중앙총회 부회장인 여천(汝千) 홍범도(洪範圖, 51세)는 1868년 평양에서 출생했다. 아버지는 머슴살이 했고 고아인 어머니는 홍범도를 낳자마자 영양실조로 죽었다. 아버지는 우는 어린 홍범도를 안고 이 집 저 집 문 두드리며 젖동냥하면서 홍범도를 키웠다.

그런데 홍범도가 9살 되던 해 아버지마저 죽게 되자 가난한 숙부집에서 살다가 떠돌이 생활을 했다.

15세 때 평양 감영에서 군을 모집한다는 소식을 듣고 군에 입대하여 4년간 군생활을 한 후 제지공장과 금강산 승려 생활을 했다.

그 후 홍범도는 강원도 희양군 덕패장터에서 조선의 제일 포수인 신용재(申龍載)를 만나 무릎 꿇고 스승으로 모시고 창법과 검법 그리고 호랑이 잡는 무술을 익혔고 태백산에서 엽총 다루는 재간까지 배웠다.

홍범도는 백발백중이었다. 한번 나가면 노루, 토끼는 물론이고 산새도 백여 마리씩 잡아 태백산에 산새가 없을 정도였고 산새들이 손만 들어도 놀라서 황망히 날아갔다.

동학농민봉기를 일으킨 전봉준이 죽었다는 소식을 들은 홍범도는 분개해 복수하겠다며 은사 신용재와 작별하고 하산했다. 그때 26세 때였다.

해몽(海夢) 전봉준(全琫準)은 1855년 전북 정읍시에서 태어났다. 30세 때 서학에 대항하는 동쪽의 학문이라 수운 최제우가 창시한 동학에 입교했다.

고부군수가 백성들을 동원해 저수지를 짓고 사용료도 강제징수하자 1894년 3월 전봉준은 1,000명의 동학교도들을 이끌고 만석보 저수지를 파괴하고 고부 관아를 공격했다.

4월 농민군 8,000여명은 전주를 공략하고 서울로 진군했다.

손병희의 동학군이 전봉준과 연합하자 고종의 초청으로 청군이 들어오고 6월 1만명의 일군도 들어왔다.

9월 동학농민군은 충남 공주에서 관군과 일군과 싸우다가 대패했다. 농민군이 해산한 후 전봉준은 순창군에서 옛부하 김경천을 만나려다가 김경천의 밀로로 체포되어 1895년 3월 30일 교수형에 처해졌다.

1895년 8월 강원도 철령의 한 주막에서 홍범도가 더위를 식히며 막걸리를 마시고 있었다. 이때 밖에서부터 머리에 두건을 두르고 흰 두루마기 입고 수염을 잔뜩 기른 한 사나이가 들어와 막걸리를 시키고는 한잔 쭉 들이키더니 상 위에 막걸리 잔을 탁 소리 나게 놓으면서 혼자 중얼거렸다.

"이젠 쪽바리놈들까지 설치고 다니니 이 나라 이게 무슨 꼴이란 말이오?"

그 사나이는 안주는 안 집고 막걸리만 연속 마셔 댔다.

홍범도는 슬쩍 일어나 동석하며 말을 건넸다.

"똥이 더럽다고 피할 것이 아니라 치우면 되잖겠소?"

그 사나이는 흠칫 놀라 홍범도를 쳐다보았다.

"댁은 누구시오?"

"나는 평양의 홍범도라고 하오."

"명포수 홍범도 아니세요? 어서 절 받으십시오."

그 사나이는 급히 일어나 절을 올렸다.

"아니. 이게 무슨…"

"난 여기 철령의 포수 김수협이라 합니다."

홍범도는 급히 김수협을 일으켜 앉히고 둘이 기분 좋게 술잔을 부딪쳤다.

"나라가 이 모양이니 이거 원 성질나서 어디 살겠어요? 차라리 그냥 우리 사는 세상 만들어 사는게 더 낫지 않을까요?"

술이 거나하게 돌며 둘은 의병 일으키는 데 뜻을 같이하자 주막 옆에 무릎 꿇고 절을 올리고 혈주를 마시며 결의형제를 맺었다.

홍범도가 2살 위라 형이 되고 김수협이 동생이 되었다.

며칠 후 홍범도와 김수협은 엽총을 들고 산속에 숨어 있다가 지나가는 일본군 12명을 모두 사살하고 총과 탄약을 빼앗았다. 홍범도는 처음으로 일본군을 사살하니 조금 긴장되었지만 기분이 너무 좋았다. 기세 오른 둘은 의병 40명을 모집했다.

이듬해 둘은 다른 전투에서 희생되고 남은 14명의 의병들을 거느리고 함경남도 안변의 석왕사에 갔다. 그곳에서 유인석 의병부대 100여 명을 만났다.

의암(毅庵) 유인석(柳麟錫)은 1842년 강원도 춘천에서 태어났다. 유인석은 1894년에 의병활동을 전개했다.

1895년 11월 17일부터 음력에서 양력으로 달력 역법을 바꾸고 성인 남자의 머리 상투를 자르라는 단발령이 내려지자 의병항전을 했다.

1896년 1월 의병들이 단양에서 관군과 일본군을 몰아냈지만 반격이 계속되자 유인석은 영월에 모두 모이게 했고 의병들의 간청으로 의병장이 되었다.

"두 부대를 통합하면 일본군과 싸우는 데 더 든든하다."

홍범도와 김수협은 유인석의 부대로 편입하기로 결정했다.

승승장구하던 유홍부대는 9월 제천 전투에서 몇 배나 더 많은 일본군을 당해내지 못하고 대패하고 말았다. 비 오듯 쏟아지는 총알에 의병들이 거의 다 희생되었고 생사를 같이 하자던 김수협도 안타깝게 전사했다. 홍범도는 실의에 빠져 다시 산속에 들어가 사냥을 하며 아픈 마음을 달랬다.

1907년 9월 일제가 '총포화약취체법'을 반포하며 포수들의 엽총도 몰수하자 홍범도는 북청구 안산사에서 다시 산포수 의병부대를 조직했다.

11월 22일부터 4일간 홍범도 부대는 후치령 전투에서 수비대를 공격하고 마차를 습격해 일본군 3명을 사살하고 4명에게 부상을 입혔다. 이렇게 갑산, 혜산진, 삼수, 풍산 일대에서 1,000여 명 의병을 거느리고 37회 전투를 벌여 모두 승전했다.

홍범도를 귀순시키기 위해 일제는 홍범도 아내와 두 아들을 납치해 홍범도에게 편지를 쓰게 했다. 편지를 못 쓴다던 아내 이옥구는 고문을 견디지 못하고 끝내 죽고 말았다.

그러자 일제는 큰 아들 홍양순더러 편지를 쓰게 했다.

편지 들고 찾아온 아들을 본 홍범도는 화가 나 "내가 새끼를 잘못 키웠구나. 일본놈들과 싸울게 아니라 네놈부터 죽여야겠다"더니 옆에 있던 엽총을 들어 아들한테 총을 쏘자 아들의 오른쪽 귀방울이 떨어져 나갔다.

홍양순은 아들한테 총을 쏜 비정한 아버지를 원망하지 않고 크게 잘못을 깨닫고 무릎을 꿇고 빌었다, 그 후 홍양순은 아버지와 함께 독립투쟁의 길에 나섰다.

40살 되던 1908년 5월 홍범도는 의병 500명을 거느리고 일경 10여 명을 사살했다.

5월 18일 중대장이 된 아들 홍양순은 함경남도 정평군 바맥이 전투에서 독립적으로 유격전을 벌이다가 일제 총에 맞아 사망했다. 그때 홍양순은 겨우 16세였다. 그 전투에서 일군 107명을 사살했다.

홍범도는 아들을 가슴에 묻고 군대를 데리고 장진 남사로 내려와 실령 어구에서 일군과 싸워 16명을 죽이고 총 16개를 획득했다.

그러나 파리떼처럼 계속되는 일군의 공격에 홍범도는 8월 연해주 신한촌에 갔다.

1910년 6월 21일 블라디보스토크 한인마을에서 13도 의군이 창설되었다. 도총재에 유인석, 창의총재에 이범윤 그리고 홍범도, 안창호 등이 의원에 선출되었다.

그러나 9월 12일 새벽에 러시아 당국이 일본의 압력하에 한인지도자들에 대한 체포령을 내려 이범석 등 42명이 체포되었다. 홍범도, 이범윤은 간신히 피신했다.

1910년 간도로 간 홍범도는 윤세복 등과 장백, 무송 등지에서 '포수단'을 조직했다.

1918년에 다시 울라디보스토크로 온 홍범도는 권업회 부회장에 선출되었다.

여운형의 대한독립선언서 발언을 듣고 최재형, 이범윤, 이동휘, 정재관, 김학만, 유동열, 문창범, 홍범도, 조성환 등 회의 참석자 대표들은 박수치며 대찬성했다. 그리고 모두 참여하기로 약속했다.

예관 신규식

여운형은 생각대로 일이 순조롭게 풀리자 너무 기뻤다. 그는 바로 상해에 있는 신한청년당 고문인 신규식한테 간도와 연해주에 있는 동포대표들이 2월1일 독립 선언하련다는 전보를 보냈다.

예관(睨觀) 신규식(申奎植, 39세)은 1880년 충북 청주에서 태어났다. 총명하고 글재주가 뛰어난 신규식은 일찍 사서오경을 통달해 신채호, 신석우와 함께 "산동3재(山東三才)"로 불렸다.

신규식은 1900년 20세 때 육군무관학교에 입학했고 조성환과 동기다. 졸업 후 시위대 제3대대에 배속되었다.

1905년 11월 17일 을사늑약이 체결되자 신규식은 의병을 일으키려 했다. 그런데 비밀이 누설돼 실패하자 자결하려고 음독하였다.

"규식아!"

이때 소식 듣고 문을 부수고 들어온 형님이 급히 신규식 목구멍에 손가락을 집어넣어 독약을 토해내 살 수 있었다. 그러나 오른쪽 눈 시신경이 다쳐 시력을 잃었다.

1910년 한일합병에 나라를 잃자 또 통분하여 자살하려고 음독하였다. 그런데 마침 놀러온 대종교 교주 나철에 의해 구해졌다. 그렇게 되어 신규식은 대종교에 입교했다.

"어차피 이렇게 목숨을 버릴 바엔 구국운동에 헌신하면 좋지 않겠소?"

"알았어유!"

1911년 3월 신규식은 상해로 망명한 후 나철이 제창한 개천절에 동포들을 모아 기념식을 가졌다.

나철은 단군이 처음으로 하늘 문을 열고 백두산에 강림해 태어난 날이 음력 10월 3일이라고 1909년부터 개천절을 제창했다.

1949년 대한민국 정부는 양력 10월 3일을 개천절로 정했다.

신규식은 또 남경 임시 정부 법제국 국장 송교인(宋敎仁)과의 친분을 시작으로 황홍(黃興), 진기미(陳其美) 등 중국 혁명가들과도 친분을 쌓았고 1911년 7월에 중국동맹회에 가입했다.

신규식이 상해에서 산 집은 원래 진기미 집이었다. 둘이 같이 살았다.

또 앞집은 1921년에 창설된 중국공산당 당 지도자인 진독수(陳獨秀)의 집이었다. 동갑인 둘은 친구로 지냈다.

"혁명의 성공이 곧 대한의 독립으로 이어질 수 있다"고 생각한 신규식은 1911년 10월 10일 진기미와 함께 무창봉기에 참가했다. 신규식은 신해혁명에 참가한 유일무이한 조선인이다.

1912년 1월 1일 손문이 중화민국을 건립하자 청국은 원세개(위안스카이)를 총리대신으로 파견하여 탄압하게 했다. 그러나 원세개는 도리어 2월 12일 선통황제를 퇴위시킨 동시에 청국을 멸망시키고 3월 10일 중화민국 제2대 임시대총통이 되었다.

1859년 하남성에서 태어난 원세개는 한족이다. 양아버지이자 숙부의 소개로 이홍장의 참모 우장경의 휘하에 들어갔다. 1882년 조선에서 임오군란이 일어나자 청국은 우장경에게 6개 부대를 출병시켰고 원세개는 홍원

　　　　　　　　　　독립의 용두레: 간도 1919-20

대원군을 체포하고 청국대사가 되었다.

1899년 의화단봉기를 탄압해 서태후 총애를 받았지만 순친왕이 미워해 정계를 퇴출했다. 그러나 1911년 신해혁명이 일어나자 청국 요청에 의해 내각총리대신이 되었다.

신규식은 중국과의 교섭단체의 필요성을 느끼고 홍명희 등과 1912년 5월 20일 "동제사"를 설립했다. 총재에 박은식, 이사장에 신규식이 맡았다.

백암(白巖) 박은식(朴殷植, 60세)은 1859년 황해도 황주에서 태어났다. 1885년 26세 때 어머니 강권으로 과거시험에 응시해 향시에 뽑혔고 3년 뒤엔 숭인전 참봉이라는 말직을 맡았다.

1898년 39세 때 "황성신문", "대한매일신문"이 간행되자 주필을 맡았고 이승만, 신채호, 최남선 등과 친분을 맺었다.

1912년 박은식이 상해로 오자 신규식은 박은식을 동제사 총재로 모셨다.

1912년 원세개가 황제로 되려고 하자 중국에서는 원세개 반대운동이 일어났다.

1913년 3월 20일 원세개는 송교인을 암살했고 8월에는 상해 진기미 도원군을 섬멸했다.

원세개를 반대하는 제2혁명이 실패하자 1913년 9월 손문은 도쿄로 가 중화혁명당을 창설했다. 진기미는 곧 입당했다. 상해에서 중국본토 거주자 최초로 장개석이 입당했다.

1887년 절강성 봉화현 출생인 장개석은 1907년 일본육균사관학교에 입학했었다.

진기미가 신규식 같이 가입하자고 했지만 중화혁명당에 가입하지 않은 신규식은 1913년 12월 17일 '박달학원'을 세워 독립운동을 담당할 청년들을 배양해 중국과 구미(歐美) 각 학교에 유학 보냈다.

조성환, 박은식, 신채호, 홍명희, 조소앙 등이 영어, 중국어, 지리, 영사, 수학을 가르쳤다.

단재(丹齋) 신채호(申采浩, 39세)는 1880년 충청남도 대덕에서 태어나 어릴 때부터 신동으로 불렸다. 25세 때는 향리 부근에 산동학원을 설립해 신규식, 신석우와 함께 '산동3재'로 불렸다.

26세 때 성균관박사가 되었으나 사직하고 '황성신문' 기자가 되었다. 또 '대한매일신보' 주필이 되어 '일본의 3대충노', '국가를 멸망케 하는 학부', '한일합병론자에게 고함' 등 논설을 실었다.

1910년 칭다오에서 이동휘, 안창호, 유동열, 조성환 등과 청도회의에 참석했고 블라디보스토크에 가 윤세복, 이동휘 등과 같이 광복회를 조직하고 부회장으로 활약했다. 권업회에서 '권업신문'을 창간하자 주필이 되었다.

1913년 중국 밀산을 거쳐 상해로 돌아가 동제사와 박달학원 교육에 힘썼다.

1914년 윤세복의 초청으로 박은식과 함께 봉천성 환인현 동창(東昌)학교 교사로 재직하면서 〈조선사〉를 편집했다.

1918년 북경 보타암에 우거하면서 국사를 연구하는 한편 '북경일보'에 논설을 싣기도 했다.

1919년1월 북경에서 '대한독립청년단'을 조직하고 단장이 되었다.

신규식은 박달학원에서 3기에 걸쳐 100여 명을 중국보정군관학교, 천진

군수학교(天津軍需學校), 남경해군학교, 상해우쑹(吳淞)상선학교, 광동강무당(廣東講武堂) 등 중국의 각급 군사학교에 추천했다.

신규식은 무관학교를 가겠다고 한 윤보선을 영국 에든버러에 보냈고 이범석에게는 무인기질이 있으니 무관학교로 가라며 윈난(云南)사관학교를 추천했다.

철기(鐵驥) 이범석(李範奭, 19세)은 1900년 경성에서 태어난 이성계 제20대 직계후손이다. 15세 때 우연히 한강에서 여운형을 만났다. 금릉대학에 다니던 여운형은 아내와 아들을 데리고 한강에 수영하러 나왔던 것이다.

"저도 중국에 가고 싶은데요. 죄송하지만 같이 가면 안 되겠어요?"

"좋아."

이범석이 조르자 여운형은 나이에 비해 대견한 이범석이 예사롭지 않다고 생각해 동의했다.

이범석은 여운형을 따라 봉천을 경유해 상하이에 오게 되었다. 상하이에는 이범석의 매형인 신석우가 신규식과 같이 살고 있었다. 신규식이 손문과 친분이 있어서 이범석은 운남육군강무학교에 입학했다.

원세개는 1916년 5월 18일 일본에서 상해로 돌아온 진기미를 암살했다.

"기미야!"

소식 듣고 달려온 신규식은 싸늘하게 식은 진기미 시신을 안고 목놓아 울었다.

신규식의 절규를 느꼈는지 6월 5일 14명의 첩을 둔 원세개는 58세 나이로 죽었다.

원세개는 일찍 안중근이 뤼순감옥에서 장례식을 치를 때 만사(輓詞)를 보내 안중근을 노래했다.

平生營事只今畢, 평생에 해 온 일 오늘에야 마치네,

死地圖生非丈夫, 죽음에 이르러 살기를 바라면 대장부 아니네,

人在三韓名萬國, 사람은 삼한에 있으나 이름은 만국에 날리네,

生無百歲死千秋。백년 살지 못해도 죽어 천년을 빛내네.

원세개가 죽자 6월7일 부총통이던 여원홍(黎元洪)이 대총통이 되었다. 무창봉기에 원치 않게 참가하여 호북군도독으로 추대되었고 또 얼떨결에 대총통이 된 여원홍은 실권이 없어 한 달 만에 결국 사직했다.

7월 14일 풍국장(馮國璋)이 대총통이 되었다. 그때부터 중국은 장작림, 염석산, 오패부 등 군벌할거시대가 시작되었다.

독립의 용두레: 간도 1919-20

상원 윤세복

김필순과 작별 인사를 한 김약연, 서일, 김좌진은 서일이 추천하는 윤세복을 만나기 위해 요녕성 환인현으로 향했다.

백두산 자락에 자리 잡은 환인현은 초목이 무성하고 기온이 온화해 일찍 주몽이 고구려를 세울 때 환인현 오녀산성(五女山城)에 도읍을 정했다.

김약연 일행이 며칠 힘들게 걸어 환인현에 도착했을 때는 날이 어두워졌다. 그들은 일단 식당에 들러 간단히 저녁을 먹은 후 동창점(東昌店)이란 여관에 머물려고 했다.

"주인 계심둥?"

"퍼뜩 들어오이소. 반갑심더."

주인은 웃음 지으며 반갑게 맞아 주었다. 여관은 조금 오래된 건물 같아 보였으나 방은 깨끗했다.

김약연 일행은 조금 넓은 방에 3명이 들기로 했다.

"여기 온 지 얼마 되셨슴둥?"

김약연이 등에 멨던 짐을 내려놓으며 주인을 보고 물어보았다.

"7년이나 됐다 아이교? 세월 참 빠르이. 근데 여긴 무슨 일로 왔당게요?"

"우리 누구를 만나러 왔습꾸마. 아! 혹시 동창학교라고 아심둥?"

"아따. 알다마다요. 내 거기 교장도 했다 아잉교! 근데 말입니더. 한 5년 전에 일본놈들이 지랄해뿌는 바람에 학교가 문을 닫아뿌고 마이소."

여관 주인은 다름 아닌 윤세복 형제와 같이 환인현에 온 예원(藝園) 이원식(李元植)이었다.

"학교가 문 닫자 신채호 선생, 박은식 선생, 이극로 선생 이런 분들이 그 길로 백산학교로 내려가뿌이소. 그라고 좀 있다가 결국 상해로 다시 올라가뿌더만예. 이극로 선생은 상해 동제대학에 들어갔다 카더라예."

이원식이 신이 나서 말하자 김약연은 바로 물었다.

"그럼 윤세복이를 잘 알겠습꾸마?"

"아따 윤세복 선생 찾으러 왔다 아이교? 제가 내일 모셔 드릴깁니더. 걱정 마이소."

"네. 정말 감사합꾸마."

김약연은 다음날 이원식과 같이 윤세복을 만나러 가기로 약속하고 피곤해서인지 눕자마자 잠들었다.

이튿날 아침, 김약연 일행은 간단한 아침 식사를 마치고 이원식의 안내를 받으며 윤세복의 집에 찾아갔다.

"안영하싱교?!"

윤세복은 이원식이 모시고 온 손님을 맞이하며 너무 반가워 한 사람 한 사람 안아 주며 인사했다. 윤세복의 얼굴엔 고단함과 피곤함이 역력했지만 두 눈만은 정기가 넘쳤다.

상원(庠元) 윤세복(尹世復, 38세)은 1881년 경상남도 밀양에서 출생했다. 한학을 공부한 다음 대구의 협성학교서 5년간 교편을 잡았다.

1910년 30살 때 윤세복은 대종교에 입교했고 다음해 시교사로 선임되자 형 윤세용과 함께 가산 수천 석을 정리하고 서간도 환인현에 와 교당을 짓

  독립의 용두레: 간도 1919-20

고 시교했다.

또 환인현에 동창학교, 무송현에 백산학교, 밀산에 대흥학교, 영안현에 대종학원을 설립했다.

1916년 윤세복은 무송현 등 여러 곳에 교당을 설립하여 7,000여 명 교인을 새로 모았다. 그리고 여업단(與業團), 광정단(光正團)등 독립단체도 조직했다.

1917년 7월 상해에서 신규식이 발인하고 박은식, 신채호, 박용만, 윤세복, 조소앙, 이상설 등이 참여한 '대동단결선언'을 발표했다.

'우리 한국은 한인의 한이요, 비한인에게 주권 양여는 근본적으로 무효다. 우리는 국가 상속의 대의를 선포하여 해외동포의 단결을 주장하며 국가적 행동의 진급적 활동을 표방한다.'

"어서 들어갑시다."

윤세복의 안내로 집안에 들어서자 쪽머리를 하고 국화잠 비녀를 꽂고 하얀 저고리에 치마를 입은 한 60 되어 보이는 아낙네가 머리 숙여 인사했다. 얼핏 보아도 평범한 여자는 아니게 보였다. 김약연은 처음엔 윤세복의 어머니인 줄 알았다.

"아, 인사 한 번 하이소! 여기 내 사촌 누님이라예."

"반갑습꾸마."

김약연 일행은 머리 숙여 인사했다. 그 여인은 다시 한번 다소곳이 머리 숙여 인사했다.

윤세복의 사촌 누나는 다름 아닌 조선 최초의 여병장 홍매(紅梅) 윤희순(尹熙順, 59세) 여사였다. 윤희순은 1860년 경기도 구리에서 태어났다. 1907년 춘천 진병산에서 600여 명의 의병을 거느리고 일제와 싸운 의병장인 시아버지 외당(畏堂) 유홍석(柳弘錫)과 의병 남편 유제원을 후원해 '안사람 의병가', '고병정가사(告兵丁歌辭)' 등 시를 지어 응원했다. 강원도 춘천 출신인 유홍석은 유인석의 육촌형이다.

'나라를 구하는 데는 남녀의 구별이 없다'

윤희순은 30여 명의 여성 의병을 조직해 의병들의 먹거리와 세탁 등을 도왔다. 또 의병 훈련에도 참가하고 남장하여 정보도 수집하고 군자금을 모으고 무기와 탄약을 제조했다.

1910년 유홍석과 유제원이 요녕성 환인현으로 망명 가자 일본 경찰과 앞잡이들이 집에 들이닥쳤다.

"어디 갔소까? 말하지 않으면 이 아들 죽여버리겠어."

"자식을 죽이고 내가 죽을지언정 큰일하시는 시아버지 죽도록 알려줄 줄 아느냐?!"

윤희순이 코웃음 치자 일본 경찰은 할 수 없어 돌아갔다.

1911년 윤희순은 가족 따라 서간도로 망명한 후 1912년 이회영의 후원으로 동창학교 분교인 '노학당(老學堂)'을 세워 김경도, 박종수, 이정헌, 마덕창 등 50여 명의 독립군을 양성했다. 그러나 일제가 계속 위협해 와 1915년 끝내 폐교하게 되었다.

또 몇 년 사이 시아버지, 남편, 시동생 그리고 시백부 13도 의병대장인 의암(毅菴) 유인석도 사망하자 아들 유돈상과 유민상 같이 무순에서 '조선독립단'을 조직하고 있었다.

윤세복과 윤희순은 서일을 만나 더 반갑고 기뻤다. 모두 같은 대종교라 서로 알고 있었고 말도 잘 통했다.

김약연이 찾아온 이유를 들은 윤세복과 윤희순은 격동되어 동시에 주먹을 불끈 쥐었다.

“그라문 독립선언서는 작성했능교?”

“아직 못 했소.”

김약연은 미처 생각 못했는지라 조금 당황한 표정이 역력했다.

“‘대동단결선언서’는 조소앙이 작성했당게요. 금마가 글 쫌 쓴다카이예.”

“오. 잘 됐소. 그분 지금 어디 있소?”

“금마가 상해에 있나… 지금 잘 모르겠데이.”

윤세복이 머리를 절레절레 흔들자 옆에 있던 김좌진이 말을 이었다.

“제가 알아유. 지금 왕청에 있슈. 그렇잖아두유, 우리가 지금 ‘대한독립 의군부’를 조직할려던 참이었어유.”

“오. 잘됐네. 그럼 거기로 가자. 지금.”

김약연 일행은 식사하고 가라는 윤세복의 만류에도 굳이 사양하고 가벼운 걸음으로 나왔다.

윤세복은 대종교 제3대 교주다. 1923년 11월 22일, 김교헌은 윤세복한테 대종교 교주의 자리를 물려주었다.

소앙 조용은

왕청현은 1881년 훈춘부도통의 관할지역이었다가 1902년 연길청의 소속이 되었다. 1910년 연길부와 훈춘청의 일부 지역을 떼내어 왕청설치국으로 관리하다가 1912년 왕청현으로 승격되었다. 현으로 승격되면서 주위에 왕청하가 흐른다고 왕청이라고 명하게 되었다.

며칠 밤을 걸어 김약연, 김좌진, 서일은 조소앙이 살고 있는 인가가 드물어 보이는 백초구의 한 허름한 초가집에 도착했다.

김좌진이 '똑! 똑!' 하고 문을 두드리자 "네!" 하는 소리와 함께 '삐꺽' 하고 하얀 종이로 문풍지를 한 장지문이 열리며 30대 사나이가 나왔다.

얼굴은 조금 갸름하고 이마가 넓고 두 눈은 단꺼풀이고 두 눈썹은 하늘로 치솟아 과묵해 보였지만 비범해 보였고 체구는 조금 왜소했지만 문인 냄새가 물씬 풍겼다. 바로 조소앙이었다.

소앙(素昻) 조용은(趙鏞殷, 32세)은 1887년 경기도 파주에서 태어났다. 15세 때인 1902년 성균관 경학과에 최연소로 입학하여 역사서, 세계지리 등을 배웠다. 성균관대에 입학하여 신채호를 알게 되었다. 1903년 신채호, 유인식 등과 함께 황무지 개간권을 일본에 넘기는 반대운동을 펼쳤다.

1904년 17세 때 성균관 수료 후 황실특파유학생으로 선발되어 도쿄부립 제1중학교에 입학했다.

19세 때인 1906년 조용은은 도쿄유학생 친목단체인 '공수학회'를 조직했고 1909년 1월에는 일본에 있는 각 조선인 단체를 통합한 '대한흥학회'를 창립했다. 그해 9월 조용은은 일본 메이지대학 법학부에 입학했고 1911년에 '조선유학생친목회'를 조직하고 회장이 되었다.

1912년 메이지대학 졸업 후 경성에 돌아와 경신학교, 양정의숙, 대동법률전문학교에서 잠시 교편을 잡았다.

1913년 조용은은 북경을 거쳐 상해로 망명했고 신규식, 박은식, 신채호 등과 함께 박달학원을 창립했다.

1917년 7월 조용은은 박은식, 신채호, 박용만, 윤세복 등 14명이 발기한 '대동단결선언서'를 작성했고 1918년 김좌진, 여준, 박찬익과 함께 '대한독립의군부'를 조직해 부주석에 선출되었다.

"형님, 잘 지내슈?"

"아니, 이게 누구야? 김좌진 장군 아냐?! 허허!"

"장군은 무슨 얼어죽을 장군이유? 쑥스럽구먼유. 아! 형님, 여그는 김약연 회장님이시고유. 요쪽은 서일 형님이시여."

"반갑습니다. 어서 오십시오."

김좌진이 김약연과 서일을 소개하자 조소앙은 너무 반가워하며 집안으로 초대했다. 집안에 있는 꽤 오래되어 보이는 작은 식장에는 그릇 몇 개가 있었고 정지에 놓여 있는 작은 밥상 위엔 책이 놓여 있었다. 구독 중이었다. 김약연이 책을 들어 보니 백암 박은식의 《안중근전》이었다.

김약연은 책을 펼쳐 몇 구절 보다가 얼굴이 굳어지더니 무겁게 말했다.

"도마는 아직도 살아 계시네."

"네. 그렇죠. 이제 몇 백 명 아니 몇 만 명의 도마가 나타날 겁니다. 지금 이미 나타났는지도 모르죠."

김약연을 쳐다보며 조소앙은 격앙된 목소리로 말했다.

"아! 깜빡했네. 우리가 지금 독립선언서를 선언하려고 하는데 어떻게 써야 할지 잘 몰라 그러네. 소앙께서 수고 좀 해 주겠소?"

김약연은 여기로 오게 된 계기를 간단히 설명하고 선언문을 부탁했다.

"네. 그건 걱정 마십시오. 근데 어떤 내용으로 할까요? 아! 맞다. 잠깐만요."

무언가 생각이 난 듯 조소앙은 고방에 들어가더니 서류 같은 걸 들고 나왔다. 예전에 대동단결선언서 초고를 작성한 것들이었다.

김약연은 초고를 본 후 깊은 생각에 잠겼다가 의미심장하게 말했다.

"이런 내용도 좋지만 우린 이제부터 전 세계에 독립을 선언하는 것이고 우리 동포들에게도 널리 알려 우리 모두 똘똘 뭉쳐 독립투쟁을 전개해야 하오."

옆에 있던 김좌진도 곁들였다.

"우린 반드시 무장투쟁으로 독립을 쟁취해야 해유."

"맞아." 서일도 찬성했다.

"알았습니다. 제가 무장투쟁을 독촉하는 선언서를 쓰겠습니다."

"좋소. 그렇게 멋있게 써 주오. 시간도 빳빳하니 내가 박찬익을 조수로 보내 줄 테니 잘 부탁드리겠소. 그럼 수고해 주오."

"네. 걱정 마십시오."

조소앙은 곧 부엌에 들어가더니 술안주를 준비했다.

김약연은 연 며칠 게릴라 작전을 하듯이 돌아다녀 피로가 쌓여 오던 차에 독립선언서 작성도 슬슬 풀려 나가는지라 오늘만큼은 한잔하고 싶어져 사양하지 않고 앉았다.

술이 몇 차례 기분 좋게 돌자 조소앙은 불현듯 한 사람이 생각나 입을 열었다.

"혹시 여기 왕청에서 순경국장으로 있던 최진동이라고 들어 보셨어요?"

"아오. 북간도 관리사 도태 최우삼의 큰아들 아니오? 우리 간민회 왕청 분회장이오."

서일이 안주를 집으며 말했다.

"네. 맞습니다. 그럼 잘 아시겠네요. 중국군 보위단 군관으로 입대했고 왕청현 관공서 토지통역관하면서 봉오동 일대를 사들여 큰 부자가 되었죠. 봉오동 일대에 조선인 마을을 만들고 황무지도 개간했다고 들었습니다."

조소앙은 신이 나서 말을 이어 갔다.

"음. 알았소. 내가 진동이도 만나야겠군."

김약연은 혼자 중얼거리듯 말했다.

"제가 집까지 안내해 드릴까유?"

"좋아."

김약연은 무장투쟁하려면 군사 쪽 인재가 많이 필요한 만큼 용정에 돌아가려던 계획을 바꾸었다.

이튿날 아침 일찍 김약연과 김좌진은 조소앙과 작별 인사 했다.

그리고 그동안 고생을 많이 한 서일과 아쉽지만 작별 인사를 나누었다.

명록 최진동

왕청현 봉오동(지금의 도문시 봉오동) 일대는 꾸불꾸불 '갈 지(之)' 지형으로 장장 20리를 뻗은 계곡지대에 백 수십 호의 민가가 흩어져 살고 있었다. 가옥은 다 조선식이어서 마치 조선의 한 지방 같았다.

김약연이 대문이 크고 규모가 엄청난 최진동의 집에 도착하니 최진동이 마침 집에 있었다.

명록(明祿) 최진동(崔振東, 36세)은 1883년 함경북도 온성에서 태어났다. 아버지 최우삼은 고종이 파견한 북간도 연변관리책임자(도태)였는데 최진동은 7살 때 가족과 함께 북간도로 이주했다. 그러나 최우삼이 국경분쟁으로 청국과 갈등이 생기면서 입지가 좁아져 생활이 어렵게 되자 최진동은 얼마 후 중국인 대지주집 머슴을 살다가 양자로 들어갔는데 큰 재산을 물려받았다. 그 후 동생 최운산, 최치홍과 함께 동북 군벌 장작림의 보위단 군관까지 되었다.

북간도관리사로 파견된 이범윤이 1904년 러일전쟁 당시 사포대를 만들어 군사훈련을 시키고 일본군과 싸울 때 최진동은 많은 군자금을 제공하고 그간 민족의식을 일깨우고 단련한 장정들을 동참시켰다.

그리고 1906년 이상설이 용정에 와서 서전서숙을 개설했을 때도 최진동은 물심양면의 후원을 아끼지 않았다.

안중근 의사가 1907년 8월 두만강을 건너 개산툰, 연길을 거쳐 희막동에 왔을 때도 무력에 의한 반일독립운동방침을 최진동과 의논했다.

1912년 최진동은 봉오동 중촌에 학교를 개설해 역사, 지리 등을 가르쳐 주고 군사훈련도 시켰다.

최진동은 이동춘, 구춘선, 정재면 등이 간민회 총회본부를 설치했을 때 는 왕청현 분회장을 맡기도 했다.

1913년 1월 26일 이동춘, 김약연, 김립 등 25인 발기인은 150여 명 집회 한가운데 간민회 설립협의회를 개최했다. 그리고 4월 26일에 연길 국자가 에서 간민회 성립대회를 개최했는데 김약연이 회장으로 선임되고 백옥보, 구춘선 등이 부회장으로 선임되었다.

국자가(局子街)는 1902년 연길청이 설치되면서 생겨났지만 4300년 전 단군왕검이 태어난 곳이다. 원래는 국자(國子)-왕자의 거리였는데 사이토 영사가 불길하다며 국자가로 고쳤다.

간민회는 민적과, 교육과, 법률과, 재무과, 신산흥업과 등 9개 부서 임원 도 임명했다. 이후 연길, 화룡, 왕청 등 3개현에 분회를 세웠다. 간민회는 교민에 관한 모든 사항들을 자치적으로 해결하였으며 중국관헌도 한인문 제는 간민회와 협의했다.

"안녕하심둥? 명동에서 온 김약연입꾸마."

김약연이 왔다는 말을 듣고 얼굴은 둥글하고 눈은 조금 작았으나 짙은 팔자수염을 양 볼까지 기른 30대 후반의 사내가 웃으며 뛰어왔다.

최진동은 오자마자 두 손으로 악수하며 깍듯이 반갑게 인사했다.

"회장님임둥? 반갑습꾸마. 날래 들어가깁소."

"잘 지냈어유?"

"잘 지냈지. 김좌진 장군은 잘 지내오?"

"잘 지내유. 전 그럼 바빠서 가보겠어유."

"왜 안 들어가구?"

"알았소. 그 동안 고생 많았소. 우리 그날 다시 만나기오."

"네. 회장님."

김좌진은 허리 굽혀 인사하고 성큼성큼 걸어갔다.

김약연은 김좌진을 바라보다가 최진동의 안내에 따라 집에 들어섰다.

"대단하오. 여기 한인 마을도 만들고 학교도 설립해 한인들을 돕고 있다고 들었소. 정말 대단하오."

김약연은 칭찬을 아끼지 않았다.

"아니꾸마. 아무것도 아니꾸마. 근데 여긴 무슨 일로 오셨습둥?"

김약연의 온 이유를 듣자 최진동은 김약연의 두 손을 덥석 잡으며 "내 생각과 똑같습꾸마. 내 꼭 가겠습꾸마." 하며 너무 좋아했다.

최진동은 역시 부자라 그런지 스케일이 달랐다. 닭 잡아 닭탕 끓이고 얼귀 놓은 멧돼지 고기로 요리하고 땅에 판 김치 움에서 꺼내 온 배추김치에 염채김치랑 상다리 부러지게 차려 김약연을 대접했다.

김약연은 최진동과 작별하고 집으로 오면서 군대 쪽에 생각나는 또 한 사람이 있었다. 바로 간민회 안무였다.

청전(靑田) 안무(安武, 36세)는 1883년 함경북도 경성에서 태어났다.

안무는 17세 때인 1899년 대한제국 육군군부대 진위대에 입대하여 경성 교련관양성소를 졸업하고 진위대 교련관이 되었다.

1907년 군대가 해산되어 실직하자 1910년에 간도로 망명하였다.

1914년 김약연과 같이 간민회 산하 간민회군 300명을 편성, 무장시키고 군을 직접 지휘하는 부사령관이 되었다.

"저야 영광입죠. 사령관님."

김약연이 안무네 집에 온 이유를 설명하자 안무는 크게 기뻐하며 동참하기로 했다.

김약연은 마지막으로 용정에 있는 박찬익을 찾아갔다.

남파(南坡) 박찬익(朴贊翊, 35세)은 북학파 박지원의 7대손으로 1884년 경기도 파주에서 태어났다.

박찬익은 25세 때인 1908년 관립공업전습소에 입학하여 공업연구회를 조직하여 회장이 되었다. 신규식, 양기탁 등이 후원해 주어 이때부터 박찬익은 신규식과 인연을 맺었다.

1910년 박찬익은 대종교에 가입했고 신규식, 이시영 등이 대종교에 가입하도록 주선해 주었다.

1911년 2월에 북간도로 망명하여 용정에 기거하면서 간민교육회 부회장이 되었다.

1912년 청파호에 청일(靑一)학교를 설립했고 1915년 이시영의 연락을 받고 서간도로 건너가 신흥무관학교서 중국어와 한국어를 가르쳤다. 그후 상하이로 건너가 신규식의 동제사에도 가입했다.

1917년 신규식의 명령을 받고 조선에 잠입해 동제사에 호응하는 조직을 건설하고 독립운동 자금을 마련하다가 일경의 추격을 받게 되자 다시 북간도로 돌아왔다.

"찬익아, 잘 부탁한다."

"네, 회장님, 걱정하지 마십시오."

김약연이 박찬익더러 왕청에 가서 조소앙을 도와 독립선언서를 도와줄 것을 당부하자 박찬익은 바로 떠났다.

김약연은 또 신흥학교에 전화해 여준이도 조소앙을 도와 독립선언서를 작성할 걸 부탁했다. 여준도 흔쾌히 승낙했다.

미주 한인들

미국으로의 조선인들의 대 이민은 1902년 12월 22일 인천을 출발한 101명의 계약 노동자들이 1903년 1월 13일 하와이 호놀룰루에 도착하면서부터다.

1905년 일본의 제지로 미국으로의 한인이민이 중단되기까지 총 7,226명의 한인들이 하와이에 도착했다. 이들 중 84%가 20대 남자들이었다.

미국본토의 철도 건설 현장이나 과수원에서 일하면 하와이보다 높은 임금을 받을 수 있다는 소식에 1903년부터 1915년까지 총 1,087명의 한인들이 미국본토로 이주했다.

또 1924년 미국이민법에 의해 한인이민이 금지되기까지 총 1,000명의 신부들이 하와이로 그리고 115명의 신부들이 캘리포니아로 이주해 가정을 이루었다.

그리고 1910년부터 1924년까지 541명의 학생들이 미국대학에 유학해 이주했다.

하지만 1903년 1월 13일 전인 1883년부터 1903년까지 미국에는 의친왕 이강, 서재필, 유길준, 변수, 박에스더(김점동), 서광범, 박영호, 김규식, 백상규, 윤치호, 안창호, 이대위 등 60여 명의 한인들이 살고 있었다.

의친왕 이강은 1900년에 미국에 유학하고 로노크 대학에서 수학 중 의친왕에 책봉되었다. 이강은 1901년 김규식을 만나 6월에 함께 노스필드에서 열린 학생대회에 참석했고 1905년 귀국하여 적십자 총재를 역임했다.

조선 최초의 미국유학생 구당(矩堂) 유길준(俞吉濬, 1856-1914)은 1881년 일본에 건너가 후쿠자와 유키치가 세운 게이오의숙에 입학하여 최초의 조선인 일본 유학생이 되었다.

1882년 임오군란이 일어날 때 유길준은 수신사 박영효, 김옥균, 서광범 등 일행을 만나 1883년 1월 그들과 함께 귀국해 7월 보빙사로 임명된 민영익의 수행원으로 미국에 갔다.

1884년 8월 유길준은 대학예비학교인 담머 아카데미에 입학하여 최초의 미국 유학생이 되었다.

한국 최초 미국대학 졸업자 소천(小泉) 변수(邊燧, 1861-1891)는 1882년 조미수호통상조약이 체결되자 조선의 친선사절단인 보빙사가 미국에 파견될 때 유길준 등과 함께 1883년 보빙사절단 일원으로 미국에 가 미국대통령을 만난 후 1884년 일본을 경유하여 귀국했다.

1886년 1월 민주호, 윤정식 등과 함께 미국으로 건너가 베어리츠언어대학에 입학했다. 졸업 후 유길준은 1887년 9월 메일랜드 대학교 농과에 입학해 농학을 전공했고 1891년 졸업하여 조선인 최초의 미국 대학 졸업생이 되었다. 대학 재학 시절인 1890년부터 미국 농무성 직원으로 근무했으며 1891년 10월 대학정거장에서 열차를 기다리다 열차 사고로 사망했다.

좌옹(佐翁) 윤치호(尹致昊, 1865-1945)는 대한민국 제4대 대통령 윤보선의 5촌 당숙이다. 윤치호는 일본 유학 중 영어를 배워 1888년 미국 밴더빌트 대학과 에모리 대학에서 5년간 수학했다. 윤치호는 안창호와 더불어 애국가 작사가로도 유명하다. 윤치호와 유길준은 친구다.

독립신문 발행자 송재(松齋) 서재필(徐載弼, 1864-1951)은 1884년 갑신정변이 실패하자 1885년 미국으로 망명하여 1889년 워싱턴 대학에 입학하였으며 1890년6월10일 한국인 최초의 미국 시민권자가 되었을 뿐만 아니라 1892년 한국인 최초의 미국 의사가 되었다.

그 외 1896년 미국에 가 1897년 로노크 대학 예과에 입학한 우사 김규식과 서광범 주미대사의 도움으로 임병구, 이범수, 김현식, 안정식, 여병현 등이 워싱턴 DC 소재 하워드 대학에 유학하였다.

그리하여 1945년 광복되기까지 하와이에는 총 6,500명, 미국 본토(캘리보니아)에는 3,000명의 한인들이 살고 있었다.

한편 간도에서 여운형의 전보를 받은 신규식은 미국에 있는 이승만에게 전보를 넣었다. 이승만은 바로 결의형제인 박용만과 절친인 이대위, 안창호한테도 소식을 전하고 빨리 간도로 출발할 걸 독촉했다.

우남(雩南) 이승만(李承晩, 44세)은 양녕대군 16대 손으로 1875년 황해도 평산에서 태어났다.

이승만은 1894년 과거제가 폐지되자 배재학당에 입학하였다. 1885년 아펜젤러에 의해 세워진 배재학당(배재대학 전신)은 아펜젤러가 집 한 채를 빌려 두 칸짜리 방의 벽을 헐고 조그마한 교실을 만들어 처음 이겸라, 고영필 두 학생으로 시작했다.

1886년 6월 8일 고종은 '배양영재'의 줄임말로 배재학당이란 교명을 내렸다. 배재학당은 이승만, 윤치호, 서재필, 장지연, 김소월, 김필순, 지청천, 여운형 등 유명한 출신들이 있다.

이승만은 그때 미국에 망명하였다가 돌아온 서재필의 영향을 많이 받아 정치에 눈을 떴다.

송재(松齋) 서재필(徐載弼)은 1864년 전라도 보성군에서 태어났다. 1882년 문과 증광시에 최연소로 합격했다. 20세때인 1884년 12월 김옥균, 박영효, 서광범, 서재필은 청국의 내정 간섭에서 자유로운 정치외교권 확보를 위해 갑신정변을 일으켰다가 1885년 5월 26일 미국으로 망명했다.

서재필의 부모와 형, 그리고 아내는 역적으로 몰려 음독자살했고 동생은 참형 당했고 두 살 된 어린 아들은 굶어 죽었다.

조선에서 최고의 영광을 누린 서재필이였지만 미국에서는 외로움과 고독에 시달렸고 언어장벽과 유색인종이라는 부정적인 시선 등으로 불이익과 차별을 당했다.

서재필은 가구점의 광고지 붙이는 일, 오렌지와 사탕수수 농장 노동자, 식당 서빙, 청소부, 가구점 점원, 잡화 상회 점원, 인쇄소 전단지 돌리는 일 등 잡일을 가리지 않고 열심히 했다.

1886년 서재필은 대부호이자 자선사업가인 홀렌벡의 소개로 해리힐만 아카데미란 명문 고등학교에 입학했다. 1889년에는 라파예트대학에 진학했으나 학비 조달이 어려워 다시 육군의학도서관에서 일을 하면서 밤에는 컬럼비아 의과대학 야간부에서 공부해 1893년 2등으로 졸업했다.

1895년 12월 조선의 초청으로 귀국해 최초의 민간 한글 신문인 '독립신문'을 발행하고 민권운동과 민주주의 정치운동의 깃발을 올렸다.

배재학당에서의 서재필의 강연에 깊은 감명을 받은 이승만은 비가 내리는 날 볏짚으로 만든 모자와 짚으로 만든 비옷을 입고 서재필의 집을 찾아가 서재필을 스승으로 모셨다.

이승만은 독립협회의 민중운동시기인 1898년 만민공동회 당시 가장 치열하게 앞장 선 운동가들 중 으뜸가는 청년이였으며 활발한 연설가로 활동했다.

23세 때인 1897년 배재학당 졸업 시 졸업생 대표로 영어로 '한국의 독립'이라는 제목으로 연설을 했다.

그 후 최초의 일간지인 '매일신문'의 사장이 되었다.

이승만은 1898년 일본에 망명중인 중추관 의관인 박영효의 소환, 용서하는 운동에 앞장서다가 반역죄로 5년 6개월간 한성감옥에 투옥되어 있으면서 '독립정신'을 집필하였다.

이승만은 1904년 감옥에서 석방되자 그해 11월 미국에 유학하여 루스벨트 대통령을 회견했다.

그 후 조지 워싱턴 대학, 하버드 대학, 프린스턴 대학에서 학사, 석사, 박사과정을 이수했다.

1910년 10월 이승만은 귀국하였다가 105인 사건이 터지자 출국하여 1912년 하와이에서 〈태평양잡지〉를 창간하여 사장이 되었다.

우성(又醒) 박용만(朴容万, 38세)은 1881년 강원도 철원에서 태어났다. 어릴때부터 한문에 능통했고 12살 때 한성일어학교에 1년간 다녔다.

박용만은 1895년 관립유학생으로 선발되어 일본에 건너가 중학교를 졸업했다. 유학시절 박영효를 소개받아 활빈당과 연관되어 1901년 귀국 시 감옥에 투옥되었다. 옥중에서 중국의 양계초에게 매료되어 조선의 양계초가 되기로 작심했다.

1904년 9월 박용만은 상동청년회 통신국장을 맡아 회원 연락과 서기 업무를 맡았다. 이때 일본의 황무지개척권 반대운동을 벌이다 체포되어 또 감옥에 갇혔다. 이때 감옥에서 이승만, 정승만을 만나 결의형제를 맺고 '3만형제'로 불렸다.

1873년 충청북도 청원에서 태어난 정승만은 1906년 이상설과 같이 서전서숙도 설립했지만 1911년 38세로 생을 마감했다.

1904년 미국에 유학을 떠난 박용만은 1908년 7월 애국동지대표대회를 개최했다. 이 회의에는 이승만, 박용만, 이상설 등 미국, 러시아, 조선 등 36명 대표들이 참여했다.

1908년 8월 네브라스카대학에 입학한 박용만은 1909년 6월 해외 최초 독립군관학교인 한인소년병학교를 창립했다.

1912년 11월 중앙총회 제1차 대표원의회가 개최되어 중앙총회 외교원이자 헌장수정위원으로 선임되었다.

1915년 2월 대한인국민회 중앙총회 선거에서 부회장으로 선출되었다.

이즈음부터 박용만은 이회영을 비롯한 상하이에서 결성된 동제사인사들과 연계를 취하면서 조선과 상하이, 서북간도 등지에 독립운동기관 조직을 결성하고 1917년 대동단결선언에도 서명했다.

태화(泰化) 이대위(李大爲, 41세)는 1878년 평안남도 강서에서 태어났다.

이대위는 26세 때인 1903년 미국에 유학을 떠나 1905년 8월 포틀랜드중학교에 입학했고 1908년 6월에 졸업 후 9월 캘리포니아 대학에 입학했다.

당시 샌프란시스코에는 20여 명의 한인들이 살고 있었는데 이대위는 캘리포니아 대학에 입학한 첫 조선인이었다.

1910년 2월 대한인국민회 북미지방총회 부회장 겸 총무를 맡았고 한일합병 반대문을 번역하여 일본 황제에게 보냈고 '신한민보' 주필을 맡았다.

이대위는 1913년 12월에 북미지방총회 회장으로 당선되었으며 안창호와 같이 친목회 공립협회, 흥사단, 국민회를 창설했다. 이대위는 상항감리교회 목사이며 신한민보 편집국장을 역임했고 한글 인터타입 식자기를 발명했다.

1913년 미 국무장관 브라이언에게 청원하여 한일합병 후 상해에 망명한 조선 청년 451명을 미국에 망명 유학생으로 여권도 없이 미국에 입국하도록 했다.

도산(島山) 안창호(安昌浩, 41세)는 1878년 평안남도 강서의 한 가난한 농민의 셋째 아들로 태어났다.

안창호는 9세 때부터 서당에 다니기 시작해 17세 때 언더우드가 세운 구세학당에 입학했다.

1898년 20세 때 안창호는 평안남도 강서로 돌아와 점진(漸進)학교를 설립했다. 이는 조선인이 세운 최초의 학교로 남녀공학이었다.

1902년 미국이 조선인 이민을 허락하자 안창호와 부인 이혜련은 샌프란시스코에 도착했다. 안창호와 이혜련은 최초 미국에 입국한 한인 부부다. 부인 이혜련은 미국 여 선교사 엘러스가 1887년에 세운 정신여학교 출신이다.

안창호는 1905년 공립협회를 창립하고 회장이 되었다.

1907년 서울에 온 안창호는 양기탁, 이동휘, 이동녕, 유동렬 등 7인 발기인과 이회영, 이시영, 정재관, 조성환, 김구, 신채호, 박은식, 김좌진, 김동삼 등 중심인물로 '신민회'를 창설했다.

신민회는 첫째로 공화국을 건립하며 둘째로 학교를 건립하며 국외에 무관학교를 건립하며 국외에 독립기지를 건설하는 것이 목적이었다. 1910년, 신민회 회원이 800명이 되었다.

일본 총독부는 1910년 12월 27일 독립군 양성자금을 모으던 안명근(안중근 사촌 동생)를 시작으로 김구 등 160명을 체포하였다. 동시에 신민회를 없애기 위하여 1911년 1월 1일부터 조선 초대 총독 데라우치(寺內正毅)

암살사건을 날조하여 신민회 회원 600여 명을 체포했다.

안치호, 양기탁, 이승훈, 유동열 등 6명이 징역 10년을 선고 받는 등 105명이 실형을 선고 받았다. 이 '105인 사건'으로 인하여 많은 독립운동가들이 탄압을 피해 간도로 망명했다.

1911년 안창호는 더는 조선에 있을수 없어 미국으로 가 1912년 11월 대한인국민회 중앙총회 초대 회장에 취임하였으며 '신한민보'를 발간했다.

이승만의 독립선언 소식을 접한 박용만, 이대위, 안창호는 바로 백사불구하고 간도로 출발할 준비를 했다.

우당 이회영은 고종황제를 만나다

김약연은 보름 만에 집에 도착했다. '아무리 좋은 궁궐이라도 자기 개굴보다 못하다(金窩銀窩不如自己的狗窩)'는 중국 속담처럼 김약연은 다리 쭉 펴고 발편잠을 잤다.

'집 나가면 다 개고생이다'라지만 이번 서간도 행은 힘들었지만 나름 너무 의미가 컸고 많은 지사들을 만날 수 있어 가슴이 뿌듯했다. 단지 우당 이회영을 만나지 못했다는 것이 다소 아쉬웠다.

1913년 일제가 우당 이회영을 암살하려 한다는 첩보를 들은 이회영은 서간도에서 경성으로 돌아왔다. 서간도에 있는 3년 사이 이회영은 갖고 간 돈을 거의 다 써 경성에 독립자금을 모금하러 오기도 했다.

이회영이 경성에 간 사이 아내 이은숙(李恩淑, 당시 24세) 씨는 마적 떼한테 총을 맞았고 6개월 된 아들 규창의 얼굴은 화롯불에 크게 데였다.

그래도 이은숙은 아무런 내색하지 않고 큰딸 규숙을 안고 젖먹이 규창이를 업고 신흥학교 학생들 밥을 지었다. 그때가 20대 초반 꽃다운 나이였고 신혼 때였다.

1889년 충남 공주에서 태어나 19살 규수에 당시 41세인 이회영에게 시집 갔다.

1908년 10월 20일, 첫 번째 부인 서씨와 사별하고 조선인으로는 처음으로 교회에서 서양식으로 간소하게 결혼식을 올린 이회영이 2년 뒤 나라가 사라지면서 독립투쟁하기 위해 서간도로 망명하자 이은숙도 따라나섰다. 그렇게 이은숙의 행복한 결혼 생활은 2년 뒤 서간도로 떠나며 완전히 엉망진창이 되었다.

1917년 이은숙이 딸 규숙과 아들 규창이를 데리고 다시 경성에 돌아왔을 때는 이회영은 집도 없이 친구 방주환의 집에 머물고 있었다. 이회영이 서간도 갈 때 집뿐만 아니라 땅을 다 처분했기 때문이었다. 그래도 이은숙은 이회영을 하나도 원망하지 않았다.

친구 방주환은 이회영의 온 가족이 다 모이자 부담스러워 할 대신 오히려 가족이 오랜만에 모인 걸 더 기뻐해 주고 환대해 주었다.

이회영은 온 가족이 다 모인 기쁨도 잠시 머릿속엔 가족의 의식주보다는 나라의 독립에 몰두하고 있었다.

이회영은 비록 고종이 폐위되었지만 중국으로 망명하면 독립투쟁에 엄청난 힘을 보탤 수 있다고 생각했다.

"여보, 우리 고종황제와 사돈 맺는 건 어떻겠소?"

"네?"

이회영은 고종을 만나기 위해 방법을 모색하다가 아들 규학이와 고종의 누나 외손녀인 조계진의 혼사를 추진하기로 했다.

이규학은 이회영과 전처 서씨와의 둘째 아들이고 형 규룡과 여동생 규온이 있었다.

당시 폐위된 고종은 덕수궁에서 심한 감시를 받으며 후궁과 딸 덕혜옹주를 만나는 멋으로 하루하루를 보내고 있었다.

덕수궁은 조선의 14대 왕 선조가 임진왜란 때 피난을 갔다 돌아온 후 월산대군의 후손들이 살던 집을 임시 궁궐로 삼으면서 처음으로 궁궐로 사용됐다.

명성황후가 시해된 1895년 을미사변이후 신변위험을 느낀 고종이 1896년 2월 1일부터 러시아 공사관에 머물다가 10월에 덕수궁으로 돌아와 1897년 조선의 국호를 '대한제국'이라 칭하고 황제가 되었다.

민비가 시해된 후 고종황제는 쓸쓸한 마음을 달래기 위해 명창 박춘재를 불러 노래 부르게 했다.

박춘재는 잡가뿐만 아니라 재담도 뛰어나 그가 공연하는 날이면 관중들이 인산인해를 이루어 밀치며 공연장이 아수라장이 되기도 했다.

박춘재는 조선 최초의 잡가 녹음가이다. 그가 녹음한 음반이 100만 장이나 팔렸다.

1899년 12월 고종황제는 명창 박춘재를 또 불러 덕수궁에서 노래를 부르게 했다. 축음기로 노래를 녹음하기 위해서였다.

1880년 프랑스 한 신부가 조선에 처음으로 축음기를 들여와 평양감사한테 들려주었더니 "사람을 잡아 넣었느냐, 귀신이 노래하느냐?"며 난리 쳤다고 한다.

박춘재는 고종 앞에서 축음기에 직접 〈적벽가〉를 녹음해서 다시 들려주었다.

그러자 고종은 "춘재 네 명이 10년은 더 줄어들겠구나"라고 농담했다. 당시 사진에 찍히면 명이 10년은 줄어든다는 설이 있었다. 이후 십년감수란 말이 전해졌다.

고종은 러시아 공사관에 있을 때 공사 웨베르가 고종과 담소하면서 건넨 커피를 처음 마셔 보았다. 고종은 처음으로 커피를 마신 조선인이다.

1903년 미국공관으로부터 들여온 포드승용차를 황제어차로 사용하며 고종은 승용차를 처음 타 본 조선인이기도 했다.

어느 날 커피를 마시며 공사관 직원들이 밖에서 땀을 뻘뻘 흘리며 테니

스를 치는 모습을 보면서 고종은 "저 힘든 거 왜 하인들을 안 시키냐?"고 공사관 직원에게 물었다.

공사관 직원은 당황해 어쩔 바를 모르다가 "저건 테니스라는 운동입니다"라고 겨우 대답했다.

"운동?!"

그때부터 운동이라는 걸 알게 된 고종은 영국공사관에서 테니스를 배웠고 특히 당구를 즐겨 쳤다. 명성황후는 시해되기 전 피겨 스케이트를 즐겨 탔다.

운동 덕인가 고종이 61세에 얻은 딸 덕혜옹주는 1917년 6살 되었을 때에야 고종의 딸로 인정받고 왕족이 되었다.

일본 왕실의 일원으로 된 고종 가족들은 궁내성의 관할을 받아 족보《이태왕가첩적》에 올랐지만 30살 난 양씨는 공식 후궁이 아닌 궁녀였고 덕혜옹주도 고종의 딸로 인정되지 않아 모두 족보에 오를 수 없었다. 그나마 고종의 끈질긴 노력 끝에 덕혜옹주는 태어나서 6년 만에 이름도 얻어 고종과 함께 덕수궁에서 살 수 있었다.

이회영은 아들의 혼례를 치르기 위해 덕수궁을 드나들며 수시로 고종을 만나 돌아가는 세상사를 논해 베이징으로 망명하는 데 고종의 승낙을 얻었다.

이회영은 곧바로 민비의 사촌동생인 민영달을 찾아갔고 민영달은 흔쾌히 5만 원(15억)을 쾌척했다.

이회영은 베이징에 있는 이시영더러 고종이 거처할 행궁을 알아보게 했다.

1919년 1월 파리강화회의가 열리자 고종은 또 특사를 보내 일본의 죄를 세상에 알리려 했다.

 독립의 용두레: 간도 1919-20

이회영이 그렇게 조심조심하고 입단속도 했지만 낮말은 새가 듣고 밤말은 쥐가 듣는다고 고종의 망명 소식이 2대 조선총독 하세가와(長谷川)의 귀에까지 들어갔다.

고종이 망명하면 후환이 될 게 불 보듯 뻔한지라 불안감을 느낀 하세가와는 경술국적 8인 중 한사람들인 내각총리대신 이완용, 시종원경 윤덕영, 궁내부대신 민병석과 의논하여 고종을 죽이려고 계획했다.

1919년 1월 21일 저녁, 고종은 덕수궁 함녕전에서 의자에 앉아 두 궁녀가 주는 커피를 마시며 망명에 들떠 한갓 여유로워 보이기까지 하였다.

"으악!"

그런데 30분이 지났을까 고종은 갑자기 얼굴이 파래지고 심한 경련과 함께 피를 토하며 쓰러졌다. 독을 탄 커피를 마신 것이었다.

이조 500년 제26대 마지막 왕이며 대한제국 초대 황제였던 고종은 그렇게 67세를 일기로 불운한 생을 마감했다.

하세가와가 사람을 시켜 궁중전의(殿醫) 안상호를 협박해 고종이 뇌일혈로 사망했다고 소문을 퍼뜨리게 하고 두 궁녀는 쥐도 새도 모르게 죽여 버렸다.

그러나 고종이 독살되었다는 소문이 퍼지며 조선 땅뿐만 아니라 간도, 연해주에 살고 있던 모든 조선인들이 모두 슬퍼했고 분노했다.

간도 영웅 39인이 독립선언하다

1919년 2월 1일 토요일, 음력 1월 1일, 간도 대지 위엔 하얀 눈이 두텁게 쌓여 있고 초가집 처마 밑에 고드름이 거꾸로 자라고 있었다.

햇살이 비쳐 눈 녹은 언덕 위 흙에는 작은 새파란 새싹들이 움트고 있었다. 추위 속에서도 어느새 봄이 찾아 온 거다.

음력 1월 1일은 조선의 음력설이자 중국의 전통 명절인 춘제(春節)다. 그래서 아침부터 애들이 뛰놀며 떠드는 소리와 폭죽 터뜨리는 소리가 요란했다.

간악한 일제지만 설인지라 돌아다니는 사람을 그렇게 단속하지는 않았다.

화룡현 삼도구에도 많은 사람들이 오갔다. 그 속에는 대종교 교당으로 모이는 사람이 많았다.

교당 대문 입구에는 검은 도복을 입은 교인들이 두 줄로 쫙 서서 들어오는 사람마다 검문했다. 거기에는 이미 김약연과 김교헌이 줄 중앙에 서서 오는 손님들을 맞이하고 있었다.

약속한 대로 김좌진, 서일, 김규식, 이봉우, 황상규가 환하게 웃으며 제일 먼저 왔고 이어 이상룡, 이시영, 여준, 허혁, 김동삼, 이세영, 김필순 등 서간도 일행이 들어섰고 그리고 윤세복과 아름다운 한복을 차려입은 윤희순이 박수갈채를 받으며 들어섰다.

또 조용은, 최진동, 안무와 박찬익이 들어섰고 최재형, 안정근, 여운형,

이범윤, 이동휘, 정재관, 김학만, 유동열, 문창범, 홍범도, 조성환 등 연해주 일행들 이어 그리고 신규식, 박은식, 신채호 등 상해 일행들이 들어섰다.

마지막으로 이승만, 박용만, 이대위, 안창호 등 미국 대표들까지 다 모이자 김교헌과 김약연도 교당에 들어섰다.

교당 좌우로 놓인 39개 좌석에 이미 온 사람들이 앉아서 웃음꽃을 피우고 있었다.

김교헌은 교당 중앙에 놓인 탁상에 마주 서서 고개 숙이며 먼저 인사를 올렸다.

"안녕하십니까? 사회를 맡은 대종교 교주 김교헌입니다. 여러분, 반갑습니다. 이 누추한 곳까지 찾아오시느라 고생 많으셨고 너무 감사드립니다. 우선 먼저 얼마 전 돌아가신 고종황제 명복을 빌며 1분간 묵념이 있겠습니다!"

모두 제자리에서 일어나 고개 숙이고 묵념했다.

"바로! 자! 앉으시죠. 그럼 이어 행사를 시작하겠습니다. 여기 모이신 분들은 서로 아시는 분도 계시고 모르시는 분들도 있지만 우리가 모인 목적은 같으리라 생각합니다. 먼저 한 분 한 분 일어나서서 자기소개 부탁드리겠습니다."

김교헌이 오른쪽 바로 옆 좌석에 있는 김약연을 가리키며 "이쪽부터 하시죠." 하자 김약연이 일어나며 "김약연입꾸마. 반갑습꾸마." 하고 인사했다.

"김좌진입니다."

"서일입니다."

……

순서대로 한 명 한 명씩 일어나서 본인 소개를 했다. 박수 속에서 39인이 모두 자기소개를 마쳤다.

"자, 이번엔 여운형 선생님께서 발언하시겠습니다."

여운형은 교당 중앙에 나와서 격동된 심정으로 말문을 열었다.

"여러분, 너무나 반갑고 감사합니다. 김약연 회장님 고생 많으셨습니다. 다 아시다시피 세계대전이 끝났고 미국 윌슨 대통령은 민족자결주의를 제창하고 있습니다. 여러분들도 다 아시다시피 중국은 1911년 10월 신해혁명으로 중화민국을 건립했고 러시아는 1917년 10월 혁명으로 소베트정권을 건립했습니다. 다 자기 힘으로 모두 독립한 겁니다. 이제 우리나라도 스스로 독립을 해야 하지 않겠습니까?! 여기에 모이신 모든 분들은 간도, 연해주, 상해, 미주 등 곳에서 모두 우리나라 독립을 위해 힘쓰시는 분들입니다. 여기 모이신 분들이 독립선언서를 발표할 자격이 충분히 있으십니다. 오늘 우리는 이곳에서 독립선언서를 발표하여 파리회의에 대표를 파견함으로써 전 세계에 대한독립을 주장할 것입니다."

여운형의 말이 끝나기 전에 장내가 떠나갈 듯 우레와 같은 박수갈채가 터졌다.

"그리고 바로 일본과 경성에도 사람을 파견하여 독립선언을 할 것입니다. 연해주와 미주에서도 동참해 주시길 부탁드리겠습니다."

김교헌은 "자! 그럼 바로 이어서 조소앙 선생님께서 독립선언서를 낭독하겠습니다."

조소앙은 교당 중앙에 나와 품에서 여준, 박찬익과 함께 며칠 동안 밤새우며 미리 준비한 종이를 꺼내 들고 높이 읽었다.

"대~한독립선언서(大韓獨立宣言書)

우리 대한의 완전한 자주독립과 신성한 평등복리로 우리 자손 여민에 대대로 전하게 하기 위하여, 여기 이민족(移民族) 전제의 학대와 억압을

　　　　　　　　　　　　　　　　독립의 용두레: 간도 1919-20

해탈하고 대한 민주의 자립을 선포하노라.

일본의 병합 수단은 사기강박과 불법무도와 무력폭행 등에 의한 것이므로 무효이니, 우리 강토의 촌토라도 이민족이 점유할 권한이 없으며 우리나라 한 사람의 한인이라도 이민족이 간섭할 조건이 없으니, 섬은 섬으로 돌아가고 반도는 반도로 돌아오고, 대륙은 대륙으로 회복하라.

우리 대한은 예로부터 우리 대한의 한이요, 우리 한(韓)은 완전한 한인(韓人)의 한이니라.

우리 여기 2천만 대중의 충성을 대표하여 세계만방에 고하오니 우리 독립은 민족자보(民族自保)의 정당한 권리를 행사함이요, 결코 목전의 이해에 우연한 충동이 아니며 은혜와 원한에 관한 감정으로 비분명한 보복수단으로 자족한바 아니라 진정한 도의를 실현함이라.

정의는 무적의 칼이니 궐기하라, 독립군. 제(齊)하라, 독립군.

2,000만 동포들은 국민본령을 자각한 독립임을 기억할 것이며 육탄혈전(肉彈血戰)으로 독립을 완성할지어다!"

조소앙의 낭독이 끝나기 바쁘게 "만세!" 함성과 함께 우레와 같은 박수가 또 쏟아졌다. 격앙된 뜨거운 박수는 10여 분 동안 끊이지 않고 이어졌다.

김교헌은 두 손으로 모두를 겨우 진정시키며 말을 이었다.

"감사합니다. 이어서 김약연 선생이 발언하겠습니다."

김약연은 중앙에 나와 격앙된 목소리로 말했다.

"동지들, 우리는 나라를 잃었고 황제도 잃었습꾸마. 제가 간도에 온 지 꼭 20년이 되었습꾸마. 하지만 아무리 풍의족식하여도 마음속엔 항상 고향이 그립고 고국이 그리웠습꾸마. 이젠 우리가 다시 나라를 되찾고 우리 함께 돌아가깁소."

김약연의 굵고 짧은 연설에 모두가 가슴을 울먹이며 뜨거운 박수를 보냈다.

김교헌은 격동되어 말했다. "마지막으로 여기 독립선언서에 가나다라 순으로 이름을 서명하십시오. 그리고 오늘은 우리의 설인만큼 제가 자그마한 술상을 준비했습니다. 모두 새해 복 많이 받으시길 바랍니다!"

김교헌, 김규식, 김동삼, 김약연, 김좌진, 김철순, 김학만, 문창범, 박용만, 박은식, 박찬익, 조성환, 조용은, 정재관, 서일, 신규식, 신채호, 최진동, 최재형, 이대위, 이동녕, 이동휘, 유동열, 이봉우, 이범윤, 이시영, 이세영, 이상룡, 이승만, 여준, 여운형, 안무, 안정근, 안창호, 윤세복, 윤희순, 홍범도, 황상규, 허혁 등 39명이 차례로 한자로 서명했다.

"이제부터 우리는 모두 영원한 동지들입꾸마. 대한 독립을 위하여!"

"위하여!"

김약연의 축배사가 끝나자 모두 자기 앞에 놓인 큰 술잔을 들고 기뻐하며 건배했다.

술이 거나하게 돌자 여운형은 김약연의 옆에 가 귓속말로 "제가 잠깐 밖에 다녀오겠습니다. 이 소식을 빨리 김규식한테 전해 하루빨리 파리로 출발하게 하겠습니다."라고 말했다.

김약연은 "알겠소. 수고해 주오. 일어나지 않겠소."라고 말했다.

옆에 있던 김교헌이 여운형을 불러 세웠다.

"오늘은 설이라 통신국이랑 다 쉬오. 어디다 전화할려고 그러오? 상해요?"

"네. 김규식한테 전화할려구요."

"우리 교당에 있긴 한데 교환전화요. 상해에 할려면 대련에서 교환해야 되고 일본놈들이 감시해서 어려울건데."

"아! 그럼 암호로 말하죠."

여운형은 김교헌 뒤를 따라 나오다가 조소앙을 보자 불현듯 무언가 생각이 나 걸음을 멈추었다.

"소앙은 내일 아침 일찍 일본으로 떠나야겠소."

조소앙은 "네? 혹시…" 하고 말했다.

여운형은 정색해 말했다. "가서 장덕수를 만나오. 아마 지금쯤은 다 준비해 놓았을 거요."

"네. 알겠습니다. 내일 아침 일찍이 출발하겠습니다."

조소앙은 결의에 차 다시 술잔을 들어 굽냈다.

"난데 여기 작은 아버지랑 설 잘 쉬었어. 그러니 걱정 마!"

여운형의 전화를 받은 우사 김규식은 일이 잘 풀렸다는 걸 알아차렸다. 김규식은 아쉽지만 신혼중인 아내 김순애(31세)와 작별하고 여운형의 동생 여운홍 등과 함께 그날 저녁 우편선을 타고 파리로 출발했다.

김순애는 오빠인 김필순의 소개로 김규식과 만나 1918년 12월에 결혼했다. 깨 쏟아지는 신혼생활이 두 달도 채 안 돼 그것도 설에 대한 독립을 위해 둘은 이별해야 했다. 부두에 나온 김순애는 눈물이 볼을 적셨다. 목이 메여 겨우 말이 나왔다.

"잘 다녀 와요!"

"잘 있소!"

같은 시각 봉계군벌 두령 장작림(張作霖, 46세)의 궁궐 같은 봉천성 자택에서는 설 파티가 한창이었다.

1873년 지금의 요녕성 해성시(海城市) 한 농민의 아들로 태어난 장작림은 군에 입대하여 18세 때 청일전쟁에 참여했다. 전쟁이 끝난 후 장작림은 고향에서 자위부대를 조직했다.

1905년 날로 커져가는 장작림의 부대를 봉천성 순무가 정규군으로 받아들였다.

1918년 장작림은 동3성 순열사(巡閲使)에 임명된 후 사실상 동3성 황제나 다름없었다.

장작림은 부인 6명에 아들 8명, 딸 6명이나 되었다. 18세인 큰아들 장학량은 동3성육군강무당 1기 졸업생이며 장작림의 군대에 입대했다. 장학량은 고속 승진하여 21살 때 부사령관이 되었다.

장작림의 집에는 금융, 군수품 등 각계 거물들이 왔는가 하면 간도영사 사이토도 와 있었다. 사이토는 장작림에게 설 인사도 할 겸 봉천성을 순방하면서 앞으로 조선으로부터 중국진출을 위한 지리 탐방의 목적도 있었다.

1906년 안동(단동)과 봉천(심양)을 잇는 안봉선이 개통되었고 1911년에는 조선과 중국을 잇는 단선철교가 개통되었다.

사이토의 이번 탐방은 장작림을 직접 만나 그의 의중도 알아보고 싶기도 했고 앞으로 장작림의 손도 빌릴 일이 많아서이기도 했다.

장작림도 호락호락하지는 않았다. 장작림도 나름 계산이 있었다. 앞으로 중국 전역을 통치하려면 일본의 돈과 무기가 필요했다. 그렇다고 너무 빌붙으면 주구(走狗) 한간(漢奸)이라고 비웃음을 살 수도 있었다.

두 사람은 웃음 속에 칼을 품은 채로 서로 건배를 했다.

춘협 이성운

2·1 간도독립선언서를 발표한 이튿날 아침 일찍이 일어난 조소앙은 누구도 모르게 짐만 간단히 싼 다음 대종교당 숙소에서 나와 울라디보스토크로 떠났다.

상해와 연해주, 미주에서 온 일행들 외엔 모두 집에 설 쇠러 가고 없었다. 그래도 아침부터 달콤히 잠든 일행들을 깨우고 싶지 않아서였다.

조소앙이 울라디보스토크에서 다시 여객선으로 도쿄에 도착했을 때는 2월 6일이 되었다.

조소앙은 와세다(早稻田)대학에 가 장덕수를 만났다. 조소앙은 와세다대 대기실 앞으로 우편물을 보내 장덕수와 연락을 취했다.

1894년 황해도에서 태어난 설산(雪山) 장덕수(張德秀, 25세)가 바로 신한청년당에서 일본에 파견한 대표였다. 장덕수는 윤홍섭과 신익희와는 결의형제다.

장덕수는 화룡으로 떠나기 전 신규식에게서 100달러를 받아 1월 27일 상해에서 배를 타고 나가사키로 일찍 떠났다. 100달러는 당시 일용직 3개월 치 월급이다.

장덕수는 1916년 7월 와세다대 정치경제학부를 졸업한 후 바로 상해에 가 여운형의 소개로 동제사에 가입했다.

와세다대학은 1882년 시게노부가 동경전문학교를 창설한 것을 모태로

1902년 와세다대학으로 개칭했고, 시게노부가 메이지유신 뒤에 입각하여 총리대신을 지냈다.

당시에는 구제고등학교 졸업장이 있어야 유학이 가능했는데 와세다대학은 사립대학이어서 한인들의 유학이 가능했다.

최초로 이 대학에 유학 온 조선인은 윤홍섭과 신익희였다.

해공(海工) 신익희(申翼熙, 25세)는 1894년 경기도 광주에서 태어났다.

5살 때부터 형 신규희한테서 한학을 배웠고 18세때인 1912년 외국어학교 시절 동창인 윤홍섭이 일본 유학 가자고 해서 일본 유학을 떠났다. 윤홍섭은 윤비 동생이자 부원군인 윤덕영의 아들이어서 처음에는 꺼렸다.

"대학 졸업 후 되돌아와 나라를 구하는 길에 나서겠습니다."신익희는 고심 끝에 어머니한테 말씀드리고 유학을 떠났다. 훗날 신익희는 임정 내무부 부장이 되었다.

신익희 유학 비용은 윤홍섭이 다 댔다. 아니였으면 신익희는 유학을 갈 비용이 없어 엄두도 못 냈다.

조선에서 가장 사치스러운 윤덕영의 벽수산장은 2만 평 대저택이었으며 친일파 최고 부자인 윤덕영의 재산은 1933년 기준 100만 원(300억)이었다.

1910년 8월 22일 경술국치 일주일 전, 윤덕영과 민병석이 순종황제에게 한일합병조약에 날인할 것을 강요했다. 병풍 뒤에 숨어서 엿 듣던 순정효황후는 울면서 도망치다가 숨이 차 앉아서 옥새를 치마 속에 감추었다.

뒤쫓아 온 그 누구도 황후의 몸에 손을 댈 수 없어 속수무책으로 쩔쩔매고 있는데 큰아버지인 윤덕영이 나서서 치마 속에 손을 넣어 옥새를 빼앗았다. 이로써 조선은 일본의 식민지로 전락되었다.

윤홍섭과 신익희에 이어 송진우, 장덕수, 최두선, 백남훈, 이광수, 김성수, 김준연, 현준호 등이 유학을 왔다.

신익희, 윤홍섭은 '조선유학생 학우회'를 조직했다.

1915년 신익희, 윤홍섭, 장덕수 등이 '조선학회'를 조직했다.

그 덕에 장덕수는 이번에 일본에 오자마자 600명 재일유학생 대표 11명을 뽑아 '조선청년독립단'을 쉽게 조직할 수 있었다.

그리고 2월 8일 독립선언서를 발표하기로 하고 조소앙이 오기를 기다리고 있었다.

조소앙은 사안이 시급한지라 장덕수의 결정을 동의하고 이광수가 기초한 독립선언서를 보고 약간 수정을 보고 대부분 보류했다.

1892년 평안도에서 태어난 춘원(春園) 이광수(李光洙, 27세)는 최남선, 홍명희와 함께 '조선의 3대 천재'라 불렸다.

장덕수는 조소앙을 만나러 오면서 아끼는 와세다 대학 3학년에 다니는 후배 한 명을 데리고 왔다.

"안녕하십니까?"

조소앙이 허리 굽혀 인사하는 이 후배를 훑어보니 키 좀 크고 호리호리하지만 얼굴은 영준하고 총명해 보였고 수줍어했지만 몸이 돌덩이처럼 탄탄해 굉장히 날렵해 보였다.

이 후배는 바로 조선의 마지막 택견 왕 임호(林虎, 37세)의 제자이자 택권(擇拳)의 창시자 춘협(春燁) 이성운(李成云, 19세)이었다.

1900년 경성에서 태어난 이성운은 5살 때부터 고종황제의 경호원인 아빠 이병래한테서 이씨곤봉(李氏棍棒)을 익히고 임호한테서 택견을 배웠다. 이성운의 겉모습은 쇠약해 보였지만 저녁에 웃통을 벗으면 앞가슴 근육이 울퉁불퉁했고 배에는 왕 자 근육이 탄탄하게 생겼고 몸이 가벼워 걸을 때마다 바짓가랑이 사이로 바람이 휙휙 불어 마치 뜬구름을 밟고 다니는 것 같았다.

특히 이성운은 다리를 일자로 쫙 찢는 건 기본이고 서서 한쪽 다리를 들어 올리면 그쪽 귀에까지 닿았다. 그리고 왼쪽 다리로 서서 오른쪽 다리를 곧게 쭉 일자로 뻗어 하늘을 찌르면 폼이 일품이었다.

이성운이 만든 택권은 주로 발로 상대를 제압해 철각(鐵脚)이라고 불리기도 했다.

1895년 고종황제에게는 원래 용병 보디가드가 있었다. 미국인 다이소장, 닌스테드 대령과 러시아 건축기사 사바틴이었다.

궁궐에 외국인이 있으면 일본이 함부로 위협을 가하지 못할 거란 오산이었다.

그러나 10월8일 새벽, 일본 군경, 낭인들과 정작 맞닥뜨리자 조선의 경비대를 지휘해 경복궁 입구를 지키고 있던 다이장군은 제대로 교전도 못하고 도망쳤다. 그리고 왕실군인들은 모두 총을 한 발도 쏘지 않고 제복을 벗어 던진 채 탄환을 버리고 달아났다.

경복궁 맨 끝 쪽에 있는 옥호루에 기거하던 민비는 여러 사람들의 호위를 받으며 황망히 복도로 달아났다. 민비 얼굴을 모르던 도우 가쓰아키(26세), 마쓰무라 다시끼(31세), 이에이리 가기치(19세) 등은 모두 한 여인만 호위하니 눈치채고 바로 뒤쫓아 가 바닥에 쓰러뜨리고 가슴 위로 뛰어올라 세 번 발로 짓밟고 긴 히젠도로 가슴을 내리찍었다.

피를 사방에 뿌리던 민비는 외마디 소리를 지르며 44세 일기로 숨을 거두었다.

일본 낭인들은 실성한 사람마냥 저희들끼리 희희닥거리더니 명성황후의 시신에 불을 질렀다. 한 나라의 국모는 이렇게 인정사정없이 처참한 죽음을 당했다!

칼을 지닌 48명의 킬러들은 이토 히로부미의 '여우사냥'이란 명을 받고 러시아와 가까워지는 조선이 두려워 밀실 실세인 민비를 살해했던 것이다.

고종황제는 자신의 신변안전이 불안해지자 이회영 등 신하들을 시켜 경성의 최고 무술인을 보디가드로 수소문했다. 그렇게 되어 무과 급제하고 24기 무예를 정통한 경성의 제일 무림고수 이병래가 발탁되었다.

청죽(靑竹) 이병래(李炳來, 당시 20세)는 1875년 경기도 고양군 은평면(지금의 서울 홍제동)에서 태어났다.

조선의 무술책《무예신보(武藝新譜)》의 저자 규장각 검서관 형암(炯庵) 이덕무(李德懋)의 후예다.

이병래는 3년에 한번 열리는 무과(武科) 시험 갑과(甲科) 출신 3명 중 한 명으로 과거제도가 폐지되기 전 1893년에 합격되었다. 이병래는 조선의 마지막 무장원이다.

중국 수나라에서 시작된 과거제도는 958년 고려 4대왕 광종 9년에 처음 시행되었다.

조선 왕 중 유일한 과거 합격자는 태종 이방원이고 제일 나이 많은 사람은 85세로 고종 시기의 정순교이며, 반대로 최연소는 14세로 고종 시기의 이건창이다.

이병래는 무과 급제 후 수원 화성을 지키는 장영위(壯營衛) 장군으로 있었다.

수원 화성은 정조가 아버지인 사도세자의 묘를 수원 화산에 이전하며 주민들을 팔달산 아래로 이사하게 하면서 1796년에 완공되었다. 총길이가 5.74km인 화성은 북문 장안문, 남문 팔달문, 서문 화서문, 동문 창룡문 등 4대 성문이 있다. 화성을 짓기 위해 석수 442명, 목수 335명 등 인력이 1만

1,820명이 동원되었고 돌덩이 18만 6,200개, 벽돌 69만 5,000개가 들어갔다.

이병래는 보디가드가 되자 고종황제의 신변을 한 발자국도 떠나지 않았다. 러시아 공관에 있을 때도 다시 덕수궁에 돌아왔을 때도 고종황제 곁을 지켰다.

1910년 8월 29일 나라가 망하자 선비 매천(梅泉) 황현(黃玹 55세)은 "벼슬을 하지 않아 녹을 먹은 적 없지만 500년 선비를 길러 준 나라에서 망국을 구경할 수는 없다"면서 약을 먹고 자결했고 금산 군수였던 일완(一阮) 홍범식(洪範植 39세)도 칼에 엎드려 자결했고 충남 청송 군수 전택수도 순절했고 풍천 이승지는 음독 자결했고 세종대왕 다섯째아들 광평대군의 17대손이며 러시아공사 이범진도 총으로 자살했다.

이병래도 나라가 없는 황제를 모시기 부끄럽다며 칼로 목을 베고 자결하고 말았다.

아빠한테서 곤봉술을 배우던 이성운은 아빠가 순직하자 아빠의 친구인 '인왕산 호랑이' 임호한테서 택견을 배웠다.

이성운의 엄마는 이성운이 공부도 하고 택견도 배우기 쉽게 임호가 살고 있는 경성 종로구로 이사 갔다.

이성운은 하교 후 매일 남산에 올라가 나무에 거꾸로 매달렸고 다리로 나무를 차는 연습을 했다. 몇 년이 지나자 나무껍질이 다 벗겨져 하얀 모습을 나타냈다.

이성운은 아빠가 보던 《무예도보통지(武藝圖譜通志)》도 통독해 조선무예 24기(技)를 정통했다.

조선의 최초의 무예서는 1598년에 선조가 만든 《무예제보》다.

무예제보에는 곤방(봉), 등패(방패), 낭선(독 묻힌 대나무가지), 장창(긴창), 당파(삼지창), 쌍수도(양손으로 잡는 긴칼) 등 6기 무술이 적혀 있었다.

1610년에 광해군이 권법, 청룡언월도, 협도곤, 왜검 등 4기를 추가했고 사도세자가 죽장창(긴대나무창), 기창(깃발창), 예도(일반검), 교전(검겨루기), 쌍검, 제독검, 본국검, 편곤(쌍절곤) 등 8기를 더해 18기를 완성했다.

1790년 정조는《무예도보통지》에 기창(말을 탄 창술), 마상월도, 마상쌍검, 마상편곤, 격구, 마상재(말 위 재주) 등 6기를 더해 조선무예 24기를 증편했다.

이성운은 16살 때 임호 사부한테서 배운 택견을 보완해 발로만 하는 택권이라는 무술을 만들었다. 두 주먹보다는 주로 두 발을 날려 추풍낙엽처럼 상대방을 제압했다.

또 오른발로 차고 왼쪽 발이 이어 차는 것이 마치 발랑개비 도는 것과 같다고 선풍퇴(旋風腿)라고도 불렸고 나무나 벽을 한번 뛰어올라 여덟 번 차 철팔각(鐵八脚)이라고도 불렸다.

이병래가 죽자 아들의 뒷바라지를 하기 위해 이성운의 엄마는 시장에서 배추김치를 만들어 팔았다.

어느 날, 이성운이 우연히 힘든 엄마를 도우러 시장에 갔다가 신라의 화랑, 백제의 싸울아비, 고구려 조의선인 등 무사집단 후예들이 한 패 한 패씩 보호비를 받는다며 엄마한테서 돈을 뜯어내는 걸 목격했다.

이성운은 화가 치밀어 달려가 혼자서 발로 수십 명을 쓰러뜨리자 다 도망갔다. 시장 상인들은 속 시원해하며 환호했다.

이성운의 엄마는 그들이 보복할까 봐 두려워 사처로 수소문해 이성운을 일본에 유학 보냈다.

조소앙이 이성운을 보자 웬지 낯익어 보였다. 이성운도 조소앙을 먼저 알아보고 "반갑습니다, 선생님!"이라고 반갑게 인사했다.

1912년 조소앙이 일본 유학을 마치고 양정의숙에서 법률학과를 가르칠 때 이성운은 그 학교 학생이었다.

양정의숙(지금의 양정고, 養正高)은 1905년 엄주익에 의해 세워졌다.

중외일보 사장인 독립운동가 안희제, 대한광복회 초대 총사령관인 박상진은 양정의숙 졸업생들이다. 특히 1936년 베를린 올림픽 대회에서 역사상 처음으로 마라톤 금메달을 딴 손기정(孫基禎, 당시 24세)은 바로 이 학교 학생이었다.

1912년 평안북도 신의주 태생인 손기정은 생애 첫 올림픽 금메달을 땄지만 하나도 기쁘지 않았다. 나라를 잃어 일본 선수로 참여해 일장기가 올라갔기 때문이었다. 그가 귀국할 때도 일본 경찰의 호위를 받으며 감시 속에서 홀로 집에 보내졌고 그 후 은행원으로 취직했다.

광복 후 1946년 손기정은 자신의 집에 마라톤 합숙소를 세우고 제자들을 훈련시켰다. 매일 6시에 일어나 제일 먼저 하는 일이 애국가 제창이었다.

1947년 8개국 153명이 참여한 보스톤 국제 마라톤대회(42.195km)에 22살 서윤복이 2시간 25분 39초로 세계신기록을 세우며 우승을 차지하자 손기정은 너무 기뻐 눈물을 흘렸다.

제자 서윤복이 자신의 꿈을 대신해 태극기를 달고 뛰었을 뿐만 아니라 빼앗긴 조국을 되찾은 기쁨 때문이었다.

서윤복은 최초로 태극기를 달고 마라톤대회 우승을 한 대한민국 선수다. 그들이 귀국할 때 몇만 명이 거리로 나와 태극기를 흔들며 환영했다.

52년이 지나 76세가 된 손기정은 끝내 꿈에 그리던 태극기를 달고 올림픽에 참여하게 되었다. 88서울올림픽 성화 봉송을 들고 달리던 손기정은 너무 기뻐 애들처럼 풍풍 뛰기도 했다.

조소앙은 어렴풋이 7년 전 앳된 모습의 이성운을 기억해 보았다. 그때도 이성운은 몸이 메말랐었고 말수가 적었고 많이 외로워 보였었지만 맑은 눈동자는 그때도 빛났었다.

그런 그가 지금은 어엿한 당대 최고의 무술인이 되어 나타났고 인젠 사생사이가 아닌 동지가 되어 구국의 길에 나선 것이다.

도쿄 탈출

2월 8일 오전 10시경 일본 유학생 대표 최팔용, 윤창석, 서춘, 이종근, 최근우, 김상덕, 김도연, 백관수, 송계백, 이광수, 김철수 등 11명은 독립선언서를 각국 대사관, 일본 국회의원, 조선총독부, 도쿄 및 각지 신문사에 우편으로 배송한 다음 오후 2시 조선기독교청년회관에 모였다. 일본 유학생 600명도 다 모였다.

회장 백남규가 대회를 선언하고 백관수가 독립선언서를 낭독했다.

"2·8 독립선언서

2천만 민족을 대표하여 독립을 기성(期成)하기를 선언하며 민족자결(自決)에 의한 자유·독립을 요구하며 한일합방은 일본의 강압으로 이룩된 것이니 무효이다.

일본의 사기는 인류의 치욕이요, 세계가 개조되는 이때 조선이 독립함은 당연한 것이며 일본 국회와 정부는 조선민족대회를 개최케 하여 한민족의 의사를 물어보라.

민족의 생존권을 위하여 일본에 대해 영원한 혈전(血戰)을 전개할 것이다.

1919년 2월 8일 조선청년독립단."

낭독이 끝나자 장내는 '대한 독립 만세' 소리로 들끓었다. 학생들이 한창 열의가 끓고 있는데 갑자기 호각 소리와 함께 총을 꼬나든 일본 경찰들이 대문을 부수고 들이닥쳤다.

뜻밖의 상황에 놀란 대문 쪽에 앉아 있던 유학생들과 일본 경찰들 사이에 몸싸움이 벌어졌다.

순식간에 대회장은 아수라장이 되었다.

중앙 쪽에서 여자 친구 김연숙의 왼손을 잡고 두 팔 벌리며 독립 만세를 외치던 이성운은 갑작스런 소동에 놀라 얼굴이 굳어졌다.

순간적으로 이성운은 정신이 번쩍 들며 여자 친구 손을 꽉 잡고 문 쪽으로 뛰었다.

그때까지도 상황 파악 못 하고 있던 연숙이도 얼떨결에 이성운의 손에 끌려 앞으로 달렸다.

양쪽 좌석 사이 길로 경찰 두 명이 이성운 쪽으로 달려오고 있었다.

이성운은 앞에서 달려오는 경찰을 향해 오른발을 날려 왼쪽 얼굴을 가격했다. 그 경찰은 얼굴을 맞고 몸을 가누지 못하고 옆의 책상과 함께 힘없이 오른쪽으로 와장창 넘어졌다.

이성운은 다시 몸을 가누고 그 뒤에서 달려오는 경찰의 가슴을 향해 발을 든 채로 힘주어 걷어찼다. 그 경찰은 뒤로 벌렁 저만큼 날아가 넘어졌다.

이성운은 그 틈을 타 마구 뒤엉켜진 학생들과 경찰들 사이를 헤집고 연숙이와 함께 대문 쪽으로 달려갔다.

이때 경찰서장 니시간다(西 神田)가 나타나더니 총을 꺼내 공중에 대고 쐈다.

"땅!" 하는 총소리와 함께 "악!" 하며 모두 주저앉았다. 순간 회관에는 싸늘한 정적이 흘렀다.

경찰들이 총으로 학생들을 체포하기 시작했다. 이광수 등 10명 대표를 포함한 27명이 체포되었다.

이성운은 어느새 많은 학생들 사이에 끼어 거리로 나와 도망쳤다.

와세다대학교 기숙사에 숨이 턱까지 차도록 뛰어온 이성운은 대문 쪽으로 검은 무리가 나타나자 순간적으로 학교 기둥 모퉁이에 몸을 숨겼다.

일본 경찰이 학교 기숙사까지 쫓아온 것이다.

"여기서 날 기다려."

경찰들이 우루루 계단으로 내려가 왼쪽으로 사라지자 이성운은 김연숙한테 말하고 살금살금 기숙사 문을 열고 들어갔다.

이성운은 잽싸게 학생복을 평복으로 갈아입고 지갑, 그리고 가족 사진과 독립선언서를 양복 안 주머니에 넣은 후 날렵하게 후닥닥 내려왔다.

김연숙도 여자기숙사에서 옷을 갈아입은 후 물건을 간단히 챙기고 나왔다.

이성운과 김연숙은 도쿄항까지 버스를 타고 가다가 내려서 다시 택시를 갈아탔다. 자칫 거리에서 경찰들에게 검문당하면 잡힐 위험이 많아서였다.

도쿄항에서 인천까지 가는 배표를 끊고 이성운은 어두운 구석 쪽에 숨어 있다가 동정을 살핀 후 연숙이와 함께 배에 올라탔다.

체포된 27명 중 최팔용, 백관수, 김도연, 김철수, 윤창석, 송계백, 이종근, 서춘, 김상덕 등 8인은 출판법 위반으로 10일 도쿄 지방재판소 검사국에 송치되어 1년간 옥고를 치렀고 나머지는 석방되었다.

조선여자유학생 친목회 회장인 황해도 출신 김마리아(金瑪利亞, 28세)는 석방되자 평북 선천군 출신 친구 차경신(車敬信, 27세)과 함께 배편으로 2월 15일 부산항에 도착했다.

김마리아는 부산에서 큰 고모 김구례와 큰 고모부 서병호, 작은 고모 김순애를 만난 후 광주로 내려가 먼저 막내 고모 김필례와 큰 언니 김함라를 만나 독립선언서를 나누어 주었다.

모두 독립운동가들이었다. 더욱이 큰아버지 김용순과 작은아버지 김필순 그리고 고모부 김규식도 독립운동가였다.

김마리아는 그 다음 수피아여학교와 숭일학교에 가 독립선언서를 전하고 곧 서울에 돌아와 보성학교로 가 손병희, 최린을 찾아갔다. 보성학교에는 이미 송계백, 현상윤 그리고 이성운과 김연숙 등이 찾아왔었다.

김마리아와 함께 석방된 평양 출신 황애덕(黃愛德 27세)은 이화학당에서 독립선언서를 나누어 주고 있었다.

김마리아, 차경신, 황애덕처럼 2.8 독립선언 후 재일조선유학생 390명이 조선에 들어와 독립선언을 주장하고 있었다.

서울 만세 운동

의암(義菴) 손병희(孫秉熙, 58세)는 1861년 충북 청원 서자로 태어나 가난한 집안 때문에 어려서부터 공부를 제대로 하지 못했다. 그러나 동학에 입도하면서 지도자로 급부상했다. 1894년 동학농민운동 때 충청도와 경상도에서 10만명을 이끌고 관군과 맞서 싸웠다.

1897년 36세 때 손병희는 동학 제3대 교주로 취임하고 1905년 12월 44세 때 동학을 천도교로 개편했다.

손병희는 보성사를 설립해 출판운동을 벌였고 보성학원을 설립해 전문학교를 운영했으며 동덕여학교를 설립해 여성교육도 펼쳤다.

1915년 손병희는 일본에서 미국제 캐딜락을 구매했다. 민간인으로는 처음으로 자가용을 가진 조선인이었다.

캐딜락은 순종의 어차와 같은 차종이었다. 송병희는 어차가 더 낡았다는 순종의 말을 듣고 "내가 어찌 임금의 자동차보다 더 좋은 것을 탈 수 있겠는가"라며 어차와 바꾸기도 했다.

보성학교에 이성운 등 많은 일본 유학생들이 찾아오자 손병희는 많은 감명을 받았다.

"일본에 있는 학생들이 이 난리인데 종교 지도자들인 우리가 가만히 있을 수가 있겠는가?!"

손병희는 천도교 지도자들이 모인 자리에서 벌떡 일어나서 큰 소리로 말했다.

"우리가 만세를 부른다고 당장 독립이 되는 것은 아니요. 그러나 겨레의 가슴에 독립 정신을 일깨워 주어야 하기 때문에 이번 기회에 꼭 만세를 불러야 하겠소!"

그러자 권동진, 오세창, 임예환, 나인협, 홍기조, 박준승, 양한묵, 권병덕 등 천도교 도사들도 동참하기로 했다.

기독교에서도 발 빠른 움직임을 보였다. 황해도 출신 송암(松巖) 서병호(徐丙浩, 34세)와 함께 상해에서 조선에 파견된 평안북도 출신 정재(定齋) 선우혁(鮮于赫, 27세)은 원포 중앙예배당 부천 북장로 양전백 목사, 한국 최초의 목사 미원 평양목사 길선주 등 평안도 지역의 기독교 지도자들과 만나 간도 독립선언의 소식을 전했다. 그들은 가슴 벅찬 소식에 모두 동참하기로 했다.

특히 신익희의 간곡한 부탁에 오산학교 교장이며 예수교 장로인 남강(南岡) 이승훈(李昇薰, 55세)은 그 자리에서 민족대표로 참여할 것을 결정했다.

"그럼 우리 기독교만 궐기하죠."

이승훈은 목사들과 협의하였다.

"목사님, 저희와 같이 하시죠?"

그런데 천도교 측의 연락을 받자 이승훈은 바로 상경했다.

"어떻게 할까요? 천도교와 통합할까요?"

이승훈은 중앙학교 교장 송진우(宋鎭宇), 신익희, 중앙기독교청년회 간사 박희도(朴熙道) 등과 만나 천도교와의 통합을 의논했다.

이승훈은 더 많은 사람의 의견을 듣기 위해 20일 박희도의 집에서 감리회 목사들인 오화영(吳華英), 정춘수(鄭春洙) 등과 만나 협의했다. 그리고 다시 함태영의 집에서 세브란스병원 사무원인 이갑성(李甲成) 등과 화합했다.

2월 21일 잡지 '청춘'을 발간한 창흥(昌興) 최남선(崔南善, 29세)이 이승훈을 찾아왔다.

"우리 다시 천도교 측의 의견을 들어 봅시다."

둘은 함께 보성학교 교장 최린의 집을 찾아갔다.

"나는 교주도 아니고 손병희선생이 결정할 일입니다."

"이 일은 특정 종교의 문제의 문제가 아니라 온 민족의 문제입니다. 천도교가 먼저 나서주셔야 우리도 힘을 합칠 수 있습니다. 여러분이 나서지 않으면 기독교도 나설 수 없습니다."

밤이 되자 이들 세 명은 서울 명월관 인근에 있는 이갑성 숙소에 모인 10여 명의 기독교 간부들과 의논한 결과 모두 천도교와 통합해 궐기하기로 찬성했다.

"종교가 다르나 민족은 하나니 함께합시다!"

이어 한용운 등 불교계도 가담해 독립선언서에 서명할 민족대표 33명이 결정되었다.

천도교 대표는 손병희, 최린, 권동진, 오세창, 이종일, 권병덕, 김완규, 나용환, 나인협, 박준승, 양한묵, 이종훈, 임예환, 홍병기, 홍기조 등 15명이었고 기독교 대표는 이승훈, 길선주, 박희도, 김병조, 김창준, 박동완, 신석구, 신홍식, 양전백, 유여대, 이갑성, 이명룡, 이필주, 최성모, 오화영, 정춘수 등 16명이었고 불교 대표는 한용운, 백용성 등 2명이었다.

"거사 일을 3월 3일로 합시다."

"그날은 고종의 인산일(장례날)입니다. 2일로 합시다."

“그날은 일요일이네. 우리 교회 가야 해서 안 돼요.”

“그럼 3월 1일로 합시다.”

“좋습니다!”

독립선언서는 최남선의 초안에 이광수가 교정을 보고 한용운이 공약 3
장을 덧붙여 며칠 만에 완성되었고 보성사에서 3만 5천 부를 인쇄했다.

2월 28일 손병희 집에 모인 민족 대표 33인은 유혈충돌을 피하기 위해
약속장소인 탑골공원에 나가지 않기로 결정하고 태화관(泰和館)에 모이
기로 했다.

태화관은 조선 궁중요리를 하던 안순환이 1918년에 종로구 인사동에 개
관한 궁중요리 음식점이었다.

왕의 음식을 파는 첫 음식점은 안순환이 1903년에 오픈한 명월관이었는
데 궁중요리로 소문 타면서 많은 상류층들이 선호하는 음식점으로 되었으
나 1918년에 화재로 불타 버렸다.

명월관에서 조선에서는 처음으로 냉면을 팔았다. 냉면은 조선시대 때만
해도 평범한 백성은 엄두도 못 낸 왕들이 즐겨 먹던 고급 음식이었다. 불
면증에 시달리던 고종이 즐겨 먹던 배동치미 냉면은 고종의 공식 행사에
는 빠지지 않고 등장했다.

명월관 음식점에서 술도 팔았고 서빙은 기생들이 했다.

3월 1일 오후 12시 30분 손병희는 오세창, 권동진, 최린 등과 함께 인력
거를 타고 태화관에 도착했다.

약속 시간인 오후 1시 30분, 대표는 모두 29명이 모였다.

길선주, 여유대, 정춘수, 김병조 등 4명은 지방에 내려가 참여하지 못하
게 되었다. 그래서 29명의 민족대표들은 독립선언식을 시작했다.

손병희가 먼저 선언서를 한 줄씩 읽으면 나머지 민족 대표들은 손에 든 선언서를 보면서 격앙된 큰 목소리로 따라 읽었다.

"우리는 오늘 조선이 독립한 나라이며, 조선인이 이 나라의 주인임을 선언한다….."

열독이 끝나자 주문한 요리상이 들어왔다.

한용운이 일어나 먼저 술잔을 들더니 여러 사람을 둘러보며 말했다.

"우리 모두 총궐기해 민족 독립을 주장합시다."

한용운은 먼저 술잔을 굽내고는 "대한 독립 만세!"를 3창했다.

그러자 모두 "만세!"를 외쳤다.

오후 2시가 다가오자 손병희는 술잔을 내려놓으면서 최린을 보더니 분부했다.

"안순환더러 '태화관에서 민족대표들이 독립선언식을 하고 지금 축배를 들고 있다'고 조선 총독부에 전화하라고 말해 주게."

"알겠습니다."

최린은 바로 일어서서 안순환한테로 갔다.

같은 시각 탑골공원에는 5,000여 명의 학생과 시민들이 발 디딜 틈이 없이 모여들었다.

1897년에 조성된 서울 최초의 공원인 탑골공원은 서울 종로구 종로에 위치하고 있다.

그들은 2시가 다 되어도 민족대표들이 보이지 않자 불안감과 답답함을 감추지 못하고 웅성웅성대기 시작했다.

"왜 안 오시지?"

"무슨 일 생긴 거 아냐?"

　　　　　　　　　　　독립의 용두레: 간도 1919-20

이때 한 학생이 팔각정에 올라가 호주머니에서 독립선언서를 꺼내 소리 높여 낭독했다. 그는 다름 아닌 1886년 황해도 해주에서 태어난 암봉(岩峰) 정재용(鄭在鎔, 34세)이었다.

"우리는 오늘 조선이 독립한 나라이며, 조선인이 이 나라의 주인임을 선언한다. 우리는 이를 세계 모든 나라에 알려 인류가 모두 평등하다는 큰 뜻을 분명히 하고, 우리 후손이 민족 스스로 살아갈 정당한 권리를 영원히 누리게 할 것이다. 이 선언은 오천 년 동안 이어 온 우리 역사의 힘으로 하는 것이며, 이천만 민중의 정성을 모은 것이다. 우리 민족이 영원히 자유롭게 발전하려는 것이며, 인류가 양심에 따라 만들어 가는 세계 변화의 큰 흐름에 발맞추려는 것이다. 이것은 하늘의 뜻이고 시대의 흐름이며, 전 인류가 함께 살아갈 정당한 권리에서 나온 것이다. 이 세상 어떤 것도 우리 독립을 가로막지 못한다.

낡은 시대의 유물인 침략주의와 강권주의에 희생되어, 우리 민족이 수천 년 역사상 처음으로 다른 민족에게 억눌리는 고통을 받은 지 십 년이 지났다. 그동안 우리 스스로 살아갈 권리를 빼앗긴 고통은 헤아릴 수 없으며, 정신을 발달시킬 기회가 가로막힌 아픔이 얼마인가. 민족의 존엄함에 상처받은 아픔 또한 얼마이며, 새로운 기술과 독창성으로 세계 문화에 기여할 기회를 잃은 것이 얼마인가. 아, 그동안 쌓인 억울함을 떨쳐 내고 지금의 고통을 벗어던지려면, 앞으로 닥쳐올 위협을 없애 버리고 억눌린 민족의 양심과 사라진 국가 정의를 다시 일으키려면, 사람들이 저마다 인격을 발달시키고 우리 가여운 자녀에게 고통스러운 유산 대신 완전한 행복을 주려면, 우리에게 가장 급한 일은 민족의 독립을 확실하게 하는 것이다.

오늘, 우리 이천만 조선인은 저마다 가슴에 칼을 품었다. 모든 인류와 시대의 양심은 정의의 군대와 인도의 방패가 되어 우리를 지켜 주고 있다. 그러므로 우리는 나아가 싸우면 어떤 강한 적도 꺾을 수 있고, 설령 물러난다 해도 이루려 한다면 어떤 뜻도 펼칠 수 있다. 우리는 일본이 1876년 강화도조약 뒤에 갖가지 약속을 지키지 않았다고 해서 일본을 믿을 수 없다고 비난하는 게 아니다. 일본의 학자와 정치가들이 우리 땅을 빼앗고 우리 문화 민족을 야만인 대하듯 하며 우리의 오랜 사회와 민족의 훌륭한 심성을 무시한다고 해서, 일본의 의리 없음을 탓하지 않겠다.

스스로를 채찍질하기에도 바쁜 우리에게는 남을 원망할 여유가 없다. 우리는 지금의 잘못을 바로잡기에도 급해서, 과거의 잘잘못을 따질 여유도 없다. 지금 우리가 할 일은 우리 자신을 바로 세우는 것이지 남을 파괴하는 것이 아니다. 양심이 시키는 대로 우리의 새로운 운명을 만들어 가는 것이지 결코 오랜 원한과 한순간의 감정으로 샘이 나서 남을 쫓아내는 것이 아니다. 우리는 단지, 낡은 생각과 낡은 세력에 사로잡힌 일본 정치인들이 공명심으로 희생시킨 불합리한 현실을 바로잡아, 자연스럽고 올바른 세상으로 되돌리려는 것이다.

처음부터 우리 민족이 바라지 않았던 조선과 일본의 강제 병합이 만든 결과를 보라. 일본이 우리를 억누르고 민족 차별의 불평등과 거짓으로 꾸민 통계 숫자에 따라 서로 이해가 판가름하는 중심인 사억만 중국인들이 일본을 더욱 두려워하고 미워하게 하여 결국 동양 전체를 함께 망하는 비극으로 이끌 것이 분명하다. 오늘 우리 조선의 독립은 조선인이 정당한 번영을 이루게 하는 것인 동시에, 일본이 잘못된 길에서 빠져나와 동양에 대한 책임을 다하게 하는 것이다. 또 중국이 일본에 땅을 빼앗길 것이라는 불안과 두려움으로부터 벗어나게 하는 것이며, 세계 평화와 인류 행복의 중요한 부분인 동양 평화를 이룰 발판을 마련하는 것이다.

　　　　　　　　　　　　　독립의 용두레: 간도 1919-20

조선의 독립이 어찌 사소한 감정의 문제인가! 아, 새로운 세상이 눈앞에 펼쳐지는구나. 힘으로 억누르는 시대가 가고, 도의가 이루어지는 시대가 오는구나. 지난 수천 년 갈고 닦으며 길러 온 인도적 정신이 이제 새로운 문명의 밝아 오는 빛을 인류 역사에 비추기 시작하는구나. 새봄이 온 세상에 다가와 모든 생명을 다시 살려 내는구나. 꽁꽁 언 얼음과 차디찬 눈보라에 숨 막혔던 한 시대가 가고, 부드러운 바람과 따뜻한 볕에 기운이 돋는 새 시대가 오는구나. 온 세상의 도리가 다시 살아나는 지금, 세계 변화의 흐름에 올라탄 우리는 주저하거나 거리낄 것이 없다. 우리는 원래부터 지닌 자유권을 지켜서 풍요로운 삶의 즐거움을 마음껏 누릴 것이다. 원래부터 풍부한 독창성을 발휘하여 봄기운 가득한 세계에 민족의 우수한문화를 꽃피울 것이다.

그래서 우리는 떨쳐 일어나는 것이다. 양심이 나와 함께 있으며 진리가 나와 함께 나아간다. 남녀노소 구별 없이 어둡고 낡은 옛집에서 뛰쳐나와, 세상 모두와 함께 즐겁고 새롭게 되살아날 것이다. 수천 년 전 조상의 영혼이 안에서 우리를 돕고, 온 세계의 기운이 밖에서 우리를 지켜 주니, 시작이 곧 성공이다. 다만, 저 앞의 밝은 빛을 향하여 힘차게 나아갈 뿐이다.

세 가지 약속, 하나, 오늘 우리의 독립 선언은 정의, 인도, 생존, 존영을 위한 민족의 요구이니, 오직 자유로운 정신을 드날릴 것이요, 결코 배타적 감정으로 함부로 행동하지 말라. 하나, 마지막 한 사람까지, 마지막 한 순간까지, 민족의 정당한 뜻을 마음껏 드러내라. 하나, 모든 행동은 질서를 존중하여 우리의 주장과 태도를 떳떳하고 정당하게 하라.

조선을 세운 지 4252년 3월 1일(1919년 3월 1일),

조선 민족 대표 손병희, 길선주, 이필주, 백용성, 김완규, 김병조, 김창준, 권동진, 권병덕, 나용환, 나인협, 양전백, 양한묵, 유여대, 이갑성, 이명룡, 이승훈, 이종훈, 이종일, 임예환, 박준승, 박희도, 박동완, 신홍식, 신석구, 오세창, 오화영, 정춘수, 최성모, 최린, 한용운, 홍병기, 홍기조.”

정재용이 다 낭독하자 옆에 있던 이성운이 격동되어 ‘대한 독립 만세!’ 하고 높이 외치자 탑골공원에는 “만세!” 소리가 천지를 진동했다.

탑골공원의 만세 소리가 태화관에까지 들려왔다. 대표들은 만세 소리를 들으면서 너도나도 격동되어 상기된 얼굴을 서로 바라보면서 주먹을 불끈 쥐었다.

이때 발자국 소리가 요란하게 들리며 일본 경찰 80여 명이 태화관을 포위하고 들이닥쳤다.

그러나 민족대표들은 예상한 바라 태연하게 저항 없이 일본 경찰에 연행되어 순순히 차에 올라탔다.

탑골공원에서 ‘대한 독립 만세’를 목이 터지라 외치던 학생들과 시민들은 열기가 뜨거운 용암처럼 거리로 나섰고 지나가던 노동자, 농민들과 가게 상인들도 하나둘 두 팔 올려 만세를 부르며 시위에 동참했다.

길거리에서 손병희 등 민족대표들을 실은 차가 지나갈 때 학생들은 좌우로 도열해 모자를 벗어 흔들기도 했고 ‘대한 독립 만세’를 부르기도 했다.

손병희 등 민족대표들은 ‘대한 독립 만세’를 외치며 화답했고 차창 밖으로 독립선언서를 던졌다.

독립선언서는 지나가는 차 바람에 따라 하늘에 올라갔다가 온 거리에 흩날렸다.

“대한 독립 만세!” 소리가 더 우렁차게 울려 퍼졌다.

 　　　　　　　　　　　　　독립의 용두레: 간도 1919-20

시위대는 대한문에 이르자 너나할 것 없이 고종황제의 빈전에 절했다. 시민들은 땅을 치며 통곡했다. 그 후 그들은 '대한 독립 만세'를 부르면서 대한문 안으로 들어 간 후 대한문 앞 넓은 마당에서 독립 연설했다.

대한문 앞에서 나뉜 다른 행렬은 미국 총 영사관으로 가서 '대한 독립 만세!'를 불렀다.

다른 시위 행렬은 경성우편국 앞에서 '대한 독립 만세'를 부르고 다시 남대문 정거장(지금의 서울역) 앞을 지나 불란서 영사관에서 만세를 불렀다.

또 다른 행렬은 창덕궁 문 앞에 가서 '대한 독립 만세'를 불렀고 조선 보병대 앞으로 가서 그 연문안으로 들어가려 하다가 저지당하자 그 앞에서 목 터져라 '대한 독립 만세'를 높이 외쳤다.

간도행

"빠가야로!"

제2대 조선총독 하세가와는 탁상을 두드리며 실성한 듯 고래고래 소리 질렀다.

손병희 등 민족 대표들이 남산 왜성대에 있는 경무총감부 감방에 수감되자 학생들도 모조리 잡아들이라는 불호령이 떨어졌다.

이성운과 김연숙은 곧 행복한 세상을 맞이할 듯 손을 꼭 잡고 3,000여 명 시위대 앞장에 서서 '대한 독립 만세'를 외치며 총독부로 향해 걸어 갔다.

이때 본정통(지금의 충무로)에서 갑자기 "땅! 땅!" 하는 총소리가 울리며 일본 경찰들이 우르르 뛰쳐나오며 총을 쏘았다.

이성운은 본능적으로 연숙의 손을 잡은 채로 옆으로 뛰려고 했다. 그런데 연숙의 손이 무겁게 뒤쪽으로 당겨지며 연숙의 몸이 뒤로 넘어지려 했다.

이성운이 뒤돌아보니 뒤로 맥없이 쓰러지는 연숙의 얼굴은 이미 피투성이에 정체를 알아볼 수 없었다.

"연숙아~!"

이성운은 오른팔로 연숙의 머리를 끌어안으며 넋없이 목 놓아 울었다.

팔에는 연숙의 붉은 피가 흘러 젖어들었다.

이성운은 삽시에 온 하늘이 쾅 하고 무너져 내리는 것 같았다.

성운이가 너무 좋아서 성운이 하자는 대로 한 연숙은 성운이 뒤를 따라 일본 유학을 갔고 독립 만세도 불렀건만 싸늘한 주검이 되었다.

일본 경찰들은 다짜고짜 경찰봉으로 적수공권인 학생들을 마구 두들겨 패며 잡아들이기 시작했다.

그러자 아우성과 함께 학생들과 시민들이 산지사방으로 흩어졌다.

경찰 한 명이 경찰봉으로 연숙이를 안고 울고 있는 이성운의 머리를 내리쳤다.

바로 그때 누군가 뒤에서 경찰을 밀치고 이성운의 팔을 잡으며 앞으로 달렸다. 그가 바로 충남 예산 출생인 이정(而丁) 박헌영(朴獻永, 20세)이었다.

"빨리 뛰어!"

이성운과 박헌영은 정신없이 뛰어 헐떡거리며 한 골목에 접어들어 모퉁이에 숨었다. 그때까지도 이성운은 정신이 나간 사람처럼 멍해 있었다.

눈 깜짝할 사이에 사랑하는 연인을 잃은 이성운은 연숙이가 죽었다는 게 믿겨지지가 않았다. 또 어떻게 했으면 좋을지 전혀 생각이 나지 않았다.

만약에 하나님이 내 소원을 들어주어 이 시간을 되돌릴 수만 있다면, 그럴 수만 있다면 얼마나 좋을까?!

저녁 12시가 되어 이성운과 박헌영은 낮에 시위했던 곳으로 살금살금 걸어갔다.

그런데 그곳에서는 그때까지도 시민과 학생 1,000여 명이 만세를 부르고 있었다.

이미 주모자로 130여 명이 잡혀갔고 이성운은 수배령이 내려진 상태였다.

이날 경성뿐만 아니라 평양, 선천, 진남포, 안주, 의주, 원산 등 6곳에서 만세 운동이 있었다.

이성운과 박헌영은 시위대를 지나 십자로 쪽으로 가 보니 어두운 달빛 속에 김연숙의 시체는 그대로 있는 게 보였다. 아직도 인계하지 않은 많은 시체가 널려 있었다.

김연숙의 시체를 보자 이성운은 달려가 무릎 꿇으며 또 오열했다.

"연숙아~"

이성운은 한참 울고 난 뒤 눈물 닦고 벌떡 일어섰다.

"나는 꼭 복수할거야!"

이성운과 박헌영은 김연숙을 남산의 한 기슭에 묻었다.

이성운은 돌로 쌓은 무덤에 절을 하면서 두 주먹을 불끈 쥐었다.

"연숙아, 지켜 주지 못해 정말 미안해!"

한동안 침묵이 흘렀다.

"난 간도로 갈 거야, 가서 일제와 싸워 꼭 이 원수를 갚을 거야!"

박헌영은 물끄러미 이성운을 바라보았다. 결의에 찬 이성운은 눈에는 광기가 돌고 있었다.

"너는?"

"난 일단 경성에 더 머물다가 상황 보면서…"

"알았어. 그럼 나 먼저 갈게. 고마워!"

이성운은 도와준 박헌영의 손을 잡으며 인사했다. 둘은 다시 꼭 만날 걸 약속하며 갈라졌다.

박헌영과 갈라진 후 이성운은 일단 엄마가 있는 집으로 향했다.

밖에서 들려오는 인기척 소리에 이성운의 엄마는 벌떡 일어나 창밖을 내다보았다. 비록 달밤이지만 이성운의 엄마는 아들을 알아보고 문을 열어 주었다.

이성운은 아무 말 없이 일단 무릎 꿇고 절을 올렸다.

"무슨 일이냐?"

이성운의 엄마는 낮에 일어난 일을 알고 있었던지라 짐작이 갔지만 옷에 묻은 혈흔을 보고 놀라서 뜨거운 눈시울 붉히며 이성운을 쳐다보았다.

"놀라지 마십시오. 연숙이는 일본 경찰이 쏜 총에 맞아 그만…"

이성운은 울먹이며 말을 잇지 못했다.

이성운의 엄마도 깜짝 놀랐다. 아침까지만 해도 새물새물 웃으며 인사하고 나간 애가 죽었다니 도저히 믿을 수가 없었다.

이성운의 엄마는 몹시 당황스러워 했다.

"어머니, 불효한 자식 용서하십시오. 전 이제 간도로 갈 겁니다. 가서 독립운동 할 겁니다. 어머니, 건강하십시오."

말을 마치고 이성운이 벌떡 일어서 떠나려고 하자 이성운의 엄마는 급히 아들 팔을 붙잡았다.

"잠깐만. 성운아, 옷을 갈아입고 가."

이성운의 엄마는 아들을 붙잡고 싶었지만 말릴 수 없다는 걸 느낀 것 같았다.

이성운의 엄마는 장롱에서 양복과 중절모를 꺼내 갈아입으라 하고 급히 부엌에 가 국을 끓였다.

어두운 밤이지만 이성운의 엄마는 능숙하게 불을 지펴 밥과 국을 끓였다.

이성운은 양복이 눈에 익었다. 고종황제가 선물한 이 옷은 아빠가 생전에 가장 아끼던 옷이었고 양복을 입은 아빠가 너무 멋있게 보였었다. 이성운은 갑자기 아빠가 보고 싶었다.

"시간이 없습니다."

이성운이 옷 갈아입고 급히 가려고 하자 이성운의 엄마는 아들을 뜨겁게 바라보며 "먹고 가"라고 했다.

이성운도 온 하루 정신없이 다니니 배고픈 줄도 몰랐었다. 갑자기 정신이 돌아왔는지 배가 출출 고팠다.

이성운은 엄마가 차려 오는 밥상 앞에 마주 앉았다.

인기척 소리에 자던 여동생 가영이도 깨어나 조용히 등잔에 불을 켰다.

이성운은 마지막이 될지 모르는 엄마 국밥을 김치랑 몇 개 밑반찬과 함께 게눈 감추듯 정신없이 먹어치웠다.

엄마는 옆에서 맛있게 먹는 아들을 보며 하염없이 눈물만 흘렸다.

"성운아!"

이성운의 엄마는 떠나려는 이성운을 다시 불러 장롱에서 돈을 꺼내 이성운의 손에 쥐여 주었다.

이성운이 싫다고 해도 "길 나서면 꼭 돈이 필요하다"며 기어코 손에 쥐여 주었다.

"가영아, 엄마를 잘 부탁해!"

이성운은 엄마와 여동생과 작별하고 집을 나섰다. 그리고 바로 인천을 향해 뛰어갔다.

아침 일찍 인천항에 온 이성운은 매표소 문이 열리기 바쁘게 단동으로 가는 배표를 끊었다.

양복에 중절모를 꾹 눌러 쓴 이성운은 키 크고 몸이 탄탄해 너무 근사했다.

이날 함흥, 수안, 황주, 중화, 강서, 대동, 해주, 개성 등 이북지역과 충남 예산에서 만세 운동이 있어서 경찰이 다 그쪽으로 가 인천항에는 일본 경찰 몇 명만 순라를 해 경계가 심하지 않았다.

이성운은 언제 다시 올지 모를 인천항을 눈에 담아가기나 하려는 듯 한참동안 정겹게 바라보았다.

고동 소리에 갈매기가 하늘로 날아올랐다. 이성운은 인천항과 멀어지는 배를 확인하고서야 안심이라도 하듯 가볍게 숨을 내쉬었다.

개미 3형제

이성운은 단동에서 기차 타고 봉천으로, 마지막으로 연길에 도착했을 때는 3월 7일 저녁 무렵이 다 되었다.

연길은 1902년 청 광서황제가 '연속(延續) 길상(吉祥)'의 뜻으로 연길청을 설치하면서 이어 1909년 연길부, 1912년 연길현으로 불리웠다. 연길에는 조선인들이 너무 많아 조선인지 중화민국인지 헷갈렸다.

1910년 한일합병 이후 간도로 이주하는 한인이 많아져 1912년 서간도에는 한인이 14만 명, 북간도에는 22만 명이 거주했고 1919년에는 28만 명이나 되어 연길은 마치 조선의 한 개 지방 같았다.

연길에서 용정으로 가는 길목에 모아산이 있다. 해발 517미터인 모아산은 웅장한 원시림이다. 모아산은 사시장철 푸른 소나무가 무성하고 토끼나 노루, 심지어 겨울에는 승냥이나 동북호랑이가 출몰했다.

모아산에 올라서면 굴뚝에서 연기가 피어오르는 용정이 한눈에 다 내려다보인다.

3월의 연길은 경성보다 10도 정도 더 낮아 아직은 추웠다. 아직도 찬바람이 쌩쌩 불고 귀가 엄청 시렸다.

해도 금방 지는지라 모아산 산어귀에 거의 도착했을 때는 오후 5시 좀 넘었는데 어둠이 어둑어둑 지기 시작했다.

이성운은 종종걸음으로 바쁘게 산 밑을 지나가려는데 갑자기 부시럭대는 소리와 함께 나무가 흔들리며 숲속으로 곰같이 생긴 놈이 뛰쳐나오더니 앞길을 턱 가로막고 나섰다.

"어이, 느그 보따리 좀 보자잉!"

이성운이 깜짝 놀라 앞을 찬찬히 보니 머리에 하얀 두건을 두르고 부리부리한 두 눈에서는 화염이 이글거렸고 수염은 두 볼까지 잔뜩 자라 한눈에 봐도 산적이 틀림없었다. 입에는 명태 같은 걸 질근질근 씹고 있었고 토끼털 조끼를 입은 웃통은 근육이 울퉁불퉁 터질 듯했고 손에는 자루가 긴 도리깨를 들고 있었다.

두목 같아 보이는 뒤로는 한 무리 졸개 놈들이 창과 칼을 뽑아들고 우르르 몰려왔다.

"무슨 일이시오?"

이성운이 마음을 바로잡고 태연자약하게 묻자 그놈은 아래위를 몇 번 훑어보았다.

"난 여기 도깨비유. 이 고개 넘으려면 길세를 내야 쓰겄슈."

이성운은 다시 산을 내려가서 동성 쪽으로 돌아가려면 한참 더 걸어야 했고 또 그러기엔 자존심이 상했다.

"난 처음 들어 보오. 지금까지 살아오면서 길세를 내 본 적이 없어서."

"뭐여? 세상에, 뭐 이런 놈이 다 있대유? 안 그러면… 도리깨로 한 번 혼나볼랑께."

이성운은 어처구니없어 피식 웃으며 무시하고 계속 갈 길 가려고 했다. 그러자 그 도깨비 놈이 세워져 있는 도리깨를 발로 탁 차니 끝쪽에 있던 휘추리가 빙빙 몇 바퀴 돌았다. 그 도깨비 놈이 좌우로 빙빙 돌리다가 땅바닥을 탁 내리치니 먼지가 확 일었다.

도깨비 놈이 다시 도리깨를 땅바닥에 일자로 세우니 휘추리가 또 빙빙 돌아갔다. 엔간한 솜씨가 아니었다.

"거참 성가시군."

"이놈 봐라잉. 이거 안 되겠슈! 도리깨 맛 좀 봐야 정신을 차리겠네. 거, 이거나 한 대 맞고 갈랑가?"

이성운은 개의치 않고 계속 걸어가자 그 도깨비놈은 도리깨를 들어 이성운을 내리쳤다.

이성운은 순간적으로 멈춰 섰다가 뒤로 살짝 비켜섰다. 도리깨가 다시 얼굴을 향해 날아오자 이성운은 살짝 허리를 굽혔다가 허공에 날아오르며 오른발을 쫙 뻗어 도깨비 놈 가슴팍을 걷어찼다.

도깨비 놈은 도리깨를 버리며 두 다리를 하늘로 향하면서 뒤로 벌렁 자빠졌다.

뒤에 몰려 있던 졸개 한 놈이 달려오면서 창으로 찌르자 이성운은 몸을 굽히며 피했다. 놈이 조금 당황해하는 순간 이성운은 왼손으로 창을 살짝 잡고 뛰어오르며 오른 다리로 얼굴을 강타하자 옆으로 그대로 뻐드러졌다.

또 한 놈이 달려들며 칼을 휘두르자 이성운은 허리를 낮추며 칼을 피했다. 이성운은 아까처럼 또 뛰면서 오른발로 왼쪽 얼굴을 강타하자 그놈도 몸을 가누지 못하고 창을 든 놈 위에 엉켜 넘어졌다.

다른 졸개 놈들은 덤비지 못하고 우루루 달려가 그 도깨비 놈을 일으키려 했다. 그 도깨비 놈은 두 팔로 뿌리치며 다시 일어서더니 졸개 칼을 빼앗아 산돼지마냥 우르릉거리며 달려들었다.

이성운은 몇 번 칼을 피하다가 기회를 봐 그 도깨비 놈 손목을 걷어차며 칼을 떨어뜨렸다. 이때다 싶어 이성운은 두 발에 힘주어 공중에 뛰어오르며 두 발로 그 도깨비 놈 가슴팍을 걷어찼다.

그놈은 또 뒤로 "쿵!" 하고 넘어졌다.

이성운은 등부터 땅에 떨어지자 두 다리를 머리 있는 데까지 올렸다가 힘 주면서 몸을 솟구치더니 벌떡 일어섰다. 그리고 잽싸게 가 발로 그놈 목을 눌렀다.

"어디서 굴러먹다 온 놈이야? 한번만 더 까불었다간 이 몸뚱아리를 작살 내고 말 거다. 알았어?"

도깨비 놈이 발밑에서 얼굴을 찡그리며 씩씩대고 있는데 이때 어디선가 "쌩" 하고 밤만 한 돌멩이가 날아오더니 "턱" 하는 소리와 함께 이성운의 머리에 맞으면서 중절모가 날아갔다.

이성운이 무의식적으로 머리를 숙이며 주위를 살피는데 어느새 또 한 발이 날아와 이성운의 이마를 맞췄다.

이성운은 순간 머리가 뗑 하며 정신을 못 차리는데 또 한 방이 날아와 머리에 맞자 결국 그 자리에 쓰러지고 말았다.

멀지 않은 산 중턱 나무 위에 숨어 있던 머리가 어깨까지 내려와 바람에 흩날렸고 몸집이 작은 사나이가 새총을 든 채로 나무에서 뛰어내렸다.

"형님, 괜찮아요?"

그는 달려와 도깨비를 일으켜 세웠다. 그는 바로 모아산 둘째 두령인 신궁(神弓) 남궁용(南宮龍, 18세)이었다.

그 도깨비 놈은 씩씩거리며 눈깔을 부릅뜨더니 밸이 덜 풀렸는지 쓰러져 있는 이성운의 옆구리를 발로 걷어찼다.

"뭐여? 이 썩을 놈의 자슥이 여그가 어딘 줄 알고 함부로 까불어유?"

그러고도 성질이 안 풀렸는지 땅에 떨어진 칼을 집어 들더니 이성운의 목을 내리치려 했다.

"형님, 잠깐만 진정하십시오. 호랑이도 죽은 고기는 안 먹는다고 했는데 형님께서 이미 죽은 사람 목을 치시면 천하영웅들의 웃음거리가 되지 않겠습니까?!"

남궁용이 손으로 칼을 높이 든 도깨비를 급히 말렸다.

남궁용의 말에 이치가 있고 그래도 체면이 좀 섰는지라 도깨비는 눈알을 부라리더니 부하들을 시켜 양복을 벗긴 다음 산골짜기에 시체를 던져 버리게 하고 가방을 들고 산속에 있는 동굴로 돌아왔다.

도깨비와 남궁용은 돌상 위에 금방 뺏은 네모난 검은 가방을 올려놓고 가방을 열었다. 안에는 속옷 등 몇몇 옷가지와 가족사진 그리고 동전 몇 푼 외엔 별로 돈 될 게 없었다.

도깨비는 화딱지가 나 가방을 멀리 던져 버렸다.

도깨비가 다시 양복 안쪽을 뒤지는데 위쪽 호주머니에서 접은 종이가 땅에 떨어졌다.

"뭐여? 혹시 이게 땅 문서가 아녀잉? 요거 요거 냄새가 수상한디, 내 좀 보자잉!"

기분 좋게 종이를 거꾸로 펴던 도깨비는 글씨를 읽을 수가 없어서 남궁용을 불렀다.

"거 좀, 니가 한 번 읽어봐잉. 내가 요즘 눈이 침침혀가꼬 말여… 어험!"

"네. 형님!"

도깨비가 글을 모르는 줄 알면서도 내색하지 않고 종이를 받아 읽어 내려가던 남궁용은 갑자기 얼굴이 검게 변하더니 새된 소리를 질렀다.

"형님, 큰일 났습니다요. 아까 그분은 나라를 위해 싸우시는 분이군요. 이것 보십시오. 이건 독립선언문입니다!"

"아따, 뭐여 또? 독립선언문은 또 뭔 귀신 씨나락 까먹는 소리여?"

남궁용의 말에 큰 두령은 등에 소름이 쫙 돋았다. 그렇잖아도 요즘 경성에서 큰일이 터질 거라고 소문이 흉흉했던 것이다.

"우리가 비록 비천한 산적들이긴 하지만 나라를 찾기 위해 싸우는 영웅들에겐 예의는 지켜 드려야지 않겠습니까?"

남궁용이 도깨비 놈에게 간청하자 도깨비 놈도 잘못된 거 같았는지 급히 졸개들더러 아까 버린 그 시체가 혹시 숨이 붙어 있는지 가 보라고 했다.

"아녀. 이건 내가 직접 가 봐야 쓰겄슈!"

도깨비는 벌떡 일어나더니 허둥지둥 동굴 밖으로 뛰어나갔다.

이미 날이 어두워졌는지라 횃불을 들고 산골짜기 아래까지 내려간 도깨비는 널려 있는 시체 속에서 이성운을 찾아냈다.

"형님, 살아 있습니다요!"

한 졸개가 이성운의 코에 손을 대 보더니 기뻐하며 소리쳤다.

"거, 저리 좀 비켜봐라잉!"

도깨비는 횃불을 피가 얼룩진 이성운의 얼굴에 가까이 댔다.

이성운은 그때까지도 정신을 잃고 있다가 떠드는 소리에 간신히 신음소리를 냈다.

"형님… 제가 참말로 죽을 죄를 지었슈…얼른 용서해주십쇼잉… 우선 저의 궁으로 모시겠습니다유….."

도깨비는 직접 이성운을 업고 성큼성큼 산으로 올라갔다. 그리고 동굴로 들어와 이성운을 나무로 만든 침대 위에 간 따뜻한 호랑이 털 위에 눕혔다.

"이놈들 뭣들 하고 있냐! 빨리 가서 밥이랑 고기 얼근 가져 오랑께. 그리고 술을 데워 와잉."

도깨비는 졸개들을 보더니 바로 손 흔들어 지시했다.

떠드는 소리에 이성운은 두 눈을 간신히 떴다. 이성운은 일어나려다가 머리가 뗑 해나서 얼굴을 찡그리며 다시 누웠다.

"괜찮으시유?"

옆에서 도깨비는 육중한 몸을 겨우 움직이며 이성운을 정성껏 부축해 주었다. 그리고 어쩌면 좋을지 몰라 쩔쩔매고 있었다.

이성운은 도저히 무슨 판국인지 분간이 가지 않아 다시 부축을 받아 간신히 일어나 앉자 큰 두령과 졸개들 모두가 일제히 무릎 꿇고 절부터 올렸다.

"형님, 참말로 죄송혀유… 죽을 죄를 지었슈… 부디 용서 좀 해주십시유…."

"다들 일어나게. 근데 자네들은 누구고 여긴 어디인가?"

제일 앞에 있던 도깨비는 무릎 꿇은 채로 대답했다.

"여기는 모아산 동굴이여유. 저는 청주서 온 육천근이라 혀유. 저기 동생은 수원서 온 남궁용이구요. 나머지 아이들은 부모도 없고 갈 데도 없어서… 제가 데리고 있는 동생들이여유."

"오. 다들 반갑네. 나는 경성에서 온 이성운이네."

"뭐여?! 그럼 지붕 위도 훌쩍 넘고, 지나가는 파리도 젓가락으로 뿌려 잡는다는 그 조선의 제일 주먹, 이성운 형님이시란 겨?! 아까 보니까 발놀림이 예사롭지 않다 했슈! 와우야! 와우! 형님, 절 받으셔유! 아이고야, 이런 분을 실물로 보다니유."

"육천근이 혹시 무미우 육천근이오? 항간에 떠도는 조선 무술인 랭킹 8위 육천근이오?"

"쪼매 쑥스럽당께도… 맞는 말씀이유, 형님."

"나도 많이 들었소. 힘 장사라고. 육천근. 이름처럼 몸집도 좋구만. 내가 아는 형이 오천근이라고 있는데 형씨가 천 근이나 더 많구만?"

"헤헤헤~ 그럼 수소문 좀 해갖고 칠천근 동생 한번 찾아볼까유? 저 말여, 이렇게 도깨비처럼 생겨먹었어두… 올해 열여덟이에유. 말 편하게 허셔유. 여기 있는 동생들도 다 저보다 어려유."

"오. 내가 한 살 많은 형이니 그럼 말 놓을게. 여기는 어떻게 온 거냐?"

"저 원래 충북 제천면 평동1리서 농사 짓고 살았어유. 우리 동네 사람들은 저를 '꼬리 없는 소'라 불렀슈. 뭐, 쌀마대 두 포대쯤은 그냥 거뜩 들고 날랐으니께유. 허허. 저희 할아버지는 말여, 진짜루 범을 때려잡았던 제천의 힘장사라유. 제가 바로 그 육대손의 손자이여유~ 피가 어딜 가겠슈?"

"제천의 제일 장사 육대손은 알지. 우리 부친이 항상 대단하다구 해서 알지. 네가 그럼 그 육대손의 손자란 말이냐?"

"맞어유. 어느 날 친구 따라 화투놀이 구경이나 해볼라고 갔다가… 딱 한 판만, 딱 한 판만 해본다는 게… 그만 정신이 홀랑 빠져갖고, 있는 거 없는 거 다 밀어넣고 말았지유. 그래서 그 일로…할아버지한테 불알 차이고 그 자리서 그냥 쓰러져부렸댔슈."

그 말에 모두 하하하 웃었다. 이성운도 따라 웃었다.

"어느 날 우연히 그놈이 화투장 바꿔치기하는 걸 본 거여유. 내가 따지자 아니라고 오리발 내밀기만 하더라구유. 그래서 다음 날 칼을 챙겨 갖고 갔슈. 그놈이 또 바꿔치기하길래, 분해서 칼로 손바닥을 확 내리찍었는데… 글쎄 손바닥을 보니 화투장이 하나도 안 보이더라유. 그래서 또 재산 다 밀어넣고, 억울해서 밤새 뜬눈으로 지새웠슈. 그런데 아침에 천장에 보니 피 묻은 명월광이 떡 붙어 있는 거 아니겠습니꺼…."

"그래서 어떻게 됐당게요?"

동생들은 모두 흥미진진해 일어나 육천근 주위에 모여들었다.

"그래서 죽이려고 칼 차고 갔는데, 이번엔 그놈 여편네가 놀자고 하더라유. 그래서 또 붙었지 뭐유. 하, 근디 그 여편네가 빤쓰를 안 입고 자꾸 치마를 들었다 놨다 하니까, 거기에 정신이 싹 팔려가지고… 집까지 다 날려부렸지 뭐예유?"

독립의 용두레: 간도 1919-20

"하하하." 그 말에 모두 앙천대소했다.

"그래서 할아버지한테 맞아 죽을까 봐, 간도로 돈 벌러 왔는디, 여길 지나가다가 남궁용이랑 한판 붙고, 그 뒤로 지금까지 여기 남아 있는 기라유."

"쯧쯧, 도박하면 쓰겠어? 도박 놀아 부자 된 거 못 봤어. 근데 남궁용이라 했나? 그 랭킹 9위 남궁용 말이냐?"

"네. 맞습니다."

"오. 어쩐지 둘 다 풍격이 남다르다 했어. 여긴 어떻게 오게 된 거야?"

"제 고향은 수원 팔달구 우만동입니다. 할아버지, 아버지, 삼촌, 형 모두 이곳에 와서 살고 있어 하는 수 없이 따라 왔습니다. 저는 살기 좋은 곳이라기에 뭐 돈이 바닥에 굴러다니는 줄 알았는데 매일 새벽같이 나가 해 질 때까지 땅을 파야 하고 밭으로 만들어야 하고 그 밭에 콩, 옥수수랑 심어야 하구. 와! 장난 아니었습니다. 허리 뿌러지는 줄 알았습니다. 그래서 집 나와 돌아다니다가 이 친구들을 만났고 여기까지 온 겁니다."

"사내가 친구들과 어울리는 건 좋은데 남의 물건 빼앗는 건 아니지."

"네, 형님, 저희도 돈 많은 상인들만 상대했슈. 어떨 땐 불쌍한 할머니들이랑 마주치면 그냥 돌려보내기도 하구유."

육천근이 옆에서 변명했다.

"그럼 나는 돈 많은 상인 같아 보였나?"

"아… 그건…이 동생이 오늘 생일인데유, 술 한잔 하다가 그러더라구유. 평생에 딱 한 번이라도 양복 입어보는 게 소원이라구유. 근디 마침 형님이 양복 곱게 입고 지나가시길래…헤헤… 그냥 그만…."

육천근은 머리를 긁적거리며 계면쩍게 웃었다.

"저희 집은 대대로 농사일 해서 양복 입을 일 없었지만 양복 사 입을 돈도 없었습니다. 저희 엄마가 양복 입은 사람 보면 항상 부러워했습니다.

그리고 항상 미안해했습니다.”

남궁용이 엄마 생각이 나 눈시울을 붉히자 모두가 엄마 생각이 나는지 순간적으로 분위기가 삭막해졌다.

“양복 입는다고 뭐 양반이 되나? 옜다. 그럼 이 옷 네가 입어.”

이성운은 양복을 집어 남궁용에게 던져 주었다.

“감사합니다. 형님!”

남궁용은 옷을 받아 쥐고 좋아서 어쩔 줄 몰라 했다. 그리고 주저 없이 입어 보았다. 옷은 그럴듯한데 키가 작아서인지 영 폼은 아니었다.

“옷이 아무리 좋아도 몸에 맞지 않으면 사실 필요 없는 거야. 인생도 그렇고 혼인도 그런 거야. 그건 그렇고 궁용아. 아까 내가 머리 맞은 건 뭐였냐?”

이성운이 부어오른 이마가 바늘로 찌르듯 저려 오자 불현듯 생각나는 게 있어서 물었다. 하긴 주먹이나 발로는 적수가 안 될 놈들한테 당했으니 말이다.

남궁용은 조심스럽게 호랑이 가죽 조끼 오른쪽 주머니에서 고무줄로 만들어진 걸 꺼내 이성운에게 넘겨주었다.

“이게 뭐냐?”

이성운은 처음 보는 물건인지라 신기하기도 했다.

“새총입니다. 아까 죽을 죄를 지었습니다. 용서해 주십시오.”

“아까 다 용서했잖아.”

“네. 형님, 감사합니다. 죄송한데 제 이름이 궁용이 아니고 용입니다. 저는 성씨가 남씨 아니라 남궁입니다.”

“오. 그래? 미안하다.”

“아니, 처음에는 다들 남씨인 줄 압니다.”

“허허허.”

  독립의 용두레: 간도 1919-20

“제가 어릴 때부터 동네 선배 뒤를 따라다니며 새총 쏘는 법을 배웠습니다. 동네 참새 잡아 먹는 게 잼 있어서 쏘다 보니 인젠 10미터에 놓인 계란도 맞힐 수 있습니다.”

“오! 그래? 그런 재주도 있나? 그럼 저기 돌 틈 사이로 지나가고 있는 저 쥐를 잡아 봐.”

이성운이 손가락으로 가리키는 곳에 마침 쥐 한 마리가 코를 실룩거리며 먹을 걸 찾아 대가리를 갸우뚱거리고 있었다.

남궁용은 재빨리 새총을 넘겨받고 호주머니에서 밤만 한 새총 알을 꺼내 오른손으로 새총 가죽에 싼 다음 왼손에 Y자 나무를 잡고 오른손으로 가죽을 잡은 채로 고무줄을 오른쪽 귀까지 당겨 조준하고 바로 날려 보냈다.

“픽” 하는 소리와 함께 “쨱쨱” 하고 쥐가 뻐드러지더니 두 발을 바르르 떨었다.

순간 조용해진 동굴 안에 갑자기 “와!” 하고 환호성이 터졌다. 이성운도 놀라움을 금치 못했다.

“와! 그 솜씨 한번 대단하네. 그럼 날아가는 돌멩이도 맞힐 수 있나?”

“당연하죠.”

“그럼 이걸 맞혀 봐라.”

이성운이 발밑에서 계란만 한 돌멩이를 주워 공중에 던지자 남궁용은 새총을 거누어 떨어지는 궤도를 따라 날리니 공중에서 “꽉!” 하는 소리와 함께 돌멩이가 부딪히며 먼지가 일었다.

이성운은 하도 신기해서 좀 더 작은 돌멩이를 공중에 던졌다. 역시나 이번에도 바로 맞혔다.

박수갈채가 이어졌다.

“참 대단한 재주를 가진 친구구만. 근데 이 좋은 솜씨를 이런 곳에서 쓰면 되겠나? 너희들은 여기서 평생 이렇게 살 거야?"

이성운의 진지한 물음에 모두 숙연해지며 머리를 숙였다.

"아! 형님, 궁금한 게 하나 있는데 여쭤봐도 괜찮을까요?"

"뭔데?"

"아까 보니 독립선언문이 있던데 그게 뭔가요?"

"말하자면 긴데 음… 며칠 전에 경성에서 엄청난 일이 일어났어. 한마디로 나라를 되찾자는 거야!"

이성운은 연숙이 생각나 눈시울이 붉어져 잠시 말을 끊었다가 입을 열었다.

"그래서 말인데 내가 너희들하고 가는 길이 다른데 어떻게 형이 될 수 있겠느냐? 나는 나라를 되찾고 민족을 위해 일하려 하는데 너희들은 무고한 백성들의 재물을 빼앗으니 우리가 어찌 형제란 말이냐?"

"잘못했슈, 형님. 지금부터는 형님 말씀 따르겠슈. 죽으라면 죽고 살라면 살겠슈."

육천근과 남궁용이 무릎 꿇자 나머지 졸개들도 따라 무릎을 꿇었다.

"진짜지? 좋다. 그럼 내가 제안 하나 하지. 내가 이곳에 처음 와서 이곳 형세를 잘 모를 테지만 여기도 한인 밀정이 있을 거고 친일파가 있을 거니 지금 이 시각부터 그놈들 상대로 명단 작성하고 재산을 빼앗을 수 있겠느냐?"

"알겠습니다유… 형님. 그럼… 우리를 받아 주시는겨유?"

"좋다. 이렇게 만난 것도 인연인 것 같고 너희들도 평범해 보이지는 않는구나. 우리 의형제를 맺자꾸나."

"감사합니다유, 형님! 야야, 뭐하냐! 얼른 술상부터 차려와라. 오늘은 잔칫날이여."

육천근과 남궁용은 좋아서 어쩔 줄 몰라 했다.

　　　　　　　　　　　　　독립의 용두레: 간도 1919-20

이성운은 그때 발밑에 있는 돌멩이 사이로 자기 몸보다 열 배 넘는 엄청 큰 벌레도 힘을 합쳐 옮겨 가는 개미들을 보다가 문득 생각이 나 육천근과 남궁용을 보며 말했다.

"우리가 이 개미들처럼 나라를 되찾기 위해 노력하고 노력한다면 언젠가는 나라를 꼭 되찾을 수 있을 거야. 그래서 우리는 오늘부터 개미 형제가 되어 보자꾸나. 개미모로. 천근이 너는 얼굴이 검으니 흑개미, 용이는 얼굴이 좀 하야니 백개미로 부르자꾸나."

"좋네유. 그럼 형님은 이제부터 '불개미'로 불러야겠네유! 성질 한 번 붙으면 지구 끝까지라도 따라붙는 게 딱 불개미여유."

"하하하, 좋아!"

"근디 형님, 아까 '개미모로'라고 하셨잖어유. 그 '모로'라는 게… 그건 무슨 뜻이래유?"

"무리'란 순우리말이다."

"와! 역시 대학생은 다르시네유!"

세 사람은 동생들이 갖고 온 술과 고기로 상을 차리고 산신령을 향해 세 번 절을 한 다음 술에 손가락 피를 타 건배하며 형제가 되기를 맹세했다.

"이제부터 우리 셋은 형제다. 또한 나라를 찾는 동지이다. 우리는 죽는 날까지 의리를 지키고 일본놈들과 싸울 걸 맹세한다. 자, 건배!"

셋은 술잔을 굽냈다.

이성운이 큰형이 되고 육천근이 둘째 그리고 남궁용이가 셋째가 되었다.

세 사람은 큰 사발에 술을 따르고 기쁘게 건배하면서 모든 동생들과 즐겁게 밤새도록 술을 마셨다.

명화와의 첫 만남

이튿날 해가 중천에 떠서야 겨우 눈을 뜬 이성운은 동생들의 간곡한 만류에도 마다하고 간단히 아침 겸 점심을 먹고 가방을 들고 명동을 향했다. 이성운은 김약연을 만난 다음 다시 이곳에 오겠다고 약속을 했다.

육천근과 남궁용 등 동생들이 산 아래까지 배웅 나왔다.

"들어가! 또 올게."

"넵, 형님. 조심히 다녀오셔유!"

육천근 등 동생들은 모두 허리 굽혀 큰형님한테 인사했다. 이성운은 손 저어 동생들과 작별하고 걸음을 재우쳤다.

이성운은 웬일인지 멀리 보이는 올막졸막 모여 사는 용정마을이 마치 살던 동네처럼 너무 정겨워 보였다.

이성운이 기분 좋게 모아산 오솔길을 지나 용정으로 가는 큰길에 들어서는데 갑자기 뒤에서 자동차 엔진 소리가 들려오기에 길을 비켜섰다.

녹색 삼륜 사이드카 오토바이 한 대와 검정 승용차 한 대가 뽀얀 먼지를 일며 지나갔다. 군복을 입고 총을 둘러 멘 일본 헌병이 오토바이를 몰았고 그 옆 보조석에 앉은 장교는 검은 선글라스를 끼고 한손에 일본도를 잡고 있었다. 그 뒤로 가는 승용차 안은 커튼이 가려져 누군지 알 수는 없었다. 그러나 귀한 손님이 타는 것 같아 보였다.

이성운은 용정으로 향해 가는 차를 응시하다가 다시 가는 길을 재촉했다.

한 한 시간 정도 걸어서야 용정에 도착했다. 용정은 사면이 산으로 둘러싸였고 산과 산 사이는 평지인데다 땅이 비옥해 곡식이 잘 자랐다. 당시 용정촌에는 9,000명 정도의 한인들이 살고 있었다.

지금의 용정은 원래 연길현에 속해 있다가 1983년 용정현, 1988년에 용정시로 승격되었다. 지금은 인구가 26만 명이 거주하고 있는데 중국 동포가 17만 명이나 된다.

때마침 점심때인지라 용정 입구 서시장은 사람들로 북적거렸고 쌀, 엿, 과자, 과일, 고기 그리고 만든 옷, 참빗, 비자루 등 각종 농기구도 많아 꽤 풍성해 보였다.

특히 한족들이 긴 나무 끝에 볏짚으로 돌려 묶고 거기에 탕후루를 꽂고 메고 다니면서 파는 것이 이색적이었다.

이성운이 처음 보는지라 신기해서 하나 사서 맛보았더니 산자나무 열매에 설탕 시럽을 입혀 굳힌 거라 겉은 바삭하고 속은 상큼해서 새콤달콤했다.

"맛 좋은데!"

이성운이 기분좋게 탕후루를 먹으면서 많은 인파 속에서 이것저것 구경하면서 고향 같은 온정을 느끼며 잠깐이나마 향수에 젖어 있는데 갑자기 앞에서 왁자지껄 떠드는 소리가 들리며 사람들이 모여 갔다.

이성운이 급히 탕후루를 먹어 치우고 사람들 사이를 비집고 앞에 가 보니 아래위 검은 비단 복장의 한 무리 중국 남자들이 하얀 한복을 입은 한 조선 여자를 붙잡고 시시덕거리고 있었다.

그중 팔자 콧수염 기르고 꽃무늬가 있는 비단 장포에 검은색 마과를 입은 남자가 술에 취해 몸을 제대로 가누지 못하면서도 여자를 마구 붙잡으려 들었고 여자는 악을 쓰며 도망가려 하고 있었다. 여자는 너무나 완벽한 중국말로 욕설을 퍼붓는 듯했지만 그 남자는 전혀 개의치 않았다.

그 남자가 갑자기 여자를 끌어안고 입 맞추려 하자 여자는 반사적으로 남자의 귀뺨을 올려 쳤다.

남자는 눈앞이 번쩍하자 정신이 들었는지 두 눈을 부릅떴다. 그러더니 남자는 화가 나서 오른손을 높이 추켜들며 여자의 뺨을 내리치려 했다.

여자가 겁을 먹고 "아악!" 하고 소리 지르며 손으로 얼굴을 가리며 풀썩 주저앉았다. 이때 이성운이 뒤에서 불쑥 다가가 오른손으로 그 남자의 손목을 잡았다. 그러자 그 남자는 깜짝 놀라면서 두 눈 부릅뜨고 오른손을 뿌리치면서 다시 이성운의 멱살을 꽉 쥐며 소리 질렀다.

"丑小子, 你找死啊?(조그만 새끼, 죽고 싶어?)"

이성운은 그놈을 째려보며 눈으로 먼저 제압하고 어설픈 중국말로 말했다.

"사나이로 태어나 시퍼런 대낮에 이게 무슨 짓이오?"

그놈은 대충 알아들었다는 듯 콧방귀 뀌더니 입을 삐죽댔다.

"给我打(혼내 줘)"

그놈이 오른손을 들어 검지로 손짓하자 옆에 있던 졸개들이 일제히 와락 덤벼들었다.

"빨리 가요!"

이성운은 정신없는 여자를 일으켜 세우고 빨리 도망가라 하고는 바로 돌아서서 두 팔 벌리며 길목을 막고 섰다.

이성운은 왼발로 앞에 오는 놈 오른뺨을 걸어차고 다시 돌면서 오른발로 그 뒤에 따라오는 놈 오른쪽 얼굴을 걸어차자 두 놈이 연속으로 길 옆에 진열된 장터 야채 위에 넘어졌다.

그 뒤에 있던 놈들은 놀란 나머지 멈춰 서서 멍하니 쳐다보다가 품속에서 채도(중식칼. 菜刀)를 꺼내들었다.

"와!" 하는 소리와 함께 채도를 든 무리들이 와락 덤벼들었다.

한 놈은 손바닥 위에서 칼을 360도로 휙휙 돌리더니 이성운한테 덤볐다.

이성운은 느낌이 섬뜩했다. 말로만 듣던 중국 건달들을 처음 맞닥뜨려 보니 역시 많이 거칠었다.

이성운이 급히 머리를 숙이자 칼이 머리 위로 싹 지나갔고 옆으로 피하자 칼이 내리꽂혔다.

이성운은 옆으로 피하자 놈이 중심을 잃고 자세를 제대로 잡지 못했다. 이성운은 바로 그 틈을 타 왼쪽 뒷발로 그놈 얼굴을 차고 다시 몸을 솟구치면서 공중에서 오른발로 놈의 왼쪽 얼굴을 걷어찼다. 놈은 두 팔 벌리면서 뒤로 넘어졌다.

야채 위에 넘어졌던 두 놈도 다시 일어나 채도를 꺼내더니 이성운한테 덤벼들었다.

이성운은 여자가 도망간 걸 눈치 채고 슬슬 도망가려고 몸을 돌리는데 머리에 땅땅한 것이 부딪치며 차가운 기운이 싹 돌았다.

"샹포우想跑(도망치려고)?"

그 두목 놈이 권총을 꼬나들어 이성운 머리를 겨누고 있었다. 놈은 어디 도망가 보라는 듯이 총을 더 들이밀었다. 모여서 구경하던 사람들이 놀라 기겁했다.

"떵이떵(等一等, 잠깐만요)!"

이때 사람들 속에서 검은 두루마기에 하얀 중절모를 쓴 사내가 나타나더니 그놈에게 오른 주먹에 왼쪽 손바닥을 올리며 정중히 인사했다.

"맹형, 저놈은 제 조카요. 지금 조선에서 금방 오는 길이라 잘 몰라 그러니 널리 용서해 주기 바라오."

그 사나이는 다시 이성운을 보더니 손가락질하며 호통을 쳤다.

"너 여기서 뭘 하고 있어? 잘못했다고 빨리 사과 안해?!"

이성운은 처음에는 어정쩡해 있다가 감이 조금씩 잡히는지 두 눈 깜빡이다가 두 손 들어 "뚜이부치(对不起, 미안합니다)" 했다.

이성운은 어려서부터 한자를 배워서 간단한 대화는 할 수 있었다.

그놈은 호탕하게 웃으며 "박형의 조카예요? 죄송합니다. 나중에 또 봐요. 우린 가자." 하고 말을 마치고 부하들을 데리고 거들먹거리며 총총히 사라졌다.

"저놈은 여기 건달 두목이오. 이름만 들어도 애들이 울음을 그친다는 로후(老虎, 호랑이)라는 자오. 저놈의 형인 군인대장 맹부덕(孟富德)의 세를 등에 업고 아주 못된 짓만 해도 누가 감히 나서지 못하오. 거기에 무기 밀수하고 요즘은 한인들이 많이 와서 땅도 팔고 돈도 빌려주고 하는 모양이오. 하여튼 무서운 놈이라오."

"도와주셔서 감사합니다. 근데 누구신지요?"

이성운은 목숨을 구해 준 은인에게 정중히 인사를 올렸다.

"난 박찬익이오."

"혹시 남파 선생님이세요? 반갑습니다. 조소앙 선생님한테서 많이 들었습니다. 저는 조소앙 선생님 학생 이성운입니다."

"오. 그렇군요. 반갑소."

박찬익은 이성운을 데리고 주위 많은 시선을 피해 시장 근처 조용한 찻집에 갔다.

"근데 여기는 뭘 하러 왔소?"

"지금 조선에서는 독립 만세 운동이 전국적으로 일어나고 있습니다. 이건 3·1 독립선언서입니다. 저는 지금 김약연 선생님을 만나러 가는 중입니다."

이성운이 품속에서 독립선언서를 꺼내 건네주자 박찬익이 떨리는 손으

독립의 용두레: 간도 1919-20

로 독립선언서를 받아서 읽어 보더니 감격스럽게 이성운을 쳐다보았다.

"정말 대단하오! 내 이런 날이 올 줄 알았소. 지금 당장 나랑 같이 김약연 회장님을 만나러 가기오."

"네. 어디 사시는지 아세요?"

"알다뿐이겠소? 우리 회장님이시오."

두 사람은 차를 마시다 말고 시장을 지나 총총걸음으로 한달음에 명동에 있는 김약연 집에 도착했다.

그런데 집안에서는 여인네들 통곡 소리에 남정의 꾸지람 소리까지 들려오며 시끄러웠다.

노크 소리에 한 하인이 나왔다가 박찬익을 알아보고 문을 열어 주었다. 마당에서는 모녀가 붙안고 울고 있었고 김약연이 화가 나 노발대발하고 있었다.

하인이 김약연한테 다가가 손님이 왔다고 말하자 두 모녀는 흐느끼며 집안에 들어가고 김약연이 박찬익을 알아보고 웃으며 걸어왔다.

"찬익아, 무슨 일이야?"

"네, 급히 드릴 말씀이 있어서요. 근데 왜 그러십니까?"

"오. 괜찮아. 계집애가 금방 시장에 갔다가 어떤 놈한테 욕봤나 봐. 혼자 다니지 말라고 그렇게 신신당부했는데…"

"아까 그게 따님이었어요? 다행히 이 친구가 그 로후란 놈 혼내 주었구만. 아… 인사해. 여긴 네가 찾는 김약연 회장님이고 이쪽은 조소앙 학생 이성운이에요."

박찬익은 김약연을 이성운한테 먼저 소개하고 다시 김약연한테 이성운을 소개했다.

이성운은 김약연을 보자 눈에 눈물이 고였다. 이성운은 바로 무릎을 꿇으며 절을 올렸다.

"이성운이라 합니다."

"어서 일어나게."

김약연은 황급히 이성운을 일으켜 세웠다.

"우리 딸을 구한 게 자네였나? 그렇잖아도 도망 오느라 누군지 성함도 못 물어봤다던데 정말 고맙소."

"응당한 일입니다."

"근데 여긴 무슨 일로 왔니?"

김약연은 찬익을 보면서 다시 온 이유를 물었다.

박찬익은 품속에서 이성운한테서 받은 3·1 독립선언서를 조심히 꺼내 김약연한테 보였다.

독립선언서를 다 읽은 김약연은 격동되어 이성운의 두 손을 덥석 잡으며 "너무 수고 많았네. 정말 고맙네!"라고 했다.

39인이 독립선언서를 사인한지 꼭 한 달 만에 그것도 온 조선 반도에서 이렇게 폭발적인 지지를 할지는 전혀 생각지도 못했던 것이다. 더욱이 젊은 학생들이 이렇게 앞장서니 더 큰 힘과 용기가 생겼다.

"찬익아, 너 좀 수고해 줘. 내일 간민회와 조선독립의사부 회의를 해야겠어. 네가 연락을 취해 줘."

"네. 알겠습니다. 성운 씨는 우리 집에 가지 않겠어요?"

이성운이 머뭇거리고 있는데 김약연이 말했다.

"우리 집에 온 손님이니 내가 접대해야지. 너는 걱정 말고 빨리 다녀와."

"네. 알겠습니다. 성운 씨 그럼 푹 쉬고 다음에 또 봐요."

"네. 정말 감사합니다. 잘 다녀가십시오."

김약연은 박찬익을 배웅하고 난 뒤 집 안에 들어가 아내와 딸을 불렀다.

"명화야, 이분이 누군지 알아보겠니?"

명화는 수줍은 얼굴로 이성운을 쳐다보더니 고개를 살짝 저었다.

"허허허, 이렇게 은인도 못 알아봐서야? 내 딸이라는게 다 부끄럽구만."

"아니, 처음 보는 사람을 은인이라니? 그게 무슨 말씀임둥?"

옆에서 이성운을 쳐다보던 김약연의 아내 문안연은 의아한 눈길로 김약연을 쳐다보면서 물었다.

"이 사람이 아까 서시장에서 명화를 구해 준 그 은인이라오."

"네? 정말임둥?! 아이구! 이게 무슨 망신임둥? 그럼 진작 말씀해 주셔야지 그랩꾸마. 어서 절을 받읍소. 명화야, 너도 빨리 절 안 하고 뭘 하니?"

문안연은 다급히 손짓하면서 명화를 불렀다.

"아닙니다. 괜찮습니다."

이성운은 너무 황송해서 급히 말리려 했지만 모녀는 이성운한테 감사의 절을 올렸다. 이성운도 급히 맞절을 했다.

"명화야. 빨리 가서 저녁을 차리지 않고 뭘 해?"

김약연은 기뻐서 어쩔 줄 모르는 명화를 재촉하자 그제서야 명화는 정신이 든 듯 급히 뛰어나갔다.

"이 정신 봐라. 조금만 기다리오. 내 맛있는 거 해 줄게."

문안연도 따라 나갔다.

같은 시각, 간도일본총영사관 사쿠라 회관에서도 잔칫상이 한창이었다.

"사이토 타로(齐腾太郎)께서 간도에 오신 걸 환영합니다! 이제 간도도 조만간 일본 땅이 되면 타로께서 영사님처럼 큰일을 해야지 않겠습니까?"

"하하하 물론이죠."

모두가 웃으며 사이토 영사의 아들이 온 걸 축하하면서 너스레를 떨고 있었다.

그때 사이토 타로 옆에 서 있던 한 소녀가 정색하며 유창한 일본어로 한 마디 던졌다.

"지금은 청국이 중화민국이 되었지만 여기가 일본 땅이 되리란 장담은 못 하죠."

모두가 깜짝 놀라 당돌한 그 소녀를 뚫어지게 쳐다보았다. 아름다운 그 소녀는 오히려 도도하면서도 얼굴에 엷은 미소를 띠고 있었다.

칠흑 같은 머릿결과 백옥 같은 하얀 피부의 아름다운 그 소녀는 다름 아닌 훗날 1928년 장작림 폭사한 황고둔사건, 1931년 9·18사변, 1932년 상해사변 등 중대사건에 관여하며 중국 역사의 한 획을 그은 일본 첩자 '동양마녀' 카와시마 요시코(川島芳子, 12세)였다.

카와시마 요시코는 일본인도 중국인도 아니었다. 1907년에 태어난 그녀는 청국 숙친왕 애신각라 선기의 14번째 딸 현우(顯玗)였다.

1912년 5살 때 숙친왕은 현우를 일본인 친구 카와시마 나니와(川島浪速)에게 양딸로 보내 일본 유학을 시켰다. 정치, 군사, 정보와 자료수집 등 전문적인 훈련과 교육을 마친 후 카와시마 요시코로 이름을 고쳤고 이번에 간도실정 요해 차 사이토 타로와 동행한 것이다.

카와시마 나니와와 사이토는 친구였다. 사이토는 친구의 부탁을 들어주어 아들과 동행하는 걸 동의했지만 당돌한 이 어린 여자로 인해 훗날 역사가 바뀌리라고는 전혀 상상 못했다.

오늘따라 명동의 달은 밝았다. 닭탕에 저녁을 맛나게 먹은 이성운은 김약연 뒤를 따라 숙소에 도착했다.

"여기서 편히 자오."

김약연이 주로 오가는 손님들을 위해 특별히 지은 집이다. 그동안 많은 독립운동가들이 이 집에서 머물고 갔다. 그중에는 선바위에서 석 달간 사격 연습을 한 도마 안중근 의사도 있었다.

이성운은 안중근 의사가 덮었던 이부자리가 그대로 깔끔히 있는 걸 보면서 괜히 숙연해졌다.

이성운은 저도 모르게 무릎 꿇고 절을 올렸다. 머리를 드는 이성운의 두 눈에는 비장한 빛이 넘쳐 흘렀다.

안중근 의사의 뒤를 이어 가는 자신이 의젓해 보이기도 했지만 연숙이의 원수를 꼭 갚겠다는 분노도 가슴 한구석에서 솟구치고 있었다.

간도 대표 33인

이튿날 아침 간도벌판에는 밤새 내린 눈이 두텁게 쌓여 있어 많이 쌀쌀했다.

"넌 오늘따라 웬일이냐? 해가 구중천에 뜰 때까지 늦잠 자던 애가?!"

숙소 앞마당에서 기지개를 펴는 척 기웃기웃하는 명화를 본 엄마는 딸을 놀렸다.

"아니. 뭐 그냥. 오늘부터 운동 좀 할려고. 근데 아버진 어디 갔소?"

"새벽같이 나가셨어."

김약연과 이성운은 흰 눈이 쌓인 모아산을 에돌아 연길현 국자가 하장리에 있는 박동원의 집에 북간도지역 대표 33명이 모이는 회의에 참가하러 가고 있었다.

당시 간도 장로회는 연변지역을 연길, 용정, 자동, 팔도구, 평강 등 5개 지역으로 나뉘고 연길지역은 김영학, 이홍준, 박동원, 이성근이 맡고 용정지역은 김약연, 김정, 자동지역은 백유정, 팔도구지역은 유례균, 평강지역은 고동환이 맡았다.

박동원의 집에 도착하니 벌써 지역 대표들이 어느새 절반이 넘게 모였다. 약속한 시간이 되자 김약연은 회의를 사회했다.

"자, 지금부터 회의를 시작하겠습꾸마. 회의에 앞서 이 청년 소개하겠습꾸마. 이 청년은 2·8 도쿄독립선언과 3·1 경성만세시위에 참석한 학생대표 이성운입꾸마. 인사합소.”

김약연이 이성운을 소개하자 이성운은 자리에서 벌떡 일어나 머리 숙여 인사했다.

“이성운입니다. 잘 부탁합니다!”

그 말에 흠모와 격려의 박수갈채가 쏟아졌다.

“여러분들도 들으셨겠지만 지금 경성에선 대규모 만세시위가 이어지고 있습꾸마. 우리도 거기에 호응해서 여기 간도에서 만세시위를 해야겠습꾸마. 이게 이번에 이 청년이 직접 갖고 온 3·1 독립선언서꾸마.”

“우와!”

장내는 웅성거리며 모두 대단하다는 눈길을 보냈다.

“언제 하면 좋겠습둥?”

이어진 열띤 토론 끝에 장날인 3월 13일 목요일에 연길현 용정촌에서 ‘조선독립축하회’ 군중집회를 열기로 결정했다.

그리고 대회장에는 장로회 목사인 김영학, 회장에는 용정시 교회 창립자인 구춘선 장로, 부회장에는 배형식 목사, 1913년 평양장로회 신학교를 졸업하고 9월 15일 용정에 와 북간도 순회목사를 지낸 김내범 목사, 용정 중앙교회 창립자인 정재면 전도사, 신학봉 집사, 간장암교회 설립자이며 청호학교 설립자인 강백규 장로 등이 선출되었다.

마지막에 ‘조선독립포고문(朝鮮獨立布告文)’이 작성되고 회의에 참석한 김약연, 김내범, 구춘광, 김영문, 박도용, 마진, 배형식, 이하영, 강구우, 차의범, 남인상, 지병학, 남세극, 최창석, 신명덕, 김해준, 방양룡 등 17명이 지역대표 33명을 대표하여 모두 사인했다.

이들 중 김약연, 김영학, 구춘선, 강백규, 국자가 장로 유찬희, 문치정, 김약연과 명동교회 공동설립자인 김정규, 간민회 부회장 마진, 남세극 등은

1907년에 조직된 '간민회' 회원들이었다.

회장인 김약연은 당시 연길도윤 오록정과 협의해 청국에 귀화하여 국적을 가진 한인은 합법적으로 토지를 소유할 수 있게 하였다.

또 김약연, 마적달교회 창립자이며 양정학당 설립자인 이동춘, 박무림, 구춘선, 정재면, 창강교회 창립자인 박찬익 등은 1909년에 설립된 '간민교육회' 회원들이었다. 초대 회장은 김약연이었다. 2대 회장인 이동춘은 정재면, 박찬익, 장기영과 함께 중화민국 부총통 여원홍을 만나 간민자치회 성립 인가를 받았다.

눈길을 빠짝빠짝 밟으며 용정으로 돌아오는 길에 이성운은 김약연에게 물었다.

"한 가지 궁금한 게 있는데 여쭤봐도 괜찮겠습니까?"

그 말에 김내범, 마진, 구춘광, 김정 등 일행들과 함께 앞에서 걸어가던 김약연은 이성운을 뒤돌아보며 "괜찮소. 물어보우." 하고 대답했다.

"여기 간도의 모든 활동을 보면 회장님이 수고가 제일 많으신데 이번 집회엔 왜 이름이 없는 겁니까?"

"아! 그거?! 허허허."

김약연은 이성운의 물음에 크게 웃었다. 일행들도 따라 웃었다.

이성운은 어리둥절해졌다.

"우리의 대업을 위해서라면 누가 하든 무슨 상관이 있겠소? 하물며 나는 정재면 목사와 함께 3월 17일에 연해주에서 열리는 국민의회 창립대회에 간도대표로 참가하기로 돼 있소. 자네가 오기 전 이미 통보를 받은 상태였소."

"네! 그런 거였군요. 대단하십니다! 그리고 아까 장로님이라고 하던데요. 언제 교회에 다니셨습니까?"

"오. 우리 학교에서 정재면 목사를 교사로 초빙했었는데 그분이 전도 사였거든. 그렇게 되어 나도 정재면 목사한테서 세례 받았소. 근데 안 되 겠더군. 그래서 평양신학교를 1년 수학하고 목사가 되고 명동교회를 세 웠지."

벽거(碧居) 정재면(鄭載冕, 35세)은 1884년 평안남도 숙천에서 태어나 평양숭실을 졸업하였고 서울상동청년학원과 서울황성기독교청년회학관 을 졸업하였으며 신민회에 가입했다.

정재면은 신민회에서 세운 평양대성학원과 원산보광학교에서 교사로 근무했고 이동휘의 권유로 북간도교육단을 조직해 교육사업을 물색하던 중 김약연과 조우했다.

"와! 정말 대단하십니다."

이성운은 다시 한번 김약연을 바라보았다. 넓은 이마와 굳은 검붉은 피 부는 강인함이 더 보이는 것 같았다.

"아! 일본에서 유학했댔지?"

"네!"

"무슨 학과를 나왔소?"

"정치학과요."

"오. 그런데 어떻게 주먹도 잘 쓰지?"

"아! 네. 저의 부친이 고종황제 보디가드 출신이어서 어렸을 적부터 아 빠한테서 곤봉 쓰는 걸 배우면서 자랐습니다. 또 임호 스승님한테서 몇 년 간 택견을 배웠습니다."

"오. 그럼 자네 우리 학교서 체육과 선생님으로 있는 게 어떻겠소?"

"저야 감사하죠!"

아직 거처를 정하지 못하고 있던 이성운은 너무 고마울 따름이었다.

"좋소. 그럼 우리 학교에 오우."

"네. 감사합니다."

이야기하는 사이 일행은 모아산 어귀에 도착했다.

"교장님, 제가 잠깐 들를 곳이 있어서 먼저 가보십시오."

"그래오."

김약연은 어디 가냐고 묻지도 않고 일행들과 가던 눈길을 터벅터벅 걸어갔다.

이성운은 허리 굽혀 인사하고 눈길 위로 멀어져 가는 김약연 일행을 지켜보다가 동생들이 있는 동굴로 향했다.

이성운을 보자 육천근과 남궁용은 막 뛰어와서 이성운과 포옹하며 기뻐했다.

"이게 웬일이래유? 난 형님이 다신 안 오실 줄 알았구먼유."

"남아일언중천금이라 했다. 내가 너희들하고 한 약속을 어찌 저버릴 수 있단 말이냐? 너희들 얼굴도 볼 겸 너희들 할 일도 있구 해서 왔지."

"형님, 무슨 일이래유? 그냥 말씀만 하셔유."

"좋다. 이제 13일에 용정에서 만세 운동이 있을 거야. 그걸 위해 포고문을 인쇄하면 너희들이 훈춘에랑 가서 그걸 나누어 줘야겠어."

"네. 형님. 걱정은 마셔유. 시켜만 주셔유."

육천근은 시물시물 웃으며 대답했다.

한편 김약연이 집에 도착했을 때는 저녁녘이 거의 다 되었다.

누군가 대문 앞에서 서성이는 게 보였다. 가까이 가 보니 명화였다.

"추운데 여기서 뭘 해?"

"아버지 기다리는 중입꾸마. 근데 혼자 오오?"

"오. 이선새는 누굴 만나고 좀 있다 올 거다."

"네? 선새라니? 누굴 만나오?"

명화가 놀라서 묻자 김약연은 허허 웃으면서 말했다.

"우리 학교도 체육선새 필요하지 않겠어? 그래서 이선새를 체육선새로 쓰기로 했어. 친구들 만난대."

"얀!"

명화는 안심하는 듯 대답하면서 먼저 문을 열자 김약연이 대문에 들어섰다.

김약연은 집에 들르지 않고 바로 학교로 갔다. 마침 선생님과 학생들이 하교하고 있었다.

"잠깐만 모이오. 3월 13일에 쓸 포고문을 인쇄해야 겠소."

"그럼 제가 남겠습니다."

김약연은 급하게 선생님들을 불러 회의를 한 후 포고문 인쇄를 빨리 할 걸 재촉하자 몇 명이 남아서 바로 인쇄하기로 했다.

이성운은 숙소에 도착하자마자 김약연이 학교에 남아서 인쇄한다는 말을 듣고 곧바로 학교로 뛰어갔다.

이성운은 두말할 것 없이 팔을 걷고 인쇄하는 데 뛰어들었다. 몇 시간이 지났다.

"이선새, 들어가 쉬오."

"아니, 괜찮습니다."

명화도 와서 일손을 도왔다. 먹도 갈고 종이도 바꿔 주고 인쇄한 종이를 바닥에 모두 가지런히 놓아 붙지 않고 빨리 마르도록 했다. 저녁이 되어 어둡자 등잔을 몇 번 갈아서 켰다.

새벽이 되자 손이 많이 시렸다. 하지만 이성운과 명화는 추운 줄도 모르고 열심히 인쇄했다.

날이 밝아 오자 선생님들이 일찍 등교하기 시작했다. 선생님들이 평소보다 더 일찍이 와서 인쇄를 이어 갔다.

이성운과 명화는 좀 더 도와주다가 학생들까지 오자 그제서야 잠깐 눈을 붙이러 갔다.

일본 동창

오후가 되자 이성운은 벌떡 일어나 학교로 갔다. 대문을 나서는데 급히 나오는 명화를 만났다. 둘은 약속이나 한 듯 학교에 가 인쇄한 포고문을 들고 용정 서시장에 나가 지나가는 한인들에게 한 장 한 장씩 나누어 주었다.

포고문을 받은 한인들은 너도 나도 기뻐 어쩔 줄 몰라 했다.

"뭐여? 우리도 독립하는 겨?"

"우리 이제 집으로 돌아가도 되는 거 아니오?"

한인들은 어찌 됐건 지긋지긋한 노예와 같은 생활이 끝나고 자유롭고 평화로운 세상이 곧 올 것만 같은 희망에 너도나도 모두 들떠 있었다.

이성운이 웃으면서 포고문 한 장을 지나가는 한 아낙네한테 나누어 주려는데 갑자기 웬 사나이가 콱 낚아채 갔다.

"성운 군, ここで何をしていますか(여기서 뭐 하고 있는 거야)?"

귀에 익은 목소리에 고개를 든 이성운은 화들짝 놀랐다.

바로 사이토 타로가 포고문을 들여다보면서 이성운을 쳐다보지도 않고 썩소를 지으며 건방을 떨고 있었다.

명화가 다시 그 포고문을 빼앗으려 들자 이성운은 말렸다.

타로 뒤에는 일본 무사 4명이 긴 사무라이 칼을 차고 위풍당당하게 팔짱을 끼고 서 있었다.

원수는 외나무다리에서 만난다더니 이 좁은 서시장에서 둘이 만난 거다.

이성운과 타로는 일본 3대 명문대학인 와세다대학 동문동창이었다.

타로는 육군유년학교를 졸업 후 아버지의 친구 오쿠마 시게노부(大隈重信)가 세운 와세다(早稻田)대학에 입학했다. 사이토는 일본의 미래는 군사적 재능보다 정치적인 것이 더 출세가 있다고 생각하고 아들 타로를 정치과에 입문시킨 것이었다.

1872년에 육군사관학교 전 단계로 세워진 육군유년학교는 세계대전 기간 수많은 전쟁광들을 배출했다.

1930년 중견장교로 결성된 비밀결사대 사쿠라회 100명 회원 중 사쿠라회를 조직한 A급 전범 하시모토 긴코로(橋本欣五郎)중좌와 미군이 오자 동굴에서 할복한 초우 이사무(長勇) 소좌 등 대부분이 이 학교 출신들이다.

일본의 마지막 사무라이 소가 스케노리(曾我祐準)가 이 육군유년학교 교장으로 부임되자 학생들에게 군사학 외에 사무라이 검법을 추가해 가르쳤다.

11세기부터 막부를 세우고 일본을 군림하며 권력을 지배하던 사무라이는 메이지 정권이 세워지면서 1870년대부터 점차 세력을 잃게 되었다.

1853년 미국 페리 제독이 일본 통상을 요구한 불평등 조약을 시작으로 러시아, 네덜란드, 영국, 프랑스 등 서강열국들이 일본을 침탈하고 불평등 조약을 체결하자 바쿠후 정부는 250년 쇄국정책을 끝으로 와해되기 시작했다.

그러던 1867년 12월 9일, 왕을 높이고 오랑캐를 몰아내자 즉 존왕양이를 주장하던 이와쿠라 도모미(岩倉具視) 등 왕정복고파들이 쿠데타를 일으켜 바쿠후 정부를 뒤엎고 메이지 정권을 수립했다. 그리하여 1868년 3월 14일, 16세밖에 안 된 일왕은 친정을 선언했고 수도를 교토에서 도쿄로 천도했다.

　　　　　　　　　　독립의 용두레: 간도 1919-20

그렇게 막강한 메이지 유신을 이끌었던 주도 세력은 20대 30대들이었는데 그중 가장 유명한 사람은 '근대화의 아버지'로 불린 이토 히로부미였다.

이토는 45세에 메이지 정부 첫 총리에 이어 4번이나 총리로 부임되었고 천황을 국가의 상징이자 일본 국민의 통합으로 규정한 헌법도 제정했다.

1841년 하층 농민의 아들로 태어나 영국에 6개월 유학을 다녀온 이토 히로부미는 일본에서 몇 명 안 되는 통역사였다. 이토는 어설픈 영어로 중국에서 스코틀랜드 상인을 만나 10만 3천 자루 소총을 구입한 후 칼을 든 막부 세력을 일망타진했다.

이어 이들 세력들은 미국에게 당한 수모를 조선에 그대로 돌리며 소총의 총부리를 조선에 향했다.

1875년 9월 20일, 일본은 조선에 수차례 통상을 요구하며 강화도에 불법 침입하여 35명을 죽이고 16명을 체포해 '운요호 사건'을 일으켰고 끝내 1876년 2월 27일 부산 외 원산과 인천을 개항하는 등 12조 '강화도 조약'을 체결했다.

1905년 조선의 외교권을 찬탈한 '을사늑약', 1910년 한일병합을 통해 조선을 완전히 침략한 일본은 수많은 금은보화와 자원을 약탈해 갔고 1914년 세계대전 기간 군수품 공장을 세워 일본의 산업화에 박차를 가했다.

비록 6개월이지만 영국의 산업화에 두 눈을 번쩍 뜬 이토는 일본의 부국강병에 온갖 심혈을 기울였다.

전쟁에서 승리하면 금은보화 등 자원을 얻어 잘 살 수 있는 단맛을 들인 일본은 조선, 나아가 중국 등 아세아로 그 야욕은 점점 더 커져 갔다.

또한 그런 전쟁으로 인하여 육군유년학교에서 13세 때부터 3년간 군사화로 길들여진 도생들은 전쟁괴물로 전락되었고 또 배출되기를 악순환했다.

와세다대학에서 이성운과 타로 두 사람은 조선과 일본을 대표하는 주먹 양대산맥이었다.

이성운이 워낙 주먹을 잘 쓰고 유명했던지라 사무라이 검을 잘 쓰던 타로도 어쩌지 못했다. 타로가 텃세를 부리며 자주 이성운을 괴롭혔지만 이성운은 대수롭지 않게 생각하며 계속 꾹 참았다.

타로는 전단지를 빼앗으려는 명화를 보자 이성운한테 거들먹거렸다.

"이 여자는 누구야? 연숙 히메는 어째 안 보이나? 설마 둘이 헤어졌어?"

이성운은 연숙이라는 말에 욱하고 속에서 피가 끓어올라와 발로 타로를 차려고 다리를 들었는데 "오빠!" 하면서 명화가 급히 막아섰다.

이성운이 다리를 들자 타로 옆에 있던 사무라이들도 황급한 나머지 일제히 칼을 뽑아 들고 덤벼들 자세를 취했다.

이때 이성운에게서 포고문을 받았다가 타로한테 빼앗겨 옆에서 타로를 째려보던 그 아낙네가 타로 손에 든 포고문을 다시 확 빼앗아 갔다.

타로는 놀라기도 하고 화가 치밀어 그 아낙네 귀뺨을 내리쳤다.

"빠가야로!"

그때 그 아낙네 뒤에 있던 남정 몇몇이 품에서 총을 꺼내려 들었다. 그러자 그 아낙네가 일단 손을 들어 그 남정네들을 말렸다.

이성운도 돌발 상황에 조금 당황스러웠다.

타로가 화가 완전히 난 것 같았다. 타로는 실성한 사람처럼 소리 지르며 옆구리에 찬 칼을 뽑아 들어 하늘에 곧추세우더니 곧 그 아낙네를 내리찍으려 했다.

일촉즉발의 순간에 한 여자의 명랑한 목소리가 들려왔다.

"타로 오빠, 잠깐만요. 이런 사소한 일로 화까지 낼 필요 있겠어요?"

그 여자는 바로 카와시마 요시코였다. 일본 전통 의상인 기모노를 입고 머리를 올린 요시코는 타로를 지나 아장아장 그 아낙네 앞에 다가서더니 갑자기 주먹으로 가슴팍을 내리쳤다.

그 아낙네는 가슴을 부둥켜 안고 저쪽으로 쓰러졌다. 한 무리 장정들이 우루루 달려가 그 여인을 부축하면서 다시 가슴속에서 총을 꺼내려 했다.

"住手(멈춰)!"

그러자 그 아낙네는 중국어로 말하면서 장정들을 말렸다.

"여기서 손 쓰면 우리 신분이 탄로 나. 여기서 일을 그르칠 수 없어. 그리고 저 일본 소녀가 아주 낯익단 말이야!"

그 아낙네는 부축을 받아 일어서면서 깊은 사색에 잠겨 누군가를 기억 속에서 찾고 있었다.

"아! 금벽휘구나!"

금벽휘는 요시코의 청국 이름이었다. 요시코도 자기 과거를 아는 사람인지라 의아해 타로더러 모두 일본 영사관 숙소로 모셔오게 했다.

그 아낙네는 다름 아닌 청국 공친왕 혁흔의 큰딸이며 청국 제9대 함풍제의 이복조카딸인 영수(榮壽) 화석공주였다. 황실에서는 황후의 딸을 화석공주라 불렀고 황족왕공의 딸은 거거(格格)라고 불렀다.

영수는 황후의 딸이 아니어서 고륜공주로 불렸지만 서태후가 양딸로 삼으면서 화석공주로 불렸다.

1861년 함풍제가 죽자 6살 아들인 제10대 동치(東治)제가 황제가 되었고 26살 난 후궁 서태후가 수렴청정을 시작했다.

동치제가 19살에 천연두로 죽자 서태후는 4살 난 여동생의 아들을 제11대 광서(廣西)제로 세웠다. 그리고 영수공주를 양딸로 삼았다.

1900년 5월, 영국, 프랑스, 독일, 러시아, 미국, 이탈리아, 오스트리아, 일본 등 8국 연합군이 베이징에 입성하자 서태후는 자금성을 떠나 산시(산서)성 경내로 들어갔다.

서태후는 먼저 도착한 숙친왕 선기를 불러 베이징에 돌아가 이홍장과 뒷일을 수습케 했다.

숙친왕 선기는 당시 통역으로 있던 카와시와 나니에와 친해져 의형제를 맺기까지 했다.

8국 연합군이 철수하자 베이징으로 돌아온 서태후는 숙친왕을 중용했다.

숙친왕은 한국의 명동과 같은 왕푸징에 목욕탕과 시장을 만들었다.

1908년 11월 14일 서태후는 광서제를 독사시켰는데 서태후도 15일 병으로 죽고 말았다.

1908년 12월 2일 광서제가 아들이 없어 이복동생 순친왕의 장남인 3살 난 부의가 중국 제422대 황제이자 청국 마지막 제12대 선통(宣統)제로 즉위했다.

1911년 10월 10일 신해혁명이 일어났고 1912년 1월 1일 손문이 중화민국 임시 대총통에 취임했다.

그리고 청국 북양군벌 총수인 원세개는 '청국만 멸망하면 대총통자리를 양보하겠다'는 손문의 말에 1912년 2월 12일 청국을 멸망시키고 10월에 남경정부 초대 대총통이 되었다.

그렇게 마지막 황제 부의는 조선의 고종황제처럼 자금성에 갇혀 외부와 단절된 황제생활을 하게 되었고 영수공주는 봉천(지금의 심양)으로 쫓겨났다.

숙친왕은 북경에 거대한 궁전을 갖고 있었고 하인만 200명에 가진 땅도 한반도만 했다. 그래서 청국 복벽이 그 누구보다도 더 절실했다.

숙친왕은 대련에서 노동자로 변복한 토비 2,000명을 훈련시켜 북경성을 공격하려 했지만 이를 알게 된 사이토가 장작림과 연합하기를 원해 관두었다.

1915년 숙친왕은 청국 복벽을 위해 아들딸들을 유럽에 유학 보내고 8살 난 14번째 딸 금벽휘는 일본에 보냈다.

영수공주도 봉천에서 다시 간도로 내려와 복벽을 위해 남몰래 군사들을 모아 훈련시키고 있던 중이었다.

영수공주와 요시코는 서로 알아본 후 기쁘게 부둥켜안고 울었다. 황실 공주들은 이젠 청국의 복벽을 위해서는 일본의 힘에 의거해야 한다고 생각하고 있는 듯싶었다.

락연 한광우

"교장선생님, 인쇄하는 속도가 느리고 양도 너무 적은데요."

서시장에서 인쇄물을 다 나누어 주고 돌아온 이성운은 김약연에게 보고 드렸다.

"음. 알겠소."

김약연은 바로 일어나 나가더니 연길 국자가 활판소와 용정 제창병원 지하실에서도 인쇄하게 했다.

제창병원은 용정에 최초 이주한 캐나다 선교사 바커가 1913년 6월 6일 에 세운 병원이다.

바커는 일반 중국인과 중국 관리 그리고 일본인이나 일본 경찰들이 함 부로 출입할 수 없는 용정의 영국 조계지내에 26에이커(105,222㎡)의 땅을 선교지로 구입했다.

용정수원지 동쪽 근교 산비탈에 자리 잡고 있는 해발 260m 정도의 언덕 이었다. 한인들은 그 땅을 '영국데기(언덕)'라 불렀다.

김약연이 캐나다 선교부에 병원을 지어 줄 것을 부탁하자 캐나다 선교 부는 용정에 반지하실이 딸린 30여 평(100여㎡) 정도의 'ㄱ' 자 모양의 작 은 병원을 지었다. 초창기엔 의사 1명, 약제사 1명, 간호사 3명, 사무원 1명 의 규모로 의료설비도 보잘것없어 간단한 진찰과 치료밖에 하지 못했다.

1916년 11월에 'ㄷ' 자 모양의 병원 건물을 신축했고 1918년에는 30개의

병실을 갖추고 내과, 외과, 산부인과, 소아과, 전염병과를 두었고 수술실과 X레이 촬영실까지 갖춘 연변 일대 최고의 병원이 되었다.

원장은 외과의사인 마틴 박사가, 간호장은 영국인 노은혜(Eunice E. Noltenius) 선교사가 맡았으며 3명의 한인 간호원과 세브란스의전을 졸업한 이익걸, 최관실, 정창성, 강덕희, 김영 등 5명이 한인 의사로 초빙되었다.

당시 훈춘의 '러시아병원', 연길의 '독일천주교병원'은 신자가 아니면 봐주지 않았고 일본인이 세운 용정 '자혜병원'과 '도립병원'은 진료비가 비싸 일반 서민은 이용하기 어려웠다.

그러나 제창병원에서는 실비 진료와 더불어 빈곤자에 대해서는 무료 진료를 실시했다. 또한 순회 의료 진료도 시행하여 오지에 있는 한인 이주촌을 찾아다니면서 환자들을 치료했다.

1920년 2월 4일 캐나다 선교부는 영국데기에 은진(恩眞)학교(지금의 용정5중)를 창립하여 푸트 목사가 초대 교장을 맡았다.

졸업생으로는 윤동주, 송몽규, 문익환, 조선의용군에서 활약한 김덕근, 이익성, 김학무, 정성언, 현철진 등이 있다.

은진중학교, 1913년에 설립된 명신여자중학교, 1921년에 개교한 동흥중학교, 1921년에 개교한 대성중학교 등 5개 학교는 1946년 8월에 용정중학교로 재편되었다.

이성운은 육천근과 남궁용도 불러 인쇄를 돕게 하고 훈춘, 도문 등 다른 곳에 가서 포고문을 나누어 주게 하였다.

이성운은 문득 3·1 운동 때 들었던 태극기가 생각나 또 김약연을 찾아갔다.

"교장선생님, 그날 태극기가 있으면 완벽한데 어디서 구할 수 없을까요?"

김약연은 한참 생각하더니 갑자기 환하게 웃으며 "오. 그렇지. 우리 촌에 '그림쟁이'가 있지. 광우라고. 그림 잘 그려."라고 말했다.

이성운은 어리둥절해했다.

"자네 박찬익 찾아가서 같이 가 광우한테 부탁해 보게나."

"광우라고요?"

이성운은 곧바로 박찬익을 찾아갔다.

"어서 오게나."

박찬익은 이성운의 말을 듣더니 이성운을 데리고 길장도세관에서 일하는 한광우를 찾아갔다.

세관경비한테 한광우를 찾는다고 전했더니 조금 후 머리를 옆으로 올리고 안경을 건 21살밖에 안 된 젊은이가 나왔다. 옷은 남루해도 얼굴엔 광채가 났고 눈동자는 맑아 엄청 착해 보였다. 영어도 잘하고 영준하게 생긴 이 청년이 바로 훗날 '중국의 피카소'로 불린 한락연(韓樂然)이다. 또한 1923년 중국공산당에 가입한 제1호 조선인이기도 하다.

1898년 12월 8일 용정촌 토성포의 한 농민 가정에서 맏아들로 태어난 광우(光宇, 21세)는 자가 락연이다. 어려서부터 그림 그리기를 좋아한 한락연은 종이가 귀해서 마음대로 그림을 그릴 수가 없어 방과 후면 마을 동구 밖의 묘지에 가 나뭇가지로 땅에 그림을 그렸다.

그러나 아버지는 미술가는 가난하다며 극구 그림 그리는 걸 반대했다.

9살 때 아버지가 세상을 떠나자 그는 손에 잡히는 대로 잡일하며 어머니를 봉양하면서도 그림 그리는 걸 놓지 않았다.

서전서숙 다닐 때도 한락연은 천부적인 재능을 보여 매번 학기 시험마다 미술 성적은 만점이었다.

한락연은 이상설의 서전서숙 1기 졸업생이다. 조선말과 중국말에 능한 한락연은 14살에 전화국에서 교환수로 일하며 일본어도 배웠고 그 뒤 해관에서 일하기 위해 영어도 배웠다.

"반갑습꾸마."

한락연은 박찬익을 보고 반갑게 인사했다. 박찬익은 여준을 통해 서전서숙 다닌 한락연을 알게 되었다.

"오. 반갑다. 잘 지냈나? 이쪽은 명동학교 이선새다."

이성운과 한락연은 서로 악수하며 인사했다.

"근데 무슨 일로 오셨습둥?"

"오. 다름 아니라 13일 축하회 때 태극기가 좀 필요해서 말인데…"

"아! 네. 그건 걱정하지 맙소. 제가 그려 드리겠습꾸마."

한락연은 흔쾌히 승낙했다.

"고맙소! 그럼 잘 부탁하겠소!"

박찬익과 이성운을 보낸 뒤 한락연은 곧 영국해관서의 자전거를 빌려 타고 흰 천 몇 필을 사다가 영조계지 세무사집에서 며칠 밤을 새며 400여 개의 태극기를 만들었다.

시위 날짜가 다가오자 한락연은 만든 태극기를 곱게 접어 마대 안에 넣고 자전거 뒤에 실은 다음 자전거 타고 명동학교로 갔다.

명동 대결

"정말 수고 많았습니다. 형님!"

이성운과 명화 그리고 몇몇 선생님들과 학생들이 나와 한락연의 두 손을 꼭 잡고 고맙다고 인사했다.

"일없슴다(괜찮아요). 응당한 일입꾸마."

한락연은 많은 칭찬에 뿌듯하면서도 많이 쑥스러워졌다.

"근데 저기 오는 게 누구야?"

이성운이 한 선생님이 가리키는 쪽을 고개 돌려 바라보니 저쪽 편으로부터 왁자지껄 어지러운 소리가 들리며 한 무리 인파가 몰려오는 것이 보였다.

타로였다. 그가 제일 앞에서 활개치며 걸어왔고 그 뒤로 몇 명의 사무라이와 저번 시장에서 만났던 청국무사까지 뒤를 따라오고 있었다.

청국무사들이 타로 꼬임수에 넘어간 것 같았다.

영수공주와 요시코는 대련에 있는 숙친왕한테 가고 없었다.

타로는 이성운을 보자 표독스러운 표정을 짓더니 어설픈 조선말로 지껄였다.

"이성운 군, 여기서 또 만나네. 너무 자주 만나는 거 아니야? 근데 여기서 뭘 해? 혹시 니가 주도해서 우리 일본과 맞서는 건 아니지?"

이성운은 그 말을 듣자 두 눈을 부릅뜨며 빈정대는 타로를 째려보다가 타이르듯 유창한 일본어로 입을 열었다.

"나는 항상 동창은 소중한 자산이라고 생각해 왔어. 그런 생각은 지금 이 시각도 변함이 없어. 우리 민족은 대대손손 후세를 위해서 살아왔지 다른 민족을 괴롭힌 적 절대 없어."

그 말 듣고 타로는 펄쩍 뛰었다.

"뭔 헛소리야? 우리 일본이 너네 조선을 보호해 주고 있고 여기 있는 조선인들을 여기까지 와서 보호해 주고 있는데 고마워하기는커녕 이렇게 뒤에서 뒤통수 치고 있어?"

"헛소리는 네가 하는 거 같구나. 남의 나라를 침략하고도 보호라니? 정말 어처구니없구만. 대학에서 공부는 어떻게 한 거니? 니가 그러고 다니니 대학교만 명성이 더러워지는 거야. 더는 너 같은 애와 얘기 나누고 싶지 않다."

"오. 입은 살아가지고. 매를 버네?"

"근데 여기는 무슨 일로 온 거야?"

"그렇잖아도 한마디 하려고 왔지. 저번에 시장에서 삐라를 나누어 주던데 그때는 뭔지 몰랐는데 뭐 독립하겠다고? 이것들이 완전히 정신이 돌았구만! 경고하는데 그걸 당장 멈춰! 알겠어?"

두 눈 부릅뜨고 실성한 듯 외치는 타로를 외면한 채 이성운은 대수롭지 않은 듯 비장하게 말했다.

"우리는 우리의 신성한 권리와 의무를 주장할 뿐이야. 우리나라는 우리가 가꿔 가야지 다른 민족이 다스릴 권리가 없으며 또 그럴 필요도 없어!"

"뭣이? 어쩌고 어째? 기어코 반역이라도 해 보겠다는 거야? 한 말 책임져. 후회 안 할 자신이 있어?"

"난 종래로 내가 한 일 후회해 본 적 없어."

이성운의 당찬 모습에 타로는 조금 당황했다.

타로는 마침 명동학교 간판을 보더니 이성운을 향해 또 지껄였다.

"명동? 여기 이 이름부터 불순해. 이 이름 당장 고쳐!"

"우리 교장님은 지금 여기 안 계서. 설령 계셨어도 고칠 이유가 없어. 근데 왜 니가 고쳐야 말아라야?"

"권하는 술은 안 먹고 벌주를 마시겠다? 좋아. 내가 후회하게 만들어 주지. 殴れよ!(애들아, 족쳐!)"

타로의 말이 떨어지기 바쁘게 사무라이와 청국 무사들이 우르르 달려들며 몽둥이로 선생님들과 학생들을 마구 패기 시작했다.

이성운은 황급히 자기를 향해 몽둥이를 휘두르는 사무라이 가슴에 발을 날려 넘어뜨렸다.

이성운이 급히 명화 쪽으로 고개를 돌려 보니 한 놈이 몽둥이를 들고 명화한테 달려가는 게 보였다. 이성운은 바로 달려가 오른발을 뻗쳐 그놈 등을 찼다. 그놈은 몸을 가누지 못하고 앞으로 엎어졌다.

"빨리 학교 안으로 들어가 피신해요!"

이성운은 학교 대문을 열며 명화와 한락연을 피하라고 재촉했다.

바로 그때 한 사무라이가 뒤에서 칼집으로 이성운의 목을 조여 왔다. 이성운은 뒷걸음질하며 손으로 칼집을 잡은 채 오른 발에 힘을 주어 가슴 쪽으로 차면서 뒤에 있는 놈 얼굴을 가격했다.

"악!" 하며 놈이 얼굴을 싸쥐고 칼을 떨구며 뒷걸음 쳤다. 이성운은 다시 몸을 180° 돌리면서 오른발로 그놈 왼쪽 얼굴을 차자 놈은 그대로 옆으로 쓰러졌다.

이성운이 다시 선생님들을 때리고 있는 사무라이들 쪽으로 뛰어가 높이 뛰며 두 발로 두 놈 머리를 차고 잔등부터 땅에 떨어졌다. 두 놈은 몽둥이를 쥔 채로 앞으로 넘어졌다.

이성운은 두 발을 얼굴 쪽에 대더니 힘차게 밀면서 두 발로 벌떡 일어섰다. 그때 뒤에서 청국무사가 소리 지르며 달려들었다. 이성운은 오른발로 뒤에서 덤비는 놈 가슴을 차자 그놈도 뒤로 벌렁 넘어졌다.

머리를 맞은 사무라이 두 놈은 땅에서 기어 일어나더니 허리춤에서 긴 칼을 뽑아 들었다. 그리고는 바로 두 손으로 칼을 잡고 괴성을 지르며 이성운한테 달려오며 칼을 휘둘렀다.

이성운은 칼이 목을 향해 오자 허리를 앞으로 굽혀 급히 피했다. 그런데 머리를 들기 바쁘게 다른 놈 칼이 무릎 쪽으로 오자 또 칼 위로 날아올라 살짝 앞으로 한 바퀴 뒹굴고 일어섰다.

사무라이들은 이성운의 실력에 조금 놀랐다. 서로 바라보던 두 놈은 다시 괴성을 지르며 칼을 잡고 이성운한테 덤벼들었다.

이때 "으악, 악!" 하는 소리와 함께 일본 사무라이들이 얼굴 싸쥐고 칼을 떨구며 마구 쓰러졌다.

작은 돌멩이가 화살처럼 쌩쌩 날아와 얼굴을 마구 때렸다. 순식간에 대여섯 명이 땅에서 얼굴을 싸쥐며 나뒹굴었다.

이성운이 소리가 들리는 쪽을 보니 남궁용이 새총을 쏘면서 제일 앞에서 달려왔고 육천근이 칼과 날창을 든 동생들을 데리고 도리깨를 휘두르며 허둥지둥 달려오고 있었다.

나머지 사무라이들이 놀라 타로 쪽으로 물러서고 그들을 지나 육천근 무리들이 이성운을 둘러쌌다.

이때 잔뜩 열이 난 타로가 눈을 부릅뜨더니 장검을 뽑아 들고 괴성을 지르며 이성운한테 달려들었다.

"뒤로 물러서!"

이성운은 왼손을 들어 모두 물러서게 한 후 옆에 한락연이 갖고 온 태극기발을 들더니 태극기를 빼서 육천근한테 넘겨주고 몽둥이를 두 손으로 쥐며 타로 쪽으로 끝이 향하게 자세를 잡았다.

지나가던 새들도 나뭇가지에 내려앉았다. 일본 명검과 조선의 제일 몽둥이의 세기의 대결이 이루어진 거다.

명화는 조마조마해서 두 손을 꼭 마주잡고 발을 동동 구르며 걱정스레 이성운 얼굴만 쳐다봤다.

이성운과 몇 미터 가까이에 달려오던 타로는 갑자기 멈춰 서더니 두 손으로 검을 잡고 검을 일자로 세웠다.

"야앗!"

타로는 준비가 되었다는 듯 기합 소리를 내더니 이성운을 째려보며 달려들었다.

"얏!"

이성운도 대성질호하며 맞받아 나갔다.

타로가 먼저 이성운을 일자로 든 검으로 가로로 내리찍자 이성운은 급히 몸을 피하며 몽둥이로 타로 머리를 갈겼다.

타로도 당황하며 급히 머리를 숙이며 다시 검으로 이성운의 가슴을 찔렀다. 이성운은 몽둥이 반대편으로 칼을 맞받아쳤다.

"슝슝슝!", "딱딱딱!" 칼과 몽둥이가 부딪치거나 검이 날아오거나 몽둥이로 내리칠 때마다 옆에서는 모두 긴장해서 숨이 넘어갈 듯했다.

둘이서 수십 합을 싸워도 도저히 승부가 나지 않자 남궁용은 슬그머니 새총을 꺼내들었다. 그러자 육천근이 손으로 꽉 막았다.

"야, 뭐여 그게? 사내자식이 정정당당해야지 그런 식으루 굴면 안되는겨."

"형님, 이놈들이 우리나라를 강도짓 했는데 이런 놈들한테 무슨 의리가 필요합니까? 이러다 큰 형님이 다치기라도 하면 어쩔려구요?"

"니가 알아서 혀."

육천근은 말문이 막혀 끙 하고 수긍했다.

남궁용은 새총을 쏘려다가 새총은 티가 나는지라 중지를 엄지에 굽힌 다음 그 위에 작은 돌멩이를 놓고 온 힘을 실어 날렸다. 돌멩이는 "쌩" 하고 타로를 향해 날아갔다.

타로는 갑자기 손목이 따끔하며 힘이 풀리는 것 같았다. 타로가 이상하다고 딴 데 정신을 팔고 있는 사이 이성운이 몽둥이로 팔을 내리치자 검이 손에서 떨어져 나갔다.

이성운이 몽둥이로 또 어깨를 내리친 다음 다시 아래로부터 위쪽으로 가슴을 치니 타로는 저만치 멀리 날려 가 떨어졌다. 옆으로 먼지가 뽀얗게 피어 올랐다.

타로가 다시 일어서려는데 명치를 맞아서인지 입에서 검은 피가 터져 나오며 다시 쓰러졌다.

"와!"

이성운 뒤에서 숨죽이고 있던 사생들은 모두 펄쩍 뛰면서 대함성을 질렀다.

사무라이들은 당황한 나머지 우르르 몰려가 타로를 들쳐 업고 도망치기에 바빴다.

사람들은 모두 기뻐했지만 이성운은 기뻐할 수가 없었다. 필경 일본놈들이 또 구실을 대고 찾아올 것이 분명했다.

이성운은 일단 한락연을 집에 돌려보내고 선생님들과 내일 집회를 준비하기 위해 회의를 이어 갔다.

지금 김약연도 연해주로 가고 없고 내일 대회에 과연 몇 명이나 모일지도 걱정스러워 잠이 오지 않았다.

용정 만세 운동

"정동학교에서 사람들이 왔습니다!"

"그래? 몇 명이나?"

"한 100명 넘어 보입니다."

밤 11시쯤 되자 화룡현 정동학교 강익태 등 교원 6명과 학생 108명이 명동학교로 왔다고 망을 보던 학생들이 전해 왔다.

이성운은 기뻐 급히 밖에 나가 보았다. 이성운은 너무 반가워 일일이 악수했다.

정동학교는 1912년에 김성래, 김윤승이 화룡현 자동(지금의 용정시 자동촌)에 설립했다.

강익태 등 사생 108명은 주먹밥을 만들어 80여 리 밤길을 걸어서 명동학교에 도착했다.

그리고 달라자(지금의 도문) 사람들은 13일 새벽에 출발하여 명동학교에 도착했다. 점점 많은 사람들이 모였다.

"출발!"

오전 9시가 되자 정동학교 사생과 달라자 사람들, 그리고 명동학교 사생들 1,000여 명이 북과 나팔을 울리며 용정으로 향해 줄 지어 걸어갔다.

맨 앞에는 명동학교 학생 공덕흡이 대형 태극기를 흔들며 걸어갔다.

동성용, 조양천, 차조구, 동불사, 로투구, 명월구, 장인강, 두도구, 의란구, 월청구, 위자구, 화전자, 석현, 연길 등지의 민중들도 대열을 지어 약속이나 한 듯이 모두 용정에 모였다.

낮 11시가 되자 집회 장소인 상부지(商埠地) 밖 예수교 부속 영신학교 앞 공지에 사람들이 만세를 부르며 밀물처럼 모여들었다. 가관이었다.

이때 연길 주재 중국군 제1보병단장인 맹부덕(孟富德)이 거느린 보병과 기병 160여 명이 총을 겨누며 앞을 막아 나섰다.

"만약 이번 집회에 중국군이 도와주지 않으면 일본관동군이 진출할거야!"

처음엔 중립을 지키고 오히려 조선인들의 집회로 일본을 견제하려고 반기던 장작림은 사이토의 엄포에 마음을 달리 먹었다. 관동군이 진출하면 장작림은 자연히 일본의 위세에 밀리기때문이었다.

1905년 러일전쟁 직후 일본은 러시아로부터 요동반도 최남단인 여순과 대련지역을 양도받아 관동주(關東州)를 설치했다.

관동은 원래 만리장성의 동쪽 끝인 산해관 동쪽을 뜻했다. 일본이 관동주에 군사령부를 두면서 만주 주둔 일본군을 관동군으로 불렀다. 당초는 1만 명 정도의 관동군이 주둔하고 있었다.

"평화집회, 평화집회예요!"

이성운과 박찬익은 나서서 평화집회라고 해명했다.

"뿌싱, 뿌싱! 떠우 쩌우!(不行, 不行! 都走! 안 돼! 모두 가!)"

"안되겠어요. 우리 자리를 옮깁시다!"

맹부덕이 강경하게 나오자 이성운과 박찬익은 부득불 동북쪽으로 700m 되는 곳으로 옮기기로 결정했다. 바로 간도 보통학교 뒤쪽 부근 서전대야(지금의 용정 제1유치원 마당)였다.

드디어 서전대야에는 3만여 명이 모였다. 대회장 중앙에는 '인의정도(仁

義正道)'와 '대한 독립 만세'란 대형 오장기가 나부끼고 있었고 400여 개의 태극기가 흔들리고 있었다.

12시가 되자 천주교회당의 종소리가 울렸다. 천주교회당 울안에 집이 있던 15살 난 소년 림민호(훗날 연변대학 초대학장)는 친구와 같이 교회당 종루에 올라가 장관을 구경하려고 했다. 그런데 12시가 되어도 대회가 열리지 않자 대회 시작을 독촉하기 위해 종을 쳤다.

교회 종소리가 울리자 이때다 싶어 대회장 김영학은 큰 소리로 '독립선언 포고문'을 읽어 내려갔다.

"독립선언 포고문

우리 조선민족은 민족의 독립을 선언하고 민족의 자유를 선언하며 민족의 정의를 선언하고 민족의 인도를 선언하노라.

우리는 4천년 역사의 나라이고 2천만의 신성한 민족이었다. 그러나 우리 역사를 사멸하고 우리 씨족을 타파하여 멍에 아래에 신음하게 하고 농락하의 고통에 빠뜨려 10년이란 세월을 경력하였다. 이는 강한 이웃의 무정이라고 말할 수 없고 포악한 정권 때문이라고 말할 수 없다. 침략주의 구시대의 사용방법이고 위미하고 나약한 인생이 화근이다. 그 누구를 원망하고 그 누구를 탓하리오? 그러나 지사의 눈물은 동해를 많게 하고 우민의 한은 하늘에 미치었다.

천청은 민청에로 스스로 변화하고 천시는 민시로 스스로 하여 세상의 도의가 변하여 인도가 새롭게 태어난다. 정의의 만종은 대로에서 울리고 자유의 자향은 전진에 떠 왔다. 강국의 비행기와 잠수함은 양해에서 침몰하고 약자의 창과 의기는 봄바람에 펄럭인다.

우리는 천민의 일민이고 약자의 일인이다. 천명을 받들어 인심에 함원하여 2천만을 자유의 노래를 부르게 하여 두 손을 모아 평등의 대로에 진입하는 것이다. 이에 반하여 다른 동양문명의 수뇌가 되고 동양문명의 개전이 되는 선진국은 현세의 변천을 회고하여 크게 깨달을 것이고 우리들의 성의를 양해하여 묵인특허할 것이다. 이에 우리 수도인 경성에서 독립선언서를 먼저 들었으므로 사방이 파동하고 반도강산은 초목금수가 모두 향응공명한다. 간도거류 80만도 혈맥을 이어 생기상통하고 하늘의 뜻에 따라 인류계급에 동등하는 것이다.

공약 3장

1. 우리의 이번 행동은 정의, 생존, 존영을 위하는 민족의 요구이니 다른 감정에 광분하지 말라.
2. 최후의 일인까지 최후의 한순간까지 민족의 정당한 의미를 발표하라.
3. 일체의 행동은 질서를 지키고 우리의 주장과 태도를 어디까지나 광명정대하게 하라.

조선 건국 4252년 3월 13일

간도 거류 조선 민족 일동

김약연 김내범 구춘광 김승문 박도객 마진 배형식 이하영 강환우 차의
범 남인상 지병학 남세극 최창석 신명덕 김해준 방우룡."

포고문이 낭독되자 이성운은 주먹을 하늘 높이 들며 "대한 독립 만세!"
를 목이 터지게 소리 높이 외쳤다.

그러자 서전벌에 "대한 독립 만세!"가 산이 떠나갈 듯 울려 퍼졌다. 그리
고 400개의 태극기가 물결처럼 나부꼈다.

"자, 거리로 나갑시다!"

이어 시위행진이 시작되었다. 명월구에서 온 공덕흡이 '대한 독립 성원'
오장기를 들고 맨 앞장에 섰고 '인의정도(仁義正道)'란 오장기를 든 이도구
에서 온 박문호도 앞장섰다.

또 그 뒤를 명동학교, 정동학교 교원과 학생들로 구성된 300명 '충렬대'
가 이었고 각지에서 온 3만 명이 뒤따랐다.

용정촌 800여 호 한인가옥에도 응원이라도 하듯 모두 태극기가 나부끼
고 있었다.

시위행렬이 간도 보통학교를 지나자 이 학교 학생들이 밀물처럼 뛰쳐나
와 시위행렬에 가담했다.

간도 보통학교 전신은 이상설의 서전서숙이다. 이상설이 1907년 밀사로
파리로 간 후 후원이 끊기고 사이토가 '조선인의 사립학교가 반일 사상을
퍼뜨리고 있다'며 행적조사, 수업 내용 보고,   판물 단속 등 압력을 가해
오자 1910년 결국 폐교되었다. 그 후 1913년 일본인 나카무라가 교장이 되
어 간도 보통학교를 세웠다.

나카무라 교장은 13일 반일군중대회를 거행한다는 소식을 탐지하고 전
교 학생들을 교실 안에 가두어 놓고 나가지 못하게 하였다.

     독립의 용두레: 간도 1919-20

그런데 하늘땅을 뒤흔드는 '대한 독립 만세' 구호 소리를 듣자마자 학생들은 약속이나 한 듯이 팔을 휘두르면서 '만세'를 부르며 유리 창문을 부수고 밀물처럼 뛰쳐나왔다.

일본 영사관을 향해 가던 시위대가 상부지계선 사거리에 이르자 맹부덕의 군인과 일본 경찰들이 총을 들고 막아 나섰다.

"你们为什么帮侵略我国的日本帝国主义?不害羞啊?有没有良心?(너희들은 무엇 때문에 우리 나라를 침략한 일본제국주의들의 편에 서? 부끄럽지도 않아? 양심이 있어 없어?)"

"是不是应该跟日本鬼子打仗?把枪放下(응당 일본놈들을 쳐야지 않아? 총부리를 내려라)."

맨 앞줄 명동학교 충렬대 학생들과 어깨 나란히 하며 호호탕탕하게 걷던 동산학교 한족 학생 30여 명이 맹부덕 군대를 향해 이렇게 외치자 군인들은 서로 눈치 보며 하나둘 총을 내렸다.

이때 갑자기 "땅! 땅!" 하는 총소리와 함께 공덕흡이 쓰러졌다. 공덕흡은 오장기를 놓지 않으려는 듯 온갖 애를 쓰며 오장기를 잡고 또 일어났다. 그러니 또 "땅!" 총소리와 함께 공덕흡은 결국 쓰러졌다. 오장기에는 붉은 피가 스며들었다.

분노한 시위대가 군대들을 향해 밀물처럼 돌진하자 "开枪(사격)!" 하는 맹부덕의 다급한 명령과 함께 160명 맹부덕부하, 30명 일본 헌병과 경찰총에서 일제히 불을 토하기 시작했다.

열혈청년들의 가슴에 피가 튕겼다. 시위대는 비 오듯 날아오는 총알에 맥없이 하나둘 쓰러졌다.

충렬대 지휘자 채창헌이 쓰러졌다. 이도구 장은평학교 교사 박문호도 쓰러졌다. 명동중학교 김병영도 쓰러졌다….

순식간에 벌어진 처참한 광경에 사람들은 깜짝 놀라 "일본놈이 쏜다! 피하라!"소리 지르며 산지사방으로 흩어졌다.

충렬대 뒤를 따라가던 이성운은 총소리가 울리자 10여 일 전 경성의 그 악몽이 떠올랐다. 이성운의 눈앞에는 쓰러지던 연숙이 모습이 주마등처럼 지나갔다.

"안돼!"

이성운은 더는 뼈아픈 상처를 남겨서는 안 된다는 생각에 옆에 있던 명화의 왼손을 잡고 사람들과 같이 뒤로 빠져나갔다.

육천근과 남궁용도 황망히 이성운 뒤를 따라 달렸다.

이성운 등이 한 좁은 골목에 들어서 바쁜 숨을 몰아쉬는데 뒤따르던 헌병 2명이 총을 겨누며 그들 향해 천천히 다가섰다.

명화가 놀라 얼굴이 파래졌다. 남궁용이 육천근한테 눈짓했다. 그러자 육천근이 웃으며 "어. 오셨슈?" 하면서 헌병들 뒤를 보며 누가 온 것처럼 손짓했다. 헌병들이 누가 왔나 고개 돌려 뒤를 보는 순간 남궁용은 제격 호주머니에서 새총과 새총알을 꺼내 들었다. "악!" 뒤에 아무도 없자 먼저 얼굴을 돌리던 헌병 한 놈이 머리를 붙잡고 쓰러졌다.

한 놈이 쓰러지자 다른 한 놈이 놀라 급히 총을 겨누며 방아쇠를 당기려는 순간 남궁용이 어느새 또 새총을 날렸다. 그놈은 얼굴 맞고 쓰러졌다.

이성운은 얼굴 싸쥐고 땅에서 뒹구는 두 헌병을 보며 육천근과 남궁용한테 말했다.

"너희 둘은 이 아가씨를 집까지 무사히 모셔 가."

"아니, 난 안 가겠슴다." 명화가 애걸하다시피 했다.

"안 돼. 뭘 해? 빨리 가지 않고?"

"가유."

　　　　　　　　　　　　독립의 용두레: 간도 1919-20

이성운은 두 동생이 명화를 데리고 가는 걸 보고서야 시위 현장으로 달려갔다.

현장은 완전히 피바다가 되어 있었다. 수십 명 사람들이 땅바닥에서 뒹굴며 아우성 쳤고 쓰러진 시체 옆에는 땅을 치며 가족과 친인들이 울음바다가 되어 있었다.

"너네들 잘 왔어. 빨리 업어!"

이성운은 모아산 동생들과 모인 사람들을 동원하여 부상자들과 시체를 업고 모두 제창병원으로 호송했다.

한산하던 제창병원이 갑자기 문이 열리며 부상자들이 밀물처럼 몰려들었다.

마틴 원장 등 의료진은 부름 소리에 모두 뛰쳐나와 중환자들부터 수술하고 부상자 40여 명은 약 바르고 처치해 주었다.

이미 사망한 공덕흡, 박상진, 정시익, 김태균, 김승록, 현봉률, 이균필, 박문호, 김홍식, 장학관 등 10명은 일단 병원 지하실에 모셔졌다.

제창병원에는 많은 인파가 몰려들었다. 박찬익이 김교헌, 김좌진, 서일, 안무, 황상우, 이봉우, 유세복, 김규식, 조소앙, 최진동 등을 데리고 제창병원에 찾아왔다.

이성운은 조소앙의 소개로 일일이 인사를 드렸다.

"오. 자네가 일본에서 왔다는 그 친구인가?!"

"역시 다르군!"

모두들 이성운을 뜨겁게 바라보며 대장처럼 너무 반가워했다.

"아예 박살 냅시다!"

김좌진, 서일, 안무, 최진동, 윤세복 등은 오늘 밤에 일본 영사관을 밀어버리자고 주장했다.

"안 됩니다. 너무 성급히 움직이지 말고 사태를 지켜봅시다."

김교헌, 황상우, 이봉우, 김규식, 조소앙, 박찬익 등은 사태를 지켜보자고 주장했다.

"비킵소(비켜 주세요)."

이때 한 무리 사람들이 피에 묻은 한 어르신을 담가에 들고 들어왔다. 장학관 아버지였다. 그는 아들이 총에 맞아 죽자 분통이 터져 집에서 낫을 들고 대사관으로 막무가내로 들어가다가 일본 헌병이 쏜 총에 맞았다는 것이었다.

"지금 이렇게 흥분하시면 절대 안 되십니다. 지금 일본과 싸우는 건 계란으로 바위 치는 격이고 그냥 생죽음뿐입니다. 우리도 싸울려면 총이 있어야 하고 군대가 있어야 합니다. 지금 김약연 회장님도 안 계시니 먼저 중국어에 능란한 대표를 파견하여 중국관헌들과 담판하는 게 어떻겠습니까?"

이성운의 일리 있는 말에 모두 그게 좋겠다고 찬성했다.

모인 사람들이 박찬익, 이성운, 이봉우, 최진동과 중국어에 능숙한 구춘선 등 5명을 대표로 추천했다.

그리하여 이들 5명 대표는 연길도윤공서 장세진을 만나 북경정부는 마땅히 사상자에게 치료비와 배상금을 지불하며 지방군경들이 시위 군중들에 대한 탄압에 항의를 표시하고 정부에서 이번 사건을 책임지고 처리할 것을 강력히 요구했다.

"빠가야로!"

일본총영사관에는 팽팽하고 무서운 기운이 흐르고 있었다. 천지를 진감하는 함성소리와 자지러진 총소리에 일본인들은 공포에 떨고 있었다.

전화벨도 쉴 새 없이 울렸다.

 독립의 용두레: 간도 1919-20

"하잇! 하잇!"

전화를 받는 사이토는 소리 높여 대답했고 거수 경례까지 붙였다. 몸은 바르르 떠는 수준이었다.

"이번 폭동에 참여한 모든 조선징들을 잡아들이라는 총독부의 명이다. 빨리 가 잡아들여!"

사이토가 고래고래 소리 지르자 지사꾸서장은 갈팡질팡했다.

이때 타로가 가슴을 부여잡으며 사이토를 만류했다.

"아버님, 지금 장작림부대가 총을 쏜 거라고 하면 되는데 자칫 불똥이 우리한테 튕길 수 있습니다. 한참 지나 조용해진 다음 제가 주모자들을 천천히 다 잡아들이겠습니다."

사이토는 잠깐 생각에 잠겼다가 그러는 것도 좋은 것 같아 그렇게 하라고 했다.

그날 저녁 제창병원 주위는 수백 명의 피해자 가족과 지인, 친구 그리고 이웃 조선인들이 모여 울분과 분노를 성토했다. 또 억울한 죽음에 대한 여인들 슬픈 울음소리에 모두 가슴이 찢어졌다.

아마 그 소리에 하느님도 서러워 별똥을 떨어뜨려 밤하늘을 가르지 않았는지?!

고춧가루 폭탄

제창병원에서 뜬눈으로 날을 샌 이성운은 온 저녁 깊은 생각에 잠겼다. 맨 두 주먹으로는 결국 총을 이길 수 없고 이처럼 많은 희생밖에 없다는 걸 뼈저리게 느꼈다.

이성운은 맞서 싸우려면 우리에게도 무기가 필요하다고 생각했다. 그래서 무기를 탈취하기로 작심했다.

"너네 빨리 시장에 가 빨갛게 말린 고추를 사와."

이성운은 육천근과 남궁용이 시장에 가 빨갛게 말린 고추를 사오자 고추를 갈게 했다.

"뭐여? 고춧가루 좀 사다 쓰믄 될걸, 그걸 아낀다고 뭔 큰일 난겨? 아이고 내 팔자야!"

육천근은 돌절구로 고추를 찧으며 눈이 매워 눈물을 주르륵 흘렸다.

"그게 아니고요. 형님, 갈아야 산것보다 효력이 좋대요!"

남궁용도 얼굴 찌푸리며 돌절구 질했다.

"아따, 이게 뭔 고생이여? 살다 살다 별꼴이여잉…"

이성운은 육천근과 남궁용이 다 갈아 놓은 고춧가루를 손수건만 한 천에 싸서 끈으로 묶어 여러 개 고춧가루 폭탄을 만들었다.

날이 어둡자 이성운은 육천근과 남궁용과 함께 호주머니에 고춧가루 폭탄 여러 개를 넣고 일본인들이 많이 모이는 사쿠라 회관 앞에 갔다.

간도의 봄밤은 아직 추웠다. 낮과 밤 온도차가 너무 커 저녁은 너무 쌀쌀했다.

육천근과 남궁용은 추워서 덜덜 떨면서도 회관 쪽만 주시하는 이성운 눈치만 흘끔흘끔 살폈다.

"허벌나게 급한 거 아녀믄, 내일 와도 괜찮겠는데잉?"

육천근이 너무 추워 직접 이성운한테 말 못 하고 남궁용 보며 한마디 하는데 이성운이 "쉿!" 하면서 손으로 입을 가렸다.

이성운 입으로 나오는 하얀 입김에 어렴풋이 회관 문이 열리며 일본군 몇 명이 술에 얼큰하게 취해 휘청거리며 나오는 게 보였다.

세 사람은 일본놈들한테 발각될까 봐 바로 몸을 움츠리고 숨었다.

일본군은 모두 장총을 메고 있었다. 그들은 저들 세상인 것처럼 고래고래 소리 지르며 시시덕거리더니 인츰 떠나갔다.

이성운은 뒤따라 가려다가 상대가 많아 자칫 실수하면 화를 입을 것 같아 다음 목표물을 기다리기로 했다.

한참 기다려도 더는 나오는 일본인이 없자 돌아가려는 순간 회관 문이 열리며 또 시시덕거리는 한 무리가 나왔다.

이성운은 한눈에 그놈을 알아보고 급히 얼굴을 숨겼다. 다름 아닌 허리에 칼을 찬 사무라이들 호위를 받는 타로와 시노다 지사꾸 경찰서장 일행이었다.

"저놈이 피를 토하더니 괜찮은 모양이네…."

"붕!" 차 엔진 소리가 들려서 이성운이 다시 얼굴을 내밀고 동정을 살펴보니 타로 일행은 검은 승용차에 앉아 떠나고 시노다 지사꾸 경찰서장만이 팔짱 낀 술집 여자와 함께 손 저어 인사하고 있었다.

지사꾸는 춥다면서 팔짱을 끼고 재촉하는 여자를 데리고 바로 근처 여관으로 향했다.

이때다 싶어 이성운은 버버리 털모자를 코까지 꾹 눌러쓰고 급히 뒤를 밟았다. 육천근과 남궁용도 긴장하면서도 날렵하게 바짝 뒤를 따랐다.

큰길 지나 바로 좁은 골목길에 들어설 때였다.

아무리 술에 푹 취했어도 빠작빠작 눈길 뒤를 밟는 발자국 소리에 지사꾸 경찰서장은 휘청거리며 뒤를 돌아보았다.

그 순간 이성운은 지사꾸 서장쪽으로 달려가 손에 들고 있던 고춧가루 폭탄을 지사꾸 얼굴에 사정없이 던졌다. 고춧가루 폭탄은 면바로 지사꾸 얼굴에 맞아 팍 터져 버렸다. 지사꾸 서장은 도수 안경을 꼈지만 상하로 고춧가루가 눈에 마구 들어갔다. 육천근과 남궁용도 정신없어 여자한테도 마구 던져 버렸다.

“악!” 하며 시노다 지사꾸 경찰서장이 눈을 붙잡고 쓰러졌고 여자도 외마디 소리를 지르며 놀라서 그냥 물앉아 버렸다.

이성운은 정신없이 땅에서 뒹구는 시노다 지사꾸 경찰서장의 허리춤에서 권총을 빼앗은 다음 육천근과 남궁용에게 눈짓하고 바로 어둠 속으로 사라졌다.

여자는 인기척 소리가 없자 땅바닥에서 뒹구는 지사꾸 경찰서장 쪽으로 가 “괜찮아요?” 하고 물었다.

“빠가야로!”

시노다 지사꾸 경찰서장은 도저히 눈을 뜰 수 없어 허우적대며 악에 받쳤는지 미친 듯이 고래고래 소리만 질러 댔다.

지사꾸 서장이 다시 경찰서에 가 경찰들을 출동시키자 사이렌 소리가 온 저녁 부산하게 용정 거리를 울렸다.

　　　　　　　　　　　　　　　　독립의 용두레: 간도 1919-20

제30회

맹호단

3월 15일, 용정경찰서장의 피격사건으로 이른 새벽부터 온 용정이 발칵 뒤집혔다. 그것도 일본 사람이 총을 빼앗기기는 처음 있는 일이었다.

골목마다 맹부덕 군인들과 일본 경찰들이 불량선인을 잡는다고 지나가는 행인들의 몸과 보따리를 낱낱이 수색했다.

하지만 이날 연길 국자가에 연길과 용정 대표들이 모여 '조선독립기성총회'를 열었다. 날짜가 정해진 대회이니만큼 용정 대표들이 행인처럼 위장해 하나둘씩 모였다.

"아침부터 왜 난리요?"

"엊저녁에 총을 빼앗겼다는구만. 음."

"누군지 몰라도 대단해여!"

모두들 엊저녁 사건에 대해 많이 궁금해했다.

"접니다. 제가 엊저녁 총을 빼앗았습니다."

이성운은 벌떡 일어나서 엊저녁에 지사꾸 서장을 고춧가루 폭탄을 던지던 상황을 재현하며 신나게 설명했다. 모두 이성운을 향해 열렬한 박수를 보내 주었다. 이성운이 김약연, 정재면 대신 명동대표로 참석했다.

"자! 조용하깁소, 그럼 지금부터 회의를 시작하겠습꾸마."

조선독립기성총회가 열려 열띤 토론 끝에 회장에 구춘선, 부회장에 마진이 당선되었다.

그리고 의사부에 유례군, 김병흡, 최원일, 고용환, 배형식, 강구우, 이대현, 이봉우, 김순문, 김약연, 신명덕, 정재면, 김신근, 최자익, 박정훈 등이 선출되었고 재무부에 유찬희, 서성권, 장석함 등이 선출되었고 통신부에 이홍준, 강백규, 김상호가 선출되었고 편집부에 유하천, 최기학, 김정이 선출되어 '조선독립신문'을 발행하기로 했다.

이들은 '3·13' 희생자와 부상자를 보상하고 살인자들을 처벌할 것 그리고 재간도한인의 항일운동을 이해하여 줄 것을 결의했다.

또 전날 밤 권총을 빼앗은 이성운을 모두 대단하다면서 이성운을 대장으로 하는 '맹호단'을 결성하기로 했다.

'맹호단'은 명동중학과 정동중학 그리고 광성학교 등 학생 100여 명이 주류 회원이었다.

회의가 끝나 돌아오는 길에 이성운은 모아산에 들려 육천근과 남궁용 형제들도 맹호단에 가입시켰다.

그러자 육천근은 너무 좋아 입이 함박만 해졌다.

"뭐여? 그라믄 나가 부단장 되는겨? 에헤야, 이거 말짱 일이 커져불었구먼유!"

반일의사릉

3월 17일, 구춘선과 마진은 이성운을 찾아왔다.

"이단장."

"안녕하십니까? 무슨 일이 있으십니까?"

"이거 아무리 생각해도 안 되겠네. 며칠째인가? 4일째인데 아직도 베이징 정부가 보상은커녕 진상조사도 하지 않고 있네."

"네. 어떻게 할까요? 지금 병원에서 치료받던 최익선, 현상노, 이유주, 차정룡 등 4명이 추가로 희생되었습니다."

"아마도 민중을 다시 한번 동원해야겠네."

"알겠습니다. 제가 바로 연락해보겠습니다."

"부탁하겠네!"

오전 11시쯤, 소문을 듣고 달려온 날창과 몽둥이를 휴대한 4,000여 명의 애국 청년과 민중들이 제창병원에 모였다.

"대한 독립 만세!"

"진상조사를 해라!"

이들은 제창병원을 꽉 메우고 기세등등하게 구호를 따라 외쳤다.

이때 제창병원 마틴 원장이 다가와 이성운, 구춘선 등 기성총회 위원들을 불렀다.

이성운 등은 구호를 외치다 말고 급히 마틴 원장을 따라 병원 수술실로 들어갔다.

마틴 원장은 이들에게 사망자들 살속에 박혔던 탄알을 핀센트로 집어 보였다.

"찬찬히 보세요. 이건 모두 일제입니다."

"네?!"

모두가 놀란 동시에 일제히 분노했다.

"결국 일제가 총을 쐈군요. 지금 사망 인원과 부상 인원을 파악해 보면 중국 군인들은 공포탄을 쏜거나 다름없네요. 이건 그냥 넘어갈 수 없죠. 피 값은 꼭 피로 받을 것입니다!"

이성운도 얼굴이 파래지며 말했다.

"갑시다. 우리 일제 만행을 온 세상에 공개합시다!"

이성운이 앞장섰다. 그리고 4,000여 명은 제창병원 앞에서 발인제를 지내고 '조선독립수난자'란 현수막과 14명의 영구를 메고 가두행진에 나섰다.

제창병원에서 나온 행렬은 용정촌민들의 환호를 받으며 용정을 한 바퀴 돈 후 용정 일본 영사관 앞에 멈춰 섰다.

경비를 서고 있던 일본헌병 두 놈이 호루라기를 불었다. 그러자 한 무리 헌병들이 총을 들고 나와 민중들 향해 총부리를 향하며 대문을 막아 나섰다.

"안 됩니다. 지금 자칫하면 또 저번과 똑같은 희생만 반복할 수 있으니 오늘은 여기서 물러납시다."

이성운은 제일 앞에 뛰어가 분노한 민중들을 설득시켰다.

"복수는 천천히 해도 늦지 않습니다. 오늘은 이 희생된 분들을 먼저 안장합시다. 여기 희생된 분들이 이놈들 지켜볼 수 있도록 저 영사관 근처에

 독립의 용두레: 간도 1919-20

안장합시다."

"좋습니다. 근처에 공동묘지가 있습니다."

4,000여 명은 다시 영구를 메고 용정동남교회에 있는 합성리 공동묘지에 가서 이들을 안장했다. 그리고 묘소에 '충렬자제공지묘(忠烈子弟公之墓)'란 묘비를 세웠다.

1991년, 3·13 만세 운동 기념 사업회 초대 故 최근갑 회장은 1919년 3월 17일 후에 사망한 김병영, 채창헌, 김종묵, 허준언 등 총 17명을 추모하는 '3·13 반일의사릉(反日義士陵)'을 이곳에 세워 3·13 만세 운동 때 희생된 영웅들을 기념했다.

매년 3월 13일이면 용정반일의사릉에서 만세 운동 기념 활동이 이어지고 있다.

이회덕 납치

같은 시각 연해주 블라디보스토크에서는 3·17 만세 운동이 벌어졌다. 이어 최초로 문창범, 이동휘, 최재형 중심으로 한 노령 임시 정부 즉 '대한국민의회'가 조직되었다. 대통령에 손병희, 국무총리에 이승만이 선출되었다.

김약연, 정재면은 기쁜 심정으로 명동으로 돌아와 21일 조선독립기성총회를 해산시키고 이튿날 '간도국민회'로 재조직했다.

"잘 다녀오셨습니까?"

이성운은 김약연에게 그동안 있은 모든 상황을 보고드렸다. 그리고 국민회 '맹호단'을 명동팀, 정동팀, 광성팀과 행동팀 등 4개 팀으로 나뉘고 명동팀 팀장은 함북 경흥 출신 백운한(白雲漢), 정동팀 팀장은 김상호(金尙鎬), 광성팀 팀장은 강경국(姜敬國), 행동팀 팀장은 육천근이 맡게 했다. 또 팀장회의에서 각 팀 회원들에게 간도한인친일명단을 작성하게 했다.

"뭐여? 친일명단을 해가꼬 뭘 하자는겨?"

"일본놈들과 싸우는것도 중요하지만 우리 민족이 일본 편에서 우리와 적이 되는 것도 무서운 거야. 친일파놈들의 싹을 잘라 버려 우리의 적이 되는 걸 예방할 수 있지 않을까 해서."

"형님 말씀이야 뭐, 어디 안 맞는 데가 있겠슈?, 처음 뵈었을 때도 말씀하신 거 생각나서 그 이회덕이란 자 좀 알아봤어유."

"오. 웬일이야?"

"형님, 섭섭합니다유!"

이성운은 육천근을 바라보며 기쁨을 감추지 못했다.

육천근은 입을 삐쭉거리며 앞으로 한 발 나서며 말했다.

"이 자가 용정촌 거류민 회장인데유, 그 자가 요즘 간도영사관을 자주 들락날락 하던디, 뭔가 심상치 않은 거 같아유."

조선인 간도거류민회는 1917년 8월에 일본영관이 한인사회에 대한 통제를 강화할 목적으로 만든 친일단체였다. 영사관령으로 두도구, 백초구, 국자가, 팔도구, 남양평 등 북간도 18개 지역에 지회를 설립했다.

이회덕은 경성사찰단 단장으로 용정에서 쌀, 콩 등 농작물 장사를 하고 있었다.

"음. 이놈부터 맛 좀 먹여야겠군. 천근아, 용아, 너희들 지금부터 이회덕 매일 쫓아다니면서 뭔 짓을 하는지 상세히 알아 와."

"네에. 알겠습니더유. 형님."

어느 날 저녁 술집에서 계집과 얼근하게 취한 뒤 흥얼거리며 팔자걸음 하면서 집으로 가던 이회덕이 으슥한 골목길에 들어서자 이성운은 갑자기 뛰어 가 뒤에서 목을 조이고 남궁용이 천으로 이회덕의 주둥이를 막고 육천근이 두 손을 뒤로 묶은 다음 마대를 씌웠다. 그리고 육천근이 번쩍 들어 업고 모아산 동굴로 향했다.

동굴에 있던 동생들은 좋은 구경거리가 난 듯 횃불을 들고 마대를 벗기자 두 손이 묶이고 머리가 헝클어지고 아래위 흰 비단옷을 입은 돼지 같은 놈이 꿈틀거리자 놀라서 이성운과 육천근을 번갈아 쳐다보기만 했다.

"아니, 형님. 계집도 아니고 이런 돼지 같은 놈을 잡아와선 뭘 하려구요?"

"비켜. 이 새끼야."

남궁용이 그 부하 놈을 밀치며 이회덕의 입을 묶은 천을 풀어 주었다.

"네놈이 이회덕이냐?"

이회덕은 잔뜩 겁에 질려 오만상을 찡그렸다.

"네. 맞습니다만 당신들은 누구시오? 왜 저한테 이러시는 게요?"

"뭐여? 몰라서 물어보자는겨? 이 도리깨로 때려 죽여도 시원치 않을 놈 같으니라구."

옆에 있던 육천근이 두 눈 부릅 뜨며 도리깨로 내리치려 하자 이회덕은 혼비백산하여 얼굴을 찡그리며 제발 목숨만 살려 달라고 애걸복걸했다.

이성운은 육천근을 말리며 다시 이회덕에게 말했다.

"들자니 네가 거류민회 회장이라던데 일본 영사하고 꽤 친하다면서?"

"네. 그거야 우리 거류민들의 권익과 이익을 위해서 친분을 쌓는 것뿐인데요."

"뭐여? 권익 좋아허시네! 아니 이 자식이 이거 머리가 붙어 있는 게 멋으로 있는 줄로만 아는가 봐유. 머리가 떨어져 봐야 정신 차리겠어? 이 썩어빠진 놈아."

육천근이 옆에 있는 부하 손에서 칼을 빼앗아 들고 다가오자 이회덕은 땅에 연신 머리를 박으며 빌었다.

"죽을 죄를 지었습니다. 다시는 일본 영사들하고 거래하지 않겠습니다. 맹세합니다. 살려 주십시오."

"좋다. 그럼 이번엔 목숨만 살려 주겠다. 만약에 또 한번 우리 눈에 들거나 그런 소문이 귀에 들리면 쥐도 새도 모르게 지옥에 보낼 줄 알아라."

"네. 알겠습니다. 감사합니다. 감사합니다!"

이성운은 동생들더러 다시 마대를 씌워 내려가다가 산 중턱에서 풀어 주게 했다.

이회덕은 산중턱에서 풀어주자 어두운 밤에 어디가 집으로 가는 방향인 지도 모르고 그냥 정신없이 앞만 향해 허둥지둥 뛰어 산을 내려갔다.

갑자기 나뭇가지에 앉아 있던 비둘기 두 마리가 놀라 푸드득 날자 이회덕은 간이 떨어질 듯 놀라서 "귀신이야" 하면서 죽을 둥 살 둥 모르게 줄행랑을 놓았다.

"좋았어."

이성운은 처음으로 조직의 힘을 체득하고 뿌듯해져 기쁨을 감추지 못했다.

이성운은 다음 타깃으로 영사관에 다니는 한인 경찰관들을 회유하기로 마음먹었다.

이튿날 이성운은 명동학교 맹호단 단원들에게 간도영사관 한인 경부와 순사 20명에게 만약 사직하지 않으면 최후의 수단을 사용하겠다는 경고문을 작성케 하고 거리에 다니다가 한인 경찰관들을 만나면 나누어 주게 했다.

경고장을 발부하자 생각 밖으로 이틀 뒤 3명이 사표를 냈고 계속 사퇴하려는 움직임이 지속되었다.

사이토는 요즘 한인 경찰들이 이상하다는 지사꾸 서장의 말을 듣고 연이어 이어지는 이상한 조짐들이 혹시 뒤에 배후가 있지 않나 하는 의구심이 들었다.

불현듯 아들 동창이라는 이성운이 머릿속을 스쳐 지나갔다. 뭐 조직이라고 하기엔 아직 너무 평범했다. 사이토는 저도 모르게 머리를 흔들었다.

상해 임시 정부

지진이 일어난 뒤 여진이 이어지듯 3·1 운동이 일어난 조선반도는 만세 운동이 계속 일어났다.

3월 3일에는 평안남도 사천 시위에서 총격으로 73명이 사망했고 4일에는 평안남도 강서에서, 5일에는 전북 군산에서 53명이 죽었고 8일에는 경북 대구에서 만세 운동이 있었고 11일에는 평안북도 구성군에서 15명이 박포로 사망했고 16일에는 경남 합천에서 1만 명이 시위하다가 3명이 숨졌고 18일에는 경북 영해에서 3,000명이 시위했고 19일에는 충북 괴산에서 시위했다. 21일에는 경북 안동에서 1,000명이 시위하다가 57명이 감옥에 갔고 30일에는 충북 청안에서, 31일에는 경북 제암리에서 1,000명이 시위하다가 3명이 일경의 칼에 숨졌다.

4월 1일에는 충북 청천, 음성, 장연면에서 시위가 있었고 3일에는 충북 칠성면, 전북 남원에서도 1,000명의 시위가 계속 이어졌다.

나라를 되찾자는 데는 기생도 예외가 없었다. 수원의 김향화, 진주의 한금화, 통영의 이소선 등은 제일 앞장에 서서 만세를 불렀다.

3·13 용정만세 운동 이후 5월 1일까지 북간도의 30여 곳에서 반일집회와 시위가 모두 53차례나 열렸다.

그러나 이런 평화시위로는 독립을 쟁취할 수 없다는 사실을 뼈저리게 느낀 간도 조선인들은 많은 소규모의 무장단체가 우후죽순마냥 생겨났다.

명동의 '맹호단'외 연길현 국자가에서 '자위단'과 '조선국민의사회'가 조
직되었다.

훈춘에서는 박치환 등이 주도로 하는 '건국회'가 조직되었다. 또 훈춘성
내 교회 창립자인 황병길 목사는 결사대를 모집하여 '급진단'이란 조직을
만들었고 흑정자에서는 한형권이 400명의 '결사대'를 조직했고 강병일의
'의사단'은 최경천의 '포수단'과 연합하여 '훈춘한민회 군사부'를 만들었다.

통화현에서는 최봉석 목사와 홍경현의 오대규 목사 등이 '급진파'를 조
직했고 집안현의 기독교인들은 천주교인들과 연합하여 '의용단 청년회'를
조직했다.

왕청현 덕원리에서는 서일의 지도하에 중학부의 중학생들 중심으로 각
지 사립학교 학생들과 많은 대종교인들이 만세 운동에 떨쳐 나섰다.

3월 25일에 서일은 중광단의 토대 위에서 대종교 교인들을 핵으로 하
는 반일 의병들과 유림이 중심이 된 공교회(孔敎會) 회원들을 더 규합하여
'대한정의단(大韓正義團)'을 발족하고 단장으로 취임했다. 대종교에 현천
묵, 백순, 박찬익, 계화, 김병덕, 채오 등 출중한 인재들이 많았음에도 서일
은 지휘관을 초빙했다.

그렇게 사령관으로 임명된 사람이 바로 백야 김좌진 장군이다.

덕원리는 1890년대 이주한 조선인들이 개척한 곳이다. 남쪽으로 야산을
등지고 북쪽으로는 유수하가 청아하게 흘렀다. 천교령 자락의 산맥이 유
수하의 북벽이 되어 찬바람을 막아 주어 유수하 양편으로 옹기종기 마을
들이 자리 잡았다. 서일도 1910년 이곳에 온 것이었다.

김좌진은 곧 이상룡에게 사람을 보내 참모진을 지원해 줄 것을 요구했
다. 이상룡도 흔쾌히 승낙하고 조성환, 이장녕, 이범석, 김훈 등 신문학을
익힌 군사 엘리트 그룹을 파견했다. 그렇게 독립군은 점점 더 강력한 모양

새를 갖추게 되었다.

왕청현 백초구에서는 3월 26일 오전 11시 최진동, 최운산형제들이 5,000명을 모이게 하고 대한 독립 만세를 외쳤다. 당시 최진동은 백초구 순경국장이었고 최운산은 '도독부' 부대를 운영하여 곳곳에 보초를 서게 해 안보를 담보했다.

최진동은 성재 이동휘 등과도 교류하면서 재산 일부를 정리해 200명 병력에 총을 무장 시키고 러시아, 중국인군인들을 초빙해 군사훈련을 시켰다.

연해주에서는 홍범도가 대한독립군을 조직했다.

경기도 가평 출신 화남(華南) 박장호(朴長浩, 60세), 황해도 평산 출신 원석(圓石) 조맹선(趙孟善, 49세) 등이 4월 15일 유하현 삼원포 서구 대화사(大花斜)에서 '대한독립단'을 결성했다.

그 외 대한국민의회 군무부장이며 철혈광복단 단원인 김하석은 한인청년 600여 명을 러시아 백위파 호르바트 휘하의 제2조선인 국민대대에 보내어 군사훈련을 습득케 했다.

이렇게 광범위하게 창설된 여러 개 독립군단은 하나의 강력한 정부의 조직을 요구하고 있었다.

3월 13일 용정에서 만세 운동 하던 그 시각, 이런 사실을 전혀 모른 채 43일 만에 부푼 마음으로 파리에 도착한 우사 김규식은 쉴 사이도 없이 샤토당가 38호에 한국민공보관을 설치하고 영국, 프랑스 등 각국 대표와 인터뷰를 시작했다.

"What? party?!(뭐요? 정당?!)"

우사 김규식은 각국 대표들의 당황하고 어처구니 없어하는 표정에 장황한 설명을 해 보았지만 별다른 반응이 없어 보이자 상해에 있는 여운형한테 파리 회의는 각 나라의 대표들이 참여하는 거지 한 개 정당이 참여할 수 있는 게 아니어서 새 정부의 건립을 촉구하는 급전을 보냈다.

이튿날 김규식의 전보를 받은 여운형은 깊은 고민에 빠졌다. 한 개 정당을 만드는 것도 힘든데 한 나라 정부를 건립한다는 것은 얼마나 벅차고 어렵고 큰일인지 알고도 남았다. 그렇다고 이 상황까지 왔는데 여기서 물러설 수도 그만둘 수도 없는 일이었다.

또 정부 건립에 대해서 토론된 바가 없는 것도 아니었다.

한 달 반 전 '2·1 간도독립선언서' 발표 후 상해로 돌아오는 길에서 신규식, 신채호, 박은식 등이 정부에 대해 말 꺼낸 적 있었지만 여운형은 그때 당시만 해도 너무 요원하고 허무했던 일이었던지라 반대했었다.

여운형은 일단 먼저 경성에서 연락책으로 온 손정도, 현순과 연해주 대표 이동녕을 불렀다.

이동녕은 3·1 운동 이후 러시아 지역에서 함께 활동하던 조완구, 조성환과 함께 상하이로 이동 중에 여운형과 북간도의 이시영, 김동삼, 조소앙 등과 조우하여 만주와 베이징을 거쳐 3월 10일에 상해에 도착했다. 이동녕은 2월 말쯤 레닌을 만나러 온 여운형을 만난 적 있었다. 그때 이동녕은 민주공화국 건립을 피력했었다.

원상(元相) 현순(玄楯, 39세)은 1880년 한성부 태생으로 23살 때 미국에가 목사 공부를 마치고 하와이에 이민했었고 105인 사건 때 투옥된 적이 있었다.

현순은 3월 1일 상해에 도착하기 전 베이징에서 이광, 이시영, 이회영을 만나 민주공화 정부수립에 관한 문제를 논의한 바 있었다.

"내가 세분 부른 건 다름 아니라 세분이 경성, 미주, 연해주를 대표할 수 있으니 하나 여쭤보고 결정하려고 합니다. 우리가 임시 정부를 설립해도 될까요?"

"나는 찬성이네!"

"나도 찬성이오!"

손정도, 현순, 이동녕은 모두 찬성했다.

그렇게 정부 수립이 추진되기 시작했다. 시작이 반이라고 먼저 신규식, 이광수, 여운홍, 선우혁, 김청 등은 상해 보창로 329호에 '독립임시사무소'를 차렸다. 이동녕이 대표를 맡고 현순이 총무를 맡았다.

이동녕은 독립사무소 대표를 맡자 광동 정부 손문을 만나 임시 정부 청사를 의뢰했다. 손문은 곧 황금영(黃金榮), 장소림(張嘯林)과 함께 상해탄 3대 큰형님(大亨)중 한명인 두월생(杜月笙)에게 전화하자 두월생은 바로 프랑스 조계지 김신부로 22호를 물색해 주었다.

두월생은 장개석과도 특별한 인연이 있었다. 두월생은 장개석을 일본 유학길에 오르게 도와준 사람일 뿐만 아니라 장개석에게 손문을 소개시켜 준 사람이기도 했다.

훗날 장개석이 총통이 되자 장개석 생일에 비행기를 선물해 친분을 과시하기도 했다. 또 장개석의 명령에 따라 1927년 '4·12' 상해 쿠데타를 일으켰다.

두월생이 주선해 준 프랑스 조계지로 사무실을 옮긴 현순, 이광수 등은 곧바로 가까운 지역 대표들에게 편지해 빠른 시일 내에 상해에 모일 것을 부탁했다.

4월 2일 인천 만국공원(지금의 자유공원)에서 한성 임시 정부 수립을 위한 홍진, 한남수, 이규갑, 김사국 등 13도 대표자 회의가 열렸다. 이들은 국민대회를 조직하고 임시 정부를 세워 각국에 조선 독립의 요구를 건의할 것을 결의했다.

8일, 이들은 강대현을 파견하여 한성정부 임시헌법 초안과 이승만 집정

독립의 용두레: 간도 1919-20

관 총재, 이동휘 국무총리총재 등 각 책임자 명단을 상해에 전달했다.

연해주와 한성에서 임시 정부가 세워지자 상해 인사들이 조급해했다.

4월 초, 편지를 받는 등 소식을 듣고 들뜬 마음으로 달려온 1,000여 명의 인사들이 상해에 모였다.

"국내 독립운동가들의 의향을 물어 정부조직을 수립해야 합니다."

신익희 등 임시 독립사무소에서 시일을 미루자 크게 실망한 듯 대부분은 머리를 절레절레 흔들며 다시 돌아갔다.

"잠깐만요!"

4월 9일, 현순 등은 상황이 긴박한지라 여인숙과 여관 등을 돌아다니며 인사들을 만류시키고 여운형 등과 협의한 끝에 그날 저녁 29명의 지방대표를 임시의정원대표로 정하고 10일 저녁 10시부터 의정원회의를 개최하기로 했다.

10일 상해 프랑스 조계지 김신부로 22호 큰 양옥에는 많은 인사들이 하나둘 모이기 시작했다. 잔디가 깔린 뜰에 여러 개의 방과 큰 식당이 있어 오는 사람마다 놀라움을 금치 못했다.

져녁 10시가 되자 김대지, 김동삼, 김철, 남형우, 백남칠, 선우혁, 손정도, 신석우, 신익희, 신채호, 신규식, 여운형, 여운홍, 이광, 이광수, 이동녕, 이시영, 이영근, 이회영, 조동진, 조동호, 조성환, 조소앙, 조완구, 진희창, 최근우, 한진교, 현순, 현창운 등 29명 대표가 모인 제1회 임시의정원 회의가 시작되었다.

먼저 이동녕은 임시 정부 수립이 늦어진 경위를 설명했다. 한성에 보낸 사람이 아직 오지 않았고 미주, 연해주, 간도에서도 사람이 오지 않았다고 했다.

그러자 "나는 가오!" 하면서 몇몇 대표들이 의자를 박차고 일어섰다.

그때 경성의학전문학교 학생인 함경남도 홍원 출신 한위건(韓偉健, 23세) 등이 권총과 목봉을 들고 막아 나섰다.

"못 나가십니다. 정부조직이 끝나기 전에는 한걸음도 이 방에서 못 나가십니다. 지금 국내에서는 수많은 남녀 동포들이 피를 흘리고 감옥에 들어가 있습니다. 여러분이 그 동포들을 생각하는 마음이 조금이라도 있으시면 밤이 아홉이라도 이 자리에서 정부를 조직하시고야 말 겁니다."

그 말에 사명감을 느껴서인지 모두들 제자리에 앉아 장엄한 분위기 속에서 정부를 조직해 나갔다.

조소앙이 먼저 "오늘 회의를 임시의정원으로 하면 어떻겠습니까?"라고 묻자 모두 좋겠다고 했다.

여운형이 "그럼 의장을 뽑읍시다. 무기명 투표로 하는 게 어떻겠습니까?"라고 묻자 "좋소!" 하며 모두 찬성했다.

투표 결과 의장에 이동녕, 부의장에 손정도, 서기에 이광수, 백남칠이 선정되었다.

그렇게 열띤 토론이 계속되는데 현순이 갑자기 뭔가 생각 났는지 물었다.

"그럼 국호는 뭘로 하면 좋겠습니까?" 모두 생각 못 했던 터라 서로 쳐다만 보면서 난감해했다.

우창(于蒼) 신석우(申錫雨, 24세)가 입을 열었다.

"우리 대한제국을 이어 대한을, 제국 대신 민국이라 하면 어떻겠습니까?"

여운형은 "대한이란 나라로 망했는데 또 대한을 쓸 필요가 있을까요? 난 반대요!"라고 반대했다.

그러자 신석우는 다시 입을 열었다.

"대한으로 망했으니 대한으로 다시 흥해야죠."

그 말에 모두 좋겠다고 찬성했다.

　　　　　　　　　　　독립의 용두레: 간도 1919-20

우당(愚堂) 최근우(崔謹愚, 22세)가 "그리고 집정관제를 총리제로 바꿉시다."라고 하자 모두 동의했다. 최근우는 이승만을 추천했다.

신채호는 "이승만이 위임통치 및 자치 문제를 미국에 제안해서 나라가 서기도 전에 나라를 팔아먹는 짓을 했소. 나는 반대요." 하고 극구 반대했다.

그래서 안창호, 이동녕이 더 추천되었다. 결국 3명 중에 투표로 이승만이 총리로 선출되었다. 이어 내무총장 안창호, 외무총장 김규식, 법무총장 이시영, 재무총장 최재형, 군무총장 이동휘, 교통총장 문창범 등이 선출되었다.

또 이광수, 신익희, 조소앙이 부의한 10개조 임시헌장이 의결되었다.

제1조 제1항, 대한민국은 민주공화제로 한다.

　　　제2항, 대한민국의 주권은 국민에게 있고 모든 권력은

　　　　　국민으로부터 나온다.

　　　제3항, 대한민국의 모든 국민은 평등하다.

…

역사적인 의정원회의는 4월 10일 저녁 10시에 시작해 11일 오전 10시에 폐회되었다.

모두들 피곤한 기색도 없이 긍지감과 자부심에 들떠 기쁘게 한잔하러 식당에 모여 축배를 들었다.

"대한민국 만세!"

식당에는 우렁찬 함성 소리와 함께 뜨거운 박수갈채가 쏟아졌다.

철성 김인태

상해 임시 정부는 곧바로 파리로 여운형의 동생인 여운홍을 파견했다.

여운홍이 친구 황기환과 함께 파리에 도착했을 때는 6월 3일이었다.

"외무 총장 당선 축하합니다!"

여운홍은 임시 정부 외무총장 임명장을 김규식에게 수여하고 곧바로 갖고 온 일제 만행 사진 40여 장과 독립선언문을 외신기자들에게 보여주며 대한민국 홍보에 나섰다.

여운홍이 도착해 보니 이미 김인태와 이관용이 먼저 파리에 와서 김규식을 돕고 있었다. 둘 다 신한청년당 당원이었기에 별로 의심치 않았다. 하지만 김인태는 사실 일본 대표 사이온지 긴모치(西園寺公望)를 저격하기 위해 온 암살요원이었다.

철성(鐵城) 김인태(金仁泰, 23세)는 1896년 6월 23일 부산에서 태어났다. 1910년부터 1914년까지 일본 강산시 김고중학교를 졸업하고 조선에 와 김원봉을 만나 부산 출신 오택(吳澤, 22세) 등과 구세단 활동을 하였다.

1915년 상해 동제대학에 입합하여 2년간 공부했고 졸업 후 일자리를 찾고 있는데 어느날 김원봉이 갑자기 찾아왔다.

약산(若山) 김원봉(金元鳳, 21세)은 1898년 밀양에서 9남 2녀중 장남으로 태어났다. 그가 장군이 될 상이라고 아버지 외가 친척은 으뜸 원자에 돌림 봉자로 원봉이라 이름 지어 주었다. 김원봉은 친척 바람대로 1926년 황포군관학교 훈련생으로 입소했고 1942년 한국 광복군 부사령관 겸 제1 지대장이 되었다.

김원봉은 1913년 15세때 경성 중앙학교에 입학하여 김약수, 이여성 등과 친구가 되었고 선배 김두봉, 윤치영 그리고 후배 김무정과도 친분을 쌓았다.

18세 때인 1916년 10월 독일계에서 운영하는 천진 덕화학당에 입학하여 군대 양성을 위한 군사학을 배웠다.

1917년 여름방학 귀국 중에 광복회 회원 손일민과 김좌진을 배에서 만났다. 김원봉은 나이는 어리지만 자신과 뜻을 같이하는 조직을 만들고파 광복회 가입을 사양했다.

김원봉은 중국이 연합국에 가담하여 독일에 선전포고를 하며 덕화학당이 폐쇄되자 1918년 9월 남경 금릉대학에 입학하여 독일어, 중국어, 영어를 배웠다.

1919년 2월 초에 신한청년당에서 파리에 대표를 파견한다는 소식을 들은 김원봉은 동창생인 김인태를 찾아갔다. 김원봉은 김인태보다 2살 어렸지만 형 같은 동생이었고 의협심이 남보다 강했다.

"김형, 신한청년당에서 김규식선생을 파리로 파견합니다. 하지만 나는 외교로 독립을 청원한다고 독립이 가능하지 않다고 생각합니다. 독립을 청원하여 독립한다면 세계에 식민지가 있을 리 없겠지요. 그래서 이번 기회에 일본의 실상을 낱낱이 알리는 거사를 김형이 했으면 합니다. 일본대표 사이온지 긴모치를 처단했으면 합니다."

"죽여야 할 핵심 타겟인가?"

김인태는 쉽게 결정하기 어려웠다. 김인태는 신한청년당의 일원으로 격문 제작과 배포중이기 때문이었다. 하지만 김원봉의 말처럼 독립이 단지 독립청원으로 이루어질 수 있다고도 생각하지 않았다.

"좋아!"

고심 끝에 김인태는 김원봉의 제안을 받아들여 프랑스로 향했다. 김인태는 김일이라는 중국 여권을 갖고 있었기 때문에 프랑스로 갈 수 있었다. 김인태는 떠나면서 김원봉이 천신만고 끝에 구한 권총을 넘겨받았다.

김인태는 파리에 도착한 후 처음에는 한국공보국에서 김규식을 도우면서 기회를 엿보았다.

김규식은 각국 대표와 인터뷰를 하고 언론, 정당은 물론 사회주의 조직과도 접촉하고 있었다. 또 '공부국회보'를 발간하고 '조선독립에 대한 탄원서'를 회의에 제출했다.

김인태도 본의반 타의반으로 사명을 잊을 정도로 정신없이 바삐 돌았다.

나중에 조소앙까지 왔고 공보국도 임정파리위원부로 개칭되었다. 임정파리위원부는 '통신국회보'를 발간해 3·1 운동 소식을 싣고 한일합병 무효화 등을 요구하는 서한을 각국 정부에 호소했다.

어느날 사이온지 긴모치가 파리회의에 온다는 소식을 접한 김인태는 이제 더는 미룰 수 없다는 생각에 보따리에 감춰 둔 권총을 찾았다. 그런데 놀랍게도 권총이 사라지고 없어졌다. 아무리 다시 다 뒤져 봐도 그 무거운 물건이 확실히 없었다.

이때 김규식이 방에 들어오며 "뭘 찾아?" 하며 물었다.

"아니, 아니에요." 김인태는 조금 당황스러워 떠듬거렸다.

"허허허! 권총 찾는거지? 그건 내가 잘 보관하고 있어. 한사람 죽여 독립할 수 없잖아? 또 우린 지금 임시 정부를 세웠고 많이 홍보하고 각국이 우

　　　　　　　　　　　　　　　　　독립의 용두레: 간도 1919-20

리 독립을 돕게 만들어야 해. 그때 가서 안 되면 다시 보자."

"네. 근데 어떻게 아시고?"

김인태는 머리가 숙여졌다.

사실 김인태가 올 때부터 김규식은 김인태를 의심했다. 모두 당에서 파견하는데 당원이긴 하지만 김인태는 당에서 파견된 적이 없기 때문이었다.

김인태는 김규식의 설득에 김원봉의 암살 계획을 포기하고 김규식을 도와 대한민국을 홍보하는 데 앞장섰다.

김인태를 파리로 보낸 후 김원봉은 김약수, 이여성과도 갈라져 서간도로 갔다.

고모부 박찬익의 소개로 반 년간 신흥무관학교서 폭발물 제조 기술을 수학했고 신체 단련과 함께 군사학 교육도 받았다.

신흥무관학교

3월 12일 서간도 조선인들은 이상룡 등 한인지도자들과 같이 유하현 삼원보에 모두 모여 태극기와 '대한 독립 만세'란 플래카드를 들고 만세 시위를 벌였다.

3·1 운동 이후 서간도로 조선인들이 많이 모여 들자 부민단은 4월 유하현 삼원보에 '한족회(韓族會)'를 발족했다. 회장엔 이상룡, 총무사장엔 김동삼이 맡았다.

5월 3일 신흥중학은 고산자(孤山子)로 본부를 옮기면서 '신흥무관학교'로 개칭했다.

신흥무관학교 교성대장은 일본에서 갓 온 지청천이 맡았고 교관엔 오광선(吳光鮮), 신팔균, 김경천이 맡았다.

지청천과 김경천 그리고 구한말 무관출신인 동천(東川) 신팔균(申八均, 37세)을 '동만 3천(天)'이라 불렀다.

백산(白山) 지청천(池靑天, 31세)은 일본육군사관학교 26기 졸업생이다. 이마가 넓고 얼굴이 좀 길죽하고 둥근 안경을 건 지청천은 첫 인상이 교관같이 풍채늠름했다.

지청천은 1888년 한성부에서 1남 2녀 중 외아들로 태어났다. 5살 때 아버지를 여의고 엄격한 어머니의 밑에서 자랐다.

19세 때인 1907년 대한제국 육군무관학교에 입학했는데 1909년 학교가 폐교되면서 일본 도쿄 육군중앙유년학교에 편입되었다.

1914년 5월 일본 육군사관학교를 26기로 졸업하고 일본군 육군 보병 소위로 임관했다.

7월 세계대전이 발발하자 일본은 칭다오에 있는 독일군을 습격하여 승리할 때 지청천은 견습사관 신분으로 참전했다.

1919년 3·1 운동이 일어나자 일본군 중위였던 지청천은 학교 선배인 김경천과 함께 탈영하여 서간도로 온 것이다. 당시 그들은 일본군 교범과 군용지도를 갖고 왔다.

조선의 나폴레옹으로 불린 일성(日成) 김경천(金擎天, 31세) 은 함경남도 북청에서 태어나 일본육군사관학교 제23기 졸업생이다.

일본에서 정규군사교육을 받은 지청천은 신흥무관학교 교성대장이 되어 학생들에게 총 사용법과 사격술 그리고 전술 등을 가르쳤다.

1940년 지청천은 상해 임시 정부에서 창설한 한국광복군 사령관이 되었다.

신흥무관학교가 세워지자 합니하에 있던 기존 학교는 분교로 삼았고 칠도구(七道溝) 쾌대무자(快大茂子)에도 분교를 세워 모두 세 곳에서 학교를 운영했다.

고산자에는 2년제 고등군사반을 두어 고급간부를 양성했고 합니하와 쾌대무자에는 초등군사반을 편성해 3개월과 6개월 과정 군사훈련을 진행했다.

제36회

일홍 남자현

어느 날 신흥무관학교 대문 앞에 하얀 한복을 입은 40대 후반의 여인이 뿌듯한 눈길로 학교 안을 들여다보고 있었다.

백서농장에서 일하다가 시간을 내어 아들 김성삼(金星三, 23세)을 보러 온 남자현이었다.

일홍(一紅) 남자현(南慈賢, 47세)은 1872년 경북 영양군 석보면 지경동에서 통정 대부 정한공 남정한의 1남 3녀 중 셋째 딸로 태어나 19살에 아버지의 제자 김영주(金永周)와 혼인했다.

"나라가 망해 가는데 어찌 집에 홀로 있겠는가?!"

1895년, 남편 김영주는 을미사변과 단발령으로 의병들이 봉기하자 의병에 가입해 일본군과 싸우다가 전사했다.

남편이 죽자 남자현은 계란 팔며 아들 3형제를 홀로 키웠다.

그러던 1919년 3월 1일 경성에 올라간 남자현은 만세 시위에 참여하며 뜨거운 피가 가슴에서 끓어오르는 걸 느꼈다.

집에 돌아온 남자현은 바로 부모와 남편 그리고 두 아들 묘소에 절하고 장롱안에 간직했던 피 묻은 남편의 옷을 꺼낸 후 막내 아들 김성삼을 데리고 서간도로 향했다.

서간도 통화현에는 시댁 동생인 김동삼이 있었던 것이다.

남자현은 서간도에 오자마자 김동삼의 안내로 아들을 신흥무관학교에 보내고 본인은 백서농장에서 밥하며 독립군들의 옷을 빨아 주고 옷이 찢어지면 기워 주며 열심히 뒷바라지했다.

김동삼의 친척 중에 3·1 만세 시위에 참가한 또 한명의 여자가 있다. 그녀는 50대의 나이에도 3·1 운동에 참가하여 일본 수비대에 끌려가 심한 고문 끝에 두 눈이 실명되었다. 그녀는 바로 김락이다. 김락은 안중근의사의 외사촌누나이고 조 마리아는 김락의 이모다.

청지(靑枝) 김락(金洛, 56세)은 1863년 경북 안동에서 사람, 글, 밥 모두 천석이라는 '삼천석'이로 불리던 김씨 가문 4남 3녀 중 막내로 태어났다.

만 18세에 시집 가 2남 3녀를 낳고 행복하게 살던 1910년 의병장인 시아버지 향산 이만도가 단식 24일 만에 순국했다.

나라가 멸망하자 하계마을 이중언, 풍산의 이현섭, 하회마을의 류도발과 봉화의 이면주 등도 이만도처럼 자결순국하였다.

남편 이중업은 조선의 독립의지를 해외에 알리다 병으로 돌아갔고 아들 이동흠과 이종흠은 독립운동하다 1918년에 체포되었다.

김락의 큰오빠 백하(白下) 김대락(金大洛, 1845~1914년)은 나라를 되찾기 위해 1911년 1월 6일 가족 50여 명을 거느리고 이상룡 먼저 서간도로 망명했다. 그때 김동삼도 같이 망명했다.

김대락은 나이가 있어서 나라를 되찾는 일에 앞장서지는 않았고 뒤에서 후원금을 지원했다.

"매부, 적소, 보태 쓰오."

신흥강습소를 세울 때 이상룡이 찾아오자 김대락은 후원금을 선뜻 냈다. 그 후 집에 쌀이 떨어진 상황에도 후원금을 냈다.

석주 이상룡은 김대락의 매부이자 김락의 큰형부다.

이상룡한테 아낌없이 후원하던 김대락에게도 시련은 있었다. 간도에 온지 1년 사이 손주 며느리 산통이 심해지자 시어미가 삼신할미에게 빌다가 손발이 얼어 터졌고 사촌 제수씨는 풍토병에 병이 더 악화되었다. 설상가상으로 손자까지 음식이 입에 맞지 않아 거부하자 김대락은 어쩔 수 없이 기르던 개를 잡았다.

"내가 이 나이에 무슨 나라를 찾겠다고 이 고생이여?"

김대락은 자기 때문에 온가족이 고생하는 거 같아 마음이 아팠다. 그러나 결코 후회하지는 않았다.

눈시울이 젖어들어서인지 입에서 나오는 하얀 입김 때문인지 동쪽 산을 바라보는 그의 두 눈초리에는 하얀 살얼음이 눈처럼 내려앉았다.

나라를 구하고 인재를 배양하는 데 남녀구별이 있겠냐며 신흥무관학교에서 여학도를 모집하자 나이 상관없이 아줌마들도 발 벗고 나섰다.

"우리도 이번 기회에 총 한번 쏴보지 않겠어요?"

"맞아. 우리라고 항상 뒷바라지만 하란 법이 있어요?"

어느 날 문득 윤희순, 남자현 그리고 이상룡의 손자 이병화와 결혼한 왕산 허위의 사촌 손녀 허은(18세) 등 여성들이 학생들 군복을 제작하느라 손바느질하다가 옷가지를 다 내려놓고 이들도 총 사격을 연습해 보겠다고 무작정 신흥무관학교를 찾아왔다.

"환영합니다!"

지청천이 제일 앞에 서서 간절하게 바라보는 남자현에게 보총 한 자루를 넘겨주었다. 남자현은 총을 받자마자 제법 왼손으로 총을 받쳐 들고 한쪽 눈을 감으면서 폼을 잡았다. 그런데 학생들이 배를 끌어안고 웃어 댔다.

폼은 그럴싸했는데 총을 반대로 들고 방아쇠 쪽으로 묘준했던 것이다.

남자현이 영문을 몰라 두 눈만 깜빡이며 눈치만 보는데 지청천이 미소를 띠며 걸어 왔다.

"총은 이렇게 잡아야 합니다."

지청천은 남자현이 쥐고 있는 총을 돌려 묘준대가 위로 향하게 하자 남자현은 부끄러워 어쩔 줄 몰라 했다. 그래도 남자현은 포기하지 않고 왜놈을 죽이려는 일념에 다시 총을 들었다.

"총 박죽(개머리판)은 오른쪽 어깨에 받치고 두 손으로 총이 움직이지 않게 꽉 잡아요. 그리고 왼쪽 눈을 감고 오른쪽 눈으로 쏘려는 물체와 총 뒤쪽에 있는 가늠자를 일직선에 맞추고 왼손을 천천히 올리면서 가늠쇠가 가늠자와 일직선에 놓이게 해야 되요. 그때 방아쇠를 천천히 당깁니다. 이때도 가늠자와 가늠쇠가 일직선에 놓여야 합니다. 알겠어요?"

"예!"

"그럼 이번에는 총을 쏴 보겠습니다."

지청천은 여성분들에게 특별히 혜택을 주어 한 사람이 한 발씩 실탄을 쏘아 보게 했다.

제일 먼저 남자현이 자신 있게 나섰다. 남자현은 두 발 벌리고 서서 총을 들고 벼짚으로 만든 과녁을 향해 천천히 방아쇠를 당겼다.

"땅" 하는 총소리와 함께 남자현은 뒤로 벌렁 나자빠졌다. "엄마!" 깜짝 놀란 나머지 남자현은 엄마 나 살려라 하고 산 아래로 줄행랑을 쳤다.

지청천은 정신없이 산아래로 뛰어가는 남자현을 보며 "허! 허! 허!"웃었다. 다른 학생들도 따라 웃었다. 아들 김성삼은 부끄러워 얼굴이 빨개졌다.

지청천은 다시 학생들에게 사격 훈련을 계속하게 했다.

학생들은 신나서 한 줄로 서 총 사격하면 뒤로 가고 그 다음 줄에 선 학생들이 또 사격훈련을 이어 갔다.

지청천은 한참 뒤에야 뒤에서 넋없이 지켜보는 윤희순 등 여성들에게 총을 잡는 방법과 쏘는 방법을 상세히 알려 주었다.

집에 돌아 온 남자현은 저녁이 되어도 도저히 잠이 오지 않아 이를 악물었다.

"두고 보자!"

이튿날 남자현이 혼자 신흥무관학교로 지청천을 찾아오자 지청천은 남자현한테 총대가 짧은 샤창(모젤)권총을 쏘는 방법을 가르쳐 주었다.

신이 난 남자현은 집에 와서 잠 들기 전에 팔운동과 매일 손으로 총 쏘는 연습을 게을리 하지 않았다.

모내기

5월의 간도는 어느새 싱그러운 냄새가 무르익는 푸른 들과 청산으로 변해 있었다.

이성운은 새벽같이 일어나 유유히 흐르는 해란강 옆 축 늘어진 버드나무 밑에서 발차기 연습을 한 다음 두 나무 사이로 일자로 다리 찢기를 하고 있는데 명화가 명동학교 학생들을 데리고 이성운 쪽으로 오고 있었다.

"아침 일찍 무슨 일이야?"

이성운이 명화를 부르자 명화는 반가워 깔깔거리며 말했다.

"일년지계는 재우춘이라 했슴다. 오늘 모를 심어야 함다."

"모? 무슨 모?"

"여기 저 물이 고인 수전에 벼모를 심어야 함다. 이게 다 우리 아부지 한 겜다."

김약연은 명동에 와 보니 살만한데 먹는 게 걱정이었다. 조선에서 쌀을 나르기도 힘들고 사 먹기도 불편해 직접 벼를 재배해 보려고 했다. 그런데 간도 기후가 조선보다 추워서 조선벼를 재배하기 힘들었다. 김약연은 여러모로 알아보고 날씨가 비슷한 일본 벼씨를 구해 모를 재배했다.

1906년 6월부터 김약연은 친한 이웃 등 14명과 함께 1,308m 용수로를 파고 육도하 물을 끌어들여 한전을 수전으로 만들어 33경 논에 벼를 재배하기 시작했다.

그 후 1915년 코타다이(小田代) 5호라는 벼 품종이 수원 모범농장으로부터 용정촌에 도입되면서 두만강 해란강 유역에 벼농사가 성행했다. 그리하여 더 많은 조선인들이 이사 오면서 신화, 명신, 석문촌 등 마을이 새로 생겨났다.

서간도에서는 1912년 이상룡이 홋카이도(北海島)의 벼씨를 들여와 파종했다.

이상룡은 농기구를 제작할 수 있는 철공장을 만들고 신성호(新成號)라는 금융기관까지 만들어 수확된 곡식들을 저축하였다가 궁핍할 때 찾아가 소비하게 했다.

"와! 대단한데!"

이성운이 명화가 가리키는 쪽을 바라보니 어느샌가 밭갈이한 밭에 물이 넘쳐나 출렁이고 있었다. 개굴개굴 개구리 울음소리도 가끔 기분 좋게 들려왔다.

명화네 옆 수전에서는 황소로 밭갈이하고 있었고 또 어떤 수전에서는 아낙네들이 끌어서 밭갈이하고 있었다.

"왜 저 집은 아낙네들이 일해?"

"돈 없는 집에서는 방법이 없음다. 어떤 집은 10살이 좀 넘는 남자애들까지 쟁기를 끔다. 그래도 가슬(가을)에 소작료를 내고 나머지는 시장에 팔거나 집에서 밥 해 먹으니 다 좋아함다."

"오. 근데 벼모는 뭐가 자라는데?"

"호호호. 벼모가 자라 벼가 여물고 가슬에 탈곡해 입쌀이 나옴다. 야, 정말 대학생 맞슴까?"

10년 공부 나무아미타불이라고 일본 유학까지 다녀 온 이성운은 저도 모르게 얼굴이 붉어지며 고개가 숙여졌다.

"난 그냥 쌀이 독에서 나오는가 했지!"

"참, 그럼 감자는 어디서 나옴까?"

"감자? 감자는 나무에 달리는 게 아냐?"

"호호호! 야 내 정말 머리 아픔다. 감자는 봄에 감자 눈을 땅에 심은 다음 가을에 땅을 뚜져 감자를 파냄다. 감자로 감자떡 해 먹으면 대다이(정말) 맛있음다."

"감자떡? 그런 떡도 있어? 처음 들어 보는데?"

"감자를 갈아서 호떡처럼 기름에 얇게 튀김다. 우리 엄마 정말 잘함다. 둘이 먹다 한내(하나) 죽어도 모름다. 빨리 가서 식사하고 오쇼."

"오. 알았어. 금방 올게."

이성운이 웃으며 명화와 인사하고 명동촌 입구에 들어서는데 김약연과 그의 가족들 그리고 마을 사람들 몇 십명이 벼모랑 멜대에 지고 우르르 나오고 있었다. 모두 얼굴에는 기쁨과 희망이 부풀어 있었다.

김약연의 장인인 문병규씨가 웃으며 말했다.

"듣자하이 상해에 임시 정부가 들어섰다는데 우리 다 고향으로 돌아가도 되는 게 아이오?"

"글쎄꾸마. 그렇게 되면 여기 땅을 어쩌면 좋을지 모르겠습꾸마."

옆에서 걷던 윤하현은 벼모를 멜대에 걸고 종종걸음하며 대답했다. 그리곤 옆에 엄마 등에 업혀 그윽한 눈으로 자기를 바라보는 손주 윤동주를 바라보며 "따꿍!" 했다.

"그거야 팔고 가면 됩지. 일본놈만 없으면 살 것 같겠습꾸마."

이번엔 김하규가 말했다. 김하규도 엄마등에 업힌 외손주 문익환을 바라보며 "따꿍" 했다.

"옳소. 옳소. 그거야 그렇지. 여기서 산 지 20년 됐는데 마음속엔 항상 고향이 그리웠소.”

“안녕하십니까?”

이성운은 그들을 만나자 깍듯이 허리 굽혀 인사 올렸다. 그들도 지나가는 이성운을 보더니 반갑게 맞아 주었다.

“난 어쩐지 저 젊은 사람만 보면 그냥 힘이 나오. 꼭 마치 우릴 구해 줄 구세주 같단 말이오.”

문병규가 농담 섞인 말로 말하자 모두 껄껄 웃었다.

이성운이 밥 대충 먹고 논밭으로 향하는데 멀리서 보니 육천근과 남궁용 그리고 다른 동생들도 어느새 와서 팔과 다리 거두고 논밭에 뛰어들고 있었다.

이성운이 난생 처음 해 보는 농사일이 보기와는 달리 운동보다 힘들었다. 한참 허리 굽혀 모를 꽂았더니 허리도 아프고 진흙 속을 걸었더니 다리도 힘 풀리고 얼굴엔 땀방울이 송골송골 맺혀 주르륵 흐르고 있었다. 그렇다고 힘든 내색을 하기도 그렇고 앞만 보면서 계속 모를 꽂아 나갔다.

이 광경을 측은하게 지켜보던 명화는 “좀 쉽시다.” 하더니 강차이(삽)를 들고 논두렁을 팠다. 삽으로 판 흙을 바닥에 메치니 까만 흙 사이로 새하얗고 가느다란 뿌리 같은 게 나왔다.

명화는 조심스럽게 흙을 툭툭 털어 그 뿌리를 집어 옷에 삭삭 닦더니 이성운에게 내밀었다.

“뭔데?”

“메싹이라는 겜다. 맛있음다.”

“이걸 먹으라고?”

이성운은 어리둥절해하며 받아서 입에 넣고 잘근잘근 씹었더니 사탕처럼 달달한 맛이 났다.

독립의 용두레: 간도 1919-20

"어! 맛있는데?!"

이성운은 그제서야 웃으며 신기한 듯 메싹을 다시 바라보다가 다 입에 넣었다.

명화는 "호! 호! 호!" 웃었다.

"내가 설마 못 먹을 거 주겠음까?"

육천근은 명화 손에서 삽을 빼앗아 들더니 큰 둑 쪽으로 가서 한 삽 깊게 팠다.

그런데 뭔가 주먹만 한 게 하얀 배가 보이고 두발을 움직이며 뒤집어지면서 일어서더니 두 눈만 깜빡이다가 이성운을 향해 폴짝 뛰어갔다.

"아이! 깜짝이야!"

이성운은 화뜰 놀라 걸음아 나 살려 달라고 허둥지둥 줄행랑을 놓았다.

명화는 이 세상에 무서울 것 하나 없어 보이던 이 사내가 개구리 보고 도망치는 걸 보면서 배를 끌어안고 "깔! 깔! 깔!" 웃어 댔다.

개구리가 겨울잠 자고 땅에서 나오는 걸 난생 처음 보는지라 이성운도 여간 놀라지 않았을 수 없었다.

옆에서 이 광경을 지켜보던 육천근이랑 동생들도 모두 자지러지게 웃어 댔다.

이때 이성운을 보면서 웃다가 멀리 길어귀쪽을 고개 돌려 보던 김약연이 말했다.

"아니 저기 오는 게 누구야?"

모두 일손을 멈추고 김약연이 가리키는 쪽을 바라보니 경찰 두 명이 이쪽을 향해 흐느적흐느적거리며 오고 있었다. 일본영사관 파출소에 근무하는 이하영(李夏永) 경관과 김병일(金炳一) 경원이었다.

이하영 경관의 부모는 원래 김약연 집 하인이었다. 허리띠 졸라 매도 자식 공부시킨다고 이하영은 김약연의 규암재도 나왔고 이어 이상설의 서전서숙을 졸업했다.

이하영은 농사일은 하기 싫고 꿈꾸던 책상머리 일자리를 찾지 못해 속상해하고 있던 참에 영사관에서 경찰을 모집한다는 소문을 듣고 찾아가 바로 등록했다.

"이놈, 일본 앞잡이는 안된다!"

"전 이렇게 무시당하면서 사는 것보다는 더 낫다고 생각합니다."

자식 이기는 부모 없다고 이상호의 고집을 꺾을 수 없었다. 눈치 빠르고 약삭빠른 이하영은 빽이 없었지만 얼마 지나지 않아 반장이 되었고 이어 경관까지 된 것이었다.

"잘 지냈슴둥?"

아무리 경관이라 해도 김약연을 만나니 어려운 모양이었다.

"음…"

김약연은 쳐다보지도 않고 쓰거운 대답을 했다.

"무슨 일로 왔냐?"

"여기에 호구가 없는 사람들은 모두 잡아들이라는 영사님의 령입꾸마."

그 말에 육천근이랑 놀라는 눈치였다.

김약연은 태연자약하게 계속 쳐다보지도 않고 일하면서 말했다.

"여기에 있는 사람들은 다 내 가족이고 외지 사람은 없다."

"네. 네. 근데 저 사람은 처음 보는 거 같은데?"

이하영은 손으로 이성운을 가리켰다. 이성운은 손으로 가리키는 이하영을 째려보았다.

"오. 우리학교 체육선생이야. 온 지 얼마 안 됐지."

그러자 이하영은 간사한 웃음을 지으며 말했다. "우리 서장이 얼마 전에 권총을 빼앗겼읍꾸마. 아무래두 그날 어디서 뭘 했는지 조사받아야 하겠습꾸마."

이하영이 쉽게 물러서려 하지 않자 김약연은 조금 당황했다.

요즘 3·13 운동에 참여한 주요 골간분자들을 뒷조사하며 많은 사람을 잡아갔다는 흉흉한 소문이 나돌고 있었다.

그렇잖아도 얼마 전 용정해관에 다니던 연병환은 송별회 때 집에서 마약이 발견되었다고 체포되었다.

부산해관에도 근무한적 있는 석촌(石村) 연병환(延秉煥, 41세)은 1908년 7월 능숙한 영어 실력으로 용정해관에 취직했다.

연병환은 결혼해서 딸 충효가 태어난 지 얼마 안 되어서 딸한테 맛있는 걸 사 먹이고 싶었지만 돈을 아꼈다. 그런 월급을 독립군한테는 아낌없이 지원했고 집도 빌려주었다.

"부디 몸 주의하십시오!"

안중근이 이토를 죽이려 명동을 떠날 때도 연병환은 안중근의 두 손을 꼭 잡고 로비를 듬뿍 쥐어 주며 다시 볼 수 없을 걸 예상이라도 하듯 눈시울을 붉히며 안중근을 바래다주었었다.

그런 연병환이 3·13 운동에도 참여한 걸 눈치 채고 사이토는 연병환을 천진세관으로 전근시켰다. 그리고 송별회를 연 다음 사람을 시켜 마약을 연병환네 집에 몰래 감춰 두고 그 핑계로 체포한 것이었다.

다행히 연병환은 중국에 귀화했는지라 일본 영사관도 어쩌지 못했다.

김약연 옆에 있던 육천근은 위협을 느끼고 바로 경찰들을 처리하려고 연장을 꺼내려 품속에 손을 슬그머니 넣었다.

그걸 지켜보던 이성운은 급히 육천근의 손을 잡고 말렸다. 그리고 김약연을 바라보더니 말했다.

"염려 마십시오. 잠깐 다녀오겠습니다. 저분들도 증거 없으면 돌려보내 줄 겁니다."

"안 됩다! 못 감다."

갑자기 명화가 다시 못 볼 것처럼 볼멘소리 지르며 뛰쳐나와 이성운의 앞에 서서 두 손으로 막아섰다.

이성운은 미소를 지으며 말했다. "걱정 마. 괜찮아. 금방 갔다 올게."

명화는 눈물이 글썽해 이성운 애처롭게 쳐다보았다.

이성운은 명화의 두 팔을 다독이더니 전혀 두려움 없다는 듯이 순순히 경찰들을 따라나섰다. 모두들 걱정스러운 눈으로 둑에 올라서서 멀어져 가는 이성운을 바라보았다.

이성운은 두 경찰을 따라 선바위 밑에 이르자 이하영경관을 보면서 말했다.

"경관님, 다리도 아픈데 좀 쉬었다 가시지 않겠어요?"

그렇잖아도 햇볕에 목도 마르고 땀도 나는지라 잘됐다는 듯 이하영은 쉬자고 했다.

"혹시 저 바위를 왜 선바위라고 하는지 아세요?"

이성운은 경찰 모자로 부채질하는 이하영경관을 보면서 물었다.

"몰라."

이하영은 귀찮다는 듯 퉁명스럽게 대답했다.

"안중근 의사님은 아시겠죠? 그분이 이토 히로부미를 저격하기 전 여기서 석 달간 총 사격 연습을 해서 그분을 기리는 의미에서 선바위라고 지었죠."

그 말에 이하영과 김병일 두 한인경찰은 화들짝 놀랐다. 이하영은 얼굴이 굳어지며 다시 이성운을 아래위로 훑어보았다.

"뭘 어쩌자는거야?"

"지금 상해에 임시 정부가 들어선 건 알고 계시겠죠? 당신들은 엄연히 조선인인데 일본놈들과 어울리다니 말이 된다고 생각합니까?"

"넌 도대체 정체가 뭐야? 이놈이 수상한데…?"

이하영은 허리춤에 있는 총을 꺼내 이성운을 겨누며 말했다.

"놀라지 마십시오. 저는 그냥 지금 형세를 말해 주었을 뿐입니다. 어차피 우리나라도 되찾을 건데 당신들이 딱해 보여서요."

이하영은 총을 더 가까이 대며 가소롭다는 듯 피식 웃으며 물었다.

"무슨 힘으로 일본과 싸우겠다는 거야? 설령 싸운다 해도 이길 수 있을 거 같애?"

"떨어지는 물방울에 바위도 구멍 나고 시냇물이 모여 바다가 됩니다. 지금은 아무런 힘이 없을지 모르겠지만 하나가 둘이 되고 둘이 열이 되면 언젠가는 광복 되고야 말 겁니다. 경관님은 지금이야 신분도 있고 땅을 뚜지지 않으니 좋을지 모르겠지만 후세에 영원히 친일파로 낙인 찍힐 겁니다. 그게 두렵지 않으십니까?"

이성운의 날카로운 지적에 이하영은 저도 모르게 주눅이 들어 천천히 총을 내렸다.

"그게 싫다면 지금 당장 경찰 일 그만두는 걸로 시작해야 합니다. 일제를 돕지 않는 것도 일제와 맞서 싸우는 것과 같습니다."

"음. 그렇잖아도 저번에 학생들이 건네 준 전단지를 받고 고민해 본 적이 있었네. 좀 시간을 주게나. 내 다시 한번 잘 생각해 보겠네. 병일아, 우리 가자."

"좋습니다. 일주일 시간을 드릴게요. 좋은 선택 기다리겠습니다."

이성운은 멀어져 가는 이하영과 병일이를 보면서 주먹을 불끈 쥐고 신이 나서 "아싸!" 했다.

한참 뒤 논두렁이에 다시 이성운이 나타나자 모두 환호했다. 명화도 너무 기뻐 막 뛰어갔다.

"오빠. 괜찮습까? 얼마나 걱정했는데? 근데 왜 이리 빨리 왔습까?"

명화는 따발총 쏘듯 대답할 새도 없이 연속 물었다.

"오. 괜찮아. 내가 누구 오빠인데?!"

그 말에 명화는 부끄러운 듯 얼굴을 붉혔다.

"도대체 어떻게 된 거야?"

김약연도 궁금한지 물었다. 모두들도 의아해했다.

"제가 잘 말해서 돌려보냈습니다. 경찰도 관두겠다며 시간 달라 했습니다."

이성운은 웃으면서 자초지종을 말씀드렸다.

"와! 역시 우리 형님이여!"

육천근이 엄지를 내 보이자 단추를 채우지 않은 베적삼 조끼사이로 불룩한 배가 나왔다.

"저놈의 똥배. 그 배만 육천 근은 되겠다."

"뭐여? 똥배라니? 이 배 안에 집이 몇 채 들어갔는데유?"

이성운이 농담하자 육천근은 "헤! 헤!" 웃으며 손으로 배를 멋쩍게 만졌다.

"모두 고생했네."

해 질 무렵이 거의 되자 모두 모를 다 심고 피곤한 몸을 이끌고 마을로 돌아왔다.

육천근은 밥 먹고 가라고 해도 사양하며 동생들을 데리고 동굴로 돌아갔다.

"뭘 하오?"

명화는 밥술 놓기 바쁘게 이성운 숙소로 놀러왔다.

낮에 있은 일 때문인지 명화는 이성운이 더 가까워지고 걱정이 앞서는 걸 느꼈다.

"아니, 그냥 있어."

"오빠, 식사 많이 드셨습까?"

"오. 많이 먹었지."

"오빠, 오늘 고생 많았습다."

"아니. 괜찮아. 근데 오늘 너 많이 놀랐겠구나."

"네. 난 감옥에 들어가 못 나오는 줄 알았습다."

"오. 미안해. 근데 너무 걱정 말아. 나야, 이성운! 오뚝이야. 알았지?"

"네. 이거 마셔 보쇼!"

"뭔데?"

"밥감지(식혜)라는 겜다."

이성운은 명화가 내미는 사발을 받아 한 모금 마셔 보니 달달하면서 새콤한 게 정말 맛있었다.

"어! 맛 좋은데! 이거 어떻게 만들었어?"

"남는 밥에 따스한 물 조금 넣고 보리엿싹도 넣어 골고루 저은 다음 따스한 곳에 뚜껑을 덮어 밤을 재우면 됨다. 그런 다음 맛봐서 그저 달달할 때 좀 더 두면 이렇게 새콤달콤해짐다."

"오. 대단한데. 근데 보리엿싹은 또 뭐야?"

"보리를 싹 틔워 싹이 한 2cm 정도 자랐을 때 더 자래우지 않고 말리워서 가루 냄다. 그걸로 밥감지도 하고 엿도 다린다 해서 엿싹이라 함다."

"야. 너 정말 대단한 거 같다야. 이젠 김박사라 불러야겠어."

"놀리잼까?"

"아니야, 진짜야!"

"어려서부터 할머니 하는 걸 옆에서 하도 많이 봐서 알게 되었음다. 별거 아임다. 근데 오빠 부모님들은 뭐 하심까?"

명화는 화제를 돌렸다.

"오. 아버님은 돌아가셨고 어머님은 여동생하고 경성에서 장사하서."

"미안함다."

"아니. 괜찮아."

"어머님 많이 보고프겠슴다. 어머님 이쁨까?"

이성운은 쑥스럽게 웃었다.

"오. 이뻐. 너 많이 닮았어."

그 말에 명화도 부끄럽게 얼굴을 돌리며 쑥스럽게 웃었다.

"우리 아부지는 항상 사위재(사위)는 가시아부지(장인) 닮고 들어오는 며느리는 시엄마이(시어머니)를 닮는다고 함다. 근데 오빠 아버님하고 어머님은 어떻게 만났담까?"

이성운은 말하고도 살짝 부끄러워하는 명화를 쳐다보며 웃으며 말했다.

"경성에 첫 지하철이 개통하던 날, 아버지는 우연히 어머니를 지하철에서 보았대. 한눈에 반한 아버지는 어머니 다니던 이화 학당(1886년 개교, 지금의 이화여대)에까지 뒤따르셨고 아버지는 그 뒤로 매일 이화 학당에 다녀가 어머니를 기다리다 마주쳤고 그렇게 알게 되었대."

1899년 9월 18일, 조선에서 처음으로 경성 노량진에서 인천 제물포까지 지하철이 개통되었다. 당시 부평, 소사, 오류 등 6개 역이 있었다.

세계 최초의 지하철은 1862년 영국에서 운행되었다.

1883년 1월 조선에서 부산, 원산에 이어 세 번째로 제물포항구가 개항되었고 또 지하철까지 운행되자 제물포는 인천의 국제도시로 급부상했다.

독립의 용두레: 간도 1919-20

인천의 원래 이름은 미추홀이다. 고구려를 떠난 비류가 인천에 미추홀국을 세워 불려진 이름이다.

인천은 백제, 고구려, 신라를 거쳐 고려 인종 때 이르러 인종 어머니 순덕왕후의 내향이라 인주(仁州)로 불렸다가 1413년 태종 때 도호부 이하 군, 현 중에서 주로 불리는 지방은 산(山)혹은 천(川)으로 개칭하라는 명에 의해 인천군(仁川郡)이 되었다.

"지하철이라는게 뭡까?"

"오. 땅 밑으로 다니는 기차지."

"와! 신기하다. 땅 밑으로 어떻게 다님까? 난 아직 기차도 못 타 봤는데…"

명화는 순수한 눈으로 이성운을 부럽게 쳐다보며 신기한 듯 물었다. 은하수처럼 맑은 두 눈에는 웃는 눈동자가 샛별처럼 반짝반짝 빛나고 있었다.

이성운이 생각해 보니 명화 말처럼 여기는 기차도 없고 바다도 없고 여객선도 없었다. 저녁이 되면 하늘의 별 외엔 그냥 암흑천지였다.

길림시에서 용정으로, 용정역에서 화룡과 연길로 통하는 만주철도는 1924년 11월 15일에 개통되었다.

이성운은 불현듯 처음 배를 타고 일본으로 가던 연숙이가 생각났다. 그녀도 처음 배를 타본다면서 너무 들떠 있었다.

"야호!"

그녀가 배 위에서 머리카락을 흩날리며 두 팔 벌리고 바다를 품던 모습이 눈앞에 선하게 안겨 왔다.

맑고 별처럼 빛나는 눈동자 그리고 착하고 아름다운 미소…

연숙이 생각나자 이성운의 눈가에는 눈물이 고였다.

이성운과 명화는 무의식적으로 두 눈이 마주쳤다. 이성운은 조금 당황스러워 고개를 돌렸다.

명화는 못 볼 걸 본 것처럼 부끄러워하며 얼굴을 숙였다.

"부모 생각이 남까? 미안함다. 아, 내일 아침도 운동하러 감까?"

명화는 괜히 성운의 아픈 곳을 건드린 것 같아 돌아가려고 일어나면서 이성운한테 물었다.

"오."

이성운이 우물쭈물 대답하자 명화는 "내일 같이 가기쇼. 내 기다리겠슴다." 하고 사발을 들고 급히 나갔다.

"오. 알았어." 이성운은 일어나 명화를 바랬다.

명화는 고개를 끄덕이며 인사하고 문을 닫고 나갔다.

"에잇, 몇 시에 만나자는 건지?"

이성운은 투덜거리며 잠자리에 들었다. 낮에 힘들었는지 바로 곯아떨어졌다.

일송정

이성운이 잠든 지 얼마 안 된 것 같은데 눈을 떠 보니 집안은 이미 훤히 밝았다.

이성운은 부랴부랴 하얀 난닝구에 하얀 사폭바지를 입은 다음 끈을 허리에 묶고 급히 집 밖으로 나갔다.

"잘 잤음까?"

명화는 이성운을 반갑게 맞아 주었다.

"오래 기다렸지? 들어와 깨울 거지."

"아니. 괜찮슴다. 나도 금방 왔슴다. 가기쇼."

"근데 이게 뭐야?"

이성운은 명화의 두 손에 든 물동이를 발견하고 물었다.

"이거? 오면서 우물에 들러 물 길어 와야 함다."

"오. 근데 왜 용정에 가 길어?"

"여긴 용정에밖에 우물이 없음다. 그래서 머리 감거나 빨래 같은 건 다 강변에 가 하는데 식수 같은 건 길어 와야 함다."

"오. 알았어."

"빨리 가기쇼."

명화는 가 볼 곳이 있다며 이성운을 끌다시피하며 갔다. 그들은 신선한 아침을 맞이하며 용정에서 서남쪽으로 4km 정도 걸어 산새 소리가 구성진 비암산 밑에 이르렀다.

비암산은 말 그대로 절반 잘린 비파처럼 생겼다고 비암산이라 했다. 그리 높지는 않았지만 웅크린 호랑이 같아 보이기도 했다.

이성운이 숨이 차 헉헉거리며 따라가 보니 산 밑에는 용주사(龍珠寺)란 절 하나가 있었다. 그리 크지는 않았지만 아담져 보였다.

그리 넓지 않은 절 앞마당에서 명화가 가리키는 쪽을 바라보니 비암산 제일 북쪽 낭떠러지에 있는 바위 꼭대기에 두 아름이나 되는 소나무 한그루가 의젓하게 서 있는 것이 보였다. 마치 돌기둥 위에 푸른 기와를 얹은 듯한 정자(丁字) 모양의 소나무가 장엄한 자태를 자랑하고 있었다.

이성운이 "와!" 하고 저도 모르게 감탄하고 있는데 명화가 소곤거렸다.

"저게 일송정(一松亭)이라는 겜다. 여기 사람들은 농사가 잘되라고 기우제도 지내고 어떤 아낙네들은 아들을 낳아 달라고 기자석으로 여기 기도함다. 우리 학교서도 봄, 가을 여기에 산보(야영) 와서 보배 찾기랑 함다. 우리 올라가 보기쇼."

"엥? 여기까지 힘들게 왔는데 또 산꼭대기까지 올라간다고?!"

이성운은 조금 언짢았지만 그런 자기를 보고 웃기만 하는 명화가 '안 올라가면 죽어' 하고 무언의 협박을 하고 있는 것 같았다.

이성운은 하는 수 없이 숨이 차 씩씩거리면서 명화 뒤를 따라 고분고분 조용히 올라갔다. 여지껏 운동으로 만들어진 탄탄한 몸이었지만 등산은 역시 지구력인지라 이성운은 하루 종일 걷기가 일상인 명화를 따라잡기 힘들었다.

이성운이 정말로 너무 힘들어 멈춰 섰다.

"다 왔슴다."

앞에서 올라가던 명화가 어느샌가 낌새를 눈치 채고 뒤를 돌아보더니 재촉했다. 이성운은 하는 수 없이 계속 올라갔다.

또 한참 올라가니 숨이 턱에 와 닿았다. 정말 포기하고 싶었다. 그런데 또 "다 왔슴다. 이제 저기만 올라가면 됨다." 하는 명화의 빨리 오라는 명령이 떨어졌다.

"와! 정말 환장하겠네!"

땀이 흘러 옷이 등에 착 달라붙었다. 옷속으로 땀방울이 왕 자 근육 사이로 줄줄 흐르는 것이 느껴졌다.

"다 왔슴다!"

이성운이 짜증 날 듯 인상을 찌푸리다가 고개 들어 앞을 바라보니 정말로 웅장한 광경이 눈앞에 나타났다.

천년의 비바람을 꿋꿋이 버텨 온 천년송이 하늘에서 내려온 장군같이 벼랑 끝자락에 떡 버티고 서서 웅장한 기운을 발산하고 있었다. 그 뒤로는 푸른 하늘이 펼쳐져 있어 너무 황홀했다. 산 밑에서 보던 것과는 달리 두 아름이나 되는 소나무가 가까이에서 보니 너무 장관이었다.

"와! 넘 아름답구만!"

이성운과 명화는 약속이나 한 듯이 그 소나무 밑에 가지런히 앉아 시원한 바람을 만끽하며 땀을 식혔다.

이성운은 올라올 땐 힘들었지만 산 아래 굽어보이는 은띠같이 유유히 흐르는 해란강과 집집마다 밥 짓느라 굴뚝에서 솟아 피어 오르는 하얀 연기가 자욱한 아름다운 용정 전경을 바라보면서 경탄을 금치 못했다.

"여긴 어딘데?"

이성운은 용정을 바라보다가 산 아래 오른쪽에 있는 마을을 가리키며 물었다.

"비암촌임다. 평강벌이라고도 함다. 아부지가 그러는데 여기에 바보온달과 평강공주가 살았담다.”

“오? 그래?!”

이성운은 많이 놀라 두 눈을 크게 떴다.

“얀. 바보온달은 평강공주한테서 말타기와 활쏘기를 배워 사냥대회에서 우승했고 나중에 장군이 되었담다.”

고구려 평원왕은 딸이 어릴 때 너무 자주 울어 “너 크면 바보 온달에게 시집 보낸다!”고 놀리곤 했다. 평강공주가 16살이 되던 해 평원왕은 귀족인 고씨한테 시집 보내려 하자 평강공주는 온달에게 시집 가련다며 궁을 나갔다.

온달은 남루한 옷차림으로 매일 밥 빌어먹으며 두 눈이 먼 어머니를 공양했다. 하루는 온달이 배가 고파 산에 올라가 느릅나무 껍데기를 벗겨 먹고 있는데 평강공주가 나타나 청혼하자 귀신에 홀렸다고 거절했다. 그러다가 평강공주가 움막집까지 따라오자 온달은 평강공주의 진심을 받아들였다.

평강공주는 갖고 온 예물을 팔아 집, 땅, 노비를 샀을 뿐만 아니라 말을 사 온달에게 활 쏘는 법까지 가르쳤다.

온달은 사냥대회에서 우승했을 뿐만 아니라 577년 중국 북주와의 싸움에서 이겨 장군이 되었다.

이성운이도 아는 바보온달과 평강공주의 이야기였지만 명화한테서 들으니 새로웠다.

이때 산 너머 소나무 위에 뻐꾸기 한 마리가 날아와 “뻐꾹! 뻐꾹!” 하며 울어 댔다.

이성운은 바로 “뻐꾹! 뻐꾹!” 하고 뻐꾸기 울음소리를 냈다.

“아이 참! 그런다고 뻐꾸기가 옴까?”

"내가 예전에 이렇게 뻐꾸기 소리 내고 나무 밑에 앉아 있는데 뻐꾸기 날아와 엽총으로 잡았어!"

명화가 못 미더운 눈길로 이성운을 바라보는데 일송정나무 위에 뻐꾸기가 날아와 "뻐꾹! 뻐꾹!" 했다. 명화는 하도 어처구니 없어 "깔깔" 웃어 댔다.

"정말 어처구니 없네!"

이성운이 제꺽 돌 집어 들고 뿌려 뻐꾸기를 잡으려 하자 명화는 말렸다.

"놔두쇼. 애인이 있으면 얼마나 슬퍼하겠슴까?"

이성운은 그 말을 들으니 전에 잡은 뻐꾸기 가족한테 괜히 미안해졌다.

명화는 다 쉬었는지 벌떡 일어나더니 물동이 안에서 신문지를 꺼내 일송정 옆에 나란히 쌓여 있는 작은 돌 위에 펴더니 과일과 색과자를 꺼내 놓았다.

"아니, 저건 우리 학교 새 신문 아니야?"

그 신문지는 이성운과 김약연이 최근에 집필한 명동학교 신문 '자유의 종소리'였다.

명화는 개의치 않고 술잔 꺼내 술을 붓더니 두 손 모아 절을 하는 바람에 이성운이 계속 말하려다가 참았다.

명화가 열심히 기도하더니 이성운을 불렀다.

"여기 와 절하겠슴까?"

"아니야, 난 기도할 게 없어."

"야아, 빨리 오쇼!"

명화의 애교 섞인 목소리에 이성운은 할 수 없이 명화 옆에 서서 두 번 절하고 눈을 감았다 떴다.

"뭘 기도했슴까?"

명화가 기대하듯 이성운을 쳐다보며 물었다.

"생각나는 게 없어서 그냥 엄마 건강하라고."

명화는 조금 실망해했다.

"치~"

"넌 뭘 기도했어?"

이성운이 명화를 바라보며 되물었다.

명화는 부끄러운 듯 당황해하며 "비밀임다. 이거 먹으쇼. 제사 음식을 먹으면 장수하담다." 하고 말 돌리며 과자를 건네 주었다.

이성운은 배도 좀 고팠던 터라 과자를 받아 씹었다. 붕어, 오리 모양의 색을 입힌 색과자는 굉장히 딱딱해 돌 같았지만 씹을수록 고소하고 맛있었다.

과자를 거의 다 먹을 무렵 명화는 사과배를 옷에 쓱쓱 문대더니 이성운한테 내밀었다.

이성운은 처음 보는 과일인지라 받아서 한 입 먹어 봤더니 물 많고 시원하고 달콤한 게 너무 맛있었다.

"이건 무슨 배야?"

"참배라는 겜다. 조선 북청에서 들여온 배나무 접가지를 사과나무에 접목해서 달린 배임다. 로투구에 살고 있는 최창호라는 아부지 친구가 작년 추석에 갖고 온 겜다."

"오. 정말 맛 좋은데!"

이성운은 사과배를 게 눈 감추듯 먹어 버렸다.

"인젠 가기쇼."

명화는 툭툭 털며 일어났다. 이성운도 기운이 나서 물동이를 들고 명화 뒤를 따랐다. 그래도 산을 내려가는 게 많이 쉬웠다. 기분 탓일 거다.

이성운은 명화같이 나란히 걷다가 장난기가 발동했다. 오른손을 머리뒤로 올려 명화의 왼쪽 머리를 탁 쳤다. 명화는 누가 쳤냐고 의아스러운 표정으로 멈춰서서 뒤를 돌아보았다. 뒤에는 아무도 없었다. 그때서야 명화는 다시 뛰어와 이성운의 어깨를 주먹으로 치며 "오빠지?"했다. 이성운은 "아니야!"하며 시물시물 웃었다.

이성운과 명화는 웃고 떠들며 어느새 용정에 도착했다.

이성운이 명화 따라 용정 우물가에 이르니 벌써 사람들이 줄을 서서 기다리고 있었다. 하긴 다 이곳에 와서 물을 길으니 이 시간대면 제일 복잡할 때인지라 순서를 기다릴 수밖에 없었다.

용정은 1886년 정준이 무성한 풀숲을 터전으로 만들다가 여진족이 사용하던 우물을 발견해 마실 수 있도록 했고 마실 때마다 두레박을 사용해야 하는 불편함을 없애기 위해 풍씨 성을 가진 노인이 우물에 용두레를 설치하면서 용두레촌으로 불렸다.

1900년 학자인 장인석과 박윤언이 용정촌으로 명명하면서 용정으로 되었다.

"애인이야?"

"아임다!"

명화는 당황해했다.

"에이~ 아니긴? 얼굴이 빨개지는 거 보니 맞구만 뭘?!"

아낙네들은 놀리는 게 재미있는지 깔깔거리며 명화한테 장난쳤다. 하긴 다 여인네들인지라 이성운은 조금 뻘쭘했다.

여긴 여인네들이 모여 수다 떨며 소식 주고 받는 곳인지라 누가 무슨 색 빤즈(팬티)를 입었고 전날 저녁 어떤 과부 집에 누구 남편이 들락거렸다는 등 모르는 소식이 없었다.

일본 영사관에서 3·13 운동에 참여한 사람 잡아다가 때리고 고문하고 경찰 인력을 늘리고 자위단을 모집한다고?

이성운은 흘려들은 말에 머릿속이 복잡해졌다. 이성운이 깊은 생각에 빠져 있는데 명화가 익숙한 솜씨로 두레박을 우물에 넣고 손잡이를 돌리니 두레박이 우물 밑으로 흔들흔들 내려갔다.

이성운이 우물 안을 들여다보니 우물 안은 좀 깊어 보였지만 출렁이는 물은 굉장히 깨끗해 보였다. 우물 안에 이성운과 명화 얼굴이 비쳐 물 따라 출렁이는 게 보였다.

두레박이 물에 닿자 옆으로 넘어지더니 물이 스스로 담겼다. 이성운과 명화 얼굴이 출렁이는 물에 사라져 버렸다.

명화가 온 힘 다해 손잡이를 시계 방향으로 돌렸다. 이성운이 급히 다가가 손잡이를 잡으면서 이성운의 손이 명화 손을 잡았다. 명화와 이성운은 갑자기 따스한 기운이 온몸에 스며드는 걸 느꼈다. 명화는 당황스럽고 쑥스러워 손을 빼냈다.

"어우! 얘네들 좀 봐."

옆에 아낙네들은 놀리면서도 시샘하는 눈치였다.

이성운이 온 힘 다해 손잡이를 시계 방향으로 돌리니 바줄이 올라와 감기는 만큼 두레박이 덩실덩실 물 튕기며 올라왔다.

이성운이 두레박을 잡으려는데 명화가 잽싸게 받아 물동이에 쏟고 또 우물에 던졌다.

그렇게 서너 번 물 길었더니 어느새 물동이에 물이 찼다. 명화는 무릎을 쭈그리고 앉아서 머리에 고리 모양의 똬리를 올려놓고 능숙하게 그 무거운 물동이를 머리위에 이었다. 그리고는 조심스럽게 일어서더니 한손으로 물동이를 잡고 얼굴 돌려 이성운을 보고 말했다.

"가기쇼!"

독립의 용두레: 간도 1919-20

이성운은 대단하다는 듯 혀를 찼다. 그 무거운 물동이를 머리 위에 얹다니? 하긴 경성에서도 어머니도 이는 걸 자주 목격했지만 어린 명화가 이다니 놀라웠다.

이성운은 오른손으로 다른 물동이를 들고 아장아장 걸어가는 명화 뒤에 조용히 따라갔다.

한참 걸으니 팔에 쥐가 났다. 왼손에 바꿔 쥐여도 얼마 못 갔다. 너무 힘들어 좀 쉬자고 할려다가 명화가 무슨 사내가 그러냐고 구박 줄 것 같아 망설이는데 마침 명화도 힘든지 좀 쉬자고 했다.

앞에 몇몇 아낙네들이 쉬고 있었다. 무슨 좋은 일이 있는지는 모르겠지만 여인네들은 깔깔거렸다. 아마도 사랑하는 자식들과 가족을 위한 것이니 이렇게 힘들게 물을 길어도 힘든 줄 모르나 보다.

그래서 여자는 약하지만 엄마는 강하다고 했는지 모르겠다. 이성운은 이마에 땀을 훔치는 명화를 보며 미소를 지었다. 미래의 그 엄마!

일본총영사관 방화사건

집에 도착하자마자 이성운은 팔이 저려 온몸이 나른했지만 쉬지도 못하고 곧바로 맹호단 팀장회의를 소집했다. 정동과 광성 그리고 모아산 쪽에도 사람을 보내 육천근과 남궁용도 오게 했다.

명동팀 팀장 백운한에 이어 정동팀 팀장 김상호, 광성팀 팀장 강경국 그리고 헐레벌떡 뛰어오는 육천근과 남궁용까지 다 모이자 이성운은 말을 뗐다.

"내일부터 매일 맹호단 4명씩 우물에 가 물을 긷는 동시에 정보를 알아와. 그리고 오늘 저녁 일본 영사관에 불을 질러야겠어."

"네?"

모두 놀라 눈이 휘둥그레졌다.

"갑자기요?"

"3·13 만세 운동 때부터 생각 중이었어. 오늘 내가 우물가에서 물을 긷다 들은 건데 3·13 운동에 참여한 사람들을 붙잡아 고문하고 자위단도 모집한대. 안 되겠어. 일본놈들 혼 좀 내 줘야겠어."

"네! 알겠습니다."

"그래서 말인데 만일을 생각해서 이번 행동엔 나하고 육천근, 남궁용 3명이서 행동할 거야. 나머지 사람들은 가족들이 계시고 하니까 이번엔 제외야."

"뭐여? 이거 얼른 장가 가야 쓰겄네유, 원 참말로 서러워 죽겄슈….."

"그럼 너도 빠져!"

"아녀, 그냥 그런 거라니께유….."

이성운은 회의를 마치자 3명이서 저녁에 어떻게 접근해서 어디에 어떻게 불 지를 건지 상세히 토론을 마쳤다.

밤 12시가 넘어가자 명동학교 숙소에 있던 이성운, 육천근, 남궁용 세 사람은 자리에서 일어섰다. 모두 비장해 보였다.

이성운은 혹시나 해서 전에 빼앗은 권총을 허리춤에 찼다.

하늘에 달이 휘영청 밝았다. 그들은 용정 서쪽 편에 있는 영사관근처까지 살금살금 접근한 다음 검은 천으로 얼굴 가리고 먼저 주위 동정을 살폈다.

사면은 고요했고 인기척에 멀리서 개가 자지러지게 울어 댔지만 대문 앞 초소에 있는 보초병 두 명은 졸고 있었다. 그런데 영사관 담벽이 2m나 되어 생각보다 너무 높아 뛰어넘어 갈 수가 없었다.

"천근이는 여기 남고 나와 용이만 들어가."

육천근은 몸이 뚱해 밖에서 동정을 살피며 기다리기로 했다.

"내 어깨 밟고 올라가유!"

육천근이 영사관 담벽에 양손을 얹으며 준비자세를 취했다.

남궁용이 그래도 되냐는 듯 주저하는데 이성운은 그 자리에서 몸을 웅크렸다가 솟구치며 담벽에 가볍게 뛰어올랐다.

육천근과 남궁용은 놀라 입을 딱 벌렸다. 육천근이 아직 정신이 돌아오지 않았는데 남궁용이가 빨리 허리를 더 숙이라고 재촉했다.

"형님, 죄송합니다."

남궁용이가 육천근 어깨를 밟자 육천근이 천천히 일어섰다.

남궁용은 담벽을 잡고 두 팔에 힘주면서 두발을 힘껏 밀쳤다. 그 바람에 육천근은 뒤로 벌렁 나자빠졌다. 마침 뾰족한 돌멩이에 엉덩이가 찍혔다. 육천근은 너무 아파서 엉덩이를 마구 쓸어 만지며 펄쩍펄쩍 뛰었다.

"와, 환장하것네. 용이 너 내려오면 죽었슈!"

"죄송합니다. 형님!"

남궁용은 당황해 수차례 허리 굽혀 사과했다.

"쉿! 조용, 조용! 내비두어, 애는 착혀."

이성운은 먼저 뛰어내린 후 남궁용더러 빨리 뛰어내려 오라고 손짓했다.

남궁용이 담벽에서 뛰어내리자 이성운은 남궁용을 데리고 허리 굽혀 살금살금 뛰어가 영사관 건물 벽에 몸을 숨겼다. 2층 영사관 건물은 꼭대기만 목조로 되었고 다 붉은 벽돌로 되어 불을 쉽게 지필 수 없었다. 그 옆에 창고, 주방 등 목조 부속동은 불 붙여도 크게 의미가 없었다.

이성운은 주머니에서 성냥을 꺼내 신문지에 불붙인 후 남궁용이 들고 있는 볏짚단에 불을 붙였다.

남궁용이 불 붙은 볏짚단을 영사관 대문앞에 던지자 이성운은 품속에서 화염병 2개를 꺼내 던졌다. "쾅!" 하는 폭발음과 함께 화염병이 터지며 영사관 건물에 불이 활활 타올랐다.

불길이 점점 커지며 사방이 환하게 밝아 오자 경비를 서던 보초병이 화들짝 놀라 깨어나 호각을 불면서 허공에 총을 쏴 댔다. 그리고 헐레벌떡 이성운 있는 쪽으로 달려왔다.

총소리에 2층 영사 숙소에서 단잠을 자던 사이토, 지사꾸 등은 환한 불길에 놀라 황급히 잠옷바람으로 아래층에 뛰어 내려왔다.

총소리가 들리자 깜짝 놀란 육천근은 오동나무 사이를 헤집고 나 살려라 먼저 도망쳤다.

"뭐여? 우리가 의형제 맺었는데 이래서 혼자 살겠다고 도망가면 안되는

겨유.”

한참 도망치다가 정신이 번쩍 들어 발길을 멈춘 육천근은 실성하듯 혼자 중얼거리면서 다시 되돌아갔다.

이성운과 남궁용은 곧바로 담벽 쪽으로 뛰어갔다. 일본 헌병은 사람을 발견하고 괴성을 높게 지르며 달려오면서 총을 쏘아 댔다. 총알은 머리 위를 쌩쌩 스쳐지나가 담벽에 맞고 불꽃을 튕겼다.

이성운은 먼저 남궁용을 어깨에 태우고 담벽에 올려 준 다음 몸을 솟구쳐 담벽 위로 날아 올라갔다. 그리고는 허리춤에서 권총을 꺼내 달려오는 놈을 향해 방아쇠를 당겼다. 그런데 처음 총을 쏘아 보는지라 총알이 나가지 않았다.

남궁용은 어느새 주머니에서 새총을 꺼내 새총알을 넣고 귀밑까지 당겨 앞에 서서 달려오는 놈을 향해 날렸다.

“악!” 하며 달려오던 놈이 얼굴을 감싸고 비명을 지르며 쓰러졌다.

뒤에서 달려오던 일본 헌병은 동료를 일으켜 세울 새도 없이 서서 장탄한 후 총을 들어 이성운을 향해 방아쇠를 당기려는데 남궁용이 쏜 새총에 머리를 맞고 쓰러졌다.

“천근아!”

이성운은 급히 담벽에서 살짝 뛰어내린 후 육천근을 불렀다. 애타게 다시 불러도 육천근이 보이지 않자 이성운은 남궁용과 함께 모아산 쪽으로 달려갔다. 얼마 안 돼 앞에서 육천근이 헐떡거리며 달려오는 게 보였다.

“어디 갔댔어?”

“화장실 급허셔유….” 육천근은 입속말로 얼버무렸다.

“빨리 가!”

셋은 모아산 쪽으로 달리다가 이성운은 갑자기 육천근과 남궁용을 불러 세웠다.

"잠깐만. 이쪽으로 가면 남양평이야. 거기 가 박만수네 집에 불 지르자. 그러면 내일 일본놈들이 영사관에 불 지른 후 우리가 그쪽으로 도망쳤다고 생각할 거야."

조선인 거류민 지회장인 박만수의 집은 찾기가 어렵지 않았다. 며칠 전 맹호단 회원들이 친일파 명단을 작성하면서 박만수네 집을 미리 찜해 두었었다.

박만수네 집은 주위에 토성을 지었지만 초가집인지라 불이 순식간에 활활 타올랐다. 자다가 깜짝 놀란 박만수는 "불이야!" 하면서 팬티 바람으로 뛰쳐나와 도움을 청했지만 옆집에선 속이 시원해 자는 척하고 모르쇠를 놓았다.

육천근과 남궁용이 모아산에 도착했을 때는 영사관 쪽은 물로 불을 다 꺼 어두웠다. 영사관 대문과 옆 창고가 불 탔다.

1909년 11월 1일 간도파출소는 간도일본총영사관으로 개칭되었다. 1907년에 쓰던 한간 정광제의 집은 너무 협소하고 낡아 더는 영사관으로 사용하기 어려워졌다.

1916년 사이토는 국자가에 있는 청국 도태부를 직접 찾아가 영사관을 지을 땅을 달라고 했다.

"여긴 청국땅인데 어떻게 일본영사관을 지을 수 있겠습니까?"

"도대인, 소가죽 한 장만 한 땅이면 됩니다."

"장난하십니까? 소가죽 한 장만 한 땅에 어떻게 영사관을 짓습니까?"

"된다니간요."

도대인은 사이토가 된다고 하자 코웃음 치며 승낙했다.

1년 뒤 일본인들이 500평에 달하는 땅에 엄청난 규모의 영사관을 지었

다는 소문을 들은 도대인은 용정에 가 직접 확인한 후 화가 치밀어 노발대
발했다.

"이건 약속한 것과 다르지 않습니까?"

"아니. 우리는 언약대로 소가죽 한 장만 한 땅에 지었는데 왜 이렇게 화
냅니까?"

사이토는 사람 시켜 소가죽을 가져와 도대인에게 보여 주었다. 그 한 장
의 소가죽을 본 도대인은 억이 막혀 말이 나가지 않았다.

일본인들은 용정에서 소를 잡고 소가죽을 벗겨 말린 후 실오라기처럼
가늘게 자른 후 그것을 서로 연결해 영사관 테두리를 만들고 그 길이만큼
의 땅에 영사관을 지었던 것이다.

도대인은 낯빛이 파래져 할 말을 잃고 씩씩거리며 돌아갔다.

그동안 간도총영사관은 단순한 영사 업무를 넘어 경찰 세력을 확장해
한인들을 통치하고 독립투사들을 고문, 학살했을 뿐만 아니라 수많은 보
물과 석탄, 철, 나무 등 자원을 약탈해 갔다. 사실 용정은 중국에 진출하기
위한 일제의 발판이었다.

"빠가야로!"

사이토 영사는 검게 그을은 영사관 앞에서 실성한 듯 고래고래 소리 질
렀다.

시노다 경찰서장도 어쩔 줄 몰라 쩔쩔맸다.

소식을 듣고 순식간에 100여 명의 경찰, 헌병들이 다 모여들었다.

"뭘 하고 있어? 빨리 가 그놈들을 잡아들이지 않고?"

사이토는 열이 나 펄펄 뛰고 있었다.

"장장군, 우리 영사관에 불났어. 이건 화재가 아니라 누가 불 지른 거란
말이야! 당신이 얼마나 우리한테 무관심했으면 이런 사달이 생긴단 말이

야? 당신이 만약에 당장 방화범을 잡지 못한다면 내가 우리 군을 동원할 테니 알아서 해!"

사이토는 바로 단잠에 빠진 장작림한테 전화해 한바탕 훈계했다. 그리고 모든 방법을 동원해 방화자를 찾고 하루빨리 모든 걸 복구하도록 명령했다.

잠옷 입고 서 있던 타로는 화가 잔뜩 난 사이토를 위로했다.

"그자들이 얼굴에 검은 천으로 가려 정확히 누군지는 알수 없지만 이건 분명히 조선인들이 한 소행 같습니다. 그렇잖아도 요즘 조선에서 들어오는 불량선인들이 너무 많아지고 있습니다. 차라리 잘된 일인지도 모릅니다. 이번 일을 핑계로 수상한 놈들을 싹 잡아들입시다."

"요시! 네가 시장에서 만났다는 그 동창 녀석이 이름이 뭐라 했지?"

"이성운입니다."

"그놈이 온 이래 여기가 조용한 날이 없어. 3·13 폭동이 일어났고 지사꾸가 총을 빼앗겼구 영사관까지 불났어!"

"제가 처리하겠습니다!"

타로는 바로 뛰어 올라가 옷을 갈아 입고 사무라이들과 경찰 몇 명을 데리고 명동을 향했다.

"무슨 일임둥?"

한 무리 일본인들이 김약연 집 앞에 진을 치자 김약연은 직접 나가 무슨 일인가 물었다.

"방금 우리 영사관에 누가 방화하고 도망갔소. 그래서 특별히 자리를 비운 사람이 있으면 모두 잡아들이라는 영사의 명이요. 모든 사람 신분증 보여 주세요. 협조해 주시기 바랍니다."

팔짱 끼고 두 다리 벌리고 폼 잡고 서 있는 타로 옆에서 안경 낀 통역이 통역했다.

"그거야 원한 있는 사람이 그랬겠지? 우리야 뭘 그런 짓을 할게 있슴둥?"

"우리가 들어가 사람 다 있는지 수색해 봐야겠소."

"다 자고 있는데 이게 무슨 망측한 짓임둥?"

김약연의 말이 귀에 거슬렸는지 옆에 있던 사무라이가 두 손으로 칼을 잡고 뽑아들었다.

이때 머리가 흥클어지고 피곤한 모습을 하며 난닝구를 입으며 달려오는 이성운은 놀란척 하며 말했다.

"이른 새벽부터 무슨 일이야? 그렇잖아도 요즘 너무 조용해서 궁금했었는데? 저번에 다친 건 다 나았어? 미안하다는 말 못 전했는데."

"흥! 언젠가 너는 내 칼에 죽을 줄 알아."

이성운을 보자 타로는 한발 늦었음을 눈치챘다.

이때 타로 옆에 있던 한 사무라이가 칼을 뽑아 들자 타로가 말렸다.

"난 타로께서 저깟 한 놈을 단칼이면 없애 버릴 수 있는데 저번에도 그렇고 왜 죽이지 않는지 답답합니다."

"무엄하다. 난 사무라이다. 사부님께서 사무라이는 무사도(武士道)를 지키시라 하셨어!"

"하이!"

옆에 있던 사무라이는 바로 허리 굽혀 수긍했다.

"우리 이선새도 여기 중국적에 올렸으니 한번 봅소."

김약연은 온 가족의 호구부를 가져 와 타로에게 보여 주었다.

"가자!"

타로는 이성운이 집에 있자 잡아들일 구실이 없게 되어 호구부를 보지도 않고 부하들을 철수시켰다.

이성운은 타로가 쫓아 올거 같은 예감이 들어 육천근과 남궁용을 보내고 종종걸음으로 숙소에 도착했다. 아니나 다를까 밖에 떠드는 소리가 들리기에 머리를 홍클어뜨리고 자다가 깬척하고 나갔던 것이다.

이성운은 멀리 사라지는 타로 일행을 지켜보며 김약연한테 말했다.

"저 때문에 폐를 끼쳐 정말 죄송합니다. 저놈들이 분명 무슨 낌새라도 챈 거 같습니다. 교장선생님께서 꼭 주의하십시오."

"알겠소. 자네도 주의하오. 자, 들어 가기오."

"네."

김약연과 이성운은 대문을 닫고 집 안으로 들어갔다.

발차기로 스예를 때려눕히다

어느새 간도에 여름이 찾아왔다. 이곳은 햇볕이 경성보다 강하게 내리쬐어 여간 덥지 않았다.

이른 아침, 이성운이 밥 먹고 명동중학교에 도착하니 언제나 그러하듯이 학생들이 이미 학교에 와서 축구도 차고 제기차기도 하고 줄넘기도 하면서 떠드는 소리에 학교는 생기가 넘쳐흘렀다.

갑자기 이성운쪽으로 축구공이 날아오자 무의식적으로 발리킥으로 다시 멀리 차 보냈다. 마음이 짠했다. 말이 축구공이지 공이 없어서 돼지 오줌깨(오줌보)를 바람 넣고 끈으로 묶어서 찼다. 진짜 축구공은 여러 학교가 모여 1년에 한 번 하는 축구대회 때나 아껴서 사용했다.

간도에는 1909년 일본에 다녀온 이회영과 이시영 형제가 명동에 축구공을 가져오면서 축구가 유행하기 시작했다.

1914년 5월 29일 단오절에 연길에서 50여 개 사립학교가 참여한 축구대회가 조직되었다.

올 6월 2일 단오절에 개최하기로 했던 축구대회는 3·13 시위 이후 조선인들의 단체 모임이 시위로 격화될 우려가 있다고 사이토가 불허하는 바람에 무산되었다.

한국 축구는 1882년 인천 제물포에서 영국 해군 선원에 의해 처음으로 전래되었다.

1921년에는 제1회 전 조선축구대회가 개최되었고 1933년 9월 19일에 조선축구협회가 설립되어 학범(學凡) 박승빈이 제1대 회장, 몽양 여운형이 제2대 회장이 되었다.

이성운은 축구를 무척 좋아했다. 나름 드리블도 잘하고 슈팅도 잘했다. 일본에서 학생들 사이 한일전 할 땐 항상 센터포드로 활약했었다.

이성운은 명동학교에서 하루 한 시간씩인 체육시간에는 축구의 기본기인 패스, 킥, 드리블도 가르치고 학생들에게 택권의 기본인 앞차기, 뒤돌려차기 등 기본자세부터 가르쳐 주었다.

특히 축구와 택권은 모두 발로 하지만 제일 중요한 것은 택권은 동작을 취한 후 언제나 제 본 위치로 자세를 취하는 것이고 축구는 단체게임이므로 서로 배합해야 하는 것이라고 일깨워주었다.

체육시간이 되자 이성운이 한창 학생들에게 발차기를 열심히 가르치고 있는데 갑자기 한 학생이 뛰어오면서 큰 소리쳤다.

"선생님, 큰일 났습니다. 저기 건달 놈들이 시퍼런 대낮에 부녀자를 겁탈하고…"

"어디야?"

이성운은 백사불구하고 바로 그 학생의 뒤를 따라나섰다. 무술 연습하던 30명의 남학생들도 호기심에 뒤따라 나섰다.

학교에서 멀지 않은 옆 동네인 하중왕동 한 초가집 뒤뜰 안에 도착하니 앞마당에서 여인네 울음소리와 왁작 떠드는 소리가 들려왔다.

이성운이 초가집 향해서 질풍같이 달려가더니 풀쩍 뛰어 집 꼭대기에 날아 올라갔다.

"와!"

뒤따르던 학생들은 너무 놀라 두 눈 부릅뜨고 손으로 입을 막았다. 한참 멍하니 서 있다가 정신 들어서야 학생들은 우르르 돌아서 앞마당으로 달려왔다. 마침 학교로 오던 육천근도 달려오는 학생들을 발견 하고 덩달아 뛰어왔다.

마당에는 한 30대 남정이 얻어터져 입가에 피 흘리며 바닥에서 겨우 일어나고 있었고 그 옆에 아내와 열두 살 된 어린 딸은 서로 부둥켜안고 서럽게 울고 있었다.

그 앞에 김대덕이라는 한 조선인이 통역하고 있었고 일고여덟 중국 건달 놈들이 모여 시시덕거리고 있었다.

"이놈 봐라, 여기 토지 문서에 다 사인해 놓고 무슨 오리발이야? 며칠 내 갚지 않으면 이번엔 딸을 데려갈 테야. 망할 놈 같으니라구."

통역하는 놈이 손에 종이를 흔들며 협박을 하고 있었다.

이성운은 몸을 솟구쳤다가 두 다리를 가슴쪽에 대면서 독수리처럼 가볍게 땅에 뛰어 내렸다.

갑자기 하늘에서 언뜻하면서 사람이 뚝 떨어지자 놈들은 깜짝 놀라 기겁했다.

우물가 소식통에 의해 요즘 고약한 통역들이 한자를 모르는 조선인 상대로 사기 치고 협박한다는 소문을 들었던 터라 이성운은 다가가 멍하니 서 있는 통역 손에서 그 토지 문서를 빼앗아 남정한테 걸어가 하나하나 다 번역해 주었다.

"나는 한전 3,000평을 소작하고 가을에 1,000원을 바친다."

그 말 듣자 남정네는 대성통곡했다.

"정말 억울합꾸마. 내 지난해 평안북도에 수재가 들어 먹을 게 없어 온 가족을 데리고 여기로 내려왔습꾸마. 근데 저 사람이 작년에 한전 3,000평을 세 맡으면 세돈도 얼마 안된다고 해서 그 말 믿고 계약한겁꾸마. 작년에 콩과 옥시(옥수수)를 심어 가슬에 30석밖에 수확 못 했는데 1석에 6원 (18만)씩 팔아도 180원(540만)밖에 안 됩꾸마. 근데 천 원(3천만) 내라면 나는 뭘 먹구 살아람둥?"

그 남정네는 김영한이라는 사람이었다. 김영한은 무릎 꿇고 울면서 하소연했다.

이성운은 살며시 육천근의 귀가에 대고 물었다.

"1석이면 몇 키로야?"

"뭐여유? 대학생이 맞긴 맞어유? 음, 1석이 60kg 되니 30석이면 대략 1,800kg 되겠네유."

육천근은 어깨를 으쓱하며 이성운을 보란 듯이 코를 쓱 문질렀다.

"아니, 이런 망할 놈이 다 있나? 사정 사정해서 소작하겠다 할 땐 언제고 지금 와선 발뺌이야? 여기 다 지장을 찍어 놓고."

그러자 김대덕은 얼굴이 붉으락푸르락하며 그 김영한의 가슴을 발로 차 넘어뜨리려 했다.

이성운은 제꺽 왼팔로 그 통역의 가슴을 막고 뒤로 밀쳤다. 그리고 그 토지 문서를 들고 말했다.

"내가 보니 백(佰)이라는 걸 천(仟)이라 잘못 쓴 것 같구만. 이건 의사소통이 제대로 되지 않아 문제가 발생한 거니까 무효로 하고 다시 새것으로 작성합시다."

"무슨 개소리야? 너는 뭐 하는 놈인데 참견이야?"

그 통역은 뒤에서 덤벼들며 그 문서를 빼앗으려 들었다.

이성운이 오른발을 뒤로 돌리며 반원을 그리자 김대덕이 오른쪽 얼굴을 맞고 그냥 옆으로 쓰러졌다.

"거참, 좋게 말로 해결하자니 안 되겠군."

　　　　　　　　　　　　　　독립의 용두레: 간도 1919-20

이성운은 바로 다가가 그놈 얼굴을 발로 밟으면서 토지 문서를 갈기갈기 찢어 버렸다.

이 갑작스런 광경에 놀란 건달 무리들이 우르르 몰려왔다. 그렇잖아도 자기들의 흥을 깨뜨렸고 알아듣지도 못하는 말에 눈에 거슬렸던 두목이 통역을 불렀다.

"니 꿔라이(你过来, 너 이리 와). 썬머이스(什么意思, 무슨 말이야)?"

통역은 이성운이 뒤를 돌아보는 틈을 타 기어 일어나 얼굴 붙잡고 울상을 하며 허둥지둥 두목한테 뛰어갔다.

"스예(四爷, 넷째 나으리), 타 쉬 충신 세 허퉁수(他说重新写合同书, 합동서 다시 쓰자고 합니다)."

"쪼스아(找死啊, 죽고 싶어)? 께워따(给我打, 족쳐)!"

수염이 더부룩한 넷째 나으리는 대뜸 커다란 두 눈을 부라리며 고래고래 소리 질렀다. 동시에 검지를 까딱하자 옆에 있던 부하들이 일제히 이성운한테 덤벼들었다.

삽시에 난장판이 되었다. 이성운은 오른 다리를 쭉 뻗어 제일 앞쪽에서 오는 놈 턱을 걸어차고 다시 몸을 돌려 앞 돌려차기로 뒤에서 달려오는 놈 얼굴을 강타했다.

두 놈이 연속으로 뻐드러지자 놈들이 놀라서 주춤하고 멈춰 섰다.

이성운이 자세를 잡는데 나머지 무리들이 마구 덤벼들었다.

이성운 뒤에 있던 학생들도 일제히 달려들며 일약 혼전이 벌어졌다.

"어허, 나 힘 쓰는 거시기 별로 안 좋아혀유."

육천근은 두 손으로 번쩍 들어서는 그냥 던져버렸다.

졸개들이 한 놈 두 놈 쓰러지자 옆에서 보던 스예는 괴성을 지르며 이성운에게 덤벼들었다.

어릴 때 소림사 속가제자로 있으면서 무술을 익힌 스예는 독수리권법도 익혀 간도에서 주먹으로는 둘째라면 서러울 지경이었다.

스예가 독수리 날개를 펼치듯 두 팔을 올리면서 두 손이 하늘을 향하며 손가락을 펼치더니 이성운의 목을 향해 엇갈아 조여 왔다.

이성운은 뒤로 살짝살짝 피하다가 오른발을 들어 아랫배 쪽을 연속 두 번 걷어차는 척하면서 밖으로 반 바퀴 돌리며 오른발 뒤꿈치로 스예의 오른뺨을 후려쳤다.

스예가 당황해 중심을 잡지 못하고 옆으로 넘어졌다. 이때다 싶어 이성운은 경황이 없는 스예 배를 공 차듯 힘껏 걷어찼다. 스예는 다시 공중으로 붕 뜨더니 저 멀리 날려 가 풍 하고 먼지를 일며 떨어졌다.

이때 "와!" 하며 손에 채도랑 장칼이랑 들고 10여 명의 또 다른 한 무리가 달려왔다.

통역 놈이 얻어맞고 도망가다 근처에 있던 큰 두목을 만나 불러온 것이었다.

"와" 하는 소리에 얻어터진 놈들이 건달 무리 뒤로 물러섰고 학생들도 이성운 옆에 뭉쳐 섰다. 육천근은 두 주먹 불끈 쥐고 싸울 자세를 잡았다.

이성운은 학생들이 다칠까 봐 더 걱정스러웠다. 상대는 손에 무기를 들었고 학생들은 맨 주먹뿐이었다. 그런데 앞에서 걸어오던 두목이 이성운을 알아봤다.

"치부스 표거더 즈얼마(벌不是朴哥的侄儿吗, 이게 박형의 조카 아니오)?"

이성운이 눈여겨보니 로후였다. 그제서야 이성운은 조금 안심되었다.

"멍거, 니호우(孟哥, 你好, 맹형, 안녕하시오)?"

"메샹또우 짜이쩌리잰맨아(没想到在这里见面啊, 여기서 만나다니)! 로쓰, 썬머 쓸(老四, 什么事, 넷째야, 무슨 일이야)?"

로후는 용정에서 건달 동생 6명과 결의형제를 맺고 칠성파(七星派)를
조직하고 큰형이 되었다. 나이순으로 넷째인 유옥군(劉玉軍)을 사람들이
스예라 불렀다. 스예는 사실 로후의 오른팔이었다. 로후 대신 도박장에 고
리대금을 놓아 이자를 받아 오고 땅도 빌려주고 소작료를 받는 등 자금 총
괄이었다.

스예는 땅에서 겨우 일어나 큰형 앞에 고개 푹 숙이고 와서 자초지총을
아뢰었다.

"따거(大哥, 큰형)."

"타쓰 워 퍄거더 즈얼(他是我朴哥的侄儿, 저분은 내 박형의 조카야). 니
랴 쮸 쩌머 싼러(你俩就这么算了, 여기서 둘이 화해해). 쩌우 쩌우 쩌우(走
走走, 가자 가자 가자) 허쥬취(喝酒去, 술 마시러 가자)."

"좋아요. 근데 맹형, 이 분이 땅을 소작하는데 소통을 잘 못해 계약서를
잘못 쓴 거 같은데 다시 작성하면 안 될까요?"

"호우 호우 호우(好好好, 좋아 좋아 좋아)!"

로후는 김대덕을 부르더니 다시 계약서를 잘 쓰게 분부했다.

김대덕은 로후가 동의했는지라 고분고분 이성운이 부르는 대로 받아썼다.

"나 김영한은 한전 3,000평을 소작하고 가을에 소작료 1 백원(300만)을
바친다."

이성운은 옆에서 꼼꼼히 체크한 다음 이상이 없음을 확인한 후 김영한
더러 서명하게 했다.

"그리고 이 통역과 스예가 이분의 아내와 딸한테 사과하고 다시는 이런
일 없도록 약속했으면 해요."

"뭣이 어쩌고 어째?"

스예가 처음엔 반발하다가 로후가 두 눈을 흘기자 하는 수 없이 그때까

지 울고 있던 영한이의 아내와 딸에게 사과했다.

"뚜이부치(對不起 미안합니다)!"

육천근이 주먹을 들자 김대덕도 주눅이 들어 사과했다.

"감사합니다. 정말 감사합니다!"

은인을 만난 김영한 일가족은 무릎 꿇고 고맙다고 절했다.

이성운은 김영한 집에서 나와 학생들을 학교로 보내면서 교장선생님께 사연을 보고 드리게 한 후 로후와 함께 즐겁게 술 마시러 갔다.

"타스 워 따거(他是我大哥 내 형이에유)!"

"스마? 이치 저우바(是嗎?一起走吧 그래요? 같이 가요)!"

로후는 웃으며 말했다.

육천근은 따라가면서 시물시물 웃으며 좋아 죽었다.

"뭐여? 나도 한잔 하는게유?"

이성운은 어려서부터 삼국지와 수호지를 즐겨 보면서 관우, 장비, 이규, 무송 등 많은 영웅들의 의협심에 탄복해 중국인들에 호감을 갖고 있던터라 로후와 친구가 되었다.

일본을 대적하자면 모든 사람과 단결해야 하고 간도에서 중국인들의 도움도 필요했다.

이성운은 바쁜 일이 있으면 서로 돕기로 하고 로후와 기분 좋게 헤어졌다. 그리고 육천근도 보내고 숙소로 돌아온 이성운은 숙소에서 그때까지 기다리고 있는 명화를 발견하고 놀랐다.

"무슨 술을 이렇게 마이 마심까? 야~ 정말!"

이성운이 많이 취한 걸 본 명화는 이미 끓여 놓은 콩나물국을 건넸다. 그렇잖아도 중국술은 너무 독해 속이 팔팔하던 차라 이성운은 바로 콩나물국을 쭉쭉 들이켰더니 속이 많이 편해졌다.

"빨리 자쇼. 아! 그리고 내일 아침 우리 낚시하러 가기쇼, 예!"

명화는 이부자리를 펴면서 빨리 푹 쉬라고 했다.

"응."

이성운은 취해서 비틀거리며 건성으로 대답했다. 그리고 눕자마자 바로 푹 곯아떨어졌다.

첫 데이트

이튿날 아침, 햇살이 눈을 간지럽히길래 눈을 번쩍 떴더니 밖은 이미 훤히 밝았다. 또 늦었구나!

후닥닥 일어난 이성운이 부랴부랴 밖에 나갔더니 명화는 이미 기다리고 있었다.

그런데 이성운을 보자 명화는 하나도 화내지 않고 생글생글 웃는 얼굴로 반겼다.

명화는 왼손에는 보자기에 싼 냄비를 들고 있었고 오른손에는 약하고 긴 참대로 만든 낚싯대 2개와 작은 유리병을 들고 있었다. 병 안에는 그새 땅 파서 잡은 지네(지렁이)가 꿈틀대고 있었다. 지네들이 말라 죽는다고 위에 살짝 흙을 덮어 놓았다.

"일어 났슴까?"

"어! 깨울 거지. 오래 기다렸어?"

이성운은 명화를 바로 쳐다보지 못하고 머리를 긁적긁적했다.

"아니. 나도 지네 파느라 금방 왔슴다."

"근데 이게 다 뭐야?"

이성운은 신기하기도 하고 궁금해서 물었다.

"낚시 할 줄 암까? 빨리 가기쇼!"

명화는 개의치 않고 웃으며 이성운을 졸랐다.

이성운은 죄수마냥 군소리 없이 그냥 명화 뒤를 따라나섰다. 어쩐지 기분은 좋았다.

이성운과 명화는 나란히 선바위를 지나 육도하와 해란강이 만나는 곳까지 걸어갔다.

유유히 흐르는 해란강에 도착하자 명화는 해란강둑에 가지가 무성하게 자라 그늘이 진 버드나무 밑에 자리 잡았다.

이성운은 난생처음으로 낚시해 보는지라 뭘 어떻게 하는지 몰라 그냥 명화가 하는 걸 지켜봤다.

명화는 능숙하게 척척 잘했다. 지렁이를 하나 꺼내 손바닥에 놓고 짝 박수를 쳐 정신 잃게 만들더니 절반 딱 끊어 낚시코에 끼웠다. 그리고 강 깊이만큼 민물 찌를 올리고 강에 던졌다. 그런 후 낚싯대를 이성운에게 건네 줬다.

이성운은 낚싯대를 건네받고 기분이 들떠 언덕에 풀썩 앉았다.

"이러면 돼?"

이성운은 시키는 대로 민물 찌만 째려보다가 곁눈으로 명화를 훔쳐보았더니 웬걸 명화 낚싯대는 민물 찌가 보이지 않았다.

"니 껀 왜 쫑대가 없어? 내가 만들어 줄까?"

이성운의 낚시 민물 찌는 마른 시땡기(옥수수 쫑대) 제일 끝부분을 칼로 한 뽐만큼 잘라낸 후 한쪽에 이쑤시개 같은 가는 참나무를 끼워 낚싯줄을 고무줄로 묶어 만든 거였다.

이곳 어린이들은 가을철에 마른 시땡기 끝부분을 절반 잘라 V자 모양 만든 다음 두 끝에 가느다란 나무로 고정시키고 양쪽에 거미줄을 감아 소곰재(잠자리)를 잡았다.

"아니. 괜찮습다. 호호."

명화는 의아스러운 눈으로 쳐다보는 이성운을 바라보지도 않고 낚싯대를 강에 던지고 낚싯줄을 조금 빳빳하게 맞춘 다음 낚싯대를 움직이지 않게 잘 잡아 들었다.

이성운은 신기한 듯 명화를 흐뭇하게 바라보다가 다시 민물 찌를 보는 순간 민물 찌가 바르르 떨더니 살짝살짝 물속으로 들어갔다 올라왔다를 반복했다.

이성운은 상기돼 급히 낚싯대를 힘껏 들어 올렸다. 그런데 이상하게도 고기는 보이지 않았다.

그 광경을 지켜보던 명화는 깔깔깔 웃어 댔다.

"그렇게 하는 게 아임다. 조금 더 기다렸다가 낚시쫑대(민물찌)가 완전히 물에 들어갈 때 당기쇼."

명화는 말하면서 손바닥만 한 붕어를 낚았다. 진짜 대단했다. 허공에서 펄떡펄떡거리는 붕어를 보니 신이 저절로 났다.

이성운이 다시 지네를 잘 낀 후 강에 넣자마자 신기하게 민물 찌가 또 움직였다.

이성운은 조금씩 흥분되기 시작했지만 꾹 참았다. 이번에는 무조건 낚아야지! 이놈은 굶었는지 성격이 급한지 갑자기 민물 찌가 쑥 물속으로 들어갔다.

이성운은 기뻐서 확 옆으로 튕기면서 당겼다. 무거운 느낌과 함께 물속에서 뭐가 꿈틀거리는 느낌이 들더니 드디어 고기가 물 위로 올라왔다.

"앗싸!"

이성운은 무슨 고기인지는 몰라도 기쁘기 그지없었다.

"잘 함다. 예!"

명화도 웃으면서 축하해 주었다.

“이게 무슨 고기야?”

이성운은 낚시코에서 고기를 꺼내며 의기양양해 물었다.

“그게 아바이 고김다.”

“아바이 고기? 그게 뭐야?!”

“여기선 할아버지를 아바이라고 함다. 아바이 고기는 미꾸리처럼 생겼지만 물속에서 느긋느긋 움직여서 아바이 고기라 함다.”

“오! 거참 이름도 묘하게 지었네!”

이성운은 잡은 고기를 명화가 붕어를 넣은 통에 넣고 다시 앉았다.

이성운은 많이 상기되었다. 그런데 신기하게도 낚시를 넣기 바쁘게 민물찌가 또 움직이다가 갑자기 물속에 쑥 들어갔다. 이성운은 막 신바람이 나서 쌩하고 위로 당겼다.

이번엔 배가 하얗고 등에 까만 점이 많이 박힌 고기가 파득거렸다.

“이건 버들치 아냐?”

“아니, 모새미치란 고기임다. 여기 버들치는 몸에 비듬이 있슴다.”

“오. 재미있다. 나 낚시 왕 될 상인가 봐.”

이성운은 으쓱해졌다.

명화는 씩 웃었다. 명화는 그 사이 이미 손바닥만 한 붕어만 십여 마리 잡았다.

이번엔 고기 윗부분에 검은 선이 한 줄 있는 애리란 고기가 걸렸다. 별난 고기가 다 있었다.

이성운이 자신감이 붙어 이번엔 명화의 낚싯대를 달라고 해서 붕어를 낚았더니 입질하는 손맛이 장난 아니었다.

민물 찌가 없어도 고기가 밑에서 먹이를 먹는 게 그대로 손으로 툭툭 전해 왔다. 와! 장난 아니었다. 그리고 먹이를 덥석 물고 갈 때는 손이 꽉 끌려가는 느낌이 들었다. 이 맛에 낚시하는구나!

아직은 아침이어서 그런지 고기가 정말 잘 물렸다. 한 시간도 안 돼 둘이서 60여 마리를 낚았다.

이성운이 신이 나서 계속 낚시하는 사이 명화는 고기 밸을 따고 소금 뿌려 몇 번 씻더니 오는 길에 우물에서 길은 물로 세치네 탕을 끓이려 했다.

이성운은 보다가 낚싯대를 놓고 큰 돌 3개를 맞놓은 다음 그 속에 나뭇가지를 넣고 마른 검부레기(마른 풀)로 불붙였다. 그리고 그 위에 냄비를 올렸다.

명화는 냄비에 세치네를 넣고 세치네가 푹 잠길 만큼 물을 넣은 다음 된장을 풀어 넣고 끓였다. 그리고 물이 끓기 시작하자 다진 마늘과 썬 고추와 애호박을 넣고 고춧가루까지 조금 뿌린 다음 거의 다 끓을 무렵 내기 풀(방아풀)을 넣었다.

이성운은 옆에서 보글보글 끓는 세치네 탕을 보며 군침을 삼켰다.

"맛있겠다. 근데 마지막에 넣은 풀은 뭐야?"

이성운은 궁금한 듯 물었다.

"내기임다. 세치네 탕에 내기 안 들어가면 맛이 없음다."

"오. 그래? 근데 세치네 탕이라 해?"

"그럼 뭐라 함까?"

"미꾸리 갈면 추어탕, 안 갈면 통 추어탕이라 하지."

"호! 호! 호!"

이성운은 세치네 탕이 다 끓자 군침이 돌면서 정말 맛보고 싶었다.

명화는 아침에 지은 백반을 그릇에 담아 건네주고 다른 그릇에 세치네 탕을 담아 주었다. 그리고 배추김치도 꺼냈다.

이성운은 배가 고팠던 차라 숟가락을 들자마자 국부터 맛보았다.

독립의 용두레: 간도 1919-20

그런데 웬걸? 이렇게 맛있을 수가?! 엄마가 미꾸리를 갈아서 해 준 추어 탕보다 더 구수하고 컬컬했다.

정말로 둘이 먹다 한 사람 죽어도 모를 일이었다. 밥이 술술 넘어가 어느새 뚝딱 굽냈다.

명화는 물끄러니 지켜보다가 자기 백반을 절반을 숟가락으로 덜어서 이성운에게 떠 주었다.

"넌 안 먹어?"

"난 보기만 해도 배 부름다."

이성운은 명화가 준 밥도 다 먹었다. 세치네 탕도 맛있고 배추김치도 별미였다.

여기서는 모두 땅속에 사람 키만큼 김치 움을 파서 독을 넣고 드나드는 출입문만 남기고 전체를 흙으로 덮어 배추김치가 여름에도 하나도 시지 않고 신선하게 보관돼 굉장히 맛이 있었다. 여름에도 이렇게 맛이 좋은데 겨울엔 맛이 최고일 것 같았다.

이성운은 배가 너무 부르자 다리를 쭉 펴고 대자로 앉았다.

"어! 잘 먹었네!"

명화는 다 먹은 그릇들을 차곡차곡 정리하며 이성운을 쳐다보지 않고 입속말로 물었다.

"오늘이 무슨 날인지 암까?"

"엉? 무슨 날인데? 가만 보자. 6월 15일 일요일 아냐?"

이성운은 고민 없이 말했다.

"누가 모름까?"

"오. 그럼 너 생일이야?"

"아니… 내 생일 지났음다."

"언젠데?"

"그날 시장에서 날 구해 주던 날! 생일선물 사러 시장 갔다가 그만…"

"오. 그럼 오늘은 무슨 날인데??"

"정말 모름까?"

"몰라."

"우리 만난 지 100일째 되는 날임다. 그때 나를 구해 주었는데 지금까지 인사 못 해서 오늘 내가 맛있는 거 직접 해 드리고 싶었음다."

"오. 그래? 야, 고맙다. 근데 이걸로 퉁 치려고?"

"뭐람까? 흥!"

명화는 뾰로통해 화난 눈으로 이성운을 흘겨봤다.

"허허. 삐졌어? 농담이야!"

그 말에 명화는 언제 그랬냐는 듯이 바로 생글생글 웃으며 보자기를 싸서 옆에 놓고 일어서서 버드나무 가지 하나를 꺾었다. 그리고 작은 손칼을 꺼내 한쪽 끝을 깔끔히 잘라낸 다음 다른 쪽은 칼날 대고 한 바퀴 돌리더니 껍데기 부분만 잘랐다. 그런 다음 살살 두드리더니 바깥쪽으로 쪽 당기니 나무 껍데기만 통째로 빠지고 하얀 나뭇가지가 보였다.

명화는 다시 그 나무 껍데기를 두 번째 검지 위에 놓고 손칼로 5mm 정도 제일 바깥 부분의 껍데기만 깎아냈다. 반대편도 그렇게 잘라낸 다음 입에 넣더니 후 불었다. 풀피리에서 "뿌" 하고 듣기 좋은 소리가 들려왔다.

"와! 대단한데."

이성운은 보면 볼수록 명화가 평범한 시골 소녀 같지 않고 순수하지만 다재다능한 여장부 같았다.

명화가 풀피리를 불다가 갑자기 멈추더니 "근데 오빠는 여자친구 있음까?" 하면서 이성운을 쳐다보았다.

이성운은 갑자기 얼굴이 사색이 되었다.

이성운은 말없이 일어서더니 얇은 돌을 주워 들고 강에 돌리면서 힘껏 던졌다. 돌은 물 위를 찰랑찰랑 건너뛰면서 물수제비를 만들었다. 돌이 작은 원을 만들어 내며 저만큼 가다가 힘없이 물속으로 쏙 들어가자 이성운은 고개 돌려 명화를 보며 입을 열었다.

"내가 여기 오기 전 경성에서 같이 시위하다가 일본 경찰이 쏜 총에 맞아 죽었어. 난 그 복수를 하기 위해 여기로 온 거구."

"아! 오빠, 진짜 미안함다!"

명화는 이성운의 아픈 상처를 다치게 한 것 같아 미안해 어쩔 줄 몰라 했다.

"아니. 괜찮아!"

순간 정적이 흘렀다. 명화는 화제를 돌렸다.

"세치네 탕 맛있었슴까?"

"오. 맛있었어."

"다음엔 반디로 잡아서 더 많이 끓여 줄게."

"반디는 또 뭐야?"

"모름까? 그물 양편에 나무로 묶고 앞에는 쇠를 달고 물속에 넣고 발로 쫓으면 고기 엄청 많이 잡힌다."

"아! 족대!"

"족대라니? 뭔 소리임까? 우리 이젠 가기쇼!"

명화는 보자기를 머리에 이었다. 이성운도 바지를 툴툴 털면서 따라섰다.

그들이 이 말 저 말 하며 선바위까지 오는데 앞에서 명동학교 학생 2명이 헐레벌떡 뛰어왔다.

"왜 그래? 무슨 일이야?"

"이선생님, 금방 들었는데 약산 김원봉이 의열단을 만든담다."

"어디서 들었는데?"

"황상규 선생이 사람을 보내왔슴다. 황선생은 김원봉 고모부람다."

"근데 김원봉이 지금 신흥무관학교에 다니고 있지 않아?"

"네. 아마도 그쪽 동창생들하고 의기투합한 거 같슴다."

"일단 알았어. 신흥무관학교에 사람 보내 더 상세한 걸 알아봐."

"네. 알겠슴다. 그리고 교장선생님이 찾고 있슴다."

"무슨 일인데?"

"그건 잘 모르겠슴다."

"오. 알았어. 수고했어. 가 봐."

"네."

두 학생은 오던 방향으로 다시 뛰어갔다.

"우리 아침에 나오면서 말씀 안 드렸다고 꼬디 쓰는 거(삐진 거) 아임까?"

"아닐 거야. 무슨 일 있을 거야. 걱정 마. 내가 가 볼게."

"아니. 나도 가 보겠슴다. 무슨 일인지."

두 사람은 빠른 걸음으로 학교에 도착해 노크와 함께 교장실에 들어섰다.

"어, 어서 들어와."

김약연은 매서운 눈초리로 두 사람을 번갈아 보더니 와서 앉으라고 했다.

"부르셨습니까?"

"자네를 부른 건 다른 일이 아니라 상해에 갔다 와야겠네. 상해 임정에서 나를 오라고 하는데 내가 여기 사무가 바빠 도저히 몸 뺄 수가 없구만. 그래서 자네가 나 대신 갔다 와 줘야겠네."

"네. 알겠습니다. 걱정 마십시오."

"오. 수고하게. 여기 주소가 있네."

김약연은 주소가 적힌 종이를 넘겨주었다.

"나도 가겠슴다. 예전엔 아부지가 반대했지만 나도 인젠 컸고 이선새 같이 가면 일 없쟴까?"

"여자가 어디라고 함부로…"

김약연은 안 된다고 딱 잡아뗐다. 그런데 매일같이 칭얼대고 단식까지 하는 명화가 그러다가 병이라도 날까 은근히 겁나기도 했다. 자식 이기는 부모 없다고 또 요즘은 신여성시대인데 바깥세상에 가 세상 물정이 어떤지 구경하는 것도 좋을 듯싶어 결국 동의하고 말았다.

소도회

　며칠 후 김약연 등 온가족이 배웅하는 가운데 이성운과 명화는 상해로 출발했다.

　이성운은 연길로 가는 도중에 모아산에 들러 육천근과 남궁용에게도 전하고 떠났다.

　"잘 다녀오십시오, 형님!"

　동생들이 모두 동시에 허리 굽혀 인사하자 이성운은 명화 앞인지라 으쓱해졌다. 육천근을 비롯한 동생들은 산길까지 따라 내려와 손 저어 바랬다.

　이성운과 명화는 먼저 마차로 신경(장춘)에 도착한 다음 단동까지 가는 열차를 탔다.

　이성운은 열차 좌석자리가 마침 창문 옆인지라 창가 좌석에 명화를 앉히고 그 옆자리에 앉았다. 이성운의 왼편엔 상인 같은 사람이 앉았다.

　명화는 기차를 처음 타 보는 것도 좋고 세상 구경하는 것도 좋지만 이렇게 이성운 같이 있는 게 너무 좋았다. 기분이 들떠 있었다. 또 이성운과 이렇게 가까이 앉아 본 적이 없었다. 명화는 심장이 콩콩 뛰어 죽는 줄 알았다.

　기차가 출발하여 새벽이 되자 피로가 쌓일 대로 쌓인 명화는 저도 모르게 이성운 어깨에 얼굴을 살짝 기대고 잠들었다. 명화는 너무나 행복했다. 이대로 그냥 계속 어디론가 떠나고만 싶었다.

　이성운도 졸음이 몰려와 잠깐 눈을 붙였다.

갑자기 사람이 앞으로 지나가는 싸한 느낌이 들어 이성운은 살며시 눈을 떠 보니 콧수염이 더부룩한 자가 자기 앞을 지나 명화 호주머니를 뒤지며 금품을 훔쳐 가고 있었다. 명화는 전혀 눈치 못 채고 쌕쌕거리며 계속 자고 있었다.

이성운은 명화가 놀랄까 봐 소리 지르지 않고 바로 손으로 그놈 손을 덥석 잡아 뒤로 비틀었다.

그놈이 와뜰 놀라 두 눈을 크게 뜨며 이성운을 쳐다봤다. 명화도 버스럭대는 인기척 소리에 놀라 잠을 깼다.

이성운은 벌떡 일어서며 그놈 손을 위로 더 비틀어 손에 쥔 금품을 다시 빼앗았다.

그때 상인 옆에서 중절모를 쓰고 망을 보며 서 있던 두 놈이 몸에서 작은 칼을 뽑아 들더니 일제히 이성운한테 덤벼들었다.

이들 3명은 전문 기차 쓰리재(소매치기) 조직인 '소도회(小刀會)'파였다.

이성운은 잽싸게 팔을 비튼 놈을 그대로 옆에서 달려드는 두 놈 향해 서 있게 밀친 동시에 발로 등을 차자 그놈이 달려드는 놈들과 엮여서 옆 좌석에 넘어졌다.

이성운은 제꺽 일어서는 두 놈을 향해 두 손으로 좌석을 잡고 두 다리를 V자를 만들며 두 놈 얼굴을 찼다. 얼굴을 맞은 한 놈은 왼쪽으로, 다른 한 놈은 오른쪽으로 넘어졌다.

두 놈은 상대가 보통 실력이 아닌 걸 눈치 채고 황급히 양쪽으로 도망쳐 버렸다.

등을 채여 옆 좌석 사람들한테 넘어지며 열차 벽면에 이마를 찧은 놈은 아파서 이마를 만지다가 돌아서면서 가슴에서 작은 칼을 뽑아 들고 이성운한테 덤벼들었다.

이성운은 두 놈이 도망치고 없는지라 침착하게 두 발로 뛰면서 오른발로 그놈 손목을 걸어차니 칼이 열차 천장에 가 박혔다.

이성운이 다시 중심을 잡고 오른발로 가슴을 걸어차자 그놈은 중심을 잃고 뒤로 벌렁 넘어졌다. 바닥에서 겨우 일어서던 놈은 바로 무릎 꿇더니 살려 달라며 손이야 발이야 빌었다.

"죽을죄를 지었소. 한 번만 살려 주시오. 집에는 아프신 늙은 노모가 계시고 금방 태어난 아들놈도 있는데 먹을 것이 없어서 부득불 이 짓거리를 하고 있소."

이성운은 대충 알아들었지만 명화가 다시 통역해 오자 엄마란 말에 가슴이 찡했다.

"다신 이런 짓 하지 마오."

이성운은 호주머니에서 동전을 다 꺼내 주면서 보내 주었다.

그 사나이는 연신 쎄쎄(謝謝, 고맙다) 하며 떠났다.

이성운은 그제서야 명화를 보며 "괜찮어?" 하고 물었다.

"일 없슴다."

명화도 많이 놀란 모습이었지만 괜찮다며 이성운이 있어 든든해하는 모습이었다.

"好漢! 好漢!(호한! 호한!)"

이 광경을 다 지켜본 열차 안 사람들은 너도나도 엄지를 보이며 아낌없이 박수를 보내 왔다.

이성운은 천정에 박힌 비수를 뽑아 품속에 보관했다. 더는 잠들 수 없었다. 또 명화를 지켜야 한다는 사명감에 뜬눈으로 단동에 도착했다.

도끼파

오전 10시쯤 단동역에 내린 이성운과 명화는 또 항구로 나가 상해에 가는 배에 앉았다.

"배도 처음 타 봐?"

"예! 넘 좋습다. 저 새는 이름이 뭡니까?"

"갈매기."

"야~! 너무 이쁨다! 나도 저 새처럼 날아다니고 싶습다."

잠을 폭 자서인지 바다를 처음 봐서인지 명화는 엊저녁 소도회 일은 싹 잊어버린 거 같았다. 오히려 들떠 있었다.

하긴 난생처음으로 기차도 타 보고 배도 타 보고 끝없이 출렁이는 바다 구경도 하고 더욱이 든든한 이성운과 함께하고 있다는 것이 너무나도 고맙고 행복했다.

"뿡!"

서서히 움직이던 여객선은 저녁 무렵에 돼서야 상해항에 도착했다.

상해 야경은 너무나 황홀했다. 고층 건물과 오색영롱한 불빛이 바다에 비치며 더 황홀한 밤을 선사하고 있었다.

배에서 내려 상해역을 나서자 거리마다 네온 등이 반짝거렸고 거리에는 승용차(자가용)가 실북 나들 듯 오갔다. 그리고 양복 쫙 빼입은 멋쟁이 신사들과 뾰족 구두(하이힐)에 치포를 입고 짙은 화장을 한 아가씨들이 넘실

댔다. 말 그대로 환락의 세계였다.

명화는 너무나 조용하고 어두운 용정에서 자라다가 이렇듯 황홀한 세상을 보고 놀라움과 경탄을 금치 못했다. 이건 말 그대로 천국이었다.

이성운은 상해의 매력에 빠져 정신을 못 차리고 있는 명화와 달리 의식적으로 주위을 살폈다. 바로 그때 상해역 맞은편에 일본 헌병이 쫙 서 있는 가운데 낯익은 사람이 눈에 띄었다. 찬찬히 눈여겨보니 다름 아닌 타로였다.

이성운은 깜짝 놀랐다. 타로가 왜 여기에 나타난 걸까?!

타로는 한 여자와 이야기를 나누느라 정신이 없어서 다행히 이쪽을 보지 못하고 있었다.

그 여자도 낯익었다. 그 여인 옆에는 안경 걸고 중절모를 쓴 뚱뚱한 어르신이 걱정하듯 수시로 여자에게 부탁의 말을 하고 있었다.

이성운이 급히 기억을 되살려 보니 아차하고 생각나는 이가 있었다.

바로 몇 달 전에 용정서 시장에서 보았던 카와시마 요시코(川島芳子)였다.

요시코 옆에 있는 사람은 바로 부친 숙친왕 선기였다. 일본으로 다시 가는 딸과 타로를 배웅하기 위해 상해까지 직접 배웅 온 모양이다.

숙친왕 선기가 청국의 재건을 위해서 자녀 21남 17녀 모두를 영국, 프랑스, 독일, 벨기에, 일본에 유학을 보냈으니 정말로 대단하다는 생각이 들었다.

비슷한 시기에 나라를 빼앗긴 조선과 청국이지만 조선은 그래도 우리 손으로 임시 정부라도 만들었는데 유학을 보내서 언제 어떻게 정부를 만든다는 건지 궁금하기는 했다.

"빨리 가."

이성운은 타로가 알아볼까 봐 명화를 재촉했다. 그런데 명화는 길거리 한 노점상 앞에 가 머리핀 등 액세서리에 매혹되어 있었다. 손에는 머리핀을 들고 이리저리 신기하게 보고 있었다.

이성운은 정신이 팔린 명화의 손을 잡고 급히 넓은 광장 옆에 줄 서 있는 인력거를 불렀다.

"빨리 타."

한 인력거가 와서 멈춰 서자 이성운은 명화에게 먼저 타라고 하는데 갑자기 뒤에서 누군가 이성운의 어깨를 탁탁 쳤다.

이성운이 느낌이 싸해서 누군가 하고 이상해서 뒤돌아봤더니 아래위 검은 비단옷 차림에 올백 머리를 한 사내 3명이 서 있었다.

"우리가 금방 지갑을 잃어버렸는데 짐을 검사해야겠소."

이성운이 어깨에 멘 보따리를 아무 말 없이 순순히 넘겨주었다.

이마와 얼굴 쪽에 칼자국이 깊게 나고 덥수룩한 콧수염을 한 자가 턱으로 가리키자 옆에 한 놈이 보따리를 풀어 바닥에 던졌다.

옷 몇 견지 외엔 아무것도 없었다.

"몸 수색해 봐야겠소."

한 놈이 이성운의 몸을 대충 검사하는 척 하더니 다짜고짜 명화 몸에 손을 대려 했다. 이성운은 감이 왔다. 목적은 명화였던 것이다.

이성운은 오른발을 들어 명화한테 가는 놈 왼팔을 힘껏 걷어찼다. 그놈은 힘없이 옆으로 벌렁 나자빠졌다.

나머지 두 놈이 놀라 흠칫했다. 그러는 순간 이성운이 날아오르면서 오른발로 한 놈 얼굴과 다른 놈 가슴을 걷어찼다.

두 놈 다 뒤로 나자빠졌다.

먼저 넘어진 놈이 급히 일어서더니 광장을 향해 입에 엄지와 검지를 넣고 휘파람을 연속 세 번 불어 댔다.

그러자 어디서 숨어 있다가 튕겨 나오는지 검은 옷 입은 십여 명이 순식간에 먹이를 만난 이리떼처럼 모여들었다.

이성운은 왼손으로 명화 팔을 붙잡고 한 바퀴 돌면서 그놈들 차는 척 발을 드니 놈들은 움찔하며 멈춰 섰다.

바로 이때다 싶어 이성운은 명화의 오른손을 잡고 튀려는데 아래위 검은 옷을 입은 또 한 무리가 앞을 막아섰다. 포위되었다.

그중 몇 놈이 허리춤에서 도끼를 꺼내들더니 다짜고짜 이성운을 향해 마구 휘둘러 댔다.

이성운은 불안한 느낌이 침습해 왔다. 이성운은 잽싸게 오른발로 제일 앞에 다가오는 놈의 손목을 걸어차 도끼를 떨어뜨리고 발로 다시 그놈 가슴을 차 멀리 날려 보냈다.

"아악!"

그런데 뒤에 오던 무리가 명화의 두 팔을 잡고 마구 끌고 가려 했다. 명화가 악을 쓰며 발악하는 것이 보이자 이성운은 또 달려가 뛰면서 오른발로 명화 오른쪽에 있는 놈 왼쪽 얼굴을 찼다.

이성운은 바로 명화 왼쪽에 있는 놈도 오른발로 배를 걸어차자 그놈이 배를 끌어안았다. 이성운은 바로 다시 얼굴을 걸어찼다.

이성운이 급히 명화 손을 잡고 한쪽으로 간 다음 뒤따라오는 무리를 향해 왼발로 차고 오른발로 또 차며 선풍퇴로 놈들을 쓸어버렸다.

이성운이 겨우 중심을 잡고 다시 발을 날리려는데 도끼가 허공에서 빙빙 돌면서 날아오더니 어깨에 퍽 꽂혔다.

이성운은 순간 숨이 턱 막히는 것 같았다. 독불장군이라고 어두운 밤에 연장으로 무장한 괴한무리들을 혼자 대적하기엔 역부족이었다.

이성운이 휘청거리는데 한 놈이 도끼를 들고 달려오더니 이성운의 등을 팍 내리찍었다.

이성운은 팔이 떨어져 나가는 통증이 몰려오며 온몸에 힘이 쫙 빠졌다. 그래도 악 먹고 일어서려는데 입으로 피가 터져 흘러나왔다.

"정신 차려야 해, 정신 잃으면 안 돼."

이성운은 혼잣말로 중얼댔다. 혹 정신 잃으면 명화를 놓치게 되고 만일에 그렇게 되면 영원히 후회하게 될 것이다.

이성운이 겨우 숨을 몰아쉬며 정신을 가다듬는데 한 놈이 명화를 억지로 끌고 가는 게 보였다.

"얏!"

이성운은 갑자기 어디서 힘이 솟아났는지 성난 들소마냥 뛰어가 놈의 등을 걷어찼다. 그놈은 앞으로 뒹굴며 바닥에 넘어졌다.

이성운은 뒤에 따라오는 몇 명을 뒤돌려차기로 다 넘어뜨렸다. 그러나 이미 너무 지쳤고 피가 흐르는지라 몸이 나른해졌다.

이성운이 휘청거리고 있는데 한 놈이 발로 배를 걷어차자 이성운은 배를 잡고 앞으로 맥없이 주저 앉았다. 또 한 놈이 잔등을 걷어 차자 이성운은 바닥에 쓰러졌다.

"오빠!"

명화는 악을 쓰며 발악해도 좌우에 덩치 큰 놈들이 팔을 붙잡고 있어서 꼼짝할 수 없었다. 명화는 슬프게 울면서 안타깝게 이성운을 불렀다.

이성운은 쓰러지면서 본인은 이대로 죽어도 괜찮은데 따라온 명화를 지키지 못하는 것이 한없이 미안하기만 했다.

"명화야!"

이성운은 바닥에 쓰러져 오른손을 간신히 뻗치며 명화를 애타게 불렀다.

이성운 주위로 놈들이 우르르 몰려들었다. 한 놈이 달려가면서 이성운 배를 걷어찼다.

이성운은 저만치 날려 가더니 끝내 정신을 잃었다.

한 놈이 성질이 안 풀렸는지 도끼를 들더니 이성운의 목을 내리치려 했다.

이때였다.

"야, 이 벌거지(벌레) 같은 새끼들!" 하는 천둥 같은 소리가 들려오더니 2층 식당에서 하얀 옷차림의 한 사나이가 뛰어내렸다.

광장에 우뚝 선 그 사나이는 회색 긴 두루마기를 입었고 머리카락은 귀를 살짝 덮어 바람에 흩날렸고 오른손에 붉은 천 조각이 달린 창을 잡고 있었다.

괴한들은 놀라 서로 쳐다보다가 우르르 도끼를 들고 그 사나이를 한 바퀴 둘러쌌다.

그 사나이는 창을 가볍게 천천히 좌우로 휘두르며 놈들을 향해 자세를 잡더니 먼저 달려드는 놈부터 하나둘씩 찔러 바닥에 쫙 눕혔다.

명화는 놀라 멍해 있는 놈을 뿌리치고 이성운한테 달려갔다.

"오빠! 오빠! 정신 차려!"

이성운은 명화의 부축을 받으며 겨우 일어나 그 사나이와 등을 붙였다.

"께워싸(给我杀, 죽어 버려)!"

한 중절모를 쓴 사내가 외마디 소리를 지르자 도끼를 든 검은 무리가 "와~!" 소리 지르며 이성운과 그 사나이한테 달려들었다.

순식간에 대혼전이 벌어졌다.

그 사나이가 창을 허공에 휘두르자 놈들이 추풍낙엽처럼 쓰러졌다. 워낙 놈들이 많은지라 그 사나이도 조금씩 벅차 보였다. 갑자기 어떤 놈이 살짝 피하며 창을 잡는 순간 다른 한 놈이 등 뒤에서 도끼로 그 사나이를 내리찍었다. 이성운은 달려 가 죽을힘을 다해 몸으로 막았다. 이성운의 왼팔에 도끼가 찍혔다. 이성운은 그놈 양팔을 잡고 앞으로 밀치다가 안간힘을 다해 발로 가슴을 걷어찼다. 그 놈은 저 멀리 튕겨 갔다. 그런데 옆에 있던 놈 대여섯명이 발로 이성운을 차 넘어 뜨리고 도끼로 내리 찍었다.

이때 "땅!" 하는 총소리가 울리더니 "쭈서우(住手, 멈춰)!" 하는 소리와 함께 검은 승용차가 달려와 삑 하고 급히 멈춰 섰다. 총을 든 놈이 먼저 뛰어내려 차 뒷문을 열자 체구는 조금 왜소했지만 검정 테 안경을 걸고 하얀 긴 수건을 목에 두르고 올백 머리를 한 한 중년 사내가 검은 옷차림을 한 4명의 동생들을 거느리고 나타났다.

"로따(老大, 큰형님)!"

주위 수십 명 되는 무리가 일제히 모두 머리 숙여 그 사내한테 경례했다.

"칸양즈 부스 번디런(看样子不是本地人, 보아하니 본지 사람 같지 않네)? 칭원 량워이 거멀 자이 나리 훈(请问两位哥们儿在哪里混, 죄송한데 두 형제께서 어디서 오셨는지요)?"

"초샌(朝鮮, 조선)."

이성운은 명화의 부축임을 받으며 숨을 고르며 말했다.

"오(奧). 왠라이스 초샌더 꼬서우아(原来是朝鲜的高手啊, 조선의 고수들이었구만)! 페푸 페푸(佩服 佩服, 존경합니다)! 워스 쥬거(我是九哥, 나는 아홉째입니다). 요뿌요 짜이 마터우 훈(要不要在码头混, 부두에서 일하지 않겠습니까)?"

"쎄쎄 쥬거(谢谢九哥, 감사합니다, 형님). 워 여우쓰 샌빤(我有事先办, 일먼저 처리할 게 있습니다). 허후이 여우치(后会有期, 다음에 봅시다)."

이성운이 정중히 사양하자 그 쥬거는 "호우 호우(好 好, 좋아요 좋아요)." 하더니 명함을 주며 나중에 꼭 한번 찾아오라고 분부하고 다친 놈들까지 모두 데리고 의기양양하게 그 자리를 떴다.

이성운이 불빛에 명함을 보더니 흠칫 놀랐다. 그 쥬거는 다름 아닌 유명한 상해 도끼파 두목 왕아초(王亞樵, 32세)였다.

왕아초는 1887년 안휘성 합비에서 태어나 21세 때 동맹회에 가입하고 1911년 신해혁명에 참가하였으나 실패하자 상해로 망명했다.

당시 부두에서 잡일하는 다수가 안휘 사람들인지라 왕아초는 안휘방(安徽幇)이라는 향우회(鄕友會)를 만들었다.

그러던 어느 날 사장이 일한 돈을 주지 않자 왕아초는 철공소에서 도끼 100여 자루를 사서 직공들에게 나누어 준 후 사장을 찾아가 돈을 받아냈다.

그래서 차츰 도끼파(斧頭幇)라 불리기 시작했다.

훗날 도끼파는 그 세력이 점점 커져 10만 명이 넘어 청파(靑幇)의 두목 황금영과 두월생도 멀리 피하기까지 하였다.

왕아초는 돈만 주면 모두 죽여 버려 암살대왕으로 불리기도 했다. 송자문, 왕정위도 총알을 못 벗어났고 장개석까지 몇 번 죽이려 했지만 실패했다.

왕아초는 중국을 점령한 일본도 엄청 싫어했다. 천황의 생일날에 상해 점령 축하파티를 하는데 중국인들은 출입이 통제되자 왕아초는 곧 임정의 안창호와 김구를 찾아갔다.

결국 왕아초가 만든 물통, 도시락 폭탄이 '사내대장부는 집을 나가 성공하기 전에는 절대로 돌아오지 않는다(丈夫出家生不还)'는 글을 남기고 충남 예산에서 상하이로 온 24살 매헌(梅軒) 윤봉길(尹奉吉) 의사한테 전해졌고 1932년 4월 29일 그 웅장한 폭발음과 함께 상해에 파견된 일본군 사령관과 상해 거류민단 단장이 죽어 나갔다.

이성운은 멀어져 가는 도끼파 일행을 넋없이 바라보다가 자기를 구해 준 그 장수가 생각 났다.

"오늘 목숨 구해 줘서 정말 감사드립니다. 그 은혜 절대 잊지 않을 겁니다. 실례가 안 된다면 장사의 존함이라도…”

왕아초를 물끄러미 바라보던 그 사나이는 어색하게 웃으며 말했다.

“일 없슴다(괜찮아요). 같은 한교(韓僑)라 도와준 겁네다. 별거 아닙네다.”

“아니 그래도 장사의 존함을 알아야 나중에 은혜라도 갚죠?”

“나는 평양의 임청용임네다.”

“아니 그럼 그 조선의 제일 철창 임청용이 아니오?! 정말 반갑소.”

철창(鐵槍) 임청용(林靑龍, 18세)은 홍길동, 장길산과 함께 조선의 3대 의적(義賊) 중 한 명이자 괴력 임꺽정의 13세 손이었다.

1561년 경기 양주 사람 임꺽정이 청석골에서 결의형제들과 난을 일으킨 후 실패하자 임꺽정의 아들 임백손이 백두산에 가 무술을 연마해 임씨창법(林氏槍法)을 만들었다.

조선에서는 북에 임청용의 제일 창과 남에 이성운의 제일 봉을 ‘남봉북창(南棒北槍)’이라 부르고 있었다.

조선의 제일 영웅은 이성운이고 둘째 영웅이 임청용이였다. 두 사람은 만나 겨룬 적이 없지만 천하호걸들은 발까지 잘 쓰는 이성운을 조선의 제일 영웅으로 떠받들고 있었다.

“날 암네까? 그럼 말하는 당신은 누굼네까?”

“난 경성의 이성운이요!”

“아니. 그럼 조선의 제일 주먹 이성운 형님이 아닙네까? 형님 절을 받으십시오!”

임청용은 넙죽 거리 바닥에서 절을 했다. 이성운은 몸 상처 때문에 말리지도 못하고 옆에 명화가 대신 팔을 당겨 일으켜 세웠다.

“일어나오. 어서.”

“형님 명성은 오래전부터 많이 들어 왔슴네다. 그렇잖아도 한번 찾아뵐까 했는데 이런데서 만나다니요? 정말 반갑습네다.”

“오. 근데 올해 나이가…?”

“열여덟임네다. 말 놓으십시오.”

“오. 그래. 나도 너 소문은 많이 들었지. 너도 조선에서 창 쓰는 솜씨는 최고잖아?”

“헤헤. 창 쓰는 사람이 별로 없어서 그렇게 됐슴네다.”

“그런데 여기는 무슨 일로 왔어?”

“나라가 이 모양이니 참 속상합네다. 아버지 따라 산속에 들어가 창만 만지다가 나왔더니 나라가 없어졌더라구요. 근데 상해에 임시 정부가 섰다는 소문을 듣고 쓸모가 있을는지 달려왔슴네다. 그런데 임정 주소도 모르고 말도 안 통하고 이리저리 헤매다가 배가 고파 저기 2층 식당에서 밥 먹고 있는데 밑에서 하도 요란하게 떠들기에 내려 봤더니 어쩐지 동포 같기도 해서 내려 온겁네다.”

“암튼 오늘 고마웠고. 나중에 인사 낼게. 그리고 우리가 힘을 합쳐 나라도 되찾자.”

“네 형님. 근데 형님은 말씀이 꼭 임시 정부 사람 같슴네다.”

“하하. 나도 지금 임정 찾아가는 길이야. 우리 같이 가자꾸나.”

“네. 형님. 고맙슴네다. 헤헤. 아니 그래도 먼저 병원에 가야지 않겠슴네까?”

임청용과 명화는 일단 이성운을 부축해 가까운 큰 의원에 모시고 치료받게 했다.

다행히 도끼에 찍힌 팔과 허리 쪽은 뼈가 다치지 않아서 수십 바늘 꿰매기만 했다.

이성운은 젊어서 그런지 체질이 그런 체질인지 몸이 빨리 회복되었다.

대한민국 통합 임시 정부

보름 정도 지나자 이성운은 붕대를 감은 채로 채 낫지 않은 몸을 이끌고 임청용, 명화와 함께 상해 임정에 가 먼저 조소앙을 찾았다.

"조위원님은 지금 파리에 가고 없으신데 무슨 일이시죠?"

"아, 네. 간도에서 왔습니다."

그 경비는 안창호한테로 인솔했다.

이성운은 안창호를 만나자 김약연의 친필서를 전달했다. 임청용과 명화도 고개 끄덕이며 인사 드렸다.

"자네들 수고 많았네. 근데 붕대는 왜 감았는가?"

"네. 도끼파 놈들과 좀 다투었습니다."

"그 유명한 도끼파 놈들 하고 붙다니? 여기 상해에서는 도끼파라면 지나가는 개도 찍소리 못하네. 자네도 솜씨 한번 있나봐. 허허!"

"네. 다행이 이 청용이가 구해줘서 목숨만 겨우 건졌습니다."

"어, 어. 자네 아직 몸도 완쾌되지 않았으니 여기 며칠 묵었다 가게나. 이 친구들도 같이 가게."

"감사합니다!"

안창호는 사람을 불러 이성운 일행을 기숙소로 안내해 주었다.

이성운은 임무를 완성했는지라 기분이 좋았다.

며칠 뒤,

"제가 할게요."

이성운은 임시 정부의 자질구레한 잡일과 심부름을 도맡아 했다. 거기에 명화도 있어 분위기는 좋았다.

하지만 아무리 좋은 새 신발이라도 처음에는 발이 아프듯이 시간이 흐를수록 마찰이 생기면서 임시 정부 내 삐걱대는 소리에 분위기가 싸늘할 때도 있었다.

어느 날 이성운이 안창호를 찾아갔더니 안창호는 수심에 차 창밖을 보며 담배를 태우고 있었다.

"무슨 일 있으십니까?"

"아니네. 전에 독립자금 전달하던 사람이 요즘 연락이 닿지 않아 그러네. 8월 1일에 '대륙고무주식회사'가 성립된다네. 거기에 가서도 독립자금 대 줄 수 있나 물어도 봐야 할 텐데."

"네. 무슨 회사인데요?"

"검정고무신, 고무공 등 대한민국 최초의 고무제품 제조공장이라네. 자네 동화약품이라고 들어봤나?"

"아니요. 처음인데요."

"거기서도 지금 독립자금을 대고 있네."

서양 약품이 한국에 처음 들어온 건 1877년 1월 부산에서 문을 연 제생의원을 통해서다.

한국 최초 양약은 1897년 궁중 선전관인 민병호가 개발한 '활명수'다.

동화약품회사 민병호 회장은 제중원에 있는 친구한테서 배운 서양의학에서 아이디어를 얻어 계피, 정향, 감복숭아 씨를 침출기에 넣고 적포도주를 가해 잘 혼합한 다음 3일간 침출시킨 뒤 박하뇌와 장뇌를 넣고 다시 백설탕과 증류수를 넣어 잘 섞어 용해시킨 다음 증발시켜 활명수를 만들었다. 이 활명액은 한국 최초 소화제다.

아들인 민강은 회사를 물려받은 다음 서울연통부를 설치해 임정에 독립자금을 직접 전달해 왔다.

은포(恩浦) 민강(閔檉, 36세)은 1883년 충북 청주에서 태어나 20살에 아버지와 함께 동화약방을 경영했고 1919년 3월 말 김가진, 전협, 최익환, 김찬규 등과 함께 대동단을 창설했다.

"네. 그럼 제가 한번 다녀올까요?"

"좋긴 한데 자넨 아직 몸도 완쾌 안 되었고 여기서 할 일이 있네."

"그럼 저 청용이를 보낼까요? 그렇잖아도 조선에 들어가 엄마를 만나보고 싶다고 하던데요."

"믿어도 되겠나?"

"사나이는 의리 빼면 시체입니다. 저와 형 동생 하기로 약속한 사이입니다."

"알겠네. 그럼 그렇게 하게나."

"네. 알겠습니다."

이성운은 곧 창 휘두르며 연습하는 임청용더러 조선에 다녀오라고 분부했다.

"알겠습네다. 형님."

"오. 몸 조심하구."

임청용은 이성운과 그간 정이 들었는지 다시 못 볼 것처럼 눈물이 글썽해 떠나갔다.

이성운은 상해 항구까지 따라가서 임청용을 손 흔들며 배웅했다.

동화회사 민강뿐만 아니라 많은 사람들이 독립자금을 지원하고 있었다. 심지어 기생도 독립자금을 모아 전달했다.

8월 중순 충청남도 논산 출신인 윤태병(尹太炳, 32세)은 백남식(白南式), 윤상기(尹相起) 등과 함께 대한건국단(大韓建國團)을 조직하고 상해 임시 정부의 지원을 목적으로 한 군자금모금활동을 펼쳤다.

또 대구 출신인 송두환(宋斗煥, 27세)은 사재 1,300원(3,900만)을 들여 대구 시내 가옥을 매입해 최해규(崔海奎)를 입주시켜 연락사무를 맡기고 신의주에도 가옥을 매입해 정욱(挺郁)에게 그곳에서 장사하는 것처럼 위장하고 무기 등을 입수하게 했다.

그리고 경상북도 영주군에서 창해(滄海) 김익한(金益韓, 22세)도 군자금 1,600원(4,800만)을 모금했다.

경남 양산 기생 만년춘(萬年春)도 구하스님을 통해 임정에 군자금을 보내왔다.

임정의 독립군자금은 임정 활동경비 외 독립군에게도 지원키로 했다.

당시 소규모의 독립군 소부대가 활동했지만 가장 영향력이 큰 부대는 당연히 홍범도 부대였다.

홍범도는 5월 초에 '대한독립군' 200명을 거느리고 연해주에서 북간도로 온 다음 8월 초 압록강 건너 함경남도 혜산진을 진공하여 일본수비대를 습격했고 갑산에서 일본 경찰 주재소와 군경을 공격했다. 많은 독립군이 희생되자 조선 진입 작전을 잠시 멈추고 8일 홍범도는 대한독립군 106명을 인솔하여 다시 북간도로 출발했다.

임정도 나름 바쁜 일정을 보냈다. 수시로 회의를 개최해 임시 정부가 점점 더 모양새를 갖춰 갔다.

"저는 독립정부의 문지기가 되고 싶습니다."

어느 날 문득 임정의 내무총장 안창호를 찾은 김구는 단도직입적으로 말했다. 105인 사건으로 투옥되었을 때도 독립정부의 뜰을 쓸고 문을 지키는 것은 김구의 오랜 소망이기도 했다.

그러자 안창호는 고심 끝에 김구를 경무국장으로 임명했다.

"죄송한데 감당할 수 없는 자리입니다. 혹시 여동생 일 때문이라면 사양하겠습니다."

김구는 안창호가 안신호와의 약혼을 반대한 데 대한 미안함이라고 생각되어 극구 사양했다.

그러자 안창호는 강경하게 말했다.

"내가 어린애도 아닌데 왜 사적인 감정으로 일을 처리하겠소? 왜놈 사정을 잘 아는 인재를 등용했을 뿐이오."

안창호의 비서인 안맥결도 "그땐 언니가 양주삼 형부와 먼저 혼담이 있어서였어요." 하고 해명했다.

안창호의 조카딸인 안맥결은 평양 3·1 운동과 숭의여학교 10·1 만세 운동, 임정 군자금 모금 등 활동에 가담했다가 여러 차례 투옥되었다. 1946년 여성경찰 간부 1기로 경찰에 투신해 1952년 제3대 서울여자경찰서장을 역임했다.

"감사합니다!"

김구는 안신호의 근황을 물으려다가 쑥스럽기도 하고 다 지나간 일인데 물어봐 뭘 하랴 싶어서 그냥 사무실을 나왔다.

그렇게 영원히 다시는 못 볼 것 같았던 첫사랑인 안신호를 45년이 지난 1948년 김구(당시 72세)와 김일성(당시 36세)이 평양회담을 하면서 다시 또 만났다.

당시 남편과 사별하고 진남포에서 홀로 지내던 안신호(당시 64세)는 17일간 평양호텔에서 김구의 수발과 안내를 도맡았다.

아름다운 옛 추억을 떠올리며 짧은 만남을 뒤로하고 아쉽게 이별한 두 사람은 그 후 다시 만나지 못했다.

8월 12일 김구는 경무국장으로 취임했다. 경무국장은 지금의 경찰청장으로 중국 상하이에 있는 교민들을 보호하고 대한민국 임시 정부를 지키며 밀정을 찾아 나서 처단하는 업무를 총괄했다. 김구는 대한민국 최초 경찰이다.

김구는 5월 7일에 상해에 도착했지만 일찍 4월 21일 제2회 대한민국 임시 의정원 회의에서 의원으로 당선되었었다. 이회영과 이동녕이 적극 추천했다. 김구가 상해에 도착했을 때 항구에 마중 나간 것도 이회영이었다.

6월 25일 김구는 신익희, 서병호와 함께 내무부 위원으로 선임되었다가 2개월 만에 경무국장이 되었다.

상해 임시 정부 임원들은 김구의 경무국장 취임에 축하를 보내 주었다.

"정말 축하드립니다!"

이성운도 김구를 직접 찾아가 화환을 건네주면서 축하해 주었다.

"고마워."

김구 키가 180cm인데 경복까지 입은 모습이 너무 멋져 이성운은 놀랍고 부러웠다.

경무국 사무실은 임시 정부 1층에 자리 잡고 청사 2층 복도 한쪽에는 경무국 소속 경호원 20명이 정복 차림으로 근무를 시작했다.

상해 임정 외 노령, 한성 정부 등 7개 정부가 서로 잡음이 생기며 삐꺽거리자 통합정부를 위한 논의가 드디어 시작되었다.

다른 사람보다 4월에 미국에서 출발해 5월에 상해에 도착한 도산 안창호가 더 적극적으로 추진했다.

8월 18일 상해 임시 정부 제6회 마지막 임시의회가 열렸다. 열띤 토론 끝에 안창호는 공문을 발표해 모든 이들에게 공포했다.

　　　　　　　　　　　　독립의 용두레: 간도 1919-20

"상해와 노령 등 곳에서 설립한 정부들을 일체 작소하고 오직 국내에서 13도 대표가 창설한 한성정부를 계승할 것이니 국내의 13도 대표가 민족 전체의 대표인 것을 인정함이다. 정부의 위치는 아직 상해에 둘 것이니 각지에 연락이 비교적 편리한 까닭이다. 상해에서 설립한 정부의 제도와 인선을 작소한 후에 한성정부의 집정관 총재제도와 그 인선을 채용하되 상해에서 수립 이래 실시한 행정은 그대로 유료를 인정할 것이다. 정부의 명칭은 대한민국 임시 정부라 할 것이니, 독립선언 이후에 각지를 원만히 대표하여 설립된 정부의 역사적 사실을 살리기 위함이다. 현재 정부 각원은 일제히 퇴직하고 한성정부가 선택한 각원들이 정부를 인계할 것이다."

또 상해 임시 정부는 8월 29일을 국치일로 지정하고 매년 집집마다 태극기를 걸게 하고 모두 하루 쉬게 했다.

9월 11일에 이승만을 초대 대통령으로, 이동휘를 국무총리로 추대하면서 새롭게 통합된 대한민국 임시 정부가 출범했다.

이 외에도 내무총장 이동녕, 외무총장 박용만, 재무총장 이시영, 군무총장 노백린, 법무총장 신규식, 학무총장 김규식, 교통총장 문창범, 노동국총판 안창호 등이 임명되었다.

백범 김구

대한민국 최초 경찰이자 경무국장인 백범(白凡) 김구(金九, 43세)는 1876년 황해도 해주의 한 가난한 집안에서 태어났다. 김구는 친척이 자녀 결혼식 때 쓸려고 서울에 갔다가 산 갓을 양반한테 빼앗기는 걸 보고 과거에 급제하려고 결심했다.

그러나 어머님이 베를 짜서 판 돈으로 열심히 공부했지만 과거에 낙방되었다. 또 양반들이 돈 주어 다른 사람을 시켜 과거시험을 보는 걸 보고 낙심하여 과거 급제를 포기하고 그 후 동학에 입교했다.

김구는 1894년 동학농민운동이 일어나자 18세 나이로 해주 팔봉에서 기병하여 700명을 거느렸다.

1895년 19세 때 동학농민운동이 실패하자 운동을 진압하러 온 안태훈의 산채에 기거했다. 그때 안태훈의 장남인 안중근을 처음 만났다. 그러나 3살 어린 16살 된 안중근과 별로 몇 마디 나누지 못했다.

1896년 10월 2일 덕수궁에 첫 전화기가 설치되었다. 고종은 첫 번째 장거리 통화로 인천 수감소에 전화했다. 당시 일본인을 죽인 김창수란 사람이 사형 집행을 앞두고 있었다. 그 일본인은 민황후를 살해한 낭인이었다.

고종은 전화로 "김창수의 사형은 정지하라"라는 사형 집행 정지 명령을 내렸다. 그 김창수가 바로 20살 된 김구였다.

1896년 3월 간도에 갔다가 다시 고향집에 가기 위해 황해도 안악군 한 여관에 머물던 김구는 자신이 안악군 출신이라는 단발머리를 한 사람이 이상하게 여겨졌다. 억양은 분명히 한양 사람이었다. 그리고 아침에 조반을 줄 때 노소를 가려 순서대로 주는데 그 사람이 중도에서 달라고 해서 먼저 먹어서 김구는 상당히 기분이 나빴다. 그런 그의 흰 두루마기 밑으로 어른거리는 칼집이 보이자 김구는 그 사람은 일본인이라고 확신했다. 당시 일본 낭인들만이 칼을 차고 다녔다.

"민 황후를 살해한 미우라가 서울에서 난리가 일어나자 당분간 몰래 숨어 도망 다니는 것은 아닐까? 설사 이놈이 미우라가 아니더라도 미우라의 공범일 수도 있다. 일본인은 우리 국가와 민족에 독균(毒菌)일 것은 명백하다. 저놈 한 명을 죽여서라도 국가에 대한 치욕을 씻으리라."

김구는 곧 그 일본인을 죽이기로 결심했다. 미우라 고로는 민황후를 살해한 을미사변을 총지휘한 육군 중장 출신의 주한 일본공사다. 미우라 고로는 이토 히로부미의 수하로 조선에 새로 파견된 공사였다. 민황후를 살해하는데 무사 신분의 자객단20여 명이 동원되었다.

김구는 식사를 마치고 대문으로 나가는 그놈을 발로 허리를 차 넘어뜨렸다. 김구는 바로 뛰어 가 깔고 앉아 주먹으로 얼굴을 가격했다. 그놈은 당황한 나머지 얼굴에 주먹을 맞으면서 품속에서 칼을 뽑아들었다. 김구는 잽싸게 두 손으로 칼 쥔 손을 꽉 잡고 다시 오른쪽으로 비틀어 칼이 목에 닿자 목을 쫙 그었다. 김구의 얼굴엔 삽시에 피가 튀었고 그놈은 목이 짤려 바로 즉사했다. 이 일본인은 바로 약장사로 위장한 육군중위 스치다 조스케였다. 스치다 조스케는 민황후 즉 명성황후를 발가벗긴 후 칼로 찔러 시해한 낭인 중 한 사람이었다.

김구는 "국모의 원수를 갚을 목적으로 이 왜놈을 살해했노라. 해주 백운동 김창수"라는 포고문을 써 놓고 고향으로 돌아왔다. 그 후 3달 뒤 경성에서 체포되었다.

사형이 면제된 김구는 1898년 3월 인천 감옥을 탈출하여 마곡사에서 머리 깎고 승려가 되었다가 이듬해 마곡사를 떠났다.

1903년 황해도 장연에서 봉암학교를 설립했다.

1904년 28세 때 평양 예수교회 강습반에 갔다가 최광옥의 소개로 미인인 안창호의 누이 안신호와 약혼했다가 결국 안창호의 반대로 파혼했다.

1907년 신민회에 가입한 김구는 1910년 경성 양기탁의 집에서 신민회 회의에 황해도지부 대표로 참석했다가 1911년 1월 1일 105인 사건에 연루되어 징역 16년을 선고받고 서대문형무소에 수감되었다. 당시 김좌진과 형무소에서 조우하고 결의형제를 맺었다. 그 후 1914년 인천수감소에 이감되었다가 1915년 8월에 특별 가출옥하였다.

1916년에 김구는 문화 궁궁농장 간검으로 취임했고 1917년 2월 동산평 농장 농감이 되어 소작인들을 계몽하고 학교를 세웠다.

1919년 3월 말경, 김구는 3·1 운동이후 항일 비밀결사 활동을 하다가 일본 경찰에 체포되어 경남 진주 감옥에 수감되었다. 4월경 공주 감옥으로 이감되었는데 4월16일 공주 감옥에서 탈출해 간도로 갔다가 5월 7일 상해에 도착했다.

그때 이회영이 직접 마중 가 김구를 상해 임시정부에 데리고 왔다.

고종을 모셨던 킹메이커 이회영은 김구가 임정에 큰 도움 될걸 알아본 것이다.

왈우 강우규

대한민국 통합임시 정부가 탄생할 쯤, 강우규가 제3대 조선총독 사이토 마코토를 폭탄 의거했다는 가슴 뜨거운 소식이 상해로 전해와 모두의 가슴을 훈훈하게 했다.

이성운도 그 소식을 듣고 가슴이 벅차오르는 걸 느꼈다.

"끝내 해내셨구나!"

왈우(日愚) 강우규(姜宇奎, 64세)는 1855년 평안남도 덕천군에서 4남매 중 막내로 태어났다. 어려서 부모를 여의고 큰누나 집에서 자란 강우규는 27살 때 평안도 홍원군에서 한약방을 경영하면서 엄청난 부를 쌓았다.

그러나 1910년 8월 경술국치에 분노해 독립운동에 뛰어들 걸 결심했다.

1911년 봄 강우규는 화룡현 두도구에 망명하여 박은식, 이동휘, 계봉우 등 독립인사들을 만나 독립운동 방도를 모색했다.

1915년 길림성 요하현에 이주하여 100여 호의 한인 동포들을 불러 모아 신흥동이란 새로운 마을을 만들었다. 또 1917년 길림성 동화현에 광동(光東)학교를 설립했고 박찬익과 함께 군자금 전달기구인 '노인동맹단'을 설립했다.

신흥동에서 3·1 만세 시위를 조직하고 러시아 한인촌으로 간강우규는 4년간 조선에서 내선일체를 표방하는 정책을 펴던 제2대 하세가와 요시미치 총독이 3·1 운동 책임을 모면하기 위해 사표를 내고 새 총독이 온다는 소식을 들었다.

"우리가 독립선언했고 민족자결주의가 대세인데 또 새 총독이 온다고? 이는 하늘의 뜻을 멀리하고 사람된 도리를 무시하는 행위다. 또 동양의 평화를 어지럽혀 2천만 조선 동포를 궁지에 빠뜨리려 하는 원흉이므로 내가 잘못되더라도 새로 임명될 조선 총독을 처단해 조선인의 열성을 널리 알려 국내외의 동정을 받아 궁극적으로 조선 독립의 승인을 얻어야겠군!"

강우규는 의거를 결심하고 일단 무기를 얻으려 간도로 건너가 경무국장인 최진동을 찾아갔다.

"날래 들어옵소. 반갑습꾸마."

최진동은 강우규를 반갑게 맞아 주었다.

8년 전 강우규가 박은식, 이동휘랑 만날 때 최진동도 만나서 구면이었다.

"잘 지냈어?"

"네. 근데 무슨 일로 날 보자 했습꾸마?"

"내 좀 어려운 부탁 하나 하자. 최국장이 수류탄 좀 얻어 줄 수 있겠어?"

"강아바이. 무슨 말씀 하심둥?"

최진동은 놀라 두 눈 크게 뜨며 강우규를 쳐다봤다.

"요즘 군에서도 단속이 예전 같지 않아 총기 구하기가 좀 힘듭꾸마. 특히 수류탄 같은 건 더 힘듭꾸마. 근데 아바이 어디다 쓰자구 그럼둥?"

"내 아무리 봐도 쪽바리놈들 혼 좀 내 줘야겠어. 조선에 새 총독이 온다는데 그게 말이 되냐구?"

"정말임둥? 아이 됩꾸마. 너무 위험합꾸마. 안중근 의사 하나로 충분하지 또 아바이까지 왜 그러심둥?"

"내 이제 살면 얼마를 더 살겠니? 내 생은 몰라도 후세들에게 나처럼 나라 없이 살게 해서는 안 되지 않겠니?!"

"네. 알겠습꾸마. 그럼 내 좀 방법을 대 보겠습꾸마."

"부탁할게."

최진동은 강우규를 훈춘에 있는 친구 집에 보낸 후 누구한테 물어볼까 생각하다가 이성운이 생각났다.

"맞다. 성운이를 찾아가 봐야겠네."

북간도에는 의병들이 많이 모여 있고 이성운은 맹호단 단장이니 수류탄을 얻을 수 있을 거 같았다.

이튿날, 최진동은 아침 일찍 출발해 이성운을 찾아갔다.

"노인동맹단 단장인 강우규가 날 찾아와 조선에 새로 오는 총독을 처단하겠다며 수류탄이 필요하다고 해서 급히 자넬 찾아왔네."

최진동이 단도직입적으로 이성운한테 무기를 부탁하자 이성운은 중대한 사안이고 위험하기도 했지만 거사인 만큼 거절할 수가 없었다.

"네. 알겠습니다."

최진동을 돌려보낸 후 이성운은 갑자기 수류탄을 어디서 구하나 고민하다가 문득 무기 거래하는 로후가 생각났다.

이성운은 벌떡 일어나 로후가 늘 다니는 용정에서 제일 큰 '은하루(銀河樓)'라는 술집에 갔다. 2층 술집 안에서는 풍악이 울리고 앞마당엔 로후의 동생들이 두 줄로 쫙 서서 망을 보고 있었다.

로후는 이미 만취가 되어 여자들 무릎에 누워 노래를 들으며 담배를 피우고 있었다.

로후는 한 동생이 들어와 이성운이 찾는다고 하자 몸을 일으켜 앉으며 반갑게 맞아 주었다.

"이게 누군가? 운동생, 어서 오게나."

"네. 형님. 잘 지내셨습니까?"

"그래그래. 나야 잘 지내지."

로후도 무사불등삼보전(無事不登三寶殿)이라고 이성운이 찾아왔을 땐 꼭 급한 일이 있을 거라는 짐작이 들었다.

"한잔 하게나."

"아니. 급한 일이 있어서…"

로후는 손짓으로 여자들을 다 나가라 했다.

"무슨 일인가?"

"수류탄 좀 부탁드릴게요."

이성운이 힘들게 수류탄을 부탁하자 로후는 깜짝 놀랐다는 듯 이성운을 빤히 쳐다보았다.

"어디다 쓸려구?"

"조선!"

이성운은 이곳이 아니니 걱정 말라는 듯 조선이라고 말하자 로후는 더 묻지 않고 통쾌히 "호우(好)!" 하더니 스예를 불러 수류탄을 갖고 오라고 분부했다.

조금 후 스예가 수류탄 한 개를 상자에 넣은 채로 조심히 갖고 왔다. 1차 세계대전 중에 사용했던 영국제 MILLS 수류탄이었다.

로후는 술이 확 깼는지 맑은 정신으로 이성운을 보고 말했다.

"동생, 미안한데 이 수류탄은 지금 하나밖에 없어. 이 수류탄은 최신형인데 이 핀을 뽑아야 터져." 로후는 신나는 듯 수류탄을 들고 핀을 뽑은 후 던지는 시늉까지 하며 사용 방법을 알려 주었다.

"감사합니다. 얼마씩 하죠?"

"이건 신형이라 좀 비싸네. 우리 형제 사이에 돈 따지겠냐만 우리도 먹고

     독립의 용두레: 간도 1919-20

살아야 하니 원값만 내게."

"알죠. 이게 다 영국제인데."

"지금 우리가 관동에 넘기는 가격이 50원(150만)이네."

"네. 감사합니다. 오늘은 이렇게 많은 돈은 지참하지 못했으니 내일 갖다 드릴게요. 괜찮죠?"

"괜찮아."

이성운은 로후와 인사하고 수류탄을 지닌 채 술집에서 나왔다.

이성운은 수류탄을 최진동에게 넘겨주었고 훈춘에서 최진동이 건네준 수류탄을 몸에 지닌 강우규는 원산을 거쳐 경성에 잠입했다.

9월 2일 오후 5시 남대문정거장(지금의 서울역)에서 조선총독 일행이 기차에서 내려 마차에 오르자 강우규는 오른손에 수류탄을 꺼내 들고 핀을 뽑은 후 사이토 마코토를 향해 던졌다.

그 누구도 하얀 머리에 하얀 수염까지 나고 남루한 옷차림의 64세의 조선인이 수류탄을 던질 줄 전혀 예상하지 못했다.

수류탄은 마부 앞에서 약 7보 되는 곳에 떨어져 굉장한 폭음과 함께 터졌다. 두 명의 일본인 기자와 경성부 본정 경찰서장 고무다 쥬타로가 그 자리에서 즉사하고 조선 총독부 관리 등 37명이 중경상을 입었다.

사이토 마코토는 입고 있던 일본 해군복 혁대에 파편 몇 개가 꽂히면서 다행히 목숨을 구했다.

강우규는 광장이 아수라장이 된 틈을 타 그 자리를 피했지만 오태영의 소개로 장익규, 임승화 등의 집에 숨어 다니다가 보름 뒤에 총독부 고등계 형사 친일파 김태석에게 체포되었다.

간도 특파원

대한민국 임시 정부는 점점 완벽함을 갖춰 가고 있었고 이제 노령에서 이동휘 한 사람만 오면 되었다.

9월 8일 이동휘가 상하이에 도착하자 임정은 축제 분위기가 일었다. 이동휘는 전보를 받고 8월 30일 울라디보스토크에서 출발해 10일 만에 상해에 도착했던 것이다.

9월 11일, 통합 대한민국 상하이 임시 정부가 공식 출범하고 대통령에 이승만, 국무총리에 이동휘 등 내각을 선출했다.

그러나 통합정부가 탄생된 기쁨도 잠시 월슨에게 '위임통치 청원'을 했던 이승만을 극구 반대하던 박용만, 신채호는 끝내 참여를 거부했고 한성 정부 승인에 반대한 노령의 문창범도 결국 이탈했다.

통합정부를 이탈했지만 신채호는 얼마 후 북경에서 교포 학생들을 규합해 '대한독립청년단'을 조직하고 단장이 되어 독립운동은 이어 갔다.

어수선한 분위기속에서 이성운은 이동휘를 직접 찾아가 축하해 주었다.

"국무총리 취임을 진심으로 축하드립니다!"

이동휘는 이성운의 두 손을 꼭 잡고 웃으면서 말했다.

"고맙네. 자네 같은 젊은이가 있어 우리 대한민국의 미래는 더 밝다고 생각하네. 오. 그렇지. 그렇잖아도 내가 자네를 찾아가려던 참이었는데 부탁 하나 들어주겠나?"

이동휘는 이성운의 맑은 눈동자를 보며 말하다가 잠깐 뭔가를 망설이는 듯했다.

"네. 말씀하십시오."

이성운은 당차게 대답했다.

"자네가 수고스럽겠지만 북간도 철혈광복단을 좀 맡아 주면 어떨까 해서 그러네."

"네. 그런 거라면 걱정하지 마시고 맡겨만 주십시오."

이성운은 임정의 부담을 덜어 드리려는 듯 시원스럽게 대답했다. 그러자 이동휘는 환하게 웃으며 고맙다는 듯 악수했다.

청도회의 후 북간도 쪽을 맡은 이동휘는 1911년 1월 26일 북간도에 도착해 2월에 광복단을 창설했다.

그리고 7년 뒤인 1918년 연해주 철혈단과 통합돼 철혈광복단이 창설되었다. 현재 계봉우가 철혈광복단 단장으로 있지만 연해주에 망명해 간도엔 마땅한 적임자가 없었다.

북우(北愚) 계봉우(桂奉瑀, 39세)는 1880년 함경도 영흥에서 출생해 1910년 이동휘를 따라 신민회에 가입했고 12월 북간도로 망명해 합명당 교회를 설립했다. 그 후 화룡현 구세동의 기독교에서 목사로 있었고 광성중학교에서 교사로 있었으며 역사와 수신교과서를 직접 집필했다. 3·1 운동에 참여했다가 8월에 블라디보스토크로 망명했다.

"그리고 자네는 이제부터 간도특파원이 돼 주어야겠네."

이성운은 굳이 사양했다.

"아닙니다. 저는 아직 나이가 어리고 경험도 없고 훌륭하신 분들이 많으신데…"

"김약연 선생께서는 간도에 할 일이 많고 거느린 식구도 많아 다망해서 사양하셨네. 그래서 자네를 적극 추천해 주셨네. 우리 임정에서도 이번 회의 때 다 자네가 맡는 걸 원했네."

이동휘는 이성운의 팔을 토닥이며 말을 이었다.

"그리고 임정은 산하 독립군부대가 필요하지 않겠나? 많은 시냇물이 모여 큰 강을 이루듯이 간도의 많은 작은 독립단체들을 하나의 큰 부대로 만들면 어떻겠나?"

"네. 알겠습니다. 충성!"

이성운은 이동휘, 안창호, 김구 등 임정의원들과 작별 인사를 한 후 명화와 같이 기쁜 심정을 안고 간도로 출발했다.

이성운은 간도에 도착하자마자 명동의 맹호단과 철혈광복단을 통합해 '철호단(鐵虎團)'을 창설했다.

10월 8일 추석날, 3·13 반일의사릉 앞에는 철호단 단원들과 김약연, 김좌진 등을 비롯한 각계 인사들과 한인들 수천 명이 모였다.

"우리는 영원히 그날을 잊지 않을 것이며 그날에 희생된 의사들을 영원히 잊지 않을 것입니다. 우리는 꼭 피 값은 피로 받을 것입니다. 그리고 이제부터 우리는 똘똘 뭉쳐 하나가 되어 우리의 정부, 우리나라를 위해 투쟁할 것입니다!"

이성운의 힘찬 발언에 뜨거운 박수 소리가 희생된 의사들을 위로하듯 끊이질 않았다.

그날 저녁,

"형님, 왕청은 지금 어떠세요?"

이성운은 김좌진과 한잔하면서 그곳 정세를 물어봤다.

     독립의 용두레: 간도 1919-20

김좌진은 일단 술을 쭉 굽냈다. 그리고 다시 이성운을 부리부리한 눈으로 뚫어지게 바라보더니 호탕하게 "허허허" 웃었다.

"내가 누구여? 천하의 김좌진 아니여?"

"난 형님이 있어서 진짜 든든합니다."

"걱정 허덜 말게나. 나는 말이여, 내 밑에 있는 군사덜 말여, 그거시 그냥 군사들이 아니여. 내가 말이여, 잘 키워갖고 아주 그냥 큰 부대루 만들거여. 크~ 잉?"

"네. 임정에서도 지금 그걸 원하고 있습니다."

"음. 좋구면유, 나도 그 생각이여. 내 말이여, 그렇잖아도 지금 대한정의단이랑 군정사 말여. 그거를 내가 아쟈뿌러 하나로 묶어볼라 그랬응게유. 에이~ 따로 놀면 힘이 안 모이잖어유. 이제는 뭉쳐야 쓰겄슈, 안 그려?"

"형님, 잘 생각하셨습니다. 하나하나 키우다 보면 대부대로 성장할 겁니다. 근데 거기는 안전합니까?"

김좌진은 통쾌하게 웃으며 이성운과 건배하더니 또 술잔을 굽냈다.

"서대파에 딱 들었을 적에는 말이여, 초입에는 좌우 산이 그리 높진 않응게. 근디 말여, 좀만 더 들어가믄 그때부턴 경사가 어찌나 급허지든지, 거의 절벽이여 절벽! 양쪽 산이 말여, 그 병풍 둘러친 것처럼 하늘로 솟아가지고 장장 백여 리나 되는 깊은 계곡을 이루고 있다니까유. 그 계곡 중턱쯤에 가믄 '십리평'이라는 마을이 하나 있어유. 그래서 내가 범석이랑 같이 그리 가가지고 지형을 잘 살펴본 다음에, 요기다 진영을 틀어야겠구나 하고 자리를 딱 잡은 거."

"네. 대단하십니다. 근데 홍범도 장군은 소식 있으세요?"

"9월 말에 말이여, 이범윤 형님이랑 같이다가 600명이나 되는 대한독립군을 화룡현 이도구에 모이게 했구면유. 며칠 전에 평안북도 갑산, 혜산,

강계랑 만포진 등 일본관공서 34곳 습격했다더라구유. 그 뒤로는 자성군까지 진출해서, 일군 70여 명을 사살했다는디 말이여!"

"와! 홍범도 장군은 진짜 살아 계신 레전드십니다!"

"나도 말이여, 홍범도 형님처럼 얼른 싸워보고 싶당게. 맨날 이러고 손 놓고 앉아 있으니, 속이 그냥 부글부글 끓어불어. 진짜 하루라도 빨리 총 들고 왜놈덜이랑 한 판 붙고 싶다니께, 응?"

"급해마십시오. 지금은 군대를 잘 훈련시키고 키우는게 중요한 시기입니다. 나중에 꼭 대승을 거둘 날이 올 겁니다."

이성운과 작별하고 왕청에 돌아온 김좌진은 며칠 뒤 바로 중광단으로부터 개편된 인재가 필요한 대한정의단과 여준, 유동열, 박찬익, 조성환 등이 소속되어 있는 길림군정사(吉林軍政司)를 통합하여 대한군정부(大韓軍政府)를 조직했다. 그리고 사령관이 되었다.

동농 김가진

임정에는 많은 인재들이 수없이 찾아왔고 특히 조선의 남작도 참여했다. 바로 김가진이다.

동농(東農) 김가진(金嘉鎭, 73세)은 1846년 경성 신교동에서 태어났다.

"러시아를 끌어들여 청나라를 배격하고, 조선의 자주독립을 쟁취해야 합니다."

김가진은 1883년 인천항 통리교섭통상사무아문 주사로 있을 때 고종(高宗)과 명성황후(明成皇后)의 면전에서 역설했다.

김가진은 1887년 41세 때 주일공사(駐日公使)를 거쳐 황해도 관찰사와 법무대신으로 있었다. 그 후 1905년 을사조약을 견결히 반대했다가 실패하자 충남관찰사로 자진 좌천했다.

3·1운동 이후 은포 민강 등과 함께 '대동단'이란 비밀독립조직을 만들어 총재로 있었다. 5월 23일 '일본이 한국을 독립시키지 않으면 혈전(血戰)이라도 벌이자'는 대동단의 포고문이 일제에 의해 발각되어 최익환, 권태석, 이능우(李能雨), 엄경섭(羅景燮), 김영철(金永喆) 등이 체포되었다.

또 김가진, 전협, 정남용(鄭南用) 등이 의친왕(義親王) 이강(李堈)을 상해로 망명시켜 수령(首領)으로 추대하고 제2차 독립선언을 발표해 국내외의 여론을 고취시키고, 독립운동을 촉진시키려 했다.

10월 10일 김가진은 상해로 망명했다. 김가진은 임시 정부 내무총장인 안창호를 찾아갔다.

"총장, 의친왕을 임시 정부로 데려오지 않겠는가?"

"고종의 다섯째 아들 이강을 말씀하시는 거예요?"

"맞네. 의친왕께서는 지금 최진동하고도 수시로 수신을 주고받으며 독립운동 전략에 대해 논의하고 계신다네. 의친왕이 오면 임정에 많은 도움이 될 거 같은데?"

"네. 남작 선생의 뜻을 알겠습니다. 제가 이동휘 국무총리님께 말씀드리도록 하겠습니다."

의친왕 이강(李堈, 42세)은 1877년에 태어났다. 1894년 17세 때 청일전쟁에서 승리한 일본을 축하하기 위해 대사로 일본을 방문했다. 이듬해 6월 특파대사로 영국, 프랑스, 독일, 러시아, 이탈리아, 오스트리아를 방문했다.

1899년 미국을 유학하고 1905년 귀국하여 대한제국 육군부장, 적십자사 총재 등을 지냈다.

의친왕도 임정에 밀서를 보내왔다.

"나는 차라리 자유 한국의 한 백성이 될지언정 일본 정부의 친왕이 되기를 원치 않는다는 것을 우리 한인들에게 표시하고, 아울러 임시 정부에 참여하여 독립운동에 몸 바치기를 원한다."

"좋습니다!"

임정에서도 의친왕의 참여를 적극적으로 찬성했다.

11월 9일 의친왕은 상복 차림으로 변복하고 정남용, 이을규(李乙奎), 한기동(韓基東), 송세호(宋世浩) 등과 함께 수색역을 출발해 열차편으로 압록강을 통과해 11월 12일 만주 안동역에 도착하였다.

그러나 안타깝게도 의친왕의 탈출계획을 사전에 감지한 평안북도경찰부(平安北道警察部)에서 파견한 경부(警部) 미산(米山)에게 체포되어 의친왕은 서울로 호송되고 전협, 정남용, 이을규 등이 차례로 체포되었다.

김가진은 10월 임정 외무총장으로 임명되었고 11월 이동휘 국무총리 대리를 맡기도 했다.

김가진은 12월 임시정부와 독립군과의 연계를 강화하기 위해 왕청에 가 김좌진장군의 북로군정서에서 고문으로 선출되었다.

김가진은 독립군 무장투쟁을 위해 간도로 가려던 계획이 있었으나, 고령과 건강 문제로 간도까지 가지 못하고 상해에서 임시정부 활동을 하다가 1922년에 76세로 상해에서 세상을 떠났다.

지금 김가진은 상하이 송경령능원에, 독립유공자인 아들 김의한은 평양 재북인사묘에, 1920년 6차례나 한국을 오가며 독립운동자금을 마련하고 한국여성동맹을 조직한 독립유공자 며느리 정정화는 대전 국립현충원에 잠들어 있다.

언제면 한 가족이 다시 다 모이겠는지?!

의열단

상해에서 손님이 찾아 왔다길래 이성운이 학교 대문 앞에 나가 보니 낯설은 20대 젊은 사람이었다. 대구 사람 이종암이었다. 통성명 후 이종암은 김원봉의 서한을 넘겨주었다.

"성의는 고마운데 저는 참여하기 힘들 것 같습니다."

이성운은 서한을 본 후 이종암한테 의열단 창설에 동참하지 않겠다고 완곡하게 말했다.

김원봉은 의열단을 창설하기 위해 이종암과 함께 7월부터 신흥무관학교를 떠나 임시 정부 별동대인 '구국모험단' 단장인 김성근의 집에서 폭탄 제조법을 배우고 있었다.

남산(南山) 이종암(李鍾巖, 23세)은 1896년 경상북도 대구에서 태어나 1917년에 대구은행 주임으로 있을 때 1만 900원(3억)을 무단 출금한 뒤 간도로 망명해 구영필, 김대지와 비밀결사조직 자유종(自由鍾)을 만들었다.

그러다가 1918년에 신흥무관학교에 입학해 김원봉과 단짝이 된 이종암은 의열단 창설에 결의하고 나섰다.

김원봉은 동기생인 밀양 사람 윤세주, 한봉근, 김상윤과 노령 사람 이성우, 청주 사람 곽경, 경북 고령 사람 신철휴 그리고 1918년 1월 신흥강습소를 졸업하고 신흥강습소 교관으로 재직 중인 경북 달성 사람 서상락 등과 함께 의열단을 창설하기로 결의했다.

"안돼! 다른 동기생들의 사기를 꺾어!"라며 교관 김경천과 교장 이시영이 극구 반대하자 김원봉은 신흥무관학교를 그만두고 상해로 왔다.

김원봉은 이성운을 의열단에 가입시키려고 이종암을 파견하였던 것이다.

11월 9일 길림시 파호문 밖 화성여관(華盛旅館)에 혈기왕성한 13명의 청년들이 모였다. 김원봉, 이종암, 윤세주, 한봉근, 신철휴, 서상락, 이성우, 권준, 강세우, 김옥, 양건호, 배동선, 김상윤 등 13명은 한결같이 일본 침략 본거를 파괴하고 국내의 기관을 파괴하고 요인을 암살할 걸 결의하고 암살, 폭파 독립단체인 '의열단(義烈團)'을 창설했다. 김원봉이 단장이 되었다.

김원봉은 의열단 10규칙을 높이 읽었다.

"첫째. 천하에 정의로운 일을 맹렬히 실행하기로 한다.

둘째. 조선의 독립과 세계 만인의 평등을 위하여 신명을 바쳐 희생하기로 한다.

셋째. 충의의 기백과 희생정신이 확고한 자라야 단원이 될 수 있다.

넷째. 단의를 우선하고 단원의 의를 급히 한다.

다섯째. 의백 1인을 선출하여 단체를 대표하게 한다.

여섯째. 어떤 시간, 어떤 곳에서든 매일 1차씩 사정을 보고케 한다.

일곱째. 어떤 시간, 어떤 곳에서든 초회에는 필히 응한다.

여덟째. 죽음을 피하지 아니하여 단의에 뜻을 다한다.

아홉째. 일이 구를 위하여 구가 일을 위하여 헌신한다.

열째. 단의를 배반한 자는 학살한다."

단원들은 김원봉이 한 단락씩 읽어 내려갈 때마다 소리 높이 따라 읽었다.

"우리가 척결할 대상으로는 조선총독부 총독 이하 고관, 주조선 일본군 주둔군 수뇌, 대만총독부 총독과 대만총독부 고관, 매국적, 친일파 거두, 적의 밀정, 반민족적 귀족 및 대지주다. 알겠나?"

"네. 우리는 단장의 명령에 절대 복종하겠습니다!"

말을 마친 단원들은 칼로 손가락을 베고 피의 맹세를 했다.

"위하여!"

13명의 용사들은 피가 질펀한 술잔을 들고 모두 뜨겁게 서로 바라보다가 술잔을 굽냈다.

의열단이 창설된 후 각 계층 사람들이 죽음을 각오하고 의열단에 가입했는데 그중 상상 밖인 단원은 밀양 기생 현계옥과 '중국인민해방군군가(팔로군행진곡)'를 작곡하고 중국 총리 주은래의 양녀 정설송(丁雪松)과 결혼한 전남 광주 태생 정율성이었다.

1914년생인 정율성은 1933년 조선공산당 당원인 셋째 형 정의은과 누사 정봉과 함께 남경으로 건너가 의열단의 조선혁명군사정치간부학교에 입학해 피아노, 바이올린, 성악을 공부했다.

2기로 졸업한 뒤 민족혁명당 당무를 보는 한편 남경과 상해를 오가며 음악공부를 했다.

1937년 7월 7일 로구교사변을 일으킨 일본이 8월 13일 상해를 공략하자 정율성은 10월 연안에 도착했다. 그때 주은래의 양딸 정설송을 알게 되었다.

1939년 4월 중국공산당에 가입했고 그해 팔로군 행진곡을 작곡했다.

김원봉의 의열단과 달리 서간도 한족회(韓族會)는 신흥무관학교를 중심으로 군정부를 세워 독립군을 편성하고 일제와 독립전쟁을 수행하려 했다.

"상해 임시 정부가 이미 설립되었는데 또 다른 군정부를 세우면 되겠습니까?"

"알았당게. 허! 허!"

이성운이 군정부를 세운다는 소식을 듣고 서간도로 직접 가서 상해 임시 정부의 뜻을 전하자 한족회는 임시 정부의 건의를 받아들여 11월 군정부를 임정 산하 '서로군정서(西路軍政署)'로 명명했다.

책임자인 독판 이상룡, 부독판 여준, 사령관 지청천, 참모장엔 김동삼이 임명되었다.

이에 크게 고무된 이성운은 곧 서대파로 향했다.

"대한민국 통합 임시 정부가 탄생했는데 대한군정부가 또 탄생하면 되겠습니까? 형!"

"그려, 알았슈!"

서일, 김좌진 등 지도부를 만나 군정부가 또 탄생하는 건 적절치 않다고 전하자 12월 바로 대한군정서(大韓軍政署)로 명칭을 고치고 임정 산하 '북로군정서(北路軍政署)'로 명명했다.

총재는 서일, 부총재는 현천묵, 총사령관에는 김좌진, 참모장에는 이장녕, 참모부장 나중소, 부관 박영희, 사단장 김규식, 여단장 최해, 연대장 정훈, 연성대장 이범석, 경리 계화, 길림분서고문 윤복영, 군기감독 양현 종군장교 이민화, 김훈, 백종렬, 한건원, 대대부관 김옥현, 제1중대장 강화린, 제2중대장 홍충희, 제3중대장 김찬수, 제4중대장 오상세가 선출되었다.

한락연이 아내와 이별하다

이미 9월에 간도를 침략할 계획을 가졌던 일본이었지만 뜻대로 되지 않자 일본 총영사관에서는 3·13 운동에 참여한 의사들을 계속 체포해 고문을 이어 갔다. 또 영사관 방화사건이 일어나자 사이토는 더 강력하게 체포를 지시했다.

이성운은 한락연을 찾아 가 걱정스레 말했다.

"락연 형, 내가 우리 철호단 단원들한테서 들었는데요. 요즘 일본영사관에서 태극기를 그린 형 뒷조사를 하고 있대요. 형은 신변이 위험하니 하루빨리 여기를 그만두고 피신하는 게 좋겠어요."

"음. 알았어. 고마워."

이성운은 고민하는 한락연을 쳐다보며 다시 말했다.

"형, 내가 이미 한인촌에 사람 보내 연락해 놓았으니 일단 거기로 피하시는 게 좋지 않을까요?"

"알겠어. 내 당장 떠날게."

한락연은 12월초에 다니던 용정해관을 그만두고 연해주로 망명하기로 작심했다.

그날 저녁, 한락연은 목이 메여 밥이 넘어가지 않았다. 사랑하는 아내와 딸을 두고 정작 떠나자니 차마 걸음이 떨어지지 않았다.

"나도 따라갈래요!"

아내 최신애가 울먹였다.

"안 돼."

한락연은 슬픔을 참지 못하고 아내를 와락 끌어안았다.

"이 추운 겨울에 얼어 죽을 수도 있어. 내가 가서 자리 잡으면 데리러 올게. 기다려 줘."

아내는 목이 메여 서럽게 울기만 했다.

한락연은 구들에 누워 두 팔 벌리며 매롱매롱한 눈으로 쳐다보는 갓 돌이 지난 딸 한인숙을 보자 갑자기 마음이 갈기갈기 찢어지는 것 같았다.

"아가야, 잘 자라거라! 미안해."

한락연은 딸을 보자 눈물이 비 오듯 쏟아졌다. 이렇게 떠나면 영영 돌아오지 못할 수도 있다.

다 부러워하는 좋은 직장에 사랑하는 아내와 딸과 같이 그 누구보다도 더 행복할 수 있었지만 대한독립의 길을 선택한 한락연은 망명의 이 순간에도 절대로 후회는 없었다.

"사랑하는 내 딸아! 아빠가 이렇게 하는 건 다 너희를 위해서다. 독립된 나라에서 행복하게 잘 살거라."

딸의 작은 손을 잡고 딸을 정겹게 바라보던 한락연은 큰 결심을 내린 듯 벌떡 일어섰다.

"가지 마오."

아내는 한락연의 바지 자락을 잡고 놓지 않았다. 한락연은 눈물 삼키며 우는 아내를 뿌리치고 문을 열더니 눈길 속으로 사라졌다.

밖에서 기다리던 이성운과 육천근, 남궁용도 말없이 한락연을 따라 배웅의 길에 올랐다.

"여보!"

문을 열고 뛰쳐나오던 최신애의 한 맺힌 울부짖음 소리는 차디찬 겨울 밤을 칼질하듯 메아리치다가 다시 바람에 잠겨 사라졌다.

땅바닥에 풀썩 넋 없이 주저앉아 바닥을 손으로 쳐 대며 우는 여인의 처량한 울음소리에 윙~윙 하는 차가운 겨울바람 소리만 서럽게 응답할 뿐이었다.

한락연은 1920년 가을 연해주에서 상해로 건너가 상해미술전과학교에 입학하였다.

한락연은 1923년에 중국공산당에 가입하였는데 중국공산당에 가입한 최초의 조선족이며 최초의 조선족 화가다.

한락연은 1924년에 상해미술전과학교를 졸업하고 중국공산당에 의해서 심양으로 파견되어 화가로 활동하면서 미술전과학교를 설립하였다.

한락연은 1929년 프랑스에 유학을 떠나 1934년에 귀국했다. 하지만 일제가 상해를 점령하자 중경으로 피신했다.

1938년 4월 한락연은 중경에서 기독교청년회 향촌간사로 일하는 한족 여인 류옥하(劉玉霞)를 만나 사랑에 빠졌다. 류옥하는 1925년에 금릉대학을 졸업했고 1934년 미국 콜롬비아대학에 유학헌 지적인 엘리트 여인이었다.

한락연은 아내 최신애와의 연락이 끊겼고 20대 초반에 최신애와 결혼했고 딸 하나가 있다는 사실을 류옥하에게 실토했다. 그들은 중경에서 결혼식을 올렸는데 임시정부 김구도 참석했다.

1946년 4월부터는 신강에서 고대 고창국(高昌國) 유적지와 키질(Kizil) 천불동(千佛洞) 발굴 정리 사업을 처음으로 진행하였다.

1947년 7월 30일에 비행기를 타고 적화에서 난주로 가다가 조난 사고를 당하여 49세에 세상을 떠났다.

1989년 한락연의 딸 한인숙은 충남 예산군에서 북경으로 가 한건립, 한건행를 만났다. 한건립과 한건행은 한락연과 류옥하의 딸과 아들이다.

1926년 아내 최신애와 7살 된 딸 인숙이는 한락연의 편지를 받고 할빈시 마가구(馬家溝) 세집에서 한락연을 만났지만 봉천 경찰서와 밀정의 경계로 또 이별했다.

최신애와 한인숙은 할빈을 떠나 경성부, 원산, 청진 등 조선반도를 돌다가 용정으로 돌아와 한락연의 소식을 기다렸다. 그러다가 목단강에서 광복을 맞고 대한민국으로 향했다.

1947년 최신애는 딸 한인숙과 사위 그리고 두 외손자를 데리고 함경도로 건너갔다.

1950년 경성에 혼자 온 한인숙은 갑자기 6.25전쟁이 일어나면서 충남 예산까지 피란했다. 그렇게 충남 예산에 있으면서 한번도 북한에 다녀오지 못한 한인숙은 2010년 91세로 한 많은 이산가족의 아픔을 안고 세상을 마감했다.

용정에서 태어나 용정에서 가정을 이룬 한 가족은 역사의 소용돌이 속에 남편 한락연은 북경에, 아내 최신애는 조선에, 딸한인숙은 한국에 조용히 잠들고 있다.

아니, 천국에서 꼭 만나기를 기원한다!

선바위 총성

12월 31일, 간도에는 또 큰 눈이 내렸다.

이성운은 펑펑 쏟아지는 눈 속에서도 선바위 앞에 권총을 들고 우뚝 서서 한곳을 째려보더니 천천히 방아쇠를 당겼다.

"땅! 땅!" 하는 총소리가 울리더니 총알이 흰 눈을 쫙 가로지르고 날아가 선바위에 놓인 유리병을 맞추자 유리병이 산산조각이 났다.

"와! 맞혔슴다!"

옆에서 귀를 막고 서 있던 명화는 너무 좋아 퐁퐁 뛰었다.

육천근과 남궁용 그리고 철호단 단원들도 박수를 쳤다.

나라가 없으면 자유도 행복도 없다고 생각한 이성운은 독립하려면 총으로 맞서야 한다고 생각했다.

그래서 매일같이 사격훈련에 매진했다. 더욱이 영사관에 불 지를 때 총 쏠 줄 몰라 하마터면 큰 봉변을 당할 뻔했던 기억 때문에 총 사격에 더 열심히 매진했다.

이성운은 연기 나는 권총을 명화 앞에 내밀었다.

"쏴 봐!"

"싫슴다!"

"괜찮아, 내가 알려 줄게."

명화는 마지못해 총을 집어 들었다.

"오른손으로 총을 잡고 왼손은 오른손을 잡아. 그리고 천천히 들면서 왼쪽 눈을 감고 오른쪽 눈으로 보면서 저 병하고 가늠쇠와 가늠자가 일직선에 놓이게 한 다음 방아쇠를 천천히 당기면 돼!"

명화가 총이 무서운지 자세도 그렇고 총부리를 자꾸 아래로 향하게 들자 이성운은 명화의 뒤에 서더니 두 손으로 명화의 두 손을 잡았다.

그리고 귀속말로 말했다. "천천히 올려 봐."

명화는 이성운의 기습적인 행동에 숨이 막히며 심장이 터지는 것 같았다.

"자, 이제 일직선에 놓였으면 천천히 방아쇠를 당겨 봐."

명화가 힘이 풀려서인지 방아쇠를 당기기가 엄청 힘들었다.

"땅! 땅!"

갑자기 귀청을 째는 듯한 총소리와 함께 명화는 "악!" 하고 외마디 소리를 지르며 이성운 품에 밀착됐다. 이성운 몸에 부딪칠 때마다 명화는 이상한 기분이 들었다. 너무 좋았다. 너무 행복했다.

"짤랑!" 하는 소리와 함께 병이 깨졌다. 모두 "와!" 하고 환호했다.

이때 남자현이 양 손에 각각 하나씩 권총을 들고 나서더니 연속 멋지게 발사했다.

"땅! 땅!" 하는 총소리와 함께 가지런히 세워 놓은 병이 두 개 깨져 버렸다.

남자현은 흐뭇한 표정을 지으며 두 총구멍을 입 쪽으로 대더니 "호-" 하고 연기를 불었다.

"와!" 모두 너무 놀랍고 멋져 펄쩍 뛰면서 환호했다.

이성운도 대단하다며 엄지를 내보이더니 박수쳤다.

그때 이성운의 귓전에는 마치 안중근 의사가 박수치며 칭찬해 주는 것 같았다.

"잘했어!"

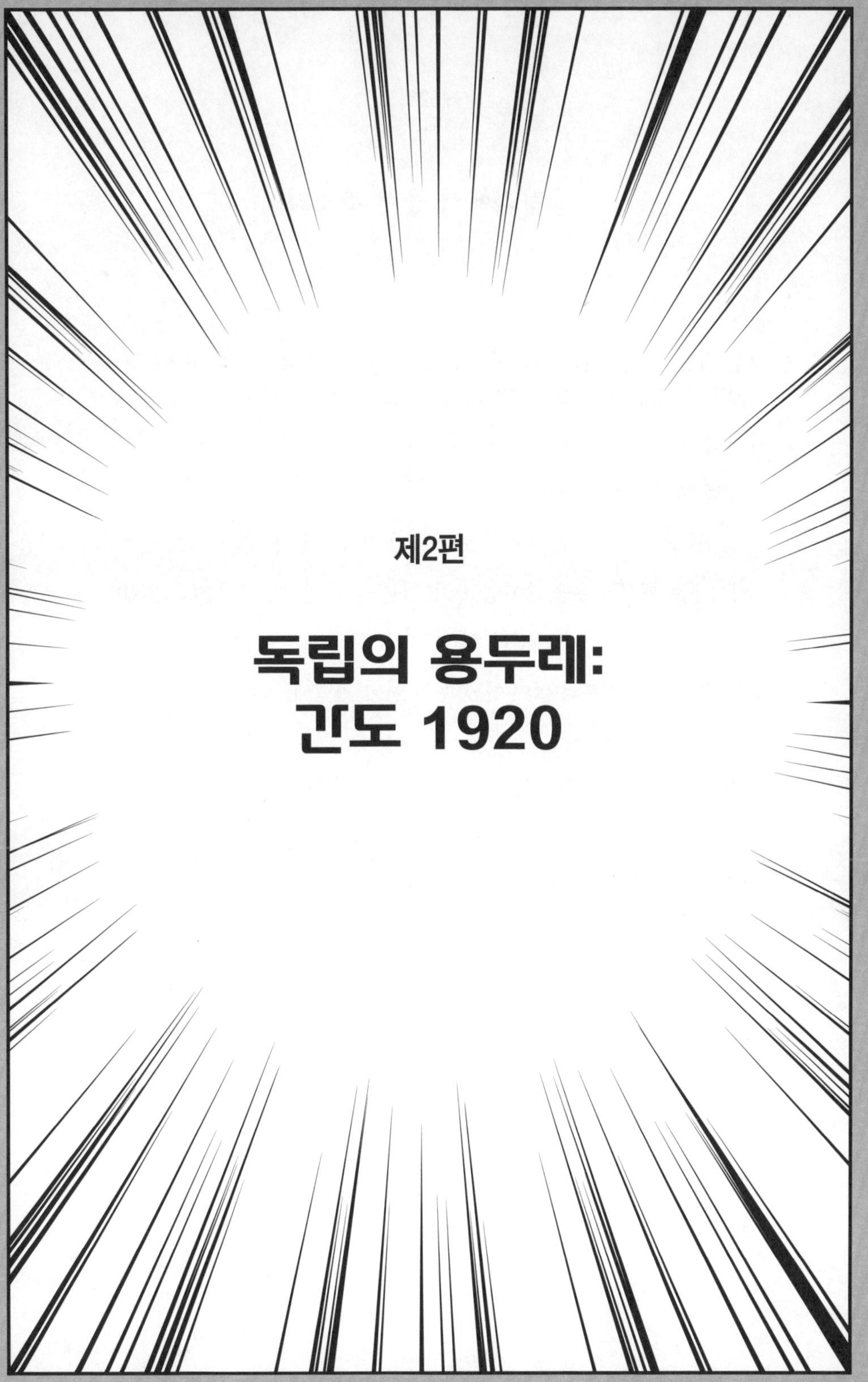

제2편

독립의 용두레:
간도 1920

동량리에서 울린 총소리

1920년 1월 1일, 목요일. 명동촌은 온밤 내린 눈으로 하얀 세상을 방불케 했다.

"새해 복 많이 받으세요!"

김약연 집안에는 온 가족이 다 모여 아침 일찍부터 세배를 드리고 있었다.

이성운도 깨끗한 옷을 갈아입고 어르신들부터 김약연까지 절을 올렸다.

"자네 경성에 엄마가 계신다 했지. 비록 우리 설은 아니지만 기분을 내 보게. 언젠가는 일본의 설이 아닌 우리 설이 될걸세. 자네도 새해 복 많이 받게."

김약연은 절하고 일어서는 이성운의 기분이 언짢은 거 같아서 웃으며 말했다.

"네. 감사합니다. 새해 복 많이 받으십시오!"

이성운이 옆으로 가서 서자 이번에는 명화가 분홍색 한복을 입고 절을 올렸다. 이어서 미운 3살 된 윤동주가 주위를 두리번거리며 엄마 손에 끌려 아장아장 걸어 나와 절을 올렸다. 그러자 기쁨의 박수가 요란하게 울렸다. 역시 집안에는 애들이 있어야 웃음이 있나 보다.

"오빠, 어디 가?"

명화가 뒤따라 나오며 집을 나서는 이성운을 불렀다.

"오. 천근이랑 동생들을 좀 보고 오려고."

이성운은 새해 첫날이라 육천근과 남궁용 형제들이 보고 싶어졌다.

이성운이 김약연에게 인사드리고 명화의 배웅을 받으며 대문을 나서는데 윤준희가 급한 표정을 짓고 헐레벌떡 뛰어왔다.

무광(武光) 윤준희(尹俊熙, 28세)는 1892년 함경북도 회령에서 태어나 3·1 운동 이후 서전서숙에 입학했다.

윤준희는 서전서숙을 졸업한 뒤 영신학교서 교원으로 있으면서 국민회 회장인 구춘선의 지도로 이익찬, 방원성과 함께 용정 제창병원 지하실에서 대한독립신문을 발행하고 있었다. 또 철혈광복단에 가입했다가 철호단으로 합병되면서 현재 소대장을 맡고 있었다.

"이단장, 어디 가? 할 말 있어."

"무슨 일이에요? 형!"

이성운은 급해 하는 윤준희를 이끌고 숙소로 돌아갔다. 문을 안으로 굳게 잠그고 이성운은 윤준희에게 다급하게 물었다.

"무슨 일 있으세요?"

"조선은행에서 철도부설 기금 15만 원(45억)을 일본총영사관에 보낸대. 그래서 말인데 이건 기회야! 우리 그거 탈취하지 않겠니?"

"네?! 그게 무슨 말씀이세요?!"

이성운은 뜻밖의 소식에 놀라 표정이 굳어졌다.

"내 매형이 조선은행 회령지점 은행원이야. 어제 저녁 우리 집에 설 쇠러 왔는데 만취해서 말하는 거 내가 다 엿 들었거든. 매형은 며칠 전에 망년회에 참석했다가 우연히 직원끼리 이야기하는 거 들었대."

"네. 그럼 돈은 언제쯤 보낸대요?"

"아마 이달 4일 아니면 5일이라는 것 같았어. 시간이 없어. 빨리 방법 찾아 봐.”

“네. 알았어요.”

이성운은 윤준희를 보낸 후 깊은 생각에 빠졌다. 이건 분명 큰 건이다! 또한 기회이기도 했다. 15만(45억) 원이면 엄청 큰 금액이다. 소총 5,000정과 탄환 50만 발을 구매할 수 있는 거금이었다.

일단 일본놈들한테 큰 타격을 줄 수 있고 군대를 무기로 무장할 수 있고 임정에도 큰 도움이 될 것이다. 그런데 임정에 보고하고 승낙받기에는 시간이 너무 촉박했다.

이성운은 직접 의거하기로 결단 내리고 곧바로 로후를 찾아갔다.

“무사불등삼보전(無事不登三寶殿)이라 했는데 아우가 또 무슨 일이야?”

“새해 인사 드릴 겸 왔습니다,”

“어서 와 앉아!”

이성운이 김약연 서재에 있던 인삼주를 갖고 가 선물로 주자 로후는 너무 좋아했다.

로후는 바로 술과 안주를 준비하게 했다. 로후는 짝태볶음과 삶은 돼지고기를 올리게 하고 이성운이 좋아하는 궈보러우를 시켰다. 지난번에 이성운이 처음으로 먹어 보고 새콤달콤한 게 너무 맛있다고 한 걸 기억하고 있었다.

“쭈니 신낸 콰이러(祝你新年快樂, 새해 복 많이 받어)! 간베이(乾杯)!”

“건배!”

이성운은 술잔이 몇 바퀴 돌자 슬슬 본론으로 말을 돌렸다.

“형, 저번에 수류탄을 주셔서 정말 유용하게 잘 사용했습니다.”

“아! 그거. 나도 들었어. 잘했어! 하하!”

“그래서 말인데요…”

"동생, 나는 통쾌한 사람이네. 옹졸한 사람 싫어하거던. 할 말 있으면 바로 말해."

"좋습니다. 형! 또 권총 5자루와 수류탄 6개를 부탁할게요. 급하게 쓸 일이 있습니다."

"나는 동생이 이런 부탁할 줄 알았네. 그런데 미안한데 수류탄은 없고 권총도 4자루뿐이네. 연말에 다 나가고 물건이 아직 들어오지 않았다네. 다르게 생각 말게. 자, 자!"

로후는 바로 부하들을 시켜 총을 가져오게 하고 이성운더러 건배하자며 술잔을 내밀었다.

"호우(好 좋아요)!"

이성운도 그것도 괜찮은지라 신나게 술잔을 부딪쳤다.

술 파티는 새벽 2시까지 계속 이어졌다.

이성운은 철호단 회비로 권총 값을 치르고 로후와 갈라진 후 숙소에서 잠깐 눈을 붙였다. 그리고 아침 일찍 학교로 나갔다.

이성운은 바로 철호단 지도자 극비회의를 열고 이번 작전에 참여할 총을 잘 다루는 6명을 최종 확정했다.

이성운은 6명을 두 조로 나누고 이성운, 육천근, 윤준희 3명은 매복조로, 임국정, 한상호, 최봉설은 습격조에 들게 했다.

상고(常高) 임국정(林國程, 26세)은 1894년 함경북도 함흥에서 태어나 간도로 이주했다. 그는 창동학교를 졸업하고 동림무관학교를 다녔다. 임국정은 3·13 운동 때 희생된 채창현과 동림무관학교 친구였다.

청운(淸雲) 한상호(韓相鎬, 21세)는 1899년 함경북도 경성에서 태어나 명동중학교를 졸업하고 와룡소학교에서 재직 중이었다.

이붕(以鵬) 최봉설(崔峰雪, 23세)은 1897년 연길현 와룡동(지금의 연길시 민흥촌)에서 태어나 창동학교를 다녔다. 또 나자구 군관학교에서 8개월 학습하였고 적안평 기독학교에서 체육교사로 있었다. 최봉설은 김하규의 딸 김신희와 결혼했으며 문익환 목사의 이모부다.

이성운은 한 사람에 하나씩 권총을 나누어 주고 육천근에게는 임국정이 급하게 구한 엽총을 주었다.

"뭐여? 다들 권총 주고 왜 나는 사냥총이유?"

이성운은 투덜대는 육천근을 쳐다보지도 않고 꿋꿋하게 말했다.

"이번 일은 우리 철호단이 처음 갖는 가장 큰 일입니다. 그리고 엄청 위험도 따를 거라 생각합니다. 어찌 보면 목숨도 잃을 수도 있습니다. 그래서 가족들한테도 이번 일은 무조건 비밀입니다. 비밀이 만에 하나 새게 되면 모두 옥살입니다. 매복조가 먼저 동정을 살핀 후 습격조에 알리면 양쪽에서 동시 사격하겠습니다. 그리고 토를 달지 않고 명령에 무조건 복종해야 합니다. 이를 어길 시 법으로 처리하겠습니다. 모두 아셨죠?"

"알겠어!"

"알겠습니다!

죽음을 두려워하지 않는 6명 젊은이의 패기에 평소와는 다르게 작은 방에는 비장한 기운이 감돌았다.

집에 돌아온 최봉설이 엎치락 뒤치락 잠 설치며 고민했다.

"봉설아, 무슨 일이야?"

아버지가 아들이 이상해 물었다. 최봉설은 아버지한테 거짓말하는 건 불효라고 생각되어 실토하고 말았다.

"아버님, 불효한 아들 용서하십시오. 저희들이 일본은행 돈을 탈취하기로 했습니다. 제가 잘못되는 건 괜찮은데 아버지도 걱정되고 애들도…"

"내 걱정은 말아. 괜찮아. 사내가 큰일 하는데 집안 걱정해서야 쓰겠나?!"

4일 아침, 이성운, 육천근, 윤준희는 약속 시간에 제때에 모여 용정에서 서남쪽으로 20여 리 떨어진 채바위골에 가 매복해 있으면서 동정을 살폈다. 그러나 하늘에 삿대질하듯 찬바람만 쌩쌩 불뿐 한참 기다려도 토끼 그림자 하나도 언뜻거리지 않았다.

"뭐여? 오는 게 맞긴 한겨? 추워 죽겄는디유."

이성운은 투덜대는 육천근을 아랑곳하지 않고 길 끝 쪽만 지켜봤다.

오후 5시경이 되자 이성운은 춥기도 하고 몸도 녹일 겸 육천근과 윤준희와 함께 근처에 있는 중국식당에 들어가 식사를 마쳤다. 그리고 혹시 그사이에 지나칠까 봐 바로 다시 나와서 길옆 버들방천에 또 매복했다.

겨울철이라 날이 빠르게 어두워졌다. 저녁이라 칼바람이 더 심해졌다.

이성운은 한 시간 더 기다려도 동정이 없자 아예 장재 방향으로 내려갔다.

육천근은 코가 빨개졌고 추워서 발을 동동 구르고 있었다. 언제 올지 모르고 정작 가자니 지나갈 것 같고 환장할 노릇이었다. 그렇게 30분이 또 지나갔다.

"이젠 안 와유. 내일 또 옵시다유." 육천근이 칭얼댔다.

이성운은 밝은 보름달 쳐다보면서 오늘은 철수하고 내일 다시 올까 생각 중인데 갑자기 용정 시내에서 남쪽으로 흐르는 류도하(六道河)를 따라 동남쪽으로 약 10리 지점인 승지촌과 가까운 동량리 입구에서 말발굽 소리가 간신히 들려왔다.

"온다!"

이성운은 바로 눈 위에 엎드려 말발굽 소리에 귀 쫑긋하며 듣고 또 들었다. 확실했다. 수송대였다.

이들 수송대는 아침 8시 반에 회령에서 출발했다. 일행은 도중에 점심 식사를 하려고 신흥평이라는 마을에 머문 것을 제외하고는 지금까지 한

번도 쉼 없이 이동했다. 그렇게 움직여야 수송대는 해가 진 뒤 용정에 닿을 수 있었다.

마상에 올라앉은 두 경관은 위풍당당했다. 경관 정복을 입고 허리에 군도를 차고 어깨에 장총을 메고 옆구리에는 육혈포까지 장착했다. 다른 대원들도 권총을 휴대했지만 말고삐를 쥐거나 직접 걸어야 했다.

이성운은 총을 들고 윤준희와 함께 버드나무 뒤에 매복했다.

"너는 빨리 가 알려!"

육천근은 이성운의 말이 끝나기도 전에 너무 추워 정신없이 냅다 뛰었다.

"와유!"

헐레벌떡 뛰어온 육천근으로부터 소식을 전해 들은 습격조는 근처 빈집에 대기하고 있다가 바로 총을 들고 수송대가 오고 있는 방향으로 달려갔다. 그들은 이성운 매복조와 조금 동떨어진 곳에 매복해 숨었다.

말발굽 소리가 점점 더 가까이 들렸다. 제일 앞에는 일본 순사 나가토모(長友)가 말을 탔고 그 옆에는 조선상인 진길풍이 걸어오고 있고 그 뒤에 현금을 실은 말과 우편물을 실은 말이 뒤따르고 있었다.

또 그 뒤로 조선은행 용정출장소 직원인 하루구찌와 회령출장소 서기 김용억이 말고삐를 쥐고 걸었고 그 옆에 일본인 우편수송인 가시하라이가 따르고 있었고 제일 뒤에 조선 순사 박연흡이 말 타고 따랐다.

어둠속에서 얼굴은 잘 보이지 않았지만 내린 흰 눈 때문에 사람의 검은 윤곽은 어렴풋이 보였다.

'진정하자, 진정해!'

이성운은 심장이 콩콩 뛰는 걸 느꼈다. 이성운은 수시로 자신을 단속했다. 자칫 실수라도 하면 오히려 자신뿐만 아니라 전우들의 생명이 위태로울 수도 있었다.

총싸움은 처음인지라 두 사람 모두 숨죽여 수송대가 지나가는 걸 지켜보고 있었다.

수송대가 바로 앞을 지나가자 이성운은 긴장한 나머지 머리카락이 곤두섰다.

수송대는 이성운과 윤준희를 지나 습격조가 있는 데로 오고 있었다. 모두 꼼짝 않고 총만 꽉 잡고 이성운의 발탄 명령만 떨어지길 기다렸다.

바로 그때 수송대가 멈춰 섰다. 이제 6km만 더 가면 목적지다. 용정 시내 불빛이 보이기 시작하자 앞서가던 선임 경관 나가토모 순사가 말을 세우며 말했다.

"저 아래 보이는 전기불빛은 용정 일본 영사관 지붕 위에서 비치는 것이다. 이제는 다 온 것이나 다름없다. 좀 쉬었다 가자!"

그 말에 일행은 모두 약속이나 한 듯이 긴장을 풀고 기뻐하며 약속이나 한 듯이 담배를 꼬나 물었다.

1909년 간도협약 때 청국은 일본에게 연길-회령을 잇는 길회선 철도부설권을 양도했었다. 1919년 10월에 철도 부설에 필요한 35만 원(105억)을 옮겼고 11월 중순에 28만 원(84억)을 또 안전하게 운반했다. 이미 두 번이나 무사히 옮긴 터라 모두 긴장을 풀었다.

"사격!"

이성운은 이때다 싶어 벌떡 일어나서 제일 뒤 박연흡부터 총을 쏘았다. "땅!" 하는 총소리와 함께 조선순사는 맥없이 말위에서 떨어졌다. 총소리에 깜짝 놀란 나가토모가 급히 총을 꺼내 들었다. 그때 수송대 앞쪽에 잠복해 있던 임국정이가 일어서서 고개 돌린 나가토모를 향해 총으로 머리를 쏘자 그 일본 순사도 즉사해서 말에서 떨어졌다.

이성운이 다시 총을 겨냥해 급히 허리춤에서 총을 꺼내려던 용정출장소

하루구찌를 향해 총을 쏘자 그놈도 맥없이 뒤로 쓰러졌다. 총소리에 놀란 나머지 사람들은 다리야 날 살리라고 산지사방으로 흩어져 도망쳤다.

최봉설은 자기를 향해 정신없이 달려오는 조선 상인 진길풍을 향해 총을 쏘자 진길풍은 관통상을 입고 쓰러졌다. 김용억도 헐레벌떡 도망갔지만 결국 뒤쫓아 간 윤준희 총에 맞아 죽었다. 가시하라이는 앞으로 도망가다가 한상호의 총에 맞아 죽었다.

육천근은 아무리 방아쇠를 당겨도 총알이 나가지 않자 성질이 나 엽총을 땅에 던져 버렸다. 그리고 임국정의 총을 빼앗아 보니까 그 사이 다 도망가고 보이지 않았다.

"뭐여?! 왜 내 총은 안 쏴지는겨유?"

"나 참! 장전하지 않고 어떻게 쏴지냐?"

임국정은 엽총을 꺾어 보더니 어이가 없는 듯 피식 웃었다.

육천근은 긴장했는지 장전하는 걸 깜빡했다.

이성운은 처음으로 사람을 죽여 엄청 떨렸지만 성공하여 기쁨을 금치 못했다.

"우리 성공했어요!"

"와!"

여섯 명은 서로 끌어안고 승리를 자축했다.

이성운은 놀란 말들을 쓰다듬어 진정시킨 다음 끌고 4km쯤 걸어 소팔포강 동쪽 골짜기에 가서 철궤를 열고 돈을 확인해 보았다. 철궤 안에는 5원권 지폐 200장을 묶은 다발이 100개 즉 10만 원(30억)과 10원권 지폐 100장을 묶은 다발이 50개 즉 5만 원(15억), 도합 15만 원(45억)이 들어 있었다.

"이렇게 많은 돈을 어떻게 처리하지?"

이성운은 시일이 촉박하다 보니 돈을 탈취하는 데만 골몰했지 정작 이 많은 돈이 손에 들어오니 어떻게 처리했으면 좋을지 몰랐다.

역시 모두 묵묵무답이었다.

"일단 저희 집에 가서 다시 상론해 보지 않겠어?"

최봉설이 침묵을 깨고 한마디 했다.

"그게 좋을 거 같네요. 천근아, 넌 먼저 모아산에 가 피해 있어."

"뭐여? 돈 좀 생기니 동생도 몰라라 하는 거유? 와, 사람 좋게 봤는데 혼자 먹고 튀겠다는 거유?"

"자식! 잔말 말고 빨리 가!"

이성운은 일단 투덜대는 육천근을 모아산에 가 피신하게 하고 나머지 사람들과 돈을 나누어 메고 해란강을 건너 백석구를 지나 다음 날 새벽 80리 눈길을 걸어 와룡동 최봉설의 집에 도착했다.

"왔어?"

집에는 최봉설과 한상호의 부친이 걱정스러운 표정으로 날 새면서 그들을 기다리고 있었다.

그들은 의심받을까 봐 바로 두 부친이 준비해 둔 한복 두루마기로 바꿔 입었다.

최봉설의 아버지와 한상호의 아버지는 창동학교 설립 발기인이며 후원자였다. 최봉설의 아버지가 최봉설의 고민을 듣고 겉으로는 괜찮은 척했지만 속이 타 한상호 아버지와 상의했다. 그렇게 둘은 아들들의 거사가 무사하기를 속이 타게 기다렸다.

용정 일본총영사관은 발칵 뒤집혔다. 사이토는 그날 저녁 10시 경관대 11명을 현장에 급파했다. 그랬지만 이미 떠난 이성운 일행을 어디 가 찾겠는가!

"빠가야로!"

이튿날 아침, 사이토는 화가 치밀어 노발대발했다. 이때 지사꾸 경찰서 장이 뛰어와 사이토한테 보고했다.

"어제 복부 관통상을 입은 진길풍이라는 자가 유일한 생존자인데 한 시간 전에 죽어 버렸습니다. 그런데 죽기 전 그놈의 말에 의하면 분명 '사격'이라는 조선말을 들었답니다. 그리고 이어 10여 발의 총소리가 들려왔답니다. 분명 총기를 휴대한 조선인 마적 십 수 명이라고 했습니다."

"그럼 뭘 해? 빨리 가서 잡아 와."

"하잇!"

지사꾸 경찰서장은 경례하고 급하게 뛰쳐나갔다.

경찰들은 사건 현장에서 60m 떨어진 농경지에서 구식 엽총의 총신을 발견했고, 서북쪽 100m 지점 산기슭에 버려진 우편물 행낭을 발견했다. 그 외엔 아무런 단서도 잡지 못했다.

1월 6일, 궁지에 몰린 지사꾸는 100여 명의 경찰들을 명동에 파견하여 조선 간민들을 마구잡이로 검거하며 강제 체포했다. 그리고 재암골, 남양동, 동량 같은 사건 현장 부근 조선인 마을을 샅샅이 수색하게 했다.

또 경찰들이 명동학교 소재지 장재촌, 창동학원 소재지 와룡동에서 무고한 사람들을 별 증거 없이 구타하고 수색해 한동안 청국과 러시아 국경 지대의 교통이 두절되기도 했다.

일본 영사관에서 연길도윤 장세전에게 혐의자 색출에 협조해 줄 것을 요청하자 연길도윤공서에서는 '포고 제2호'를 반포하여 15만 원 탈취 사건의 혐의자를 신고한 자에게 포상을 한다는 현상문을 내걸었다. 그리고 상인들에게는 5원과 10원 지폐 사용자를 즉시 관서에 보고할 것을 훈시했다.

    독립의 용두레: 간도 1919-20

밀정

지사꾸 경찰서장은 현장 조사 결과 아무런 단서가 나오지 않자 머리가 터질 것 같았다.

"이렇게 날짜와 경로까지 정확하게 아는거봐선 분명 내부자가 있는거 같은데요?"

"요시(よし-알았어)! 조선은행 직원들 내부자 나올 때까지 모조리 심문해!"

이마를 잡고 골앓이를 하던 사이토는 어쩌다 영특한 말을 하는 지사꾸를 보며 웃었다.

조선은행에 일본 경찰들이 들이 닥쳐 한 명 한 명씩 조선인 은행원을 심문했다. 결국 조선은행 서기 전홍섭(31세)이 체포되었다.

전홍섭은 수원고등농림학교를 졸업하고 조선은행에 입사해 1918년 6월 부터 용정출장소에 근무하고 있었다. 그가 바로 윤준희의 매형이었다.

그러나 기쁨도 잠시 그 어떤 고문에도 전홍섭이 입을 꾹 다물고 말하지 않는 바람에 사건이 진전이 없었다.

사이토가 또 머리 아파 이마를 붙잡고 있는데 영사관 사환으로 고용된 김인승이라는 자가 찾아왔다.

"영사님, 제가 윤준희라는 자가 설날 아침에 명동으로 급히 뛰어가는 걸 본 적이 있습니다. 그리고 요즘 그놈을 보지 못했습니다. 또 그자가 제창병원에서 최봉설이라는 자와도 몇 차례 만난 적도 있습니다. 혹시 이 사건과 연관이 있지 않을까요?”

“소까(そうか-그래)?!”

사이토는 눈알을 좌우로 연속 돌리더니 표독스러운 얼굴에 음흉한 웃음을 머금었다.

1월 10일, 일본 경찰 37명과 장작림이 파견한 관헌 53명이 와룡동에 파견되었다. 중일공동수색대는 와룡동을 포위하고 100여 민가를 전부 수색했다.

“어디 갔소까?”

급기야 최봉설의 부친 최병국과 동생 최봉준을 체포하고 범인 소재지를 밝히라며 가혹한 고문을 이어 갔다.

“지금 일본경찰이 주요 도로와 고개에 쫙 깔려 오가는 사람들을 검문하고 있어!”

이성운 일행은 이미 소문을 듣고 도착 한 그날 밤 바로 와룡동을 떠나 40리 길을 걸어 왕청현 이란구 철혈광복단 김포수네 가옥에 도착해 일주일 동안 머물고 있었다.

“신한촌에 가 무기를 구매하지 않겠어?”

“그래야 될거 같네요. 갑시다.”

1차 세계대전이 끝나 체코군이 귀국하면서 모든 무기를 매각하고 있었다. 신한촌은 무기 거래 온상이 되고 있었다.

이성운 일행은 다시 길을 떠나 4일 만에 러시아 국경 너머에 있는 모커우에 이르러 일주일을 보낸 후 1월 23일 밤 9시에 배를 타고 24일에 최종 목적지인 블라디보스토크 신한촌에 도착했다.

블라디보스토크에는 은밀히 거래되는 무기시장이 있었다. 그곳에서 소총 1자루와 탄환 100발 한 세트를 30원(90만) 정도면 살 수 있었다. 수류탄

한 개도 50원(150만)이었다. 기관총 1문을 구매하는 데 200원(600만)이면 족했다.

1919년 당시 수원에 사는 4인 가족이 가장 월급 25원(75만)으로 근근이 생활할 수 있었으니 수류탄 하나가 두 달 월급에 맞먹었다.

이성운 일행은 광성중학교 교사였다가 지금 대한국민의회 군정부장인 김하석(40세)의 안내로 신한촌의 채성하 집에 머물었다가 신한촌 하바롭스키야 거리 5호에 있는 박참봉의 집으로 숙소를 옮겼다.

김하석과 김규면은 러시아에서 소총 2,000자루와 다량의 탄약을 구매해 홍범도 부대와 안무의 국민회군에 보냈는데 배가 풍랑에 침몰되는 바람에 돌아가지 못하고 있었다.

"김하석 씨한테 무기 구매를 의뢰하면 어떨까요?"

이성운이 모두를 불러 고민을 털어놓았다.

"이단장, 좋긴 한데 하도 금액이 많아서 그렇네. 사실 여기에 내 아는 형님이 살고 계신데 신한촌에서는 아주 명망이 높고 독립운동에 앞장 선 분이야. 그분한테 무기 구매를 의뢰해 보면 어떨까?"

임국정이 이성운한테 다가가 말했다.

"그러세요? 그런데 믿을 만합니까?"

"오. 내가 5년 전 나자구 사관학교 자금 조달을 위해 그 학교 사관생 40명과 함께 우랄산맥에서 벌목 노동할 때 나와 결의형제를 맺었어. 의사와도 결의형제를 맺었던 분이야. 러시아어도 잘하고 외국어도 능숙해."

"안중근 의사 말씀이십니까?"

"그렇지. 그분과 의형제를 맺으신 엄인섭이라는 분이야."

"네. 많이 들었습니다. 그럼 지금 갈까요?"

영월(映越) 엄인섭(嚴仁燮, 45세)은 1875년 함경북도 경흥에서 태어나 어린 시절에 부모를 따라 러시아 연해주로 이주했다.

1907년 엄인섭은 블라디보스토크에 머물던 안중근, 김기룡과 결의형제를 맺었다. 총을 지닌 그들은 함경북도에 주둔 중인 일본 수비대를 공격하고 경흥의 일본 정찰대를 격파했다.

1910년 권업회에서 간부로 활약 중이던 엄인섭은 연해주 한인사회에서 가장 명망 높은 독립운동가중 한 명이었다.

이성운은 곧 임국정과 함께 박참봉의 안내로 엄인섭의 집에 갔다. 엄인섭은 반갑게 맞아 주었다.

"이 먼 곳까지 오시느라 고생들 많았소. 근데 무슨 일로 왔소?"

"간도에서 독립 투쟁하려면 총이 필요해서요."

"좋은 생각이오. 총이 있어야지. 총은 몇 자루가 필요하우?"

"일단 소총 1,000자루, 탄약 100상자, 기관총 10문이 필요합니다."

"걱정하지 마오. 내가 이곳에 무기 매매를 하는 사람들을 많이 알고 있소. 그 사람들과 연계해서 알아본 다음 다시 곧 연락하겠소."

"감사합니다. 여기 박참봉 씨 집으로 연락하면 됩니다."

엄인섭의 시원스런 대답에 이성운은 먼저 1만 원(3억)을 선불금으로 주었다.

"잘 부탁드립니다."

이성운은 시름 놓은 듯 기분 좋게 엄인섭과 악수하고 엄인섭의 집을 나왔다.

엄인섭은 이성운과 임국정이 떠난 걸 확인한 후 무기 구매처로 가는 길에 방향을 바꿔 바로 총총걸음으로 연해주 일본총영사관으로 향했다.

엄인섭은 사실 1908년 6월 10일 회령전투에서 5,000명의 일본군과의 격전 끝에 대패하고 체포돼 그해 11월부터 12년간 밀정으로 활동하고 있었다.

엄인섭은 1911년 반일 언론인 '대양보' 간행을 막기 위해 93kg에 달하는 한글 활자 1만 6천 개를 몰래 버렸고 밀정 서영선이 신분이 탄로 나자 한밤중에 몰래 탈출을 도와주기도 했다.

1912년 연해주 한인들의 독립운동단체 '둔전영'의 블라디보스토크의 대표였던 엄인섭은 일본총영사관에 회의록을 낱낱이 밀고했다.

1920년 1월 31일 새벽3시, 일본 헌병 한 개 소대가 박참봉의 집을 습격했다. '쾅!' 하는 소리와 함께 문이 박살나며 총칼을 든 일본 헌병들이 집에 우르르 들어섰다. 어두운 방에는 손전등 불빛이 마구 빗발쳤다.

이성운은 인기척 소리에 벌떡 일어나 베개를 던져 혼란한 틈을 타 앞에 헌병을 날렵하게 발로 차 넘어뜨리고 뒷문을 열고 도망갔다.

"땅! 땅!"

최봉설은 뒤따라 도망치다가 왼쪽 어깨에 날아오는 총탄을 맞고 뒤울안에 넘어졌다.

이성운은 다시 달려와 최봉설을 부축하여 둘이 장재(나무판 담장)를 뛰어넘고 옆집 벽에 숨었다.

어둠 속에서도 총을 꼬나 든 헌병이 지나가는 게 보였다. 이성운은 달려가 발로 그 헌병을 콱 차서 넘어뜨렸다. 앞에 헌병이 외마디 소리를 지르며 넘어지자 뒤에 따라오던 일본 헌병이 무슨 영문인지 몰라 멍해 있더니 다시 총을 겨누며 천천히 걸어왔다.

이성운이 갑자기 그 놈 앞에 나타나 발로 얼굴을 차고 다시 가슴을 차자 그 뒤에 쫓아오던 일본 헌병들 쪽으로 넘어지면서 모두가 넘어졌다.

이성운은 최봉설의 오른팔을 잡고 아무르스카야 거리를 횡단해 근처의 한 러시아인 노부부의 집에 숨었다.

이성운이 문을 두드리자 마음씨 착한 노부부는 피 흘리는 최봉설을 발견하고 어서 들어오라고 손짓하며 집에 들였다. 그리고 고맙게도 노부부는 날이 밝자 일본 헌병의 눈을 피해 개인 의사를 불러 최봉설을 처치시켜 주었다.

자다가 봉변을 당한 윤준희, 임국정, 한상호는 그 자리에서 체포되었다.

이성운과 임국정, 한상호, 최봉설의 권총은 전날 저녁 김하석이 전단지 나르는 데 필요하다며 빌려갔다. 윤준희에게만 총이 있었다. 그러나 윤준희가 완강히 저항하며 총을 꺼내려 하자 일본헌병이 총창으로 머리를 쳐 바로 결박당했다. 일본 헌병들은 박참봉의 집안을 샅샅이 뒤져 14만 원(42억) 모두 압수해 갔다.

이성운은 아무리 생각해 봐도 이렇게 빠르게 일본 헌병들이 쳐들어온 게 도저히 이해가 되지 않았다. 분명 누가 비밀을 누설한 게 틀림없었다.

권총을 빌려 간 김하석일까? 체포하기 쉽게 총을 빌려 간 건가? 그런데 김하석은 무기 구매 사실을 전혀 모르고 있었다.

불현듯 이성운의 뇌리에 엄인섭이 떠올랐다. 설마? 그렇지만 여기까지 와서 이 사실을 아는 사람은 엄인섭 한 사람밖에 없었다.

이성운은 벌떡 일어섰다. 이성운의 얼굴은 점점 창백해졌다.

"어르신, 잘 부탁드립니다."

날이 휘역휘역 어두워지자 이성운은 최봉설을 잘 부탁한다며 노부부와 작별 인사를 하고 노부부 집을 나섰다.

이성운은 뜨문뜨문 켜져 있는 가로등 불빛을 지나 엄인섭의 집에 도착했다. 희미한 불빛이 창문으로 비쳐 나오고 집안에서는 남녀가 시시덕거리는 소리가 음탕하게 들려왔다.

"으응!"

애교 섞인 목소리로 아양 떠는 여자는 목소리만 들어도 앳돼 보였다.

이성운은 순간 발로 힘차게 문을 걷어찼다. 문이 "쾅!" 하고 열리자 여자는 놀라서 괴성을 지르며 두 손으로 머리를 감싸 쥐면서 이불에 머리를 처박았다.

놀란 엄인섭은 알몸으로 엉기적뚱기적 기면서 방구석으로 도망갔다.

"땅! 땅!"

엄인섭은 구석에 있는 책상 서랍에서 권총을 꺼내 들어 이성운을 향해 총을 쐈다.

이성운은 앞으로 한 바퀴 구르면서 총알을 피했다. 이성운이 구른 자리에는 총알이 박히면서 솜털이 팍팍 날렸다.

한 바퀴 굴러 앉은 자세를 취한 이성운은 바닥에 있던 구리 젓가락을 집어 엄인섭을 향해 던졌다.

"슝! 슝!"

돌면서 날아가던 젓가락 하나가 엄인섭의 오른손에 꽂혔고 다른 하나는 오른쪽 눈에 가 박혔다.

"으악!"

엄인섭이 총을 방바닥에 떨어뜨리며 눈을 붙잡는 순간 이성운은 급히 달려가 발을 쫙 뻗어 엄인섭의 목을 조이며 벽에 밀어붙였다.

"왜 그랬어? 왜?"

이성운은 씩씩거리는 엄인섭을 째려보며 실성하듯 소리 질렀다. 이성운이 다시 발을 떼자 엄인섭은 손으로 목을 붙잡고 가쁜 숨을 몰아쉬며 풀썩 주저앉았다.

엄인섭은 일본 헌병에 잡힐 줄 알았던 이성운을 알아보자 화들짝 놀랐다.

"우리가… 우리가 목숨 바쳐 혁명한다고 누가 보상해 주나? 이 가슴에 총알 박히고 피 흘려 싸워도 누가 나를 밥 한번 사 준 적 있었어? 이 추운 겨울에 추워서 벌벌 떨고 배 촐촐 굶으면서 밥 한 끼 제대로 먹지도 못하면서 그렇게 해 봤자 뭐가 남는데?"

"그래서? 그렇다고 동지를 팔아? 얼마를 받았는데?"

이성운은 바닥에 떨어진 권총을 주워 엄인섭의 머리를 겨냥하며 물었다.

"난 너네를 넘기는 조건으로 1만 원(3억) 받았어. 이 돈이면 죽을 때까지 평생 호의호식할 수 있어. 내가 그 돈 다… 아니 1만 원 더해서 너에게 줄게. 목숨만 살려 줘."

"닥쳐. 이 개 같은 새끼야. 누가 그 더러운 돈 바란대? 우리는 대한독립을 위해 싸우는 거지 그 따위는 바라지도 않아!"

"잘못했어! 잘못했으니 제발 목숨만 살려 줘!"

엄인섭은 무릎 꿇고 젓가락 박힌 오른손을 왼손과 모아 싹싹 빌었다. 오른쪽 눈에서는 피가 계속 줄줄 흐르고 있었다.

"이미 늦었어!"

이성운은 이불을 엄인섭의 머리 위에 씌웠다. 그리고는 이불에 권총을 대고 방아쇠를 당겼다.

"땅!" 하는 총소리와 함께 엄인섭은 이불을 쓴 채로 옆으로 쓰러졌다. 머리로부터 피가 질펀하게 흘러내려 이불을 적셨다.

이성운은 벽에 붙어 앉아 옷가지로 가슴을 가리고 사시나무 떨듯 떠는 여자를 째려보다가 죽이지 않고 엄인섭의 집을 나섰다.

재회

이튿날 이성운은 아무르만에서 상해로 가는 배에 앉았다.

이성운은 온갖 고초를 다 겪으면서 거의 한 달 만에 상해에 도착해 제일 먼저 상해 하비로 321호에 있는 임시 정부청사로 갔다.

인력거에서 내리자 2층 양옥집 형태의 건물이 보였다. 1, 2층 출입문은 M자 모양의 구조물로 똑같게 지어졌고 1, 2층에 모두 경무원 4명씩 망을 보고 있어 그럴싸해 보였다.

이성운이 계단에 올라서자 두 경무원이 앞을 막아서며 신분증을 보자고 했다. 마침 경무실에서 나오던 김구가 이성운을 알아보고 웃으며 맞아 주었다.

"간도특파원이 아니오?"

"경무국장님 안녕하십니까?"

"하하하!"

김구와 이성운은 서로 반갑게 포옹했다.

"반갑소. 그 먼 데서 무슨 일로 또 왔소?"

"네. 보고드릴 게 있어서요. 근데 국장님은 어디에 가십니까?"

"오. 내일 3·1절 1주년 기념식이 올림픽대극장에서 열린다네. 그래서 보안 때문에 확인할 게 있어서 잠깐 갔다 와야겠네. 먼저 올라가 얘기 나누게."

"네. 알겠습니다. 이따 또 뵙겠습니다."

김구는 몇몇 경무원들을 데리고 씩씩하게 계단을 내려갔다.

이성운은 김구를 한동안 지켜보다가 미소를 머금고 계단을 올라가 청사에 들어섰다.

한 경무원이 이성운을 안내했다. 문을 여니 김구의 경무실이 보였고 그 옆에 노동국 총판실, 교통총장실, 학무총장실, 법무총장실이 있었다.

2층 올라가는 계단에도 경무원 2명이 총을 차고 차렷 자세로 지키고 서 있었다. 2층 올라가니 재무총장실, 내무총장실, 외무총장실 그리고 국무총리실과 대통령실이 있었다.

각 방마다 책상이 꽉 다 차고 하얀 적삼에 넥타이를 매고 업무를 보는 사람들이 엄청 많아졌다.

이성운은 마지막 두 번째 방 앞에 멈춰 서서 국무총리실 문을 가볍게 두드렸다.

"네. 들어오세요!"

이성운이 문을 여니 마침 회의가 끝나 모두가 일어서고 있었다. 이동휘는 이성운을 알아보고 환하게 웃으며 맞아 주었다.

"이게 누기야?! 간도 특파원이 왔구만. 어서 들어오게. 아! 모두 인사하게! 간도 특파원 이성운일세."

"안녕하십니까?"

이성운은 허리 굽혀 인사 올렸다.

"여긴 내무총장 이동녕이구 여긴 법무총장 신규식 그리고 여긴 학무총장 김규식, 재무총장 이시영, 노동국 총판 안창호네."

이성운은 한 분 한 분씩 악수하며 인사 올렸다.

"수고 많네!"

모두 반갑게 악수하며 환영해 주었다. 모두 자기 사무실로 돌아가자 이동휘는 차를 타는 한 여성을 소개시켜 주었다.

"어핀(얼른) 앉소. 아! 안동무, 인사하오!"

"안녕하십니까? 이성운입니다."

"네. 안녕하세요? 안경신이라 합니다."

"감사합니다."

이성운이 의자에 앉아 차를 받으면서 그 여인을 보니 이쁜 얼굴에 왠지 모를 그늘이 져 있었다.

청란(靑蘭) 안경신(安敬信, 33세)은 1888년 평안남도 대동면 오금리에서 태어났다. 평안여자고등보통학교 기예과에 2년 다니다가 중퇴하고 결혼했으나 남편과 사별했다.

평양에서 3·1 운동이 일어나자 군중을 선동하여 만세를 부르다가 체포되어 29일간 구류당했다.

1919년 11월 오신도, 안정석과 '대한애국부인회'를 조직해 8개 지부 가운데 강서지부의 모은 군자금 2,400원 등 군자금을 임시 정부에 전달하는 교통부원 일을 했다.

그러다가 2월 초 106명이 일본 경찰에 체포되자 남자친구 김행일을 따라 임정에 와 있었다.

"바쁘실 텐데요?"

"과이찮소."

"전에 주소대로 갔더니만 이사 갔다더군요."

"아, 김신부로 22호 청사? 이젠 한 나라 정부가 격식도 갖추고 해야지. 안창호 내무총장이 미주에서 돈을 찬조 받아 여기로 온 거요."

"네. 언제 오신 거예요?"

"한 반년 됐나? 여긴 프랑스 조계지라 안전하네. 저기 맞은편에 손문 사무실이 있네."

"아! 그러세요?"

이성운이 일어서서 창문으로 반대쪽 건물을 내다보며 찬탄을 금치 못했다.

"이 서류는 무엇입니까?"

이성운이 다시 앉다가 이동휘 책상 위에 놓인 붓으로 쓰인 문서를 발견하고 묻자 이동휘는 웃으며 말했다.

"아! 이거… 올해는 독립전쟁의 해요. 1월 24일 임정 군무부가 포고 제1호를 발표해 전 국민에게 독립전쟁에 참가할 것을 호소하고 있소."

"네. 정말 기쁜 소식이네요!"

"며칠 전에 대한독립단, 한족회, 대한청년단연합회 등의 대표들이 여기에 와서 남서 간도 일대의 독립무장투쟁을 설명하고 위의 결의안 시행에 대한 승인을 요청하고 허락을 받고 갔소."

"저희 북간도 무장단체들도 하루빨리 단합시켜 큰 무장대오를 조직하겠습니다."

"좋소. 그래야지. 그리고 얼마 전 노백린이 캘리포니아주에 한인비행사 양성소를 설립했소. 우린 육군뿐만 아니라 공군도 양성해야잖겠소?"

"군무총장 말씀이십니까?"

"맞소. 근데 여긴 무슨 일로 왔소?"

"네. 보고드릴 게 있습니다. 제가 1월 초 철혈단 단원들을 데리고 조선은행 15만 원을 빼앗아 연해주에 가 총을 사려 했는데 엄인섭한테 속아 다 빼앗기고 말았습니다. 먼저 보고드리지 못해 정말 죄송합니다!"

"장수가 전장에 있으면 그때 상황에 따라 지휘권을 행사할 수도 있는 법

독립의 용두레: 간도 1919-20

이지. 괜이찮소. 근데 그 엄인섭이면 안중근 의사의 의형제고 독립영웅이지 않소?"

"맞습니다. 그런데 지금은 밀정이었습니다. 그래서 제가 죽여 버렸습니다!"

"음. 밀정이라…?"

"네. 우리 일을 아는 사람은 연해주에서 엄인섭뿐이었습니다. 그 이튿날 새벽에 일본 경찰이 들이 닥쳤구요. 엄인섭의 자백 또한 받아냈습니다."

"잘했소. 그런 일이 있었구만. 그리고 앞으로도 바로바로 보고 안 해도 되니 잘 부탁드리겠소."

"감사합니다. 그럼 다시 간도로 가 보겠습니다."

이성운이 일어서려는데 두 청년이 웃으며 들어섰다.

"형!"

"이게 누구야? 청용이 아니냐?"

"여긴 어떻게 왔심니까? 간도로 갔다고 해서 그렇잖아도 형 찾아가려고 하던 참인데."

"그래 반갑다. 나도 네가 간 다음 은근히 걱정 많이 했어. 간 일은 잘되었어?"

"네. 다행히 군자금 무사히 갖고 왔슴네다."

"오. 그런데 이건 헌영이 아니야?"

이성운은 옆에서 시물시물 웃는 박헌영을 보더니 어깨를 툭 치며 말했다.

"그래. 인마. 잘 있었어?"

"근데 형은 이 헌영 형을 어떻게 암네까?"

"오. 지난해 서울 시위 때 날 구해 준 은인이지."

"뭐 그렇게까지? 근데 지금 어디로 갈려고?"

"난 다시 간도로 가야 해. 만나서 반가웠어."

"형. 나도 같이 가겠슴다!"

"총리님, 청용이 여기서 할 일이 없으면 저와 같이 가도 되겠습니까?"

"괜찮네. 같이 가게나. 근데 잠깐만!"

이성운이 임청용과 함께 떠나려고 하자 이동휘는 말렸다.

"내일 독립선언일인 3·1절 1주년 기념식을 하니 참석하고 가게나. 아까 우리가 이 기념식 때문에 회의를 한 걸세."

이성운이 생각해 보니 그것도 좋을 거 같았다. 어찌 보면 희생된 선열들, 특히 연숙이의 죽음이 헛되지 않은 것 같아 조금은 위로가 되는 것 같았다.

"네. 알겠습니다. 감사합니다!"

3월 1일 상해 남경서로 762호 올림픽대극장은 인산인해를 이루었다. 김구는 사처로 뛰어다니면서 지시하고 있고 경무원들이 총을 지니고 주위를 살피며 임정요인들의 안전에 극히 신경을 쓰고 있었다.

12시가 거의 되자 이동휘, 이동녕, 신규식, 김규식, 이시영, 안창호, 신채호, 차균상, 손두환, 황일청, 박지명, 손정황, 김형균, 고일청, 엄항섭, 양헌, 도인권, 김여제, 이유필, 김병조, 김립, 장건상, 윤현진, 이규홍, 이춘숙, 정인과, 김용정, 차원여, 한응화, 김태준, 신덕만, 이규서, 권태용, 임득산, 황학수, 안현경, 김복형, 조봉길, 윤창만, 박인국, 이원익, 김희준, 최진석, 정제형, 김덕선, 명순조, 김영희, 김보연, 황진남, 김홍서, 정태희, 김홍운, 장원택, 유홍환, 김붕준, 장신국 그리고 신한청년당의 김규식, 여운형, 손정도, 조소앙, 김철, 선우혁, 한진교, 신석우, 현순, 신익희, 조성환, 이광, 최근우, 백남칠, 김대지, 남형우, 조완구, 진희창, 신철, 이영근, 조동진, 김동삼 등 임정요인들이 하나 둘씩 모이더니 극장에 들어섰다.

1년 사이에 이날은 조선대표 33인으로부터 임정요인 80여 명이 참석한 국경일로 되었고 이성운도 한 유학생으로부터 임정의 한 요원이 되어 있었다.

　장내에 울려 퍼지는 "대한 독립 만세!" 소리에 이성운은 정말 뿌듯하고 감격스러웠다.

　이성운은 뜻 깊은 여운을 남기고 이동휘, 김구, 조소앙, 박헌영 등과 인사한 후 임청용과 함께 간도로 출발했다.

　며칠 낮밤을 헤매 저녁녘에 모아산 동굴에 도착한 이성운과 임청용은 동굴 입구에 곰 같은 검은 물체가 움직이는 걸 보고 일단 몸을 숨겼다.

　"뭐여? 오늘도 안 오시남유?"

　그 뚱뚱한 검은 물체는 씩씩거리며 동굴로 들어가려 했다.

　얼굴에 수염이 자라 전혀 알아볼 수 없었지만 목소리를 듣고 육천근임을 알아챈 이성운은 벌떡 일어나 소리쳤다.

　"꼼짝 말고 손 들엇!"

　"뭐여? 이게 누구슈? 귀신이유, 사람이유?"

　육천근은 시물시물 웃는 이성운을 알아보고 좋아서 헐레벌떡 뛰어왔다.

　육천근은 이성운 팔을 붙잡고 좋아서 해맑은 얼굴로 말했다.

　"뭐여? 살아 있었슈?"

　"그럼! 내가 누군데!"

　"도대체 어디 갔다 인제야 온 거유?"

　육천근은 손으로 볼을 비틀어 보고서야 현실임을 깨닫고 갑자기 눈물을 뚝뚝 떨구며 주먹으로 땅을 쳤다.

　"무슨 일 있었어? 왜 그래? 동생들은 다 잘 있어?"

　이성운은 심상치 않음을 눈치 채고 걱정스레 육천근을 일으켜 세우며 물었다.

　"어휴… 어느 날 갑자기 그 이회덕이란 자가 일본 경찰 끌고 와서는 여길 쳐들어와부렸슈. 그놈들이 동생들을 모조리 다 잡아갔시유. 나는 그냥 오줌 싸러 잠깐 나왔다가, 그 틈에 간신히 겨우 도망쳤걸랑유. 그래서… 여기서 지금껏 형 올 날만을 손꼽아 기다리고 있었슈."

"오. 그럼 남궁용은 어떻게 되었어? 소식 몰라?"

"몰라유… 아마도… 영사관에 잡혀가 부렸을지도 모르겠슈… 그놈들 눈에 뵈는 게 없었잖유…그 날 동생들 얼굴도 제대로 못 보고, 비명 소리만 귀에 맴도는디… 아직도 생생혀유… 형, 이제 우짜면 좋겠슈…?"

"음. 그거 안됐군. 천천히 방법 대 보자. 아! 인사해. 여긴 천하의 제일 창 임청용이고 이쪽은 충청도 꼬리 없는 소 육천근이야."

"뭐여? 소문으로만 듣던 그 임청용이여? 그렇잖아도 한번 붙어보고 싶었는디 말여. 오늘 이 자리에서 누가 진짜인지 함 보자구유! 괜히 소문만 무성한 거 아녀유? 이 참에 확인 좀 해봅시다잉"

"하하. 자식!"

육천근은 두 주먹 쥐고 임청용과 싸울 자세를 취하면서 이성운을 아래위로 쳐다보더니 다시 발끈했다.

"뭐여? 이 거지꼴은 뭐여? 그때 그 은행 돈은 다 어디다 쓴 거유? 설마 설마… 다 도박판에 탕진했슈? 이래가지고는 앞으로 믿을 놈 하나도 없겠구먼유! 에이, 한심허다 한심혀…"

이성운은 아무 말도 하지 않고 돌아서서 명동을 향해 종종걸음으로 모아산을 내려갔다.

"아유, 형님! 천천히 가유. 화투 칠 거면 나한테 한 수 배워야제? 내가 이래도 한때 잘 나가던 화투 고수라구유!"

육천근은 툴툴거리며 이성운과 임청용 뒤를 따라갔다.

명동은 이미 어둠이 어둑어둑 내려 환한 달빛 아래 문풍지를 한 뒤뜰 창문으로 흘러나오는 등잔 불볕에 그래도 포근함을 느꼈다.

이성운은 김약연 집 앞에 발걸음을 멈춰 서서 집안의 동정을 살핀 후 문을 밀어 보았다. 문은 안으로 꽁꽁 잠겨 있었다.

이성운은 문을 두드리려다가 주위 사람들이 인기척을 듣고 몰려올까 봐 "뻐꾹! 뻐꾹!" 하고 뻐꾸기 울음소리를 냈다.

"오빠!"

추위 속에서도 바깥마당에서 서성대며 이성운을 매일 기다리던 명화는 뻐꾸기 울음소리를 듣더니 바로 문을 열고 뛰쳐나왔다.

어둠 속에 우두커니 서 있는 세 사람 가운데서도 고독하지만 따뜻한 이성운의 눈길과 마주치자 이성운을 알아 본 명화는 한달음에 달려와 이성운의 품에 와락 안겼다. 그리고 눈에는 뜨거운 눈물이 마구 흘러내렸다.

이성운도 온몸이 따뜻해지며 심장이 마구 곤두박질치는 걸 느꼈다. 이성운은 저도 모르게 명화를 품에 꼭 껴안았다.

"에헴! 오늘 밤 달이 참 곱구만유!"

육천근은 당황한 나머지 헛기침하며 돌아서서 달을 쳐다보는 척했다.

명화는 머리를 들고 두 손으로 이성운의 볼을 쓰다듬더니 걱정스러운 눈길로 이성운을 쳐다보며 물었다.

"어디에 있었소? 밥은 먹고 다니오?"

"오. 잘 있었어? 김 교장선생님은 잘 지내서?"

이성운이 손으로 명화의 눈물을 닦아 주며 김약연을 묻자 명화는 또 고개를 떨구며 눈물을 흘렸다.

"아버진 일본 경찰한테 끌려갔소. 오빠가 어디 있냐고 따지는데 모르신다고 하니…"

이성운은 화가 치밀어 주먹으로 대문을 쾅 내리쳤다.

　육천근은 갑자기 뭔가 생각나는지라 신나서 이성운한테 다가가 한마디 했다.

　"에구야, 형님, 영사관에 출근하는 김인승이라는 자가 윤준희를 밀고했대유. 그래서 지금 형도 현상수배범이고. 신고하면 그 얼마 준다더라?"

　이성운은 화가 치밀어 육천근과 임청용을 데리고 어디론가 가려고 돌아섰다.

　"오빠! 나도 따라가겠소!"

　명화는 무작정 따라나섰다. 이성운은 생각 못했던터라 명화의 두 팔을 붙잡고 말했다.

　"안 돼. 너무 위험해. 내가 매달 20일 일송정에 갈 테니 우리 그곳에서 만나자. 알았지? 아…!"

　이성운은 깜빡했다는 듯 품속에서 머리핀을 꺼내 명화한테 주었다. 지난번에 상해에 갔을 때 명화가 상해역 앞 길거리 노점상이 파는 머리핀이 이쁘다고 했는데 도끼파가 갑자기 나타나는 바람에 못 사 주었었다. 그것이 항상 마음에 걸렸었다. 그래서 이번에 상해에 다녀오며 하나 샀다.

　"오빠, 이게 뭘까?!"

　명화는 활짝 웃으며 머리핀을 받아 달에 비춰 보았다.

　"생일 축하해!"

　"고맙습다!"

　명화는 감동받아 두 눈에 눈물이 빙그르 돌았다.

　이성운은 그런 명화를 보면서 몸을 돌려 떠났다.

　명화는 어둠 속에 사라지는 이성운의 모습을 오래오래 지켜보며 손 저어 바랬다.

　명화는 이성운이 더는 보이지 않자 급히 집안으로 들어가 머리핀을 머리에 꽂고 거울을 들여다보았다.

이렇게 저렇게 아무리 봐도 이뻤다! 오늘처럼 오래 거울을 들여다본 적이 또 있었을까?!

명화의 두 눈은 행복에 겨워 더 반짝거렸다.

친일파 처단

찬바람이 쌩쌩 불어치는 허허벌판에 두 팔이 끈에 묶이고 무릎을 꿇은 채로 머리에 주머니가 씌워진 두 사람이 부스럭댔다.

"주머니를 벗겨 봐!"

육천근이 다가가 주머니를 벗기니 입에 천을 틀어막고 주위를 살피는 흰 비단 옷에 피둥피둥한 이회덕과 가냘픈 얼굴을 하고 수척해 보이는 팔자 수염을 한 김인승이가 쥐 눈알 굴리듯 주위 동정을 살폈다.

"어쭈! 그사이 살이 많이 쪘네. 재미가 좋은가 봐! 우리 동생들은 잘 있겠지?"

"죽을죄를 지었습니다. 한 번만, 제발 한 번만 더 살려 주십시오."

끈으로 입을 묶었지만 이회덕은 살려 달라고 애걸복걸했다.

"시끄러! 기회를 준 것 같은데."

이성운이 손짓하자 육천근이 칼을 꺼내 이회덕의 목을 긋자 이회덕은 피를 뿌리며 옆으로 쓰러졌다.

김인승은 옆에서 죽어 가는 이회덕을 보자 낯이 새파래졌다.

"당신들은 누구시오? 왜 나한테 이러는 게요?"

"시치미 떼시겠다? 윤준희는 지금 어디 있는데?"

"아! 잘못했습니다. 제발 살려 주십시오!"

김인승은 이성운 쪽으로 무릎걸음 하여 오더니 머리를 땅에 박으며 사정했다.

"이런 썩을 놈 같으니, 네깟 놈한텐 탄알이 아깝다."

이성운은 또 손짓하자 이번에는 임청용이 왼손으로 김인승의 머리를 잡고 오른손으로 칼을 꺼내 김인승의 가슴에 칼을 박았다.

"으악!"

김인승이가 외마디 소리를 지르자 임청용은 칼을 다시 뽑으면서 발로 김인승의 가슴을 콱 걸어찼다. 김인승은 그 자세 그대로 뒤로 저 멀리 날아가 땅에 떨어지더니 푹 뻐드러졌다.

"형, 이제 우리는 어디로 갈 겁니까?"

"이제부터 우리는 군자금을 모으고 친일파를 처단할 거다."

"형, 제가 저번에 경성에 군자금 받으러 갔을 때 선천에서 군자금을 임정에 보내지 못해 수소문한다는 소식을 들었슴네다. 거길 가지 않겠슴네까?"

"좋아. 거길 가자!"

이성운이 앞장서 가자 그 뒤로 두 사람이 따라 섰다. 세 사람은 두 시체를 지나 선천군을 향해 터벅터벅 걸어갔다.

악질 친일 면장 처단

선천(宣川)군은 평안북도 남서부에 위치한 면적이 641㎢이며 쌀과 콩, 금이 많이 나는 인구 10만의 아담한 고장이다.

선천군은 1읍 8면인데 그 중 태산면은 황해와 연결되어 있다. 고려 때부터 선천군은 교통의 요지이며 수산물, 농산물, 광산물 등의 선천장으로도 유명했다.

또 이 사람으로도 유명하다.

1811년 이곳 선천부사로 있던 김익순이 선비들과 며칠간 잔치를 베풀다가 취하여 새벽에 농민 반란군 홍경래에게 체포되어 항복했다.

20살 때 과거시험에 김익순을 비난하는 시로 과거에 급제한 김병연은 김익순이 바로 자신의 조부라는 걸 어머니로부터 알게 되자 수치로 여겨 벼슬을 버리고 금강산을 시작으로 전국을 방랑하기 시작했다. 57살 때 전라도 동복현에서 생을 마감한 그가 바로 방랑시인 김삿갓이다.

이성운, 임청용, 육천근은 간도와 달리 2층 건물이 즐비한 선천읍내 번화가 한 음식점에서 밥을 먹고 있었다.

이성운은 가게 테이블 위에 3월 5일 〈조선일보〉 창간호가 있어 무슨 내용인가 들여다보는데 누군가 〈독립신문〉을 배포하며 지나가는 게 보였다.

이성운은 밥을 먹다 말고 뒤쫓아 가 여쭤봤다. 처음엔 그 사람은 낯선 사람 3명이 뒤를 밟자 당황해하며 도망갔다.

결국 길 어귀에서 3명에게 잡히고 말았다.

"놀라지 마오. 나는 간도에서 온 임정특파원 이성운이오."

그 사람은 이성운이 온화하게 말하자 안심했다.

"나는 자네들이 일본특무인 줄 알고 혼이 났지 뭣이오! 근데 뭐 땜시 그러오?"

"아까 보니 〈독립신문〉을 배포하던데 여기 대한독립청년단 소속이 아닌지 모르겠소? 임정하고 연락을 취하기를 원한다 들었소."

"맞지라. 나는 엄승도라 캅데이!"

장공(將孔) 엄승도(嚴承道, 25살 평북)는 1920년 2월에 박인항, 박규명과 함께 대한독립청년단을 창립해 군자금을 모금하고 있었다.

"같이 가보지라우."

엄승도는 더는 의심하지 않고 곧 이성운 등을 박인항의 집으로 안내했다.

"어서 오지라우."

엄승도의 소개를 듣고 원봉(原峰) 박인항(朴仁恒, 23살 평북)은 반갑게 맞아 주었다.

"난 이성운이오. 임정의 간도특파원이오. 이쪽은 임청용, 저쪽은 육천근이오. 둘 다 내 동생이오."

"반갑지라우. 우리가 군자금 1,000원(3천만)쯤 모아 놨는디 임정이랑 연락 좀 해볼라캤지라."

이때 옆에 있던 인항의 형인 박인혁이 미간을 찌푸리며 걱정스러운 표정으로 말했다.

"그런디 말이오. 군자금 넘기믄 면장이 그거 알아채고 곧바로 순사 놈들한테 찔러 낼 낌새요."

"면장이라니요?"

박인혁은 표정이 굳어가며 격분해서 말했다.

"우리 태산면에 김병준이라는 면장이 있지라우. 이 자석이 작년 3월 1일 만세 나설 적에도 나서지 말라카고는, 시위 막으려 앞장섰지라. 그 탓에 학생들 여럿이 밀고 당해 순사들한테 끌려가 잡혀갔지요."

1919년 3월 1일 오후2시 신성중학교(1906년 건교) 홍성익 교사를 비롯한 사생 300여 명이 태극기를 들고 선천군청과 경찰서 앞에서 시위행진을 했는데 일본 군경의 발포로 강신혁이 그 자리에서 죽고 12명이 부상을 입었고 60여 명이 체포되었었다.

신성중학교는 1911년 105인 사건 때 신성학교 건교자인 양전백과 김석창 등 많은 교사와 학생들이 대거 검거되어서 유명했다.

이 신성중학교 졸업생 중에는 서울 세브란스병원 원장 문창모, 대한인국민회 총회장 이대위, 광복 후 김구주석의 비서 장준하 등 많은 독립운동가들이 있다.

"그런 놈은 죽여 버려야합니다."

이성운이 한마디 하자 모두 머리를 끄덕이며 "그라지요, 옳지라!" 하면서 주먹을 쥐었다.

이튿날 아침, 이성운 등 일행은 엄승도의 안내를 받아 태산면 면사무소로 찾아가 면장 김병준과 서기 김은기를 불러냈다.

"난 임정의 간도특파원 이성운이오. 임정에서 지금 군자금이 필요하니 당신들은 동조해야겠소."

이성운의 말을 들은 김병준은 펄펄 뛰었다.

"이건 또 어디서 굴러먹다 온 개뼈다귀야? 김서기, 빨리 경찰서에 연락해 이 강도 같은 놈들을 다 잡아가."

이성운은 이 말을 듣자 바로 서슴없이 품에서 권총을 꺼내 김병준 가슴에 향해 방아쇠를 당겼다.

"땅!" 하는 총소리와 함께 김병준은 뒤로 벌렁 쓰러졌다. 이성운은 땅에 뻐드러진 김병준 가슴을 향해 한 발 더 갈겼다. 김병준은 머리를 옆으로 귀울리더니 더는 움직이지 않았다.

이성운은 다시 총을 김은기한테 대자 김은기는 "잠깐 기다리십시오" 하더니 허둥지둥 뛰어갔다. 육천근은 딴 짓 할까봐 바로 뒤따라갔다.

김은기는 주머니에 든 돈 749원(2,250만)을 갖고 나왔다.

"이것밖에 없소. 정말이오."

이성운은 그 돈을 받아 임청용한테 넘겨주었다. 그리고 바로 면사무소를 빠져나와 박인항네 집에 들러 박인혁이 준비한 1,000원(3천만)도 마저 받아서 간도로 떠났다.

선천에는 사이렌 소리가 어지럽게 사처에서 울리며 일경들이 이성운을 잡기 위해 거리를 봉쇄하고 낱낱이 수색하며 날뛰었다.

"빠가야로!"

일본총영사관에서는 사이토가 왔다갔다 몇 번 하더니 주먹으로 책상을 "쾅!" 내리쳤다.

그 소리에 옆에 서 있던 지사꾸 경찰서장이 화뜰 놀라 안경 뒤 눈알을 굴리며 사이토 영사의 눈치만 살폈다.

"이성운이란 자가 도대체 어떤 놈이길래 여기서도 사람 죽이고 평안남도에까지 가 사람 죽여서 총독부에서까지 전화가 오게 만든 단 말이야?"

사이토는 화가 나 고래고래 소리 질렀다.

"그놈이 축지법을 쓰는 게 아닐까요?"

"이런! 이런! 이런 멍청한 자식… 네가 친구만 아니었어도 경찰서장 자리를 내놓은 지 오래됐어."

사이토는 손가락질하다가 지사꾸 멱살을 잡으며 벽에 밀쳤다.

"제가 압니다."

이때 옆에서 타로가 의미심장한 웃음을 지으며 말했다.

"네가 여기 온 지 얼마 되었다고 그 자식을 안다는 거야?"

"저의 동창입니다. 일본에서 같이 대학 다닐 땐 아주 얌전하고 어리숙했었는데 아마 3·1 폭동 때 여자 친구가 죽은 모양입니다. 그때로부터 사람이 돌변한 것 같습니다."

"그래서 뭐 어쩌겠다는 거야? 우리 대일본과 싸워 보기라도 하겠다는 거야? 어리석은 자식!"

"지난해 제가 여기 왔을 때 이성운을 좋아하는 여자아이가 있는 듯싶었습니다. 혹시 그 여자를 24시 밀행하게 되면 그놈을 잡을 수 있지 않을까요?"

"요시! 그게 좋을 것 같네. 역시 타로는 머리가 좋아!"

사이토와 지사꾸는 동시에 음흉한 웃음을 지었다.

"빨리 가 사람 붙혀."

"하잇!"

지사꾸 경찰서장은 경례하고 바로 뛰어나갔다.

신한촌 참변

"뭐여? 간도로 가는 길은 이쪽이잖아유?"

이성운과 임청용을 헐떡거리며 뒤쫓아 가던 육천근은 볼멘소리로 말했다.

"알아."

"그럼 형님, 지금 도대체 어디 가는겨유?"

육천근은 멈춰 서서 못마땅한 표정을 지었다.

"연해주에 다녀와야겠어. 가기 싫으면 돌아가."

이성운은 멈춰 서지 않고 계속 걸으면서 뒤도 돌아보지 않고 대답했다.

"에이~ 누가 싫다 했슈? 그저… 형님 혼자 또 위험한 길 가실까봐 내 마음이 조마조마해서 그렇다는 거지유."

육천근은 할 수 없다는 듯 머리를 절레절레 저으며 뒤쫓아갔다.

신한촌, 1920년 1월에 러시아 혁명군이 블라디보스토크를 장악해서 거리에는 혁명군이 총을 메고 줄 지어 다니는 걸 수시로 볼 수 있었다. 그리고 아름다운 러시아 여인들도 많았다.

"뭐여? 여기 여자들은 눈이 왜 그리 새파란 겨? 눈에 물감이라도 칠한 거 아녀유? 참말로 신기허구먼유. 우리 동네서 저런 눈빛 봤다간, 귀신인 줄 알고 다 도망가겠슈!"

"신경 꺼."

한 농가에 도착한 이성운은 마당에 나와 있는 노부부를 발견하고 급히 다가가 인사했다.

"안녕하십니까?"

이성운을 알아본 노부부는 너무 반가워 일하던 그릇을 던지고 달려와 이성운 손을 덥석 잡고 쓰다듬었다.

"잘 지냈어?"

노부부는 한인들과 많이 접촉해서인지 한국말을 잘했다.

"네. 잘 지내셨어요?"

"그럼. 그렇잖아도 살아 있는지 궁금했었는데 이렇게 나타나니 넘 반갑구만. 어서 들어가게."

이성운이 들어가길 조금 머뭇거리자 노부부는 뒤에 멍하니 서 있는 임청용과 육천근을 바라보았다.

"제 동생들입니다."

그러자 노부부는 그들도 집 안으로 들어오라며 등 떠밀었다.

집 안은 예전 그대로였다.

"근데 그때 다쳤던 친구는 어딜 가고 없어요?"

"아! 봉설이. 그 친구는 이만에 가 대한의용군사회사관학교에서 공부하고 있구만."

"네. 그랬구만요. 상처는 다 나은 모양이네요?"

"그럼."

"봉설의 친구들은 어떻게 되었습니까?"

"그때 체포되어 청진으로 갔다가 서대문형무소로 갔다는 소리가 있더구만. 근데 어디 갔다 왔어?"

"저야 뭐 이쪽 저쪽 다녔죠. 상해도 다녀오고 간도도 가고요."

"그럼 여긴 무슨 일로 또 왔어?"

"네. 어머님 아버님 잘 지내시는가 하고요. 허! 허!"

"자네가 가고 엄인섭이라는 사람이 죽어서 난리 났잖아? 살인범 잡는다고 온 동네 다 수색하고."

"네. 요즘도 그러나요?"

"요즘도 장난 아니네. 암튼 오늘은 여기서 자고 가게나."

"네. 감사합니다. 그럼 하루 신세 좀 지겠습니다."

노부부는 따뜻한 음식을 마련해 대접했다. 세 사람은 밥을 맛나게 먹은 다음 일단 하룻밤 이곳에서 묵기로 했다.

이튿날, 이성운은 신한촌 〈대동공보〉 신문사 앞에 서서 간판을 읽어 보다가 신문사 안에 들어섰다.

"무슨 일이십니까?" 신문 편집에 여념이 없는 60대 사장님이 신문을 정리하면서 문 쪽을 향해 물었다.

"최재형 사장님을 만나러 왔습니다."

최재형이란 말에 세 사나이를 놀랍게 바라보던 도헌 최재형은 다시 물었다.

"난데 무슨 일이오?"

"네. 반갑습니다. 저는 간도특파원 이성운입니다."

"오. 반갑소. 많이 들었소. 어서 오오."

최재형은 반갑게 맞아 주면서 의자에 앉으라고 손짓하며 최재형도 옆자리에 앉았다.

"신문사가 좀 작소."

"그래도 꽤 규모가 있어 보이네요. 언제부터 시작하신 거예요?"

"한 10년 된 거 같소. 정재관이도 객원기자로 있었지. 아! 안중근이도 마지막에 여기에 있다 갔지. 우리 집에서 총 연습도 했고. 그 이토를 쏜 8연발 부라우닝식 권총도 내가 여기서 구해 줬구만."

"아! 그러셨어요? 정말 대단하십니다. 근데 회장님께서는 왜 임정에서 권장한 재무청장을 마다하셨습니까?"

"아! 그거 그러는가? 내 나이 올해 63이네. 이젠 젊은 사람들에게 자리를 내줘야지. 그리고 여기 내 처자식만 10명 넘게 있네. 다시 말해 여기 할 일도 많고. 어느 곳에 있든 우리 마음은 하나로 뭉쳐서 투쟁해야만 독립할 수 있는 게 아니겠소?!"

"네. 지당한 말씀이십니다."

"근데 여기는 무슨 일로 왔소?"

"저번에 제가 와서 인사도 못 드렸고 엄인섭도 처단했는데 외조카라고 들었습니다. 정말 죄송합니다."

"아니. 독립을 위하는 길에 방해되는 자는 그 누구든 간에 처리해야 되는 거요!"

"네. 이해해 주셔서 감사합니다. 요즘 일본놈들이 날뛰고 있다는데 괜찮겠습니까?"

"음, 저번 달에 사할린 의용대가 니콜리스크를 공격하여 일본군과 일본 거류민을 모두 죽였다고 들었소. 아마 일본놈들이 가만있지는 않을 거요."

1917년 러시아에 레닌의 10월 혁명이 일어나자 일본은 1918년 4월 시베리아 주재 자국민을 보호한다는 명목하에 일본군을 파견했고 백군을 지원했다.

1920년 3월 12일, 사령관 박일리야는 1919년에 조직된 사할린 의용대 200명을 거느리고 2,000명의 러시아 적군과 함께 니콜리스크를 공격하여 일본군과 일본 거류민 등 700여 명을 모두 사살했다. 러시아 적군도 백군과 러시아인 3,000여 명을 잔인하게 살해했다.

니콜리스크는 블라디보스토크에서 북쪽으로 100km 떨어진 도시다.

"그럼 회장님은 빨리 피하셔야 하지 않겠습니까?"

"괜찮소. 내가 가면 내 처자식들은 어딜 가겠소? 일단 우리 집에 가기오."

"네. 감사합니다."

4월 5일 이른 새벽, 일본 헌병은 신한촌을 기습하여 한민학교와 한민보관 등 주요 건물을 불태우고 지나가는 한인만 보면 총을 쏴 무고한 한인들을 학살했다. 4일 밤부터 니콜리스크를 시작으로 학살을 감행하고 있었다.

"꼼짝 말고 손 들었!"

최재형 집에도 일본 헌병들이 빼곡히 총을 들고 들어섰다. 몇 달 전 박참봉의 집에서 최봉설과 함께 도망칠 땐 뒤울안이 있었는데 최재형 집은 뒤로 빠지는 문이 없었다.

이성운은 순순히 머리에 손을 얹고 체포되었다. 여기서 총을 쏘면 최재형의 온 가족이 위험했다. 육천근, 임청용도 어쩔 수 없이 뒤따랐다. 최재형도 예외가 아니었다.

최재형의 마누라와 아들, 며느리, 손주들은 다 마당에 끌려 나왔다. 어린 손주들은 울면서 아빠 옷자락을 잡았다.

일본놈들이 사정없이 총 박죽으로 애들을 두들겼고 그걸 막으려는 최재형의 마누라를 향해 총을 사격했다.

"여보!"

최재형이 아내한테 달려가려 하자 일본 헌병들은 양편에 팔을 결박해서 군용차에 마구 실었다. 이성운도 총자루에 마구 밀려서 차에 탔다.

"땅! 땅!"

총소리가 자지러지게 울리더니 최재형 가족 모두가 총에 맞아 울안에 쓰러졌다. 어린아이들은 더는 울지 못하고 피 못에 쓰러졌다.

10여 대의 군용차는 100여 명 사람들을 체포해 뽀얀 먼지를 일구며 출발했다. 이들은 흑룡강성에 있는 일본 헌병 본부로 압송되고 있었다.

일본 헌병은 몇 시간도 안 돼 니콜리스크에서 70여 명, 블라디보스토크에서 50여 명을 체포하고 김이직, 엄주필, 황경섭 등 한인지도자 90명이 포함된 한인과 러시아인 7,000여 명을 학살했다. 니콜리스크를 공격한 조선인과 적군에 대한 보복이었다.

군용차는 한참 달려 슈이푼이라는 한 작은 마을에 멈춰 섰다. 니콜리스크시 남쪽 군사 경계선 근처에 온 것이었다.

이성운은 육천근에게 눈짓했다.

육천근은 알았다는 듯이 일본 헌병에게 다가가 소변이 마렵다고 소변보는 시늉을 하자 일본 헌병은 턱으로 가리키며 내려가라 했다.

이성운도 이때다 싶어 같이 소변보겠다며 일어섰다. 일본 헌병은 귀찮은 듯 내려가라 했다.

이성운과 육천근이 먼저 차에서 뛰어내리는데 임청용도 일어서자 일본 헌병들은 깜짝 놀라 벌떡 일어서며 총을 집어 들었다.

임청용은 바로 일본 헌병들 쪽으로 몸을 날렸다. 일본 헌병들은 임청용에 밀려 뒤로 벌렁 나자빠졌다.

"빨리 뛰세요!"

임청용은 앉아 있는 최재형에게 고함을 질렀다. 멍해 있던 최재형도 정신이 드는지라 벌떡 일어나더니 차에서 뛰어내려 임청용과 함께 앞으로 달렸다.

임청용의 외침 소리에 다른 차량의 몇몇 사람들도 뛰어내려 도망치기 시작했다.

당황한 일본 헌병들이 마구 총을 쏘아 댔다. 총소리가 나자 차에 탄 모든 일본 헌병들은 일제히 총을 겨누며 차에 탄 조선인들을 위협했다.

달리던 몇몇 사람들이 총에 맞아 쓰러졌다. 허둥지둥 달리던 최재형도 총에 맞아 쓰러졌다.

임청용은 쓰러진 최재형을 볼 사이 없이 뛰다가 갈림길에서 이성운과 육천근 반대쪽으로 뛰었다. 다른 차량의 사람들 몇 명도 임청용을 따라 도망갔다.

일본 헌병들은 총을 쏘면서 임청용 쪽으로 뛰어갔다. 임청용은 얼마 못가 일본 헌병이 쏜 총에 맞아 옆으로 넘어갔다.

"청용아!" 이성운은 속으로 울부짖었다. 더는 총소리가 없자 임청용이 잘못되었음을 직감했다.

이성운은 눈물을 머금고 육천근과 한 집 모퉁이에 몸을 숨겼다. 일본헌병들은 뭐라 지껄이더니 시체를 그대로 두고 다시 출발했다.

이성운은 차 소리가 멀어지고 조용해지자 일어나 임청용의 시체가 있는데로 갔다.

"청용아!"

이성운은 한달음에 달려가 차가운 청용의 시체를 끌어안고 목 놓아 울었다.

이성운이 임청용의 안쪽 호주머니에서 유품을 꺼내 보니 돈 1,749원과 아리따운 여성의 사진이 나왔다. 임청용의 엄마 사진 같아 보였다.

이성운과 육천근은 임청용과 최재형의 시체를 근처의 산기슭에 묻고 돌로 무덤을 만든 후 절을 하고 간도로 출발했다.

대한북로독군부

이성운과 육천근은 천신만고 끝에 봉오동에 도착했다. 명동은 일본 영사관에서 이성운을 잡자고 득달대고 있어 갈 수 없었다.

봉오동 최진동의 집 앞에 도착한 이성운은 주위에 총을 잡고 서 있는 부대를 보고 깜짝 놀랐다.

"무슨 일이십니까?"

권총을 찬 한 사람이 이성운의 앞을 막아섰다. 다른 두 사람이 소총을 잡고 호위하고 있었다.

"최진동 도독(都督)을 만나러 왔습니다. 간도에서 이성운이 찾아왔다고 전달해 주시겠습니까?"

"잠깐 기다리시오."

그 사람이 다시 부하한테 전달하자 부하가 대문을 열고 안으로 들어갔다.

"이게 누군가? 어서 오게나. 어떻게 여기까지 찾아왔나?"

최진동이 대문 밖까지 나와 반갑게 이성운을 맞아 주었다.

"안녕하십니까?"

이성운이 인사했다.

"마침 잘 왔네."

"근데 아침부터 웬 군인들이 저렇게 많이 모였습니까?"

"허허허."

이성운이 웃는 최진동을 따라 집에 들어서니 집안에는 손님 두 분이 와 있었다. 그런데 모두 허리에 권총을 차고 있어 분위기가 어마무시했다.

"인사하게. 이분은 대한독립군 사령관 홍범도 장군이시고 이분은 국민회군 총 사령관 안무 장군이네. 이 청년은 간도특파원 이성운입니다."

이성운은 저절로 허리가 굽혀지며 인사 올렸다.

"안녕하십니까?"

안무와 홍범도는 이성운을 보자 일어나 악수하며 반갑게 맞아 주었다.

안무는 1920년 3월 국민회군이 창설되자 사령관으로 임명되었다. 영준하게 생긴 안무와 달리 홍범도는 부리부리한 두 눈에 팔자 콧수염을 하고 의자에 다리를 꼬고 앉아 있는 포스가 늠름했다.

홍범도는 1919년 8월부터 왕청현 나자구와 하마탕에서 안무와 수시로 연락을 취하며 연합전선을 도모하고 있었다.

"많이 들었습니다. 인사 늦었습니다. 장군님."

이성운이 홍범도에게 다시 한번 더 인사드렸다.

"오. 자네가 이성운이군. 나도 많이 들었소."

"옆에 있는 친구는 누군가?"

최진동이 묻자 이성운은 그때서야 긴장돼서 육천근을 소개하는 걸 깜빡한 게 생각났다.

"네. 죄송합니다. 제가 깜빡했네요. 제 동생입니다. 제천의 천하장사 육천근입니다."

"뭐여? 제천이 아니라 충북에서 힘 좀 씁니다유."

육천근은 허리 굽혀 인사하며 겸연쩍게 웃었다.

"허허허. 천하장사군. 근데 요즘 세월엔 힘장사도 총알 앞에선 힘 제대로 못 쓰거던."

홍범도의 농담에 육천근은 주눅이 쭉 들어 찍소리 못하고 잠자코 있었다.

"장군님은 갑산, 혜산, 만포진, 강계 등 일제관공서 34곳을 습격했고 자성에서 일군 70여 명 사살했다면서요?"

분위기가 어색하자 이성운은 홍범도 장군을 칭찬하며 말을 돌렸다.

"허허. 벌써 자네한테까지 소문이 났는가?!"

홍범도는 쑥스러워하면서도 내심 기뻐했다.

"역시 장군님은 대단하십니다. 근데 무슨 일로 이렇게 모이셨습니까?"

최진동은 웃으면서 이성운을 보더니 말했다.

"우리는 지금 연합전선을 묶으려고 회의하고 있었네. 오. 자네가 간도특파원이니 잘 되었네."

"네. 그게 임정에서 바라는 것입니다. 우리는 통일되고 규모가 큰 군대가 있어야 합니다. 외람된 말씀인데 지금 군대와 무기는 어떤 규모입니까?"

"형님, 나 잠깐 밖에 나가 있겠슈."

육천근은 이성운 귓가에 속삭이듯 말하고 밖으로 나갔다.

최진동이 먼저 입을 열었다.

"우리 군무도독부에는 270명 군인에 소총 200정, 탄약 1만 2천 발, 수류탄 120개, 기관총 2문이 있소."

안무가 이어 말했다.

"우리 국민회군에는 300명 군인에 소총 500정, 권총 150정, 망원경 7개가 있소."

홍범도도 말했다.

"우리 대한독립군엔 460명 군인에 소총 200정, 탄약 4만 발, 권총 50정이 있지."

"네. 모두 정말 대단하시네요. 그런데 만약에 통합하신 다음에 군대는

    독립의 용두레: 간도 1919-20

누가 지휘할 겁니까?"

"군대는 그래도 전투 경험이 많은 홍범도 장군이 맡아야지."

최진동과 안무가 이구동성으로 대답했다.

"네. 그럼 통합된 다음 군은 뭐라고 할 겁니까?"

"아직 안 정했지. 이제 회의를 시작한지 얼마 안 됐소."

"네. 그럼 제가 추천해 볼까요? 김좌진 형님 쪽에서 처음에는 대한군정부라 해서 임정에서는 북로군정서로 명해주었습니다. 여긴 독립군의 연합체이므로 북간도 군사 지휘부라는 의미로 북로독군부가 어떻겠습니까?"

"음. 그게 좋겠네! 그런데 북로군정서에서 의견이 있지 않을까?"

홍범도는 걱정스러운 눈길로 이성운을 바라보았다.

"임정에서 바라는 건 나중에 통일된 군대입니다. 언젠가는 모두 하나의 독립군으로 통일되어야 합니다."

"알겠네." 모두 머리를 끄덕이며 찬성했다.

회의는 점점 더 열기를 띠어 토론 끝에 행정과 군을 나누어 대한북로독군부 부장에 최진동, 부관에 안무가 선임되었다. 그리고 북로정일제일군 사령부 사령관에 홍범도, 부관에 주건이 선임되었다.

성춘(成春) 주건(朱健, 31세)은 1889년 함경남도 북청군에서 태어나 어려서 간도로 이주했다. 1913년 연길현 숭진향 장흥동 홍동학교에서 교사로 재직했고 국민회군 부사령관으로 있었다. 부관으로 안무가 적극 추천했다.

"자네는 어쩔 셈인가?"

홍범도는 이성운을 보고 정색해서 말했다.

"저도 참여하고 싶습니다."

이성운은 홍범도를 애원하듯 바라보았다.

“좋네. 그럼 분대장 한번 해 보게.”

“아니, 그건 좀… 전 아직 경험이 없어서요.”

“처음부터 잘하는 게 어디 있겠나? 내가 들었는데 철호단인가 대장 한다메?”

“네. 근데 제가 지금 수배중이라 연락 못하고 있습니다.”

“괜찮아. 나중에 천천히 다 연락하면 되지. 한번 해 봐.”

홍범도의 말에 최진동과 안무도 흐뭇하게 웃었다.

“괜찮네. 해 보게.”

“네. 감사합니다!”

이성운은 일어나 허리 굽혀 감사히 인사 올렸다.

“이건 무슨 신문입니까?”

이성운이 책상 위에 놓여 있는 신문을 들고 보니 4월 1일 창간호 ‘동아일보’였다.

“허영숙이 여의사 최초로 영혜의원을 개업했고 함경선(원산-함흥)이 개통되었고 조선체육회가 제1회 전선체육대회를 개최했네요. 음… 영친왕 이은이 일본 황족 나시모토노미야(이방자)와 혼인했네요.”

“다 일본놈들의 쇼지. 국제적으로 우리나라를 찬탈한 걸 합리화시키려는 개수작이야. 하루빨리 우리가 이놈들 쫓아내야 돼.”

최진동이 또 말을 이었다.

“의열단에서 내년에 조선총독부를 폭파할 계획이 있나봐. 내 외가편에 김창숙이라는 조카가 있거든. 내 조카가 김익상이라는 친구를 김원봉한테 소개시켜 줬나 봐. 이 친구는 봉천 광성연초공사 기계감독으로 일하던 친구라 전혀 세상 물정을 모르거든. 근데 김원봉이 처음 만난 자리에서 ‘자유는 우리의 힘과 피로 얻어지는 것이오. 결코 남의 힘으로 얻어지는 것이 아니오. 조선민족은 능히 적과 싸워 그들을 몰아낼 힘이 있소. 그러므로 우리는 앞장서서 민중을 각성시켜야 하오. 이것을 위해서 우리가 먼저 피를 흘려야 하는 것이오'라고 했다는구만. 김익상이는 그 말에 너무 감동받아 그 자리에서 의열단에 가입하고 내년 조선총독부 폭파 계획을 세웠다는구만. 원봉이도 대단한 사람이여.”

“그렇죠. 방식은 다르지만 목적은 다 같은 겁니다. 우리의 공공의 적은 일본놈들이죠.”

이성운은 주먹을 불끈 쥐었다.

의자에 앉아 묵묵히 담뱃대를 빨던 홍범도는 말했다.

“내가 깜빡했구만. 훈춘 한민회가 우리 대한독립단과 합치기로 했소. 며칠 전에 경원(慶源)에서 김운서가 십 수 명을 데리고 우편 배달원을 습격했는데 헌병이 뒤쫓아 와서 아예 헌병까지 살해했다더구만. 한민회도 올 거요.”

“간도에 있는 다른 무장조직들과 연계해서 다 우리 쪽에 모일 수 있도록 연락을 취해 보는 건 어떨까요?”

“좋은 생각이오. 자네가 그걸 해 주게나.”

“네. 알겠습니다. 그럼 우리 북로독군부는 언제 모일까요?”

“다음달 28일이 금요일이고 장날이니 그날 어떻겠나?”

홍범도가 묻자 모두 좋다고 했다.

“그럼 어디서 모일까요?”

이성운이 묻자 최진동은 웃으며 말했다.

“여기 봉오동에 모이죠. 뭐. 여기는 시가지와 동떨어져 한 1,000 명이 모여도 아는 사람이 전혀 없을 거요. 산들이 워낙 지세가 험악해 일본놈들이 설령 잡으러 왔다 해도 쉽게 나가지 못하는 곳입니다.”

홍범도는 오랜만에 웃어 보였다.

"좋소. 그럼 28일에 여기 봉오동에서 만나기오."

봉오동 남쪽엔 삼둔자가 있고 서북쪽으로 40리 떨어진 곳에 서대파가 있고 서남쪽으로 16리 떨어진 곳에 석현이 있고 북쪽으로 300리 떨어진 곳에 대감자가 있었다.

이성운은 감개무량했다. 그토록 바라던 독립군이 된 것이다.

밀회

"오늘 며칠이죠?"

"4월 20일, 왜 그러나?"

"네. 제가 개인 사정이 좀 있어서요. 철호단과도 연락해야 해서 간도로 다녀와야겠습니다."

"그러게."

이성운과 육천근은 간단히 점심 먹고 홍범도, 안무, 최진동과 인사하고 명동으로 떠났다.

최진동은 일본인들의 눈을 피하기 위해 중국인 복장을 권장했다.

이성운은 중절모를 쓰고 안경 걸고 콧수염까지 붙이고 발목까지 오는 검정 외투를 입고 도련님 행세를 하며 떠났다.

"뭐여? 나만 왜 하인 꼴이여유? 나도 좀 도련님 옷 한 벌 걸치면 안 되겠슈?"

"빨리 가."

이성운과 육천근이 명동 김약연 집 근처에 도착했을 때 이성운은 갑자기 김약연 집 앞에 서성거리는 수상한 두 사람을 발견하고 급히 몸을 피했다.

"놈들이 낌새를 차리고 사람을 붙였나 봐. 일단 학교로 가 보자."

이성운과 육천근은 바로 학교 정문에 가자 경비원이 못 알아보고 막아 섰다. 모자를 벗자 경비는 이성운을 알아보고 들여보내 주었다.

비록 김약연 교장은 없어도 선생님들은 의지를 갖고 학생들을 정상적으로 계속 가르치고 있었다. 교실밖으로 선생님따라 읽는 랑랑한 학생들의 공부하는 소리가 들려왔다.

이성운은 교실문을 열고 교실에 들어서자 학생들은 어리둥절해 했다. 이성운이 중절모를 벗자 학생들은 시간을 보다 말고 자리에서 일어나 환성을 지르며 달려왔다.

"선생님, 살아 계셨네요!"

"선생님, 어디에 있으신 거예요?"

"선생님, 보고 싶었습니다!"

이성운은 밖에 혹시 일본놈들이 엿들을까 봐 학생들을 진정 시키고 수업을 계속하게 했다.

그리고 학교 회의실에서 철호단 팀장회의를 소집했다. 사람을 보낸 지 얼마 지나지 않아 명동팀 백운한, 정동팀 김상호, 광성팀 강경국 팀장들이 모두 모였다. 모두 이성운을 보고 반가워 난리였다.

"지금부터 우리 철호단은 북로독군부에 귀속된다. 사령관은 홍범도 장군님이시다. 한마디로 지금 이 시각부터 우리는 독립군이다. 모든 철호단 단원들과 연락을 취해 28일 봉오동에 모인다!"

"네. 알겠습니다!"

백운한 등 팀장들은 독립군이 되었다는 말에 흥분되어 어쩔 줄 몰라 했다.

회의가 끝나자 이성운은 일본 사람들의 눈을 피해 육천근과 일송정에 올라갔다. 오늘은 명화와 만나자고 약속한 날이다.

일송정에 오르기 전에 육천근은 벌써 힘들어 씩씩거렸다.

이성운은 "젊은 놈이 이게 뭐야?" 하며 놀려 댔다.

이성운은 산 중턱에서 숨이 턱까지 차 땀을 빨빨 흘리는 육천근을 보고 말했다.

"다 왔어."

이성운은 저도 모르게 다 왔다고 말하면서 명화가 생각나 피식 웃었다. 내가 명화처럼 이러고 있다니?!

다 왔다는 말에 육천근은 바로 땅에 벌렁 드러누웠다.

"살 좀 빼! 넌 뭘 먹고 살이 이렇게 찐 거야?"

육천근은 헐떡거리며 대답도 못 하고 멍하니 하늘만 쳐다보았다.

"넌 여기에 있다가 명화가 올라올 때 뒤따르는 놈이 있을 거야. 그놈들 손 좀 봐."

"뭐여? 형님은 또 어딜 가시겨유? 참나. 나 숨 좀 돌릴 새도 없이 또 여…? 허참~ 사람 잡을라 그러슈!"

"나 정상에 올라가야지! 이제 절반밖에 못 왔어."

"뭐여? 또 올라가자고유? 근디 왜 다 왔다고 그러는겨?"

"그건 네가 여기까지라구."

"난 말이여… 중간에 포기하고 그런 건 딱 질색이유. 원래 끝까지 가보는 성미여, 아시잖아유."

"아! 그래? 그럼 같이 올라가야지."

"아니, 아니. 내 말은 말이여. 난 원래 여기까지만 오려던 거였슈. 진짜루."

"알았어. 잘 부탁할게."

이성운은 쉬지도 않고 헐떡거리는 육천근을 두고 혼자 계속 올라갔다.

"뭐여? 쉬지도 않구. 체질이 아니라며 모아산 동굴엔 올라오길 싫어하던 양반이 말이여. 그렇게 여자가 중요하기는 중요한갑슈! 나는 숨이 차 죽을 뻔했는디 잘 됐네유. 아주!"

육천근은 올라가는 이성운은 보며 혼자 중얼거렸다.

이성운은 꼭대기에 도착하자 사방을 둘러봐도 명화가 보이지 않았다.

"아직 안 올라왔나 보네."

이성운은 지난해 명화와의 추억을 회상하며 미소를 머금었다.

"빨리 올라오오. 다 왔소!"

명화의 명랑한 목소리가 이성운의 귓전에 사라지지 않았다.

그런데 한참 기다려도 명화는 올라오지 않았다.

"내가 여기 온 걸 몰라서 그런 게 아닐까? 아닐 거야, 약속했는데…"

조금 더 기다려도 사람 그림자가 보이지 않았다.

"왜 안 오지? 사고 났나? 혹시 집 앞에 그놈들이…"

이성운은 조금씩 조바심이 나기 시작했다.

또 한 시간이 지났다.

"내려가 집에 찾아갈까? 아니야, 놈들이 있어서 위험한데…"

이성운이 갑갑해 내려갈까 망설이는데 저 멀리서 사람이 올라오는 게 보였다. 명화였다!

육천근은 나무숲에 숨어서 명화가 지나가는 걸 보고 머리를 흔들며 혼자 웃었다.

그런데 기웃기웃거리며 명화 뒤를 따라오는 두 사람을 보자 육천근은 정색해서 나무숲에서 일어나 그들을 향해 천천히 내려갔다.

그 두 사람은 육천근을 의식하지도 않고 명화가 어디까지 갔나 위쪽만 목 빠지게 보면서 올라오고 있었다.

"말 좀 여쭤봐도 되겠슈?"

두 사람은 귀찮다는 듯 대답하지 않고 옆으로 비켜 갔다.

"뭐여? 사람이 지금 묻고 있잖아유?"

육천근은 한 사람 팔을 당기며 오른쪽 주먹으로 얼굴을 냅다 갈겼다. 그 놈은 허우적거리더니 벌렁 나자빠졌다.

다른 한 놈이 놀라 얼굴을 돌리는 순간 육천근은 맹호처럼 달려들며 그 큰 머리로 그놈 얼굴을 강타했다.

"딱!" 하는 소리와 함께 그놈도 뒤로 자빠졌다.

육천근은 먼저 자빠진 놈이 허우적거리며 일어서는 걸 발로 다시 얼굴을 가격했다. 그놈은 뻐드러지더니 파르르 떨면서 일어나지 못했다.

다른 놈은 닭알만큼 부어오른 오른쪽 눈통을 만지며 오만상 찡그리고 있는데 육천근이 어느새 한 손으로 뒷덜미를 잡고 다른 한 손으로 허리를 잡으면서 번쩍 들더니 내리꽂으며 무릎으로 허리를 올려 찼다.

"악!"

뿌드득!

팔과 다리가 서로 부딪치며 허리가 두 동강 났다.

육천근은 다시 죽은 듯 축 처진 그놈을 들어 보따리 던지듯이 산 아래로 던져 버렸다. 그리고 맞아 정신 못 차린 놈도 들어서 산 아래로 던져 버렸다.

"아악!" 하는 소리가 멀리 떨어져 갈수록 점점 가늘어졌다.

"뭐여? 이럴 땐 총알보다 힘이 더 쓸모 있구먼유!"

육천근은 마치 홍범도가 들으라는 듯 혼자 중얼거렸다.

명화는 일송정 밑에 한 사람이 서 있는 걸 보고 너무 좋아 "오빠!" 하며 달려왔다.

이성운이 돌아서자 명화는 놀라 얼굴이 사색이 되어 다시 아래로 도망쳤다.

이성운은 명화라고 부르려다가 손을 입가에 대고 "뻐꾹, 뻐꾹" 했다.

겁이 나 정신없이 내려가던 명화는 귀에 익은 뻐꾸기 소리에 걸음을 멈추고 다시 뒤돌아보았다.

아무리 안경 걸고 콧수염을 붙이고 모자를 써도 그윽한 눈에서 뿜어져 나오는 그 기쁨과 그리움은 읽을 수 있었다.

"오빠!"

명화는 너무 기뻐 다시 뛰어 올라가 이성운의 품에 안겼다.

이성운도 명화를 꼭 껴안아 주었다.

"오빠, 미안해, 못 알아봤어! 근데 이게 뭐야?"

명화는 콧수염이 난 이성운을 다시 쳐다보며 원망스럽게 말했다.

"왜 멋지지 않아?"

"나이 들어 보여, 근데 지금 어디에 있는 거야? 도대체 뭘 하고 다녀?"

"비밀이야!"

"말 안해? 나 그럼 내려간다."

"내려가도 지금 말할 수 없어."

"알았어. 나 진짜 내려간다."

명화는 뾰로통해 내려갔다.

"이거 안 놔?"

명화는 이성운이 잡지도 않았는데 놓으라고 하더니 다시 돌아섰다.

"네가 알면 위험해져서 모르는 게 좋아."

"나 그럼 오빠 따라갈 거야."

"안 돼. 지금은 안 돼. 이제 몇 달만 지나 내가 확실히 자리 잡으면 그때 널 데리러 올게."

"거짓말. 오빠 애인 생겼지?"

"애인은 무슨? 너 지금 무슨 말 하는 거야?"

"그럼 저번 달엔 왜 안 왔어?"

"나 안 온 거 아니구 못 왔지. 일이 넘 바빠서."

"나 여기서 해 질 때까지 기다리다가 내려갔단 말이야. 얼마나 무서웠는지 알어? 사처에서 짐승들이 울부짖고. 내가 얼마나 오빠를 미워했는지 알어?"

명화는 화가 나 따발총 쏘듯 했다.

"오. 그랬어? 미안해."

이성운은 다가가 살며시 명화를 품에 꺼 안았다.

명화는 못 이기는 척 이성운 품에 얼굴을 살짝 기댔다. 명화의 얼굴엔 행복이 넘쳐 흘렀다.

"그냥 이대로 있으면 안 돼? 넘 좋아!"

명화는 행복에 겨워 이성운의 품속에서 읊조렸다.

"우뢰같이 소리 낸 님을 번개같이 번뜩 만나 비같이 오락가락 구름같이 헤어지니…"

명화는 갑자기 감정이 북받쳐 눈물이 나 잇지를 못했다. 이성운이 명화 등을 다독이며 이어서 읊었다.

"서러워 마라, 우지도 마라. 야속한 이별, 그 뒤엔 격동적인 상봉이 있으리!"

명화는 웃으며 이성운을 쳐다보며 말했다.

"미워!"

명화는 이성운 품을 보며 정답게 시를 읊어 내려갔다.

"이 몸이 죽어죽어 일백번 고쳐 죽어

백골이 진토되어 넋이라도 있고 없고

님 향한 일편단심이야 가실줄이 있으리오?!"

마치 이성운이 들으라는 고백송 같았다. 그러자 이성운도 답시를 읊었다.

"구름우에 높은 봉이 평지가 될지라도

동해물 깊은 바다 뽕밭이 될지라도

대장부 한번 맹세는 천만년 변치 않으리!"

두 사람의 마음을 서로 확인하듯 이성운과 명화는 서로 감명깊게 쳐다보았다. 그렇게 그윽하게 한동안 서로 쳐다보았다.

이성운과 명화는 그 웅장한 일송정 밑에 다정하게 앉아 푸르러진 산을 바라보며 화기애애하게 웃음꽃을 피워 갔다. 행복에 겨운 웃음소리에 산도 더 푸르고 더 아름다워 보였다.

제60회

강양동 전투

5월 28일, 봉오동에는 1,300여 명의 독립군이 모였다.

대한독립군, 군무도독부, 국민회군과 홍범도가 주선한 신민단, 의군단 그리고 광복단, 철혈단이 모였다.

의군부군(義軍府軍)은 처음 이범윤(李範允)을 총재로 추대한 의군산포대(義軍山砲隊)라고도 칭하던 의병군단으로 왕청현 춘화향 초모정자에 그 본영을 두고 활동했다.

신민단은 3·1 운동 직후 블라디보스토크에서 기독교 신도들을 중심으로 조직된 독립군 부대다. 단장 김준근(金準根)을 비롯하여 부단장 박승길(朴承吉), 사령장관 양정하(梁正夏) 등이 부대를 이끌었고 한때 이 신민단은 병력이 500명에 달하였고, 지부를 왕청현과 훈춘현에 두어 간도 지방에도 그 세력이 컸었다. 그 후 신민단은 근거지를 왕청현, 상석현, 명월구 등지로 옮기면서 활동했다. 이번에 이홍수(李興秀)가 신민단 60명, 한경세(韓景世)가 신민당 1개 소대를 이끌고 대한북로독군부에 가담했다.

이젠 1,300 명 독립군에 기관총 2문, 보총 약 900정, 권총 약 200자루, 폭탄(수류탄) 약 100개, 망원경 7개, 탄환은 군총 1정당 150발을 가진 대한북로독군부다!

최진동, 안무, 홍범도는 집행부 회의를 통해 대한북로독군부 참모 이병채, 오구혁, 향관 안위동, 군무국장 이원, 군무과장 구자익, 회계과장 최종

하, 검사과장 박시원, 통신과장 박영, 차중과장 이상수, 향무과장 최서일, 군복, 이불 등을 책임진 피복과장 임병극 등 임원을 더 선출했다.

그리고 홍범도는 모든 군을 6개 중대로 나뉘고 제1중대장엔 이천오, 제2중대장엔 강상모, 제3중대장엔 강시범, 제4중대장엔 조권식을 임명했다. 나머지 두 중대는 홍범도가 직접 지휘하기로 했다. 그리고 각 중대에 3개 소대를 두었다.

이성운은 제2중대 제3소대 제2분대장이 되고 철호단 단원과 전투 경험이 많은 원 독립군 몇 명 등 13명이 배치되었다. 이화일, 김창도가 1, 3 분대 분대장으로 되었다.

홍범도는 전군에게 전투 준비를 갖추게 했다.

"이제부터 우리는 대한북로독군부다! 이제부터 우리는 우리 대한민국의 독립을 위하여 몸 바쳐 싸울 것이다. 이제 곧 저 극악무도한 일본군을 무찌르고 우리 대한민국을 다시 찾아오자."

"대한 독립 만세!"

1,300명의 대한북로독군부는 봉오동이 떠나갈 듯 만세를 외쳤다. 홍범도는 두 손으로 모두를 진정시키고 말을 이었다.

"우리는 이곳에 적을 끌어들여 일망타진할 것이다. 누가 가서 일본군을 유인해 올 것인가?"

"저희들이 가겠습니다!"

홍범도가 말이 끝나기 전에 제2중대장 강상모가 나섰다.

수항(水杭) 강상모(姜尙模, 26세)는 1894년 함경남도 이원군에서 태어나 1910년 한일합병 후 아버지 따라 북간도로 이주하여 신흥평학교에 재학했다. 1919년 3·13 운동 때 신흥평 일대 한일들을 이끌고 만세 시위를

  독립의 용두레: 간도 1919-20

주도했고 1920년 1월 홍범도의 대한독립군에 가담해 두만강을 넘나들며 갑산, 혜산, 만포진, 강계일대 일제의 기관 34곳을 파괴하는 데 앞장섰고 자성 일대에서 일본군 국경 수비대와 일본 경찰 주재소를 습격하는 전투에서 용맹을 떨쳐 70명을 사살하는 데 공을 세웠다.

강상모는 임무를 맡은 후 각 소대장과 분대장들 모여 놓고 회의를 다시 소집했다.

"누가 적을 유인하는 임무를 맡겠어?"

"제가 가겠습니다. 저희 분대는 비록 전투 경험은 없지만 임무를 꼭 철저히 완수하겠습니다."

이성운은 적극 나섰다.

"좋다. 그럼 강양동에 있는 일본군 초소를 습격하고 와. 그럼 놈들이 추격해 올 것이다."

"넷! 알겠습니다. 바로 출발하겠습니다."

이성운은 1개 분대 10여 명을 거느리고 화룡현 삼둔자(三屯子)를 출발하여 월신강(月新江)과 두만강을 건너 함경북도 종성군 강양동에 도착했다.

6월 4일 오전 5시, 이성운은 일본군 헌병 국경초소 근처까지 가 몸을 움츠리며 육천근한테 속삭이듯 낮은 목소리로 명령했다.

"내가 가서 수류탄으로 놈들을 죽이면 넌 애들을 데리고 정면에서 나오는 놈들 총으로 쏴서 죽여."

"네. 형님, 아니 분대장님, 알겠습니다유."

육천근은 처음으로 사뭇 진지해 보였다. 또 처음으로 "뭐여?"로 대답 안 했다.

이성운은 웃으며 몸을 날려 초소 쪽으로 살금살금 뛰어갔다. 망루에는 일본군 두 놈이 총을 들고 졸고 있었다.

이성운이 나무로 된 초소 문을 살짝 당겨 보니 안으로 잠겨 져 있었다. 이성운은 제꺽 오른 손에 수류탄을 쥐고 왼손으로 수류탄 핀을 당긴 다음 그대로 나무 문을 주먹으로 쳤다.

"쾅! 콰직" 하는 소리와 함께 초소 문이 둥글게 깨부숴지면서 주먹이 안으로 들어갔다.

이성운은 바로 수류탄을 안쪽으로 힘껏 던져 버렸다. 그리고 벽에 몸을 딱 기댔다.

"쾅!" 하는 폭음 소리와 함께 나무문이 작살나며 일본군 몇 명과 파편 조각이 입구로 튕겨 나왔다. 뒤이어 아우성 소리와 함께 초소안에 있던 일본 놈들이 허둥지둥 달려 나왔다.

"땅! 땅!" 하는 총소리와 함께 밖에서 대기하고 있던 육천근과 분대원들이 일제히 총을 쐈다. 일본 헌병들은 달려 나오는 족족 총에 맞아 쓰러졌다.

보초 서던 두 놈이 굉음에 화뜰 놀라 총을 들고 일어서려는데 밑에서 이성운이 권총으로 연속 사격하자 두 놈은 총에 맞고 아래로 곤두박질치며 떨어졌다.

한참 지나 조용해지자 육천근이 부대를 이끌고 이성운한테 달려왔다.

이성운은 부대를 지휘하여 연기 자욱한 초소 안으로 들어가려는 순간 안으로부터 일본 헌병 한 명이 웃옷이 벗겨진 채로 얼굴에 흐르는 피를 닦을 새도 없이 괴성을 지르며 밖으로 뛰쳐나왔다.

이성운이 놀라 자세히 보니 타로였다!

사이토는 대학교를 갓 졸업한 타로가 군 생활을 해 보면서 출로를 모색하게 비교적 안전한 변방 초소로 파견시킨 것이었다.

"뭐여? 그 쪽바리놈 아니여유?"

육천근이 제꺽 소총을 들어 정신없이 뛰어가는 타로 뒤를 겨누자 이성운이 손으로 총을 누르며 말렸다.

"뭐여? 동창이라고 봐주는 거유? 에이~ 사람 잘못 봤구먼유."

"놔둬, 가서 일본놈들 데리고 오게."

이성운은 총을 들고 초소 안에 들어가니 초소 안은 아수라장이었다. 대여섯 놈이 마구 엉켜 뻐드러져 있었고 살아남은 몇 놈은 마구 뒹굴고 있었다.

이성운은 권총으로 한 놈 한 놈씩 확인 사살했다. 더 움직이지 않았다. 뒤따르던 육천근과 분대원들도 들어오면서 총으로 확인 사살했다.

주둔하고 있던 1개 소대 30여 명 규모의 일본군 헌병 모두를 보기 좋게 소탕해 버렸다.

이성운은 총과 탄약을 수획하고 급히 철수 명령을 내렸다.

"놈들이 금방 쫓아올 테니 빨리 철수해!"

아니나 다를까 허둥지둥 달려온 타로의 급보를 받은 일본군 남양수비대 니히미(新美) 중위는 곧 1개 중대 150여 명을 급히 출동시켰다.

강양동 전투는 이성운이 일본군과 싸운 첫 번째 전투였다. 또한 완벽한 승전이었다.

이성운은 가슴 한구석에 뜨거운 피가 솟구치는 걸 느꼈다. 가슴이 정말 뿌듯했다.

봉화리 전투

이성운 부대는 한참 달려 삼둔자 서남쪽 봉화리(烽火里)에 매복해 있던 이화일과 김창도 분대와 합류했다.

동환(東煥) 이화일(李化日, 38세)은 1882년 함경북도 경성에서 출생하여 1910년경 아버지 따라 간도 화룡현에 이주하여 황무지를 개간해 먹고 살았으며 독립운동기지를 건설하였다. 1919년 홍범도의 대한독립군에 참여하였다.

대평(大平) 김창도(金昌道, 23세)는 1897년 평안남도 대동군 한 농민의 아들로 태어나 평양 친척집에서 자랐다. 1919년 3·1 운동에 참가하여 9월에 간도 신흥무관학교에 들어가 군사교육을 받았다. 1920년 태극단에 가입하였다가 대한북로독군부에 소속되었다.

"어떻게 되어 여기로 오신 거예요?"

"자네가 걱정되어 홍범도 사령관님이 우릴 보낸 거네."

이화일은 올라오는 이성운에게 악수하면서 대답했다.

"아마 엄청 많은 일본놈들이 쫓아올 거예요. 우리가 유리한 요지를 지키고 싸워야 되지 않을까요?"

이성운이 제안하자 김창도는 배운 게 생각 나 맞장구쳤다.

"좋아요. 전술에도 그렇게 쓰여 있어요. 놈들이 도착하기 전 바위 있는 쪽에 다 숨죠."

연합분대는 즉시 모두 높은 고지에 매복해 일본군이 오기만 기다렸다.

드디어 남양수비대가 몰려왔다. 남양수비대가 잠복해 있는 연합분대 앞까지 추격해 왔을 때는 6월 6일 오전 10시였다.

"사격!"

일본군이 점점 더 가까이 오자 연합분대는 100m 산악 고지에서 일제히 사격을 퍼부었다.

총알이 땅에 박히며 먼저가 팡팡 피어올랐다. 총에 맞은 일본놈은 맥없이 쓰러졌고 살아남은 일본놈은 갈팡질팡 정신없이 헤맸다.

"샤게키(しゃげき-사격)."

일본 중대장의 명령에 일본군은 엎드려 위쪽을 향해 총을 쏘았다.

"퇴각하기오. 홍범도 사령관님은 퇴각하여 적을 유인하라 하셨소."

이화일은 모두 퇴각명령을 내렸다.

"알겠어요."

점심때가 되자 격렬하게 총을 쏘며 싸우던 연합분대는 더 싸우지 않고 홍범도 장군의 명령대로 북편으로 퇴각했다.

"또드게끼(とつげき-돌격)."

기세 오른 일본군은 소리 지르며 추격했다. 추격하는 일본군의 총알은 비 오듯 날아왔다. 총소리와 함께 나뭇잎들이 우수수 떨어지더니 달리던 육천근이 가슴을 맞고 쓰러졌다.

"천근아! 천근아, 정신 차려!"

앞에서 달려가던 이성운은 급히 뒤돌아 와 피가 솟아오르는 육천근의 가슴을 손바닥으로 누르며 애타게 불렀다.

"형님! 난 아직 여자가 어떻게 생겼는지 잘 모르는데유! 그때 그 러시아 여자 참말로 이뻤슈…."

허공을 보며 웃음 짓는 육천근은 혼잣말로 중얼거렸다. 입에서는 피가 흘러 넘쳤다.

"뭔 헛소리야? 일어나, 내가 업고 갈게."

"안 돼유, 형, 이러다간 우리 다 죽어유! 빨리 가야 된다니까유! 얼른요, 얼른!!"

"안 돼! 널 두고 못 가!"

"형! 형은 살아서 한 놈이라도 더 죽여야 혀유. 그라니 빨리 가유. 나 일본놈들한테 죽기 싫어유. 형, 제발 나한테 총 쏘구 빨리 가유. 부탁인디, 진짜 부탁이유."

이성운이 뒤돌아보니 일본군이 이리떼마냥 코밑까지 쫓아왔다. 당장이라도 잡힐 듯했다. 또 총알이 계속 날아와 주위에 박히며 먼지를 일으켰다. 이때 옆에서 같이 지켜보고 있던 다른 두 명의 독립군이 팔에 총상을 맞고 넘어졌다.

이성운은 눈물 흘리며 총을 천천히 육천근의 머리에 댔다.

"천근아!"

이성운은 울면서 방아쇠를 당겼다.

이성운의 울부짖음과 함께 총소리가 울렸다.

이성운은 부릅 뜬 육천근의 눈을 감겨 주자 육천근의 눈에서 눈물이 흘렀다.

이성운은 앞을 가리는 눈물을 닦을 새도 없이 옆에 부상자를 부축하며 앞으로 달렸다.

“쑁! 쑁!”

총알이 수시로 머리 위로 날아왔다. 이성운은 육천근을 뒤돌아보고 눈물로 작별하며 일본놈들한테 총을 쏘면서 후퇴했다.

이성운은 부대를 이끌고 산속으로 눈 깜짝할 사이에 연기처럼 사라졌다.

이번 봉화리 전투에서 연합분대는 일본군 60명을 사살했다. 그러나 육천근을 포함해 2명이 전사하고 2명이 부상을 입었고 근처에 살던 조선 민간인 9명이 눈 먼 유탄에 맞아 사망했다.

제62회

안산 전투

"빠가야로!"

남양수비대가 패배했다는 소식에 화가 잔뜩 난 일본군 제19사단 오다카(尾高) 사단장은 보병 소좌 야스카와(安川二郎)가 지휘하는 보병 및 기관총대 1개 대대인 월강추격대 500여 명을 출동시켰다.

이성운 등 분대장들은 부대를 안산(安山) 촌락 후방 고지에 매복시키고 일본놈들의 공격을 맞이할 준비를 취하였다.

6월 7일 새벽 4시경, 야스카와 부대가 두만강을 건너 전방 300m의 텅 빈 안산 촌락으로 돌입하자 매복 중이던 이성운은 전 군에게 명령했다.

"놈들은 이미 지쳐 있어. 이때 우리에게 기회야. 바로 적진으로 돌격한다. 돌격!"

아니나 다를까 먼 길을 행군하느라 피곤에 지쳐 야영하고 있던 일본군은 갑자기 총소리가 울리고 수류탄이 터지자 당황하여 우왕자왕하여 응전도 못하고 어둠속에서 사상자만 냈다.

새벽 5시가 되자 어둠이 걷히기 시작하자 일본군은 전열을 정비한 뒤 총구를 거누며 진군했다.

불의 습격을 하고 날이 밝자 바로 퇴각한 이성운 연합분대는 다시 매복해 있으면서 일본군이 오기를 기다리고 있었다.

이성운은 또 전군에 명령했다.

"놈들이 더 가까이 왔을 때 총을 쏴야 해. 총 잘 쏘는 사람만 쏘고 자신 없는 사람은 뒤에서 총에 장탄하고 넘겨준다. 실시!"

적이 코앞까지 와서야 이성운은 사격 명령을 내려 일제히 총격을 가하였다.

야스카와 부대는 추풍낙엽처럼 쓰러졌다. 그러나 워낙 적이 많은지라 바로 반격하자 그 화력 또한 대단했다.

"맞서 싸우면 우리한테 더 불리합니다. 약한 고리를 쳐야 합니다."

이성운이 소리 높여 말했다.

"내가 가운데로 진격했다가 바로 빠질게."

이화일은 분대원들을 데리고 뒤로 빠졌다. 그들은 산을 타고 아래로 내려가 옆으로 진격해 위에만 총을 쏘는 야스카와 부대에 마구 총격을 가했다.

밀물처럼 처들어오는 이화일 정예부대에 속수무책으로 당하던 야스카와는 할 수 없이 퇴각했다.

야스카와 부대가 퇴각하다가 봉화리 전투에서 대패한 니히미(新美) 중대 90명과 합세하였다.

기세가 오른 야스카와가 다시 출동했으나 이미 연합분대가 철퇴한 뒤였다.

이번 안산 전투에서 일본군은 100여 명의 사상자를 냈다.

고려령 전투

이성운 등 분대장들은 또 부대를 철퇴시켜 고려령(高麗嶺)에 도착했다. 점점 봉오동과 가까워졌다.

6월 7일 오전 6시 30분, 다시 대오를 정비한 야스카와 부대는 야마자키(山崎)중대를 주력으로 연합분대를 계속 추격하였다.

이성운은 이화일과 김창도와 토의했다.

"제 생각엔 이번엔 나뉘어서 싸우죠. 아마 놈들이 이 길 따라 들어오면 우리는 동북쪽에서 집중 사격하면 승리할 수 있습니다."

"알았네. 내가 먼저 적을 이쪽으로 유인하겠네."

이화일은 분대를 거느리고 입구에 매복해 적을 유인하기로 했다.

이성운 분대는 북방에, 김창도 분대는 동북방에 매복했다.

야스카와 부대가 고려령 서방에 도착했을 때, 총을 쏘며 유인하던 이화일 분대는 동쪽으로 피해 갔다. 그리고 반격을 시작했다.

북방 및 동북방 고지에서 매복하고 있던 연합분대도 일제히 총격을 가했다.

야마자키 중대는 연합분대의 치열한 사격을 받고 또 참패를 당하였다. 일본군은 안산과 고려령 두 전투에서 120명의 전사자와 100여 명의 부상자를 냈다.

이화일 등 부대는 공격을 피하는 척 속임수를 부리며 일본군을 봉오동 입구까지 유인했다.

봉오동 전투

봉오동(지금의 도문시 수남촌, 토성촌)은 두만강에서 40리 거리에 위치하고 있으며 고려령의 험준한 산줄기가 사방을 병풍처럼 둘러쳐진 장장 20리를 뻗은 계곡 지대이다.

봉오동에는 100여 호의 민가가 흩어져 있었는데 상촌(북촌)·중촌(남촌)·하촌 등 3개 부락에 흩어져 있었으며, 상촌은 봉오동을 대표하는 곳으로 북로독군부의 훈련장이 있었다.

홍범도는 주민들을 사전에 산속으로 미리 다 피신시키고 최진동, 안무, 이병채 참모, 이원 국무국장 그리고 4명의 중대장들과 중대회의를 하면서 전술을 토의했다.

홍범도는 최진동과 지세를 확인한 뒤 이천오를 보더니 지도를 가리키며 지시했다. "제1중대는 상촌 서북단에", 다시 강상모를 보며 "제2중대는 동쪽 고지에", 또 강시범을 보며 "제3중대는 북쪽 고지에", 마지막으로 조권식을 보며 "제4중대는 서산 남단 밀림 속에 매복해 있소"라고 전 군을 배치했다.

"넷! 알겠습니다!"

4명의 중대장들은 힘차게 대답했다.

"나는 직접 2개 중대를 인솔하여 서남산 중턱에 위치해 있겠소. 일본군 주력 부대가 봉오동 어귀를 통과해 우리 포위망에 들어설 즈음에 내가 총을 쏘면 모두 일제히 사격을 단행하도록 하겠소.”

“알겠습니다!”

네 명의 중대장들이 일어섰다.

야스카와 소좌는 다시 대오를 정렬하여 일본군 제19보병사단 예하 1개 부대와 남양수비대 예하 1개 대대에 전진을 명령하여 연합분대를 쫓아 오전 11시 30분 봉오동 골짜기 안으로 진입하기 시작했다.

임무를 순조롭게 완수한 이성운, 이화일, 김창도 분대는 봉오동 상촌에 들어서자 동쪽에 매복해 있던 강상모 중대와 합류한 후 같이 매복했다.

오후 1시쯤 일본군은 계획대로 봉오동 상촌 독립군 1,000명이 잠복해 있는 포위망 가운데로 들어왔다.

홍범도 장군의 신호탄 총소리가 울리자 동·서·북 3면에서 일제히 총을 쏘았다. 일본군은 놀라 갈팡질팡 헤매다가 맥없이 쓰러졌다.

그러다가 일본군은 총을 쏘며 겨우 반격을 실시했다. 그러나 매복해 쏘는 독립군의 화력에 많은 일본군이 총알을 맞고 쓰러졌다.

오후 3시, 악에 바친 야스카와 소좌는 직접 가미야(神谷) 중대와 나카니시(中西) 소대를 지휘하여 유독 동쪽 고지에 매복한 강상모 중대를 향하여 돌파를 시도했다.

일본군이 한쪽으로 몽땅 몰려오자 이성운은 기관총수한테 다가가 기관총을 빼앗아 들고 사정없이 갈겼다.

“천근아! 아악!”

이성운은 며칠 동안 육천근 생각에 가슴이 찢어지는 것 같았다. 마치 육천근이 살아서 웃으며 나타날 것만 같았고 꿈에도 자꾸 나타나 잠을 이룰 수 없었다.

 　　　　　　　　　　　　　　　　　

기관총도 이성운의 분통을 알기나 하듯 불을 토하기 시작했다.

"따다닥! 따다닥!"

총알이 빗발치듯 날아가자 일본군은 마구 쓰러지며 배에 물이 좌우로 갈라지듯이 쫙 갈라졌다. 총알이 박히는 곳마다 불꽃이 팍팍 일었고 일본군도 갈대처럼 쓰러졌다.

홍범도 장군은 일본군이 동쪽으로 움직이자 돌격 명령을 내렸다. 서북쪽에 있던 이천오 중대, 북쪽에 있던 강시범 중대, 남쪽에 있던 조권식 중대, 그리고 서남산 중턱에 있던 홍범도 중대가 일제히 총을 쏘며 포위망을 좁혀 오자 악을 쓰던 야스카와 소좌는 더는 안 되겠는지 끝내 철수 명령을 내렸다. 그러자 일본군은 줄 풀린 구슬처럼 뿔뿔이 도망쳤다.

일본군은 대패하여 함경북도 온성군 유원진(柔遠鎭)으로 패주하였다.

3시간의 봉오동 전투에서 일본군은 157명의 전사자와 300여 명의 부상자를 냈다. 강상모 중대에서만 일본군 100여 명을 사살했다.

반면 북로독군부는 송몽규의 큰아버지 송창빈 소대장 1명과 군인 3명이 전사하고 2명의 부상자를 냈을 따름이었다.

"와! 대한 독립 만세!"

봉오동에서는 한손에 총을 들고 만세 부르는 북로독군부 전사들의 외침 소리가 천지를 진동했다.

이성운도 감격에 겨워 눈물을 흘렸다. 육천근, 임청용 그리고 김연숙의 얼굴이 서서히 눈앞을 지나갔다.

이성운은 직접 가서 육천근의 시신을 사망한 4명의 전사 옆에 묻고 절을 했다.

"천근아, 우린 끝내 승리했어! 네 원수를 갚았어. 우린 꼭 광복하고야 말 거야! 그날은 언젠가는 꼭 올 거야!"

의열단원 이성우

1919년 11월 의열단이 창설된 후 김원봉은 만반의 준비를 거쳐 첫 번째 암살 파괴 계획을 이듬해 3월로 잡았다.

"이 폭탄을 밀양에 반입하세요."

3월 중순, 단장 김원봉의 지시에 의열단원 곽재기(郭在驥)는 중국 안동현(단동)에서 경상남도 밀양에 있는 김병완(金炳完)에게 폭탄을 보냈다.

시계나 기계부품처럼 포장했는데 김병완네 집에 도착하자마자 밀양경찰서에서 수상하게 여겨 개봉 수색해 폭탄 3개를 압수하고 김병완 등 12명을 체포하는 바람에 첫 번째 계획은 실패로 돌아갔다.

김원봉은 포기하지 않고 계획을 계속 추진해 나갔다.

"이 폭탄은 진영에 보내!"

5월 중순경 김원봉의 지시대로 단원 이성우는 폭탄 13개 및 권총 2점을 안동현 이륭양행(怡隆洋行)을 통해 경상남도 진영에 있는 강원석(姜元錫)에게 보냈다.

일엽(一葉) 이성우(李成宇, 21세)는 1899년 노령(露領) 동부시베리아 우스문에서 출생하여 그곳과 중국 국경에서 자랐다. 결혼 후인 1918년 봉천성 합니하에 자리한 신흥무관학교에 들어가 수학했다. 이듬해인 1919년 5월 유하현 고산자에 신설된 신흥무관학교 분교에 속성과정으로 옮겨 공부하다가 '배움보다도 지금은 실행할 때'라며 학교를 자퇴하고 김원봉, 서상락, 김상윤, 이종암, 윤세주 등 동지들과 뜻을 같이하고 11월 의열단을 창설했다.

그런데 이번에도 보낸 폭탄이 일본 경찰에 발견됨으로써 윤치형(尹致衡) 등 6명이 체포되었다.

이번 계획도 실패하자 김원봉은 아예 곽재기, 이성우 등 단원들을 경성에 파견했다.

"첫 번째로 관공서를 폭파하는 게 어떻겠소?"

"아니, 경찰서를 폭파하는 게 낫지 않겠소?"

"와, 짜장면 나왔다. 맛있겠다!"

6월 16일 곽재기, 이성우, 한봉근, 윤세주, 신철휴, 김기득, 곽경은 등 7명이 인사동에 있는 모 중국인 요리집 2층에서 거사를 논의하고 있었다.

그런데 갑자기 계단으로 급박한 발걸음소리가 어지럽게 들리더니 총을 든 일본 경찰들이 들이닥쳤다.

경찰 협조자인 요리집 종업원이 밀고한 것이었다.

곽재기 등 6명은 당장에서 체포되었다.

이성우는 벌떡 일어나 짜장면 그릇을 일본 헌병한테 던지는 동시에 달려가 2층 창문에서 뛰어내려 간신히 도망갔다.

하지만 나흘 뒤인 20일 윤세주가 집에서 체포되면서 같이 있던 이성우도 결국 함께 체포되었다.

이번 계획 관련자는 26명이었고 붙잡힌 단원은 18명이었다.

이 사건은 경성지방법원에 송치되어 8개월간의 예심을 거쳐 1921년 6월 인도공판에 회부되어 16명 중 강원석 1명만 면소 방면되고 나머지 15명은 모두 유죄가 확정되었다.

특히 선고공판에서 이성우와 곽재기는 주범으로 지목되어 징역 8년형
이 선고되었다.

노두구 전투

봉오동 전투의 승리는 독립군의 첫 번째 큰 승리여서 독립군 진영의 사기를 북돋아 주었다. 그뿐만 아니라 28만 9,000명 북간도 한인들에게 큰 용기를 주었다.

일본군은 큰 타격을 입었는지 한동안 동정이 없었다.

어느 날, 이성운이 여유롭게 최진동의 집에서 신문을 보고 있었다.

"신문엔 뭐라고 했나?"

홍범도가 이성운을 찾아오자 이성운은 일어나 인사했다.

"네? 안녕하십니까? 장군님, 평양에 야시장이 처음 개설되었고 음… 대구에 시내버스 운행이 개시되었다네요. 그리고 한규설, 이상재가 조선교육회를 설립했고…"

"백삼규가 피살되었다네."

홍범도는 이성운의 말을 잘랐다.

"네?! 언제요?"

온당(溫堂) 백삼규(白三圭, 66세)는 1854년 평안북도 태천에서 태어나 1885년 유인석과 의병을 일으켜 싸우다가 유아현으로 망명했다. 1919년 박장호, 조병준, 전덕원 등과 함께 대한독립단을 조직하고 부총재로 선출되었다. 그는 무력을 정비해 친일 단체인 보민회(保民會), 일민단(日民團),

강립단(降立團) 등 소속의 조직 간부나 밀고 혐의자들을 주살했다.

1920년 6월 7일 일본군이 관전현 향로봉의 청년단을 습격한다는 첩보를 듣고 청산구로 갔다가 김덕신과 함께 잡혀 총살당했다.

홍범도는 의아한 눈길로 보는 이성운 옆에 털썩 앉았다.

"사령관 동지!"

이때 홍범도와 똑같게 생긴 20대 젊은이가 생기발랄하게 웃으며 들어섰다.

"어서 와!"

홍범도는 환하게 웃으며 반겼다. 그리고 이성운에게 웃으며 인사시켰다.

"내 아들이오. 어제 여기로 왔소."

"반가워요!" 이성운은 하도 신기하고 반가워 악수했다.

홍범도의 둘째 아들 홍용환(洪用煥, 20세)은 1900년생으로 1919년 11월 길림성 나자구에서 200명의 독립군을 지휘했고 1920년 3월에는 홍범도의 대한독립군 제4군 대장으로 활동했다. 6월 7일 봉오동 전투가 시작되자 러시아 추풍에서 독립군 200명을 직접 인솔하여 11일 봉오동으로 이동해 홍범도와 합류했던 것이다.

용환이와 이성운이 의자에 앉자 홍범도는 무겁게 말을 꺼냈다.

"나 자네하고 할 말이 있네."

"네. 말씀하십시오."

"우리가 여기 온 지 보름이 지났네. 일본군과도 싸웠는데 아직까지도 일본놈들이 얼씬도 안 하고 있네. 그렇다고 우리가 계속 올 때까지 기다릴 수만은 없는 거고. 또 모두 다 움직이기엔 규모가 너무 크고, 특히 인젠 쌀이 다 떨어졌네."

"네. 그런 건 생각 못 했습니다. 사령관님은 어쩔 생각이신데요?"

"최진동 부관하고도 얘기 나누었지만 뾰족한 수가 없구만. 그래서 내가 일부를 거느리고 다른 곳으로 가려고 하네. 자네는 어쩔 예정인가?"

"저도 그럼 사령관님을 따라가겠습니다."

"좋네. 그럼 내가 최진동하고 인사하고 바로 출발하세. 자네도 가서 인사하게나."

"네. 알겠습니다."

홍범도와 홍용환 그리고 이성운은 최진동과 안무 등 독군부 지도층과 인사를 나누었다.

"나중에 다시 만납시다!"

그들도 모두 홍범도 부대를 손 저어 바래 주었다. 2개 중대 300여 명이 두 줄로 줄을 서서 산을 타고 출발했다.

"사령관님, 근데 어디로 갈까요?"

"일단 왕청으로 가세. 거긴 내가 익숙하니까."

"네. 저는 따라가기만 하겠습니다."

봉오동에서 왕청으로 가는 도중에 홍범도는 갑자기 노선을 바꿔 용정과 가까운 노두구란 곳으로 가자고 했다.

노두구(로투구, 老頭溝)는 부근 산 정상에 노인 머리 모양을 닮은 바위가 있어 로투구로 지명했다. 노두구 지역에서는 석탄이 많이 나와 뒷마당에 김치 독을 묻으려고 땅을 팠는데 석탄이 나오는 경우도 종종 있었다.

사이토는 풍부한 석탄 자원을 탐내 노두구에 간도 일본 영사관 분관을 설치하고 경찰서도 세웠다. 또 탄광을 지어 석탄을 파내고 있었다.

"잠깐만!"

제일 앞에서 걷던 홍범도는 노두구 입구에 도착하자 부대를 모두 서게 하고 잠깐 휴식을 취하게 했다.

"저기 로투구란 곳에 일본 영사관이 있네. 내가 가서 작살내고 오겠네."

"저도 가겠습니다!"

홍범도는 이성운과 두 소분대 20여 명만 데리고 총을 무장하고 출발했다.

떠나면서 홍범도는 홍용환더러 대부대에 남아 이곳에서 만일의 경우를 대비하여 상황을 지켜보게 했다.

"제가 가서 먼저 동정을 살펴보고 오겠습니다."

노두구에 거의 도착하자 이성운은 한 명을 데리고 염탐하러 갔다.

노두구 일본 영사분관은 용정 일본 영사관보다 규모는 크지 않았지만 옆에 경찰서까지 구조는 다 갖추고 있었다.

영사관 앞에는 두 명의 헌병이 총을 잡고 망을 보고 있었고 경찰서에는 수시로 경찰들이 드나들고 있었다.

홍범도는 이성운의 보고를 듣고 바로 총격전 준비를 하게 했다.

"적이 많지 않으니 바로 돌격한다. 그리고 영사관은 불 질러 버린다. 가자!"

홍범도는 권총을 들고 제일 앞에서 뛰어갔다. 이성운과 20여 명의 부대원들은 소총을 들고 홍범도를 따라 영사관을 향해 뛰어갔다.

영사관에 거의 도착하자 홍범도는 근처 집 벽에 몸을 붙이고 살금살금 기어 대문 쪽에 더 가까이 접근했다.

홍범도는 뒤에 따르는 이성운과 부대원들에게 장탄하라고 손짓으로 명령했다. 모두 장탄하고 준비를 마치자 몸을 벽에 기대고 총을 높이 들었다.

홍범도는 벽 끝 쪽으로 한 눈으로 밖의 동정을 살핀 다음 한 걸음 나서서 권총을 들어 영사관 대문 쪽을 향해 방아쇠를 당겼다.

"땅! 땅!" 총소리와 함께 보초를 서던 헌병 한 놈이 쓰러졌다. 다른 한 놈

   독립의 용두레: 간도 1919-20

이 총을 잡고 쏘려는데 이성운이 뛰어나가 두 발 벌리고 왼손으로 오른손 받쳐 잡고 총을 쏘자 그놈도 뻐드러졌다.

갑자기 경찰서에서 경복을 입은 경찰들이 총을 쥐고 우르르 달려 나왔다. 그들은 홍범도와 이성운을 향해 마구 총질해 댔다. 벽에는 총알이 박히며 먼지가 일었다.

홍범도는 바로 벽에 몸을 붙이며 대원들에게 사격하라 명령했다. 분대원들은 땅에 엎드리며 총을 쐈다.

이성운은 일부 대원을 거느리고 반대쪽으로 달려갔다.

홍범도가 총을 쏘고 다시 벽에 붙으면 전사들이 우르르 나가 총을 쏘고 다시 벽에 붙었다.

경찰들은 홍범도 쪽에만 정신없이 총을 쏘고 있었다.

이성운이 벌떡 일어나 총을 쏘자 경찰 한 놈이 쓰러졌다.

이성운 부대원들도 나서며 소총을 쏘자 경찰들 대여섯 명이 총에 맞아 쓰러졌다. 결국 경찰대를 모두 섬멸했다.

홍범도는 부대를 이끌고 영사관에 들어가 보는 족족 총을 쏴 영사까지 죽여 버렸다.

이성운도 달려가 경찰서 건물에 불을 질렀다.

홍범도와 이성운은 불타는 경찰서를 보며 다시 원부대로 돌아와 대부대를 거느리고 왕청으로 향했다.

이 소식을 들은 사이토는 화가 치밀어 당장 장작림한테 전화해 난리난리 쳤다.

"장장군, 이젠 우리 영사관까지 들어와 위협하고 있어. 이건 전쟁이야, 전쟁! 어떻게 할 것인가? 누가 한 짓인지 당장 와서 사건을 수사해."

얼마 후 우에다와 사카모토가 대장으로 하는 한중연합수색대가 편성되었다. 그러나 연합수색대가 편성되었어도 아무런 단서도 잡지 못했다. 또 어디에 있는지도 전혀 갈피를 잡지 못했다.

동에 번쩍 서에 번쩍하는 홍범도가 아닐까 하는 추측만 난무할 뿐이었다.

"저게 홍범도 아니야?"

전선대에 까마귀가 날아가 앉자 놀란 연합수색대는 저게 홍범도가 아니냐고 혀를 놀릴 정도였다.

독립의 용두레: 간도 1919-20

제67회

광복군 총영

"사령관님, 드릴 말씀이 있습니다."

"그래? 말해 보게나."

"임정에서 전보가 왔는데 서간도에 다녀와야겠습니다."

"그러게나. 근데 무슨 일인데?"

"네. 임정에서 다음 달 7월에 대한의용군사회, 대한독립단 독판부, 한족회, 청년단연합회 등을 통합하여 광복군사령부를 설치하려고 하는데 이번 달에 이미 서간도에 광복단 총영이 조직되었다고 하네요. 그래서 제가 오동진 총영장을 만나 뵙고 오려구요."

"알았네. 갔다 오게나."

홍범도와 작별한 후 이성운은 서간도 안동현(지금의 단둥시)으로 향했다.

광복단 총영에는 청년단 결사대 외에 군비단, 대한독립단, 서로군정서 등의 군인들이 많았다. 조직 편제는 총영장 아래에 군사부, 참의부, 재정부 3부를 두었고 참의부 아래에 군영을 두었다.

총영의 사령엔 조맹선, 참모총장에 이탁, 경리부장에 조병준, 총영장에 오동진이 취임했다.

순천(順天) 오동진(吳東振, 31세)은 1889년 평안북도 의주에서 태어났다. 어려서 안창호가 세운 평양의 대성학교를 졸업하고 3·1 운동 이후 봉천성 관전현 안자구에 정착해 윤하진, 장덕진, 박태열 등과 규합하여 비밀 결사인 광제청년단(廣濟靑年團)을 조직해 군자금을 모금했다.

광제청년단을 기반으로 하여 오동진은 김승만(金承萬), 김시점(金時漸) 등과 함께 국내외의 청년단을 연합하여 대한청년단연합회(大韓靑年團聯合會)를 조직했다.

1919년 5월 오동진은 중국 안동에 있는 이륭양행 2층에 대한민국 임시정부 연통기관을 설치하고 안동교통사무국을 두어 평안남북도와 황해도를 관할했다.

1920년 초 오동진은 이탁(李鐸)과 힘을 합해 관전현을 기반으로 참리부(參理部), 사령부, 군영을 갖춘 광복군을 성립시켰다. 그리고 이들 조직 밑에 보다 활동적이고 효율적인 무장 활동을 전개할 수 있는 특수부대인 광복군총영(光復軍總營)을 조직하였다.

광복단총영은 평안도 안주, 신의주, 선천 등지에서 조선총독부 기관과 경찰서를 습격하는 진공 작전을 벌였다.

훗날 오동진은 3인조 암살단인 김광추, 박희광, 김병현에게 고등계 밀정이자 무순민회 서기인 정갑주(鄭甲柱)를 처단하게 했고 이토 히로부미의 수양딸이자 일본제국의 조선 정보원 배정자(裵貞子, 50세) 처단 명령을 내렸다.

또 고려혁명당의 군사위원장, 총사령으로 700여 명의 독립군을 총지휘했으며 연인원 1만 명이 넘는 부하를 이끌고 벽동경찰서 삼서주재소, 삭주군 순사주재소, 학회주재소, 후창군 동흥주재소, 무산군 장삼주재소 등 주재소와 식민통치의 전위기관인 삭주군 관회면사무소, 소귀면사무소, 초산군 영림창 사무소 등 일제관공서를 백여 차례 습격해 900여 명을 살상했다. 특히 친일관리인 후창군수와 자성군수를 처단했다.

   독립의 용두레: 간도 1919-20

당시 오동진 장군을 김좌진, 김동삼과 더불어 3대 맹장으로 불렀다.

"안녕하십니까?"

"누구신데요?"

"저는 간도특파원 이성운이라고 합니다."

"오. 많이 들어 봤는데…"

오동진이 이성운을 못 믿어 하는데 이때 얼굴에 홍조를 띠고 행복에 겨운 모습을 한 여인이 방에 들어섰다.

"안녕하세요?"

이성운은 한눈에 그녀를 알아봤다. 바로 몇 달 전 상해 임정에서 이동휘 총리를 만났을 때 차를 타 주던 청란 안경신이었다.

"네. 간도특파원 아니세요? 정말 반가워요."

"아니, 근데 여긴 어떻게…"

"그렇게 됐어요. 상해에 있으니 너무 심심하더라구요. 나는 일제 침략자를 놀라게 해서 그들을 섬나라로 철수시킬 방법이 무엇인가를 곰곰이 생각해 보았어요. 그것은 곧 무력적인 응징이더라구요. 그래서 직접 총을 쥐어 보고 싶어서 여길 왔지요. 여기 총영장님은 제가 대한청년단연합회 때부터 알고 지내던 사이예요."

안경신은 말끝마다 웃음을 잃지 않았다. 그때보다 얼굴이 많이 밝아 보였다.

"네."

이성운은 대답하면서 생각이 많아졌다. 그때 남자친구와 갈라지고 혼자 온 것 같기도 하고 여기서 또 새로운 남자친구를 사귄 건 아닌지 그렇다고 물어보기도 그렇고.

"왜 이렇게 화장실을 자주 다니지? 그럼 이야기 마저 나누세요."

안경신은 화장실 간다며 자리를 떴다.

"요즘 장덕진이랑 사랑을 나누어서인지 이뻐지네요."

"네. 허허. 임정에서는 광복단총영이 임정의 산하 군무부에 귀속되기를 원하고 있습니다. 총영장님은 어떻게 생각하시는지요?"

"네. 그건 저도 그럴 생각이었습니다."

오동진은 안경신까지 이성운을 간도특파원이라고 하자 믿음이 갔다.

"진짜입니까? 감사합니다. 다음 달에 서간도에서 광복군사령부가 설치될 예정입니다. 그럼 여기 광복군총영을 제2 총영으로 하면 어떨까요?"

"저는 괜찮습니다. 그렇게 하시죠."

"네. 임정에서는 올해를 독립전쟁의 해로 선포했습니다. 8월에 미국 의원시찰단이 필리핀, 중국, 일본을 순회방문하면서 우리 대한민국도 방문한다는 정보를 입수했습니다. 일제의 식민지배 기관들을 집중 타격하여 미국과 세계의 여론을 주목시키자는 게 우리 임정의 전략인데 총영장님은 어떻게 생각하십니까?"

"그렇잖아도 지금 폭탄의거를 계획하고 있었습니다."

"진짜요? 잘 부탁드리겠습니다."

"네. 걱정하지 마십시오."

이성운이 돌아간 후 광복군총영은 상해 임시 정부로부터 장총 240여 정과 많은 탄약을 이륭양행을 통해 입수했다.

오동진은 곧바로 총영에 간부회의를 열고 타격할 곳으로 경성, 평양, 신의주 3곳을 결정한 다음 폭탄의거에 참여할 대원 13명을 선발했다. 선발된 13명 모두 자원했다.

오동진은 제1대 경성타격대는 김영철(金榮哲), 김성택, 김최명 등 3명으로, 제2대 평양타격대는 장덕진, 박태열, 문일민, 우덕선, 안경신 등 5명으로, 제3대 신의주타격대는 이진무, 정인복, 이학필, 임용일, 김응식 등 5명으로 나누었다.

제68회

폭탄 타격대

　김영철, 김성택, 김최명 등 제1대 경성타격대는 폭탄 3개, 권총 3개, 실탄 127발과 전단지를 갖고 오동진의 안내하에 7월 중순 먼저 출발했다.

　이들은 압록강을 건너 오동진의 고향인 의주군 청수동에서 하룻밤 묵었다.

　죽호(竹虎) 김영철(金榮哲, 28세)은 1892년 평안북도 영변에서 출생했으며 대한제국 군인이었다. 3·1 운동 때 앞장섰다가 간도로 망명했다. 관전현에서 대한청년연합회에 의용대원으로 있다가 광복군총영에 가입했다.

　인성(仁成) 김성택(金成澤, 22세)은 1898년 평안남도 안주에서 태어났다. 1919년 2월 신한청년당의 간부 선우혁(鮮于爀)이 평안도로 와 기독교계 지도자인 양전백(梁甸伯), 길선주(吉善宙), 이승훈(李昇薰) 등을 만나 한국의 독립을 청원하려고 김규식을 파리강화회의에 파견하였음을 알리고 국내에서도 독립에 대한 열의를 고조시킬 것을 당부하였다.

　선우혁의 이 같은 당부로 평안도 지역은 기독교계뿐만 아니라 민족지도자 전체가 움직이기 시작하였다.

　3월 1일 김성택은 안주 군민들을 모아 만세 시위를 지휘하였다. 다음 날에도 군민들을 이끌고 안주 읍내를 돌며 만세 시위를 벌이던 중, 이를 저지하려는 헌병대와 격투를 벌이다 머리에 상처를 입자 몸을 피하였다. 그 후 안동으로 망명했다. 이어 신흥무관학교에 입학하고자 유하현까지 갔으나, 졸업생 배출 후 생도를 모집하지 않는 바람에 다시 안둥현 인접 지역인 관전현(寬甸縣)으로 갔다. 이곳에서 오동진을 만나 그의 권유로 광제청년단에 가입했다. 광제청년단을 기반으로 오동진이 대한청년단연합회를 조직하자 대원이 되었다. 1920년 오동진이 광복군총영을 조직하자 다시 광복군총영 대원이 되었다.

선우(仙愚) 김최명(金最明, 23세)은 1897년 평안북도 선천군 선천면에서 태어났다. 1919년 3·1 운동에 참가한 후 5월에 안동현으로 망명해 독립군 찾던 중 대한독립청년단에 가입했다. 1920년 4월에 대한광복군총영에 가입했다.

이튿날 오동진이 안동으로 돌아가자 그들은 김영철의 고향인 영변으로 갔다. 그곳에서 삼베 80필을 구매해 몸에 지닐 약간의 총알과 권총을 제외하고 폭탄과 총알 그리고 전단지를 포장해 영철의 친구 김용규에게 우편으로 부쳐 줄 걸 부탁하고 경성부로 출발했다.

가는 도중 친일파로 유명한 평안북도 자성군수 김홍일을 처단했다. 그리고 계속 남하하다가 또 친일파인 황해도 장연군수를 처단했다.

그러자 일경의 경계가 심해져 이들은 다시 함경도로 우회하였다가 상인으로 위장한 후 무기를 감추고 7월 말에야 경성부에 잠입했다. 그들은 운송점에서 폭탄을 찾아 종로구 청진동에 사는 친구 유용갑의 집에 맡겼다.

8월 23일 김최명은 종로경찰서, 김영철은 이완용의 집, 24일에는 김성택이 서울역에 각각 폭탄을 던질 계획이었다. 다 오동진의 명령이었다.

그러나 거사 전날인 22일 중국요리집 아서원 6호실에서 성공을 다짐하는 자리를 갖던 중 이들을 감시하던 일본 경찰에게 전원 체포되었다. 모두 최종 판결에서 징역 10년이 선고되었다.

제3대 신의주 타격대는 2개 조로 나뉘었다. 이진무와 정인복은 신의주로 출발했다. 신의주는 평안북도 서북쪽에 있는 도시다. 안동에서 압록강을 사이에 두고 바라볼 수 있다.

성상(星霜) 이진무(李振武, 20세)는 1900년 평안북도 정주에서 태어났다. 3·1 운동이 무기력하게 진압되자 간도로 와 광복군총영에 가입했다.

삼도(三道) 정인복(鄭仁福, 20세)은 평안남도에서 태어나 광제청년단에 가입했다가 광복군총영에 가입했다.

8월 15일 밤 9시경 이진무와 정인복은 신의주역으로 남몰래 들어가서 인접한 호텔을 겨냥하고 연결계단 쪽으로 폭탄을 던졌다.

"쾅!" 하는 폭발음과 함께 아쉽게도 계단의 일부만 파괴되고 호텔은 폭파되지 않았다.

폭파 소리에 주위의 일본 경찰들이 호루라기를 불며 모여 오자 이진무와 정인복은 일단 피신했다.

둘은 겸이포로 향했다. 이보다 더 큰 거사를 위해서다. 겸이포에는 일본의 군수산업을 위해 일본 대재벌 미쓰비시(三菱)가 건설한 대규모의 제철소가 있었다.

이진무와 정인복은 경비가 삼엄한 제철소에 들어가지 못하자 담벽을 넘어 들어가 겸이포제철소(兼二浦製鐵所)를 폭파했다.

독립의 용두레: 간도 1919-20

거사를 성공시킨 이진무와 정인복은 용천에 피신해 있다가 경찰에게 잡혔다. 그러나 용암포로 납송 중 자동차에서 경찰을 때려 넘어뜨리고 탈출에 성공하고 무사히 총영에 돌아왔다.

신의주에서 남쪽으로 더 내려가는 선천방면은 이학필, 김응식, 임용일 등 3명이 담당하였다. 이들은 권총 1개, 소총 1개 폭탄 2개와 전단지를 갖고 출발했다.

원대(元大) 이학필(李學弼, 23세)은 1897년 평안북도 영변에서 태어나 1919년에 광복군총영에 가담했다.

병현(炳賢) 김응식(金應植, 23세)은 1897년 평안남도 의주군에서 태어났다. 1919년 10월, 임정은 홍범도 부대가 함경남도 갑산군과 평안북도 강계군, 자성군 등지에서 승리를 거듭하자 그 교전 사실을 조사하기 위하여 김응식과 오동진을 파견하였고 그 내용들은 독립신문에 기재되었다.

영호(永湖) 임용일(林龍日, 23세)은 1897년 평안북도 영변에서 태어나 친구인 이학필과 함께 광복군총영에 가담했다.

이들은 8월 21일 선천에 도착하여 신성학교 학생 박치의의 도움을 받아 학교 기숙사에 머물렀다. 1906년에 건교되었지만 1911년 105인 사건에 연루되어 양전백과 김석창 등 교원과 학생들이 대거 검거된 그 신성학교다.
"3일 뒤 선천역과 선천경찰서를 폭파하고 갖고 온 경고문을 뿌리자."
김응식이 말하자 모두 동의했다.

"좋아!"

그런데 일본 경찰이 수시로 순찰하고 경비도 삼엄해 날짜만 애꿎게 흘러갔다.

"미국 의원들이 이미 경성으로 출발했대. 어떡할 거야?"

김응식이 한숨 쉬며 힘없이 말하자 임용일은 대수롭지 않게 대답했다.

"그래도 폭탄을 터뜨려야지."

김응식은 갑자기 온몸에 힘이 솟구치는 걸 느꼈다.

"좋아. 언제로 정할까?"

이학필이 김응식과 임용일을 번갈아 쳐다보며 말했다.

"8월 31일이 일본 천황의 생일이야. 그날로 하자."

김응식과 임용일은 이구동성으로 대답했다.

"좋아!"

그런데 그날은 일본 경찰들이 경비를 평일보다 백배 더 삼엄하게 해서 도저히 손쓸 수가 없어 다시 9월 1일로 거사일을 정하고 2명씩 조를 나누었다.

이날 새벽 3시 임용일과 김응식은 선천군청에 가서 토지대장을 보관하고 있는 지적창고에 폭탄을 던졌지만 아쉽게 불발됐다.

선천경찰서에 간 이학필이 밖에서 망을 보고 박치의가 경찰서 문앞에 폭탄을 던졌다.

"쾅!" 하는 굉음과 함께 폭탄이 폭파하면서 선천경찰서 현관이 파괴되었다. 아쉽게도 너무 가깝게 투척해 파괴력이 적었다.

이학필과 박치의는 연기 속으로 달려가 광복군 총영의 인장이 날인된 경고문과 격문 수십 매를 살포하고 선천경찰서를 빠져나왔다.

그런데 선천경찰서에 뿌려진 전단지를 단서로 수사가 시작되면서 7일

신성중학교 기숙사에서 박치의, 이학필, 김응식은 체포되었고 임용일은 경찰들의 포위망을 뚫고 간도로 돌아갔다.

체포된 이학필은 기회를 엿보다가 탈출하여 간도 본영으로 돌아갔지만 김응식은 1921년 4월 12일 평양복심법원에서 징역 3년을 선고받고 복역하였다.

1904년 평안북도 선천에서 태어난 박치의는 안타깝게 사형을 선고받고 1921년 9월 30일 평양 감옥에서 17세 일기로 순국하였다.

박치의가 체포되자 그의 일가친척을 비롯한 교회 목사 등 20여 명의 주민도 거사 모의 및 협조 혐의로 체포되었다. 이 중에 14명이 평양복심법원에서 2년에서 15년까지의 징역형을 언도받았다.

평양 타격대

장덕진 등 5명의 제2대 평양타격대는 폭탄 3개, 권총 4자루와 실탄 300발을 갖고 경성타격대가 출발한 뒤 안자구에서 출발해 쪽배 타고 압록강을 건너 의용단 평양지단과 협력하여 무사히 평안북도에 잠입했다. 첫날은 한 노인의 집에서 음식을 대접받았다.

의용단(義勇團)은 1920년 1월 김구, 김순애, 손정도, 김석황 등이 조직한 항일 무장단체이며 평양 지단은 평양의 기홀 병원에서 조직된 홍석운을 단장으로 하는 의용단 한 개 지단이었다.

평양타격대는 곧 평안북도 중북부에 위치한 벽동군 읍내로 들어가 친일파 황계익을 처단하고 서하면으로 가서 파출소를 타격했다.

그러다가 평안북도 의주, 삭주, 구성군을 지나 평양으로 가는 길목인 평안남도 안주군에서 불시 검문 중인 일본 경찰과 맞닥뜨렸다.

"모두 이쪽으로 오시오!"

미야모토 경부보(宮東警部補)가 손짓으로 부르자 모두 당황해 어쩔 바를 몰라 경직돼 있었다. 몸을 수색하면 다 붙잡힐 판이었다.

그때 안경신이 치마폭 다리에 감추었던 권총을 뽑아 들고 미야모토 경부보의 가슴을 향해 총을 쐈다. 미야모토가 총에 맞아 비틀거리며 총을 뽑아 드는데 장덕진이 총으로 사살하자 나머지 놈들은 혼비백산하여 뿔뿔이 도망쳤다.

평양 타격대는 안주군을 무사히 지나 보름 만인 8월 1일 평양에 무사히 도착했다.

이들은 의용단원 한준관의 포목상점을 연락처로 삼고 대동군 박치은의 집에서 몸을 숨겼다.

이튿날 평양 타격대는 갖고 온 긴급 경고문을 평양 시내 곳곳에 뿌렸다.

경고문엔 이렇게 적혀 있었다.

'관공서 근무자에게 퇴직을 명령한다. 독립군 염탐자에게 회개를 명령한다. 부자들에게 자금 출연을 권고한다. 일반 국민에게 뜻을 모을 것을 권고한다.'

평양 타격대는 포탄 투척 전 생각 밖으로 의용단원이 많이 모이자 평양 타격대를 다시 3개 조로 나눴다.

1조는 문일민과 우덕선, 의용단원 김예진과 숭실중학교 2학년생 김효록(17세), 권기옥 등 5명은 평남도청 폭파조로 나뉘었다.

무강(武剛) 문일민(文一民, 26세)은 1894년 평안남도 강서군에서 태어났다. 1919년 7월 신흥무관학교에 입학해 군사교육을 받았고 12월 대한청년단연합회에 가입했다. 1923년 운남육군강무학교에 입학했고 1926년 황포군관학교 교섭으로 활동했다. 1944년 10월 임정 참모부 참모를 역임했다.

애지(愛志) 우덕선(禹德善, 26세)은 1894년 평안남도 강서군에서 태어나 문일민과 단짝 친구다. 동갑이고 같은 마을에서 자란 둘은 어려서부터 어딜 가나 같이 다녔다.

8월 3일, 권기옥은 문일민과 우덕선을 숭현보통학교 석탄 창고에 숨겨두고 창고까지 폭탄을 혼자 운반해 왔다.

갈례(葛禮) 권기옥(權基玉, 19세)은 1901년 평양에서 태어났다. 평양 숭의여학교 졸업반 다닐 때 3·1 운동에 참가하였다가 체포돼 3주 구류당했다. 그 후 임정 연락원인 김순일, 김정직, 김재덕, 임득삼을 만나 군자금을 모집하다가 또 체포되어 6개월 복역하였다.

1925년 2월 28일 운남항공학교를 제1기생으로 졸업하여 여성으로서는 한국 최초의 비행사가 되었다.

밤 9시 30분, 어두컴컴한 밤길로 김예진과 김효록이 평남도청에 남몰래 진입했다. 24살인 김예진과 17세 김효록은 극심한 공포 속에서도 태연자약하게 폭탄을 힘껏 던졌다. 그런데 심지가 다 탔는데도 터지지 않았다.

"어?! 어떡하지?"

불발하자 김예진과 김효록이 당황해 어쩔 바 모르고 있는데 문일민과 우덕선이 다시 손에 든 폭탄을 힘껏 던졌다.

"쾅!" 하는 폭발음과 함께 신축건물 인제3부(평남 경찰부)의 담장이 무너지고 유리창 30장이 깨졌고, 순찰하던 일본 경찰 2명이 하늘로 날아오르며 폭사하였다.

폭파 소리가 나자 일제 경찰들은 즉시 경찰대와 소방대를 비상 소집했다. 이 폭탄 사건으로 큰 소동이 일어나 평양 천지가 가히 물 끓듯 했다.

2조는 장덕진, 박태열, 안경신, 김석황 등 4명이 평양경찰서 폭파조로 나뉘었다.

 독립의 용두레: 간도 1919-20

운송(芸松) 장덕진(張德震, 22세)은 1898년 황해도 재령군에서 태어나 3·1 운동 직후 간도로 망명해 오동진과 광제청년단을 조직했다. 1920년 2월 박태열, 김예호(金禮浩) 등과 함께 평안북도 벽동군 강변에 있는 일본 헌병분파소 2곳을 습격하여 일본 헌병을 사살하고 다시 벽동군 학회면 경찰관주재소 및 학회면사무소를 습격했다.

종식(宗植) 박태열(朴泰熱, 46세)은 1874년 황해도 은율에서 태어났다. 1919년 신흥무관학교를 졸업하고 한족회에 가입했고 오동진과 광제청년단을 조직했다. 1920년 2월 장덕진과 함께 평안북도 벽동군 강변에 있는 일본 헌병분파소 2곳을 습격하여 일본 헌병을 사살하고 다시 학회면 경찰 분파소를 습격해 일본 경찰 2명을 사살하고 학회면사무소를 불태워 버렸다.

윤황(潤黃) 김석황(金錫璜, 26세) 1894년 황해도 봉산에서 태어나 와세다 대학을 다녔다. 김석황은 이성운과 동창이다. 1919년 2월 일본 유학생들의 2·8 독립선언 때 일본 경찰에게 체포되었다가 훈방 조치되었다.

1920년 1월 김구 같이 의용단을 조직했고 평양에서 홍석운 등과 함께 평양지단을 조직했다. 6월, 임정의정원의원으로 있던 그는 폭탄을 임득산에게 휴대시켜 이융양행을 통해 광복군총영에 전달하게 했다. 그리고 직접 폭탄을 휴대하고 타격대에 가담했다.

평양 경찰서 앞에 도착한 이들 4명은 폭탄의 도화선에 불을 붙였다.

때마침 비가 억수로 쏟아져 내렸다. 하여 폭탄 심지가 비에 젖는 바람에 불이 붙지 않았다.

그때 초소를 지키던 경찰이 이들을 발견하고 호루라기를 불며 달려왔다. 모두 놀라 도망치는데 김석황이 급히 총을 꺼내 경찰 향해 쏘아 중상을 입혔다.

이들이 6세기 고구려 평양성의 북문인 모란봉 칠성문(七星門)에 도착했을 때 성문 앞에서 일본 경찰이 마침 검문을 하고 있었다.

"다시 돌아갑시다."

안 되겠다 싶어 이들이 다시 오던 쪽으로 가려고 돌아서는데 일본 경찰이 불렀다. 일본 경찰이 수상한 느낌을 받았는지 다가와 다짜고짜 검문을 시작했다.

두 일본 경찰이 몸을 수색했다.

장덕진이 눈짓하자 모두 일제히 총을 꺼내 일본 경찰을 쏘았다. 두 일본 경찰은 그 자리에서 즉사했다. 일본 순사부장은 놀라 나 살려라 도망치는데 장덕진이 총을 들어 사살했다.

"빨리 갑시다."

총소리를 듣고 주위에 있던 다른 경찰들이 몰려오자 4명은 칠성문을 지나 또 달리기 시작했다.

한참 달리던 안경신은 배가 아파 도저히 달릴 수 없어 풀썩 땅에 주저앉았다.

"경신 씨!"

장덕진은 걸음을 멈추고 달려와 안경신을 부축했다.

"덕진 씨, 정말 미안해요. 저는 더는 걷지 못하겠네요. 빨리 가세요."

"안 돼, 내가 어떻게 당신을 여기에 두고 가?"

장덕진은 걱정스러운 눈으로 안경신을 보며 말했다.

"아! 아이가 태어나면 이름을 뭐라고 지을까요?"

안경신은 축 처진 머리 사이로 미소를 머금고 장덕진을 그윽하게 쳐다

　　　　　　　　　　　독립의 용두레: 간도 1919-20

보며 말했다.

"당신 지금 뭐라 했어? 당신 임신했어?"

"네. 한 3개월 됐어요."

"근데 왜 나한테 말하지 않았어?"

"내가 알려 주면 여기 못 오게 할 거잖아요?"

"참, 답답한 여자네. 그걸 말이라고 해? 지금 당신이 임신한 몸이면 내가 더 못 가지."

"안 돼요. 그럼 우리의 계획은 수포로 돌아갈 거고 우리 아이들에게 이런 세상을 이대로 물려줄 순 없잖아요?!"

한참 말이 없던 장덕진은 일어서며 말했다.

"알았어. 그럼 꼭 살아서 다시 만나."

장덕진은 안경신의 볼을 쓰다듬어 준 후 눈물을 닦으며 일어섰다.

장덕진과 박태열은 다시 황해도 해주에 있는 동양척식회사 지점을 폭파하러 떠났고 김석황도 의용단으로 돌아갔다. 김석황이 갈 때 안경신은 김석황에게 폭탄을 부탁했다.

장덕진과 박태열은 해주에 도착했으나 워낙 헌병대 경계가 삼엄하여 손 쓸 수가 없어 끝내 포기했다.

장덕진이 다시 평양에 돌아왔을 때 안경신은 평양에 없었다. 장덕진은 안경신이 간도로 간 줄 알고 간도로 떠났다.

안경신은 장덕진과 박태열이 떠난 다음 간신히 어느 참외밭에 피신했다. 저녁이 되자 버스럭 하는 고슴도치 뛰어다니는 소리에 뱀이 나올까 봐 겁도 났다. 그런데 그보다도 모기가 벌떼처럼 매달려 도저히 잠들 수 없었다.

결국 뜬눈으로 밤을 지새운 안경신은 모기한테 물려 퉁퉁 부은 얼굴로 이튿날 아침 기자림에서 김석황을 기다렸다. 김석황은 나타나지 않고 그가 보낸 문현철이란 사람이 폭탄 한 개를 건네주었다.

그러나 안경신도 일본 경찰의 경비가 너무 심해서 도저히 폭파할 수 없어 되돌아왔다가 함경남도 이원군 남면 호상리에 있는 최용주네 집으로 가서 숨어 지냈다.

그리고 이듬해 3월 14일 아들이 태어났다. 안경신은 아버지 장덕진의 성씨를 따고 아픔 없는 세상에서 행복하게 살라고 장신복이라 이름 지었다.

"아그! 아그!"

맑은 눈동자로 새물새물 웃는 아들을 보는 안경신은 마냥 행복하기만 했다.

그렇게 이쁜 아들과 시간 가는 줄도 모르고 행복하게 보낸 지 7일째 되던 날 문이 벌컥 열리며 경찰들이 들이닥쳤다. 안경신은 숨어 있던 곳을 눈치 챈 대동경찰서 경찰들에 의해 체포되었다.

안경신은 어린 아들을 품에 안고 산후조리도 못한 몸으로 원산을 거쳐 25일 평양에 압송되어 아들이 태어난 지 12일 만에 평양 지방검찰로부터 사형을 구형받았다.

3조는 의용단원 여행렬과 표영준이었다.

여행렬과 표영준은 평양부청에 잠입해 평양부청에 폭탄을 던졌다. 그러나 심지가 빠졌는지 불발되었다.

2주 뒤인 20일에 여행렬과 표영준은 평안남도 경찰부장이 승차한 승용차에 총격을 가해 운전사를 부상 입히고 경찰부장은 중상을 입혔다.

22일 기홀병원에서 여행렬과 표영준은 다음 거사를 협의하던 중에 일본 경찰의 습격을 받아 체포되었다.

결국 여행렬과 표영준은 1921년 평양복심법원에서 무기징역형을 선고

받고 복역했다.

　8월 24일, 미국 의원단 일행 49명이 경성을 방문하자 1만여 명의 시민들이 남대문 조선호텔을 따라 만세 시위를 벌였다.

　이미 상해 임시 정부의 여운형과 내무총장 안창호에게서 대한민국 독립의 청원을 받았던 미국 의원들이었지만 만세 시위를 보면서 독립에 대한 뜨거운 열망을 다시 한번 확인하게 되었다.

　이러한 광경은 미국 의원들을 통해 미국 대통령 후보인 하딩에게 보고되었다. 하딩은 대한제국 붕괴 이후 일본의 대회정책을 비판하고 대한민국 독립을 지원할 의사를 밝혔다.

　1921년 3월 4일, 하딩은 미국 제29대 대통령으로 당선된 후 대한민국 독립을 지원하기 위해 대한민국 독립 사업을 약속대로 추진했다.

부산경찰서 폭탄 의거

6월 중순 곽재기, 이성우 등 의열단 주요 골간분자들이 잡히면서 의열단은 큰 타격을 입었다.

또 밀양과 진영에 폭탄을 반입하다 연루되어 많은 의열단 단원들이 부산경찰서에 투옥되어 고문을 받고 있었다.

김원봉은 포기하지 않고 오기로 부산경찰서 서장 하시모토(橋本秀平)를 암살할 계획을 세웠다.

김원봉은 장고 끝에 부산 지리에 익숙한 박재혁을 불렀다.

범일(凡一) 박재혁(朴載赫, 25세)은 1895년 부산에서 태어나 부산진보통학교(지금의 부산진초등학교)를 나와 부산상업학교(지금의 개성고등학교)를 졸업했다. 재학 시절 일제에 의해 금지된 동국역사를 등사 배포하였고 구세단을 조직했다. 1917년 상하이에 가 무역업에 종사했다가 1920년 8월에 김원봉을 만나 의열단에 가입했다.

9월 초, 싱가포르에 있던 박재혁은 상해로 와 김원봉을 만났다.

"박 동지, 요즘 대구경찰서 박춘영 형사가 임시 정부에 독립군자금을 조달하다 발각되어 체포되었소. 그리고 우리 의열단원 동지들도 부산경찰서에 많이 갇혀 있소. 그래서 부산경찰서장을 죽이려고 하오. 박 동지가 수고해 줘야겠소. 그자를 죽이되 그냥 죽일 것이 아니라 누구의 손에 무슨 까닭으로 왜 죽지 않으면 안 되는지를 깨닫도록 단단히 그의 죄를 밝힐 필요가 있소."

"예. 알았심더."

김원봉의 말에 부산 사나이 박재혁은 망설임없이 바로 배편으로 상해를 떠나 나가사키(長崎)를 거쳐 9월 13일 부산에 도착했다.

박재혁은 중절모를 쓰고 안경 끼고 검정 코트를 입고 집으로 가는 골목길에서 동네 마실 나온 엄마를 만났다.

"말씀 좀 물읍시더. 여기 박재혁네 집이 어딘지 아시나예?"

"뭐라카노? 금마 집에 없다카이. 니 뭐 일 있나?"

"친군데예. 어디 갔는지 아시나예?"

"금마 외국 갔다 아이가."

"예. 알겠습니다. 욕 보이소(수고 하십시오)!"

박재혁은 웃으면서 모자 벗고 안경 벗자 엄마는 그제서야 아들을 알아보고 활짝 웃으며 와락 품에 껴안았다.

"아따, 이게 누구다노? 우리 뚱떼이 아잉가? 야, 오늘 완전 까리한데."

"하모(그래 맞다)."

"반갑데이. 니 밥 묵었노? 배 고프제? 밥 한 그릇 더 줄까?"

"아이고, 짜달시리(그닥) 땡기는 게 없슴다."

"퍼뜩 들어가자. 밥 뭐 묵을래? 지짐 구워 줄끼다."

엄마는 아들 손 잡고 집으로 들어가 밥상부터 차렸다. 마침 아버지도 집에 있었다. 아버지도 아들을 보고 엄청 기뻐했다.

"살아 있나? 요즘 잘 지내나?"

"예. 아픈데는 없나예?"

"괜찮다."

아버지는 엄마가 차려 온 술상에 막걸리를 아들한테 따라 주며 한잔하라 했다. 박재혁은 속으로 눈물을 삼키며 건배했다. 처음이자 마지막일 수있는 아버지와의 술 한잔, 너무 소중한 일분일초였다.

박재혁은 품속에서 신문지에 싼 돈 봉투를 꺼내 엄마한테 내밀었다.

"뭐꼬? 니 진짜 와 이라노?"

"요즘 좀 한가해서 휴가 나왔심니더. 좀 있으면 또 바빠져서 한동안 못올것 같습니더."

"오늘 내 귀빠진 날이데이. 니가 선물 좀 가꼬 왔나?"

아버지는 술잔 쭉 굽내더니 신문지를 당겨 가 돈을 챙겼다.

"자기밖에 모른다 아이가!"

엄마는 와락 달려 들며 신문지를 도로 확 빼앗았다.

"아나. 여 있다."

아버지는 달려드는 엄마를 보자 바로 돈을 내놓았다.

"삐졌나? 니 안 그카믄 내 그카이겠나?"

"아따. 나 지금 완저이 걸배다."

아버지는 실권 없어 속 타는 듯 다시 술상에 앉아 애꿎은 술잔만 굽냈다.

박재혁은 엄마 주의 하지 않는 틈을 타 아버지 호주머니에 소비 돈 찔러주었다. 그러자 아버지는 좋아 함박 웃음을 지었다.

"아이고 대다. 엄마. 나 내일 가야 해서 일찍 들어가 잘게."

"너 어데 가노?"

엄마는 오자마자 아들이 또 간다는 말에 결국 서러워 눈물을 흘렸다.

"야, 와 이리 쥐짜노? 아까 맹키로 좀 해 봐라 아이가."

박재혁은 우는 엄마를 달래며 품속에 껴안았다. 그리고 마음속으로 울

                                    독립의 용두레: 간도 1919-20

먹였다.

"엄마, 나를 키우느라 고생 많았어. 내가 효도하지 못하고 이렇게 먼저 가서 정말 미안해. 그러나 내가 가는 이 길 누군가는 꼭 가야 하고 먼 훗날 일제가 없는 나라에서 따스한 아침 햇살을 맞이하기 위해 선택한 거 나 후회하지 않아! 엄마, 못난 이 아들 용서해 줘! 사랑해!"

이튿날 오후 2시 30분쯤 중절모를 쓰고 중국인 고서적상(古書籍商)으로 변장한 박재혁은 부모님과 작별하고 곧바로 성큼성큼 부산경찰서로 걸어 갔다.

골동품 수집이 취미인 하시모토 경찰서장은 평소 지면이 있던 터라 박 재혁이 면회를 요청하자 조금도 의심하지 않고 바로 면회에 응했다.

박재혁은 검은 가방에서 고서적을 꺼내 하시모토에게 넘겨주었다.

"요시!"

하시모토는 기뻐서 환하게 웃으며 책을 받아 보았다. 박재혁은 바로 또 다른 책을 꺼내는 척하면서 의열단 전단지를 꺼내 건네주었다.

하시모토는 의아해 두 눈이 휘둥그레졌다.

"코레, 나니(これ、なに-이거, 뭐야)?"

"나는 의열단원이다. 네놈들의 소행으로 이번에 우리 동지들이 구속되 고 말할 수 없는 고초를 겪고 있다. 네놈들은 우리의 원수다. 죽어 마땅한 줄을 너희 놈들도 잘 알고 있겠지."

박재혁은 재빨리 가방에서 폭탄을 꺼냈다.

하시모토는 깜짝 놀라 책이며 전단지며 던져 버리고 급히 자리에서 일 어나 도망쳤다. 박재혁은 하시모토를 향해 폭탄 2개를 연속 던졌다.

"꽝! 꽝!" 하는 소리와 함께 폭탄이 터지자 하시모토는 비서진과 함께 그 자리에서 쓰러졌다. 얼굴이며 온몸이 피투성이가 된 하시모토는 중상을 입고 부산의 병원으로 옮겨지던 중 결국 죽고 말았다.

폭탄 터뜨리라 전혀 생각지 못하고 옆에 서있던 순사 2명은 그 자리에서 즉사했다.

박재혁은 중상을 입어 얼굴과 앞가슴으로 피가 흘렀지만 도망가지 않고 그 자리에서 체포되었다.

박재혁은 체포된 날부터 단식을 시작하여 9일 만에 스스로 목숨을 끊었다.

"엄마, 진짜 미안해! 사랑해!"

그때 박재혁의 나이는 겨우 25세였다.

훈춘 사건

"코노야로(このやろう-이놈의 자식)!"

사이토는 화가 치밀어 고래고래 소리 질렀다.

"이성운, 이성운! 내가 이자를 진작에 죽여 버렸어야 하는데."

사이토는 아들 타로가 부상을 입었고 봉오동에서 일본군이 대패했다는 소식에 펄펄 뛰었다.

그것도 그럴 것이 나남, 청진 쪽에 경비를 강화한 동시에 두만강 남안에 철통같은 경비를 해 놓았는데도 독립군은 날마다 세력을 확장하고 있고 이젠 전투에서까지 대패했으니 체면이 말도 아니었다. 그것도 이성운이 온 이후 간도에는 많은 상상도 못한 큰일이 발생했다.

"이놈들 어떻게 하면 다 죽여 버릴 수 있지?"

"여기 간도에는 경찰 병력이 많지 군인 병력은 다 합쳐야 5~6,000명밖에 안 됩니다. 이젠 조센징놈들이 몇 천이나 되는 무장 대오를 이루고 있습니다. 이놈들을 소탕하려면 여기 있는 우리 군으론 턱없이 부족합니다. 지원병을 요청해야 될 것 같습니다."

팔과 머리에 붕대를 감은 타로가 옆에 다가가 사이토에게 건설적으로 말했다.

"음. 나도 생각지 않은 바는 아니지만 여긴 중국이란 말이야. 마음대로 군대를 들여올 수 없어."

"그럼 방법을 대면 되죠. 만약에 우리가 일 터뜨리고 군대가 들어온다고 하면 장작림도 할 말 없을 텐데요."

"요시!"

사이토는 골몰하다가 무릎을 탁 치며 지사꾸 경찰 서장더러 용정의 건달 두목 로후를 불러 오게 했다.

사쿠라 구락부 룸에는 전통의상을 입고 머리를 땋아 올린 한 일본 여자가 비파를 치며 노래하고 있고 두 명이 일본 전통 춤을 추는 가운데 사이토가 로후한테 술을 따랐다.

"자, 드시죠."

"네. 감사합니다."

로후는 기분은 좋았지만 공짜 점심밥이 없듯이 대사가 부를 땐 꼭 큰일이 있다고 생각했다. 그러나 내색을 내지 않고 이 말 저 말 하면서 술만 마셨다. 이윽고 술이 거나하게 몇 바퀴 돌자 사이토는 여자들을 다 내보냈다.

사이토가 손뼉을 탁 치자 비서가 검은 트렁크 한 개를 들고 들어와서 상우에 놓았다. 사이토가 또 턱으로 가리키자 비서는 가방을 열었다. 안에는 지폐가 꽉 차 있었다.

로후는 돈 묶음 하나를 쥐어 후르룩 세어 보더니 다시 놓으면서 웃음 짓고 있는 사이토를 보며 물었다.

"대사님, 무슨 분부가 있으신지요?"

"니디(你的) 따따디(大大的) 충밍(聰明)(당신은 정말 총명하군요). 장사를 한다고 들었소. 큰돈을 벌 수 있는데 나와 손잡지 않겠소?"

사이토는 검은 가방을 로후 쪽으로 밀었다.

"돈만 된다면 저희야 마다할 리 없죠. 근데 어떤 일이신지요?"

"요시. 그럼 한다는 걸로 알고 알려 주지. 훈춘에 가 사람을 죽여줘야겠소."

로후는 조금 주저하자 사이토는 또 박수를 쳤다. 비서가 가방 하나를 더 들고 들어왔다.

"일이 끝나면 여기 있는 돈도 다 주겠소."

"좋습니다. 누굴 죽이면 되는 거죠?"

사이토는 표독한 얼굴을 짓더니 의미심장하게 말했다.

"그냥 닥치는 대로 많이 죽이면 죽일수록 좋소."

"알겠습니다."

9월 12일 오전 5시경 로후는 칠성파 부하들과 돈으로 매수한 불량배 조선인 등 30여 명을 거느리고 훈춘시로 들어가 약 3시간 동안 닥치는 대로 방화하고 물건을 빼앗고 사람을 죽였다. 그리고 동쪽으로 사라졌다.

로후는 나머지 돈을 받으러 사이토를 만나러 갔더니 잘했다고 칭찬하기는커녕 사이토가 노발대발했다. 모두 간도 사람을 죽였으니 아무리 많이 죽여도 일본 군대를 파견할 핑계가 안 되었던 것이다.

"내가 말한 건 일본 사람이야, 상관없어!"

"아니, 이건… 전쟁인데."

천하의 로후라도 감당이 안 되었다. 로후는 "뿌간러(不干了, 못 해요)" 하며 돈 가방을 땅에 메치고 그냥 나가 버렸다.

사이토는 비서에게 눈짓했다.

"하이!"

비서는 알았다는 듯이 머리를 숙이며 인사하고는 급히 밖으로 나갔다.

"으악!"

그날 저녁 로후는 집 문 앞에서 검은 천으로 얼굴을 가린 괴한들에게 살해되었다.

"건달은 담이 작아 안 되겠네."

"제가 그렇잖아도 알아보았는데요. 안도 쪽에 대엄귀란 자가 마적단 300명을 거느리고 있답니다."

사이토의 눈치를 엿보며 지사꾸 서장은 건수를 얻었다는 듯 신나서 말했다.

"그래? 그럼 빨리 알아봐."

대엄귀(戴嚴鬼)는 중국 사람으로 안도현 지방자위대 대장이었다. 대엄귀는 조선인 여자를 부인으로 데리고 살고 있었는데 밖에 나가면 천하무적인 대장이지만 집에 들어오기만 하면 여편네한테는 꼼짝달싹 못했다. 그래서 '호우(好, 좋다), 호우'한다고 사람들은 '장강호(長江好)'라고 불렀다.

사이토를 만난 대엄귀는 돈을 보자 눈이 커지고 입이 함박만해 져서 '호우' 하며 쾌히 승낙했다.

대엄귀는 10월 2일 300명 마적단을 거느리고 기세등등하게 훈춘으로 쳐들어가 오전 9시부터 4시간 동안 살인과 약탈을 자행했다.

마적단은 보는 족족 죽여 중국 군인 70여 명, 조선인 7명, 조선총독부 함북 파견 경찰서의 경부 시부야(澁谷)와 일본인 부녀자 9명 등 13명의 일본인을 살해하고 비어 있던 일본공사관을 불태웠다.

그리고 영사관 지하실에 모아 두었던 600정의 무기도 약탈하고 영사관에 갇혀 있던 애국지사 수명을 모두 석방시켰다.

"소까!"

사이토는 기쁨을 감추지 못하고 바로 장작림한테 전화했다.

"장장군, 어제 훈춘에서 우리 영사관이 불타고 많은 일본인이 죽었소. 이건 무조건 '불령선인'과 러시아 과격파가 한 짓이란 말이오. 이들은 꼭 배일(排日) 의도를 가지고 러시아 공산주의 세력과 연계되어 있는 정치집단이오. 이들이 언제 또 나에게까지 총부리를 돌릴지 모를 일이오. 내일 당장 군대를 보내 주시오."

"영사님, 진정하십시오. 제가 요즘 정신이 없어 영사님께 신경 쓰지 못해 정말 죄송하군요. 제가 여기 일이 마무리되는 대로 군대를 파견하겠습니다."

사이토는 일이 뜻대로 되는 것 같아 속으로 흐뭇해했다.

"안 되오. 당장 군대를 파견하지 않으면 나는 우리 군을 부르겠소. 그럼 난 당신이 동의한 걸로 알겠소."

전화를 받은 장작림은 사이토가 점점 중국을 침략하려는 본심을 들어낸다는 느낌이 들었지만 한창 2차 직봉전쟁을 준비 중인지라 사이토에 대해 신경 쓸 겨를이 없었다.

10월 7일, 일본 내각은 '제국신민의 보호'를 명분으로 일본군의 파견을 결정하고 훈춘 및 간도 지방에 있는 독립군을 '소탕'할 것을 명했다.

이에 함북에 주둔하던 나남사단 제19사단의 1개 여대를 주력 부대로 하여 블라디보스토크 파견군, 북만주 파견군 및 관동군이 합세한 약 2만여 명의 대부대가 간도로 출병했다.

이도구 회사(會師)

"장군님, 일본군이 우리 독립군을 토벌하기 위해 간도로 출병한답니다. 그리고 중국군도 같이 토벌하니 빨리 이동하라는 전보입니다."

이성운이 홍범도에게 전보를 올리자 홍범도는 돌아서지도 않고 담배를 묵묵히 태우면서 창밖을 내다보며 물었다.

"어디서 어떻게 얻은 정보요?"

"방금 맹부덕이 사람을 보내왔습니다."

"왜 중국군이 이런 소식을 알려 주지?"

"얼마 전 맹부덕의 동생이 사이토한테 죽은 모양입니다. 그리고 일본군의 진출을 탐탁치 않아 하던 장작림이 일본과 싸우는 우리 독립군의 무장 해제를 썩 원치 않아서죠."

"음, 좋소! 그럼 우리 이동하지."

"어디로 이동하면 좋을까요?"

"음! 자네는 다른 군단에 연통해 화룡현 이도구에서 모이자고 전하게."

"네, 알겠습니다."

홍범도는 300명 가량의 대한독립군을 인솔하여 백두산 산록을 향하여 장정을 개시하여 9월 20일께 화룡현 이도구(二道溝) 부근에 도착했다.

이성운의 통지를 받은 안무의 국민회군, 의군부, 신민단 등 군도 9월 말께 이도구 방면으로 집결했다.

안무가 인솔한 250명의 국민회군은 봉오동 전투 승전 이후 8월 초부터 서서히 북일류구(北日流溝)에 이동했다가 8월 17일경 구세동(救世洞)으로 이동했다. 또 8월 말 의란구의 본영을 떠나 9월 하순 이도구 부근인 유동(柳洞)에 도착해 홍범도 부대와 만났다.

홍범도, 안무 연합 부대 약 550명은 이동해 흑해자구(黑海子溝) 부근에 머물면서 매일 교련을 행하다가 며칠 뒤인 10월 16일경에 다시 북상하여 어랑촌(漁郎村)으로 행군하여 그곳에서도 일본군과의 회전을 준비하면서 매일 군사훈련을 강화했다.

10월 18일경 다수의 독립군 부대가 드디어 모두 집결하였다.

의군부군(義軍府軍)은 봉오동 전투 이래 허근(許根)을 단장, 강창대(姜昌大)를 부단장으로 하는 부대로 개편되었다. 150명의 의군부는 소총 160정, 권총 50정, 수류탄 3상자 등을 구비하고 있었다.

신민단군 가운데 일부가 봉오동 전투 후 최진동이 인솔한 군무도독부군을 따라 나자구 방면으로 북상하기도 했지만 약 200명의 신민단군은 이도구 방면으로 서남진하여 홍범도 부대와 연합했다.

대한독립군 300명, 국민회군 250명, 의군부 150명, 신민단 200명 이외 의민단 200명 등 약 1,100명의 독립군대 연합 부대가 다시 또 이루어졌다.

국민회군으로부터 홍범도 장군이 연합군을 추진한다는 소식을 들은 의민단은 왕청현 춘화향 알아하의 본영을 떠나 이도구 방면에 진출하여 홍범도 부대에 합류했다.

의민단(義民團)은 3·1 운동 직후 천주교인 의병을 중심으로 조직된 독립군단으로 단원 200명에 군총 200정, 대장은 방위룡(方渭龍)과 김연군(金演君)이며 그동안 국민회의 국민군과 연합작전을 수행했다.

이성운은 마지막에 왕청현 서대파구(西大波溝) 십리평으로 갔다.

"좌진 형님, 잘 지내셨어요?"

"야, 참말로 겁나게 오랜만이여잉."

김좌진은 이성운을 보자 너무 반가워했다.

"네. 덕분에요."

"야, 근데 니 얼굴 왜 그랴?"

"형님, 조만간 일본군이 쳐들어오고 중국군도 우리를 토벌하기로 돼 있어서 다 이동하라는 전달이 왔습니다. 아마 형도 이동하셔야 할 것 같은데요."

"기여? 알았슈. 홍범도 사령관께선 잘 지내셔?"

"네. 장군님은 형을 아주 극찬하고 계세요. 장군님은 형이 부대를 이끌고 이도구쪽에 오셨으면 하는데 어떻게 생각하세요?"

"그랴, 나야 상관없슈."

"네. 형님. 그럼 그렇게 전하겠습니다."

"배고프지? 뭐 먹을겨?"

"괜찮아요. 전 바로 돌아가야 해서요."

"야야, 그라고 혀선 안 쓰는겨. 저녁에 호랭이 괴기나 구워 묵고 니얼(내일) 일찍 가브러잉."

"진짜요? 감사합니다. 형님."

저녁이 되자 김좌진은 산간지대에서 토막나무를 쌓아 모닥불을 피워 놓고 낮에 사냥한 산돼지고기를 통째로 굽고 이성운과 술잔을 부딪치며 밤새도록 웃음꽃을 피웠다.

"난 진짜 호랑이인 줄 알았네요."

"야, 여그선 산돼지를 호랭이라 그런다잉. 허허. 웃기지 않냐?"

"형님, 호랭이 고기 아니면 내가 갈가봐 그랬죠?"

"그걸 또 어케 알았디야? 허허."

김좌진은 고기가 다 굽어지자 절반을 잘라 대장 나중소, 부관 최준형, 중대장 이범석, 소대장 이민화, 이탁, 남익, 김훈 등 장령들과 함께 나눠 먹었다.

이튿날 아침 이성운은 김좌진과 작별하고 명화를 만나러 명동으로 향했다.

"이제부터 우리는 대한민국 독립을 위해 전투에 투입될 것이다. 모두 만반의 준비를 하고 각오도 단단히 하길 바란다. 출발!"

북로군정서는 총재 서일(徐一), 총사령관 김좌진과 사단장 김규식이 이끄는 보병대 450여 명, 이범석이 이끄는 연성대(研成隊) 150명, 기타 약 100여 명 등 총 700여 명의 병력이었다. 이들은 소총 1,200정, 권총 150정, 기관총 7문, 수류탄 780발, 탄약 24만발로 무장했다.

김좌진은 1920년 5월 십리평에서 30리 떨어진 삼림지대에 8동의 병동을 설치해 사관연성소를 설립해 18세부터 30세 사이 사관생도를 선발해 군사 훈련시켰다.

사관연성소는 정신교육, 역사, 군사학, 술과, 체조 및 규령법을 가리키고 군사훈련은 구한국 군대식 방법으로 교육을 실시했다.

교관은 이범석, 신흥무관학교 졸업생인 김춘식, 이명, 오상세, 박영희, 백종렬, 강화린, 최해, 이운강 등을 초빙해 사관학생들을 가르쳤다.

1920년 6월 초 기초 훈련을 끝낸 600명 가운데 심의를 거쳐 300명만이 회색 군복을 입고 상등병 견장을 달고 본격적인 훈련에 돌입했다.

9월 9일에 사관연성소 제1회 사관생 298명이 졸업식을 치렀다. 그중 150명의 사관들로 연성대를 조직하였다.

이성운이 떠난 후 서일과 김좌진은 북로군정서를 정비하고 백두산으로 향했다.

북로군정서가 왕청에서 출발해 안도현에 도착하자 지형을 살피던 소대장 김훈이 뛰어와 김좌진에게 보고했다.

"앞에 웬 부대가 이쪽으로 이동해 오고 있습니다."

"어, 몇 명인겨?"

"대략 200명 정도는 되는 것 같습니다."

김좌진은 곧 부대를 매복시킨 다음 총을 아래로 겨누고 대기시키고 부대 제일 앞쪽에 가서 오는 부대를 주시했다.

얼마 안 돼서 200명이 두 줄로 황망하게 지나가는데 갑자기 김좌진이 불쑥 일어서서 호령했다.

"꼼짝 말고 손 들라우!"

김좌진의 호령이 떨어지기 바쁘게 매복해 있던 대부대가 일제히 총을 겨누며 일어섰다. 깜짝 놀란 그쪽 부대도 총을 맞겨누었다.

순간 일촉즉발의 팽팽한 기류가 흘렀다.

"니, 김좌진 아이가?"

이때 부대로부터 하얀 팔자수염과 턱수염을 기른 60대 사나이가 나서며 말했다.

"맞는디유, 뉘신교?"

"인마, 이거, 나 이상룡이야!"

"뭐여? 형이 왜 거기서 나와유?"

"살아 있나? 근데 넌 어디 가노?"

"홍범도 장군한테 가는 길이유."

"야, 니 지금 뭐라노? 홍범도 장군? 우리도 거기 가는 길이다. 같이 가자."

이상룡, 지청천 등이 이끄는 200여 명의 서로군정서는 일본군이 쳐들어온다는 소문에 신흥무관학교를 떠나 이도구로 가는 중이었다.

북서로군정서 연합군은 합류한 후 다시 남하하여 백두산 지역 주변 밀림에 길지를 봐둔 뒤, 9월 17일부터 짐을 꾸려서 또 이동을 시작했다.

북서로군정서는 옥수수가루와 콩가루로 만든 떡을 먹으며 추위를 견디면서 이동했다.

그러다가 천보산(天寶山) 근교에서 일본인 광산을 지키는 광산수비대대를 만났다.

모두 놀라 김좌진 얼굴을 쳐다보는데 김좌진은 더 큰 적을 섬멸하기 위해 그들을 살려 두고 앞으로 계속 행군할 걸 명령하였다.

북서로군정서는 주로 산길로 이동했고 무기를 실은 수레만 180여 대에 달했다. 이동한지 한 달 만에 450리 길을 걸어 연길현을 거쳐 10월 16일 화룡현 삼도구에 도착했다.

삼도구에 도착하자 훈춘 일본 영사관 습격했던 마적 대엄귀(戴嚴鬼)가 찾아왔다.

"김좌진 장군, 명성을 많이 들었습니다. 제가 찾아온 것은 다름 아니라 10월 18일에 일본군 3개 대대가 함경북도 무산으로부터 습격해 온다는 소식을 들었습니다."

"기여? 진짜 고맙슈."

김좌진이 곧 정찰대를 파견해 염탐해 본 결과 헛소문이 아니었다.

김좌진은 전군에게 요지를 차지하고 숲속에 잠복하라 명하였다.

18일 오전, 아니나 다를까 일본군이 대대 병력으로 생각 없이 우르르 몰려왔다.

"사격!"

김좌진이 벌떡 일어서며 사격을 명령하자 북서로군정서군은 일제히 일본군을 향해 맹렬하게 총을 쏘았다.

전혀 생각지 못한 매복 사격에 일본군은 속절없이 무너졌다. 일본군은

450여 명이 즉사하고 부상자도 60여 명이나 되었다.

북서로군정서는 대승했지만 병력 부족으로 후속 부대가 쫓아올 걸 염려해서 일단 퇴각하였다.

북서로군정서는 즉각 산골짜기 사이를 통해서 이도구로 향했다.

아니나 다를까 급히 뒤쫓아 온 일본대부대는 독립군이 보이지 않자 분명히 이도구로 갔을 것이라 생각하고 먼저 그곳으로 달려가서 길을 나누어 수색했다.

"적군이다!"

일본군은 밤중이 되어 좌우를 순회하다가 갑자기 반대편에 대부대가 나타나자 발포하기 시작했다. 나중에 사상자를 확인해 보니 독립군이 한 명도 없고 모두 일본군이었다. 사망자는 180명, 부상자가 70명이나 되었다.

북서로군정서군은 밤중에 길을 잃어 수십 리를 돌아오는 바람에 곧바로 도착하지 못하였다.

또 북서군정서군의 제복과 제모가 일본군 것과 색상이 비슷했기 때문에 자기네끼리 마주치고는 이를 독립군으로 오인하여 서로 발포한 것이었다.

북서로군정서군은 곧바로 인근 이도구로 이동해 있던 홍범도 부대와 연합하였다. 또 한 번의 대연합군이었다.

간도 참변

"오빠!"

이성운을 보자 명화는 기뻐 한달음에 달려와 이성운의 품에 안겼다.

김좌진과 갈라진 후 이성운은 밤낮 걸음을 재우쳐 일송정에 올랐다.

"근데 왜 이리 일찍 왔어?"

명화는 이성운 가슴에 얼굴을 파묻고 속삭이듯 말했다.

"보고 싶어서."

이성운은 능청스럽게 대답했다.

"거짓말!"

명화는 얼굴을 붉히며 다시 이성운 품에 얼굴을 묻었다.

"저번 달엔 왜 안 왔어?"

"미안해. 요즘 홍범도 장군 따라 왕청에서 일본놈들과 싸우고 있어."

"진짜? 그럼 오빠 이젠 독립군 된 거야?"

"음. 그렇다고 봐야지."

"그럼 인젠 만나기 더 힘들겠네! 나는 어떻게 해?"

"아버님은 아직도 감옥에서 안 나오셨어?"

"몇 번 면회 갔었는데 오빠를 잡기 전엔 석방이 안 되나 봐."

"내가 자수할까?"

"뭔 소리야? 안 돼! 설령 자수해도 아빠는 나오기 힘들어."

"오. 내가 미안해서. 그렇잖아도 이번에 너를 데리러 왔는데. 부모님들이 걱정할까 봐 지금까지 말 못 했어."

"좋아. 나도 이번에 오빠 따라 어디든 갈려고 했어."

"고생이 많을 텐데 괜찮겠어?"

"괜찮아. 오빠만 옆에 있으면 돼!"

"잠깐만. 근데 저건 뭐야? 밥 짓는 연기가 아닌데?"

이성운과 명화가 일송정에서 명동 쪽을 내려다보니 개들이 자지러지게 울어 대고 사처에 연기가 자욱하고 명동학교에는 삼단 같은 불이 지펴져 있었다.

갑자기 "땅! 땅!" 하는 총소리가 요란하게 들려오더니 아우성 소리가 가슴 아프게 들려왔다.

명동 마을에 갑자기 일본놈들이 개미떼처럼 들이닥치고 있었다.

"엄마!"

명화는 산 아래로 달려 내려가려 했다. 이성운은 급히 손을 낚아채며 말렸다.

"안 돼! 지금 가면 그냥 생죽음이야! 엄마도 그걸 바라지 않을 거야!"

"엄마."

명화는 맥없이 풀썩 주저앉으며 울음보를 터뜨렸다.

"빨리 일어나! 빨리!"

윤하현은 급히 집으로 뛰어들어 와 손주 윤동주를 깨웠다. 그리고 아들 윤영석과 며느리 김용더러 빨리 아이를 데리고 뒷산으로 도망가라고 했다.

"무슨 일임둥?"

"일본놈들이 쳐들어오고 있어! 빨리 가!"

"그럼 아부지는?"

"내 걱정 말고 빨리 가."

윤영석은 윤동주를 업고 김용과 같이 대문을 열고 허둥지둥 달려가는데 저쪽 골목길로 문재린과 김신묵도 문익환을 업고 뛰어오고 있었다.

윤하현과 문병규, 김하규 등 노인네들은 잠이 없어 아침 일찍 일어나 동네를 돌면서 담소를 나누다가 이리떼처럼 몰려오는 일본군을 보고 혼비백산해서 달려온 것이었다.

"또드게끼(돌격)!"

일본군 제일 선봉에는 말을 타고 칼을 뽑아 들고 위풍당당하게 진두지휘하는 자가 있었다. 타로였다. 이쪽 지리에 훤한 타로가 일본군 나남사단 제19사단의 길 안내자로 나선 것이었다.

타로는 남녀노소 가리지 않고 말을 달리면서 닥치는 대로 칼로 머리를 잘랐다. 칼에 잘린 머리는 피를 뿌리며 땅바닥에 뒹굴었다.

문병규는 문안연과 외손군들에게 알리고 돌아서서 대문을 나와 옆집에 가 알리려다 총에 맞아 쓰러졌다.

일본군은 마을에 들어서자마자 보이는 족족 가옥에 불을 질렀다. 그리고 보는 족족 총으로 쏴 죽였다.

갑자기 들리는 총소리와 아우성 소리에 무슨 영문인가 문을 열고 나오는 사람들도 무자비하게 총칼로 찔러 죽였다.

일본군은 심지어 집안으로 들어가 남자면 총을 쏘고 여자면 바로 겁탈했다.

김약연의 둘째 며느리가 임신했는데도 예외는 없었다. 마구 겁탈하고 총창으로 뱃속의 아기까지 찔러 꺼내 흔들었다.

김약연의 아들들은 다 한곳으로 끌려가 다른 남정들같이 총창에 찔렸다. 김약연의 큰아들이 억울하고 화가 치밀어 주먹 쥐고 달려들자 바로 얼굴에 총을 쐈다. 그리고는 아이들 보는 데서 엄마 아빠를 한자리에서 불태워 죽였다.

순식간에 마을은 완전 쑥대밭이 되었다.

명동 마을뿐만 아니라 옆 동네도 마찬가지였다. 대사동의 김하규도 중영촌의 남위언도 총칼에 찔려 죽었다.

하중왕동도 마찬가지였다.

일본군이 김영한의 집 문 앞에 도착하자 문을 잠그고 집에 불을 질렀다.

"엄마!"

13살 된 딸은 공포에 떨며 울어 댔고 아내와 김영한은 딸을 가운데 놓고 서로 감싸며 뜨거운 열에서 딸을 보호하고 있었다.

이성운이 도와준 덕에 올해 가을엔 농사도 잘되고 해서 기쁨과 행복에 들떠 있었는데 이게 무슨 날벼락인가?!

"이 악마 같은 놈들아!"

삼단 같은 불길은 일본 군인들의 미친 듯한 웃음 속에 점점 더 타올라 한 가정의 행복을 통째로 삼켜 버렸다.

하중왕동 뿐만 아니라 삼둔(三屯)에서는 한인 3~4명이 체포되었고, 남대고비(南大古比), 오술동(五述洞) 마을의 가옥도 몽땅 소각되었다. 그리고 빈송배(杉松背) 등에서는 14명이 타살되었는데 그중에는 학생이 5~6명, 교원이 1명 있었다.

또 소가(小街)에서는 12명이 타살되었고 경성위자(鏡城威子)에서는 200명이 타살되었다.

가옥에 불 지른 것도 어마어마했다. 삼도구에서만 불에 탄 화민(華民)가옥은 2호였지만 한인가옥은 500~600호였다. 또 청산리 지방의 전 촌 한인

독립의 용두레: 간도 1919-20

가옥 1,000여 호를 전부 불살랐으며, 봉자구의 한인가옥 70~80호도 불태워 버렸고 회경가의 50~60호의 한인가옥도 몽땅 불태웠다.

용정뿐만 아니라 연길현 의란구(依蘭溝)에서는 30여 호의 전 주민을 몰살하고 어떤 4형제를 불타는 가옥 속으로 밀어 넣어 태워 죽이기도 하였다.

연길현 와룡동(臥龍洞)에 거주하는 교사를 붙잡아 얼굴 가죽을 모두 벗기고 두 눈을 빼내어 누구인지 식별할 수도 없게 만들었다. 무봉동, 의봉동 등 마을도 초토화되었다.

서간도에서도 일제의 만행은 계속되었다. 미리 모두 피신한 신흥무관학교에는 불을 지르고 한인 마을에도 살인은 계속되었다. 김동삼 동생 김동만도 살해되었다.

교회도 예외는 아니었다. 장암동(獐巖洞)에서는 마틴이 세운 장암동 교회 33명의 기독교인을 세워 놓고 소총 사격 연습의 과녁으로 만들었다.

10월 9일~11월 5일까지 연길, 화룡, 훈춘, 왕청 4개 지역에서 피살된 조선인이 3,469명이며 체포된 자들이 155명이며 민가 3,520동, 정동학교, 명동학교 등 학교 59동, 교회당 19개소가 불탔다.

청산리 전투

연변마을은 1906년 안순연이 양무정자에, 김연보, 한학렬은 광제암에, 1908년 이응현은 모아산에, 1909년 최봉열은 호천포에, 황병길은 훈춘에, 1910년에 한수현은 만진기에, 김가정은 대황구에, 김강은 차대인구에, 이훈은 경신향 옥천동에, 1911년 이은향, 조덕수는 장백현에, 1912년 최석화, 김순문은 의란구 남양동에 각각 이주하여 마을을 개척하면서 생겼다.

또 1911년 함북 성진사람 양진세, 양형식 장로가 가족을 인솔하여 성진 학중면 달리동으로부터 화룡현 이도구 남쪽에 이주하여 장은평이라 이름 짓고 교회와 마을을 개척하였다.

1912년 함북 성진국 학서면 구서동의 기독교인 이종식, 이권수 장로는 20여 가구를 인솔하여 화룡현 삼도구에 집단 이주하여 구세동이라 칭하고 가옥, 학교, 교회를 세웠다.

장은평과 구세동 그리고 그 부근 백운평을 합하여 통칭 청산리라고 한다.

화룡현 청산리는 조선인이 많이 모여 사는 북간도의 연길과 용정에서 백두산으로 가는 길목에 있으며, 청산리 계곡 안에는 약 200여 호 정도의 화전민 조선인들이 살고 있었다. 이들 중 대다수 주민들은 주로 대종교 신도였으며, 대종교 계통에서 운영하는 청일학교, 의합천일학교 등 학교도 있었다.

청산리 안에는 동서로 약 25km에 달하는 청산리 계곡이 마을을 둘러싸고 있는데, 계곡의 좌우는 인마(人馬)의 통행이 곤란할 정도로 가파르고 사방을 에워싸듯 둘러싼 주위의 산은 산세가 험하고 복잡하였고 산악 뒤편으로는 나무가 울창한 숲이 형성되어 있었다.

"홍범도 장군님, 김좌진 형님, 큰일 났습니다. 지금 일본군이 쳐들어오고 있습니다. 방금 명동마을을 모조리 불사르고 닥치는 대로 살인하고…"

이성운은 급하게 뛰어와 숨이 차 헐떡거리며 겨우 말했다. 그 뒤로 명화도 창백한 얼굴로 머리를 끄덕이며 인사한 후 그들을 응시했다.

"이런 죽일 놈들 같으니라구, 무고한 마을 사람까지 죽여?"

홍범도는 화가 나 담뱃대로 나뭇가지를 후려쳤고 김좌진은 두 눈 부릅뜨더니 이까지 갈았다.

이때 마적단 두목 대엄귀가 조선인 부인을 앞세우고 부대원들의 호위를 받으며 찾아왔다.

"안녕하십니까? 제 부인이 같은 조선인끼리 도와야 한다면서 하도 오자고 졸라서 여기까지 왔습니다. 지금 일본군 동지대 37여단과 19사단, 20사단, 포조군 예하 사단 병력들이 부근까지 서서히 몰려오고 있습니다. 빨리 피하시기 바랍니다!"

"알겠어유. 저번에도 소식 알려 줘 고마웠슈."

김좌진은 악수하며 반겼다.

"모두 무사하기를 기원하겠습니다."

대엄귀는 두 손 마주 잡고 인사하더니 바로 부인과 같이 돌아갔다.

"싸웁시다. 싸워서 저 마을 사람들 원수를 갚읍시다."

이성운은 오른쪽 주먹을 불끈 쥐며 말했다.

"놈들이 대략 얼마 되던가?"

홍범도는 깊은 사색에 잠겼다가 입을 뗐다.

"제가 보기엔 1만 명은 되는 것 같았습니다. 마을에 개미떼처럼 새까맣게 뒤덮었거든요."

"김좌진 사령관, 어떻게 할 것인가? 싸울 것인가 퇴각할 것인가?"

김좌진 옆에서 연합군 군사 고문으로 있는 지청천이 김좌진을 바라보며 말했다.

"제가 일본에 있어서 조금 아는데 지금 일본군은 앳된 학도병이 많고 아직 전투 경험이 없습니다. 숫자가 많다고 두려워할 필요는 없습니다."

김좌진은 대수롭지 않은 듯 말했다.

"전 장군님의 뜻에 따르겠습니다유."

홍범도는 담배를 묵묵히 들이마시더니 심사숙고를 마쳤는지 돌아서며 말했다.

"아무리 전투 경험이 없어도 정규군이고 무기도 우리보다 선진적이고 숫자도 우리보다 훨씬 많으니 일단 피하는 것이 좋지 않겠소?"

이성운은 처음으로 언성을 높이며 애원하는 눈길로 홍범도를 쳐다봤다.

"후퇴라니요? 장군님, 정말 실망입니다."

홍범도는 담뱃재를 툭툭 털더니 다시 김좌진을 쳐다봤다.

"놈들이 무서워서가 아니라 일단 전술상의 후퇴네. 퇴각하면서 방법을 찾아 보세."

김좌진도 홍범도 뜻을 따라 병력을 급히 후방으로 이동시키기로 했다.

"어이구, 대근혀유(피곤혀). 지금은 달걀로 바위치는 꼴이제유. 퍼뜩 갑시다유."

대부대는 서서히 이도구에서 서쪽으로 백두산을 향해 이동했다.

부대가 삼도구 백운평(白云坪)에 도착하자 산길로 대부대를 따라 올라가던 이범석은 김좌진에게 다가가 자기 생각을 털어 놓았다.

"사령관 동지, 우리가 이렇게 피해도 인원이 많아 일본군의 추적을 따돌리기 힘듭니다. 그리고 쫓아오면 이 많은 군인이 다 피하기도 힘듭니다. 차라리 싸우는 게 나을 것 같습니다. 그리고 여기 지형 보니 싸우기 좋은 것 같습니다."

"그라. 나두 그 생각인디. 그럼 우리 부대만 싸우는 기라!"

홍범도 부대를 먼저 보낸 후 김좌진은 군을 두 부대로 나뉘고 제1제대인 본대는 본인이 직접 지휘하기로 했다. 본대와 비교적 훈련이 부족한 사병들은 후방인 사방정자(四方頂子)의 산기슭에 배치했다. 그리고 일부 부대원들은 주민들을 산악 밖으로 대피시키게 하였다.

박격포와 기관총수를 포함한 정예 부대로 편성된 제2제대는 연성대장 이범석(李範奭)의 지휘하에 최전선인 청산리 백운평 바로 위쪽의 고갯마루와 계곡 양쪽에 매복해 전투준비에 돌입하게 했다.

군이 매복한 지형은 백운평 마을을 바로 내려다보는 깎아지른 절벽 위였다. 계곡 좌우 양편은 경사가 90도나 되는 깎아지른 듯한 절벽이어서 청산리 골짜기 중에서도 폭이 가장 좁았다. 그 사이에 백운평이 있는데 청산리 계곡을 통과하는 단 하나의 오솔길이 이 백운평을 통과했다.

계곡 정면 왼쪽에는 이교성(李敎成) 중대가, 오른쪽에는 김훈 중대가 배치되었고 계곡의 산허리 부분에는 왼쪽에 이민화 중대와 오른쪽에 한건원 중대가 배치되었다.

김좌진과 이범석은 부대원들에게 소총, 중기관총, 수류탄과 20만 발의 탄환을 집결한 뒤 일본군 추격대가 매복지에 들어오기만을 기다렸다.

일본군 아즈마지대(東支隊) 부대는 화룡현 삼도구에 있는 독립군을 토벌하기 위해 용정, 대굴구(大屈溝), 국자가, 두도구(頭道溝)지역으로 진군해 왔다.

도마 사히코(東正彦) 소장이 이끄는 아즈마지대는 보병, 포병, 기병, 공병을 합친 병력이 10,000명이 되는 일본 파병군의 선발대였다.

이범석은 산꼭대기에 올라가 망원경으로 일본군 아즈마지대의 이동을 한동안 낱낱이 지켜봤다.

10월 21일 오전 8시 일본군 아즈마지대의 선발 보병부대인 야스카와(安川橋)부대의 전위대 1개 중대가 매복 사실을 모른 채 하루 전에 독립군이 행군한 길을 따라 백운평에 진입했다.

일본군 선두부대가 계곡의 좁은 길을 따라 매복 중이던 이범석 부대 지점으로부터 10여 보(步) 앞에 도달했다.

"왜 한 놈도 보이지 않고 이렇게 조용하지?"

야스카와는 선두에서 조심스럽게 사방을 훑어보면서 말을 멈춰 세웠다.

"혹시 지금 자고 있는 게 아닐까요? 전군 앞으로 진격해 다 쓸어 버리죠?"

안경을 끼고 키가 작은 시바다는 한 손으로 말고삐를 잡고 오른손으로 칼을 뽑아 들면서 득의양양해 말했다.

"이봐, 시바다! 이상하군. 아직도 잘 리는 없지. 연기도 안 나잖아?"

야스카와는 코 밑에 난 동그란 까만 수염을 움츠리며 표독스러운 눈길로 앞을 주시했다.

"땅! 땅!"

갑자기 깎아지른 절벽 위에서 이범석이 사격 신호로 쏜 총탄에 시바다는 그 자리에 고꾸라져 말에서 떨어졌다.

"사격!" 하는 이범석의 사격 명령과 함께 매복한 이교성, 김훈 중대가, 계곡에서 이민화, 한건원 중대가 계곡 산허리에서 일제히 사격하면서 기습 공격이 시작되었다.

　　　　　　　　　　　　　　독립의 용두레: 간도 1919-20

나중소(羅仲昭) 참모장이 직접 잡은 맥심 기관총이 자지러지게 울리자 어리둥절해하던 야스카와는 가슴을 잡고 말에서 굴러떨어졌다.

자지러진 총소리에 당황한 일본군은 매복해 독립군이 보이지 않는 산을 향해 마구 총을 쏘아 댔다.

이범석 부대는 숨어서 이 모든 것을 낱낱이 보면서 여유롭게 한 방에 한 놈씩 명중사격을 가했다.

교전이 시작되고 20분 만에 일본군은 100명의 사망자가 나자 마침내 나 살려라 도망쳤다.

뒤이어 중무장한 야마타(山田)가 지휘하는 본대가 그곳에 나타나자 총 격전은 더 치열해졌다.

야마다 토벌대대 본대는 기병 1개 중대를 앞세우고 뒤에 보병 2개 중대 가 따르게 하면서 계곡 정면과 측면을 산포와 기관총으로 공격했다. 하지 만 매복하고 있던 독립군의 반격에 속수무책으로 사상자는 계속 늘어났다.

골짜기 아래에서 위로 향해 쏘는 일본군의 사격은 불편했지만 높은 고 지 위에서 숨어서 내리 사격하는 독립군은 유리하였다.

일본군 토벌연대 본대는 진지가 없어 노출되어 총에 쉽게 맞자 자기편 의 시체를 쌓아 은폐물을 만든 뒤 필사적으로 반격했다. 하지만 절벽 위에 서 조준 사격하는 독립군에 의해 100명의 전사자만 더 내고 결국 이도구 내 다른 숙영지로 패주했다.

독립군은 2명이 전사하고 17명이 부상을 입었다.

"돌격!"

이범석이 곧바로 출격 명령을 내리자 기세 오른 독립군은 맹수마냥 일 어나 나머지 일본군 퇴각자를 추격하였다.

"멈춰 서."

김좌진은 허공에 연속 총 두 번 쏘아 이범석에게 신호를 보내 패주하는 적을 추격하지 말고 부대원을 이끌고 화룡현 내 이도구 갑산촌으로 퇴각시키게 하였다.

전투에서 크게 승리한 후 퇴로가 차단될 것을 우려해 김좌진 부대는 밤새 약 80리 길을 강행군하여 이튿날인 10월 22일 새벽 2시 30분에 이도구 갑산촌(甲山村)에 도착해 이범석 부대와 만났다.

"사령관 동지, 어제 마을 사람들로부터 들었는데 인근의 천수평(泉水坪, 지금의 화룡시 팔가자진 천수동)에 일본군 기병 1개 중대가 야영 중이랍니다."

이범석은 김좌진을 만나자마자 새로운 정보를 보고했다.

그 말을 듣자마자 김좌진은 휴식도 취하지 않고 곧바로 출발 명령을 내렸다.

"어이, 거 뭐혀? 얼른 가서 그냥 와장창 해뿌그랴."

이에 북로군정서군은 연성대를 앞세우고 곧바로 강행군을 계속하여 새벽 4시경 천수평 남산에 이르렀다.

천수평에는 카노(加納) 대좌가 이끄는 기병연대 120여 명 병력은 소수의 기병 순찰만 세워 놓고 토성 안에 말을 매어 놓은 채 촌락 안에서 깊은 잠에 빠져 자고 있었다.

김좌진은 여러 대장들을 모아 놓고 전술을 포치했다.

"김훈 중대장은 말여, 자네 저 북쪽 산을 타고 넘어가서 동쪽 마록구쪽 점령혀. 거기 일본놈들 도망칠 구멍 그냥 딱 막아 뿌쇼잉.

이민화 중대장은 천수평 남쪽 고지 점령하그랴. 이범석 대장은 말이여, 한근원이랑 이교성이 두 중대 끌고 천수평 북쪽 냇물 따라 쭉 전진혀가, 그 냇물 언덕 옆에 딱 붙어가다가 동쪽 쪽으로 훅 돌아뿌쇼.

내가 여기서 신호 주면 말이여, 그때 정면으로 콱 쳐뿌는거잉. 알았쥬?"

"충성!"

김훈 등 중대장들은 거수경례를 붙이고 전투를 준비하러 나갔다.

양림(楊林) 김훈(金勳, 19세)은 1901년 평안북도에서 태어나 1919년 중학교 재학 중 평양에서 3·1 만세 운동에 참여했다. 아버지도 만세 운동에 나갔다가 총에 맞아 희생되었다. 처참한 아버지 시체를 안고 울부짖던 김훈은 복수하기 위해 그해 가을 신흥무관학교에 입학하였다. 이듬해 5월 신흥무관학교를 졸업하고 김좌진 장군의 사관연성소에서 교성대 소대장으로 활동하고 있었다.

1923년 운남강무학교 제18기생으로 졸업한 김훈은 1924년 5월에 개교한 황포군관학교에서 집훈처 교관이 되었다. 그때 주은래의 영향을 받아 국민혁명군 제4군 독립단 제3영 영장에 임명되었고 중국공산당에 가입했다. 3·1 만세 운동 때 인연을 맺은 아내 김금주는 첫 조선인 여성 중국공산당원이다.

김훈은 1930년 모스크바 중산대학 유학을 마치고 연변에서 동만특위 군사부를 설치했고 1932년 6월 반석현에서 이홍광의 적위대를 동북항일연군 제1군으로 만들기도 했다.

김훈은 1936년 2월 홍군 15군단 75사 223단 제1영의 대원들을 거느리고 황하를 건너기 위해 국민당 염석산 부대와 치열하게 싸우던 중 복부에 총을 맞아 희생되었다.

김좌진 부대가 5시 30분경 전투 준비를 완료하자 김좌진은 오른쪽 검지로 앞을 가리키며 공격을 명령했다.

이범석은 제일 앞장서서 허리 굽혀 살금살금 뛰어가 총을 잡은 채로 벽에 앉아 잠들어 있는 일본 보초병을 왼쪽 팔로 목을 조른 동시에 권총 박죽으로 머리를 내리친 다음 목을 옆으로 비틀었다. 그놈은 찍소리도 못하고 옆으로 뻐드러졌다.

이범석 뒤를 따라가던 중대원들도 나머지 보초병을 없애 버렸다. 그리고 문 좌우로 총을 높이 들고 벽에 쫙 붙었다. 이범석이 오른발로 문을 팍 차고 들어가자 중대원들도 뒤따라 들어가며 일제히 공격을 개시하였다.

이범석은 보초병의 소총을 들고 걸어가면서 놀라 일어나는 일본군 머리와 가슴을 향해 방아쇠를 당겼다. 놈들은 마구 뻐드러졌다.

한근원과 이교성 중대장도 이범석의 뒤를 바짝 따르다가 좌우로 갈라지며 허둥대는 일본군 향해 총을 쏘았다.

일본군 기병 중대는 김좌진 부대가 촌락과 토성 안으로 집중 사격을 가하자 기습에 놀라 옷도 입지 않은 채로 동쪽으로 남쪽으로 허둥지둥 도망쳤다. 그러나 남쪽은 이민화 중대에게, 동쪽은 김훈 중대에게 몰살당했다.

"왜 그라잉? 뭐 그리 질나게 하는 일이 있었당가?"

김좌진이 씩씩거리며 오는 이범석을 보고 물었다.

"4명이 어랑촌 쪽으로 도망갔습니다. 어찌나 빨리 도망가는지 놓치고 말았습니다."

"그랴? 괜찮여. 뭐, 그래도 우덜이 대승 본거 아니여잉. 얼릉 내려가뿌자구."

김좌진은 곧 죽은 일본군의 무기를 수확하고 전군을 모두 한곳에 집결시킨 다음 출발했다.

한편 김좌진 부대와 헤어진 홍범도 부대는 대한독립군과 국민회군, 한민회군 등 여러 부대를 합쳐 연합 부대를 형성하여 10월 21일 안도현 방향으로 이동하기 위하여 완루구(完樓溝)에서 숙영 중이었다.

이도구 완루구는 어랑촌에서 북서쪽으로 안도현 가는 길에 있는 마을이다.

21일 오후, 야스카와 중대가 백운평에서 대패했다는 전보를 듣고 아즈마지대의 주력 부대는 홍범도 휘하의 독립군 연합 부대를 섬멸하기 위해 두 부대로 나뉘어 이도구에서 남, 북 완루구의 두 길을 따라 포위망을 좁혀 왔다.

완루구 지형을 살피던 홍범도는 무슨 예감이 들었는지 이성운을 불렀다.

"여기 산간 마을의 개활지에서 숙영하는 것은 위험하오. 그러니 저기 고지로 모두 가기오."

"네! 사령관동지."

이성운은 날이 어두워지자 바로 예하 부대원들을 인근의 고지에 매복시켰다.

아니나 다를까 그날 저녁에 일본군은 홍범도 부대가 머물렀던 숙영지를 공격해 왔다. 그러나 이미 다 피신해 아무도 없는지라 결국 허탕을 치고 말았다. 이어 일본군은 인근 지역도 샅샅이 수색하였으나 독립군을 찾을 수 없었다.

일본군은 포기하지 않고 계속 수색해 홍범도 부대가 있는 고지 쪽으로 한 발 한 발 가까워 오자 홍범도는 사격 명령을 내렸다.

"사격!"

매복해 있던 홍범도 부대는 일제히 사격했다. 일본군도 엎드리며 반격을 했다.

홍범도는 옆에서 엎드려 총으로 사격하는 이성운에게 명령했다.

"자넨 소부대를 이끌고 뒤쪽으로 가 매복해 있다가 측면을 공격하는 척

총을 쏘다가 바로 철수하오.”

“충성!”

이성운은 바로 일어나 소부대를 이끌고 뒤쪽으로 뛰어가 나무숲에 돌바위가 있는 곳에 매복했다.

북 완루구 일본군이 삼림의 중심 지대에 있는 홍범도 부대를 공격하기 위해 기관총대를 매복시킨 후 산에 불을 질렀다. 홍범도 부대가 북쪽으로 나오면 기관총으로 섬멸하려고 작정했는데 오산했다. 홍범도 부대는 북쪽으로 나오지 않고 감쪽같이 서쪽으로 빠져나갔다.

이성운이 자지러지는 총소리를 들으며 초조하게 일본군을 기다리고 있는데 드디어 우회해 올라오던 남 완루구의 아즈마지대 일본군이 나타났다.

“놈들이 많으니 우리 싸워서 이길 수 없어. 그러니 사격은 하되 바로 철수한다. 알았지?”

“충성!”

이성운은 분부대에 명령하여 공격을 실시하였다. 그러자 남 완루구 일본군은 바로 포와 기관총으로 진격해 왔다.

이성운은 부대를 거느리고 재빨리 후퇴했다. 이때 북 완루구 일본군이 진격해 내려오고 있었다.

갑자기 묘한 수가 생각 난 이성운은 또 북 완루구 일본군에 향하여 사격을 가한 다음 슬쩍 서쪽으로 빠져나갔다.

드디어 사격하며 올라오던 남 완루구 일본군과 총질하며 내려오던 북 완루구의 일본군은 서로 독립군으로 오인하고 맹사격했다.

당시 홍범도 연합 부대는 무명 홑겹에 카키색 물을 들인 군복을 입었고 각반을 둘렀으므로 외형상 일본군의 군복 색깔과 비슷했다.

일본군들은 앞뒤를 분간할 수 없는 어둠 속에서 서로에게 총을 쏘아 대면서 기세등등하게 맞붙었다. 결국 잠복하고 있던 일본군 기관총대도 홍범도 부대로 오인하고 기관총으로 200명을 사살했다.

이때를 기다리던 홍범도는 바로 부대를 인솔하여 다시 중앙으로 진격하여 일본군의 한 부대를 집중 공격하여 10월 22일 새벽까지 일본군 400여 명을 사살했다.

아즈마부대는 홍범도의 유인 전술에 속아 많은 사상자가 발생하자 화력을 못 이겨 산지사방으로 도망갔다.

홍범도 부대는 날이 밝자 속사포 5문, 기관총 30정, 탄알 5천 발, 말 20필, 군도(군용 칼) 20자루, 쌍안경 5대, 손목시계 20개, 군용지도 6매 등을 노획하고 완루구에서 철수했다.

"홍범도 장군님!"

홍범도 부대는 후퇴하다가 이도구 오지에서 광복단 부대를 만났다.

이범윤의 배하에 속하는 광복군 부대 약 300명은 10월 15일경에 안도현으로부터 이도구와 삼도구 방면으로 동진해 10월 21일경 세린하(細麟河) 부근을 통과하여 10월 22일 아침에 이도구 오지에 출현하여 홍범도 부대와 합류했다.

광복단은 원래 대한제국의 복벽을 주장하던 독립군단으로 단원은 450명이었다. 그중 300명이 군총 150정, 권총 200정으로 무장되어 있었다. 독립운동의 원로라고 할 이범윤을 그 단장으로 추대했으나 그것은 명의상에 지나지 않았고 실제 광복단의 운영은 김성극, 홍두식, 황운서 등이 담임하고 있었다.

김성극, 홍두식, 황운서 등은 홍범도를 만나자 악수로 인사드리면서 기쁨을 금치 못했다.

김좌진은 도망간 4명의 일본군 보고에 일본군 대부대의 반격이 있으리라 생각하고 부대원을 천수평에서 어랑촌(漁郎村) 부근의 고지로 쉴 틈도 없이 바로 이동시켰다.

함경북도 경성의 어랑사에서 살던 이주민들이 개척한 어랑촌(지금의 화룡시 서성진)은 연길에서 백두산으로 가는 길목에 자리 잡고 있다.

김좌진은 어랑촌에 도착한 후 서남단의 874고지를 확보하고 여장을 풀고 허기를 채웠다.

22일 오전 9시가 되자 일본군이 또 포위 공격해 왔다. 이 일본군은 홍범도군에게 얻어맞고 어랑촌으로 이동한 가노 노부테루 대좌가 지휘하는 27기병 연대 병력 1,000명이었다.

일본군은 백운평 전투처럼 고지 밑에서 고지 위에 있는 김좌진 부대를 공격하게 되었고, 김좌진 부대는 고지 위에서 일본군을 내려다보며 싸웠다.

김좌진 부대는 비록 유리한 고지를 선점해서 일본군의 공격을 물리치고 있었으나 우세한 병력과 화력으로 무장한 일본군을 감당할 수는 없었다.

연이은 전투로 김좌진 부대는 지쳐 있었고 100여 명이 전사한 가운데 기관총 중대에서도 많은 사상자가 나 총 부대는 600명이 안 되었다.

기관총 부대 소년병 최인걸은 옆에서 총을 쏘던 기관총수가 전사하자 스스로 그 기관총을 자기 몸에 묶고 탄환이 떨어질 때까지 난사하다가 결국 총에 맞아 희생되었다.

일본군은 사면으로 점점 좁혀 왔다. 포위당한 것이었다. 사면에서 사격해 오자 김좌진 부대는 사상자가 더 많아지고 점점 사기를 잃어 갔다. 김좌진도 직접 총을 쏘면서 이렇게 허무하게 끝나나 싶었다.

"피 한 방울 남을 때까정이랑께, 총알 한 발 남을 때까지는 무조건 끝까지 싸워불어야 쓰는거! 알았당가잉?"

김좌진은 그래도 큰 소리로 외치며 사기를 북돋구어 주었다.

중대장 강근호는 일본놈들의 총알이 김좌진한테 날아올까봐 몸으로 김좌진 보호하면서 서서 총을 쏘았다. 황해도 장연 출신인 근재(根齋) 강근호(姜根浩, 31세)는 최연소 중대장이다.

바로 그때 북쪽으로부터 갑자기 대부대가 출몰하면서 일본군이 하나둘 총에 맞아 쓰러지며 홍수가 터지듯 사처로 도망쳤다. 홍범도 부대가 마구 밀고 들어왔다.

"좌진 형! 야앗!"

이성운이 맨 앞장에 서서 정신없이 달려오며 기관총을 갈겼다. 총알이 빗발치듯 날아가 나무며 풀이며 사정없이 박혀 가지가 마구 부러지고 먼지가 풀풀 일었다. 일본군은 칼에 호박잎 잘리듯 총알에 맞고 푹푹 꼬꾸라졌다.

"좌진 형, 괜찮아요?"

이성운이 황급히 달려와 김좌진을 마구 아래위로 훑어보며 물었다.

"야, 야! 겁나게 반갑구만유! 근디 너 얼굴은 왜 그러냐?"

김좌진은 이성운의 두 팔을 잡고 반갑게 반겼다. 그러다가 이성운의 얼굴에서 흘러내리는 피를 보고 깜짝 놀라며 의무병더러 붕대를 빨리 갖고 오라 재촉했다.

김좌진은 직접 이성운의 얼굴에 묻은 피를 닦아 주고 머리에 붕대를 감아 주었다.

"김좌진 장군, 다친 데는 없소?!"

이어 홍범도 대부대를 이끌고 나타났다.

"아이고 장군님, 안 구해주셨으면 큰 일 날뻔했슈. 참말로 감사혀유!"

"뭔 소리, 응당 서로 도와야지."

"아따, 어찌 알고 그리 맞춰 오셨대유?"

"형, 우리가 완루구에서 일본군 무찌르고 이동하고 있는데 병사 한 명이 달려와 형이 어랑촌에서 포위당했다 하더군요. 그래서 제가 홍범도 장군님한테 말씀드렸더니 바로 빨리 가자고 해서 달려왔어요."

"정말 감사해유! 그리고 성운아, 너두 참말로 고맙당께!"

"아니에요! 형!"

"저기 일본군 대부대가 또 올라옵니다!"

이때 김훈 중대장이 달려와 보고했다.

"좋아. 우리 본때를 좀 보여 주자구."

홍범도는 여러 장령들에게 용기를 북돋아 주며 말했다.

드디어 김좌진의 북로군정서와 홍범도의 북로독군부 연합 부대 2,000여 명과 일본군 아즈마지대의 어랑촌 대결전이 시작됐다.

두 진영에서 총소리가 자지러지게 끊임없이 울리고 총알이 실북 나들듯 쉼 없이 오갔다.

오전 9시부터 시작된 전투는 해가 기울 때까지 그칠 줄 몰랐다.

일본군은 많은 사상자가 발생했어도 계속 부대를 증파했고 야포까지 동원하여 독립군 연합 부대를 공격했다. 간도참변에 참여했던 제19사단도 증파되었다.

제일 앞에는 군도를 휘두르는 타로가 있었다. 그 뒤로 일본군이 총을 들고 따라 올라왔다.

일본군의 화력에 홍범도는 총알이 머리를 스쳐 지나갔는데도 대수로워하지 않고 총을 쏘며 이성운보고 말했다.

"자넨 부대를 데리고 천리봉 서북쪽에 가 매복해 있다가 그쪽으로 올라오는 놈들을 처치하오."

   독립의 용두레: 간도 1919-20

"충성!"

이성운은 허리 굽혀 총알을 피하며 부대원들을 데리고 북로군정서군이 선점하고 있는 고지의 바로 옆 천리봉 서북쪽 고지에 진을 치고 매복하려고 내려갔다.

이성운이 분대를 데리고 좁은 산길로 빠르게 달려가고 있는데 앞에서 올라오는 일본군과 마주쳤다. 제일 앞에 서서 올라오는 군관이 너무 눈 익었다. 바로 타로였다.

이성운 뒤에서 달려오던 부대원들이 먼저 발견하고 총을 쏘아 대자 일본군은 총에 맞고 맥없이 쓰러졌고 사방으로 도망가기에 바빴다.

타로는 도망가지 않고 그 자리에 칼을 들고 서서 이성운을 째려보고 있었다. 이성운도 타로를 쏘아보았다. 동창에서 이제는 외나무다리에서 적으로 만난 것이다.

"야압!"

타로는 째려보면서 얼굴 찡그리며 외마디 기합 소리를 지르더니 실성한 사람처럼 군도를 두 손으로 잡고 이성운에게 미친 듯이 달려들었다.

이때 이성운 뒤에서 따라오던 이상룡이 총을 옆에 숲에 내려 놓고 급히 등에 메고 있던 연궁을 들어 타로한테 쏘았다.

타로가 달려오면서 칼로 날아오는 화살을 치자 화살은 두 동강이 났다. 그러나 앞 화살에 이어 연속 날아간 두 번째 화살이 타로 가슴에 가 꽂혔다.

타로는 화살 박힌 채로 잠깐 멈춰서더니 성난 멧돼지마냥 또 한 번 괴성을 지르면서 이성운한테 달려와 얼굴을 향해 칼을 뽑아 들고 내리찍으려 했다.

이성운은 까딱 않고 목석처럼 서서 타로를 째려보기만 했다.

"악!"

뒤에 있던 명화는 너무 놀라 그 자리에 주저앉고 말았다.

바로 그때 "이 쌍총 아줌마 맛 좀 봐라!"라는 벽력같은 소리와 함께 남자현이 나서서 오른 손에 든 권총을 쏘자 타로가 가슴에 피를 튕기며 칼을 땅바닥에 꽂으면서 버티고 섰다.

타로가 기를 모으더니 다시 괴성을 지르며 이성운을 찌르려는데 남자현이 왼 손에 든 권총과 오른 손에 든 권총을 연발했다.

"땅! 땅!" 하는 총소리와 함께 타로는 입으로 피를 토하며 두 무릎을 철썩 꿇더니 천천히 앞으로 꼬꾸라졌다.

이성운은 두 눈 부릅뜨고 피 못에 쓰러진 타로를 보더니 묵묵히 잠깐 사색에 잠겼다. 일본대학에서 처음 만났을 때 타로는 명랑하고 항상 웃음을 잃지 않는 천진난만하고 다정한 학생이었다. 그런데 어떻게 이런 전쟁 미치광이가 되었을까?!

이성운은 천리봉 고지에 매복해 있다가 올라오는 일본군을 향해 불의 습격을 가하자 일본군은 산 아래로 다 도망갔다. 정비한 후 일본군은 또 올라왔다 내려가기를 반복했다.

전투는 저녁 7시가 되어 끝났다. 해가 지고 날이 어두워지자 야간 습격을 두려워한 일본군은 할 수 없이 퇴각했다.

아침부터 저녁까지 계속된 전투에서 북로연합군은 촌락의 아낙네들이 입에 넣어 주는 주먹밥을 먹으며 싸웠다. 어떤 아낙네는 주먹밥을 산속까지 나르다가 일본군의 총에 맞아 죽기도 했다.

한족도 한몫했다. 한족 조옥재는 마차로 부상자를 양개골에 세운 병원에 실어 가기도 했다.

1919년 3월 16일 투도구 1,000명 집회 때와 17일 이도구 400명 집회 때 화룡현 소동구에 살던 조옥재는 소동구 부근의 한족 100여 명을 이끌고 이

집회에 참가했다.

1920년 9월 국민회군이 이도구 일대를 전이하여 왔을 때 조옥재 등 한족들은 옥수수 가루 200여 근, 울로 초신 100켤레, 무 두 마대, 조옥재 네 집에서 키우던 200여 근짜리 돼지 한 마리, 현금 75 원(220만)을 국민회군에 수송하기도 했다.

이번 어랑촌 전투에서 일본군은 기병연대장 카노 대좌, 타로 등 9명의 소대장을 비롯하여 300여 명의 전사자와 700여 명의 부상자가 나왔다.

북로연합군도 이 전투에서 김동삼의 조카 김성로 등 60여 명의 전사자와 200여 명의 실종자 그리고 90명의 부상자를 냈다.

또 포탄이 터지며 김좌진 장군의 군모가 벗겨졌고, 이범석 대장의 군도는 포탄 파편에 두 동강이 났고 홍범도 장군도 다리에 총상을 입었다.

"김 장군, 우리 탄약도 얼마 남지 않았소. 그리고 혹시 일본군 증원 부대가 올 수도 있잖소? 어떻게 하겠소?"

"해도 다 지고 허는데, 우리 이젠 떠납시다잉. 근디, 다리는 괜찮으셔유?"

"이까짓 거는 아무것도 아니요. 괜찮소. 어서 가기오. 그리고 다 같이 움직이면 안 되니까 우리 여러 부대로 나뉘어서 움직이는 게 어떻겠소?"

홍범도가 여러 장령들을 모아 상의했다. 김좌진도 이성운도 모두들 좋다고 동의했다.

북로 연합 부대는 총 240여 자루와 탄환 500여 발을 획득하고 소규모 분대로 나누어 신속히 어랑촌을 빠져나갔다.

김좌진은 북로군정서군을 이끌고 23일 맹개골(孟盖谷) 삼림 속에서 매복해 있다가 총으로 적 기병 10여 명을 사살했다.

그리고 맹개골로부터 약 20리 떨어진 만기구(萬麒溝) 삼림 지대에서 독립군을 수색 중이던 일본군 50여 명을 만나 30여 명을 사살하고 나머지를 패주시켰다.

같은 날 오범석이 부대를 이끌고 화룡현 만록구(萬鹿溝)에 도착해 오래된 말똥을 뿌려 이미 지나간 것처럼 속여 일본군 주력부대가 오자 백병전을 펼쳐 수백 명의 사상자를 냈다.

만기구에서 계속 따라 올라오면 북구, 하남구, 상남구, 서구(西溝)라는 마을이 있다.

24일 일본군 기포병(말에 싣고 다니는 소형 포) 6명과 보병 100여 명이 방심하고 서구 촌락의 전방을 통하여 김훈이 이끄는 부대가 있는 삼림 중으로 서서히 올라왔다.

김훈 부대 50명은 바로 매복하여 사격을 맹렬히 행하자 6명 포병이 다 죽고 후방에 따라오던 보병들은 곧 퇴각했다.

얼마 안 돼 김훈 부대 왼쪽 편으로 일본군의 기병 한 개 소대가 말은 촌락에 매고 삼림 중으로 기어 올라왔다. 김훈 부대는 또 이를 마주하여 약 20분간 사격을 하다가 배가 너무 고파 사격을 중지하고 퇴각했다.

10월 24일 저녁 8시, 김좌진과 홍범도 부대는 다시 연합하여 천보산(天寶山) 부근의 은·동광을 수비하던 일본군 1개 중대를 3차례 습격하여 수비군 100명을 다 죽였다.

서구에서 서쪽 산을 타고 4km 정도 가면 안도현의 대황구 자락에 도착하고 다시 대황구에서 서북으로 향하면 고동하(古洞河) 본류가 있다. 고동하는 안도현을 관통하여 양강진에서 이도백하와 만나 송화강에 흐르는 하천이다.

25일과 26일 김좌진과 홍범도 부대는 고동하에서 일본군 2개 소대 80 명 좌우 섬멸했다.

21일부터 26일까지 백운평 전투, 천수평 전투, 완루구 전투, 어랑촌 전투, 맹개골 전투, 만기구 전투, 만록구 전투, 서구 전투, 천보산 전투, 고동하 전투 등 10개 청산리 대첩에서 일본군은 1,200여 명의 전사자와 2,100여 명의 부상자를 냈다. 반면 북로연합군 측은 130여 명의 전사자와 220여 명의 부상자만 냈을 뿐이었다.

삼도구 전투

3,000여 명의 사상자를 낸 일본군은 더 많은 병력을 총동원하여 김좌진과 홍범도 연합군을 포위 진군해 왔다.

고동하 전투가 끝나자 서일은 홍범도, 김좌진, 안무, 지청천, 김경천 등 장령들을 모아 놓고 회의를 진행했다.

"모두 고생 많습꾸마. 우리는 비록 여러 날 대 승전을 거두었지만 아직도 많은 일본놈들을 대적하기엔 인원이 너무 부족하고 지쳐 있습꾸마. 여기서 계속 싸우다간 언젠가는 다 죽을 수도 있습꾸마. 똥 무서워서 피하는 게 아니구 더러워 피하쟂둥? 그래서 일단 휴식을 좀 취하면서 다시 전력을 강화하는 것이 어떻겠습둥?"

서일은 홍범도와 김좌진을 번갈아 보더니 말을 이었다.

"내 생각엔 안도현은 여기와 가깝구 일본놈들과도 좀 거리가 있으나 서쪽으로부터 중국군과 합동한 관동군 부대가 다가오고 있어서 양쪽으로 공격당할 수 있습꾸마. 차라리 경계가 심하지 않은 북쪽의 밀산으로 이동하여 다시 모이는 게 어떻겠습둥?"

홍범도는 묵묵히 담배만 빨더니 말했다.

"그것도 좋겠소. 우리 부대도 이겨서 많이 사기가 나지만 여러 날 다니구 전투해서 많이 지쳐 있소. 밀산에 가서 다시 우리 독립군의 진로를 모색해 보는 게 좋겠소."

"좋아유. 그럼 저번처럼 각 소부대에 책임자를 두어 분산해 이동해유."

"그럼 언제까지 만날까요?"

이성운이 일어서면서 물었다.

"우리 모두 11월 말까지 밀산에서 다시 만나유!"

김좌진이 말하자 모두 좋다고 했다.

회의를 마치고 연합 부대는 10월 26일부터 본격적으로 이도구 부근에서 안도현으로 분산하여 철수 작전을 전개하였다.

이성운은 홍범도와 김좌진과 인사한 후 1개 중대를 거느리고 삼도구 부근 북쪽 약 3리 산비탈에서 잠깐 휴식을 취했다.

갑자기 주위 높은 곳에서 보초를 서던 보초병이 소리쳤다.

"왜놈들이 몰려와요!"

이성운은 그 말에 벌떡 일어났다.

함경북도 경성군 나남에 주둔하던 19사단 38여단 78연대 2개 중대가 총을 들고 기세등등해 이쪽으로 올라오고 있었다.

"모두 엎드려!"

이성운은 바로 부대원들에게 전투 준비를 취하게 하였다. 여태까지는 홍범도나 김좌진의 명령에 따르기만 하면 되었지만 독자적으로 처음 군대를 지휘하니 저도 모르게 긴장되었다. 그러나 침착하게 부대를 지휘했다.

"모두 사격 준비. 내가 명령하기 전까진 절대 사격하면 안 돼. 그리고 내가 유인할테니 지나가는 걸 사격해. 알았지?"

"네."

부대원들은 숲속에서 모두 숨죽이고 긴장하여 올라오는 일본놈들을 주시했다.

명화도 너무 긴장되어 숨을 숙이고 이성운의 옆에서 이성운의 오른손을 꼭 잡았다.

이성운은 명화를 돌아보았다. 맑고 티 없는 명화의 두 눈을 보더니 이성운은 얼굴에 엷은 미소를 지었다.

"그래, 내가 죽는 한이 있더라도 명화를 위해 끝까지 싸워야지!"

이성운은 명화의 손을 꼭 잡아 주며 안심시킨 후 기관총수와 함께 허리 굽혀 종종걸음으로 제일 앞쪽에 가 잠복했다.

일본군이 코앞까지 다가왔지만 부대원들은 모두 숨죽이고 명령만 기다렸다.

명화는 너무 무서워 두 눈을 꼭 감았다.

갑자기 "땅! 땅!" 하는 총소리가 울리며 이성운이 삼림 속으로 뛰어 갔다.

옆쪽에서 총소리가 울리자 일본놈들은 놀라 다 그쪽으로 우르르 몰리며 마구 총질해 댔다.

이때 부대원들이 일제히 지나가는 일본군 향해 총을 쏘자 놀란 일본군들은 갈팡질팡했다.

이성운과 함께 있던 기관총수 한수량이 코앞까지 다가온 일본놈들을 향해 기관총을 발사하자 일본놈들이 전기에 붙은 빙어마냥 맥없이 척척 쓰러졌다.

그런데 한참 신나게 기관총을 쏘던 한수량이 눈먼 총에 맞아 옆으로 쓰러졌다. 머리엔 피가 샘솟듯 솟구쳤다. 한수량은 훈춘 한민회 군사부 경호대장이었다가 홍범도 부대에 들어온 후 기관총수로 활약하고 있었다.

"수량아, 수량아!"

다시 돌아 와 옆에서 권총으로 일본군을 사격하던 이성운은 한수량을 애타게 불러도 대답이 없자 옆으로 살짝 밀치고 기관총을 들더니 벌떡 일어서서 좌우로 흔들며 마구 쏘아 댔다.

　　　　　　　　　

"따따닥!"

앞으로 달려오던 일본군 가슴에서, 얼굴에서 마구 피가 튕기며 일본놈들이 쓰러졌다. 일본군은 빗발치는 총탄 사격에 안 되겠는지 뒤로 후퇴하기 시작했다. 일본군은 끝내 깊은 밀림으로 도망쳤다.

"돌격!"

부대원들은 벌떡 일어나 총을 쏘면서 추격했다.

그런데 마침 저녁이 되어 날이 어두워지자 이성운은 대원들에게 추격을 멈추게 했다.

이 전투에서 일본군 보병 소위 이다군페이(伊田軍平) 및 병졸 30명이 죽고 4명이 부상을 당하였다. 그러나 독립군은 한민회 회장이었던 이명순, 라정화 참모장, 한수량 군사부 경호대장 등 3명이 전사했다.

이명순은 1872년 함경북도 명천에서 태어났다. 1912년 훈춘 진안촌으로 이주해 남별리 학교 교사로 있으면서 남별리 교회를 창립했다. 1919년 4월 훈춘한민회를 조직하고 회장으로 활동했다. 1919년 말 한민회는 훈춘현 각지에 29개 지부가 설치되었다.

1920년 5월 간도국민회와 연합했고 연합 후 한민회 100명의 군인을 북로독군부에 인계하고 다시 군인들 모집하여 청산리 전투에 참여했던 것이다.

이성운은 한수량 등 3명을 땅에 묻고 돌로 묘비를 만들었다. 이성운은 육천근, 임청용 등을 포함해 얼마나 많은 독립군 전우들을 직접 이 간도 땅에 묻었는지 모른다. 그리고 또 얼마나 많은 묘지를 보았는지 모른다.

그래서 부대원들더러 걸어가면서 발로 돌멩이를 함부로 차지 말라고 부탁했다. 혹여 독립군의 뼈가 그 돌멩이 밑에 묻혀 있을지 몰라서였다.

이성운은 부대를 거느리고 밀산을 향해 출발했다.

대한독립군단

　청산리 전투를 마친 독립군은 하나둘씩 1920년 12월 중순까지 흑룡강성 계서시 밀산에 모였다.

　밀산은 산에 벌과 꿀이 넘쳐 나 봉밀산이라 불렀다. 1909년 이상설 등의 위탁을 받고 경상북도 성주사람대계(大溪) 이승희(李承熙, 1847~1916)가 토지를 매입하여 조선인을 이주시키고 한홍동(韓興洞)을 세웠다.

　그 후 안창호가 신민회 단원을 파견하여 45만 평을 구입하여 조선인들을 집단 이주시켜 독립군의 군량미와 군자금을 마련한 독립운동 기지였다.

　밀산에 집결한 독립군단은 서일을 총재로 한 북로군정서, 홍범도가 지휘하는 대한독립군, 구춘선이 회장인 대한국민의회 국민군, 이명순이 지도했던 훈춘한민회, 블라디보스토크에서 조직된 김성배가 지도하는 대한신민회, 왕청현 봉의동(鳳義洞)에서 조직된 최진동이 지휘하는 군무도독부, 연길현 명월구(明月溝)에서 조직된 이범윤을 총재로 추대한 대한의군부, 김성륜이 실제 책임을 맡은 광복단, 경상남도 진주에서 조직된 김국초가 지도하는 혈성단, 동불사에 본부를 둔 아소래가 지도하는 야단, 안도현 내도산(內島山)에서 조직된 이규의 대한정의군정사, 방우룡의 의민단, 지청천이 이끄는 서로군정서군 등 1919년에 조직된 14개 군단이었다.

　이들 부대 총 지휘관들은 이틀간 진지한 토론과 협상을 벌여 총재에 서일, 부총재에 홍범도, 김좌진, 조성환으로 하는 대한독립군단을 결성하였다.

고문은 백순(白純), 김호익(金虎翼), 외교부장 최진동, 참모장 이장녕(李章寧), 나중소(羅仲昭), 군사고문 지청천, 제1여단장 김규식(金奎植), 참모 박영희(朴寧熙), 제2여단장 안무, 참모 이단승(李檀承), 제2여단 기병대장 강필립, 중대장 김창환(金昌煥), 조동식(趙東植), 윤경천, 오광선(吳光鮮), 이범석, 김경천, 김국초, 방우룡, 이성운 등 지도부가 선임되었다.

총병력이 3,500여 명에 달하는 대한독립군단은 여단급 조직으로 총 3개 대대로 나뉘었다. 1개 대대에 3개 중대를 두고 1개 중대에 3개 소대를 두어 총 27개 소대를 이루게 했다.

그러나 밀산은 많은 독립군을 장기간 수용할 수는 없는 곳이었다. 간도에서 무기도 식량도 더 이상 구하기 어려워진 대한독립군단은 소베트 정권의 지원을 얻어 장기전을 준비하기 위해 임정 국무총리인 이동휘의 제안에 따라 연해주로 넘어갈 것을 결정했다. 이동휘는 1만 원(3억)의 긴급 구호금을 보내 주었다.

1920년 5월 13일 국제공산당의 비서 보이친스키는 상해에서 국무총리 이동휘를 만나 일본제국주의에 대한 전면적 투쟁과 상해 임정과 소베트 러시아와의 협력 문제에 대한 레닌의 서한을 전했다. 소베트 정권의 대대적인 지원 약속에 한인사회당 총수인 이동휘는 한인공산당으로 개명했고 비서장 김립, 계봉우, 여운형 등도 적극적으로 참여했다.

미국 월슨 대통령의 민족자결주의에 희망을 걸었다가 절망한 여운형은 소베트 러시아의 '일본제국주의에 대한 전면적 투쟁'에 크게 감동해 한인 공산당에 가입했다.

여운형의 영향으로 조동호, 안병찬, 신채호, 조완구, 김두봉, 국무차장 이춘숙, 재무차창 윤현진, 내무차장 이규홍 등이 가입했다.

1920년 7월 미리 파견된 상해 임시 정부 대표 한형권과 소베트 정부는 이미 독립운동을 지원하는 협정을 체결했다.

즉 소베트 정부는 대한독립운동을 적극 지원하며 연해주와 간도 각지에 있는 대한독립군을 시베리아로 집결시켜 훈련할 것을 허가하며, 이에 소요되는 장비 및 보급을 부담한다. 또 대한독립군은 러시아 영토 안에 있는 한 소베트군 사령관의 지휘를 받는다.

1920년 가을, 한형권은 소베트 정부로부터 상해 임시 정부에 보내는 금화 40만 루블(120억 원)을 받아서 김립한테 주었다.

국무총리 이동휘의 비서장 김립이 그 자금을 중도에서 빼돌렸다는 소문이 나자 대한민국 임시 정부 내 우파 인사들은 이동휘에게 자금 관계의 경과 보고를 요구했지만 이동휘는 불응했다.

이로 인해 이승만, 이동녕, 이시영, 신규식, 안창호 등 우파 인사들의 거센 비난을 받게 되자, 이동휘는 결국 1921년 1월 말 국무총리직을 사임한 뒤 임시 정부를 탈퇴했다.

밀양경찰서 폭파 사건

1920년 9월 14일 부산경찰서에 폭탄을 투척한 박재혁은 11월 6일 부산 지방법원에서 무기징역을 선고받았다.

"단두대 위에 올라서서 오히려 봄바람이 감도는구나. 몸은 있으나 나라가 없으니 어찌 감회가 없으리오?!"

서울역에서 폭탄을 투척한 강우규는 김태석의 밀고로 체포되어 11월 29일 서대문형무소에서 순국했다.

이 두 소식을 들은 김원봉은 복수의 불길이 치솟아 도저히 가만히 있을 수가 없었다. 그래서 끝내는 밀양경찰서에 폭탄을 투척할 계획을 세웠다.

김원봉의 고민 끝에 목표가 밀양경찰서로 확정되자 의열단원 서상락은 군자금 2,000원(6,000만)을 지원했다.

"밀양이면 지리에 밝은 경상남도 출신이 좋은데?"

김원봉은 답답한지 왔다 갔다 하면서 중얼거렸다.

"최근에 밀양에서 의열단에 가입한 지 얼마 안 된 최수봉이라는 단원이 있어. 아주 패기가 있고 의욕이 넘치는 청년이야."

의자에 앉아 김원봉을 지켜보고 있던 이종암은 갑자기 누가 생각이 나는 듯 격동되며 높게 말했다.

"음, 잘 됐구만. 밀양 출신이면 딱이지. 그럼 종암 형께서 한번 다녀오세요."

"좋아."

김원봉은 곧 이종암을 파견하여 최수봉과 폭탄 투척 계획을 도모하게
했다.

경학(敬鶴) 최수봉(崔壽鳳, 26세)은 1894년 경상남도 밀양에서 태어났
다. 최수봉은 개량 서당에서 한문과 신지식을 배우다가 집에서 40리나 되
는 먼 거리를 오가며 밀양 공립보통학교를 다녔다. 1916년 음력 5월에는
평안북도 창성군으로 가서 프랑스인이 경영하는 사금광에서 1년간 광부
노릇을 했으며 정주군에서는 우편배달부로 일했다.

1918년 11월 평안북도 영변군에서 광복회 부사령인 이진룡(李鎭龍)이 6
명의 대원과 함께 평양에서 운산으로 향하는 송금 마차를 습격하는 사건
이 있었다. 최수봉과 친구 고인덕은 이에 간도로 건너갔고 서간도로 들어
가 봉천과 안동을 오가며 동지 모으기를 시도했다.

1919년 밀양 읍내 장터에서 3·13 만세 시위가 있었다. 윤세주와 윤치형
이 주도한 이 만세 시위는, 동화학교 교장이었던 전홍표가 자문을 맡았고
동화학교 출신 밀양 청년들이 많이 참여하였다. 1919년 고향으로 돌아온
최수봉은 3·1 운동이 발발하자 시위에 참가했고 3·1 운동 이후에는 길림
과 상해를 오가며 독립운동을 하였다.

1920년 9월 12일에는 밀양 읍내 주민들의 경찰서 습격 사건이 있었다.
이 사건은 밀양경찰서의 노구비 순사부장이 한인 순사 3인을 심하게 폭행
한 것에서 시작하였다. 노구비 순사부장에게 매를 맞고 기절한 한인 순사
의 모습을 보고 화가 난 주민들이 경찰서로 밀고 들어가 사무실 물건과 유
리창 등을 닥치는 대로 깨부수면서 항의한 것이다. 그리고 박재혁이 밀양
경찰서에 폭탄을 투하할 때 최수봉은 밀양에 있었다.

그 후 항시 독립운동에 뜻을 품고 있던 1920년 11월, 최수봉은 상남면 기

   독립의 용두레: 간도 1919-20

산리 묘지에서 의열단 5인 참모부 일인 김상윤과 만났다. 김상윤은 최수봉과 동화학교에 다닐 때 친구였다. 그때 김상윤으로부터 독립운동에 진력할 것을 권유받고 승낙해 의열단에 가입했다.

"반갑습니다!"

12월 초 기산리 묘지에서 김상윤과 이종암을 만난 최수봉은 밀양경찰서에 폭탄을 투척할 계획을 상의했다.

밀양면 읍내에서 친구 고인덕으로부터 폭약과 폭탄 제조기를 건네받은 최수봉은 폭탄 2개를 직접 제조했다. 고인덕은 1919년 상해에서 폭약과 폭탄 제조기를 갖고 고향으로 돌아왔었다.

12월 26일 저녁, 최수봉은 밀양면 삼문리 장봉석 소유의 무인 농막에서 이종암과 다시 만난 뒤 다음날 밀양경찰서에 폭탄을 투척하기로 결의했다.

12월 27일 오전 9시 30분 밀양경찰서장 와타나베(度邊末次郎)가 순사 19명 전원을 불러 2열로 세워 놓고 특별훈시를 하고 있었다.

이때 남쪽 정문을 통해 경찰서 경내로 들어선 최수봉은 청사를 향해 빠른 걸음으로 다가갔다. 그리고는 현관 오른쪽 두 번째 창문 앞의 한 칸쯤 떨어진 지점에 멈춰 서서 팔을 한 번 휘둘러 뻗으며 창문 안쪽의 사무실을 향해 수류탄을 던졌다.

첫 번째 수류탄은 남쪽 유리창으로 뚫고 들어가 정렬하고 있던 조선인 남경오 순사부장의 오른팔에 맞고 옆 책상 위에 떨어졌다. 모두가 돌발의 상황에 놀라 시선이 그 수류탄에 집중되면서 대문 쪽으로 우르르 몰려갔다. 그런데 한참 지나도 터지지 않았다. 불발되었다.

최수봉은 다시 두 번째 수류탄을 꺼내 복도 쪽으로 던졌다. 엎드렸던 경찰들이 놀란 마음을 진정하며 일어서는데 "꽝!" 하는 폭발음과 함께 복도 바닥에서 두 번째 수류탄이 터졌다.

그런데 유감스럽게도 두 번째 수류탄에 타박상을 입은 순사부장 외에는 다치거나 죽은 자가 없었다. 경찰서 본관의 실내의 식기와 다기들만 일부 깨지고 부서졌다.

경찰들이 우왕좌왕하며 정신을 못 차리는 사이에 최수봉은 몸을 돌려 황급히 정문을 빠져나갔다. 그리고는 밀양성 서문 쪽을 향하여 내달렸다. 순사 몇몇이 고함치며 쫓아갔고, 계속해서 달음박질치던 최수봉은 돌연 지인인 내이동 황석이(黃石伊)의 집으로 꺾어 들어갔다.

최수봉은 경찰이 들어와 체포하려 하자 25cm짜리 단도를 꺼내 자결하려고 자신의 목을 찔렀다. 그러나 곧 달려온 2명의 순사에게 붙잡혀 병원으로 옮겨져 치료받은 뒤 대구복심법원에서 사형을 선고받았다.

"우리 3천 리 강토와 2천만 동포가 자유를 빼앗겼으니, 강토의 사용과 민족의 자유를 회복하려는 의사로 투탄한 것이다. 그러나 인명 사상과 건조물 파괴에는 이르지 않았다. 그럼에도 사형에 처함은 유사 이래 동서고금에 하나 있고 둘은 없을 일이요, 우리 인류 세계의 법이라 할 수 없다. 미수에 그친 일로 이와 같이 판결함은 불법이다."

1921년 7월 8일 오후 3시, 최수봉은 대구형무소에서 태연하게 교수대에 올라 27세의 짧은 생애를 장렬하게 마쳤다.

용정 전투

1920년 12월 중순, 대한독립군단이 연해주로 이주하기로 결정하자 이성운은 홍범도를 찾아갔다.

"사령관 동지, 한 가지 부탁이 있습니다."

홍범도는 담배를 한 모금 빨면서 이성운을 돌아봤다.

"지금까지 내가 본 자네는 과단성 있고 용맹하고 머리도 좋은 사람이었소. 부탁은 처음인 거 같은데 왜 연해주에 가기 싫은 건가?"

이성운은 조금 당혹스러웠다.

"아닙니다. 사실 제가 모아산에서 만난 동생들이 지금 용정 일본총영사관에 갇혀 있습니다. 그리고 여기 명화 부친도 거기에 계십니다. 우리가 청산리에서 올 때도 장군님께 말씀드릴까 망설였었는데 이번엔 연해주에 가게 되면 언제 올지도 모르는 일이고 해서 허락해 주신다면 가서 동생들을 구해서 같이 연해주로 가고 싶습니다."

"음… 원래 군인은 개인 감정으로 행동해서는 안 되는 일이지만 고난에 빠진 형제들을 구하는 것도 군인이 해야 할 책무 중 하나요. 그리고 그런 형제도 우리 국민이오. 우리 독립군은 그런 국민을 돕기 위해 있는 게 아니겠소?! 나도 예전에 김수협이란 의형제가 있었는데 일본놈과 싸우다 나 대신 총 맞고 전사했소. 나는 지금까지 그 친구 원수를 갚고 있고 그 친구가 지금도 그립소. 내가 서일 총재와 김좌진, 조성환 사령관한테 잘 말해 놓을 테니 걱정 말고 어서 떠나게. 아! 사람은 얼마나 필요한가?"

"정말 감사합니다. 한 개 소대만 주시면 제가 동생들과 함께 다시 인사드리겠습니다!"

"알겠네. 어서 가게나. 허허허!"

"충성!"

이성운과 명화는 홍범도에게 경례했다.

이성운은 본인이 거느린 중대에서 10여 명을 뽑아 보통 상인으로 위장한 후 용정으로 떠났다. 명화도 동행했다.

12월 28일 이성운은 부대원들과 함께 모아산 동굴에서 잠시 휴식을 취한 뒤 날이 어둡기를 기다렸다.

이성운은 1년 전 이곳에서 육천근과 남궁용을 처음 만나던 그날이 새록새록 기억이 났다. 특히 정이 많고 털털한 육천근이 많이 그리웠다. 마치 동굴 어귀에서 "뭐여?" 하고 웃으며 들어올 것만 같기도 했다.

"내가 여기에서 육천근과 남궁용이를 처음 만났고 하룻밤 지낸 후 이튿날 서시장에서 너를 만난 거야!"

"아! 그랬어? 어떻게 만난 거야?"

이성운은 그날 육천근을 처음 만나 도리깨 들고 싸우던 일, 남궁용한테 새총에 맞아 쓰러지던 일, 그리고 3·1 독립선언서 때문에 목숨을 건진 일들을 명화한테 들려주었다.

명화는 두 손으로 턱을 받치고 이성운의 이야기를 들으며 그날이 하나둘 생각나 신나는 듯 둘이서 웃음꽃을 피웠다. 소대원들도 모두 앉아서 이성운의 영웅담을 들으며 추위를 달랬다.

날이 어두워지자 이성운은 소분대를 거느리고 일본군의 눈을 피해 명동에 들어섰다. 불에 다 타 버린 마을은 아직도 불탄 대로 있었고 가끔 몇 집

     독립의 용두레: 간도 1919-20

만이 지붕을 새로 했다. 일본군이 또 들어올까 봐 두려워서인지 모두 등잔 불을 켜지 않아 마을은 어두컴컴했다. 심지어 황폐해져 더 삭막했다.

명화는 집 앞에 도착하자 문고리를 살짝 두드리며 “엄마, 엄마!” 하고 애타게 불렀다.

집안은 조용했다. 명화가 불안해하며 눈물이 핑 도는데 집에서 솜옷도 걸치지 않은 여인이 허우적거리며 달려 나왔다.

“명화냐?”

“엄마!”

명화는 엄마가 살아 있는 걸 보자 감격해 눈물이 쏟아졌다.

문안연은 급히 대문을 열고 명화를 와락 끌어안았다.

“난 네가 나간 다음 지금까지 소식이 없으니 죽은 줄 알았어. 그래도 혹시나 하고 지금까지 어디 가지 않고 기다리고 있는 중이야. 어디 가 있었어?”

“엄마, 난 잘 지내고 있어. 봐, 성운 오빠야.”

옆에 있던 성운이는 그때서야 문안연에게 인사를 올렸다. 소대원들도 머리 숙여 인사 올렸다.

“안녕하십니까?”

“오. 자네였구만. 추운데 어서 집에 들어가게나.”

문안연은 이성운과 명화의 팔을 잡고 집 안에 들어섰다. 예전에는 사람들이 북적대 생기가 넘치고 웃음꽃이 피었던 집 안은 삭막하고 조용해 쓸쓸하기만 했다.

문안연은 석유등에 불을 붙였다. 밝아 오는 불빛에 이성운은 문안연의 얼굴을 보고 깜짝 놀랐다. 문안연은 그 사이 완전 노파가 되어 있었다. 얼굴엔 주름이 더 많아졌고 머리가 헝클어져 정체를 알아볼 수가 없었다. 길에서 만났으면 못 알아볼 뻔했다.

명화를 보자 문안연은 그날 참상이 떠올라 다시 눈물이 주르륵 흘렸다. 두 모녀는 서로 붙잡고 한참 동안 울었다.

다행히 용정촌에 있는 박찬익 등 간민회 회원들과 착한 조선인들이 동정과 온정의 손길을 보내 불 탄 집을 복원했지만 사람이 거의 다 사망했고 피신했다가 다시 돌아온 사람들과 살아남은 사람은 십여 명이 안 되었다.

"오빠는? 다른 식구들은?"

문안연은 대답 못 하고 그냥 눈물만 주르륵 흘렸다.

오후 7시, 이성운은 문안연이 구워 준 감자로 배를 채우자 태연하게 일어섰다. 옆에 부대원들도 따라 일어섰다.

"나도 갈래!"

명화는 구들에 놓인 수건을 주워 들며 잽싸게 일어섰다. 이성운은 돌아서는 명화를 향해 총 박죽으로 머리를 탁 치니 명화는 까무러쳤다.

"미안해!"

이성운은 쓰러지는 명화를 안아서 구들에 살며시 눕히고 문안연과 인사를 나눈 후 소부대를 거느리고 출발했다.

이성운은 용정영사관 토성 따라 오른손에 권총을 잡고 허리 굽혀 제일 앞에서 달려가다가 대문 앞에 멈춰 섰다. 따라가던 부대원들도 다 멈춰서 총을 올려 들고 토성에 몸을 기대었다.

이성운이 달빛에 토성을 보니 약간 붉은 색 띠고 있었다. 새로 지은 토성은 예전 토성 높이보다 반 미터 더 높았다. 전부 1910년대 연길, 화룡, 용정에 세워진 일본인 벽돌공장에서 구운 벽돌로 지었다.

대문 앞에는 일본군 2명이 총을 잡고 보초를 서고 있었다.

같은 시각, 상해 교민단 사무소에서는 대한민국 임시 정부 이승만 대통

독립의 용두레: 간도 1919-20

령 환영회가 열리고 있었다.

사무소 주위에는 몇 십 명의 경무원들이 총을 차고 대문을 지키고 주위를 순라했다.

김구는 대통령 이승만의 근접 경호를 담당해 주위 동정을 면밀히 살폈다.

대형 태극기와 만국기로 장식한 장내에는 금색 글씨로 '환영 대통령 리승만 박사'라고 쓴 플래카드가 내걸렸다.

"안녕하십니까? 국민 여러분 반갑습니다. 국민이 보호하면 정부가 있고 국민이 보호하지 않으면 정부가 없습니다. 10년 전에 우린 정부를 잃어 반만년 역사에 수욕을 끼쳤습니다. 머지않아 기회가 옵니다. 한 사람이라도 불합(不合)하면 우리 사업에 해가 있는 것입니다. 작정하고 동원령을 내릴 날이 있을 것입니다."

이승만 대통령은 손을 흔들며 격동되어 연설을 시작했다.

11월 16일, 상해 임시 정부 대통령에 부임하기 위해 이승만은 기회를 엿보다 하와이 호놀룰루항에서 비서 임병직과 함께 몰래 상해 직행 화물선에 올랐다.

일본이 30만 달러의 체포 현상금을 걸었기 때문에 이승만은 중국인 시체를 넣은 관 속에 숨어 12월 5일에 푸둥에 도착했다가 이날 상해 교민단에서 주최하는 환영식에 참여한 것이었다.

손정도, 이동녕, 이시영, 이동휘, 안창호, 박은식, 신규식 등 임정 요원들도 함께 참여했다.

이성운은 한쪽 눈을 내밀고 빠끔히 일본군 초소 동정을 살핀 후 허리춤에서 비수를 꺼내 올리 던졌다가 다시 칼날을 잡고 일본군 보초병을 향해 힘껏 던졌다. 칼은 일본놈 향해 쏜살같이 날아갔다.

"푹!" 하는 소리와 함께 보초병 한 놈이 목에 칼을 맞고 쓰러졌다. 다른 한 놈이 황급히 총을 거머쥐며 이성운을 겨누는데 이성운이 다가서면서 제꺽 총을 쐈다.

"땅! 땅!" 하는 총소리와 함께 그놈도 뒤로 넘어갔다.

이성운이 왼손으로 손짓하자 토성 벽에 기대고 있던 소대원들이 총을 뽑아 들고 대문을 넘어 영사관으로 달려갔다.

소부대는 두 조로 나뉘어 한 조는 영사관 쪽으로, 다른 한 조는 경찰서로 돌진했다.

총소리에 놀란 경찰 서너 명이 총을 들고 달려 나왔다. 앞으로 달려가던 소대원들이 총을 쏘자 경찰들은 총 쏠 새도 없이 하나둘 쓰러졌다. 소대원 들은 나머지 경찰도 사살한 후 경찰서 안에 들어가 사람이 없는 걸 확인하 고 다시 영사관 쪽으로 달려갔다.

이성운이 영사관 문 앞에 도착하자 안으로부터 총소리가 울리며 문 유 리가 박살 났다.

이성운이 총을 쏘며 영사관 대문을 발로 찬 다음 1층 접견실을 지나 가 는데 2층 계단쪽으로 한 경찰이 총을 들고 내려 왔다. 이성운이 찬찬히 보 니 낯 익었다.

1년 반전, 모내기 때 이성운을 체포하러 온 이하영 경관이었다.

이하영은 총을 겨누고 두 눈 부릅 뜨며 울부 짖었다.

"네 놈이구나. 그때 너를 잡아서 여기 감방에서 평생 콩밥 먹였어야 했 는데."

"평생 후회 안할 기회를 주었었는데 참 유감스럽구나."

이성운과 이하영은 동시에 방아쇠를 당겼다. 이성운이 쏜 총은 이하영 의 이마를 맞고 이하영은 앞으로 꼬꾸라졌다. 이하영이 쏜 총알은 이성운

 독립의 용두레: 간도 1919-20

의 왼쪽 얼굴을 살짝 스쳐 지나 벽에가 꽂히며 불꽃이 튕겼다.

1층 사무실에는 연말이라 퇴근도 않고 바쁘게 일하던 직원들이 총소리가 들리자 아우성 치며 숨느라 난장판이었다.

이성운은 1층 접견실, 사무실, 대기실을 지나 계단을 뛰어 2층으로 올라가는데 지하실에서 두 명이 총을 쏘며 올라왔다. 소대원 한 명이 팔에 부상을 입고 쓰러졌다. 제일 뒤에 따라오던 소대원이 제격 총으로 두 놈을 사살했다.

이성운이 2층 영사 숙소 옆 영사실에 멈춰 서자 소대원들이 좌우로 벽에 붙어 섰다.

이성운은 몸을 벽에 착 붙이고 총을 든 오른손으로 돌격 명령을 내렸다. 뒤에 따르던 대원이 발로 문을 차자 문이 박살 났다. 소대원들이 우르르 총을 들고 영사실에 진입했다.

사이토가 천황의 전화를 받고 있었다.

"하잇!"

사이토는 이성운이 들어섰는데도 개의치 않고 전화기를 든 채로 온몸에 힘을 주어 경례를 붙였다.

그때 옆에 있던 지사꾸 경찰서장이 급히 허리춤에서 권총을 뽑아 들었다.

이성운은 다가가면서 바로 총으로 지사꾸를 쏴 죽여 버렸다. 지사꾸 경찰서장이 쓰러지면서 안경이 한쪽으로 벗겨졌다.

"악!"

총소리에 혼비백산한 통역 겸 여비서는 파르르 떨면서 두 손을 들고 옆으로 피해 섰다.

이성운을 째려보던 사이토는 천천히 수화기를 놓더니 목에 핏대를 세우며 소리쳤다.

"빠가야로! 역시 이성운 네놈이었군! 내가 여기서 10년 동안 공들인 탑이 하룻밤 사이에 이런 미천한 새파란 놈 때문에 물거품이 되다니?!"

이성운은 총을 사이토의 머리에 겨누며 유창한 일어로 경고했다.

"당신들은 인간의 탈을 쓴 승냥이들이야. 그래서 무엇이 잘못된 것인지 잘 모르는 거 같아. 지옥에 가서 네 아들을 만난 다음 잘 생각해 봐!"

"네놈을 진작 죽였어야 하는데…"

이성운은 표독스러운 두 눈으로 째려보는 사이토를 향해 방아쇠를 당겼다.

"땅!"

사이토의 머리에서 피가 사방으로 튕기더니 눈동자가 뒤집히며 맥없이 쓰러졌다.

"다들 어디에 갇혀 있어? 빨리 거기로 안내해."

"저를 따라 오세요!"

이성운은 바로 총을 다시 비서에게 겨누자 비서는 겁에 질려 바들바들 떨며 독립투사들이 갇혀 있는 곳으로 안내했다.

비서가 복도로 나와 1층에 있는 철창문을 열자 지하로 통하는 계단이 나타났다. 계단에는 두 경찰이 총에 맞아 쓰러져 있었다. 계단을 내려가니 지하에는 복도 통로를 막는 철창이 또 있었다. 철창문에는 커다란 자물쇠가 걸려 있었다.

비서가 죽은 경찰의 몸에서 열쇠 뭉치를 꺼내자 이성운은 그 경찰이 눈 익었다. 바로 모내기 때 이성운을 체포하려 온 김병일 경원이었다.

비서가 문을 따자 기다란 복도가 나왔다. 바로 오른쪽에 고문실이 있고 복도 좌우에 철창으로 된 감옥이 있었다.

이성운 부대가 들어서자 감옥에서는 "만세!" 소리가 우렁찼다. 모두 철창 사이로 피 묻은 팔을 마구 흔들어 보였다.

　　　　　　　　　　　　　　　독립의 용두레: 간도 1919-20

이성운이 첫 번째 칸에 들어서 보니 고문실이었다. 고문실에는 한 사람이 쇠사슬에 매달려 있었고 온몸은 채찍에 찢어지고 피투성이가 되어 겨우 숨 쉬고 있었다. 열 손톱에는 뾰족하게 간 참대가 꽂혀 있었다.

바닥에는 네모난 철창문 안에 사람이 물속에 갇혀 있었고 물은 목까지 올라와 애처로운 눈길로 이성운을 쳐다보고 있었다. 두 손에는 손가락 수갑을 차고 있었다.

"빨리 풀어 드려."

이성운은 다시 복도로 나왔다. 희미한 불빛 아래 철창 안에 있는 모두가 머리가 헝클어지고 얼굴과 몸이 피투성이여서 도대체 누가 누군지 알아보지 못했다.

이성운은 급한 나머지 이름을 애타게 불렀다.

"남궁용아!"

"형님!"

복도 저 끝에서 귀에 익은 힘없는 목소리가 들려왔다. 이성운은 소리가 난 쪽으로 막 뛰어갔다.

남궁용은 철창 밖을 내다보며 쇠사슬에 묶인 손을 흔들며 울먹이고 있었다.

이성운이 그 방 앞에 멈춰 서자 남궁용과 동생들이 "형님, 형님!" 하면서 철창에 매달렸다.

"모두 비켜!"

이성운은 모두 비키라 하고는 문에 잠겨진 자물쇠를 향해 총을 쏘자 자물쇠가 박살 났다.

이성운이 문을 따고 안에 들어서자 남궁용 등 형제들은 무릎 꿇고 절하며 목 놓아 울었다.

“형님!”

“다들 고생 많았다!”

이성운은 형제들을 일으켜 세우며 하나하나 껴안았다.

“오빠!”

이성운이 형제들을 부축하며 감옥을 나와 복도로 걷는데 저쪽으로부터 명화가 힘들게 걷는 어르신을 부축하며 이쪽으로 걸어왔다.

정신을 차리고 벌떡 일어난 명화는 말리는 엄마 말을 안 듣고 정신없이 이곳으로 뛰어왔다.

명화는 이성운 부대를 따라 감옥에 내려와 바로 아빠를 찾은 것이다.

김약연은 얼굴에 수염이 덥수룩하고 머리도 흩어져 알아보기 힘들었다. 더욱이 그동안 고문과 괴로움에 시달려 폐인에 가까워 보였다.

“교장선생님, 늦게 와 죄송합니다!”

이성운은 무릎 꿇고 절을 올렸다.

“아니네. 와 줘서 넘 고맙지.”

김약연은 이성운의 등을 두드리며 일어나라고 했다.

“우리 대한독립군은 지금 연해주로 이동 중입니다. 교장선생님께서도 같이 가시죠?”

“아닐세. 여긴 내 두 번째 고향이네. 나는 죽어도 여기서 죽을 걸세.”

“명동은 이미 일본놈들에 의해 다 폐허가 되었습니다.”

“괜찮네. 내가 처음 여기에 왔을 때도 허허벌판이었네. 다시 일궈 세우면 되네.”

“아빠!?”

명화가 뭔가를 망설여하자 김약연은 흐뭇하게 웃으며 말을 이었다.

“내 걱정은 말고 따라가거라.”

김약연은 다시 이성운의 두 손을 잡으며 간곡히 부탁했다.

"이제부터 명화는 자네한테 잘 부탁하네!"

"네! 걱정하지 마십시오!"

이때 "여보!" 하며 문안연이 김약연 앞에 달려와 눈물을 흘렸다. 김약연은 서러움에 눈물만 훔치는 문안연을 품에 꼭 끌어안았다.

문안연은 딸이 걱정되어 명화 뒤를 따라 뛰어왔던 것이다.

"구해 줘 감사합니다!"

감옥에 있던 모든 독립투사들은 이성운에게 감사의 절을 올렸다.

이성운과 명화는 소부대와 함께 남궁용과 그 모아산 형제들을 부축하며 연해주를 향해 씩씩하게 걸어갔다.

김약연과 문안연은 눈물을 머금고 오래도록 손 저어 바랬다. 감옥에서 나온 많은 독립투사들도 눈물 흘리며 손 저어 바랬다. 몇 명은 이성운을 따라나섰다.

12월 29일, 상해 대한민국 임시 정부 청사에서 이승만 초대 임시 대통령 취임식이 개최되었다.

대통령 이승만 외 국무총리 이동휘, 농림 총장 안창호, 학무 총장 김규식, 내무 총장 이동녕, 재무 총장 이시영, 법무 총장 신규식, 김구, 박은식, 손정도, 신익희, 김복형, 오영선, 이복현, 박윤근, 정재순, 오희원, 유기준, 정태희, 김재덕, 김봉준, 정제형, 이규홍, 김철, 남형우, 윤현진, 서병호, 조완구, 임병직, 도인권, 최근우, 김인전, 이원익, 정광호, 김태연, 김홍서, 나용균, 황진남, 김정목, 왕삼덕, 차균상, 김여제, 안병찬, 장붕, 김석황, 이규서, 김용철, 송병조, 양헌, 조동호, 이유필 등 임정 요인들 59명이 함께했다.

드디어 대한민국의 새로운 역사가 시작된 것이었다!

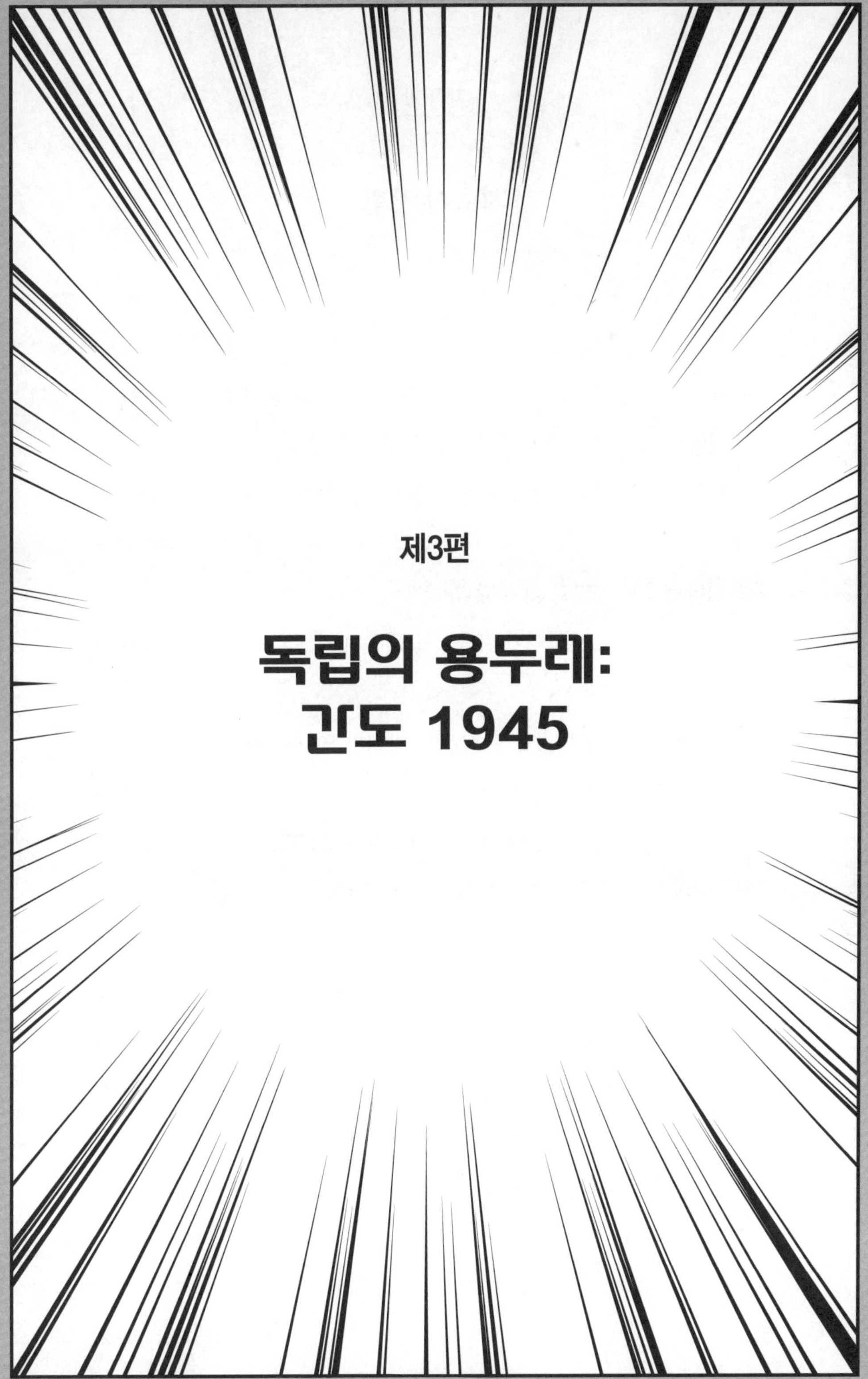
제3편

독립의 용두레:
간도 1945

자유시 사변

대한독립군단은 1921년 1월 초 일제의 연해주 침략군인 포조군(浦潮軍)의 경계망을 뚫고 26일 러시아령 이만에 도착했다.

볼셰비키만이 조선 독립에 도움을 줄 수 있다는 판단을 내린 홍범도, 지청천, 안무, 최진동, 김승빈 등은 계속 북으로 이동하여 2월 말 아무르주 자유시(알렉셰프스크)로 옮겨 갔다.

1920년 2월 7일 볼셰비키가 자유시를 해방해 일본군은 자유시에서 하바로프스크로 철수했다.

자유시에는 대한독립군단과 러시아 지역의 연해주 한인무장부대들인 김표돌의 이만군, 최니콜라이의 다반군, 박일리야의 니항군, 오하묵의 자유대대, 박그리골리의 독립단군 등 부대도 모여들었다.

자유대대의 두령 오하묵은 러시아에서 태어났으며 러시아사관학교 출신이다.

자유시에 모인 각 부대는 시간이 갈수록 서로 군 통솔력을 장악하려고 모순만 키웠다. 특히 인민혁명군은 모든 한인부대의 무장해제를 요구해 왔다. 물론 무기 재무장을 약속했지만 자기들의 지휘를 따르라는 항복서를 요구한 것이나 마찬가지였다.

이성운은 자유시에 있는 고려공산당 위원장인 이동휘를 찾아갔다.

"안녕하십니까? 정말 오랜만입니다!"

독립의 용두레: 간도 1919-20

"어! 이게 누군가? 반갑구만. 잘 있었나?"

"네. 저도 들었지만…"

이성운이 국무총리 사임에 대한 아쉬움을 나타내자 이동휘는 웃으며 말했다.

"아. 일이 그렇게 되었네. 지금 볼셰비키는 노동자와 농민의 권리를 주장하고 세계무산계급의 투쟁을 지지하고 있소. 자네도 알겠지만 현재 우리 힘으로는 독립하기 힘드오."

"그건 그렇죠. 총리님이 사표 내니 우리 대한독립군단은 임정의 통제력을 잃었고 여기 독립무장조직들은 우리와 달리 서로 권력을 쟁탈하려고 아옹다옹하니 많이 불편합니다."

"모순 속에서 발전하는 법이요. 그러다가 또 단결될 거요."

"네. 그러길 바라겠습니다. 저는 다시 간도로 돌아가겠습니다. 그리고 간도특파원도 그만두겠습니다. 그동안 제가 성장하는 데 큰 도움을 주서서 정말 감사드립니다. 부디 건강하십시오."

"오. 안타깝지만 자네 의사를 존중하겠네. 잘 가게나!"

이동휘는 웃으며 이성운에게 악수를 청했다. 이성운은 먹먹해졌다.

이동휘와 작별 인사 한 후 이성운은 김좌진을 찾아갔다.

"형, 무장해제라니 이건 아니지 않나요?"

"뭐, 인자 어쩔겨? 아님 돌아갈겨?"

"전 돌아 갈렵니다. 고래싸움에 새우등 터지게 생겼잖아요?"

"그랴, 그럼 우리 같이 가자구려! 나도 영 아닌기여."

"좋아요!"

이성운은 간도로 돌아갈 마음을 굳히자 홍범도를 찾아갔다.

"장군님!"

"음, 자네가 날 찾을 때마다 큰일이 있었어. 또 무슨 일인가?"

"저 금방 김좌진 형을 만나 뵙고 오는 중입니다. 우린 같이 다시 간도로 돌아가기로 했습니다."

"음? 그런가?"

홍범도가 많이 아쉬워하는 것 같으면서도 그의 눈에서 젊은 사람들의 패기를 부러워하는 눈치를 엿볼 수 있었다.

"네. 그래서 인사드리러 왔습니다."

30년 가까이 수시로 생사를 넘나들며 한 치 두려움 없이 일본군과 싸워온 홍범도는 간도 행을 택하지 않았다.

이 30년간에 아내 이옥구, 큰 아들 홍양순, 의형제 김수협과 수많은 동지들을 잃었다. 다시 간도로 돌아간다는 것은 무엇을 의미하는지를 홍범도는 알고도 남음이 있었다.

이성운은 홍범도에게 절을 하며 작별 인사를 올렸다.

"장군님, 존경합니다. 부디 건강하십시오!"

"음! 잘 가게!"

3월 초 러시아행을 탐탁해하지 않던 김좌진, 김규식, 이범석, 나중소, 김훈, 강근호, 이성운, 남궁용 등은 일부 부대를 거느리고 간도로 되돌아갔다.

5월 10일 김홍일은 312명의 군비단을 거느리고 자유시에 도착해 군정의원 유동열과 임정에서 교통부총장을 지내다가 다시 대한국민의회장을 지내고 있는 문창범을 찾아갔을 때 그들도 모순을 해결할 방법이 없다고 머리를 절레절레 흔들었다.

또 홍범도와 안무 등도 설마 독립군이 독립군을 향해 총을 쏘려니 전혀 생각지 못했다.

사할린의용대(니항군)가 무장해제 명령에 불응하자 1921년 6월 28일 아

  독립의 용두레: 간도 1919-20

침 6시부터 한밤중까지 칼란다리쉬빌리가 이끄는 소련의 적군(볼셰비키)과 오하묵의 자유대대 1만 명은 사할린의용대와 대한독립군을 향해 2대의 장갑차, 30여 문의 기관총, 군함 함포사격, 장갑열차 포격, 6백여 명~9백여 명의 기병대로 무차별 공격을 시작했다.

총소리, 포 소리에 수 km 이상 거리에 몇 시간을 가도 형체를 알아볼 수 없는 시체가 즐비하였다. 죽은 시체가 거리에 무더기로 누워 있고 부상당한 사람들이 신음하며 주위에 숨어 있었다. 시베리아 횡단 철도에 인접한 거리는 시체로 가득 차 있었다. 그리고 익사한 시체가 바르다곤 일대에서 계속 떠올라 발견되었다.

허근이 영도하는 의군단 500여 명은 무장 해제하라는 교섭을 거부하였다가 사상자가 150여 명이 발생했고 허근 등 100여 명은 과격파에게 잡혀갔다.

그리고 장교 90여 명과 하사, 상등병, 참모일꾼 등 400명은 차에 실려서 포로병으로 이르크츠크 감옥에 구금되었다.

체포된 군인부대 1,000여 명은 우수문 삼림 나게리에 수금되었고 포로 428명은 극동공화국 제2군단에 인도되었다. 이들은 대부분 노동수용소와 교도소로 보내져 가혹한 형벌과 노동에 시달렸다.

기타 대부대는 총기를 버리고 블라가베셴스크 부근에서 퇴각하였고 기타 도망한 군인들은 아물주 각 농촌에 흩어졌다.

이 자유시사변으로 독립군은 현장에서 사망 72명, 기병의 추격을 받다가 산에서 사망 200여 명, 강을 건너 중국 땅으로 탈출하다 물에 빠져 죽은 익사자 37명, 행방불명 205명, 포로 97명 등 도합 600여 명이 사망하고 917명이 체포되었다.

8월 2,000여 명의 독립군들과 홍범도, 최고려, 오하묵, 김하석, 지청천,

유동열, 채영, 김승빈, 최호림 등은 이르쿠츠크로 이동하여 제5군단과 국제공산당 동양비서부의 지휘를 받게 되었다.

이후 1,200여 명 정도만 연해주로 이동해 올 수 있었고 나머지는 질병, 영양실조 등으로 강제 제대를 하여야 했다.

홍범도와 같이 이르쿠츠크로 이동한 지청천은 그곳에서 오하묵 등과 함께 고려혁명군을 결성하고 같은 해 10월 고려혁명군관학교 교장에 취임하였다가 체포되었다. 얼마 후 홍범도는 나이가 많다는 이유로 모스크바에 보내졌다.

계봉우, 김진, 장도정, 박애, 장기영, 김동한, 김성우, 김규면, 주영섭, 박원섭, 한운용, 안태국, 박상춘, 이노겐지 등 30여 명은 무고 구금되었고 유동열, 지청천, 오광선 등 일부 장교는 임시 정부 및 각 애국 단체의 외교적 활동으로 이르쿠츠크파를 벗어나 석방되었지만 360여 명은 소위 심사 과정을 거쳐 군정 의회군에 편입되고 400여 명은 무정부주의 반란군, 반혁명주의자로 취급되어 억류, 악형, 노역, 기아의 온갖 고초를 겪다가 소식이 끊겼다.

"조국 광복을 위해 생사를 함께 하기로 맹세한 동지들을 모두 잃었으니 무슨 면목으로 살아서 조국과 동포를 대하리오? 차라리 이 목숨을 버려 사죄하는 것이 마땅하리라!"

1921년 8월 28일, 백포 서일은 밀산 쾌상봉 소나무 숲에서 폐기법으로 생을 마감했다.

나철, 김교헌, 서일 등 대종교 삼종사의 묘지는 지금 화룡시 용성향 청호촌 청호종산에 모셔져 있다.

자유시사변 후 대한독립군의 자유시 탈출이 시작되었고 그렇게 성세호대 했던 대한독립군단은 완전히 와해되었다.

8·15 광복

1922년 1월 극동민족혁명단체회의 개막식에 참석하기 위해 모스크바로 간 홍범도는 김규식, 여운형 등과 함께 자유시사변에 대한 보고를 하려고 레닌(52세)을 만나 뵙고 억울하게 투옥된 박애, 장도정, 계봉우, 김진의 석방을 요청했다.

홍범도는 그 자리에서 레닌으로부터 권총과 훈장 그리고 금화 100루블을 받았다.

8월 박애, 장도정, 계봉우, 김진은 레닌의 명령에 의해 석방되었다.

1923년경부터 홍범도는 이만으로 돌아가 아들 홍용환과 최진동, 김일영 등 옛 부하들과 함께 집단농장을 경영하면서 독립군의 재기 기회를 기다리다가 1926년경에는 중병에 걸렸다.

1895년 27세의 나이에 의병을 시작으로 30년 가까이 일본군과 싸우며 간담을 서늘케 했던 홍범도장군은 광복 2년 전인 1943년 10월 25일 75세의 나이로 크질오르다(카자흐스탄)에서 생을 마감했다.

여천 홍범도 외 화룡에서 2·1독립선언을 한 39명 중 도헌 최재형은 1920년에 62세로 총에 맞아 사망했고, 태화 이대위는 1921년 3월 김규식, 송헌주 등과 함께 구미위원회를 설치하고 사무장으로 외교와 독립선전활동에 주력하다가 과로로 인해 43세로 서거했고, 백단 이봉우는 1921년 9월 연길에서 일본 경찰에게 48세 일기로 살해되었고, 해산 정재관은 1922년 병에 걸려 42세로 러시아에서 운명했고, 예관 신규식은 1922년 9월 25일 단식으로 몸이 약화되어 42세 일기로 병사했다.

무원 김교헌은 백포 서일이 자살하자 충격 받아 1923년 11월 18일 병을 앓다가 유서를 쓰고 영안현 남관 대종교 총본사 수도실에서 55세로 사망했고, 청전 안무는 1924년 9월 6일 오후 3시 30여 명의 병사들과 함께 연길 모아산 북쪽 산기슭에서 일본 경찰의 급습을 받고 총격전을 벌이다가 총상을 입고 체포되었지만 용정의 자혜병원에서 일본에 의해 치료받기를 거부해 7일 41세로 사망했고, 백암 박은식은 1925년 11월 1일 기관지염으로 62세 일기로 신한촌에서 병사했고, 우성 박용만은 1927년 10월 17일 베이징에서 46세 일기로 암살되었다.

이성운과 함께 간도로 돌아온 김좌진은 1925년 신민부를 창설하여 사령관이 되었고 1928년 한국유일독립당을 창립하였고 1929년 한족총연합회 주석이 되었다. 그러나 1930년 1월 24일, 김좌진은 중동철도선 산시역(山市驛 지금의 해림시 산시진 도남촌) 앞 자택 주변에서 고려 공산당 청년회 원이며 청년동맹원인 박상실의 총에 맞아 생을 마감했다.

"할 일이… 할 일이 너무나 많은 이때에 내가 죽어야 하다니. 그게 한스러워서…" 김좌진은 당시 40세였다.

복부 김학만은 1931년 47세 일기로 사망했고, 백민 황상규는 1931년 9월 2일 밤 밀양시 내이동 자택에서 42세로 병사했고, 임정 국무령을 지낸 석주 이상룡은 1932년 길림에서 74세로 병사했고, 시당 여준은 1932년 흑룡강성 오상현에서 70세 일기로 사망했고, 광동 문창범은 1934년 8월 5일 상해에서 64세 일기로 밀정에 의해 사망했고, 홍매 윤희순은 일본헌병에 체포된 후 모진 고문의 후유증으로 75세로 사망했고, 성재 이동휘는 1935년 국내감옥에 수감된 항일운동가, 사회주의자 및 그 가족을 후원하는 MOPR

의 모금 차 파르티잔스크 지방을 방문한 후 갈촘 탄광으로 나오던 길에 심한 독감에 걸려 1월 31일 62세 일기로 신한촌에서 병사했다.

단채 신채호는 1936년 2월 21일 여순감옥에서 뇌졸중, 동상, 영양실조 및 후유증 등 합병증으로 56세 일기로 순국했고, 일송 김동삼은 일본 경찰에게 체포되어 10년형을 받고 옥고를 치르다가 1937년 3월 3일 59세 일기로 사망했고, 고광 이세영은 1938년 69세 일기로 만주에서 사망했고, 도산 안창호는 1938년3월 10일 경성제국대학부속병원(지금의 서울대병원)에서 60세를 일기로 간경화와 소화불량, 폐렴, 만성기관지염, 위장병 등 합병증으로 사망했고, 본겸 허혁은 1939년 10월 21일 지린성 추하현 하동에서 88세로 병사했다.

국보 이범윤은 1940년 경성부에서 84세로 병사했고, 석오 이동녕은 1940년 3월 13일 사천성 기강에서 71세로 폐렴으로 사망했고, 명록 최진동은 1941년 11월 25일 58세 일기로 사망했고, "내 삶이 곧 유언이다"라고 한 규암 김약연은 1942년 10월 24일 75세 일기로 사망했다.

1919년 2월 1일 최초로 독립선언을 한 39명 가운데 광복을 맞이한 사람은 이승만, 우사 김규식, 이시영, 조소앙, 조성환, 유동열, 박찬익, 여운형, 윤세복, 안정근 등 10명뿐이었다.

그중 안정근은 1939년부터 뇌병으로 앓다가 광복된 대한민국에 돌아오지 못하고 1949년 3월 상해에서 병사했다.

1945년 8월 15일 모두가 그렇게 바라고 바라던 광복, 드디어 그날이 왔다. 조선인들의 얼굴에 항상 드리워져 있던 수심과 공포가 하루아침에 모두 사라지고 온 산천에 만세 소리와 생기가 넘쳤다.

1945년 11월 23일 임시 정부 주석 김구, 임시 정부 부주석 김규식 등 임시의정원들과 함께 대한민국에 도착해 비행기에서 내리는 이성운은 감격에 벅차 눈물이 하염없이 쏟아졌다.

옆에는 머리를 올린 명화와 이젠 어엿한 청년이 된 아들과 딸이 손잡고 내렸다. 그리고 남궁용도 미모의 여인과 같이 내렸다.

이성운은 태극기를 흔들며 달려오는 많은 인파 속에 하얀 머리를 한 할머니를 알아보았다. 바로 어머니였다!

이성운은 급히 달려가 한 아름에 어머니를 품에 꼭 끌어안고 목 놓아 울었다.

"어머니!"

"성운아!"

어머니도 이성운을 안고 하염없이 눈물을 흘리며 등만 어루만졌다.

꼭 26년 만에 모자가 상봉한 것이었다. 이성운은 울다가 어머니를 다시 한참 동안 쳐다보더니 덥석 절을 올렸다. 그리고 옆에 있는 명화와 두 아들에게도 절하라고 독촉했다.

"인사해, 내 어머니시여."

명화와 두 남매도 절했다.

어머니는 너무 좋아 어쩔 줄 몰랐다.

"오빠!"

그때 어머니 옆에 서 있던 여동생도 눈물 흘리며 이성운에게 안겼다. 이성운이 보니 아직도 옛날 앳된 모습은 남아 있었다.

여동생은 안경 낀 남편과 서먹해 하는 아들딸들을 인사시켰다. 이성운도 명화와 애들을 고모한테 인사시켰다. 남궁용도 아내와 같이 인사했다.

"내 이런 날이 올 줄 알았다! 정말 오래 살고 볼 일이야!"

어머니는 너무 기뻐 덩실덩실 춤을 췄다.

독립의 용두레: 간도 1919-20

초대 국방장관을 지낸 이성운, 초대 국무총리를 지낸 이범석과 함께 비행기에서 내리던 이시영도 감격에 벅차 눈물이 저절로 흘렀다.

꼭 35년 만에 다시 밟는 꿈에도 그립고 그리운 고향! 그리고 독립된 이 날을 위해 간도 벌판을 말 타고 씩씩하게 종횡무진하며 호탕하게 웃던 6형제의 모습이 주마등처럼 지나갔다.

그러나 지금 6형제 중 오직 본인 혼자만 살아 돌아온 이시영은 형제들이 그리워 뜨거운 눈물을 또 흘렸다.

맏형 건형은 병사했고 자금을 책임졌던 석영은 상해 빈민가에서 굶어 죽었고 신흥학교장이었던 셋째 철영도 병사했고 희영도 감옥에서 옥사했고 여섯째 호영은 아들과 함께 일본군에게 몰살되었다.

광복 후 초대 부통령이 된 이시영은 신흥학교 정신을 기리기 위해 1947년 2월 경성 동대문구에 신흥전문학원을 설립했다. 이 학교는 1960년에 명칭을 고쳐 지금의 경희대학교가 되었다.

이회영의 손자, 즉 다섯째 아들 규동이의 맏아들인 5선 국회의원 이종걸 의원을 인터뷰한 "할아버지는 빛입니다"라는 영상에는 한 대한민국 엄마의 이런 댓글이 달려 있다.

"이종걸 의원님의 울먹임에 저도 모르게 눈시울이 붉어지네요. 이회영 선생을 비롯한 수많은 독립운동가들의 피와 눈물 위에 지금의 대한민국이 있습니다. 저 또한 그런 대한민국에서 아들 낳고 편안히 행복하게 살고 있구요. 고맙습니다. 잊지 않고 살겠습니다!"

어찌 이 한 명만의 생각뿐이었으랴만 그 한마디에 수많은 독립투사들이 많은 위로를 받았을 것이다. 많은 독립투사들의 희생이 없었다면 이렇게 평화로운 아침을 맞이할 수 있을까?! 정말 소중하고 행복한 하루하루다.

광복 후 귀국한 1, 2진 충칭 임정요인들 중 위 5명 외 조완구 재무부장,

조소앙 외무부장, 신익희 내무부장, 최동오 법무부장, 의열단 단장이었던 김원봉 군무부장, 김상덕 학무부장, 장건상, 조성환, 유동열, 김붕준, 조경한, 유림, 김성숙, 성주식, 황학수 등 국무위원과 광복군 총 사령관 지청천, 유진동, 안미생, 이숙진, 민영구, 윤경빈, 유평파, 심현석, 오영선, 오희영, 민준식, 신건식, 권태환, 민필호, 조순옥, 민영애, 백정갑, 서상렬, 심광식, 선우진, 조용제, 이순승, 이건우, 민영숙, 박찬익, 양우조, 이국영, 신순호, 최형록, 남상규, 이홍관, 조인제, 박승헌, 허지수, 이영길, 엄항섭, 임의탁, 신송식, 나동규, 장준하 등 임정요인들이 육속 귀국했다.

1945년 12월, 모스크바에서 열린 미, 소, 중 3국 외상회의에서 신탁통치안이 결정되자 임정을 중심으로 반탁운동이 전개되었다.

이승만 중심으로 한 한민당은 남측만의 과도정부를 주장했고 김구를 중심으로 한 한독당은 남북통일을 주장했고 김규식, 여운형 중심으로 한 중간파들은 미소공동위원회의 재개를 통해 통일임시정부 수립을 주장했다.

1947년 9월 17일, 미국은 유엔 감시하에 한국에서 총선거를 실시하며 정부가 수립되면 미,소 양군이 모두 철수할 걸 유엔에 제안했다.

소련의 반대로 북한에서의 활동은 좌절되어 1948년 5월 10에 남한에서만의 총선거가 실시되었고 5월 31일에는 최초의 국회가 열렸다. 이 제헌국회는 7월 17일 헌법을 공포했고 국회의원들의 간접선거로 이승만 초대 대통령이 선출되었다.

1948년 8월 15일 대한민국 정부가 정식 출범했고 12월 유엔총회의 승인을 받아 한반도의 유일한 합법정부가 되었다.

김일성을 주석으로 하는 조선민주주의인민공화국은 1948년 9월 9일에 창립되었다. 수도는 평양이다.

대한민국의 수도는 서울이다. 서울은 조선시대 한성부, 1910년 일제 강점기 경성부로 불리다가 1946년 서울특별자유시로 승격되면서 서울로 불렸다.

서울은 중국에서 88올림픽때도 漢城으로 표기되었으나 2005년 서울시가 공모로 首尔로 정하면서 중국에서도 首尔로 표기되고 있다.

한편 "아버지는 나라의 영웅이었지만 가족에겐 재앙이었고 나는 나라의 재앙이었지만 가족에게는 영웅입니다"라고 한 안중근의 아들 안준생도 귀국했다.

1939년 10월 17일 이토 히로부미의 아들 이토 히로투니에게 "이토의 명복을 빈다"며 "아버지의 죄를 용서받으러 왔다"고 사죄한 안중근의 아들 안준생은 그 후로 이토의 후원으로 호화로운 생활을 했다.

그러다가 1946년 어머니 김아려가 폐결핵으로 세상을 떠나자 홍콩으로 갔다가 1950년 귀국했다. 그러나 한국전쟁으로 인하여 부산으로 피신 간 그는 1952년 폐결핵으로 사망했다. 당시 겨우 45세였다.

안준생의 아들이며 안중근 의사의 손자인 안웅호는 미국에서 의학박사가 되었다. 그는 생전에 "안중근 할아버지 유해를 찾으면 38선에 묻어 달라"는 유언을 남겼다.

안중근 의사는 대답이라도 하듯 마치 이렇게 말하는 것 같다.

"나는 지금도 천국에서 대한민국을 지켜보고 있다. 남북이 통일되는 그날에 나는 반드시 천국에서 덩실덩실 춤을 출 것이로다!"

- 이 책을 간도에서 대한민국 독립을 위해 피를 흘리시고 생명을 바치신 모든 독립투사들에게 바친다.

독립의 용두레
: 간도 1919-20

초판 1쇄 발행 2025년 8월 15일

지은이   정해운
펴낸이   이기봉
편집   좋은땅 편집팀
펴낸곳   도서출판 좋은땅
주소   서울특별시 마포구 양화로12길 26 지월드빌딩 (서교동 395-7)
전화   02)374-8616~7
팩스   02)374-8614
이메일   gworldbook@naver.com
홈페이지 www.g-world.co.kr

ISBN   979-11-388-4554-0 (03810)